ALFRED BEKKER
Der Sohn der Halblinge

Alfred Bekker

Der Sohn der Halblinge

1. Band der Trilogie

»Die Halblinge von Athranor«

blanvalet

Verlagsgruppe Random House FSC-DEU-0100
Das FSC®-zertifizierte Papier *Super Snowbright*
für dieses Buch liefert Hellefoss AS, Hokksund, Norwegen.

1. Auflage
Originalausgabe Dezember 2012 bei Blanvalet,
einem Unternehmen der Verlagsgruppe Random House GmbH, München
Copyright © 2012 by Alfred Bekker
Umschlaggestaltung und -illustration: © Max Meinzold, München
Lektorat: Peter Thannisch
Karte: Jürgen Speh
HK · Herstellung: sam
Satz: Buch-Werkstatt GmbH, Bad Aibling
Druck und Einband: GGP Media GmbH, Pößneck
Printed in Germany
ISBN: 978-3-442-26887-0

www.blanvalet.de

INHALT

Prolog 7
Arvan 9
Halblingsrache 23
Gomlos Baum 44
Dunkle Aussichten 62
Vorboten des Krieges 80
Blutrausch der Orks 98
Träume, Erwachen und Tod 124
Neue Erkenntnisse 142
Die Versammlung 154
Die Stunde der Wahrheit 180
Aufbruch 201
Der Dämon 211
Der Waldriese 229
Luftgeister 243
Über den Langen See 258
Am Hof des Waldkönigs 268
Die Audienz 281
Die Schlacht am Orktor 300
Ein neuer Gefährte 319
Angriff aus heiterem Himmel 332
Richtung Dornland 343
Vogelreiter 358
Die Mark des Zwielichts 369
Whuon der Schwertkämpfer 382
Im Reich der Elben 398
Elbendiplomatie 416
An Bord der »Tharnawn« 425
Brennende Schiffe 436
Rache folgt auf dem Fuß 442
Über Leichen 451
Der Kampf gegen Zarton 460

Prolog

Manche glaubten inzwischen, dass es nur eine Legende war.

Aber früher lebten die Halblinge in der Erde und unter den Wurzeln der gewaltigen Bäume, die in den Wäldern am Ostufer des Langen Sees aufragten. Dann gab es eine Zeit, in der sie ihre Häuser in die Wurzeln der Riesenbäume schlugen und diese mit solchem Geschick aushöhlten, dass man glauben konnte, sie wären gar nicht natürlich gewachsen, sondern Zimmerleute aus den Städten hätten sie errichtet.

Aber das eine wie das andere war schon vor langer Zeit viel zu gefährlich geworden, denn die Orks überrannten immer wieder in großer Zahl die Grasmark von Rasal und drangen in die Wälder vor. Sie töteten die meisten, die ihnen in die Quere kamen – und das Schicksal der Erschlagenen war vermutlich gnädiger als das der wenigen, die einen solchen Raubzug überlebten.

Die Orks jedenfalls waren der Grund, aus dem die Bewohner des Halblingwaldes am Langen See ihre Lebensweise änderten. Zu oft war Rauch aus den Wurzelhäusern gequollen, zu oft war der Waldboden mit Halblingblut getränkt worden, als dass man einfach alles beim Alten hätte belassen können. Die Soldaten des von seinem fernen, am nordwestlichen Seeufer gelegenen Hof aus regierenden Waldkönigs schützten die Halblinge kaum vor den Überfällen der Orkbanden. Oft genug waren sie sogar selbst eine Gefahr, denn insgeheim verachteten sie die Bewohner des Halblingwaldes mit ihren großen Füßen und Händen, ihrer kleinen, zierlichen Gestalt und den spitzen Ohren. Dass kaum einer von ihnen größer wurde als ein zehnjähriges Menschenkind, hinderte die Krieger des Waldkönigs keineswegs daran, Grausamkeiten gegen das kleine Volk zu üben, obwohl die Soldaten eigentlich ausgeschickt wurden, es zu schützen. Aber es ging ihnen wohl mehr darum, die Grenzen zu sichern, als die Halblinge vor der Mordgier der Orks zu bewahren.

Mehr als ein Zeitalter war es schon her, dass die Halblinge aus dem Wald am Langen See ihre Lebensweise geändert hatten. Sie waren auf die Bäume gestiegen und bald im Klettern so geschickt, dass kaum jemand ihnen folgen konnte. Lebten sie zunächst in Asthöhlen, so errichteten sie schließlich ganze Dörfer auf den Gabelungen der Riesenbäume, die nirgends so weit in den Himmel ragten wie in diesem Wald.

Das Schicksal der Halblinge war hart.

Noch härter war es allerdings, kein Halbling zu sein, sondern nur unter ihnen zu leben ...

Arvan

Bleib hier, du dummes Baumschaf!
Arvan versuchte, das vielfüßige, von Wolle überwucherte Geschöpf mit einem strengen Gedanken daran zu hindern, sich in das äußere Geäst zu begeben. Selbst bei den Riesenbäumen der Wälder am Langen See war dieses Astwerk oft so dünn, dass es auch Baumschafe nicht tragen konnte. Schon gar nicht Baumschafe, die so fett waren wie dieses Exemplar.

Zudem musste Arvan die Herde zusammenhalten. Das war die Aufgabe, die ihm der Halblingstamm, bei dem er lebte, zugewiesen hatte – auch deshalb, weil er für andere Dinge kein richtiges Talent zu haben schien.

Arvan war siebzehn Jahre alt. Er hatte kleine Menschenfüße, ansonsten aber war bei ihm alles größer und kräftiger als bei den Halblingen. Er war kein geschickter Kletterer, sein Menschenkörper war dazu einfach nicht geeignet. Zum Eisenbieger und Schmied taugte er allerdings auch nicht, denn in die niedrigen Höhlen, die zur Verhüttung von Metallen von den Halblingstämmen betrieben wurden und die im Fall der Gefahr schnell verlassen werden mussten, passte er nur dann, wenn er auf Knien herumrutschte.

So hatte sein Ziehvater Gomlo, Baum-Meister des Stammes von Brado dem Flüchter, beschlossen, dass Arvan die Baumschafe hüten sollte. »Diese Kreaturen sind dir ähnlich, Arvan«, hatte er gesagt. »Sie sind schwerfällig im Geiste und in der Bewegung, was bei den meisten Geschöpfen aufs Gleiche herauskommt. Wenn du einigermaßen aufmerksam bist, kannst du die Herde beisammenhalten, ohne allzu viel klettern zu müssen, und das wiederum bedeutet, dass du nicht so häufig abstürzt wie bisher.«

Das war vor drei Jahren gewesen – und wider Erwarten hatte sich Arvan zumindest für diese einfache Aufgabe als talentiert erwiesen. Die vielbeinigen Baumschafe gehorchten ihm. Die Größe dieser Geschöpfe schwankte je nach Ernährung und Zucht zwischen einem großen Halblingsfuß und einem Wildschwein. Mit ihren Klammerkrallen fanden sie an jeder Baumrinde Halt, und sie fraßen Moose, Käfer und Raupen und schlürften manchmal auch das Harz.

Arvan saß Tag für Tag stundenlang auf einem der Riesenbäume, die den Baumschafen vorbehalten waren, denn auf ihren Wohnbäumen wollten die Halblinge aus dem Stamm von Brado dem Flüchter sie nicht haben, weil sie überall ihre Ausscheidungen hinterließen. Diese veränderten über längere Zeit das Harz der Riesenbäume, aus denen die Halblinge seit langer Zeit den Baumsaft gewannen, eine magische Essenz, deren Rezeptur ein Geheimnis ihres Volkes war.

Die Bäume der Baumschafherden befanden sich deshalb in sicherer Entfernung zu den Wohnbäumen der Halblinge.

Arvan saß zumeist einfach nur da, hing seinen Gedanken nach und träumte davon, eines Tages in die große weite Welt zu ziehen und all die Dinge zu sehen, die er bisher nur aus Erzählungen kannte. Die Wunder von Carabor, der größten Stadt der Welt mit ihren zehntausend Schiffen zum Beispiel. Oder Aladar, die Hauptstadt des mächtigen Königreichs Beiderland, in der es angeblich riesige Gebäude mit goldenen Kuppeln gab, deren Pracht und Glanz die Augen blendeten. Oder die Gestade des Fernen Elbenreichs, einem Land voller Magie, aber auch Weisheit, das so abgeschieden lag, dass kaum ein Halbling oder Mensch jemals dorthin gelangt war.

Eines Tages, dachte Arvan, *werde ich das alles mit eigenen Augen sehen.*

Letztendlich war er sich jedoch nicht sicher, ob es nicht besser war, einfach etwas mehr vom magischen Baumsaft der Halblinge zu nehmen, auf einem Herdenbaum zu sitzen und von diesen Dingen nur zu träumen. Das war bestimmt ungefährlicher, als solche Reisen selbst zu unternehmen – vor allem, wenn man so ungeschickt war wie Arvan.

Manchmal, wenn sein Kopf vom vielen Nachdenken ganz leer war, vertrieb er sich die Zeit damit, Rankpflanzen sich mehr oder weniger kunstvoll zusammenknoten zu lassen. Auch diese gehorchten seinen Gedanken, wenn er sich auf sie einstellte. Die Gefahr dabei war nur, dass er dann mitunter nicht genug auf die Baumschafe achtete.

Aber im letzten Moment hatte er ein paar Ausbrecher noch immer durch einen beherzten Gedanken daran hindern können, sich zu weit von der Herde zu entfernen.

Eine auseinandergesprengte Herde von mehr als tausend Baumschafen wieder einzusammeln war eine Geduldsprobe. Arvan hatte das schon erlebt – wenn er morgens zu spät aufgestanden war und die Baumschafe, die die Nacht über in den höheren Bereichen des jeweiligen Herdenbaums schliefen, schon vor Eintreffen des Hirten erwacht waren. Halblinghirten lösten das Problem dann meistens dadurch, dass sie in einer für Menschen schier unglaublichen Geschwindigkeit den Tieren hinterherkletterten, um sie dann wieder zusammenzutreiben. Die Baumschafe gehorchten zwar jedem intensiveren Gedanken, aber die meisten Hirten mussten dafür näher als zwanzig Schritte an die Tiere heran, und viele waren außerdem darauf angewiesen, ihre Befehle gleichzeitig auch zu rufen, da sie sonst nicht stark genug waren. Abgesehen davon gab es hin und wieder auch sehr störrische Baumschafe. *Gedanken-Taublinge* wurden sie genannt, und jeder Baumschafzüchter schlachtete sie als Erste.

In den Herden, die Arvan hütete, schien es allerdings nicht einen einzigen Gedanken-Taubling zu geben. Die zotteligen Geschöpfe hörten selbst dann noch auf ihn, wenn er auf der Hauptastgabel blieb, während sich einige von ihnen bis in die Baumkrone verzogen.

Allerdings war das auch Arvans Glück. Denn schnell genug hinter ihnen herzuklettern wäre ihm unmöglich gewesen.

Arvan war darauf konzentriert gewesen, einen kunstvollen Knoten aus drei Rankpflanzen zu binden, die von einem der höheren Äste herabbaumelten. Er hatte schon durch seine geduldige Beeinflussung bewirkt, dass sie überhaupt in dieser widernatürlichen Gleichmäßigkeit von dem Ast hingen.

Da hatte er bemerkt, dass eines der Baumschafe, die sich vorhin bereits gefährlich weit in das äußere Geäst gewagt hatten, einen erneuten Versuch in diese Richtung unternahm.

Komm zurück, du dumme Moosfussel!, sandte er einen weiteren Gedankenbefehl, und normalerweise hätte das Baumschaf auf diesen sehr energischen Gedanken sofort reagiert.

Aber genau in diesem Augenblick zischte etwas durch die Luft, und ein Pfeil bohrte sich durch das Baumschaf. Es stieß einen durchdringenden Schrei aus, der fast an die Stimme eines Halblingkinds erinnerte, und fiel in die Tiefe, wo es auf dem weichen Waldboden dumpf aufschlug.

Ein wahrer Hagel aus Pfeilen folgte. Die Schützen mussten aus dem Unterholz am Boden herausschießen. Vier, fünf Baumschafe, die auf niedrig gelegenen Nebenästen die Rinde nach Käfern und Moosflechten abgesucht hatten, wurden innerhalb von wenigen Augenblicken getroffen. Sie schrien erbarmungswürdig auf und stürzten ebenfalls in die Tiefe. Triumphgeheul war aus dem dichten Unterholz zu hören.

»Hinauf«, rief Arvan, der sofort aufsprang. Normalerweise brauchte er einen Gedanken nicht auszusprechen oder gar zu schreien, damit die Baumschafe ihn befolgten. Aber in so einer Notlage konnte man nicht deutlich genug sein.

Die Baumschafe stoben schreiend die Äste entlang. *Nach oben!*, wiederholte Arvan in Gedanken. Man musste Baumschafen eine Richtung vorgeben, sonst waren sie völlig orientierungslos und stürzten in ihrer Panik sogar vom Ast, weil sie vergaßen, sich gut genug mit ihren Krallen festzuhalten.

Es war immer ein gewisses Risiko, die Baumschafe die Rinde in den unteren Bereichen des Herdenbaums absuchen zu lassen. Doch dort gab es oft die besten Leckerbissen, und der Verzehr der Moose, die dort in den feinen Rindenspalten wuchsen, verbesserte die Qualität der Wolle. Es war ja auch nicht unbedingt damit zu rechnen, dass sich wildernde Soldaten in der Gegend aufhielten.

Normalerweise wären alle Hirten vorher gewarnt worden. Diesmal war das jedoch nicht geschehen.

Weitere Pfeile wurden vom Boden aus abgeschossen. Die Schreie der Tiere schallten durch den Wald und wurden von Baumschafen auf anderen, weiter entfernten Herdenbäumen beantwortet, wo die Tiere ebenfalls in Panik gerieten.

Arvan blickte in die Tiefe und sah Soldaten aus dem Unterholz hervorbrechen, unter ihnen viele Bogenschützen. Sie trugen Helme und Harnische. Der Hauptmann jedoch trug keinen Harnisch, sondern ein Kettenhemd und darüber ein weißes Obergewand, auf das Baum, Krone und Schwert gestickt waren – das Wappen des Waldkönigs Haraban.

Haut ab, ihr Dummschafe!, dachte Arvan – und schon verfehlten die ersten Schüsse ihre Ziele, weil die Baumschafe hoch ins Geäst flüchteten. Für die Tiere war es keine Schwierigkeit, senkrecht am Hauptstamm emporzulaufen, und sie taten dies mit einer Geschwindigkeit, die selbst ein guter menschlicher Läufer kaum auf ebener Strecke zu erreichen vermochte.

Einer der Pfeile schnellte so dicht an Arvans Kopf vorbei, dass er instinktiv zur Seite wich. Es hatte in letzter Zeit viel geregnet. Auf den Bäumen war es darum glitschig. Arvan war daher besonders vorsichtig und beim Klettern noch zurückhaltender gewesen. Wie oft war er früher schon gestürzt, weil er es unbedingt seinen Halbling-Altersgenossen hatte gleichtun wollen. Manche hielten es für ein Wunder, dass er überhaupt noch lebte und sich nicht längst den Hals gebrochen hatte.

Die Soldaten achteten nicht weiter auf ihn, doch sie nahmen auf ihn auch keine Rücksicht. Für sie war er nur ein Waldbewohner und damit nicht mehr wert als ein Baumschaf. Vielleicht sogar weniger, denn die konnte man immerhin essen.

Arvan machte eine unbedachte Bewegung, als ihn ein weiterer Pfeil beinahe traf und ganz in der Nähe zitternd im Hauptstamm stecken blieb. Diesmal rutschte er aus, und schon ging es abwärts – er stürzte in die Tiefe.

Ein Geflecht aus Rankpflanzen fing ihn auf. Ihre grünen Stränge wurden bis aufs Äußerste gedehnt und bogen die dünnen Zweige, an denen sie hingen, weit nach unten. Der Sturz wurde dadurch abgefedert. Ungefähr eine Mannslänge hoch hing Arvan nun über dem Waldboden wie eine hilflose Jagdbeute in einem Fangnetz.

Einem Fangnetz, das er selbst in Momenten der Langeweile geknüpft hatte.

Das Herz schlug ihm bis zum Hals. Immerhin – die Rankpflanzen waren seinen Gedanken sogar besser gefolgt als so manches störrische Baumschaf. Aber das lag wohl daran, dass pflanzliche Geschöpfe einem fremden Gedanken generell weniger Widerstand entgegensetzten.

»He, wen haben wir denn da«, rief eine raue Stimme.

»Einen Riesenhalbling«, antwortete eine andere. Sie redeten Relinga, die Sprache, die von den meisten Menschenvölkern benutzt wurde und sich daher schon vor langer Zeit als Verkehrssprache in ganz Athranor durchgesetzt hatte. Und da die Soldaten des Waldkönigs Haraban in aller Herren Länder angeworben wurden, war es auch die Sprache seiner Armee. Auch die Halblinge konnten sie verstehen, und manche älteren Halblinge trieb schon die Sorge um, die eigene Sprache könnte irgendwann von ihr ersetzt werden.

Arvan drehte den Kopf und sah, dass der Waldboden mit getöteten Baumschafen übersät war. Die Pfeile der Söldner des Waldkönigs hatten mindestens ein Dutzend von ihnen aus dem Geäst geholt. Manche hatten Pfeil und Sturz zwar überlebt, wurden aber nun der Reihe nach abgeschlachtet.

Doch die anderen sind gerettet, dachte Arvan erleichtert. *Ein Dutzend verloren, aber anderthalbtausend gerettet. Gomlo wird mit mir zufrieden sein.*

Einer der Söldner schnitt die Ranken durch, an denen Arvan hing. Er fiel auf den Boden.

»Zusätzlich zu gebratenem Baumschaf auch noch gedünstete Halblingszunge – wie gefällt uns das denn«, rief einer der Kerle, der sich auf seinen Langbogen stützte. »Unser Speiseplan wird ja noch reichhaltiger, als ich zu hoffen wagte.«

Die anderen lachten.

»Halblinge sind keine Tiere, sondern Bürger in Harabans Reich«, warf ein anderer ein. »Und die sollen wir doch beschützen und nicht essen!«

Das Gelächter wurde noch lauter und rauer.

Einer stieß Arvan mit dem Speerschaft an. Er befreite sich

aus den Ranken. »Der hat ja kleine Füße«, sagte ein Kerl, dem der Vollbart unter dem Helmriemen hervorquoll.

Schnell hatte sich ein Ring um Arvan gebildet. Die Soldaten starrten ihn an. Arvan trug ein Wams aus Baumschafwolle, das in der Mitte von einem breiten Gürtel zusammengehalten wurde. Ein Langmesser hing in einer bestickten Lederscheide an seinem Gürtel. Seine Halbling-Ziehmutter Brongelle hatte die Stickerei in liebevoller Kleinarbeit eingearbeitet – so fein, wie es wohl nur den geschickten Händen des kleinen Volkes möglich war. Arvans Hose war aus Baumschafleder und endete knapp über den Knöcheln. Er war barfuß – und man brauchte keinen Halbling zum Vergleich, um zu erkennen, dass seine Füße nicht einmal halb so groß waren, wie man es von einem Bewohner dieser Wälder erwartet hätte. Außerdem stand der Junge einigen der Söldner sogar auf Augenhöhe gegenüber.

»Du bist kein Halbling«, sagte einer der Söldner verblüfft.

»Ich gehöre zum Stamm, dessen Urvater Brado der Flüchter ist«, sagte Arvan auf Relinga.

»Er scheint mir ein fleischgewordener Fluch der Baumdämonen zu sein«, keuchte ein anderer Soldat.

Arvan deutete auf die getöteten Baumschafe. »Ihr habt euch an fremdem Eigentum vergriffen. Niemand hat euch erlaubt, Baumschafe aus der Herde zu nehmen!«

»Ein großes Mundwerk und wenig Verstand«, lautete der Kommentar des Söldners mit dem Vollbart. »Und selbst zum Klettern anscheinend zu dämlich!«

Einer der anderen Männer legte die Hand um den Griff seines Schwerts und zog die Klinge. »Töten wir ihn. Sonst gibt es nur Ärger.«

Da schritt der Hauptmann ein, dem es bisher wichtiger gewesen war, den toten Baumschafen die nur etwa daumengroßen Stummelhörner aus der Stirn zu brechen. Sie bestanden aus einem hornigen Material und waren entweder grau oder schwarz. Letztere waren sehr selten und galten als Glücksbringer und in pulverisierter Form als Heilmedizin. Man konnte gute Preise damit erzielen.

Im ungeschorenen Zustand waren diese Hörner bei den Schafen nicht zu sehen.

Immerhin eines der Hörner war schwarz und damit wertvoll. Baumschafblut besudelte das Übergewand des Hauptmanns, während er seine Trophäe ins Licht hielt, das durch eine der wenigen Lücken im Geäst der Riesenbäume bis zum Waldboden fiel. Er lachte zufrieden. »Mal sehen, ob die Narbe, die mir der letzte Feldzug eingebracht hat, aufhört zu schmerzen, wenn ich das hier bei mir trage.« Dann wandte er sich zu Arvan um. »Wer bist du?«

»Mein Name ist Arvan.«

»Du siehst aus wie ein Mensch, aber du lebst bei den Halblingen?«

»Ich bewache die Herde von Gomlo, dem Baum-Meister des Stammes von Brado dem Flüchter.«

»Dann gehört ihm die Herde und nicht etwa dir?«

»Ich bin sein Sohn, und was Ihr hier tut, verstößt sowohl gegen die Gesetze des Halblingwaldes als auch gegen die von Harabans Reich.«

»Wenn er der Sohn eines Halblings ist, dann möchte ich nicht die Frau sehen, die diese Missgeburt hervorgebracht hat«, rief der Kerl mit dem Vollbart, und aus mindestens einem Dutzend heiserer Kehlen wurde dazu dreckig gelacht.

Der Hauptmann hob die Hand. Sein Gesicht blieb unbewegt. Er schien den Humor seiner Männer nicht zu teilen.

»Töten wir ihn«, sagte er dann. »Sonst gibt es nur unangenehme Fragen. Wenn man uns schon in diesen von den Göttern verlassenen Wald schickt, ohne uns richtig zu versorgen, will ich nicht auch noch durch Halblingsangelegenheiten beim Essen gestört werden!«

Daraufhin zog auch der Kerl mit dem Vollbart sein Schwert. Er nahm es in beide Hände und trat auf Arvan zu.

Dann wirbelte die Klinge durch die Luft.

Arvan zog sein Langmesser, das zwar nach Halblingsart einschneidig und sehr stabil war, aber keine Waffe, um sich gegen einen Schwertkämpfer zu verteidigen. Es diente eher als Werkzeug, weniger zum Kampf. Den ersten Hieb parierte er mit einiger Mühe. Er konnte das Schwert des Söldners gerade eben zur Seite schlagen und taumelte einen Schritt zurück. Mit den Füßen verfing er sich in den Resten des Pflanzengeflechts, das ihn davor bewahrt hatte, auf den Waldboden zu prallen. Er stolperte und fiel rücklings auf die Erde.

Der bärtige Söldner war bereits über ihm und holte zum tödlichen Schlag aus, wobei er einen barbarischen Kampfschrei ausstieß.

Doch der Laut wandelte sich in einen gellenden Todesschrei.

Eine Wurfaxt drang dem Söldner mit ungeheurer Wucht in die Stirn und spaltete ihm den Schädel. Sie war mit einer so enormen Kraft geschleudert worden, dass sie mühelos den Lederhelm durchdrang – Blut und Hirn quollen unter dem Nasenschutz hervor. Regungslos, mit geöffnetem Mund und erstarrten Augen, stand der Söldner einen Moment da, das Schwert noch immer zum Schlag erhoben. Bevor er über Arvan zusammenbrach, drehte der sich um die eigene Achse nach links und war im nächsten Augenblick wieder auf den Beinen.

Er drehte sich um. Ein Krieger mit tierhaftem Maul stürmte

aus den Büschen. Er war größer und kräftiger als die größten und kräftigsten unter den Söldnern. In der Linken hielt er ein gewaltiges Sensenschwert.

Ein Ork!, durchfuhr es Arvan. Er musste die Wurfaxt geschleudert haben.

Vier Hauer ragten dem barbarischen Geschöpf aus dem Maul, das zu einem kehligen Schrei geöffnet war. Kleidung und Haut des Angreifers waren schlammfarben, und als Harnisch diente ihm anscheinend der Panzer eines größeren, käferartigen Tiers, das Arvan nicht kannte. Der Ork wirbelte sein Sensenschwert und schlug gleich mit dem ersten Hieb einem der überraschten Söldner den Kopf von den Schultern.

Der nächste zerschnitt den Leib des Hauptmanns über der Hüfte in zwei Hälften.

Dann war der Ork nur noch wenige Schritte von Arvan entfernt und holte erneut brüllend zum Schlag aus. Gleichzeitig drangen überall aus dem Unterholz weitere Orks hervor und verwickelten die Söldner des Waldkönigs in Kämpfe. Köpfe rollten, Schwertarme wurden abgetrennt, Schreie gellten.

Der Söldnertrupp, der sich an den Baumschafen vergriffen hatte, bestand zum größten Teil aus Bogenschützen, die offenbar für den Schwertkampf weder besonders gut gewappnet noch ausgebildet waren. Der Kampf hatte kaum begonnen, da lag schon fast die Hälfte von ihnen tot, verstümmelt oder anderweitig schwer verletzt in ihrem Blut. Die meisten waren gar nicht erst dazu gekommen, ihre Langbögen einzusetzen.

Arvan wich dem Ork, der ihm durch seinen Axtwurf das Leben gerettet hatte, aus und duckte sich unter dem Schlag seines Sensenschwertes blitzschnell hinweg. Der wuchtig geführte Hieb ging ins Leere. Der Ork stieß einen überraschten Laut aus. Er ließ das Schwert erneut herumfahren, doch da traf ihn der Pfeil eines Langbogens ins Auge.

Der Ork stutzte, brüllte laut auf und umklammerte mit einer seiner Pranken den Pfeil, um ihn sich aus dem Schädel zu ziehen.

Arvan bekam aus den Augenwinkeln heraus mit, wie dem Bogenschützen ein orkisches Wurfmesser die Kehle aufriss, ehe dieser einen weiteren Pfeil einlegen konnte. Blut spritzte, einen röchelnden Laut ausstoßend, sank der Mann zu Boden.

Den Ork mit dem Pfeil im Schädel hatte die pure Wut gepackt. Bei seinem ungeschickten Versuch, den Pfeil herauszuziehen, war der hölzerne Schaft abgebrochen. Er warf das obere Pfeilende fort, fasste mit beiden Händen sein Sensenschwert und stürmte voran, geradewegs auf Arvan zu.

Schon der erste Hieb war so hart geführt, dass Arvan das Langmesser aus der Hand geprellt wurde. Im hohen Bogen flog es durch die Luft und landete irgendwo in den Büschen des Unterholzes. Das Gebrüll – halb Schmerzensschrei und halb Wutgeheul – war ohrenbetäubend. Der aasige, faulig riechende Gestank, der dem Ork aus dem Mund quoll, raubte Arvan den Atem.

Einem zweiten Hieb konnte er knapp ausweichen – aber wohl nur, weil der Ork durch den Pfeiltreffer in seinem Auge behindert war. Die Sensenklinge schnitt durch eines der am Boden liegenden Baumschafe, teilte es in der Mitte und grub sich noch ein ganzes Stück in den weichen Waldboden.

Die Zeit, die der Ork brauchte, um sie wieder herauszureißen, nutzte Arvan. Zwei Schritte, und er war bei der Leiche des bärtigen Söldners. Er nahm dessen Schwert an sich und riss ihm die orkische Wurfaxt aus dem Schädel.

Ohne lange zu überlegen, schleuderte Arvan die Axt auf seinen Gegner, der inzwischen seine Waffe aus der Erde und dem Tierkadaver befreit hatte.

Alle Kraft, die in Arvans Armen steckte, hatte er in diesen Wurf gelegt – wohl ahnend, dass es kaum reichen würde, den Ork aufzuhalten.

Aber Werfen und Schleudern hatte er bei den Halblingen von klein auf gelernt. »*Weit, aber ungenau*«, hatte dabei immer das Urteil gelautet. »*Er sollte besser nicht auf die Jagd gehen, wenn man sicher sein will, dass er nicht die eigenen Gefährten erwischt.*«

Arvan erinnerte sich sehr genau an diese Beurteilung seiner Halbling-Lehrer. Aber in diesem Moment spielte das keine Rolle. Es ging nur darum, das nackte Leben zu retten, egal wie.

Die Axt fuhr dem Ork genau in das aufgerissene Maul. Einer der Hauer brach ab. Der Krieger hielt in der Bewegung inne und keuchte. Sein Brüllen war verstummt. Dann spuckte er Blut.

Arvan nahm all seinen Mut zusammen, fasste das Schwert des erschlagenen Söldners mit beiden Händen. Es war verflucht schwer – viel schwerer, als er es sich vorgestellt hatte. Was Schwerter betraf, so kannte er eigentlich nur die leichten Halblingsrapiere. Die Klinge des Söldners wirkte dagegen fast monströs.

Er drosch damit auf den Ork ein. Dieser parierte den Schlag mit einer leichten Seitwärtsbewegung seiner Klinge. Der rasselnde Laut, der dabei aus seiner Brust drang und den er an der Wurfaxt vorbeiwürgte, verwandelte sich in ein Bellen, das wohl Gelächter sein sollte. Er riss sich die Wurfaxt, deren Schneide von blutigem Schleim überzogen war, aus dem Maul und schleuderte sie auf Arvan zurück. Doch der konnte ihr ausweichen.

Arvan attackierte den Ork erneut mit dem Schwert.

Stahl traf auf Stahl, aber Arvan konnte der ungeheuren

Wucht der gegnerischen Schläge nur einen Moment standhalten, dann wurde er zu Boden geworfen.

Der Ork machte noch einen Schritt nach vorn und stand im nächsten Moment genau dort, wo die Söldner Arvan aus den Ranken geschnitten hatten. Die hingen immer noch bis auf Kopfhöhe herab.

Doch nun gerieten sie in Bewegung. *Fasst ihn!,* dachte Arvan, und die Ranken legten sich um den Hals des Orks. Ehe er sichs versah, wurde er in die Höhe gezogen und verlor den Boden unter den Füßen. Er strampelte wie ein Gehenkter.

Dann brach sein Genick, sein Körper erschlaffte, und die Sensenklinge entfiel seiner kraftlos gewordenen Pranke.

Halblingsrache

Keiner der Söldner lebte noch, und einige der Orks rissen bereits mit bloßen Pranken rohe, blutige Fleischstücke aus den toten Baumschafen, die sie gierig verschlangen. Doch dann wurden sie auf ihren gehenkten Artgenossen aufmerksam, und sie hielten in ihrem Treiben inne. Manchem entfuhr ein erstauntes Keuchen. Andere wechselten ein paar Worte in der Sprache ihres Volkes.

Arvan schluckte. Schweiß hatte sich unter seinen Händen gebildet, die er verzweifelt um den Griff des Söldnerschwertes klammerte.

Einer der Orks, der mit seinen Hauern einen Baumschafschädel geknackt und das Hirn schmatzend und genussvoll herausgesogen hatte, erhob sich und trat mit weiten Schritten auf Arvan zu.

Ist noch irgendwo eine Pflanze, die mir helfen kann und auf mich hört?, überlegte dieser. Doch er hatte so weiche Knie, dass er kaum in der Lage war, einen Gedanken zu fassen, der auch nur annähernd stark genug gewesen wäre, um auch nur eine Moosflechte zu beeindrucken.

Arvan wich ängstlich zurück, während der Ork ein paar Worte in seiner Sprache grölte, die sich aus vielen – tief in der Kehle gebildeten – Knack- und Zischlauten zusammensetzte.

Einige seiner Mitstreiter fielen brüllend mit ein und schwenkten die Waffen.

Arvans Blick glitt über ihre wütenden tierhaften Gesichter.

Offenbar fühlten sie sich in ihrem Kriegerstolz verletzt, weil einer der ihren wie ein Gehenkter an einem Galgen aus Ranken baumelte.

Der Ork, der auf Arvan zugekommen war, verengte die Augen. Arvan stellte fest, dass sein Hauer links unten abgebrochen war. Er streckte seine Pranke aus und zeigte auf Arvan. »Du ... Dämon«, rief er – diesmal nicht auf Orkisch, sondern in einem barbarisch klingenden Relinga.

Dann folgte ein Schrei, so furchtbar und laut, wie ihn Arvan noch nie von einem anderen Wesen gehört hatte. Selbst das Trompeten der Kriegselefanten, die Harabans Söldner benutzten, erschien ihm dagegen wie ein verhaltenes Flüstern. Arvans schweißnasse Hände klammerten sich um den Schwertgriff. Aber es war ihm durchaus klar, dass ihn diese Waffe kaum retten konnte.

Von den Ranken, die er beeinflussen konnte, befand sich keine in der Nähe, geschweige denn ein ganzes Geflecht, dessen Einzelpflanzen er in langer, konzentrierter Gedankenbeeinflussung an seinen Geist gewöhnt und gefügig gemacht hatte. Die hingen alle weit über ihm von den höheren Ästen herunter. Dass die Ranken, die den anderen Ork erwürgt hatten, überhaupt weit genug herabhingen, lag allein darin begründet, dass Arvan sie bei seinem Sturz von der Hauptastgabel ein ganzes Stück mit in die Tiefe gerissen und sie auf das Äußerste gedehnt hatte.

Die Gedanken rasten ihm nur so durch den Kopf. Er dachte an Flucht. Aber wohin? Orks waren gute und ausdauernde Läufer. Ihnen entkommen zu wollen, indem man vor ihnen davonlief, war selbst bei einem Waldbewohner ziemlich aussichtslos.

Da das also ausschied, gab es eigentlich nur noch eine andere Möglichkeit.

Nach oben!

Ihm war zwar zeitlebens gesagt worden, was für ein lausiger Kletterer er sei – aber vielleicht hatte er bei den Halblingen ja wenigstens so viel gelernt, dass er auf diese Weise einem Ork entkommen konnte. Das Problem war nur, dass der Hauptstamm seines Herdenbaums mindestens fünfzig Schritte entfernt war. Um dorthin zu gelangen, hätte er außerdem an mehreren Orkkriegern vorbeilaufen müssen, die dort abwartend herumstanden.

Erneut stieß der Ork mit dem abgebrochenen Zahn einen durchdringenden Schrei aus. Diesmal war es allerdings wohl ein Ruf, der an seine Gefährten gerichtet war. Arvan fragte sich sogar, ob es *Worte* waren, die er da vernommen hatte. Die eine Pranke des Orks umklammerte den Griff des Sensenschwerts, das in seinem Gürtel steckte, die andere streckte er aus, so als wollte er etwas auffangen.

Tatsächlich warf ihm einer der anderen Krieger einen Speer zu, und der Ork, der drohend über Arvan aufragte, fing ihn auf. Dann trat er unter den gehenkten Gefährten und durchtrennte mit der Speerspitze die Pflanzenstränge. Schwer schlug der Körper des Toten auf den Boden. Daraufhin reckte der Ork den Speer empor und trommelte sich mit der anderen Pranke mit solcher Wucht auf den Brustpanzer, dass jedem anderen Geschöpf die Luft weggeblieben wäre. Wie ein dumpfer begleitender Trommelschlag zu seinem abschließenden Aufbrüllen hörte sich das an. Die anderen stimmten in sein Gebrüll mit ein.

Dann nahm der Ork dem toten Gefährten die Waffen ab und was er sonst für wertvoll hielt. Darunter ein schlammverschmiertes Knochenamulett, das der Tote unter seiner Kleidung getragen hatte und das ihm vielleicht hatte Glück bringen sollen. Das Amulett behielt der Ork, der den Körper von den Ranken losgeschnitten hatte. Die Waffen warf er besonders laut brüllenden Kampfgefährten zu. Die Sicherheit, mit der diese sie fingen, ließ Arvan erschauern. Manche der Würfe, mit denen der Ork die Waffen an seine Krieger verteilte, waren so wuchtig, dass sie ein anderes, weniger kräftiges und widerstandsfähiges Geschöpf vermutlich verletzt oder gar getötet hätten.

Sodann wandte sich der Ork mit dem abgebrochenen Zahn wieder Arvan zu. »Niemand schreit für sich allein«, knurrte er in nur schwer verständlichem Relinga. Er wies auf den Körper des toten Gefährten und starrte Arvan an. »Schrei mit ihm – Dämon!«

Er stieß einen Kampfruf aus, in den auch die anderen Orks einfielen – und schleuderte dann den Speer nach Arvan.

Es war ein wuchtiger, kraftvoller Wurf, doch Arvan gelang es, ihm auszuweichen. Haarscharf jagte der Speer mit der unterarmlangen, messerscharf geschliffenen Spitze aus grauem Orkstahl an ihm vorbei und blieb in einem Baum stecken.

Wutgeheul folgte, in das wiederum alle einstimmten. Doch der Ork, der Arvan gerade verfehlt hatte, riss seinen Wurfdolch aus dem Gürtel und ließ diesen dem Speer folgen. Die Klinge streifte Arvans Wams an der Schulter, traf aber nicht, da der Waldbewohner erneut im letzten Moment ausgewichen war.

Arvan erinnerte sich an die Worte seines Ziehvaters Gomlo. »*Auszuweichen ist die stärkste Waffe der Kleinen! Du bist zwar nicht ganz so klein wie wir, aber auch nicht groß genug, als dass du dich in dieser Kunst nicht üben solltest!*«

Und Arvan *hatte* sich darin geübt. Zumindest so gut er konnte, auch wenn das Ergebnis dem Urteil der Halblinge nach eher stümperhaft war. Der Wald war voller gefährlicher Geschöpfe, die größer, schneller und stärker waren als jeder

Halbling oder Mensch. Schnell ausweichen zu können entschied allzu häufig über Leben und Tod – etwa wenn sich die Todesblumen mit ihren langen Hälsen plötzlich nach vorn streckten und ihr Gift aus den Blütenkelchen schoss, das selbst auf eine Entfernung von zehn Halblingsschritten noch tödlich sein konnte.

Die Kriegerhorde feuerte den Ork mit dem fehlenden Hauer an. Die barbarischen Geschöpfe schrien und brüllten und schwenkten ihre Waffen. Das Fleisch der Baumschafe war ihnen weit weniger wichtig als der Ausgang des Spektakels, das sich ihnen unerwarteterweise bot. Ein schwacher Waldbewohner hatte es gewagt, sich gegen einen der ihren zu stellen und seinen Zorn erregt. Das versprach ein blutiges Schauspiel. Arvan hatte davon gehört, dass Orks manchmal mit denen, die ihnen in die Hände fielen, üble Spielchen trieben und sie quälten, wie es Katzenbäume mit ihrer Beute taten.

Der Ork ließ sich zwei weitere Speere geben. Er zielte sehr genau. Die Speerspitze ritzte Arvan am Oberarm. Er spürte den Schmerz sofort und konnte nur hoffen, dass die Spitze nicht vergiftet war. Dem zweiten Speer konnte er besser ausweichen. Beide Waffen blieben zitternd im Holz des Baums stecken, in dem sich auch schon der erste Speer befand.

Arvan hörte einen piepsenden Laut – so schrill und hoch, dass menschliche Ohren ihn kaum noch hören konnten.

Die Orks achteten nicht darauf. Sie feuerten Arvans Gegner an, der zum Schwert griff, um Arvan im Nahkampf hinzuschlachten. Dass er es mit drei Speerwürfen nicht geschafft hatte, musste der Ork zweifellos als Schmach empfinden.

Er fasste sein Sensenschwert mit beiden Händen und näherte sich Arvan. Es konnte nur noch Augenblicke dauern, bis er zum Angriff überging. Der Ork konnte es sich nicht leisten, dass ihm Arvan abermals entkam. In diesem Fall wäre er endgültig zum Gespött seiner Gefährten geworden. *Gut so,* ging es Arvan durch den Kopf. *Wenn er sich selbst beweisen muss, wird ihm hoffentlich wenigstens kein anderer aus der Horde helfen.*

Es war schwierig genug, sich gegen *einen* Ork zu verteidigen, aber dem Angriff einer ganzen Horde zu entgehen war so gut wie ausgeschlossen. Dass Arvan überhaupt noch lebte, war zweifellos als Wunder einzustufen.

Die Götter des Waldes müssen mir gewogen sein, dachte er. Das waren sie oft gewesen. Sie hatten ihn zwar auch häufig genug gestraft, aber noch öfter waren sie auf seiner Seite gewesen und hatten ihn nach schweren Stürzen und Verletzungen, die er als Langsamster und Ungeschicktester unter den Waldbewohnern seines Stammes andauernd zu erleiden hatte, immer wieder gesunden lassen. *Sie werden mir auch die Kraft schenken, diesen furchtbaren Augenblick lebend zu überstehen,* versuchte er sich Zuversicht einzureden.

Der Ork machte einen Ausfallschritt.

Die Horde hielt den Atem an. Das Gebrüll verstummte und wich einer angespannten Stille.

Den ersten Schlag seines Orkgegners konnte Arvan gerade noch parieren. Nur mit äußerster Mühe gelang es ihm zu verhindern, dass ihm das Schwert aus den Händen geschlagen wurde. Einem zweiten Schlag konnte er nur noch ausweichen. Er duckte sich rechtzeitig, sodass die Klinge haarscharf über ihn hinwegsenste.

Ehe der Ork das Schwert zurückreißen und Arvan damit Oberarm und Brustkorb zerteilen konnte, traf ihn etwas am Kopf. Es war eine Herdenbaumkastanie – die beliebteste Munition für die äußerst effektiven Schleudern, die man im Halblingwald benutzte, um unliebsame Eindringlinge fernzuhalten.

Kurz hintereinander trafen den Ork noch weitere dieser Geschosse. Sie zerplatzten auf seinem Schädel und setzten zischend ein ätzendes Gas frei. Eine der Kastanien fuhr dem Ork geradewegs ins Maul. Er ruderte mit den Armen und konnte kaum noch etwas sehen.

Danke, Freunde, wo immer ihr euch auch versteckt haben mögt, dachte Arvan. Es war zwar nur ein kurzer Augenblick, den er durch den Beschuss mit den Kastanienschleudern gewonnen hatte, doch der rettete ihm vielleicht das Leben.

Er rannte los. Der Ork mit dem abgebrochenen Zahn war im Moment nicht in der Lage, ihm schnell genug zu folgen. Und die anderen Orks waren zu verblüfft, um sofort zu handeln. Sie suchten mit ihren Blicken die Umgebung ab, um herauszufinden, wo die Halbling-Übeltäter saßen, die aus dem Verborgenen heraus ihre Schleudern eingesetzt hatten.

Arvan rannte zu dem Baum, in dem die Speere steckten. Es war kein Herdenbaum, sondern eines der kleineren Gewächse im Halblingwald. Knapp fünfzig Mann hätten wahrscheinlich gereicht, um ihn zu umfassen, und er wuchs auch nur auf eine Höhe, die den Herden- und Wohnbäumen nicht einmal bis zur Hauptgabel reichte. Das Holz war schwarz wie die Nacht, aber die Rinde großporig und von vielen Unebenheiten durchzogen, sodass man daran gut Halt finden konnte.

Arvan kletterte den Hauptstamm empor. Jeder Halbling hätte über seine ungeschickten Bewegungen gelacht und auch darüber, dass er oft erst beim zweiten Versuch an der Rinde oder in den kleinen Vertiefungen, die es am Stamm gab, Halt fand.

Aber kein Mensch und schon gar kein Ork hätte ihm das auch nur annähernd nachmachen können. Er schnellte den Stamm empor. Einer der anderen Orks war inzwischen aus seiner Erstarrung erwacht und hatte mit wenigen langen

Schritten den Baum erreicht. Er sprang hoch, um Arvan noch zu fassen zu kriegen.

Arvan spürte eine Pranke an seinem Fuß. Eines der Schleudergeschosse wehrte der Ork mit einer beiläufigen Bewegung der anderen Pranke ab. Die Herdenbaumkastanie zerplatzte ungefähr zehn Schritte weiter, wo sie gegen einen anderen Baum geprallt war.

In diesem Moment offenbarte sich, woher der schwarze Baum seinen Namen hatte.

Dämonenbaum.

Genau zwischen den drei Stellen, wo die Speerspitzen in die Rinde gefahren und sie durchdrungen hatten, riss der Baum förmlich auseinander. Die Rinde brach auf. Dahinter schien kaum noch Holz zu sein. Eine dunkle Höhle klaffte auf, und Dutzende von fledermausartigen Wesen schnellten daraus hervor. Sie hatten dolchgroße Stacheln an den Köpfen, die sie im Angriffsflug einsetzten wie Kriegsgaleeren ihre Rammsporne.

Baumdämonen nannten sie die Halblinge. Man tat gut daran, sie in Ruhe zu lassen, dann blieben sie friedlich.

Aber die Orks hatten das missachtet.

Die schwarzen Bäume – zu klein, um in diesem besonderen Wald der Baumriesen je das Licht zu erreichen – wurden häufig von Walddämonen ausgehöhlt. Irgendwann brachen sie dann morsch in sich zusammen.

Nur ein Dummkopf wirft einen Speer in einen schwarzen Baum, dachte Arvan, der zusah, wie gleich ein ganzer Schwarm der geflügelten Dämonen die Orks angriff. Ein dunkler Strom aus Geflügelten quoll aus dem Inneren des Baums hervor. Die ersten Orks wurden von den dolchartigen Hörnern so schwer getroffen, wie es sonst kaum eine Waffe vermochte. Immer wieder griffen die Baumdämonen an, stießen ihre Hörner in die Leiber der Orks und ließen dabei schrille Laute hören.

Es waren jene Laute, die Arvan bereits zuvor ganz leise vernommen hatte. Daher überraschte ihn nicht völlig, was geschah.

Die Orks gerieten in Panik. Gegen die immer wieder mit ihren Horndolchen herabstoßenden Baumdämonen hatten sie kaum eine Abwehrmöglichkeit. Ihre großen, plumpen Waffen waren kaum dazu geeignet, um sich damit gegen einen solchen Gegner zur Wehr zu setzen. Die Schwertstreiche der Sichelklingen gingen zumeist ins Leere. Nur ab und zu gelang es einem der Orks, einen Walddämon zu töten, indem er ihn mit der Klinge zerteilte. Dann aber wurde er gleich von mehreren Baumdämonen attackiert.

Innerhalb weniger Augenblicke war der Spuk vorbei. Die Orks, die sich sonst vor keinem Gegner fürchteten und die härtesten Krieger ganz Athranors waren, ergriffen die Flucht, sofern sie dazu noch in der Lage waren. Etliche von ihnen lagen tot am Boden. Meist hatten sich Dutzende von Horndolchen in ihre Körper gebohrt, und das verkraftete selbst ein widerstandsfähiger Ork nicht. War der Stoß heftig genug, trat zusätzlich ein Gift aus der Spitze des Horndolchs, und das führte innerhalb weniger Augenblicke zum Tod.

Die Leichen der Orks lagen hingestreckt auf dem Waldboden, übersät von jenen Walddämonen, deren Horndolche noch in den Leichen steckten und die mit ihren Flügelarmen und Beinen herumstrampelten, in dem Bemühen, die Horndolche aus dem Orkfleisch und vor allem aus der dicken Haut darüber zu ziehen. Einige der Baumdämonen hatten ihre Opfer mit solcher Wucht attackiert, dass ihre Horndolche sogar die Harnische durchdrungen hatten.

Die Schreie der fliehenden Orks waren noch eine ganze Weile zu hören. Einige der Baumdämonen verfolgten sie bis tief in den Wald.

Arvan atmete tief durch. Er hing in einer Höhe von drei Mannlängen am Baumstamm und hatte Halt an einem kleinen verkümmerten Ast und mehreren Vorsprüngen und Spalten in der groben Rinde gefunden. Die Muskulatur in den Händen und Zehen war bei Arvan stark ausgebildet, eine Folge des häufigen Kletterns nach Halblingart. Er hatte lange gebraucht, um sich allein mit den Fingerspitzen und seinen vergleichsweise kleinen Zehen halten zu können.

Aus dem Unterholz kamen drei Halblinge hervor. Sie hatten mit dem Einsatz ihrer Schleudern dafür gesorgt, dass es Arvan überhaupt bis auf den schwarzen Baum geschafft hatte.

»Arvan«, rief einer der Halblinge. Er war schlank und hatte dunkle Locken, aus denen die spitzen Ohren hervorstachen. Leichtfüßig und fast lautlos huschte er über den Waldboden, vorbei an getöteten Haraban-Söldnern und Orks, von deren Körpern sich die Baumdämonen noch mühsam befreiten.

Von ihnen hatte er nichts zu befürchten, denn die geflügelten Wesen wussten, dass er nicht zu jenen gehörte, die sich ihren Zorn zugezogen hatten.

Halblinge lernten von klein auf, wie das zu vermeiden war. So durfte man einen schwarzen Baum niemals mit einer Waffe oder sonst wie verletzen. Allerdings eigneten sich solche Bäume ganz hervorragend, um in ihrer Astgabel die Nacht zu verbringen, wenn man sich auf einer längeren Reise befand, denn die meisten Nachtjäger mieden sie, weil sie wussten, dass der Zorn der Baumdämonen tödlich sein konnte.

Die Fledertiere, die ihre Horndolche bereits aus den Orkleichen befreit hatten, kehrten nicht zu dem schwarzen Baum zurück, den Arvan hinaufgeklettert war. Die Baumdämonenkolonie würde irgendwo in der Tiefe des Waldes mithilfe ihrer schrillen Rufe wieder zusammenfinden und nach einem anderen schwarzen Baum suchen, der für sie geeignet war. Zu diesem würde keines der Geschöpfe jemals zurückkehren. Ihre Ruhe war in diesem Baum gestört worden, und damit war er künftig ein Ort, den sie mieden.

Davon abgesehen, war der Baum ohnehin bereits zu großen Teilen ausgehöhlt, und sie hatten ihm die Lebenskraft bis auf einen kleinen Rest entzogen.

»Ist alles in Ordnung, Arvan?«, fragte der lockenköpfige Halbling.

»Ich lebe noch, Neldo«, lautete die Antwort. »Aber du siehst, dass ich in leichten Schwierigkeiten stecke?«

»Wieso das denn?«, fragte Neldo und befestigte seine Schleuder hinter dem Gürtel, an dem sich außerdem noch ein Langmesser und mehrere kleine Taschen befanden. Bei einer Tasche war die Schließlasche offen, die Tasche selbst war offensichtlich leer. Dort hatte sich wohl Neldos Vorrat an Herdenbaumkastanien befunden, den er zur Gänze verschossen hatte.

Er trug ähnlich wie Arvan ein Wams aus Baumschafwolle, in das traditionelle Muster der Halbling-Webereien eingearbeitet waren.

»Na komm schon runter! Worauf wartest du, du wagemutiger Orkschlächter!« Neldo grinste. »Wenn jetzt jemand hier zufällig vorbeikommt, könnte er ja fast denken, du allein wärst für dieses Gemetzel verantwortlich.«

»Sehr witzig«, rief Arvan.

Er fühlte sich ziemlich angespannt und blickte ängstlich in die Tiefe.

»Spring doch«, ergriff nun der zweite Halbling das Wort, der aus den Büschen gekommen war. Sein Gesicht war deutlich runder und sein Körperbau breiter und kräftiger, als es bei Neldo der Fall war. Außerdem hatte er Sommersprossen im Gesicht, und sein Haar hatte einen deutlichen Rotstich.

Natürlich aber war er, gemessen an Arvans menschlich-plumper Gestalt, dennoch von eher zarter Statur.

»Es reicht, dass ihr euch sonst über mich lustig macht, Borro«, rief Arvan zurück, und die wachsende Verzweiflung war ihm anzusehen.

Borro zuckte mit den Schultern und verschränkte die Arme vor der Brust. »Ich mach mich nicht über dich lustig«, behauptete er. »Ich sag dir einfach nur, was ich als Nächstes tun würde.«

»Wir sind doch deine Freunde«, fügte die Dritte im Bunde mit deutlich höherer Stimme hinzu. Während Neldo und Borro direkt auf den schwarzen Baum zugelaufen waren, an dem Arvan noch immer hing, hatte sich das langhaarige Halblingmädchen erst einmal umgesehen.

Arvan erkannte sie natürlich sofort.

Zalea – das mit Abstand schönste Halblingmädchen von Gomlos Wohnbaum und wahrscheinlich sogar im gesamten Stamm von Brado dem Flüchter. Das seidig glänzende Haar fiel ihr lang über die Schultern, und die spitzen Ohren stachen keck daraus hervor. Ihre Gestalt war so grazil, dass selbst die großen Halblingsfüße kaum auffielen.

»Der Baum ist von innen völlig morsch, und die Baumdämonen haben ihm nahezu jegliche Lebenskraft entzogen«, erklärte Arvan im ängstlichen Tonfall. »Wenn ich mich bewege …«

In diesem Moment bröckelte die Rinde unter Arvans Fingern, und der verkümmerte Ast, den er mit der anderen Hand umfasste, brach.

»Spring«, riefen Zalea und Borro gleichzeitig, doch Zalea auf Relinga, das unter jüngeren Halblingen inzwischen auch im Alltag sehr verbreitet war, und Borro in der Sprache der Halblinge vom Langen See, in die er immer dann verfiel, wenn ihn etwas wirklich entsetzte.

Der ganze Baum geriet in Bewegung und verlor den letzten Rest seiner Stabilität. Ein Ächzen und Knacken war zu hören, als das morsche Holz brach.

Der Baum senkte sich krachend nieder und riss dabei ein paar andere kleinere Bäume mit sich. Die drei Halblinge hatten mehr als genug Zeit, um dem Verhängnis zu entgehen, und auch Arvan sprang, wenn auch im letzten Moment.

Alles war besser, als unter einem Baumriesen begraben zu werden. Auch wenn schwarze Bäume im Halblingwald eher Winzlinge waren, wer unter einen geriet, wurde knietief in die Erde gedrückt.

Der schwarze Baum schlug eine Schneise ins Unterholz. Die schon lange durch den Fraß der Walddämonen brüchigen Äste peitschten hernieder und erschlugen hier und dort noch einen Baumdämon, der seinen Horndolch nicht rechtzeitig aus einem toten Ork hatte befreien können.

Arvan kam dicht neben dem Hauptstamm auf dem Boden auf.

Alles gut gegangen!, dachte er – doch schon im nächsten Moment ahnte er, dass das nicht so ganz zutreffen konnte, denn er spürte einen höllischen Schmerz in der Seite.

Er versuchte sich aufzurappeln – der Schmerz wurde heftiger. Er bemerkte auch, dass er an irgendetwas festhing. Auf die Oberarme gestützt, blickte er an sich herab. Ein Parierdolch steckte ihm im Körper. Einer der erschlagenen Söldner hatte ihn, rücklings auf dem Boden liegend, noch im Tode fest umklammert, und Arvan war direkt hineingesprungen.

»O nein«, hörte er Neldos Stimme, der gerade den gewaltigen Stamm des schwarzen Baums überklettert hatte. Innerhalb weniger Augenblicke war er bei Arvan.

Borro und Zalea, die dem stürzenden Baum in die andere Richtung ausgewichen waren, näherten sich von dort.

Arvan richtete sich auf. Sein Wams war bereits blutdurchtränkt.

»Ach, du hast schon ganz anderes überlebt«, gab sich Borro wie immer zuversichtlich. In den Gesichtern von Neldo und Zalea stand allerdings deutlicher Schrecken. Und da auch Borro ganz bleich geworden war, ging Arvan davon aus, dass er diese Bemerkung nur gemacht hatte, um zu überspielen, wie schlimm es wirklich stand.

Arvan blieb jedoch ruhig. Die Waldgötter hatten ihn anscheinend mit unwahrscheinlich großem Glück und unbeschreiblichem Pech im Übermaß bedacht. Eine andere Erklärung hatte er nicht dafür, wie es sein konnte, dass er soeben noch einem ganzen Trupp von selbstherrlich marodierenden Haraban-Söldnern und einer Horde blutgieriger Orkscheusale entkommen war, nur um dann in den Dolch eines Toten zu springen.

»Wir müssen dich zum Wohnbaum bringen«, sagte Zalea besorgt. »Aber zuallererst müssen wir dafür sorgen, dass die Blutung aufhört.«

»Ihr Waldgötter, ich kann kein Blut sehen«, stöhnte Borro.

»Dann such ein paar Sinnlose«, fuhr Zalea ihn an. »Schnell!«

Borro schaute verdutzt drein. Seine Augen waren ganz groß geworden, während er auf Arvans Wunde gestiert hatte. Aber nun gab er sich einen Ruck. Die Sinnlose – so nannte man eine Pflanze, deren prachtvolle Blüten sinnloserweise im Schatten hoher Bäume blühten. In der alten Medizin der Elbenheiler war sie eine wichtige Heilpflanze, und auch die Halblinge benutzten sie seit langer Zeit gegen beinahe alle möglichen Gebrechen und in fast jeder nur denkbaren Zubereitungsart.

»Bin schon weg«, sagte der bleich gewordene Borro und überkletterte erneut den Stamm des schwarzen Baums mit jenem Geschick und jener Schnelligkeit, die man den Halblingen zu Recht nachsagte.

Zalea wandte sich an Neldo. »Etwas Heilerde brauchen wir auch.«

»Hier ganz in der Nähe findet man genug davon«, wusste Neldo. Er sah auf Arvan herab, der mit vor Schmerz verzerrtem Gesicht dalag und die Augen geschlossen hatte. »Bin ich froh, dass ich ein Halbling bin«, meinte er.

»Ja, im Wald kommen wir besser zurecht als die Menschen«, stimmte ihm Zalea zu. »Doch nun geh endlich.«

Neldo zögerte noch einen Moment, dann lief er davon. Seine großen Halblingsfüße trugen ihn federnd und scheinbar vollkommen mühelos über den unebenen Waldboden.

Zalea erhob sich. »Ich lass dich nur einen Augenblick allein«, sagte sie. »Wird nicht lange dauern.«

Arvans Antwort war ein Stöhnen.

Wenig später hatte Zalea gefunden, was sie suchte. Unter einem Baum, der in anderen Wäldern als groß gegolten hätte, in diesem aber lediglich zum Unterholz zählte, wuchs ein Strauch, dessen Blätter so breit waren, dass sich selbst der dickste Halblingsbauch dahinter hätte verbergen können.

Zalea riss ein paar dieser Blätter ab, während sie eine Formel murmelte, mit der die Halblinge die Waldgötter um Verzeihung baten, wenn sie die Geschöpfe, die jene Götter nach ihrem Ebenbild geschaffen hatten, misshandelten. Das bewahrte einen davor, von unheilvollen Fluchmächten getroffen zu werden, die in den Wäldern am Langen See unter jeder Wurzel lauern konnten.

Sie kehrte mit den Blättern zu Arvan zurück und sagte: »Jetzt wird es wehtun.«

»Schlimmer … kann es … nicht mehr werden«, stöhnte Arvan.

»Ich werde dir den Dolch herausziehen«, kündigte Zalea an. »Ich hoffe, dass die anderen gleich zurück sind.«

»Gut ...«

Zalea umfasste den inzwischen blutigen Griff des Parierdolchs und zog ihn überraschend kraftvoll aus Arvans Seite. Der biss die Zähne zusammen und verzog das Gesicht noch mehr. Sogleich presste Zalea die von ihr gepflückten Blätter auf die Wunde.

Arvan lächelte matt. »Man könnte meinen, du wärst irgendwann einmal ins ferne Elbenreich gelangt und hättest dort die Schriften der Heiler studiert.«

»Das ist Halblingsmedizin, die mir meine Mutter beigebracht hat«, erklärte sie. »Und jetzt rede nicht so viel.«

Neldo und Borro kamen beinahe gleichzeitig zurück. Borro hatte reichlich von den Blüten der Sinnlosen gesammelt, und Zalea wies ihn an, sie zu zerreiben. Unterdessen löste sie Arvans Blätterverband und trug die Heilerde auf, bevor sie die zerriebenen Blütenblätter der Sinnlosen darüberstreute. Sie löste die Kordel, die bisher ihr knielanges Gewand zusammengerafft hatte, und band sie Arvan um den Leib, damit der Blätterverband hielt.

»Und jetzt zurück zum Wohnbaum«, sagte sie.

Neldo und Borro halfen Arvan auf.

»Ich hatte großes Glück, dass ihr zufällig hier vorbeigekommen seid«, stöhnte der Verwundete.

»Das war kein Glück«, widersprach Neldo. »Wir wollten dich auf dem Herdenbaum besuchen.«

»Es war ganz schön mutig von euch, die Orks mit den Schleudern zu attackieren.«

»Auch dir hätte das wohl niemand zugetraut«, meinte Borro.

»Was?«, fragte Arvan.

»Na, so zu kämpfen. Mit viel Glück oder auch Pech hast du ein wahres Schlachtfeld hinterlassen. Das soll dir erst mal einer nachmachen.«

»Auf jeden Fall werden wir uns alle in nächster Zeit sehr vorsehen müssen«, befürchtete Zalea. »Wenn die Orküberfälle jetzt wieder anfangen ...«

»Vielleicht sind ja ein paar von ihnen davongekommen«, überlegte Borro laut. »Wenn die den anderen berichten, was sie hier für eine Katastrophe erlebt haben, spricht sich das womöglich herum.«

»Es würde nur dazu führen, dass noch mehr Orks in unseren Wald einfallen, weil sie die Schmach ihrer Vorgänger rächen wollen«, sagte Neldo wenig optimistisch.

»Davon abgesehen, glaube ich nicht, dass die Baumdämonen einen von ihnen verschont haben«, meinte Zalea. »Keines von diesen Scheusalen wird jemals in die Länder der Orks zurückkehren.«

Keine zwei Schritte weit hatten Borro und Neldo ihren verletzten Freund gestützt, da rief Arvan plötzlich: »Ich muss zum Herdenbaum!«

»So ein Unsinn«, entgegnete Zalea.

»Es wird Tage dauern, die Baumschafe alle wieder einzusammeln!«

»Und wenn schon«, entgegnete sie. »Darum soll sich ein anderer kümmern. Du bist schließlich nicht der einzige Hirte des Stammes.«

»Nein, aber der beste«, stellte Borro fest. Arvan sah ihn überrascht an, und Borro bekräftigte seine Aussage, indem er hinzufügte: »Stimmt doch. Auf niemanden hören die eigensinnigen Viecher so gut wie auf dich.«

»Wenigstens eine Sache, in der ich kein Trottel bin«, murmelte Arvan.

Borro hob die ziemlich buschigen und etwas nach oben gerichteten Augenbrauen, die bei ihm genauso rotstichig waren wie sein Haupthaar. Seine spitzen Halblingsohren legten sich dabei ein wenig enger an den Kopf. »Wer sagt denn, dass du ein Trottel bist?«

»Alle. Und es stimmt doch auch.«

»Du hast manchmal vielleicht etwas mehr Pech als andere, das gebe ich zu«, widersprach ihm Borro. »Aber für deine kleinen Füße, die sich nicht zum Klettern eignen, kannst du ebenso wenig wie für deine überlangen Arme oder deine langsame Art, sich zu bewegen ...«

»Borro«, fuhr Neldo dazwischen.

»Ist ja schon gut, ich wollte nur sagen ...«

»Vielleicht quasselst du nicht so viel und hilfst einfach mit, Arvan zu Gomlos Wohnbaum zu bringen«, schlug Zalea vor.

Auf sie hörte Borro meistens ohne Widerworte, denn insgeheim war der rothaarige Halbling ein wenig in sie verliebt, auch wenn er das wohl niemals zugegeben hätte.

Der Rückweg war mühsam und langwierig, zumal sie ihn auf dem Waldboden zurücklegen mussten und nicht, indem sie sich von Baum zu Baum fortbewegten. Das Geäst der Riesenbäume ragte oft so weit ineinander, dass sich ein guter Kletterer viele Meilen weit durch den Wald bewegen konnte, ohne jemals den Boden zu berühren. Baumschafe dagegen waren zwar dumm genug, sich mitunter ins äußere Geäst ihres Herdenbaums zu begeben, aber ihnen fehlte der Mut, auf den Ast des Nachbarbaums überzuspringen, geschweige denn, dass sie dazu fähig gewesen wären, sich an einer Ranke festzuhalten und zum nächsten Baum zu schwingen. So blieben sie normalerweise auf ihrem Herdenbaum.

Arvans Ziehvater Gomlo behauptete allerdings, dass dies nicht der eigentlichen Natur dieser Geschöpfe entsprach, sondern es einzig den Züchtern aus dem Halblingvolk zu verdanken war, dass man Baumschafe nicht meilenweit durch den

Wald verfolgen musste, um die Herde wieder zusammenzutreiben.

Nach ungefähr der Hälfte des Weges meinte Arvan, dass die Schmerzen nachgelassen hätten. »Ich glaube, ich brauche eure Hilfe nicht mehr.«

»Und ich glaube, du überschätzt dich«, entgegnete Neldo.

»Lasst mich los, es wird gehen«, beharrte Arvan. Dass ihn diese kleinen Gestalten stützten, war ihm ohnehin peinlich. Schließlich war er weitaus größer und stärker als sie. Das immerhin hatte er den *Kleinen* voraus, wenngleich sie ihm dafür in nahezu allen anderen Belangen baumhoch überlegen waren.

Arvan schwankte ein wenig, nachdem Borro und Neldo ihn losgelassen hatten. Für ein paar Augenblicke war ihm schwindelig, aber dann begann er einen Fuß vor den anderen zu setzen. Dabei hielt er sich die Seite – und …

Ein Blitz, so lang wie der Fuß eines Halblings, schoss plötzlich aus seinem Blätterverband, durch die zerrissene Kleidung und die Hand, die Arvan auf die Wunde presste.

Er zuckte zusammen.

»Du darfst nicht so drücken«, schalt ihn Zalea. »Heilerde und nicht sorgfältig genug zerriebene Sinnlosen-Blüten sind ein magisch sehr heikles Gemisch. Aber es hilft.«

Arvan atmete tief durch. »Das will ich hoffen. Wenn mir nicht vorher das Herz vor Schreck stehen bleibt.«

»Nun hör aber auf, du bist doch noch kein alter Mann. Nicht einmal gemessen an menschlichen Maßstäben«, hielt sie ihm vor.

Sie spielte darauf an, dass Halblinge im Allgemeinen deutlich älter als Menschen wurden. Ein hundertdreißig Jahre alter Halbling war nichts Besonderes, und es gab einige, die noch deutlich älter geworden waren. Arvan fand solche Bemerkungen überhaupt nicht witzig, wurde ihm doch auf diese Weise wieder vor Augen geführt, was ihm nach all den Jahren unter Halblingen ohnehin längst klar war: Als Mensch war man gegenüber diesen kleinwüchsigen Spitzohren in jeder Hinsicht benachteiligt.

»Möchtegern-Elbin«, warf er ihr vor und traf damit ihren Halblingsstolz. Denn in der Alten Zeit, als es noch keine Menschen in Athranor gegeben hatte, hatten sich die Elben sehr bemüht, den Halblingen ihr Wissen und ihre Kenntnisse hinsichtlich ihrer Heilkunst und Magie zu vermitteln und sie mit den Mächten der Natur so vertraut zu machen, wie sie selbst es waren. Aber dann hatte das Elbenvolk mehr und mehr das Interesse an der Welt verloren und somit auch an den Halblingen. Seitdem gab es bei den Halblingen von Athranor zwei Meinungen hinsichtlich des wenigen erlernten Elbenwissens.

Die einen waren der Meinung, dass man es unbedingt bewahren müsste. Sie wurden spöttisch Möchtegern-Elben genannt, weil sie den Elben in allem nachzustreben versuchten, obwohl es nur noch sehr sporadische Verbindungen zu dem Lichtvolk gab. Die anderen – und sie stellten die Mehrheit – waren jedoch der Überzeugung, dass die Elben nur wenig zur Halblingskultur beigetragen hatten und dieses Wenige inzwischen von den Halblingen selbst derart weiterentwickelt worden sei, dass die Halblingschüler ihre Elbenmeister längst übertroffen hatten. Aufgrund der kaum noch vorhandenen Verbindungen zum Fernen Elbenreich war diese Ansicht auch kaum zu widerlegen.

Für die Mehrheit war die Bezeichnung Möchtegern-Elb eine Provokation. Zalea entstammte einer Familie von Heilern – und gerade jene Stände, die in der Alten Zeit vermutlich am meisten von dem erlernten Elbenwissen profitiert hatten, waren voll und ganz von der Überlegenheit des eigenen Volkes überzeugt. Zalea bildete da keine Ausnahme.

Arvan schmunzelte, als er sah, dass sie rot im Gesicht geworden war. Normalerweise hätte sie mit einer spitzen Bemerkung geantwortet. Aber es gab Momente, in denen sie Arvan gegenüber befangen wirkte. Arvan hatte das wiederholt bemerkt. Es kam ihm eigenartig vor, denn er hatte keine Erklärung dafür. Es irritierte ihn nur.

Und auch jetzt sah sie ihn nur an und sagte schließlich: »Wenn du mich schon wieder ärgern kannst, scheinen deine Selbstheilungskräfte ja bereits erwacht zu sein, Arvan. Das ist gut.«

Gomlos Baum

Nachdem sich Arvans Zustand während des Marsches einigermaßen gebessert hatte, standen sie nun vor einer gewaltigen runzligen, von unzähligen Rillen und Furchen durchzogenen hölzernen Wand. Zumindest konnte man auf den ersten Blick glauben, dass es sich um eine Wand handelte.

Wenn man allerdings nach oben sah und den Kopf dabei tief in den Nacken legte, wurde man gewahr, dass man vor einem Baum stand, der selbst für die Wälder zwischen dem Langen See und der rasalischen Grenze gewaltige Ausmaße hatte.

Schon eine halbe Meile zuvor hatten Arvan und seine Halbling-Gefährten einige Wurzeln dieses Riesenbaums überklettern müssen. Für Arvan wäre es schon im unversehrten Zustand schwierig gewesen, auf den von glitschigem Moos bedeckten Schrägen nicht abzurutschen. Aber die drei Halblinge hatten fürsorglich darauf geachtet, dass ihr menschlicher Gefährte nicht noch weiteren Schaden nahm.

»Wir wissen alle, dass du hart im Nehmen bist«, hatte er Borros Worte noch im Ohr. »Aber man sollte es auch nicht übertreiben.«

Nun standen sie vor dem gewaltigen Wohnbaum – Gomlos Baum, wie man ihn unter den Halblingen am Langen See nannte, denn Gomlo war der gewählte Baum-Meister und darüber hinaus noch Meister des ganzen Stammes von Brado dem Flüchter. Fünf Wohnbäume gehörten dem Stamm, und der Stammesrat der Baum-Meister bestätigte Gomlo schon seit drei Jahrzehnten immer wieder in diesem Amt.

Arvan sah ein wenig verzweifelt zur ersten Astgabelung empor. Man hörte leise die Stimmen von mehreren hundert Halblingen, die sich in den höheren Regionen des Wohnbaums aufhielten. Jetzt, am späten Nachmittag, war vielfach Hirtenwechsel auf den Herdenbäumen, und in den Schmiedehöhlen und Werkstätten hatte man die Arbeit schon beendet. Daher herrschte um diese Zeit oben im Geäst reges Stammesleben.

Herdfeuer brannten. Rauch stieg auf und wurde von der frischen Brise, die zumeist vom Langen See her blies, nach Osten getragen.

Eine Gruppe von Halblinghandwerkern schritt an Arvan und seinen Begleitern vorbei. »Na, du Menschling, wieder vom Baum gefallen, oder warum humpelst du?«, fragte einer von ihnen. Aus seiner besonders breiten Knollennase wuchsen die Haare so lang heraus, dass man sie für einen Schnauzbart hätte halten können, wie er bei den Reitern von Rasal üblich war.

Es handelte sich um Trobo den Gemeinen, der für seine rauen Späße auf Kosten anderer im ganzen Stamm berüchtigt war. Natürlich wurde er nur hinter vorgehaltener Hand so genannt, denn sonst lief man Gefahr, zur Zielscheibe seines Spotts zu werden. Solange Trobo nur über die Ungeschicklichkeit der Bewohner anderer Bäume – oder besser noch: der Angehörigen anderer Stämme – herzog, trug er zur Geselligkeit der Baumgemeinschaft bei. Allerdings pflegte er oft genug auch die Mitglieder seiner eigenen Baumsippe zu verspotten, was schon so manches Fest in ein wütendes Wortgefecht verwandelt hatte, und Baum-Meister Gomlo oblag dann stets die gleichermaßen unangenehme wie schwierige Aufgabe zu verhindern, dass daraus eine handfeste Auseinandersetzung wurde – was ihm trotz seines ausgleichenden Gemüts nicht immer gelang.

»Er hat sich eines Trupps von räuberischen Haraban-Söldnern erwehrt, die es auf die Baumschafe seiner Herde abgesehen hatten, und außerdem eine Horde Orks niedergemacht«, erklärte Zalea, und ihr Tonfall war schneidender, als sie es eigentlich beabsichtigt hatte. Sich mit Trobo anzulegen war keineswegs ungefährlich. Aber Trobos Überheblichkeit machte sie wütend, und diese Wut hatte in diesem Moment einfach die Oberhand gewonnen und sich ungehemmt Bahn gebrochen.

Für Trobo war das nur Anlass, erst richtig loszulegen. »Klar doch, Arvan der tölpelhafte Menschling ist unser großer Held und tötet Orks. Wahrscheinlich haben ihm die kriegerischen Baumschafe geholfen!« Er lachte heiser, und einige seiner Begleiter kicherten pflichtschuldig mit.

Zaleas Gesicht lief dunkelrot an. »So einer wie du weiß doch gar nicht, was Gefahr ist. Du schlägst ja nur auf ungefährliche Hölzer von ungefährlichen Bäumen ein, die sich nicht wehren können, wenn du aus ihnen Bretter machst.«

»Ach, sollte ich deiner Meinung nach einen Schwarzen Baum schlagen?« Er grinste sie frech an. »So dumm sind doch nur Orks – oder vielleicht ein Menschling!«

Das Lachen der anderen war nur noch verhalten.

»Soll dich der Katzenbaum holen, wenn du ihm zu nahe kommst, während du seine Kinder zu Nutzholz zersägst«, zischte Zalea.

Katzenbäume mussten geschlagen werden, wenn sie noch jung waren, denn in den späteren Stadien ihres Daseins verwandelten sie sich zu fleischfressenden Ungeheuern, bei denen man nur froh sein konnte, dass ihre Wurzeln tief in der Erde steckten, sodass sie ihre Beute nicht verfolgen konnten.

»Lass nur«, sagte Arvan beschwichtigend. »Du weißt doch, wie Trobo ist. Es hat keinen Sinn, mit ihm vernünftig reden zu wollen.«

Trobo der Gemeine fand mit seinen großen Zehen und den Fingerspitzen spielend Halt in der groben Rinde und begann, am Hauptstamm emporzuklettern. »Wir sehen uns wahrscheinlich bei Sonnenaufgang, wenn wir wieder zur Arbeit gehen«, rief er, hielt dann aber noch einmal inne und blickte herab. »Oder glaubt euer heldenhafter Orkvernichter etwa, dass er es vorher noch bis zur Hauptgabel schafft?«

Zalea stieß ein paar Verwünschungen hervor, allerdings nicht in Relinga, das ihr wie allen jüngeren Halblingen leichter über die Zunge ging, sondern in der alten Halblingssprache. Angeblich waren Verwünschungen nämlich nur dann wirksam. Allerdings vermuteten viele, diese Weisheit hätten der Baum-Meister und die Stammesältesten nur als verzweifelte List verbreiten lassen, um die alte Sprache zu erhalten.

In jedem Fall hörten Trobo und seine Begleiter davon kaum noch etwas, so schnell waren sie den Stamm hinaufgeeilt.

»Und jetzt du, Arvan«, meinte Borro. Neldo und Zalea sahen Borro stirnrunzelnd an, und so setzte er noch hinzu: »Na ja, sofern du dazu in der Lage bist.«

»Ich glaube, das sollte er lieber lassen«, meinte Neldo. »Er hat zwar in der Vergangenheit schon die übelsten Verletzungen erstaunlicherweise überlebt. Aber falls er sich jetzt auch noch einen schweren Bruch zuzieht, weil er sich nicht richtig festhalten kann, wäre das vielleicht selbst für ihn zu viel. Auch wenn er sonst so hart im Nehmen ist wie einer, der als Kleinkind Orkblut anstatt Muttermilch bekommen hat.«

»Vielleicht habe ich das ja tatsächlich«, sagte Arvan nachdenklich, denn über seine früheste Kindheit und wie er in den Wald der Halblinge gelangt war, wusste er so gut wie nichts.

»Wenn er nicht so groß und schwer wäre, würde ich ihn ja Huckepack nehmen«, meinte Borro und seufzte. »Es muss schon eine Strafe sein, in einem plumpen Menschlingskörper zu leben. Aber du kannst ja nichts dafür.«

»Klettert ihr nur schon voraus«, schlug Arvan vor. »Ich komme hinterher, nur werde ich mir dabei etwas Zeit lassen.«

Borro runzelte die Stirn. »Hört ihr es, jetzt wird er übermütig, nur weil er mit den Orks fertiggeworden ist.«

Doch noch während Borro sprach, senkte sich eine Ranke von oben herab und formte eine Schlinge, die sich um Arvan legte.

»Sieh zu, dass die Schlinge unter den Armen verläuft«, mahnte Zalea und zog sie so zurecht, dass sie ihrer Meinung nach halten musste. »Sonst erwürgst du dich am Ende noch.«

Arvan, der die Rankpflanze mit seinen Gedanken gerufen hatte, seufzte schwer. »Wer weiß. Bei dem Pech, das ich habe …«

»Meiner Erfahrung nach lassen sich sowohl Glück als auch Pech hervorragend beeinflussen«, meinte Neldo. »Etwa durch Vorsicht.«

»Wie auch immer«, murmelte Arvan, der sich auf eine weitere Ranke konzentrierte; sollten lieber zwei Ranken ihn zur Hauptgabel des Wohnbaums tragen. Sicher war schließlich sicher, denn auch Ranken konnten reißen. Außerdem wollte er einigermaßen bequem nach oben gelangen. Nach alldem, was er an diesem Tag durchgemacht hatte, so fand er, hatte er das verdient.

Auch die zweite Rankpflanze formte eine Schlinge, in die sich Arvan setzte. Dann wurde er mit einem leichten Ruck in die Höhe getragen.

»Wäre nett, wenn ihr mir gleich dabei helft, mich von diesem Gestrüpp wieder zu befreien«, rief er.

»Sei froh, dass du Relinga gesprochen hast«, rief Borro ihm hinterher.

»Wieso?«

»Weil die Ältesten sagen, dass manche Pflanzen unsere alte Sprache verstehen, und dann wären die beiden Ranken vielleicht beleidigt gewesen.«

»Bist du jüngst bei Trobo dem Gemeinen in die Lehre gegangen, oder weshalb ärgerst du ihn jetzt?«, fragte Neldo.

»Ich ärgere ihn doch nicht«, verteidigte sich Borro. »Und davon abgesehen, ist er doch jetzt ein großer Held, weil er die Orks besiegt hat.«

»Genau genommen waren das die Baumdämonen«, gab Neldo zu bedenken.

Zalea war unterdessen schon ein ganzes Stück den Hauptstamm emporgeklettert. Borro wollte ihr folgen, aber Neldo hielt ihn zurück, indem er ihm eine Hand auf die Schulter legte. »Sag mal, dir gefällt Zalea, nicht wahr?«

»Na ja, wem gefällt sie nicht?«, antwortete Borro ausweichend.

»Kann es sein, dass du deswegen manchmal so eigenartig zu Arvan bist, weil es dir nicht behagt, wie Zalea ihn ansieht und dass sie ihn wie eine Waldlöwin verteidigt, wenn Trobo seinen Wortunrat über ihm ausschüttet?«

»Das ist Unfug«, behauptete Borro sehr vehement. »Das ist wirklich vollkommener Blödsinn! Glaubst du im Ernst, ein Halblingmädchen wie Zalea könnte für einen groben Trottel wie Arvan schwärmen, der selbst dann nicht richtig klettern kann, wenn er ausnahmsweise mal unverletzt ist? Stell dir vor, so ein Paar hätte Kinder! Da würde man ja schon mit hundert alt und grau aussehen vor lauter Sorgen, weil sich die kleinen Tollpatsche andauernd irgendetwas brechen. Na ja, Arvan wird wahrscheinlich schon sehr viel früher alt und grau und so runzlig wie die Rinde eines Wohnbaums sein.«

Neldo lächelte. Er fühlte sich bestätigt. »Also habe ich recht mit meiner Vermutung.«

»Recht? Du? Quatsch!«

»Kommt ihr?«, rief Zalea. »Oder soll der arme verletzte Arvan auch noch auf uns warten müssen?«

Auf der Hauptgabel des Wohnbaums angekommen halfen Neldo, Borro und Zalea ihrem menschlichen Freund aus den Schlingen der Rankpflanzen. Hier oben befand sich das Dorf der Baumgemeinschaft. Die Häuser waren entweder in die Hauptäste des Riesenbaums hineingeschlagen, oder man hatte sie so errichtet, dass sie sich perfekt ihrer Umgebung anpassten.

Keines dieser Häuser hatte mehr als anderthalb Geschosse, und keines von ihnen besaß gerade Wände oder rechtwinkelige Ecken. Stattdessen dominierten Schrägen, sodass die Ostwinde, die alljährlich die Bäume durchrauschten und deren Kronen westwärts bogen, kaum Widerstand fanden.

Das Haus von Baum-Meister Gomlo befand sich am Fuß des westlichen Hauptastes. Es war zweifellos das größte im ganzen Dorf, da Gomlo vor drei Jahrzehnten, als er zum ersten Mal nicht nur zum Baum-Meister, sondern auch zum Meister des ganzen Stammes gewählt worden war, einen großen zusätzlichen Raum angebaut hatte, um dort kleinere Versammlungen und Gerichtsverhandlungen abzuhalten. Außerdem hatte er dort Platz, um die Schriftstücke der Baumverwaltung aufzubewahren, die er ebenfalls zu führen hatte. Dazu gehörten das Geburts- und Sterberegister, die Verzeichnisse über Eheschließungen und vor allem die Fortführung der Stammeschronik, in der alle wichtigen Ereignisse aufgeführt wurden.

Zudem musste er Listen über das Abführen der Steuern an den Waldkönig Haraban anfertigen.

»Bleibt bei ihm«, bat Zalea ihre Gefährten Neldo und Borro. »Ich werde nach Hause eilen. Meine Eltern sind schließlich *beide* Heiler, und einer wird ja hoffentlich zu Hause sein.«

»Zalea«, rief Arvan.

Aber sie war schon fort. In Windeseile kletterte sie den westlichen Hauptast hinauf.

»Tja, die ist zu schnell für dich«, knurrte Borro.

»Es kommt nicht immer nur auf Schnelligkeit an«, meinte Neldo.

»Worüber sprecht ihr?«, fragte Arvan verwirrt. »Ich wollte ihr eigentlich noch sagen, dass ich keinen Heiler mehr brauche.«

»Spinner«, sagte Neldo.

»Es ist besser geworden«, beteuerte Arvan.

Borro und Neldo stießen beide ein tiefes Seufzen aus. Schwere Verletzungen gehörten bei jemandem, der so ungeschickt war wie dieser halbwüchsige Menschling, wohl einfach dazu. Sie waren ein fester, immer wiederkehrender Bestandteil von Arvans Schicksal. Dass sie bei ihm stets gut verheilten, war ein Geschenk der Waldgötter, aber deren Großzügigkeit durfte man nicht überstrapazieren, indem man auf einen Heiler verzichtete.

Zaleas Eltern waren Orry der Ruhige und Xorelle die Schnaufende. Sie hatten sich während der Vorbereitung zur Heiler-Prüfung auf dem Gemeinschaftsbaum kennengelernt. Xorelle gehörte nämlich eigentlich dem Stamm von Boggo dem Elbenversteher an, dem am weitesten entfernt siedelnden Halbling-Stamm in Harabans Reich. Dieser lebte in der Dichtwaldmark, und abgesehen von ein paar gemeinsamen Festen und den regelmäßig stattfindenden Heiler-Prüfungen, zu denen die Angehörigen von Boggos Stamm zum Gemeinschaftsbaum am Langen See anreisten, waren die Verbindungen eher spärlich.

Wahrscheinlich wären sie sogar ganz abgerissen, hätte es diese festen Traditionen nicht gegeben, denn die Halblinge der Dichtwaldmark galten als noch weniger reisefreudig als die des Halblingwalds am Langen See. Am besten, so lautete eine alte Weisheit vom Stammvater Brado dem Flüchter, war es dort, wo der eigene Wohnbaum stand. Hätten die Waldgötter gewollt, dass man in der Welt umherzog, hätten sie schließlich die Wohnbäume mit Beinen statt mit Wurzeln ausgestattet.

Borro klopfte an die Tür von Gomlos Haus. »Euer Sohn wurde schwer verwundet, werter Baum-Meister«, rief der rothaarige Halbling mit einem Grinsen. »Wenn Ihr noch einmal mit ihm sprechen wollt, wäre dies die letzte Gelegenheit!«

»Übertreib nicht«, sagte Arvan.

»Du kennst deinen Ziehvater doch«, entgegnete Borro. »Man muss bei ihm stets übertreiben, wenn man mit ihm sprechen will, weil er ja immer mit so ungemein wichtigen Dingen beschäftigt ist wie dem Erstellen irgendwelcher Listen. Erst als mein Vater neulich rief, die nordwestliche Abzweigung des Ostzweigs drohe zu brechen und auf Gomlos Haus zu fallen, kam er aus dem Arbeitszimmer, um sich endlich um den Streit mit unseren Nachbarn zu kümmern.«

Neldo sagte nichts, grinste aber still vor sich hin.

Die Tür wurde geöffnet, und eine stämmige Halblingfrau stand vor ihnen. Sie war siebzig oder achtzig, was man bei Halblingen als mittlere Jahre bezeichnete, und erheblich jünger als ihr Mann, der gerade die hundertelf erreicht hatte, was nach Überzeugung der Halblinge vom Langen See für den Betreffenden entweder großes Glück, großes Unglück oder große Veränderung bedeutete. Gomlo hatte diesen Geburtstag deswegen nicht gefeiert.

»Ich habe gehört, was Borro der Vorlaute gerade gerufen

hat«, erklärte Brongelle, die für ihre resolute Art bekannt war. »Und ich werde meinem Mann berichten, wie dein Vater seine Aufmerksamkeit zu erringen pflegt.«

»D-da-das habt Ihr missverstanden, Brongelle«, stotterte Borro. »A-abgesehen davon – Euer Sohn ist wirklich schwer verletzt!«

Brongelle bedachte Arvan mit einem mitleidigen Blick. »Mein armer Menschling, was ist diesmal geschehen?«, fragte sie, wobei ihr Tonfall jegliche Härte verlor. Brongelle und Gomlo hatten in jungen Jahren Kinder gehabt, die längst erwachsen und zu angesehenen Mitgliedern des Stammes geworden waren. Arvan war ihr in einem Alter geschenkt worden, in dem auch Halblingfrauen normalerweise keine Kinder mehr bekamen, und daher hatte sie ihn mit besonderer Liebe und Fürsorge aufgezogen. Nur dadurch, so war man überall auf Gomlos Baum überzeugt, war es überhaupt möglich gewesen, dass ein so plumpes, ungeschicktes Menschenkind in dieser Umgebung hatte überleben können.

Arvan kam überhaupt nicht dazu, von den Geschehnissen am Herdenbaum zu berichten. Borro hatte wie stets das schnellere Mundwerk. Munter sprudelten ihm die Worte über die Lippen. Von Kämpfen mit Haraban-Söldnern, die Baumschafe geschossen hatten, und einem Menschlingshelden, der Orks besiegte, war die Rede, und an Brongelles Stirnrunzeln, das sich mehr und mehr vertiefte, war zu erkennen, dass sie immer skeptischer wurde.

»Also letztendlich ist er in den Dolch eines erschlagenen Haraban-Söldners gefallen«, ergriff schließlich Neldo das Wort und beendete damit Borros Wortfluss.

»Ist aber halb so schlimm«, meinte Arvan.

»Na ja, immerhin stehst du ja noch auf eigenen Beinen«, seufzte Brongelle.

Arvan wurde ins Haus geführt und musste auf der groben Bank in der Nähe des Kamins Platz nehmen.

Brongelle rief nach ihrem Mann: »Dein Sohn ist halb tot!«

Borro grinste, so als wollte er sagen: *Sie macht es genauso wie mein Vater und alle anderen, wenn sie die Aufmerksamkeit des Baum-Meisters erringen wollen!*

Als Gomlo nicht gleich auftauchte, sagte Borro mit lauter Stimme: »Und die Baumschafe auf dem Herdenbaum sind jetzt, fürchte ich, allein! Ich hoffe nur, dass sie nicht ins äußere Geäst wandern und in den Tod stürzen. Aber dann würde es wenigstens demnächst öfter Fleisch geben, was, Neldo?« Er zwinkerte dem anderen Halbling zu.

Dieser fand Borros Verhalten jedoch ziemlich unpassend und bedachte ihn mit einem missbilligenden Blick. Einem Baum-Meister, so schien seine Meinung, war mehr Respekt entgegenzubringen.

Brongelle hingegen tat diesmal so, als hätte sie Borros Bemerkung gar nicht vernommen.

Knarrend wurde die dicke Holztür geöffnet, die zu Gomlos Anbau führte. Der Baum-Meister war ein etwas rundlicher Halbling mit grauem Haar und einem strubbeligen Bart. Seine spitzen Ohren lagen eng am Kopf. Oft hatte Gomlo seinem Ziehsohn Arvan davon erzählt, welche Schwierigkeiten ihm das in seiner Jugend eingebracht hatte, denn Ohren, die nicht genügend abstanden, galten unter Halblingen als Makel. Man argwöhnte, dass jemand deswegen schlecht hören könnte, und außerdem widersprach es dem Empfinden des Halbling-Volkes für die Harmonie des Wuchses, wenn Ohren nicht groß oder abstehend genug waren, um durch das Haar hervorzustechen. Oft genug war Gomlo deswegen früher verspottet worden. »*Aber siehst du, Arvan – aus mir ist trotzdem etwas geworden*«, so klangen Gomlos Worte immer wieder in Arvans

Gedanken nach, wenn ihm mal wieder ein Unglück widerfahren war. »*Niemand hätte je für möglich gehalten, dass jemand wie ich zum Baum-Meister und später sogar zum Meister des Stammes gewählt werden würde. Wer mag also schon wissen, was aus dir noch alles werden kann.*«

Wahrscheinlich nur ein Krüppel, wenn ich mir weiterhin so oft die Knochen breche!, hatte Arvan damals gedacht.

»Nun, du gehst immerhin noch aufrecht, mein Sohn«, sagte Gomlo. »Das beruhigt mich ein wenig.« Gomlo hatte nie einen Unterschied zwischen seinen älteren, leiblichen Kindern und Arvan gemacht, von dem er stets als »seinem Sohn« sprach, obwohl eigentlich jeder auf den ersten Blick erkennen konnte, dass Gomlo nicht der leibliche Vater des Jungen sein konnte.

»Du solltest jemanden losschicken, der sich um die Baumschafe kümmert«, schlug Arvan vor.

»Die Baumschafe sind nicht so wichtig«, entgegnete Gomlo. »Wichtiger ist, was mit dir geschehen ist. Nachher kann einer der anderen Hirten auf dem Herdenbaum nach dem Rechten sehen.«

»Solange sich möglicherweise Orks in der Gegend aufhalten, sollte sich niemand allein dorthin begeben«, warnte Brongelle.

Gomlo rieb sich mit nachdenklicher Miene die Nasenwurzel und nickte dann bedächtig. »Ja, du hast recht, Frau«, sagte er und seufzte laut und vernehmlich. »Wir hatten für längere Zeit keinen Ärger mehr mit den Orks. Aber es könnte sein, dass es mit der Ruhe nun vorbei ist.«

Arvan wusste genau, was sein Ziehvater meinte. Wenn sich die Orkeinfälle in den Wäldern von Harabans Reich häuften, bedeutete dies auch, dass der Waldkönig größere Truppenverbände in diesen Teil des Landes entsenden würde. Und das wiederum hieß, dass man neben den Orküberfällen auch noch mit häufigeren Übergriffen der Söldner rechnen musste.

Es standen schwere Zeiten bevor, und sie spiegelten sich bereits in Gomlos sorgenvoller Miene wider.

Zalea traf zusammen mit ihrem Vater Orry dem Ruhigen ein. Orry war ein Halbling mit mondförmigem Gesicht und grünlich schimmernden Augen, die er seiner Tochter vererbt hatte und deren Färbung an das Wasser des Langen Sees erinnerte. An einem Riemen trug er stets eine im Vergleich zu seinem zierlichen Halblingskörper ziemlich große Tasche, in der er die Utensilien mitführte, die ein Heiler so brauchte, darunter natürlich vor allem verschiedene Heilkräuter und Tinkturen.

»Meine Tochter hat mir bereits berichtet, was geschehen ist«, sagte Orry zu Arvan, »und bei jedem anderen würde ich mich darüber wundern, dass er noch auf seinen eigenen Füßen vor mir steht. Bei dir allerdings ...«

»Er ist aber nicht unsterblich, Vater«, gab Zalea zu bedenken.

»Das nicht, aber ...«

»Und er überschätzt stets seine Kräfte. Deshalb solltest du ihn dir so schnell wie möglich ansehen«, drängte seine Tochter. »Ich habe getan, was mir möglich war, aber du weißt selbst, wie weit der Weg zur Heiler-Prüfung bei mir noch ist.«

»Leg dich irgendwohin, damit ich dich untersuchen kann«, wies der Heiler Arvan an.

Wenig später lag Arvan in seinem Bett, das sich im Nachbarraum befand. Er hatte das Wams ausgezogen, und Orry löste vorsichtig den Blätterverband, den Zalea dem Menschenjungen angelegt hatte.

Zalea, Borro und Neldo standen erwartungsvoll dabei, ebenso Brongelle und Gomlo. Sie alle hatten schon unzählige Male angstvoll und das Beste hoffend zugesehen, wenn Orry oder einer der anderen Heiler aus dem Stamm ihr Handwerk bei diesem Menschlingskind hatten anwenden müssen, das gleichzeitig so furchtbar verletzlich und auf der anderen Seite mit einer schier übernatürlichen Überlebensfähigkeit gesegnet war.

Orry besah sich die Wunde und murmelte eine traditionelle Glücksformel, die von Worten aus der elbischen Sprache durchsetzt war. Die Halblinge hielten dabei allerdings an dem Dogma fest, dass diese elbischen Lehnwörter, die in allen möglichen Glücks- und Schadenszauberformeln enthalten waren, in Wahrheit aus einem sehr alten Halblings-Dialekt stammten.

Orry hob erstaunt die buschigen Augenbrauen, denn die Wunde war fast nicht mehr zu sehen und glich nur noch einem Striemen, wie ihn ein Ast, an dem man sich ritzte, verursachen konnte.

»Ich sagte doch, dass inzwischen wieder alles in Ordnung ist«, erklärte Arvan in einem Tonfall, als wäre dies die größte Selbstverständlichkeit unter dem Blätterdach der Wälder am Langen See.

»Hast du in letzter Zeit mehr als üblich von der Magischen Essenz des Baumsaftes getrunken?«, fragte Orry stirnrunzelnd.

»Nein, nur so viel, wie meine Mutter mir zuteilt«, beteuerte Arvan.

Und Brongelle versicherte: »Ich halte mich strikt an Eure Empfehlungen, Orry.«

Der Heiler schien nahezu fassungslos, er schüttelte den Kopf und rieb sich das Kinn. Dann griff er in seine Tasche und holte einen Kristall hervor, der zu den wichtigsten Arbeitsutensilien eines Halblingheilers gehörte. Der Kristall war vollkommen klar und in einer ganz bestimmten, nur von wenigen Handwerkern beherrschten Art und Weise geschliffen. Es handelte sich um einen Größerseher, den sich Orry ins Auge klemmte, bevor er sich wieder über Arvans Wunde beugte – oder besser über das, was davon übrig war –, um sie sich noch einmal ganz genau anzusehen.

Als er sich schließlich wieder aufrichtete und sich den Größerseher aus dem Auge nahm, schien sich sein Erstaunen seinem Gesichtsausdruck nach noch vergrößert zu haben. »Es ist nun wirklich schon lange her, dass ich die Heilerprüfung als bester Prüfling meines Jahrgangs abgelegt habe, und die Zahl der Wunden, die ich mir seitdem ansehen musste, dürfte nicht mehr zu zählen sein. Aber so etwas habe ich wirklich noch nie erlebt!«

»Nun, den Waldgöttern sei Dank verfügte unser Junge ja schon immer über eine gute innere Heilkraft«, meinte Brongelle.

»Und die hat er auch stets reichlich in Anspruch genommen«, ergänzte Gomlo.

»Trotzdem«, beharrte Orry. »Ich behandle Euren Sohn nun schon, seit er ein Kleinkind war und auf seinen viel zu kleinen Füßen zu stehen versuchte. Doch etwas Vergleichbares habe ich selbst bei ihm noch nicht gesehen!«

»Dann scheint sich meine innere Heilkraft ja gut entwickelt zu haben«, äußerte Arvan leichthin. »Das ist doch gut, findet Ihr nicht, Heilmeister Orry?«

»Ich bin mir nicht sicher«, sagte Orry. »Ja und nein.«

»Was soll das heißen, ja und nein?«, wollte Zalea wissen.

»Es scheint, als würde jedes Unglück, das ihm widerfährt, und jede Verletzung, die er sich zuzieht, die ihm innewohnende Kraft zur Heilung fördern und stärken. Das ist an sich nichts Ungewöhnliches, sondern geschieht nach der Lehre der Halblingheiler bei jedem Geschöpf. Allerdings nicht so ausgeprägt wie bei Arvan.«

»Umso besser«, mischte sich Borro ein. »Dann braucht er sich trotz seines Ungeschicks auch in Zukunft keine Sorgen zu machen. Und wir auch nicht.«

Neldo verpasste ihm einen Rippenstoß. Borro sollte ausnahmsweise mal den Mund halten und abwarten, was der Heilmeister noch zu sagen hatte.

»Die Wunde ist fast vollständig verheilt. Es wird auch keine Narbe bleiben, obwohl man die bei einem Dolchstich eigentlich erwarten dürfte.«

»Fast wie bei einem Elb!« Borro konnte sich erneut nicht beherrschen.

Orry wandte sich zu dem vorlauten Halbling um und nickte. »Daran habe ich auch schon denken müssen. Aber Arvan ist kein Elb, dem vielleicht ein missgünstiger Blättergeist die erhabenen spitzen Ohren zu kleinen Menschlingslöffeln verkümmern ließ. Er ist ein Mensch, daran besteht kein Zweifel.«

Wenn jemand das sicher beurteilen konnte, dann Orry, denn er wurde auch dann gerufen, wenn Söldnertruppen des Waldkönigs in der Nähe waren und seiner Kunst bedurften. Er hatte während seiner Heilertätigkeit zwar nicht ganz so viele Menschen wie Halblinge behandelt, doch sicherlich genug, um die charakteristischen körperlichen Merkmale genau zu erkennen, auch wenn es hin und wieder kleinwüchsige Menschen mit großen Füßen und Halblinge gab, die durch irgendein Unglück ihre spitzen Ohren verloren hatten.

»Wie auch immer, ich kann dann ja wohl wieder aufstehen und selbst nach den Baumschafen sehen«, meinte Arvan und wollte sich bereits von seinem Lager erheben.

Doch Orry drückte ihn zurück aufs Bett. »Einen Moment noch, junger Menschling-Freund.«

»Was ist denn noch? Ich bin geheilt, auch wenn Eure Kunst

daran in diesem speziellen Fall keinen großen Anteil gehabt haben mag ...«

»Darum geht es nicht«, schnitt ihm Orry das Wort ab. Er kramte in seiner Heilertasche herum, ließ zunächst den Größerseher darin verschwinden und holte dann einen vollkommen glatten Stein hervor. Er war schwarz wie die Nacht, und auch jemand, der kein Heiler war, wusste, wozu er benutzt wurde.

Arvan runzelte die Stirn. »Ihr wollt mich auf eine magische Beeinflussung hin prüfen?«

»Das wäre immerhin eine Erklärung für das eigentlich Unerklärbare«, meinte Orry.

Und ehe sichs Arvan versah, fuhr der Heiler mit dem schwarzen Stein, den er zwischen Daumen und Zeigefinger seiner geschickten Halblingshand hielt, über den Körper des jungen Menschlings, ohne ihn dabei zu berühren. Von der Stelle, an welcher der Dolch des erschlagenen Söldners in ihn gefahren war, fuhr er aufwärts bis zum Herzen, dann ließ Orry den Stein über Arvans Stirn ruhen.

Ein winziger Funke aus schwarzem Licht sprang aus dem Stein auf Arvan über.

Der Heiler zog den Stein daraufhin zurück. Er sagte kein Wort, doch die Furche, die sich auf seiner Stirn gebildet hatte, wurde tiefer und länger. Die Blicke aller ruhten zunächst auf Arvan, dann richteten sie sich erwartungsvoll auf Orry.

»Es ist Magie im Spiel«, sagte der Heiler. »Aber diese Magie muss bereits vor sehr langer Zeit angewendet worden sein.«

»Wann kann das gewesen sein?«, fragte Brongelle sichtlich erregt. »Er war doch immer in unserer Obhut!«

»Zweifellos vor der Zeit, da er hier auf diesem Baum eine Heimat fand«, war Orry überzeugt. »Allerdings kann ich mir nicht vorstellen, dass ein Zauber, der sich nur so schwach zeigt, noch immer eine derart große Wirkung hat und etwas mit Arvans außergewöhnlich guter Wundheilung zu tun haben könnte.«

»Freuen wir uns einfach darüber, dass unser Sohn gesund ist«, meinte Gomlo. »Das handhaben wir so, seit er bei uns ist, statt uns zu fragen, wie dieses oder jenes möglich ist. Das haben wir längst aufgegeben.«

»Ich als Heiler, werter Gomlo, muss mir derlei Fragen stellen, damit ich Eurem Sohn helfen kann, wenn seine Selbstheilungskräfte einmal versagen«, erklärte Orry. »Bedenkt, er ist nicht unsterblich, wie meine Tochter eben feststellte.«

Arvan setzte sich erneut auf und griff nach seinem Wams, aber Brongelle nahm es ihm aus der Hand. »Das muss ich erst flicken«, sagte sie.

Auf Gomlos Geheiß hin gab der Baumflöter die Nachricht vom Einfall der Orks an die anderen Wohnbäume weiter. Er benutzte dafür eine besondere Flöte, deren sehr weit hörbare Töne ein unwissender Fremder für Vogelgezwitscher halten konnte, wie es im Wald tagsüber allgegenwärtig war. Andere Baumflöter nahmen die Nachricht auf und verbreiteten sie innerhalb kürzester Zeit bis zu den nördlichsten Stämmen in der Dichtwaldmark.

Kein Halbling verließ sich beim Auftauchen der Orks auf den unzureichenden Schutz der Haraban-Söldner, die für alle Waldbewohner ohnehin kaum mehr als Verachtung übrig hatten. Dieses Schicksal teilten die Halblinge durchaus mit anderen Geschöpfen, die in den Wäldern am Langen See beheimatet waren.

Vorbereitet zu sein war nach Gomlos Überzeugung die wichtigste Voraussetzung, um der ungezügelten Gewalt begegnen zu können, die immer wieder über das Halblingvolk hereinbrach.

Dunkle Aussichten

Schon am nächsten Tag machte sich Arvan wieder zu seinem Herdenbaum auf. Allerdings war er diesmal nicht allein. Neldo begleitete ihn – und er hatte nicht nur seine Schleuder, sondern auch sein Rapier dabei, mit dem er hervorragend umzugehen wusste. Diese zweischneidigen, schlanken und recht zierlich wirkenden Schwerter erfreuten sich bei den Halblingen großer Beliebtheit. Sie hatten durch ihre perforierten Klingen erheblich weniger Gewicht und waren in der Hand eines Halblings so schnell und tödlich, dass die größere Kraft und längere Reichweite von Kriegern anderer Völker damit ausgeglichen wurde.

Auch Arvan besaß ein Rapier. Gomlo hatte es ihm zu seinem vierzehnten Geburtstag geschenkt, und natürlich hatte Arvan auch an den Fechtübungen teilgenommen, die Asrado, der Rapiermeister von Gomlos Baum, regelmäßig mit allen durchführte, die sich in der Waffenkunst vervollkommnen wollten. Naturgemäß war die Beteiligung immer dann besonders hoch, wenn wieder einmal eine Horde Orks die Grasmark von Rasal überquert und in den Wäldern am Langen See für Tod und Verwüstung gesorgt hatte. In den friedlicheren Perioden ließ die Begeisterung für die Fechtkunst entsprechend nach.

Auch wenn sich Arvan nie als besonders geschickter Fechter hervorgetan hatte, weil er für den Umgang mit dieser Waffe einfach zu plump und langsam war, hatte Gomlo darauf bestanden, dass er sein Rapier diesmal mit sich führte. Er trug es zusätzlich zu einem Langmesser, das er zumindest als Werkzeug benutzen konnte.

»Man spricht überall von einem großen Krieg, der heraufdämmert«, meinte Neldo, während sie auf dem Weg zum Herdenbaum waren.

»Die Reiter von Rasal werden die Orks auf Dauer schon daran hindern, die Grasmark als Durchgangskorridor für ihre Raubzüge zu benutzen«, gab sich Arvan optimistisch. »Ist es nicht immer so gekommen?«

»Niemand weiß, wie stark das Reiterheer des Herzogs von Rasal noch ist«, gab Neldo zu bedenken. »Mein Vater hat darüber schon vor einigen Monaten gesprochen.«

»Woher weiß denn dein Vater darüber Bescheid?«, fragte Arvan erstaunt. »Soweit mir bekannt ist, hat er die Wälder am Langen See noch nie verlassen.«

»Hat er auch nicht. Aber wir haben Verwandte in der Dichtwaldmark, und dort ist er vor ein paar Wochen gewesen, obwohl er nun wirklich nicht gern auf Reisen geht. Aber es ging um eine Erbschaft.«

»Ich verstehe«, meinte Arvan, und er dachte dabei an das Sprichwort, das unter den Halblingen am Langen See kursierte: *Heirate innerhalb deines Stammes, dann brauchst du weniger zu reisen!* Irgendjemand in Neldos Familie schien diesen Rat nicht beherzigt zu haben.

»Wie gesagt, ein Verwandter von uns lebt in Telontea an der rasalischen Küste und betreibt dort eine Weberei und einen Handel mit Baumschafswolle. Angeblich ist die Lage dort verzweifelt. Die Orks kommen in immer größeren Horden über die Grenze, und abseits befestigter Burgen ist man seines Lebens kaum noch sicher.«

Arvan zuckte mit den Schultern. »Orks kommen und gehen wie schlechtes Wetter.«

»Von wem hast du denn den Spruch?«, fragte Neldo amüsiert.

»Vom alten Grebu. Du weißt doch, er bringt mir Lesen und Schreiben bei.«

»Ja, richtig.«

Der alte Grebu lebte abseits der Wohnbäume. Er galt schon deshalb als Sonderling, weil er den Großteil seines langen Lebens in Carabor verbracht hatte, dem Zentrum des Handels und der Seefahrt – und der Sünde und Verderbtheit, wie viele Halblinge behaupteten, denen allein der Name dieser Stadt Schauder über den Rücken jagte. Nein, das war kein Ort, an dem ein Halbling in glücklicher Beschaulichkeit leben konnte, wie es eigentlich seiner Art entsprach. Zu viele Versuchungen gab es dort, und viele Halblinge, die dennoch ihr Glück in Carabor suchten, bestritten dort ihren Lebensunterhalt als Diebe. Nicht wenige kehrten irgendwann zurück, nur um festzustellen, dass sie die Wälder am Langen See besser niemals verlassen hätten.

Der alte Grebu sprach jedenfalls niemals über seine Zeit in Carabor. So sehr ihn Arvan auch mit Fragen löcherte, er schwieg eisern. Brongelle hatte ihrem Ziehsohn verraten, dass Grebu früher ein anderer gewesen und völlig verändert aus der Fremde zurückgekehrt sei.

Der alte Grebu war tatsächlich anders als die meisten Halblinge, die Arvan kannte, aber in mancher Hinsicht auch im positiven Sinne. Zum Beispiel hatte er die notwendige Geduld, auch einem Menschling mit ungeschickten Händen das Schreiben beizubringen. Und das sowohl im caraboreanischen Alphabet, das sich in nahezu allen Relinga sprechenden Menschenreichen durchgesetzt hatte, als auch in der alten Halblingsschrift. Sie bestand eigentlich aus abgewandelten Elbenrunen, doch hatte man diese mit so vielen Schnörkeln und

Schleifen versehen, dass man sehr geschickte Hände brauchte, um die Schriftzeichen so exakt hinzubekommen, dass ein anderer sie entziffern konnte.

Grebu ließ seinen Schüler Arvan auf Bögen von gelbgrauem Papier üben. Es bekam seine besondere Färbung und Geschmeidigkeit daher, dass die Halblinge in ihren Papiermühlen die minderwertigen Anteile der Baumschafwolle einmengten.

Alle Halbling-Lehrer aus dem Stamm von Brado dem Flüchter hatten es aufgegeben, Arvan Schreiben und Lesen beibringen zu wollen. Nur Grebu war noch bereit, ihn zu unterrichten. »*Die Menschen schreiben nicht so wie wir*«, hatte Arvan seine Worte noch im Ohr, als darüber sogar während einer Versammlung des Wohnbaums gesprochen worden war. »*Und Arvan ist nicht ungeschickter als die meisten von ihnen. Ich muss es ja wissen, schließlich habe ich lange Zeit unter ihnen gelebt.*« Und dann hatte der alte Grebu noch etwas gesagt, was Arvan sicherlich sein ganzes Leben nicht vergessen würde. »*Hört euch die Vögel im Wald an und überlegt, was geschähe, wenn nur die begabtesten unter ihnen singen würden. Es wäre beunruhigend still in unseren Wäldern.*«

Als Arvan und Neldo den Herdenbaum erreichten, ließ sie ein Rascheln im Geäst der benachbarten Bäume herumfahren.

Eine Gruppe von Halblingen, die mit Rapieren, Schleudern und auch mit kurzen Armbrüsten bewaffnet waren, schwang sich an Ranken von Ast zu Ast und von einem der Riesenbäume zum nächsten.

»He, Neldo, suchst du Pilze oder Sinnlosenkolonien?«, rief einer von ihnen. »Oder warum schleichst du so langsam über den Waldboden?«

Seine schneidende Stimme war mit keiner anderen zu verwechseln. Es war Trobo der Gemeine. Er hatte einen Lederharnisch angelegt, an der Seite trug er ein Rapier und eine Schleuder und auf dem Rücken ein Blasrohr und einen Köcher mit Pfeilen.

Normalerweise wäre er um diese Zeit bei seiner Arbeit als Zimmermann gewesen, genau wie seine Begleiter. Aber Gomlo hatte ihnen offenbar einen Auftrag erteilt. Die Sicherheit des Stammes hatte Vorrang, und da die Söldner des Waldkönigs eher Teil des Problems waren, als dass sie zur Lösung beitrugen, blieb den Halblingen von Gomlos Baum nichts anderes übrig, als selbst dafür zu sorgen, dass man des Nachts einigermaßen ruhig schlafen konnte.

»Na, wie lange seid ihr schon unterwegs, ihr lahmen Erdhühner«, rief Trobo triumphierend. Er schwang sich dabei an einer Ranke von einem der Baumriesen auf die Astgabel eines eher kleineren Baums, dessen Stamm aber sehr dick war und aus einem gelblichen Holz bestand.

Für diese Baumart wäre es aussichtslos gewesen, den Größenwettkampf mit den Riesen in diesen Wäldern aufzunehmen, den Wohn- und Herdenbäumen zum Beispiel, wobei die nicht einmal die höchsten waren. Statt vergeblich zu versuchen, das Sonnenlicht einzufangen, wedelte der Baum mit seinen Blättern raschelnd durch die Luft und schnappte nach Insekten, die sofort verdaut wurden. Arvan wusste aus Erfahrung, dass man aufpassen musste, mit den klebrigen Blättern des gelben Baums nicht in Berührung zu kommen, denn das verursachte ein schreckliches Jucken.

»Wohin geht ihr?«, fragte Neldo.

»Bis zur rasalischen Grenze, um nach dem Rechten zu sehen«, rief Trobo und blies den Brustkorb auf, dann richtete er den Blick auf Arvan. »Da du seit Neuestem ein berühmtberüchtigter Orkschlächter bist, hätte Gomlo eigentlich dir diesen Auftrag erteilen müssen. Keine Ahnung, warum er es nicht getan hat. Ob er sich einfach zu viele Sorgen um dich macht? Oder ob er vielmehr befürchtet, dass er dann Neuigkeiten über die Lage im Grenzgebiet erst erfahren würde, nachdem die jährlichen Nordoststürme noch zwei Mal durch die Baumkronen geblasen haben?« Er lachte. »Was meinst du, Arvan Ungeschickt-und-trottelig? Kann es sein, dass es selbst deinem Ziehvater einfach zu lange gedauert hätte, bis du zurückgekehrt wärst, vorausgesetzt, du wärst nicht auf irgendeinem Waldbodenmoos ausgerutscht und schwer verletzt zur Beute eines gefährlichen Raubtiers geworden, zum Beispiel von fleischfressenden Schnecken, die von verrottendem Menschlingsaas angelockt werden?«

»Ich will keinen Streit«, entgegnete Arvan nur.

Aber genau darauf schien es Trobo der Gemeine anzulegen. Er schnippte mit den Fingern und sagte laut: »Jetzt weiß ich, warum Gomlo nicht dich, sondern mich ausgesandt hat!«

»Behalte es für dich, Trobo«, rief Neldo.

Trobo warf ihm einen derart finsteren Blick zu, dass Neldo regelrecht zusammenzuckte. Er wusste, dass man Trobo nicht den Spaß verderben durfte, und genau das hatte er gerade getan.

»Nein, hör es dir ruhig an, Neldo Möchtegern-Held, der immer davon redet, große Abenteuer zu erleben und die Welt sehen zu wollen, und sich in Wahrheit doch kaum aus dem Schatten des eigenen Wohnbaums traut!«

Arvan spürte, dass Neldo innerlich kochte und kurz davor war, den Streit zu verschärfen.

»Lass es, Neldo«, riet er dem Freund. »Er will ja nur, dass du die Fassung verlierst und dich damit zum Gespött seiner Freunde machst.«

»Dich macht er bereits zum Gespött, und du scheinst es

nicht einmal zu merken«, erwiderte Neldo leise, aber verärgert.

»Der wahre Grund, aus dem Gomlo nicht dich, Arvan, damit beauftragt hat, im Grenzgebiet nach dem Rechten zu sehen«, fuhr Trobo in seiner Hass- und Spotttirade fort, »ist der, dass er nicht will, dass du und die Söldner des Waldkönigs aneinandergeraten. Vermutlich hat er Angst, du könntest diejenigen munter und in großer Zahl dahinmetzeln, die uns eigentlich beschützen sollen, nur weil sie vielleicht mal einem Baumschaf ein Wollhaar ausgerupft haben!«

Trobo lachte so dröhnend, als wäre sein Brustkorb so groß wie der eines Orks oder doch zumindest eines Menschlings.

»Bis bald, Baumschafhirte«, rief er dann und begab sich ins äußere Geäst, wo er eine Ranke ergriff, um sich damit zu einem der Riesenbäume hinaufzuziehen.

Doch die Ranke wurde plötzlich lang und länger, so als würde sie durch die Zugkraft von Trobos Gewicht von dem hohen Ast herabrollen, von dem sie herunterhing.

Ehe Trobo sichs versah, landete er in einem dunklen, von Fliegen umschwirrten glitschigen Gewächs.

»Stinkmoos«, entfuhr es Neldo.

Stinkmoos wuchs in üppigen Kolonien von mehreren Schritten Durchmesser und verbreitete einen furchtbaren Fäulnisgeruch. Keine Kloake, kein Baumschafdreck und nicht einmal der Mundgeruch eines Orks waren mit dem Gestank vergleichbar, der unmittelbar über der glitschigen, stets feuchten und mit klebrigem Schleim überzogenen Stinkmoosfläche herrschte.

Dicke Fliegen mit grünlich schimmernden Körpern, die durch den Gestank angelockt worden waren, erhoben sich als dichter Schwarm und umschwirrten Trobo, der wild um sich schlug, um sie zu verscheuchen. Er versuchte aufzustehen, rutschte aber aus und fiel mit einem Aufschrei zurück in das Stinkmoos, das einfach zu glitschig war, um darauf gehen zu können.

»Baum-Meister Gomlo gab mir den Rat, den Mund geschlossen zu lassen, wenn ich mal in eine Stinkmoos-Kolonie gerate«, mahnte Arvan.

»Du ...«, stieß Trobo wütend hervor und musste sogleich feststellen, wie gut es gewesen wäre, Gomlos Rat zu befolgen.

»Es ist wegen der Fliegen«, sagte Arvan.

Trobo würgte und hustete und keuchte. Mehrere der dicken, ekligen Brummer hatten sich in seinen Mund und seine Kehle verirrt. Es war widerlich. Auf allen vieren kroch er aus dem Stinkmoos, etwas anderes blieb ihm nicht übrig.

Als er sich wieder auf festem Boden befand, war seine Kleidung von oben bis unten mit dem Schleim des Stinkmooses besudelt, an dem wiederum dunkle Erde klebte. Die aufgescheuchten Fliegen umschwirrten ihn noch immer. Sein Gesicht war dunkelrot angelaufen, der Blick finster und voller Hass. Er rückte sich Rapier, Waffengurt und Blasrohr nebst Köcher zurecht. Dann roch er am Ärmel seines Wamses.

Der ekelhafte Gestank würde ihm noch eine ganze Weile anhaften. Er war in seine Kleider gezogen, und da er auf allen vieren aus dem Stinkmoos gekrochen war, zumindest an den Händen auch tief in seine Haut. Arvan wusste aus eigener Erfahrung, dass man den Geruch kaum wegwaschen konnte. Er ließ sich allenfalls mit starken Riechsalzen ein wenig überdecken, ansonsten musste man abwarten, dass er sich nach und nach verlor.

Trobo der Gemeine öffnete den Mund und wollte etwas sagen, brachte aber kein Wort hervor, zu tief war die Erniedrigung, die er erfahren hatte.

So kletterte er den nächsten Baumstamm hinauf und rief

seinen unschlüssigen Begleitern zu: »Worauf wartet ihr? Wir haben wenig Zeit, und der Baum-Meister erwartet unsere Rückkehr!«

Ohne Arvan und Neldo noch eines Blickes zu würdigen, schwang sich Trobo an einer Ranke zum nächsten Baum, wo er zwischen den Blättern verschwand. Seine Begleiter hielten auffallend großen Abstand zu ihm. Der Gestank, der von ihm ausging, war schier unerträglich.

Nachdenklich stand Neldo da, dann wandte er sich Arvan zu. »Mal ehrlich, das mit dem Stinkmoos, das warst doch du, oder?«

Arvan lächelte hintergründig. »Ist dein Respekt vor Trobo so groß, dass du dir nicht einmal vorstellen kannst, dass er beim Klettern schlicht und ergreifend die falsche Ranke ergriffen oder sich verschätzt hat?«

Während er dies fragte, blitzte es schelmisch in seinen Augen, doch mehr schien er zu der Angelegenheit nicht sagen zu wollen.

Die Baumschafe des Herdenbaums wieder zusammenzurufen war kein Problem. Zumindest empfand Arvan das als den leichteren Teil ihrer Aufgabe. Der schwere war für ihn der, den Neldo als den leichteren ansah: der Aufstieg auf den Herdenbaum.

Arvan hatte mal wieder das Gefühl, ein vollkommener Tollpatsch zu sein. Wenn er allein war und sich den Herdenbaum hinaufquälte, spielte das keine Rolle, dann war niemand da, dessen Schnelligkeit und Geschick ihm verdeutlichten, wie groß der Unterschied zwischen ihm und den anderen war. Aber nun wurde ihm das mit jeder Bewegung des flinken Neldo und jedem seiner sicheren Griffe schmerzhaft bewusst.

Völlig problemlos kletterte der junge Halbling an dem

Stamm mit der großporigen Rinde empor, während Arvan sehr viel länger brauchte und dabei immer wieder nach einer geeigneten Vertiefung suchen musste, um Halt zu finden.

»Wie wär's, wenn du eine dieser Ranken dazu bringen würdest, dich abzusichern?«, rief Neldo zwischendurch von einer Astgabel weit über ihm herab.

Daran hatte Arvan auch schon gedacht, und wenn er allein war und sich gerade eine geeignete Ranke in der Nähe befand, tat er dies auch häufig. In Neldos Gegenwart wäre es ihm allerdings peinlich gewesen, denn eigentlich hatte er ja demonstrieren wollen, dass er nach seiner schweren Verletzung vollkommen wiederhergestellt war.

Schließlich erreichte auch er die Hauptastgabel des Herdenbaums. Die Baumschafe kamen fast von allein. Er brauchte nichts weiter zu tun, als ihnen einen auffordernden Gedanken zu senden. Irgendwie schienen sie ihn zu mögen. Zumindest empfing Arvan dieses Gefühl oder zumindest etwas, was damit vergleichbar war. *Wäre ich eine Woche oder länger fort gewesen, hätte es wahrscheinlich nicht einmal eines Gedankens bedurft,* überlegte er. Ein Lächeln umspielte seine Lippen, während sich die ersten Tiere bereits bei ihm einfanden, wobei sie sich mit einer Geschwindigkeit bewegten, die für diese Geschöpfe ungewohnt war. *Wenigstens etwas, das ich kann: Baumschafe einsammeln!*

Neldo kam von den oberen Verzweigungen zurück, blieb am Ansatz des großen Ost-Astes stehen, klemmte die Daumen hinter den aus der Haut eines Katzenbaums gefertigten Gürtel und beobachtete Arvan eine Weile, wie er mit den Baumschafen umging, wie sie zu ihm kamen und bei ihm blieben, ohne dass er dafür etwas hätte tun müssen.

Später saßen sie an einem Lager zusammen. Die Nordoststürme hatten in der Nähe des großen Ost-Astes einst einen schwachen Trieb abgebrochen, der neben den anderen Ästen ohnehin wie ein Irrtum der Waldgötter gewirkt hatte. Nur ein halblingshüfthoher Stumpf war geblieben, den Arvan zu einem passablen Tisch abgeflacht hatte. Zwar sah das Ergebnis nicht unbedingt so aus, dass ein Halbling-Zimmermann damit auch nur ansatzweise zufrieden gewesen wäre, aber immerhin konnte man einen Krug darauf abstellen, ohne dass er umkippte. Zumindest wenn man vorsichtig war und wusste, an welchen Stellen man den Krug besser nicht absetzte.

An den langen Tagen, die Arvan hier zumeist allein verbracht hatte, war dieser Ort immer so etwas wie der Mittelpunkt von allem gewesen. Er hatte auf dem Aststumpftisch seine Schreibübungen gemacht, die der alte Grebu ihm aufgetragen hatte, weil dieser der Meinung war, dass auch Arvan es mit viel Fleiß eines Tages schaffen könnte, so akkurat wie ein Halbling zu schreiben. *»Na ja, vielleicht nicht gut genug, um als Baum-Meister die Listen fortzuführen«*, hatte Arvan die einschränkende Bemerkung des alten Grebu noch im Ohr. *»Aber immerhin lesbar.«*

Arvan packte seinen Proviant aus, und Neldo setzte sich zu ihm. Als ihm Arvan etwas von dem Brot aus Baumgetreide anbot, schüttelte er jedoch den Kopf.

»Hat dir der Geruch des Stinkmooses den Appetit verdorben?«, fragte Arvan.

»Nein, das nicht.«

»Oder die düsteren Nachrichten, die uns seit dem Auftauchen der Orks erreichen.«

»Mit düsteren Nachrichten werden wir noch eine ganze Weile rechnen müssen, fürchte ich«, meinte Neldo und seufzte. »Das ist ja nicht der erste Orkeinfall. Jeder, der folgt, scheint mir schlimmer zu sein als der vorhergehende.«

»Und Harabans Söldner schlachten lieber unsere Baumschafe ab, statt uns vor den Orks zu beschützen, wie es ihre Aufgabe wäre.« Arvan nahm einen kräftigen Bissen von dem Brot.

Das Getreide, aus dem es gebacken war, wuchs in den Astgabeln von Riesenbäumen. Allerdings nur dann, wenn man vorher fruchtbare dunkle Erde dorthin gebracht hatte. Die Halblinge aus dem Stamm von Brado dem Flüchter hatten fünf Riesenbäume mit Getreide bepflanzt. Alle Versuche, das Getreide am Boden zu säen, waren bisher gescheitert, weil es dort viel zu feucht war und ihm außerdem verschiedene Moose und Sträucher den Platz streitig machten.

»Hast du eigentlich schon mal darüber nachgedacht, den Halblingwald zu verlassen?«, fragte Neldo plötzlich.

Arvan stutzte. Der Bissen, den er sich gerade in den Mund gestopft hatte, blieb im beinahe im Halse stecken.

»Denkst du denn daran?«, fragte er seinen Freund verwundert.

»Manchmal.«

Arvan hob ungläubig die Augenbrauen. »Von hier fortgehen? Du?«

»Ist das so abwegig?«

»Damit es dir so ergeht wie dem alten Grebu oder all den anderen, die in der Fremde unschöne Erfahrungen machen mussten? Oder gar wie Brado dem Flüchter, unserem Ahnherrn ...«

Arvan stockte. Er hatte tatsächlich *unserem* gesagt, obwohl Brado der Flüchter natürlich nicht *sein* Stammahnherr war, denn Arvan war schließlich kein Halbling.

Auch Neldo war der Versprecher aufgefallen, und er grinste flüchtig. »Du scheinst dich bei uns wirklich zu Hause zu fühlen.«

»Ich *bin* hier zu Hause«, versicherte Arvan.

»Ja, das bist du«, bestätigte Neldo. »Aber was ich gerade gesagt habe, ist mir vollkommen ernst, und ich kenne niemanden außer dir, mit dem ich darüber sprechen könnte. Borro schwatzt zu viel und mit zu vielen, und Zalea ...« Er seufzte. »Die ist zu *vernünftig*, um mit ihr über solche Dinge zu reden.«

»Bist du dir da sicher?«

»Ist doch egal. Ich erzähle dir, was ich empfinde. Weil ich glaube, dass du es am besten verstehst.«

Arvan nickte. *Noch etwas, in dem ich gut bin – Neldos Probleme zu verstehen.* Beinah hätte er es laut gesagt.

»Gut«, entgegnete er stattdessen. »Dann erklär mir genauer, was du meinst.«

»Aber versprich mir, dass du mir nicht mit der Geschichte von Brado dem Flüchter kommst.«

»Versprochen.«

Die Geschichte über den Ahnherrn des Stammes musste immer herhalten, wenn es darum ging, einen auswanderungswilligen Halbling von seinem Vorhaben abzubringen. Halblinge waren nicht gerade für ihre Risikobereitschaft und ihren Wagemut bekannt. Und für die Halblinge am Langen See galt das erst recht. Schon dass sie den Wohnbaum zur Sicherung ihres Lebensunterhalts verlassen mussten, war den meisten zuwider. Wenn dann aber doch ein junger Halbling die Welt entdecken wollte und sich von all den Warnungen vor den Versuchungen und Gefahren der großen Stadt Carabor und den Geschichten über die Intrigen am Hof des Waldkönigs nicht von seinen Plänen abbringen ließ, wurde ihm von Brado dem Flüchter erzählt ...

Vor langer Zeit hatte ein Halbling namens Brado von einem Elb gehört, dass die Welt wie eine Kugel geformt sei, und er hatte sich gefragt, ob sich nicht auf der anderen Seite dieser Kugel ein Land befinde, in dem Halblinge besser leben könnten als in den Wäldern am Langen See. So hatte er damit begonnen, eine gewaltige Floßarche zu bauen, um damit das Meer im Osten zu überqueren und alles mitzuführen, was man für die lange Reise brauchte.

Hin und wieder legten Seefahrer aus Carabor am Seeufer des Halblingwaldes an. Sie gelangten über einen Fjord und den Grenzfluss zwischen den Provinzen Gaanien und Neuvaldanien in den Langen See, wo sie den Halblingen Glasphiolen mit der Magischen Essenz des Baumsaftes abkauften, die andernorts zu Höchstpreisen gehandelt wurde, denn bisher hatten es nicht einmal die Elben geschafft, die Rezeptur dieser Essenz zu enträtseln. Von diesen Seefahrern erfuhr Brado, dass es im westlichen Ozean ein Zeitloses Nebelmeer gab, in dem sich jeder verlor, dessen Wille zu schwach war, um an sein Ziel zu gelangen. Kaum einem sei die Rückkehr aus diesem Seegebiet gelungen, von den meisten habe man nichts mehr gehört, denn sie hätten im Nebelmeer die Orientierung verloren und seien seinem Zauber erlegen. Einem Zauber, der selbst einige der mutigsten und willensstärksten Kapitäne dazu verdammte, auf ihren Schiffen bis in alle Ewigkeit im Zeitlosen Nebelmeer umherzuirren.

Brado hatte das alles für eine erfundene Schauergeschichte gehalten, aber wie die meisten Halblinge ging auch er am liebsten auf Nummer sicher. Und abgesehen davon hatte er noch ein anderes Problem: Seine Floßarche war nach den Aussagen der Seefahrer viel zu groß und plump, um auf dem Meer manövrieren zu können; mit solch einem Gefährt war es nur möglich, sich treibend fortzubewegen, mit ungewissem Ziel.

Da unterwarf sich Brado das für seine Willensstärke bekannte Riesenkrokodil Ganto, wozu er die Baumsaft-Essenz einsetzte, und brachte es dazu, die Floßarche über den gaanischen Fluss bis in den Langen Fjord zu ziehen. In manchen Versionen der Geschichte sogar ein Stückweit über Land, da die Floßarche zu breit war, um einige engere Flussstellen zu passieren.

Als die anderen Halblinge sahen, was geschah, fassten einige von ihnen plötzlich Mut und wollten Brado auf seiner Reise begleiten, obwohl sie vorher noch über ihn gelacht hatten. So viele wollten mitkommen, dass schließlich das Los entscheiden musste, wer an Bord durfte und wer nicht.

Die Arche geriet tatsächlich in das von den Caraboreanern gefürchtete Zeitlose Nebelmeer, doch das Riesenkrokodil Ganto zog die Floßarche über den Ozean, ohne vom eingeschlagenen Kurs abzuweichen, und schließlich erreichten die Halblinge ein unbekanntes Land. Das Gebiet, in dem sie sich niederließen, nannten sie Osterde, da es von ihrer alten Heimat aus im Osten lag. Jahre vergingen, und die Siedlungen der Halblinge in Osterde gediehen.

Doch Brado verspürte Heimweh. Er vermisste den Schatten der großen Riesenbäume des Halblingwaldes und bereute mittlerweile seine Reise. Und auch das Riesenkrokodil, das süchtig nach der Magischen Essenz des Baumsaftes geworden war und bereits sämtliche Vorräte aufgebraucht hatte, zog es in die Heimat zurück.

Nachdem Brado ihm versprochen hatte, es mit magischer Baumsaft-Essenz zu versorgen, sobald sie wieder in Athranor wären, kehrte der »Flüchter aus dem Land seiner Sehnsucht«, wie man ihn von da an nannte, auf Gantos Rücken zum Halblingwald am Langen See zurück.

Er nahm eine Frau, gründete eine Familie, aus der später ein eigener Stamm wurde, und ließ alle seine Nachkommen schwören, den Wald niemals zu verlassen, denn nirgends auf der Welt sei es besser als im Schatten der Riesenbäume am Langen See.

»Dass ausgerechnet du den Schwur unseres Stammes brechen willst!« Arvan schüttelte lächelnd den Kopf.

»Das haben doch schon so viele vor mir getan, Arvan.«

»Mag sein.«

»Und abgesehen davon, ereignete sich die Geschichte von Brado dem Flüchter zu einer Zeit, als der Wald noch ein friedlicher Ort war, denn unsere Vorfahren konnten damals noch auf und unter dem Erdboden leben, weil es noch keinen Waldkönig gab, dessen Söldner ihre Kriegselefanten durch das Unterholz trampeln ließen, und auch die Orks trauten sich damals nicht hierher.«

»Weißt du das so genau?«, fragte Arvan.

»Man erzählt es so.«

»Grebu meint, die Legende von Brado dem Flüchter sei einfach nur ... eine Geschichte, wenn du verstehst, was ich meine.«

Neldo zuckte mit den Schultern. »Solche Ansichten hat er wohl aus seiner Zeit in Carabor. Und vielleicht ist es sogar wahr, und es ist wirklich nur eine Geschichte, die sich alte Halblinge ausgedacht haben, um die Jungen davon abzuhalten, ihr Glück anderswo zu suchen als in diesem Schattenwald voller Baumschafe und Baumgetreide und ...«, er zögerte, ehe er weitersprach, »... Schnitzwerkstätten!«

Letztere waren nämlich genau der Ort, wo Neldo die meiste Zeit verbrachte. Dort lernte er, feinste Reliefs zu schnitzen. Waren diese nach den Regeln der Schnitzkunst gefertigt und die Figuren in der richtigen Weise angeordnet, konnten sie für denjenigen, der vorher etwas von der Magischen Essenz des Baumsaftes genommen hatte, zum Leben erwachen.

Als Arvan zum ersten Mal eine dieser mit magischen Zeichen versehenen Schnitzereien in den Händen gehalten hatte, war er noch sehr klein gewesen. Das Erlebnis gehörte zu seinen ersten Erinnerungen. Er hatte das Stück Holz mit der geschnitzten Miniaturszene, die unzählige Geschöpfe des Waldes darstellte, in die Hand genommen und sich angeschaut, und obwohl er bis dahin nie auch nur einen einzigen Tropfen der Magischen Essenz zu sich genommen hatte, weil er dazu noch viel zu jung gewesen war, war das Relief plötzlich von Leben erfüllt gewesen, sodass er es erschrocken fallen gelassen hatte.

Man hatte es seiner Ungeschicktheit zugeschrieben, denn niemand hatte für möglich gehalten, dass er bereits in der Lage gewesen war, die geschnitzten Katzenbäume miteinander kämpfen zu sehen oder wie wurzellose Dornenwürger über ein elefantengroßes Schwarzschwein herfielen.

Arvan hatte als Kind nicht weiter darüber nachgedacht, aber mittlerweile ahnte er, dass da etwas in ihm war, das es ihm ermöglicht hatte, den Zauber der Schnitzereien auch ohne die Hilfe der Magischen Essenz zu sehen. Vielleicht hing es mit seiner Fähigkeit zusammen, die Baumschafe in seiner Nähe um sich versammeln zu können.

»Ich habe die Schnitzer immer bewundert«, gestand er. »Und, ganz ehrlich, dich beneide ich darum, dass man dich in dieser Kunst ausbildet.«

»Das ist nicht interessanter, als Baumschafe zu hüten, Arvan. Und ganz bestimmt ist es nicht das, was ich für den Rest meines Lebens tun möchte. Weißt du, hier im Halblingwald ist alles so sehr vorgezeichnet. Ich werde Schnitzer, du wirst dein Leben lang Baumschafe hüten, Zalea wird Warzen besprechen, und Borro ...«

»... wird immer eine große Klappe haben«, fiel Arvan dem Freund ins Wort.

Neldo lachte. »Groß wie das Maul eines Schwarzschweins, das auch nicht begreift, dass es durch sein Grunzen die Dornenwürger anlockt.«

»So ist er eben.«

Neldos Miene verfinsterte sich wieder. »Arvan, ich meine es ernst. Ich möchte mehr erleben als das hier.« Er machte eine weit ausholende Handbewegung, die den ganzen Halblingwald einschließen sollte.

Auch in den nächsten Tagen begleitete Neldo seinen Freund Arvan zum Herdenbaum. Manchmal kam auch Zalea mit. Borro hingegen hatte immer weniger Zeit. Er ging bei einem Schmied in die Lehre, und in den Schmiedewerkstätten der Halblinge herrschte Hochbetrieb, seit man mit weiteren Überfällen der Orks rechnen musste. Rapiere und Speerspitzen wurden hergestellt, und überall im Wald hörte man den Klang der Schmiedehämmer.

Neldo verlor kein Wort mehr über seinen heimlichen Wunsch, den Halblingwald zu verlassen. Insbesondere Zalea sollte davon nichts wissen. Arvan begriff, dass der Freund dieses Geheimnis nur mit ihm teilen wollte, und ein Geheimnis zu wahren war eine Tugend, die ihm seine Ziehmutter Brongelle beigebracht hatte.

Vorboten des Krieges

Einige Tage später saßen Neldo und Arvan erneut auf dem Herdenbaum. Die Baumschafe waren ungewöhnlich unruhig, was auf eine Wetteränderung hindeuten konnte. Neldo kletterte in die Krone des Herdenbaums, um nachzusehen.

»Die Wolken haben sich aufgetürmt«, berichtete er, nachdem er zurückgekehrt war. »Doch ob das was zu bedeuten hat, weiß ich nicht, ich bin kein Himmelsseher.«

Die besten Kletterer unter den Halblingen wurden Himmelsseher. Sie mussten behände und leicht sein, um in die höchsten Regionen der Wipfel zu gelangen und sich in dem immer feiner werdenden Geäst sicher bewegen zu können. Nur von dort aus – oder von einem Boot, mit dem man weit genug auf den Langen See hinausfuhr – konnte man im Halblingwald Wolken oder Sterne sehen, um beides zu deuten.

Viele junge Halblinge träumten davon, eines Tages zu dem Stand der Himmelsseher zu gehören, der großes Ansehen genoss. Auch Arvan wäre als kleiner Junge gern Himmelsseher geworden. Damals hatte er noch nicht gewusst, wie groß er eines Tages werden würde. Zwar war er noch nie ein guter Kletterer gewesen, aber in jener Zeit hatte er noch geglaubt, den Rückstand gegenüber den Altersgenossen durch beständiges Üben aufholen zu können. Die Erkenntnis, dass sein Schicksal nicht die Sterne und Wolken, sondern nur die Baumschafe waren, war zunächst nicht so leicht zu verdauen gewesen. Aber man konnte nicht gegen die eigene Natur aufbegehren, auch wenn diese noch so tölpelhaft und ungeschickt war.

Doch nun, da er immer öfter Neldos beständig ausufernden Fantasien über das Leben in fernen Städten und Ländern zuhören musste, kam ihm der Gedanke, dass das Leben vielleicht doch mehr für ihn bereithalten könnte als das Hüten von Baumschafen.

Auf einmal erfüllte ein dumpfes Surren den Wald und ließ Arvan und Neldo aufhorchen. »Baumfliegen«, erkannte Arvan. »Ein ganzer Schwarm.«

Dabei handelte es sich um handgroße Geschöpfe, deren Rückenpanzer grünlich schimmerten, wenn tatsächlich mal ein Sonnenstrahl durch das dichte Blätterdach der Riesenbäume drang und sie traf. Normalerweise aber konnte man sie trotz ihrer Größe kaum sehen. Wie Schatten schwirrten sie zwischen den Bäumen umher und waren dabei so schnell, dass sie selbst kleineren Vögeln gewachsen waren. Doch normalerweise waren sie keine Jäger, sondern Aasfresser.

Arvan bemerkte nur hin und wieder einen Schatten im Geäst. Baumfliegen flogen tiefer, darum schwirrte der Großteil des Schwarms wahrscheinlich unterhalb der großen Hauptastgabel des Herdenbaums.

»Wahrscheinlich hat ein Katzenbaum einen Schwarzschweinfrischling gerissen, und diese surrenden Plagegeister wollen jetzt ihren Teil abbekommen«, vermutete Neldo.

Arvan schüttelte mit gerunzelter Stirn den Kopf. »Dann wären es nicht so viele. Da muss mehr geschehen sein.«

»Und woran denkst du?«

»Keine Ahnung.«

»Wir können ja mal nachsehen.«

»*Du* kannst nachsehen. Ich muss hierbleiben und auf die Baumschafe achten.«

»Und außerdem willst du nicht stürzen, stimmt's?«

»Ja, mach dich nur lustig«, murmelte Arvan verdrossen, dann lauschte er angestrengt. Er hatte nicht das Gehör eines Elben, nicht einmal die großen Ohren eines Halblings, und doch wusste er die Geräusche des Waldes besser zu deuten als jemand wie Neldo, der den Großteil des Tages in einer Schnitzerwerkstatt verbrachte. Es waren nicht nur die Veränderungen in der Geräuschkulisse, die Arvan auffielen, sondern auch die Reaktionen der Pflanzen, ihre *Empfindungen*. Letzteres hätte er einem anderen gegenüber niemals geäußert, um das zu beschreiben, was er bei den Pflanzen spürte, aber letztlich traf es genau das, was er wahrnahm.

»Wenn ich bis zum Abend nicht zurückkehren sollte«, sagte Neldo, »dann …«

»… folge ich dir, um zu sehen, ob du Hilfe brauchst«, versprach Arvan.

»Das tust du auf keinen Fall! Du gehst zurück zu Gomlos Baum und sagst deinem Ziehvater Bescheid!«

Neldo kletterte in Windeseile von Baum zu Baum und schwang sich an den Rankpflanzen weiter, wenn das Geäst zu dünn wurde oder nicht weit genug an den Nachbarbaum heranragte. Ein Halbling konnte sich auf diese Weise ziemlich schnell fortbewegen, zumindest in den Wäldern am Langen See.

Nach einer Weile sah Neldo einen Trampelpfad im Unterholz. Solche Trampelpfade waren in den Wäldern am Langen See nichts Ungewöhnliches, seitdem sie zu Harabans Reich gehörten und immer häufiger von Truppenverbänden des Waldkönigs durchquert wurden.

Das sind die Spuren von Kriegselefanten!, erkannte Neldo.

Der Trampelpfad zog sich von Südosten her durch den Wald. Dort lag Gaa am Fjord, die Hauptstadt der Provinz Gaanien. Söldnerverbände, die in den Wäldern am Langen See unterwegs waren, kamen zumeist von dort, denn in Gaa befand sich eine der größten Garnisonen von Harabans Reich. Jüngst war dort sogar eine eigene Schule für Kriegselefanten eröffnet worden, wovon auch die Halblinge aus dem Stamm von Brado dem Flüchter profitiert hatten, denn der Statthalter von Gaanien hatte die riesigen Satteldecken von ihren Stickerinnen mit seinem persönlichen Wappen versehen lassen.

Das Summen der Baumfliegen drang noch immer an Neldos Ohren. Er schluckte, denn er ahnte bereits, was das zu bedeuten hatte. Die Neugier siegte allerdings über das mulmige Gefühl, das er empfand, und er setzte seinen Weg fort. Von Baum zu Baum ging es weiter.

Dann verharrte er und blickte hinab.

Selbst aus der Höhe war das Gewürm nicht zu übersehen, das überall aus dem dunklen Waldboden kroch, denn die raupenartigen Kreaturen waren so lang wie Menschenarme. Hinzu kamen vielbeinige Riesenasseln, die ihre behaglichen Plätze im glitschigen Stinkmoos verließen, wo es auch noch Monate nach einem Wolkenbruch so feucht war, als hätte es gerade erst geregnet. Auch Käferkolonnen und katzengroße Aasschnecken krabbelten und krochen zwischen den Wurzeln der Bäume hervor.

Das Geschmeiß bewegte sich mit unterschiedlicher Geschwindigkeit, doch all die widerlichen Kreaturen hatten anscheinend dasselbe Ziel und folgten dem Trampelpfad der Kriegselefanten.

Neldo erreichte schließlich einen großen Baum, der noch zwei Generationen zuvor als Wohnbaum gedient hatte. Dann hatte man ihn aufgeben müssen, denn der Blitz war hineingefahren und hatte ihn in der Mitte gespalten. Das war die Strafe der Waldgötter dafür gewesen, dass er so enorm hoch gewachsen war, um sich über die anderen Bäume zu erheben. Jedenfalls waren nicht wenige der Halblinge davon überzeugt. Dies war ein verfluchter Ort des Unheils, woran auch die Zauberrunen nichts änderten, die man in die Rinde geritzt hatte. Sogar das Unterholz mied den Bereich um den gespaltenen Baum herum, sodass eine Fläche entstanden war, die man beinahe schon als kleine Lichtung bezeichnen konnte.

Und diese Fläche war nun endgültig zu einem Ort des Grauens geworden. Der Gestank verfaulenden Fleisches und alten Blutes lag in der Luft, überall lagen die Kadaver von Kriegselefanten, über die sich die Aasfresser bereits hergemacht hatten. Baumfliegen, vom Blutgeruch angelockt, schwirrten umher. Aber nicht nur tote Elefanten sah Neldo, sondern auch die Leichen von mindestens zweihundert Söldnern, viele davon grauenvoll entstellt.

Blauschwarz schimmernde Rabenvögel stritten sich um die besten Bissen, und aus dem Boden kroch massenweise gieriges Getier, um sich in das tote Fleisch zu graben.

Neldo entdeckte unter den vielen Leichen auch einige erschlagene Orks. Allerdings schien ihr schlammfarbenes Fleisch Fliegen und Gewürm weniger zu schmecken als das der Menschenkrieger. Neldo verschlug es schier den Atem.

Kaum einer der Krieger trug noch Waffen oder Rüstung. Offenbar waren die Toten gefleddert worden. Bei einem der wenigen erschlagenen Orks entdeckte Neldo ein Halblingsrapier, das der Tote immer noch umklammert hielt. Doch auch er trug ansonsten keine Waffen bei sich, was Beleg dafür war, dass die Leichenfledderer auch vor den eigenen Artgenossen nicht haltgemacht hatten. Nur das Rapier hatte offenbar keiner haben wollen.

Neldo stieg vom Baum und schritt mit weichen Knien über das grausige Schlachtfeld. Das Gewürm, das aus der Erde kroch, wich vor seinen großen Halblingsfüßen zurück, während er an den Leichen vorbeiging. Die blauschwarzen Rabenvögel und die Baumfliegen waren weniger scheu, und Neldo musste sie mit ausholenden Streichen seines Rapiers fortjagen.

Abgesehen von den handgroßen Baumfliegen, schwirrten über dem Schlachtfeld noch Myriaden gewöhnlicher Schmeißfliegen. Ihr Surren in den unterschiedlichsten Tonlagen mischte sich mit dem Krächzen der Raben.

Neldo wand dem toten Ork das Halblingsrapier aus der Pranke. In die Klinge war eine Inschrift graviert.

Leg dich nie mit Trobo an, denn er ist so schnell, dass er zwei Baumfliegen mit einem Stich durchbohrt!, stand dort in geschwungener, sehr verschnörkelter Halblingsschrift. Ein kunstfertiger Graveur hatte sein ganzes Können aufgeboten.

Für die Orks war er offenbar doch nicht schnell genug, dachte Neldo voller Wut und Bitterkeit. So wenig er Trobo auch gemocht hatte, ein solches Ende hatte ihm Neldo nicht gewünscht.

»Ein Orküberfall, keine zehn Meilen von hier«, berichtete Neldo völlig atemlos, als er zu Arvan auf den Baum zurückkehrte. »Sie haben zweihundert Söldner mitsamt ihren Elefanten niedergemacht. Ich vermute, es war ein Hinterhalt, und ehe sichs die Söldner versahen, waren die meisten von ihnen bereits gefallen!« Neldo rang nach Luft, ehe er Arvan das Halblingsrapier hinhielt.

»Trobo …«, sagte Arvan erschüttert, nachdem er die Gravur gelesen hatte.

»Er und sein Trupp müssen vorher schon den Orks in die Hände gefallen sein. Ich möchte nicht wissen, was sie mit ihm und seinen Begleitern angestellt haben«, sagte Neldo bekümmert.

»Man kann die Unruhe im Wald deutlich spüren«, sagte Arvan. Aber er ging nicht näher darauf ein, was genau er damit meinte. Dass er Rankpflanzen und Baumschafe beeinflussen konnte, war allgemein bekannt, aber er hatte nie jemandem verraten, wie weit seine Verbindung zu den Pflanzen des Waldes tatsächlich ging. Vielleicht deshalb, weil niemand es wirklich hätte verstehen können.

»Wir müssen zu Gomlos Baum zurück«, erklärte Neldo. »Sofort!«

»Und die Baumschafe?«

»Ich wusste, dass das jetzt kommen würde, Arvan!«

»Sollen wir sie etwa den Orks überlassen?«

»Notfalls ja, Arvan. Viel wichtiger ist, dass der Stamm gewarnt wird.«

In diesem Moment ließ ein Geräusch Arvan aufhorchen. Es raschelte im Geäst, dann sah er ein gutes Dutzend Halblinge, das sich ihnen durch die Bäume näherte. Arvan erhob sich von seinem Platz. Auf einmal roch es unangenehm nach Stinkmoos.

Er und Neldo glaubten ihren Augen nicht zu trauen, als sie Trobo ausmachten, zu dem die anderen allerdings einigen Abstand hielten, weil ihm noch immer der Gestank anhaftete.

»Wie kann das sein?«, murmelte Neldo, der Trobos Waffe nach wie vor in der Hand hielt.

Die Ankömmlinge sahen abgerissen aus. Einige hatten Schrammen und andere kleinere Verletzungen davongetragen. Ihre Kleidung war zerrissen, die Harnische zeigten Spuren eines Kampfes. Sie waren mit Blut besudelt, und nicht immer war zu erkennen, ob es ihr eigenes oder das von jemand anderem war.

Noch bevor Trobo irgendetwas sagen konnte, vernahm Arvan in der Ferne das Signal eines Baumflöters, das sodann von anderen Baumflötern weitergegeben wurde.

Da Arvan die Bedeutung der einzelnen Tonfolgen nicht genau kannte, verstand er nicht wirklich alles. Aber es reichte, um zu begreifen, dass es ein Alarm war und vor etwas gewarnt wurde.

Trobo lauschte den Flötentönen, dann nickte er zufrieden und erklärte: »Die zweite Gruppe hat bereits Gomlos Baum erreicht.«

»Die zweite Gruppe?«, fragte Arvan.

»Bist du nicht nur ungeschickt, sondern auch noch schwer von Begriff?«, giftete Trobo. »Wir haben uns aufgeteilt, um auf zwei verschiedenen Wegen zum Wohnbaum zurückzukehren. Wenigstens eine Gruppe sollte Gomlos Baum erreichen und den Stamm warnen können.«

»Ihr seid auf Orks gestoßen, richtig?«, fragte Neldo.

Trobo sah, dass Neldo sein Schwert in der Hand hielt, und riss es an sich. »Woher hast du das?«

Der Gestank, der von ihm ausging, trieb Neldo zwei Schritte zurück. »Ich habe es in der Pranke eines Orks gefunden, der im Kampf mit Soldaten des Waldkönigs ums Leben kam.«

Trobos Augen verengten sich, während er fragte: »Wo war das?«

»Etwas weniger als zehn Meilen von hier. Orks haben dort gut zweihundert Söldner und ihre Kampfelefanten niedergemacht. Der Überfall muss so überraschend gewesen sein, dass sich die Soldaten kaum zur Wehr setzen konnten. Unter den Toten waren nur wenige Orks.«

»Diese Scheusale«, murmelte Trobo düster. »Auch wir hatten eine Begegnung mit ihnen. Drei von uns sind dabei ums Leben gekommen, und Zedo der Flinke ist unterwegs an seinen Wunden gestorben.«

»Ich nehme an, du hast bei diesem Kampf dein Rapier verloren?«, vermutete Neldo.

Trobo nickte. »Ein Ork kämpfte mit einem Morgenstern, den er einem Fußsoldaten aus Harabans Heer abgenommen haben muss ...«

»Eine typische Orkwaffe ist das jedenfalls nicht«, warf Neldo ein.

»Die schlagen doch mit allem drauf, was sie in die Finger kriegen«, knurrte Trobo. »Denen reicht notfalls das ausgerissene Bein eines Feindes, der noch gar nicht tot ist!« Purer Hass leuchtete in seinen Augen. »Jedenfalls hat sich die Kette dieses verfluchten Morgensterns um mein Rapier gewickelt, und das Scheusal hat mir die Waffe mit einem kräftigen Ruck aus der Hand gerissen. Ich kann froh sein, mit heiler Haut davongekommen zu sein, weil wir Halblinge nun einmal schneller sind als die Orktiere.«

»Wir sollten sofort aufbrechen«, meinte Neldo.

»Nein«, widersprach Trobo. »Wir müssen uns den Orks entgegenstellen, bevor sie zu den Wohnbäumen gelangen.«

»Auf den Bäumen sind wir sicher«, war Arvan überzeugt.

»Ach, wirklich?«, fragte Trobo in ätzendem Tonfall und steckte das Rapier in die Lederscheide an seinem Gürtel. »Unser großer Trottel gibt sich als Stratege, was? Vielleicht bildest du dir etwas darauf ein, im Haus eines Baum-Meisters aufgewachsen zu sein, aber das ändert nichts daran, dass dein Verstand noch kleiner ist als deine Füße und Ohren.«

»Du solltest niemanden beleidigen, der an deiner Seite kämpfen soll«, fuhr Neldo mit einer Entschlossenheit dazwischen, die Trobo sichtlich erstaunte. Vor allem aber erstaunte sie Neldo selbst.

Trobo deutete auf Arvan. »Der da kämpft nicht mit uns. Du gehst nach Hause, Trottel! Unsere Krieger sind von Gomlos Baum aus hierher unterwegs. Wenn einer von euch Narren die Baumflötensignale verstehen könnte, wüsstet ihr das.«

Arvan wusste, dass Trobo gern Baumflöter geworden wäre und sich als Junge bereits einige Zeit sehr intensiv mit der Flötensprache beschäftigt hatte. Aber die Ausbilder hatten ihn nicht für talentiert genug gehalten, und schon der geringste Fehler im Spiel eines Baumflöters konnte dazu führen, dass eine Nachricht etwas völlig anderes bedeutete, als eigentlich gemeint war, was verhängnisvolle Folgen haben konnte. Trobo hatte die Zurückweisung nie ganz verwunden, und manche sagten, dass er sich erst danach den Beinamen *der Gemeine* verdient hatte.

»Wenn die Krieger aus dem Stamm von Brado dem Flüchter hierher zum Herdenbaum unterwegs sind, werde auch ich bleiben und mich mit ihnen den Orks stellen«, erklärte Arvan ruhig. »Schon allein deswegen, weil mir die Baumschafe hier anvertraut wurden und ich sie nicht dem Appetit der Orks überlassen möchte.«

»Und ich sage dir, du sollst verschwinden«, knurrte Trobo, der gleichermaßen Hass und Gestank verbreitete. »Wenn die Verstärkung rechtzeitig eintrifft und es uns gelingt, die Orks aufzuhalten, kannst du es vielleicht bis zu Gomlos Baum schaffen.«

»Ich sagte, ich bleibe«, beharrte Arvan. »Von euch allen habe ich die meisten Orks getötet – wenn auch erst vor Kurzem, sodass ich nicht behaupten kann, ein besonders erfahrener Kämpfer zu sein. Aber ...«

»Kämpfe lieber gegen deine Dummheit, Menschling«, fiel ihm Trobo ins Wort und schnappte nach dem Griff des Rapiers, das Arvan pflichtgemäß am Gürtel trug. Trobo riss die Waffe heraus und warf sie einem Halbling seines Trupps zu. Arvan kannte ihn, es war Werry der Zauderer, ein viel beschäftigter Holzseher.

Kein Stück Holz wurde im Halblingwald verarbeitet, ohne dass zuvor ein Holzseher überprüft hatte, ob es auch für den vorgesehenen Zweck geeignet war, und Werry sah jedem Holz an, was man daraus fertigen konnte. Nun aber war Krieg, und da musste auch er andere Aufgaben erfüllen.

Er war etwas irritiert, als er plötzlich ein Rapier in der Hand hielt. Er besaß nämlich keins und galt als schlechter Fechter. Wenn Arvan überhaupt gegen einen der Halblinge aus dem Stamm von Brado dem Flüchter beim Fechtkampf bestehen konnte, dann gegen Werry den Zauderer. Am liebsten hätte er die Klinge Arvan zurückgegeben, aber das traute er sich nicht, solange Trobo in der Nähe war.

Dieser wandte sich den anderen zu und tat so, als wäre Arvan gar nicht mehr anwesend. »Ich habe einen Plan«, sagte er. »Die Orks sind faul. Es ist ihnen zu mühselig, sich selbst einen Weg durch das Unterholz zu schlagen. Deshalb folgen sie meistens einfach den Trampelpfaden, und aus diesem Grunde ist klar, welchen Weg sie nehmen werden.«

Arvan wusste, was Trobo meinte. Auf der Westseite führte einer dieser Trampelpfade an dem Herdenbaum vorbei, auch wenn er schon wieder ziemlich zugewachsen war und sein Verlauf zum Teil nicht mehr auf Anhieb zu erkennen war.

Die Söldner, die auf die Arvan anvertrauten Baumschafe geschossen hatten, waren über diesen Trampelpfad gekommen. Ohne ihn wäre der Trupp wahrscheinlich gar nicht zu dem Baum vorgedrungen.

Trobo streckte die Hand aus. »Wir sollten uns in den Bäumen rechts und links des Pfades verschanzen, aber vorher unseren Vorrat an Herdenbaumkastanien für unsere Schleudern vergrößern.«

In diesem Moment war Hufschlag zu hören.

Ein Reiter preschte durch den Wald und trieb sein Pferd erbarmungslos an. Ein grauweißer Mantel wehte hinter ihm her. Sein Haar war lang und reichte bis auf die Schultern herab.

Arvan fielen sofort die spitzen Ohren auf, die durch das Haar ins Freie stachen. Aber für einen Halbling war der Mann zu groß.

Ein Elb!, erkannte er. *Es muss ein Elb sein!*

Die Halblinge auf dem Herdenbaum hielten den Atem an. Plötzlich zuckte etwas durch die Büsche. Das Pferd wieherte auf, strauchelte, ging zu Boden, doch dem Reiter gelang es gerade noch abzuspringen. Das Pferd war von irgendetwas getroffen worden. Aus einer klaffenden Wunde floss Blut.

Einen Augenblick später hetzte ein Ork aus dem Unterholz, eine Armbrust in den Pranken. Sie entsprach jenen, welche die Söldner auf den königlichen Kriegselefanten häufig verwendeten, während die Bodentruppen zumeist Langbögen bei sich trugen, mit denen man zwar nicht so gut zielen, dafür aber eine schnellere Schussfolge erreichen konnte.

Der Elb zog sein Schwert. Abgesehen von einem kurzen Dolch, trug er keine weiteren Waffen bei sich.

Der Ork hatte bereits einen neuen Bolzen in die Beutewaffe eingelegt und spannte sie. Der Elb murmelte ein paar Worte in seiner Sprache. *Vielleicht eine magische Formel, um den Gegner zu beeinflussen*, ging es Arvan durch den Sinn, der fieberhaft überlegte, was er oder seine Gefährten in dieser Lage tun sollten.

Weitere Orks brachen aus dem Unterholz, auch von ihnen einige mit Armbrüsten bewaffnet, die sie offenbar erbeutet hatten, denn die Schulterstützen waren grün, rot und schwarz angemalt, also mit den Farben des Waldkönigs Haraban. Die Fernwaffen hatten wohl den Schützen auf den dahingemetzelten Kriegselefanten gehört.

Der Erste schoss sofort auf den Elbenkrieger, doch dieser wirbelte seine Klinge herum, und ein klirrendes Geräusch war zu hören, als der Elb mit der Schwertklinge den heranjagenden Armbrustbolzen traf und ablenkte. Zitternd blieb er in einem der benachbarten Baumstämme stecken.

Nur ein Elb hatte ein so scharfes und sicheres Auge.

Ein zweiter und dritter Armbrustbolzen wurde abgeschossen, doch auch die wehrte der Elb mit blitzschnellen Schwertstreichen ab. Einer dieser Bolzen jagte sogar zurück und fuhr dem Schützen in das zum wütenden Kampfschrei aufgerissene Maul, trat hinten am Nacken wieder aus und dem dahinter stehenden, wild eine Streitaxt schwingenden Orkkrieger in den Hals.

Der Armbrustschütze brach stumm zusammen, der in den Hals getroffene Ork stieß ein gurgelndes Röcheln aus und spie dabei einen Schwall Blut zwischen seinen Hauern hervor, ehe auch er zu Boden ging.

Keiner der Orks lud noch seine Armbrust nach. Vielleicht hatten sie ohnehin keine Bolzen mehr, und so recht nach ihrem Geschmack waren Armbrüste, Bögen und andere Fernwaffen ohnehin nicht. Sie warfen die Beutestücke fort, zogen ihre Schwerter, schwangen die Äxte und was sie sonst noch zum Morden bei sich trugen und stürmten auf den Elb zu.

Aus anderen Richtungen liefen weitere Orks herbei. Einen Speerwurf wehrte der Elb wie beiläufig mit einem Schwertstreich ab, doch gegen diese Übermacht konnte er unmöglich auf Dauer bestehen. Immer mehr Orks drangen aus dem Unterholz hervor. Der Herdenbaum, auf dem die Halblinge ausharrten, war bald eingekreist, und die verängstigten Baumschafe flohen in das hohe Geäst.

Da endlich setzten die Halblinge ihre Schleudern gegen die heranstürmenden Orks ein. Die meisten der Herdenbaumkastanien zerplatzten an den Stirnknochen der Unholde, aber sie zeigten auch dann Wirkung, wenn sie auf die Harnische trafen und dort ihre ätzenden Dämpfe freisetzten.

Manche der Halblinge verschossen auch kleine Kugeln, die aus einem schwarzen und erzhaltigen Gestein geschliffen waren. Doch davon trug ein Schleuderschütze stets nur wenige bei sich, denn sie waren schwer. Unglaublich schwer. Eine pralle Börse voll Gold und Silber zog den Gürtel nicht annähernd so herab wie ein einzelner dieser daumennagelgroßen Steine, die man in einer Ledertasche bei sich führte. Wenn man die Steine einfach nur in den Taschen des Wamses oder der Hose verstaute, waren diese bald gerissen.

Die Schwarzen Steine waren noch tödlicher als Herdenbaumkastanien. Sie durchschlugen selbst schwerste Panzerung. Mehrere dieser Geschosse drangen durch Orkharnische, und die Getroffenen blieben abrupt stehen und sackten dann leblos in sich zusammen. Bei einem schoss eine Fontäne Orkblut aus dem Loch im Harnisch. Offenbar war der schwarze Stein geradewegs in sein Herz gefahren.

Trobo der Gemeine verschoss mit seinem Blasrohr die letzten drei Pfeile aus seinem Köcher. Er konnte ausgesprochen gut damit zielen, was die Orks zu spüren bekamen.

Der Elb wehrte sich unterdessen verzweifelt. Dem ersten heranstürmenden Angreifer schlug er mit einem schnellen, präzisen Schwerthieb den Kopf von den breiten Schultern. Der Orkschädel rollte über den Boden, während der dazugehörige Körper in seiner schlammdurchtränkten Kleidung noch aufrecht dastand. Dann musste der Elb eine Kombination schnell ausgeführter Schwerthiebe parieren, bis ein schneller Stich dem Leben des zweiten Angreifers ein Ende setzte.

Aber es waren zu viele, die aus dem Unterholz hervorbrachen. Den Halblingen auf der Baumastgabel des Herdenbaums ging bereits die Munition aus. In den Kämpfen, die sie im Grenzgebiet bereits hinter sich gebracht hatten, war schon der Großteil davon aufgebraucht worden. Und die von dem Baumflöter angekündigte Verstärkung war noch nicht eingetroffen.

Arvan rasten die Gedanken nur so durch den Kopf. Er versuchte, sich auf die Ranken zu konzentrieren. Die Lähmung, die ihn für einige quälend lange Augenblicke befallen hatte, fiel von ihm ab. Er musste eingreifen!

Wo seid ihr, grüne Arme des Waldes?, fragte er in Gedanken. *Ihr habt mir doch schon so oft geholfen! Warum nicht jetzt?*

Da senkten sich Ranken aus dem oberen Geäst herab. Manche von ihnen streckten sich sogar von Nachbarbäumen aus zum Herdenbaum, um dessen günstig gelegene Äste sie sich wickelten, und wenn sie festen Halt gefunden hatten, entrollten sie sich in die Tiefe.

Während der Elb mit seinen ausholenden Schwerthieben mehrere Orks auf Abstand hielt, packten ihn auf einmal blitzschnell mehrere dieser Pflanzenarme, umschlangen ihn und zogen ihn in die Höhe. Der Elb stieß einen erstaunten Ruf aus, während die Waffen seiner Gegner bereits ins Leere schlugen.

Eine Wurfaxt wurde dem Elb noch hinterhergeschleudert, aber dessen sicheres Auge sorgte dafür, dass er auch diesen Angriff mit einer scheinbar beiläufigen Seitwärtsbewegung seines Schwertes abwehren konnte.

Die Ranken hoben ihn bis zur Hauptastgabel. Arvan ließ eine weitere Ranke wie ein Wurfseil vorschnellen und sich um den Leib des Elben schlingen, sodass er auf einen sicheren Platz gezogen wurde. Erst dann ließen die Pflanzen ihn los. *Danke!*, sandte Arvan ihnen einen Gedanken.

Die Orks schrien und heulten. *Keine Frage, sie hatten es allein auf den Elb abgesehen, nicht auf uns!*, war Arvan überzeugt.

Der Elb wandte sich ihm zu und legte Arvan eine Hand auf die Schulter. »Tausend Dank«, sagte er auf Relinga, während von seiner Berührung ein eigenartiger Schauer ausging und Arvan durchlief.

Magie, dachte er. *Oder zumindest etwas Ähnliches …*

Die seltsame Empfindung war ihm auf eigenartige Weise vertraut, wie etwas, was er schon einmal erlebt hatte. Allerdings wusste er, dass dies nicht sein konnte, denn er war sich erstens sicher, nie zuvor in seinem Leben einem Elben begegnet zu sein, und zweitens war er auch noch nie mit einer derartigen geistigen Kraft in Kontakt geraten.

»*Ich weiß genau, was du für mich getan hast*«, erreichte ihn ein Gedanke, von dem er sicher war, dass er von dem Elben ausging. Arvan erschrak.

»Ihr müsst Lirandil der Fährtensucher sein«, hörte er Trobo sagen.

»Der bin ich«, bestätigte der Elb. »Allerdings warst du gewiss noch nicht geboren, als ich das letzte Mal den Halblingwald am Langen See besucht habe.« Arvan fiel auf, dass der Elb vor Trobo zurückwich, weil dem noch immer der bestialische Geruch des Stinkmooses anhaftete. Für die feinen Sinne des Elben musste dieser widerwärtige Gestank besonders schlimm sein, aber Lirandil war bemüht, sich nichts anmerken zu lassen.

»Ich erkenne Euch an dem Amulett mit den Augen darauf«, sagte Trobo.

»Das Amulett eines Fährtensuchers«, bestätigte der Elb und berührte es mit der Hand. Es war aus bronzefarbenem Metall und hatte eine ovale Form. Zwei Augen und darunter eine Elbenrune waren darin eingraviert.

»Die alten Leute erzählen so manches über Euren letzten Besuch«, sagte Trobo. »Und viele Elben gibt es wohl nicht mehr, die sich für die Welt außerhalb ihres eigenen Reiches interessieren.«

»Nun ja, dafür interessieren sich die Orks anscheinend umso mehr für Euch«, rief Neldo, der in die schwindelerregende Tiefe blickte. Unten tobten die Orks. Zum Glück hatte offenbar kaum noch einer von ihnen Bolzen für die Armbrüste, und Wurfdolche, Äxte oder Speere in diese Höhe zu werfen und damit die Halblinge auf der Hauptastgabel oder im äußeren Geäst zu treffen war selbst den Orks mit ihrer wilden, ungezähmten Kraft nicht möglich.

Aber auch die Halblinge hatten kaum noch Munition für ihre Fernwaffen. Blasrohrpfeile, schwarze Steine und Herdenbaumkastanien waren nahezu verbraucht. Letztere wurden jeden Herbst rechtzeitig abgepflückt, bevor die Baumschafe sie fraßen. Die ätzenden Dämpfe, die dabei frei wurden, schadeten zwar den Tieren selbst nicht, aber ihr Fleisch wurde dadurch ungenießbar und ihre Wolle so giftig, dass jeder, der ein daraus gewebtes Gewand trug, erkrankte und innerhalb von Wochen starb. In jener Zeit, als die Halblinge noch auf und unter der Erde gelebt und keine Baumschafe gezüchtet hatten, war es wahrscheinlich für die Tiere der beste Schutz gegen fleischfressende Räuber aller Art gewesen, sich selbst ungenießbar zu machen.

»Die Herdenbaumkastanien sind noch nicht reif genug«, erklärte Werry der Zauderer, der schnell ins äußere Geäst geklettert war. Dort hatte er ein paar der Herdenbaumkastanien gepflückt, die sich noch in ihrem grünen Frühstadium befanden. Er roch an einer, dann nahm er sie in den Mund und kaute darauf herum. »Noch kann man sie essen«, schmatzte er.

»Du scheinst viel von Bäumen zu verstehen«, sagte Lirandil.

»Ich bin Holzseher«, erklärte Werry. »Und mein Beiname ›der Zauderer‹ kommt nur daher, dass sich alle, die weniger von Bäumen verstehen als ich, allzu schnell mit geringerer Qualität zufriedengeben.«

»Verschießen können wir diese Kastanien jedenfalls nicht«, murmelte Neldo. »Schließlich wollen wir die Orks ja nicht auch noch füttern!«

»Die Verstärkung müsste bald eintreffen«, meinte Trobo.

»Und wenn die, die uns retten sollen, nun ihrerseits in Kämpfe mit anderen Orkgruppen verwickelt wurden?«, fragte Arvan.

Die Blicke aller anderen waren plötzlich auf ihn gerichtet, und selbst in den Augen von Trobo dem Gemeinen spiegelte sich Angst wider. Jeder von ihnen wusste, was das bedeuten konnte.

»Ich habe vor Kurzem noch einen Baumflöter in der näheren Umgebung gehört«, sagte Lirandil. »Aber er scheint verstummt zu sein!«

Blutrausch der Orks

Die Orks schienen unschlüssig, was sie tun sollten. Sie schrien sich in ihrer Sprache gegenseitig an. Hier und dort wurden die Argumente mit Faustschlägen unterstützt, und es gab auch den einen oder anderen, der bereits damit begonnen hatte, die eigenen Gefallenen zu fleddern. Eine gut geschliffene Waffe oder einen brauchbaren Harnisch wusste jeder dieser Krieger zu schätzen.

Andere standen am Fuße des riesigen Herdenbaumes, blickten hinauf oder reckten drohend die Äxte, Schwerter und Speere empor. Einer von ihnen versuchte sogar, die stark gefurchte Rinde hinaufzuklettern.

»Selbst Orks können besser klettern als du, Menschling«, sagte der stinkende Trobo abschätzig zu Arvan und lachte.

Die Furchen in der Rinde waren durchaus groß genug, dass sich auch die Orks mit ihren breiten Pranken dort festklammern konnten. Allerdings kletterte der Ork nicht barfuß wie die Halblinge, die mit ihren großen Zehen überall Halt fanden, sondern trug kniehohe Schaftstiefel aus schlammverschmiertem dunklem Leder, das von einem echsenartigen Kriechtier stammte, wie man aufgrund der groben Verarbeitungsweise noch deutlich erkennen konnte.

Werry der Zauderer nahm seine Schleuder, legte eine der noch nicht ausgereiften Herdenbaumkastanien in die Lasche, spannte das aus den elastischen Fasern der Baumwürgerstaude geflochtene Schleuderband und schoss.

Die Herdenbaumkastanie zerplatzte auf der Stirn des Orks. Dieser war bereits auf halber Höhe, verharrte jedoch dort. Für die kräftigen Finger seiner Pranken gab es immer noch genügend Vertiefungen im Stamm, aber er hatte für die gewaltigen abgerundeten Stiefelspitzen nirgends mehr einen Tritt gefunden. Als er den eigentlich harmlosen Treffer abbekam, erschreckte ihn das so sehr, dass er den Halt verlor und in die Tiefe stürzte. Unter dem Gejohle der anderen Orks schlug er auf den moosbewachsenen Waldboden. Das dumpfe Geräusch, das dabei entstand, hörte sich an, als hätte man aus großer Höhe einen Mehlsack fallen lassen.

Der Ork brüllte auf. Es war eine Mischung aus Wutgeheul und Schmerzensschrei. Aber Orks waren hart im Nehmen. Ein Mensch oder Halbling hätte sich bei einem derartigen Sturz womöglich das Rückgrat gebrochen und ein Elb wohl entweder Magie einsetzen oder auf die elbische Heilkunst hoffen müssen. Der Ork aber kam schimpfend wieder auf die Beine.

»Schade um die Kastanie«, meinte Werry. »In diesem Stadium schmecken sie eigentlich ganz annehmbar.«

»Was machen wir jetzt?«, fragte Neldo. Er war kreidebleich geworden.

Trobo gab Anweisungen an die Mitglieder seines Trupps aus, um die Schleuderschützen strategisch günstig zu verteilen. Das Problem war nur, dass sie so gut wie nichts mehr zu verschießen hatten.

Lirandil ergriff das Wort. »Wir haben einen kleinen Aufschub erhalten, weil diese ungehobelten Barbaren untereinander angeben wollen und sich nicht auf eine gemeinsame Vorgehensweise einigen können. Aber das wird sich bald ändern.«

»Und was schlagt Ihr vor, Fährtensucher?«, fragte Trobo, der sichtlich bemüht war, sich die Verzweiflung nicht anmerken zu lassen.

»Diese Orkbrut ist meinetwegen hier«, erklärte Lirandil, »so gern sie auch ein paar Halblinge oder Menschen umbringen oder die Kriegselefanten des Waldkönigs ausweiden, weil sie glauben, dass deren Stärke auf sie übergeht, wenn sie ihre Herzen roh in sich hineinschlingen. Aber ihr Halblinge könntet über das hohe Geäst auf andere Bäume fliehen. Ich glaube nicht, dass sie euch folgen würden.«

»Wir können Euch nicht hier im Stich lassen«, meinte Neldo. »Ihr habt dem Stamm von Brado dem Flüchter über Generationen hinweg immer wieder geholfen.«

»Aber ihr könnt hier nichts ausrichten«, entgegnete Lirandil. »Im Übrigen bin ich schon zufrieden, überhaupt noch unter den Lebenden zu weilen, und das habe ich euch zu verdanken. Wenn ihr Hilfe holen könnt, so nehme ich die gern an. Falls euch das nicht gelingen sollte, so gebt dies hier dem alten Grebu.«

Lirandil holte einen Stein aus einer der kleinen Taschen und Beutel hervor, die er an seinem breiten Gürtel trug. Dieser Stein war groß wie eine Menschenfaust, vollkommen glatt und hatte eine milchig weiße Farbe. Er drückte ihn Arvan in die Hand.

Woher weiß er, dass ich den alten Grebu gut kenne?, ging es diesem durch den Kopf. Aber er hatte nicht die Zeit, darüber weiter nachzudenken, denn in dem Moment, als der Stein seine Hand berührte, drang Licht aus dessen Inneren, dann verlosch es wieder.

Selbst das stets so ungemein gelassen wirkende Gesicht Lirandils zeigte kurz einen Ausdruck des Erstaunens.

»Es scheint, als hätte ich den Richtigen erwählt«, vernahm Arvan die Gedanken des Elben in seinem Kopf, so deutlich, dass er sich für einen Moment nicht sicher war, ob Lirandil nicht vielleicht doch gesprochen und er die Worte tatsächlich

gehört hatte. Doch als er die zusammengepressten Lippen des Elben sah, wusste er, dass das nicht sein konnte.

»Gib das Grebu«, forderte Lirandil. »Es ist ein Stein von Ysaree, und falls ich es nicht schaffe, wird Grebu wissen, was zu tun ist, um dem Stein seine Botschaft zu entlocken. Eine Botschaft, die ich eigentlich lieber selbst ausgerichtet hätte.«

»Es tut mir leid, Lirandil«, sagte Arvan.

Lirandils ansonsten so glatte Stirn legte sich in Falten. »Was tut dir leid?«, fragte er leicht ungehalten.

»Ich werde diesen Stein nicht überbringen, denn ich kann nicht mit den anderen über das äußere Geäst flüchten. Die Wahrscheinlichkeit, dass ich mir dabei den Hals breche, ist noch viel größer als bei Euch, werter Fährtensucher.«

»Ich habe gedacht, du hättest dich an das Leben in diesem Wald angepasst«, meinte Lirandil, »auch wenn du sicherlich nicht von einer Halblingfrau zur Welt gebracht wurdest.«

»Er hat recht«, unterstützte Neldo seinen Freund. »Selbst für uns Halblinge ist das äußere Geäst riskant.«

»Aber nur für diejenigen, die keinen Blick für das Holz haben«, fügte Werry einschränkend hinzu, »so wie die Baumschafe, von denen sich jedes Jahr ein Dutzend zu Tode stürzt.«

»Dann überbring du diesen Stein«, trug der Elb Neldo auf. »Es ist wichtig. Denn es gibt schlimme Neuigkeiten aus den Ländern der Orks. Neuigkeiten, die jeder eures Volkes erfahren sollte.«

»Was für Neuigkeiten?«, fragte Arvan mit tiefer Besorgnis.

»Es wird Krieg geben«, antwortete Lirandil düster, »aber es wird kein Krieg wie andere zuvor, sondern eine Schlacht, wie es sie in Athranor nicht mehr gegeben hat, seit die ersten Götter vergeblich versuchten, den Verderber des Schicksals zu besiegen.« Er sah die Halblinge an. »Und nun flieht und überbringt diesen Stein!«

»Nein«, widersprach Neldo. »Wir lassen Euch und Arvan nicht im Stich!«

»Es ist wichtig, dass zumindest der Stein überbracht wird«, drängte Lirandil. »Davon abgesehen, sehe ich mich noch längst nicht geschlagen.« Er legte die Hand auf den Griff des Elbenschwerts an seiner Seite. »Die Orks werden einzeln oder in kleinen Gruppen und unter großen Mühen hier heraufgekrochen kommen, und nacheinander werde ich sie mit dieser Klinge erschlagen. Hier oben hat ihre Übermacht keine Bedeutung.«

Neldo wandte sich an Werry. »Du kennst das Holz auch im äußeren Geäst und wirst auf keinen Fall abstürzen, oder?«

»Natürlich nicht«, behauptete der Zauderer.

»Dann nimm du den Stein und bringe ihn Grebu!« Neldo drückte ihn Werry in die Hand und zog sein Rapier. »Geht schon! Ich werde Lirandil und Arvan zur Seite stehen!«

Werry sah Trobo fragend an.

»Du musst allein gehen, Werry«, sagte dieser. »Wir werden hier bei Lirandil bleiben und uns der Orkflut stellen!«

Werry der Zauderer steckte den Stein in die Tasche an seinem Gürtel und machte sich auf den Weg. Mit traumwandlerischer Sicherheit begab er sich in das äußere Geäst.

»Flieh nur«, rief ihm einer der Orks in kaum verständlichem Relinga zu. »Wir sind überall!«

Daraufhin brach dröhnendes Gelächter unter den Unholden aus, doch im nächsten Moment verstummte es, denn im Unterholz waren plötzlich stampfende Schritte und ein tiefes tierisches Schnauben zu hören.

Vögel stoben davon, als eine Hornechse aus dem Gestrüpp brach, groß wie ein Kriegselefant. Drei Hörner und eine gewaltige Panzerplatte schützten ihren Schädel, und oben auf dem Rücken saß ein Ork mit einem sensenförmigen Schwert.

Weiter hinten auf der Hornechse befand sich einiges an Gepäck, Beutestücke von geplünderten Grenzposten oder getöteten Soldaten des Waldkönigs. Alles war mit Riemen und Stricken festgezurrt. Wären die Umstände anders gewesen, man hätte den Ork auf seinem Reittier für einen Trödler halten können, der von Stadt zu Stadt zog, um seine Waren feilzubieten, denn überall klapperte und klimperte es.

Er brüllte wenige Worte in der Sprache der Orks, die unmöglich freundlicher Natur sein konnten.

»Er ist der Anführer dieser Horde«, erklärte Lirandil. »Und er ist offensichtlich unzufrieden damit, dass seine Krieger nicht längst den Baum hinaufgeklettert sind, um ihm den Kopf des Elben zu bringen.«

»Ihr beherrscht die Orksprache?«, wunderte sich Arvan.

»Ich pflege die Sprachen der Länder zu erlernen, durch die ich reise«, erwiderte Lirandil.

»Warum will er Euren Kopf?«

»Nicht er«, berichtigte Lirandil. »Derjenige, der ihn schickt. Das dort ist nur ein Lakai.«

»Und wer ist es, der Euch nach dem Leben trachtet?«

»Später, Arvan, später«, vertröstete ihn Lirandil, während er mit schmal gewordenen Augen aufmerksam verfolgte, was sich unter den Orks tat.

Auf dem Rücken der Hornechse befand sich auch einiges an Kriegsgerät, das die Orks offenbar auf ihrem Zug durch Rasal und den Südosten von Harabans Reich einsetzen wollten. Ein gutes Dutzend der barbarischen Krieger stürmte zu der Hornechse, und manche kletterten an deren Rücken empor, was ihnen um einiges leichter fiel, als einen Baum zu erklimmen, denn sie konnten sich an den vielen Halteriemen und Stricken festhalten.

Sie holten sich Seile mit Wurfhaken, und einige von ihnen

begannen rhythmisch zu skandieren, sodass ein immer gleicher Singsang entstand.

»Was singen sie?«, fragte Trobo schaudernd. Der Gefallen an Gemeinheiten schien ihm völlig abhandengekommen zu sein. Er war blass und wirkte eingeschüchtert.

»*Wir töten das bleiche Elbengesicht*«, übersetzte Lirandil. »Sie wissen genau, dass ich ihnen kaum über die Baumwipfel entkommen kann.«

Wurfhaken wurden emporgeschleudert und fanden Halt, als ihre Spitzen tief in die Rinde drangen. Schnell begannen die ersten Orks, an den Seilen nach oben zu klettern.

Der Anführer auf dem Rücken der Hornechse brüllte unablässig Anweisungen. Die Kletternden rammten Wurfdolche in die Rinde, deren Griffe die Nachfolgenden als Tritte benutzen konnten.

Helft mir!, sandte Arvan einen drängenden Gedanken an all die Ranken, die ihn bisher auch schon beschützt hatten, und tatsächlich schlängelten sie sich hinab.

Zunächst waren die Orks nur irritiert, doch als die ersten von ihnen gepackt und fortgerissen wurden, schlugen sie mit ihren Schwertern nach den Ranken oder schnitten sie mit ihren Dolchen ab, wenn sie sie zu fassen bekamen, wobei allerdings der eine oder andere der Orks den Halt verlor und in die Tiefe stürzte.

Aber es waren zu viele. Hunderte von weiteren Orks waren inzwischen aus dem umliegenden Wald herbeigekommen. Sie schienen das ganze Gebiet systematisch durchkämmt zu haben. Lirandil zu fassen musste ihnen außerordentlich wichtig sein. Oder vielmehr dem, der sie geschickt hatte.

Immer wieder umschlangen die Ranken die Leiber der emporkletternden Orks und rissen sie vom Baum. Arvan versuchte, sich ganz auf seine pflanzlichen Helfer zu konzentrieren.

Dass Trobos Mund vor Staunen weit offen stand, bekam er nicht mit.

»Glaubst du nun, dass er auch vorher schon Orks getötet hat?«, raunte Neldo Trobo dem Gemeinen zu.

Doch auch für die Ranken war die Zahl der Angreifer einfach zu groß. Von allen Seiten krochen sie den Baum empor. Schon hatten die Ersten die Hauptastgabelung erreicht.

Die allerletzten Schwarzen Steine und Herdenbaumkastanien wurden geschleudert. Orkische Todesschreie erfüllten den Wald, doch bald waren es die Schreie von Halblingen, die hallten. Einem Mitglied von Trobos Trupp wurde der Schädel durch einen Axthieb gespalten, noch ehe er auch nur in die Reichweite seines Rapiers gelangt war. Trobo versuchte noch, ihm zu Hilfe zu kommen, und wich dem folgenden Axthieb geschickt aus. Die Klinge bohrte sich so tief ins Holz, dass der Ork sie nicht gleich wieder freibekam, und schon hatte Trobo ihm das Rapier in den Leib gestoßen, wobei er seine Waffe seitlich in das Armloch des orkischen Harnischs rammte. Blut spritzte hervor, Trobo hatte genau das Herz getroffen.

Der Ork stieß einen gurgelnden Schrei aus, hatte aber noch die Kraft, einen Dolch zu ziehen und ihn Trobo in den Hals zu stoßen.

Trobo sank sterbend nieder.

Arvan konnte sich nicht weiter darauf konzentrieren, die Ranken zu beeinflussen, denn ein Ork stürzte sich auf ihn. In der Linken hielt er ein Kampfbeil, in der Rechten ein Schwert mit gerader Klinge, das klar ersichtlich ein Beutestück war und einst einem Söldner des Waldkönigs gehört hatte.

Mit dem Rapier, das er von Werry dem Zauderer zurückerhalten hatte, parierte Arvan den Schwerthieb, während er dem Beil nur mit Mühe ausweichen konnte. Er stolperte über eine Unebenheit im Holz des Herdenbaums und fiel hin.

»Großer Halbling«, knurrte der Ork auf Relinga. »Gut zu treffen!«

Sein Schwert sauste auf Arvan herab. Der riss sein Rapier hoch, und die Klingen trafen mit ungeheurer Wucht aufeinander. Arvan spürte den Aufprall bis in die Schultern, und obwohl er das Rapier mit beiden Händen gehalten hatte, wurde es aus seinem Griff gerissen.

Arvan konnte gerade noch dem nächsten Schwerthieb entkommen. Er sprang wieder auf die Füße und zog gleichzeitig das Langmesser, das er stets am Gürtel trug, warf sich nach vorn und rammte es dem Ork in den Leib, wobei er mit Wucht, aber völlig ungezielt zustach.

Der Harnisch des Orks bestand aus miteinander verdrahteten Hornplatten, die vermutlich von irgendeinem der grauenerregenden Geschöpfe stammten, die in den Ländern seines Volkes beheimatet waren und von denen man sich unter den Halblingen am Langen See die schaurigsten Geschichten erzählte. Der Harnisch war so gemacht, dass er Schläge und Pfeilschüsse abfangen konnte, die Beweglichkeit des Kriegers jedoch erhalten blieb, aber gegen einen Messerstich aus nächster Nähe war er nutzlos. Die Klinge glitt zwischen die verdrahteten Platten von der Größe einer halben Menschenhand und fuhr in den Körper des Orks.

Dieser stieß einen kurzen erschrockenen Laut aus, der wie das Grunzen eines wütenden Schwarzschweinkeilers klang, und Schwert und Axt entglitten seinen Pranken. Er versuchte Arvan noch mit seinen Hauern zu erwischen, wobei ein letztes Röcheln aus seinem Rachen stieg, zusammen mit einem Schwall aasigen Gestanks. Arvan stieß den kraftlos gewordenen Körper von sich und zog das blutbeschmierte Langmesser heraus.

Der Ork fiel vornüber, seine Kiefer schnappten geräuschvoll aufeinander, so als wollte er noch im letzten Augenblick seines Lebens Arvan den Kopf abbeißen.

Der nächste Gegner war gleich zur Stelle und stürmte laut schreiend auf Arvan zu. Da schlang sich eine Ranke um die Füße des Angreifers, zog ihn weg, und mit einem Schrei schwang der Ork durch das äußere Geäst. Die Ranke riss, und der Ork prallte gegen den Stamm eines benachbarten Riesenbaums, dann fiel er in die Tiefe, wo sich das aus den Wurzelhöhlen hervorquellende Gewürm schon im nächsten Moment über seinen leblosen Körper hermachte.

Arvan bückte sich und nahm sich das Schwert des von ihm erstochenen Orks. Die Waffe lag gut in der Hand, obwohl – oder gerade weil – sie deutlich schwerer war als die Rapiere der Halblinge. *Beschützer* stand in Relinga auf der Klinge, doch die Gravur war nicht mit den feinen Arbeiten der Halblinge oder gar der Elben zu vergleichen, die Buchstaben waren einfach und in ihrer Form auf das Wesentliche reduziert.

»Vorsicht«, erreichte Arvan ein Ruf.

Es war Lirandil, der gerade einen Gegner abgewehrt und in die Tiefe gestoßen hatte. Arvan wirbelte herum. Ein Ork war ihm von der Seite her gefährlich nahe gekommen. Mit einer monströsen, beidhändig geführten Streitaxt stürmte er auf ihn zu.

Arvan riss *Beschützer* herum und wehrte den Hieb gerade noch ab. Der nächste folgte sofort. Arvan stolperte um ein Haar über die Beine eines erschlagenen Orks. Aus den Augenwinkeln bemerkte er, dass er sich kaum drei Schritte vom Rand des Astes entfernt befand, und dennoch musste er nach dem nächsten Hieb seines Gegners einen weiteren Schritt zurückweichen.

Lirandil versuchte, ihm zu Hilfe zu eilen, doch ein Ork, der einen Halbling den Ost-Ast hinauf verfolgt und erschlagen hatte, kehrte zurück und stürzte sich mit einem tollkühnen Sprung aus einer Höhe von zweieinhalb Mannslängen auf den Elben. Lirandil wurde durch das Gewicht des massigen Körpers zu Boden geworfen. Der Ork war über ihm, drei Hauer ragten ihm aus dem Maul, der vierte war ihm bei irgendeiner Beißerei zur Hälfte abgebrochen. Auf dem Kopf trug er den verbeulten Beute-Helm eines Haraban-Söldners.

Mit seiner handlichen, kurzstieligen Wurfaxt holte er zum tödlichen Schlag aus. »Ob sich Elbenhirn wohl so gut schlürfen lässt wie das Hirn von Baumschafen?«, dröhnte seine Stimme in barbarisch klingendem Relinga, und der Speichel troff ihm von den drei Hauern.

Arvan parierte unterdessen einen weiteren Schlag seines Gegners und taumelte noch weiter zurück. Dann schrammte die Axt des Orks über seinen Brustkorb, sein Wams wurde aufgerissen, und ein blutiger Striemen zog sich vertikal über seinen Oberkörper. Er verlor das Gleichgewicht – und stürzte ins Nichts.

In diesem Moment schlang sich eine Ranke um seinen Oberkörper und fing ihn auf, und Arvan glaubte, sein Brustkorb würde eingedrückt. Er schwang an der Ranke über der Tiefe. Einige der Orks schleuderten nun doch ihre Speere in die Höhe und versuchten, Arvan zu treffen. Doch das hatte nur zur Folge, dass sie ihren eigenen zurückfallenden Waffen ausweichen mussten.

Die Hornechse ihres Anführers wurde unruhig und brüllte laut auf, als einer der Speerschäfte ihren Schädelpanzer traf und darauf zerbrach, ohne jedoch irgendeine weitere Wirkung hervorzurufen.

Arvan schwang durch die Luft wie ein Pendel und erreichte dabei das äußere Geäst eines Nachbarbaums. Das war jedoch viel zu schwach für seinen schweren Körper, es hätte nicht einmal ein Baumlamm tragen können, geschweige denn einen Menschen. Arvan wusste das sehr wohl, ließ sich zurückschwingen und fasste dabei *Beschützer* mit beiden Händen.

Hilf mir! Er hoffte, dass dieser Gedanke die Ranke erreichte. *Hilf mir bei dem, was ich tun will!*

Der Ork, der ihn zuvor so bedrängt hatte, glotzte ihm fassungslos entgegen. Er schien Arvans Absicht zuerst nicht zu begreifen, doch als Arvan dann mit ungeheurer Wucht auf ihn zukam, hob er die Axt.

Aber die Ranke gab Arvan so viel Schwung, dass sein Schwertschlag dem Ork nicht nur die Axt aus den Pranken prellte, sondern ihm auch den Kopf von den Schultern schlug; *Beschützer* durchtrennte das Orkgenick mit grausamer Leichtigkeit. Der Kopf flog davon, während der Körper noch einen Moment stehen blieb, ehe er kraftlos in sich zusammensank.

Arvan schwang weiter zu dem Ork mit dem abgebrochenen Hauer, der noch immer mit Lirandil rang. Den Dolchstoß hatte Lirandil zur Seite abwehren können, und die Klinge war dabei so tief ins Holz des Herdenbaums gerammt worden, dass sie bei dem Versuch, sie wieder herauszuziehen, abgebrochen war. Daraufhin hatte der Ork seine krallenbewehrten Pranken um den Hals des Elben gelegt, der kaum noch eine magische Formel zu röcheln vermochte. Das aufgerissene Orkmaul senkte sich immer mehr auf Lirandils Gesicht herab, um ihm mit den unglaublich starken Kiefern den Elbenschädel zu knacken.

Mehr Schwung!, dachte Arvan, und die Ranke befolgte seine Anweisung. Als er den dreizahnigen Ork erreichte, konnte dieser nicht mehr reagieren, die Klinge *Beschützers* fuhr horizontal in das gierig aufgerissene Maul und trennte den oberen Teil des Schädels ab.

Arvan schwang sich bis zum Ost-Ast, wo er Halt fand, und

die Ranke löste sich von ihm. In der Zwischenzeit arbeitete sich Lirandil unter dem massigen Körper des toten Orks hervor und nahm sein Schwert wieder an sich, das ihm während des Kampfes aus der Hand geschlagen worden war.

Er warf Arvan einen Blick zu. *Danke! Ich werde es dir einst vergelten!*

Arvan hatte keinen Zweifel daran, dass es der Gedanke von Lirandil war, der ihn erreicht hatte.

Fast fünfzig Schritte lagen zwischen ihnen, und da Arvans Position auf dem Ost-Ast im Vergleich zur Hauptastgabelung erhöht war, konnte er die Lage einigermaßen überblicken.

Sie war verzweifelt.

Die Orks, die von allen Seiten den Stamm des Herdenbaums emporkletterten, erinnerten mit ihren vergleichsweise langsamen Bewegungen an räuberische Käfer, die einen alt gewordenen Katzenbaum eroberten und ihn bei lebendigem Leib fraßen. Nur ein kleiner Teil von ihnen ließ sich von den Ranken in die Tiefe reißen, zumal sich Arvan nur noch hin und wieder auf seine pflanzlichen Helfer konzentrieren konnte. Sie waren keine Verbündeten im eigentlichen Sinne, sondern Geschöpfe, die ihm zu helfen versuchten, wenn er sie darum bat. Strategisches Verhalten war ihnen völlig fremd, an dem Krieg zwischen Orks und den Bewohnern der Wälder am Langen See hatten sie so wenig Interesse wie ein Mensch oder ein Halbling an den Auseinandersetzungen irgendwelcher Ameisenvölker um einen verfaulten Baumstumpf und die reichhaltige Beute, die in dem morschen Holz zu vermuten war.

Die meisten Halblinge, die zu Trobos Trupp gehört hatten, waren bereits tot. Arvan sah, wie ein Ork einen kaum noch lebenden Halbling in beiden Pranken hielt und ihm den Kopf abbiss. Das aus dem Hals schießende Blut spritzte in einer Fontäne empor. Der Ork warf den erschlaffenden Körper von sich, während er die Bruchstücke des Halblingsschädels wie Kirschkerne ausspuckte. Arvan starrte auf den Gürtel des kopflosen Halblings. Er war aus der grauschwarz gestreiften Haut eines Katzenbaums gefertigt – wie der von Neldo!

Arvan wurde von Wut gepackt. Er fasste *Beschützer* mit beiden Händen und versuchte, eine Ranke so zu beeinflussen, dass sie den Ork angriff. Eines der Gewächse peitschte daraufhin zu dem Scheusal herab, doch es war zu kurz, konnte nicht einmal den Kopf des Orks berühren, dem Blut und Hirn seiner Halblingbeute von den Hauern troffen. Der Ork stieß glucksende Laute der Erheiterung aus und wischte die blutige Pranke am schlammfarbenen Gewand ab.

Arvan stürmte den Ost-Ast herab, stolperte mehr, als dass er lief, und ließ *Beschützer* durch die Luft wirbeln. Alles, was er bei den Halblingen über den Rapier-Kampf erfahren hatte, war aus seinem Gedächtnis verschwunden. Es schien auch nicht wichtig zu sein. Da war nur die ungeheure Wut, die ihn ganz und gar ausfüllte. Selbst das feine Gespür für andere Geschöpfe wie die Ranken oder die Baumschafe war mit einem Mal fort, davongespült von einer übermächtigen Welle aus blutrotem Hass.

Ein Ork, der ihm im Weg stand, musste seinen weit ausholenden Schwertstreichen ausweichen. Als *kräftig und grob* war er oft genug bezeichnet worden; nie schien das zutreffender gewesen zu sein als in diesem Moment.

Der Ork, der seinen Hieben zunächst ausgewichen war, attackierte ihn daraufhin seinerseits, aber Arvans rasche Schlagfolge trieb ihn zum Rand des Astes. Der Ork rutschte aus, verlor das Gleichgewicht und stürzte mit einem lauten Schrei in die Tiefe. Arvan bekam nicht mit, dass sein Gegner auf einem der Hörner jener Echse aufgespießt wurde, auf der der Hordenführer ritt.

Im nächsten Moment hatte Arvan seinen eigentlichen Gegner erreicht, der inzwischen die letzten Reste des Halblingsschädels ausgespuckt hatte. Der Ork riss eine Wurfaxt aus dem Gürtel, und in derselben anscheinend tausendfach geübten Bewegung schleuderte er sie Arvan entgegen. Der duckte sich, wollte der Waffe ausweichen, aber er war nicht schnell genug, und sie streifte ihn am Kopf. Blut schoss aus der Wunde, doch Arvan bemerkte es kaum, erreichte den Feind und drosch mit weit ausholenden und wuchtigen Hieben auf den Ork ein.

Dieser versuchte mit seiner Sensenklinge zu parieren, aber Arvans Hiebe waren so heftig, dass die Waffe des Orks zerbrach und er drei Schritte zurücktaumelte. Daraufhin zog der Ork seine selbst im Vergleich zu seiner Körpergröße monströs große Streitaxt aus dem Futteral auf seinem Rücken und ließ sie über dem Kopf kreisen.

Arvan wich der bereits blutverschmierten Klinge aus, an der noch Haare und Hautreste eines anderen Gegners klebten. Mit einem schräg von unten geführten Schwertstreich durchtrennte er dem Ork den Waffenarm in Höhe des Ellenbogens, und zusammen mit der Axt flog der Arm davon. Noch ehe sein Gegner mit der anderen Pranke seinen Wurfdolch aus dem Gürtel reißen konnte, stieß er plötzlich einen dumpfen Laut aus und brach zusammen.

Arvan sah einen Halbling, der dem Ork offenbar sein Rapier von hinten in den Leib gerammt hatte. Er hielt die Waffe mit beiden Händen. Seine Kleidung war vom Kampf zerrissen, sein Gesicht blutbesudelt.

Im ersten Moment erkannte Arvan ihn kaum. Doch als der Halbling zu sprechen begann, gab es keinen Zweifel. »Was glotzt du mich so an, Arvan?«

»Neldo!«

»Ja, und?«

Arvan deutete auf den wie eine blutige Puppe achtlos zur Seite geworfenen Körper des Halblings, dem der Ork den Kopf abgebissen hatte. »Der Gürtel aus Katzenbaumhaut!«

»Pello der Flinke hat auch so einen Gürtel«, sagte Neldo schluckend und mit belegter Stimme. »Ist dir vielleicht nicht so aufgefallen.« Der junge Halbling war kaum in der Lage, zu dem kopflosen Körper des Getöteten hinzusehen.

Im nächsten Moment hatten die Orks sie umringt. Lirandil, der gerade einen Gegner mit wuchtigen Schwerthieben in die Flucht geschlagen hatte, gesellte sich zu ihnen. *Wir sind die einzigen Überlebenden,* wurde es Arvan schaudernd klar. Nirgends war noch ein lebendiger Halbling zu sehen. Die Angehörigen von Trobos Erkundungstrupp lagen allesamt blutüberströmt und teils grausam zerrissen auf den Ästen oder dem Waldboden am Fuß des Herdenbaums. Blut rann in schmalen Rinnsalen über dessen Rinde.

»Es war keine gute Idee hierzubleiben«, sagte Lirandil.

»Ich hoffe nur, der Grund, aus dem diese Orks Euch verfolgen, ist den Tod so vieler wert«, entgegnete Arvan finster.

»Das ist er«, behauptete Lirandil. *Es geht um das Schicksal ganz Athranors, und es werden nicht die letzten Toten sein, die wir zu beklagen haben!*

Arvan zuckte bei der Gedankenbotschaft des Elben förmlich zusammen. Er sah Lirandil an, und der Fährtensucher erwiderte den Blick.

Die Orks näherten sich langsam. Lirandil und die beiden letzten Halblinge stellten sich Rücken an Rücken.

Sobald der Erste von ihnen angreift, werden sich alle auf uns stürzen, und es wird schnell vorüber sein, dachte Arvan, während ihm das Herz bis in die Kehle schlug. *Ranken, helft mir!,* sandte er einen verzweifelten Gedankenbefehl aus, doch dann sah er, dass viele der Pflanzen, die bereits seinem *Ruf* gefolgt waren, durch die Klingen der Orks erheblich gekürzt von den Ästen hingen und nichts mehr ausrichten konnten. Manche bewegten sich noch und erinnerten dabei an Schlangen. Aber sie waren nicht zahlreich genug, um die drei Kämpfer noch wirksam unterstützen zu können.

Einer der Orks wagte einen Ausfall.

Lirandil schnellte vor und hieb ihm die mit messerscharfen Obsidiansplittern bestückte Keule aus der Hand. Der Ork zog sich zurück, riss einen Wurfdolch hervor und schleuderte ihn nach Lirandil, doch der wehrte ihn mit einem aufwärtsgerichteten Schwertstreich und dem sicheren Blick eines Elben ab. Klirrend flog der Dolch ins Nichts.

Der Ork knurrte.

Da bemerkte Arvan, wie durch Lirandil ein Ruck ging. Der Elb verharrte, schien zu lauschen, dann sagte er: »Wir bekommen Hilfe!«

Wie er aus all dem Geschrei und Lärm auch nur irgendetwas heraushören konnte, war Arvan schleierhaft. *Wahrscheinlich kann man das nur nachvollziehen, wenn man über die scharfen Sinne der Elben verfügt,* ging es ihm durch den Sinn.

Der Ork, dessen Wurfdolch Lirandil gerade abgewehrt hatte, riss einem seiner Gefährten die Axt aus der Pranke, brüllte laut und stürzte erneut voller Wut auf Lirandil zu. Die anderen Orks nahmen es als Signal, ebenfalls anzugreifen.

Da fiel ein Pflanzengeflecht aus dem hohen Geäst wie ein Fangnetz auf einen der Orks, der sich daraufhin mit wilden Bewegungen zu befreien versuchte.

Arvan musste den Schlag einer langen, sehr breiten und stark gebogenen Schwertklinge abwehren. Er erwartete bereits den nächsten Schlag, da traf den Ork etwas von der Seite her. Es war eine Herdenbaumkastanie, die an seiner Schläfe zerplatzte, und ihre ätzenden Dämpfe wurden freigesetzt. Der Ork brüllte auf, als ihn sodann ein ganzer Hagel Schleudergeschosse traf.

Schwarze Steine, Kugeln aus Blei und Herdenbaumkastanien prasselten auf einmal von überall her auf die Orks ein, auch auf jene, die nicht den Baum erklommen hatten und sich auch gar nicht mehr darum bemühten, weil das Gedränge dort oben ohnehin viel zu groß war. Die Hornechse ihres Anführers brüllte laut auf.

Arvan kreuzte mit einem der Orks ein letztes Mal die Klinge, bevor auch dieser Gegner von einem Schleudergeschoss getroffen wurde. Es handelte sich um eine Bleikugel; sie fuhr ihm in den Schädel, durchschlug den Knochen und trat zwischen Unter- und Oberkiefer wieder aus. Der Ork spuckte Arvan einen Schwall von Blut entgegen, ehe er rücklings niedersank.

»Bleibt stehen«, rief Lirandil Arvan und Neldo zu. »Selbst die wohlgeübten Schleuderer aus dem Stamm von Brado dem Flüchter könnten den Falschen treffen, wenn ihr euch unbedacht bewegt!« Als Arvan doch einen Schritt nach vorn machte, packte ihn der Elb energisch an der Schulter. »Fordere das Schicksal nicht heraus, Mensch! Halblinge haben schließlich keine Elbenaugen!«

Nur einen Fingerbreit zischte ein Geschoss an Arvans Gesicht vorbei und traf einen der Orks mit tödlicher Wucht.

Unter den Unholden brach Panik aus. Als sie schließlich begriffen, dass sich von allen Seiten Schleuderer aus dem Halblingvolk an sie herangeschlichen hatten und von den Wipfeln der umliegenden Bäume aus auf sie zielten, waren bereits Dutzende von ihnen tot.

Die Hornechse des Anführers war ebenfalls getroffen worden. Die ätzenden Dämpfe machten das Tier halb blind, und die Schwarzen Steine sowie Kugeln aus Blei, die die Halblinge verschossen, schlugen tief in sein Fleisch, ohne die Echse jedoch gleich zu töten.

Wahnsinnig vor Schmerz ging die Hornechse durch. Der Anführer des Orktrupps konnte sie nicht mehr bändigen, auch nicht durch einen Speerstich hinter den Knochenkamm am Hals, der zwar das Echsenblut hervorschießen ließ, aber von der riesigen Echse gar nicht mehr wahrgenommen wurde. Das Tier bäumte sich auf, und der Anführer flog in hohem Bogen davon. Noch im Flug durchbohrten ihn zwei auf ihn gezielte Schwarze Steine, während die Hornechse unter ihren Füßen mindestens ein Dutzend Orks zermalmte, die sich nicht rechtzeitig in Sicherheit hatten bringen können.

Jegliche Ordnung brach unter den Orks zusammen. Sie stoben davon, manche von ihnen geradewegs in die Schleudergeschosse der Halblinge hinein. Die meisten Schleuderer waren für die Orks nahezu unsichtbar, so gut hatten sie sich im Grün der Bäume verborgen.

Auf dem Herdenbaum war der Platz auf der Hauptastgabelung innerhalb kurzer Zeit mit Orkleichen übersät, und viele, die nicht von den Schleudergeschossen der Halblinge getroffen wurden, ereilte das Ende beim überhasteten Abstieg vom Baum, weil sie sich dabei zu Tode stürzten. Und die, die überlebten, wurden unten von der blindwütig tobenden Hornechse empfangen.

Diese blieb schließlich mit einem ihrer Hörner in dem Stamm eines der vergleichsweise kleineren Bäume stecken. Vergeblich versuchte sich die Kreatur zu befreien, doch sie blutete bereits aus zu vielen Wunden, und mit ihrem Blut verließ sie auch die Kraft. So sank sie schließlich unter dem gewaltigen Gewicht ihres eigenen Körpers zu Boden.

Armgroße Aasschnecken kamen aus ihren Verstecken, um mit ihrem Mahl zu beginnen.

Der Beschuss hörte auf, und ein Haufen Halblinge begab sich zu Lirandil, Neldo und Arvan. Einer von ihnen hatte rotes Haar.

»Borro«, riefen Arvan und Neldo wie aus einem Mund.

Borro hängte sich seine Schleuder zurück an den Gürtel. Ein Ersatzschleuderband trug er um die Stirn gebunden, so wie es bei Schleuderern in Kriegszeiten üblich war, doch es konnte seine rote Mähne kaum bändigen.

»Neldo! Arvan!«, freute sich Borro. »Ihr habt ja keine Ahnung, was los ist! Auf breiter Front sind Orks in die Wälder eingedrungen. Wir wären schon längst hier gewesen, wären wir nicht unterwegs in Gefechte verwickelt worden!« Borro klopfte Neldo auf die Schulter und wollte das bei Arvan wiederholen, doch der war einfach zu groß und Borros Halblingsarme zu kurz.

»Wir hatten nicht mehr viel Hoffnung«, gestand Arvan.

»Diesmal waren es wohl selbst für unseren großen Orkschlächter zu viele Gegner, was?«, spottete Borro.

Doch Arvan war nicht zum Spaßen zumute. Nicht nach dem, was er erlebt hatte, und bei all den Toten. Seine Knie fühlten sich weich, seine Muskeln kraftlos an, und er meinte, in jeder Faser seines Körpers Schmerzen zu spüren.

»Es hat auch Kämpfe bei Drasos Baum gegeben«, berichtete Borro. Die Bewohner von Drasos Wohnbaum gehörten ebenfalls zum Stamm von Brado dem Flüchter. Er stand nur wenige Meilen von Gomlos Baum entfernt, und doch war Arvan nur ein einziges Mal in seinem Leben dort gewesen, und das war schon Jahre her. Damals war er noch so klein gewesen, dass manche in ihm nicht einen Menschling erkannt, sondern ihn für einen Halbling mit krankhaft im Wachstum zurückgebliebenen Füßen gehalten hatten. Zu dieser Zeit hatte auf Drasos Baum die Wahl des Stammesmeisters stattgefunden, und Gomlo hatte seinen Ziehsohn Arvan wie selbstverständlich mitgebracht.

»Und?«, fragte Neldo. »Sind die Orks aus der Gegend um Drasos Baum vertrieben worden?«

»Sie haben sich nach kurzer Zeit zurückgezogen«, antwortete Borro. »Aber es hat viele Tote und noch mehr Verwundete gegeben. Zalea ist deswegen mit ihren Eltern dorthin unterwegs. Für die Heiler gibt es dort sehr viel zu tun«, sagte Borro mit betrübter Stimme, dann sah er Lirandil an. Bei all der Freude über das Wiedersehen hatte er von dem Elb bisher kaum Notiz genommen.

»Er ist es wirklich, Borro«, sagte Arvan.

»Der, von dem die alten Leute erzählen«, sagte Borro tief beeindruckt, »der weise Fährtensucher aus dem Volk der Elben, um dessen Abenteuer sich unzählige Lagerfeuergeschichten ranken, von denen allerdings sehr wahrscheinlich die Hälfte mit der Wahrheit nicht allzu viel …«

Neldo stieß Borro den Ellbogen in die Seite, woraufhin der rothaarige Halbling tatsächlich verstummte. Eine Selbstverständlichkeit war das bei Borro nicht. Vielleicht war es eher der ernste, durchdringende Blick der schräg gestellten Elbenaugen, der ihn zum Schweigen brachte. *Vielleicht auch ein strenger Gedanke,* überlegte Arvan.

»Es freut mich, dich kennenzulernen«, sagte Lirandil höflich. »Es gibt nicht viele rothaarige Halblinge im Stamm von Brado dem Flüchter. Ich nehme daher an, dass du aus der Sippe von Solbo dem Lustigen stammst, mit dem ich einst den Zauber am Runenbaum erneuerte.«

»Solbo war mein Großvater«, sagte Borro. »Er starb im letzten Sommer in seinem hundertfünfzigsten Jahr.«

»Das tut mir leid«, sagte Lirandil ehrlich.

In diesem Moment trat ein weiterer Halbling zu ihnen. Es

war Werry der Zauderer. Auch er trug ein Ersatzschleuderband um die Stirn. »Ich habe Euren Auftrag ausgeführt«, erklärte er. »Zumindest den ersten Teil davon.«

»Du hast uns gerettet«, sagte Lirandil. »Ich stehe in deiner Schuld.«

»Hier«, sagte Werry und holte den Stein von Ysaree hervor, den Lirandil ihm gegeben hatte, »die Botschaft in diesem Stein könnt Ihr nun selbst überbringen.«

»Du warst nicht beim alten Grebu?«, fragte Lirandil stirnrunzelnd, bevor er den Stein wieder einsteckte.

»Dazu war keine Zeit«, erklärte Werry. »Und um ehrlich zu sein, bin ich ganz froh darum.«

»Wieso?«

»Ihr kennt den alten Grebu gewiss aus früheren Zeiten, und damals mag er ein anderer gewesen sein. Aber in den letzten Jahren ist er immer wunderlicher gewordenen und hat eigenartige Gewohnheiten angenommen.«

»Ich komme gut mit ihm aus«, erklärte Arvan. »Zumindest – das muss ich einschränkend sagen – solange er den Eindruck hat, dass ich mir beim Schreibunterricht Mühe gebe.«

»Nun, es hat bestimmt damit zu tun, dass Grebu so viel Zeit in der Großen Stadt verbracht hat«, fuhr Werry fort. »Das muss ihn sehr verändert haben. Und zwar nicht zu seinem Vorteil.«

»Wie auch immer«, meinte Lirandil. »Ich schlage vor, wir steigen jetzt erst einmal in aller Vorsicht zurück auf den Waldboden und machen uns dann auf den Weg zu Gomlos Baum. Wir werden sehen, inwieweit sich Grebu noch an mich erinnert.«

Die Große Stadt, echoten die Worte von Werry dem Zauderer in Arvans Kopf. Es war eine andere Bezeichnung für Carabor, vor deren Verderbtheit die Halblinge schauderten. Das war auch Werry anzumerken gewesen: Alles, was übel oder eigenartig an Grebu war, war natürlich durch seinen Aufenthalt in Carabor hervorgerufen worden. Überhaupt schien es für die Bewohner der Wälder am Langen See unmöglich, die Heimat zu verlassen und dann zurückzukehren, ohne erheblich an Körper und Geist gelitten zu haben und von äußeren wie inneren Narben gezeichnet zu sein.

Ob wirklich alle, die den Wald verlassen, der Verderbtheit anheimfallen?, überlegte Arvan. Die Gespräche mit Neldo, die er in letzter Zeit geführt hatte, hatten in dieser Hinsicht seine Skepsis geweckt.

Aber im Augenblick schien Arvan das nicht so wichtig. Er war einfach nur froh, noch am Leben zu sein. Er hob das große Schwert und sah auf die Zeichen, die in die Klinge graviert waren. *Beschützer*, dachte er. *Wie wahr ist dieser Name!* Laut sagte er: »Diese Klinge hat mir Glück gebracht! Ich werde sie behalten.«

Neldo deutete auf Arvans leere Messerscheide. »Und was ist mit deinem Langmesser? Sollen wir nach der Orkleiche suchen, in der es vielleicht steckt, oder hast du es einfach nur irgendwo verloren?«

Selbst meine Freunde halten mich insgeheim für einen Trottel, erkannte Arvan. *Sosehr sie mich auch sonst verteidigen mögen.* Er umklammerte den Schwertknauf mit der Rechten, so fest, dass seine Knöchel weiß hervortraten. *Von jetzt an wird sich das ändern*, nahm er sich vor. Hatte er nicht allen Grund, stolz zu sein? Hatte er nicht mehr Orks erschlagen als jeder Halblingkrieger, der an dieser Schlacht teilgenommen hatte?

Es schien allerdings so, als müsse er seine ganz eigene Art und Weise noch finden, mit den Anforderungen des Lebens zurechtzukommen. Er war nun mal kein feingliedriger Halbling, sondern von gröberer Art. Aber das musste ja nicht bedeuten, dass er nicht trotzdem große Ziele erreichen konnte.

Lirandil und Arvan stiegen von dem Herdenbaum hinunter. Arvan wollte sich zuvor vergewissern, dass mit den Baumschafen alles in Ordnung war, doch das war ihm nicht möglich. Die Tiere waren ins hohe Geäst geflüchtet, wohin ihnen Arvan nicht folgen konnte, und etliche waren dabei zu Tode gestürzt.

Es würde Tage dauern, bis sie sich so weit beruhigt hatten, dass sie sich wieder in die tiefer gelegenen Regionen trauen würden, das wusste Arvan. Schon aus viel nichtigeren Gründen hatten die scheuen Tiere tagelang im hohen Geäst ausgeharrt, und selbst ein äußerst geschickter und sensibler Baumschafhirte wie Arvan konnte sie dann nicht dazu bringen, etwas anderes zu tun, als sich einfach nur an dem Ast festzuklammern, auf dem sie dann fast regungslos verharrten. Man durfte in so einer Situation nichts tun, was die Tiere zusätzlich aufregte. Aber immerhin waren sie so verängstigt, dass sie sich nicht auf noch schwächeres Geäst begaben.

Auch Neldo kletterte mit Arvan und Lirandil den Stamm hinunter. Das war pure Höflichkeit gegenüber dem Gast, denn für ihn selbst wäre es einfacher gewesen, den Weg zurück zum Stamm von Baum zu Baum zurückzulegen. Aber dazu waren weder Lirandil noch Arvan in der Lage.

Lirandil ließ den Blick über das grausige Schlachtfeld schweifen.

»Ich mag gar nicht hinsehen«, sagte Arvan.

»Das solltest du aber«, meinte Lirandil, »denn es wird nicht der letzte Ort dieser Art sein, den du zu sehen bekommst.«

»Was haben all diese düsteren Andeutungen zu bedeuten, die Ihr schon die ganze Zeit über von Euch gebt?«, wollte Arvan wissen.

»Das wirst du bald erfahren«, sagte Lirandil und seufzte schwer. »Schließlich bin ich hergekommen, um die schlimme Kunde zu verbreiten.«

»Ihr macht einen ja richtig neugierig«, mischte sich Neldo ein. »Ist die Zukunft denn wirklich so finster, wie Ihr sie beschwört?«

»Ich beschwöre nichts«, widersprach Lirandil mit ruhiger Stimme. »Ich bin auch kein Seher oder Schamane, der die Zukunft zu erkennen vermag. Allerdings habe ich als Fährtensucher gelernt, meine Sinne zu nutzen und genau auf meine Umgebung zu achten. Man braucht nichts weiter als Augen und Ohren, um zu erkennen, was geschieht, und allem, was geschieht, folgt das, was sich in der Zukunft ereignet. Es ist, als ob jemand einen großen Felsen an den Rand einer Klippe rollt und ihm dann den entscheidenden Stoß versetzt, der ihn in die Tiefe stürzen lässt. Man braucht keine besondere Gabe, um zu erkennen, dass der Stein auf den Boden prallen und jeden unter sich zermalmen wird, der einfältig genug ist, dort stehen zu bleiben und zu glauben, es würde schon nicht so schlimm werden.«

»Ich unterbreche Euch ungern, weiser Lirandil«, sagte Neldo und wies mit ausgestreckter Hand auf einen mittelalten Halbling, der in einiger Entfernung stand. Da er noch keine grauen Haare hatte, musste er jünger als achtzig sein. »Ich weiß nicht, ob Ihr ihn wiedererkennt, aber das ist Kemli der Schlaue, dem Baum-Meister Gomlo im Kriegsfall den Befehl über unsere Krieger überträgt. Er wird Euch sicher begrüßen wollen.«

»Kemli …?«, murmelte Lirandil sinnierend. »Da war einmal eine schwierige Geburt, bei der ich helfen musste, obwohl ich doch gar kein Heiler bin. Aber niemand wusste Rat, und vor allem kannte keiner die richtigen Kräuter. Der Junge, dem ich damals auf die Welt half, hieß auch Kemli.«

»Das wird er wohl sein«, meinte Neldo. »Ein Name darf innerhalb des Stammes nur dann wieder vergeben werden, wenn sein bisheriger Träger verstorben ist.«

Lirandil lächelte in sich hinein. »Ja, ich weiß, eine Regelung, die es außer im Stamm von Brado dem Flüchter wohl nirgends sonst in ganz Athranor gibt, wo man allerorts Söhne fleißig nach ihren Vätern und Großvätern benennt. Anscheinend wollte einer eurer Baum-Meister damit verhindern, dass es durch irgendwelche Namensdopplungen zu Fehlern in den Steuerlisten und Chroniken kommt.«

Arvan legte die Linke auf den Griff von *Beschützer*. Er hatte das Schwert hinter den Gürtel gesteckt. Vielleicht würde ihm Brongelle eine passende Lederscheide dafür anfertigen. Er rechnete fest damit, denn im Allgemeinen konnte ihm seine Ziehmutter kaum einen Wunsch abschlagen. »*Der arme Junge mit seinen groben, ungeschickten Händen*«, hatte sie früher immer gesagt und ihm dann alle Feinarbeiten abgenommen, die ansonsten jeder Bewohner von Gomlos Baum problemlos selbst erledigen konnte.

Plötzlich zischte etwas durch die Luft und schlug Arvan in den Rücken. Ein Armbrustbolzen. Einer der sterbenden Orks hatte es noch mit letzter Kraft geschafft, ihn abzuschießen.

Werry der Zauderer, der auf dem Herdenbaum geblieben war, schoss augenblicklich von oben einen Schwarzen Stein mit seiner Schleuder ab, der den Kopf des Orks traf und seinem Leben endgültig ein Ende setzte.

Arvan taumelte, doch Lirandil packte ihn mit kräftigem Griff, bevor er zu Boden sinken konnte.

»Dieser Schuss galt sicher ... Euch, Lirandil«, kam es über Arvans Lippen, die bereits bleich geworden waren, während sich alles um ihn zu drehen begann und ihm die Sinne schwanden.

Dann umgab ihn tiefe Dunkelheit.

Träume, Erwachen und Tod

Arvan hatte das Gefühl, nie zuvor in seinem Leben so tief geschlafen zu haben, und er war überzeugt davon, dass er nie wieder die Augen öffnen würde. Nach all den Stürzen, die er wider Erwarten überlebt hatte, und all den Wunden und Verletzungen, die bei ihm entgegen aller Lehren der Heiler doch verheilt waren, hatte Gomlo ihn manchmal schon gewarnt: *»Du bist nicht unsterblich, auch wenn dich deine robuste Natur, mit der du gesegnet bist, dies vielleicht glauben macht.«* Tatsächlich hatte sich Arvan manchmal gefragt, wo wohl die Grenzen seiner offenbar angeborenen Heilkraft liegen mochten. Bei all dem vielen Unglück, das ihm widerfuhr, kam er zum Erstaunen aller stets mit dem Leben davon.

Bis heute, dachte er. Obwohl er sich nicht sicher war, ob »heute« wirklich die richtige Bezeichnung war, denn er hatte vollkommen den Bezug zur Zeit verloren. Vielleicht lag er schon seit einem Jahr in einem Sarg und moderte vor sich hin. Unter den Stämmen der Halblinge am Langen See war die Bestattung in Särgen üblich, deren Holz zudem mit Tinkturen behandelt wurde, die das Gewürm fernhielten, denn von Würmern und Aasschnecken zerfressen zu werden war eine Vorstellung, bei der es jedem Halbling grauste. Glücklicherweise kannte ihr Volk ein paar sehr wirkungsvolle Rezepturen, die sich bestens bewährt hatten und darüber hinaus für Halblinge und auch Menschen völlig ungefährlich waren.

Früher, als die Halblinge noch auf dem und im Boden gelebt

hatten, hatte man die in die Erde gebauten Häuser auf diese Weise ebenfalls vor dem gefräßigen Leben im Boden geschützt. Deshalb wurden Erdhäuser auch »Särge« genannt, und so kehrten die Bewohner der Wälder am Langen See am Ende ihres Lebens dorthin zurück, wo ihre Ahnen einst gelebt hatten.

Irgendwann musste es ja so kommen, dachte Arvan. Dass er noch denken konnte, wunderte ihn nicht sonderlich, denn es gehörte zum Glauben der Halblinge, dass die Verstorbenen durch Träume ins Jenseits gelangten. In diesen Träumen wurde ihnen das vergangene Leben noch einmal vor Augen geführt, sodass sie auch zu Albträumen der Schuld werden konnten oder der verpassten Gelegenheiten und falschen Entscheidungen.

Arvan konnte sich dunkel an wirre Träume erinnern. Träume, die ihn gequält und ein tiefes Unbehagen hinterlassen hatten. Er war den Waldgöttern gegenüber niemals besonders ehrfürchtig gewesen, genauso wie anderen Mächten gegenüber, die sich nicht durch die Vernunft erklären ließen, und über das Jenseits hatte er sich bislang kaum Gedanken gemacht. Er hatte stets vollauf damit zu tun gehabt, tödliche Verletzungen zu vermeiden und im Wald am Langen See trotz seiner unbestreitbaren Ungeschicklichkeit am Leben zu bleiben. Seine ganze Kraft hatte er darauf verwendet, das zu tun, was allen anderen von Natur aus um so vieles leichter fiel, vom Klettern bis zum Schreiben verschnörkelter Buchstaben in Elben- oder Halblingsschrift. Für weitergehende Gedanken hatte seine Energie einfach nicht gereicht.

Ein bisschen spät, sich jetzt noch den grundlegenden Fragen des Lebens zu stellen, wo es doch offenbar gerade vorbei ist, dachte er.

Die Träume, die ihn heimgesucht hatten, waren in seiner Erinnerung ein wirres Durcheinander aus Bildern, ganzen

Szenen und Begebenheiten, von denen er nicht wusste, ob er sich an sie erinnerte, sie herbeiwünschte oder vielleicht einfach nur fürchtete. Er entsann sich einer Stadt mit Türmen und einem Hafen. Er hatte unzählige Schiffe gesehen und einen weiten Himmel über einer blau schimmernden Wasserfläche, die kein Ende zu haben schien.

Den Langen See nannte man aufgrund seiner Größe mitunter auch das Valdanische Meer. Das gegenüberliegende Ufer konnte man nur sehen, wenn man bereits mindestens eine Stunde in westlicher Richtung gesegelt war; dann erschien es als grünes Band am Horizont. Arvan hatte dreimal an einer solchen Fahrt teilgenommen. Rabblo, ein Neffe von Baum-Meister Gomlo, hatte ihn mitgenommen; er war Fischer und hatte ein seetüchtiges Boot, mit dem er regelmäßig hinausfuhr. Viele der wirklich schmackhaften Fische fand man nur in der Seemitte, weitab vom Ufer, von wo die zahlreichen Krokodile sie fernhielten.

Nein, in meinen Träumen habe ich nicht den Langen See gesehen, wusste Arvan plötzlich. *Es war das Meer, denn es roch wie das Meer. Salz ... Es war überall in der Luft!*

Warum erschreckten ihn die Waldgötter mit diesen Träumen? Wollten sie ihn verwirrt ins Jenseits eingehen lassen?

Man erzählte sich, dass die Waldgötter durchaus hin und wieder dafür sorgten, dass eine Seele wahnsinnig wurde, bevor sie in die jenseitige Welt einging und sich dann auflöste. Das geschah, wenn jemand viel Übles in seinem Leben getan hatte, um zu verhindern, dass diese Seele in der jenseitigen Welt weiteren Schaden anrichtete.

War ich wirklich so schlimm, dass ich dieses Schicksal verdient habe?, dachte Arvan. *Was immer ich anderen angetan haben mag, es war doch meistens aus Versehen oder aus Ungeschicklichkeit.*

Arvan sah das Gesicht eines Elben vor sich, uralt und hager. Die Haut war so weiß wie Schnee und von winzigen Falten durchzogen. Es musste ein Elb sein, der um viele Zeitalter länger gelebt hatte als Lirandil. Er trug eine Kutte und ein Amulett mit einer Elbenrune darauf, deren Bedeutung Arvan nicht kannte. Im nächsten Moment sah er einen Säugling, der dem uralten Elben übergeben wurde. Ein Kind, dessen Ohren nicht spitz und dessen Augen auch nicht schräg gestellt waren wie bei einem Elben. *Ein Menschenkind,* erkannte Arvan.

Worte wurden gesprochen. Worte in Relinga und in der Sprache der Elben. Arvan verstand nichts davon, obwohl er das Gefühl hatte, dass er eigentlich genau hätte wissen müssen, worum es ging. Dann verschwamm das Bild wieder. Alles schien sich zu drehen und zu einem Strudel aus Farben und Formen zu werden.

Er hörte eine andere, helle Stimme. »Lirandil, er wird wach!«

Es war eine Mädchenstimme. *Zalea* ... In dem Moment, als ihm der Name einfiel, blendete ihn Licht. Unbewusst hatte er die Augen geöffnet, und nach und nach erkannte er, dass es gleißendes Sonnenlicht war, das ihn blendete; es fiel durch das offene Fenster in seiner Kammer in Gomlos Haus. Er lag also nicht in einem Sarg im Erdreich, der alten Heimat der Halblinge, wie er befürchtet hatte, sondern in seinem eigenen Bett.

»Ich hatte einen furchtbaren Traum«, murmelte er und versuchte, sich aufzusetzen, aber ein heftiger Schmerz hinderte ihn daran.

»Schön liegen bleiben«, hörte er Lirandils mahnende Stimme.

Arvan blinzelte und sah, dass außer dem Elben und Zalea auch Borro und Neldo im Raum waren. Und wenig später kamen auch seine Zieheltern Gomlo und Brongelle herein, sodass es in der kleinen Kammer recht eng wurde.

»Du hast gute Freunde, Arvan«, sagte Lirandil. »Sie haben Tag und Nacht bei dir gewacht, während wir nicht wussten, ob du es schaffen würdest, im Reich der Lebenden zu verbleiben.«

Arvan lächelte matt; er fühlte sich sehr erschöpft. »Scheint, als wäre ich der Strafe der Waldgötter noch einmal entronnen.«

»Du verdankst Lirandil dein Leben, nicht der Gnade der Waldgötter«, sage Zalea. »Meine Eltern haben beide ihre sicherlich nicht geringe Kunst an dir versucht, aber du warst so schwer verwundet, dass wohl kein Halbling-Heiler es geschafft hätte, dich zu retten.«

Arvan stellte fest, dass er einen Verband um den Oberkörper trug. Darunter befand sich irgendeine matschige Heilerde, die bestimmt mit Kräutern und den absonderlichsten Zutaten versetzt war. Der eigenartige Geruch, den Arvan wahrnahm, erinnerte ihn an irgendetwas, das mit seinen Träumen zu tun hatte.

»Er braucht jetzt viel Ruhe«, sagte Lirandil, an Arvans Zieheltern gewandt.

Neldo deutete zur Wand, an der ein Schwert lehnte, und Arvan erkannte es sofort wieder. »Ich dachte mir, dass du es vielleicht als Andenken behalten willst.«

»*Beschützer* ...«, murmelte Arvan.

»Als wir dich herbrachten, habe ich es mitgenommen«, erklärte Neldo. »Mir persönlich wäre dieses Riesending zu groß und schwer, aber soweit ich es mitbekommen habe, kommst du mit dieser Waffe gut zurecht.«

»Sie hat ihrem Namen alle Ehre gemacht«, sagte Arvan. »Danke.«

»Es ist ein Schwert, wie es die Ritter von Beiderland tragen«, wusste Lirandil.

»Ich hätte gedacht, dass es von einem Haraban-Söldner stammt«, sagte Arvan.

Lirandil hob die Schultern. »Wer mag schon wissen, durch wie viele Hände es gegangen ist und ob es nicht der Söldner, dem es von einem Ork geraubt wurde, zuvor in einem Turnier gewann. Der Knauf wurde später aufgesetzt, vielleicht um die wahre Herkunft des Schwerts zu verhüllen. Die Klinge selbst allerdings und die Art der Gravur sind mir schon auf den ersten Blick aufgefallen.«

»Wenn jemand so weit gereist ist wie Ihr, dann ist es nicht verwunderlich, dass er alles kennt und auch die Herkunft einer solchen Waffe, eines Werkzeugs oder eines Schmuckstücks mit solcher Genauigkeit bestimmen kann«, sagte Gomlo und lächelte mild. »Und das, obwohl Ihr Euch selbst als einen noch *jungen* Fährtensucher bezeichnet.«

»Gemessen an dem Alter, das die Mitglieder meines Volkes erreichen können, bin ich das auch«, versicherte Lirandil. »Nicht einmal anderthalb Jahrtausende habe ich erlebt. Das ist nicht viel.«

»Was wäre denn nach Euren Maßstäben alt?«, fragte Arvan, und er war auf einmal ganz aufgeregt, denn er dachte an das Gesicht des uralten Elben, das er im Traum gesehen hatte. Lirandils elfenbeinfarbene Haut war vollkommen glatt, obwohl er im Vergleich zu den kurzlebigen Geschöpfen von Athranor bereits ein extrem hohes Alter erreicht hatte. Der Elb, den Arvan im Traum gesehen hatte, musste demnach schon unvorstellbar lange gelebt haben, denn die Spuren des Alters waren unübersehbar gewesen. Und das, obwohl Elben doch allgemein als alterslos galten.

»Warum fragst du das?«, fragte Lirandil.
»Ich hatte seltsame Träume.«
»So?«

»Ich sah einen Elben«, berichtete Arvan. »Ihm wurde ein Menschenkind gegeben. Aber dieser Elb trug Spuren des Alters, und seine Haut war nicht so glatt wie Eure.«

Lirandil schien sich nicht im Mindesten über das zu wundern, was er da zu hören bekam. »Kannst du sonst noch etwas über diesen Elben sagen?«

»Er trug ein Amulett. Ich könnte das Zeichen, das darauf zu sehen war, nachmalen, wenn mir jemand einen Bogen Papier und einen Stift bringt.«

»Ach, Junge, es war doch nur ein Traum«, meinte Brongelle. »Das ist sicherlich nicht wichtig.«

»Doch, es ist wichtig«, widersprach Lirandil sehr ernst. Er wandte sich an Gomlo. »Ihr habt gewiss Stift und Papier in Eurer Schreibkammer, werter Gomlo.«

»Natürlich!« Der Baum-Meister nickte beflissen. »Wie Ihr wünscht, Lirandil.«

Gomlo verließ den Raum, doch nur wenig später kehrte er zurück. »Papier, geschöpft in der Papiermühle von Folbo dem Sparsamen, und ein Bleistift, der in den Halm der Uferstauden gegossen wurde und aus echtem Blei besteht, nicht aus Grafit, so wie es uns Grebu empfohlen hat, nachdem er aus der Großen Stadt zurückgekehrt war.«

»Der Ratschlag des alten Grebu ist gut«, sagte Lirandil. »Die Striche treten bei einer Bleimine stärker hervor.« Er nahm Gomlo Bleistift und Papier aus den Händen. Umsichtig, wie Gomlo war, hatte er auch ein quadratisches Schreibbrett mitgebracht, wie man es auf dem Wohnbaum häufig als Schreibunterlage benutzte, wenn nicht gerade ein Tisch in der Nähe war. Arvan versuchte das Zeichen, das er im Traum auf dem Amulett gesehen hatte, aus dem Gedächtnis heraus zu zeichnen. Es war schwieriger, als er gedacht hatte. Die Erinnerung schien plötzlich zu verschwimmen.

Lirandil bemerkte sehr wohl, welches Problem Arvan zu schaffen machte, denn der Junge saß bewegungslos da, den Bleistift in der Hand und die Stirn gerunzelt. Da begann Lirandil Worte in elbischer Sprache zu murmeln.

»Warum verlangt Ihr etwas von dem Jungen, was er offenbar nur mithilfe Eurer Magie zuwege bringen kann?«, fragte ihn Brongelle, die wohl glaubte, ihren Sohn schützen zu müssen.

»Vielleicht sollte ich mich dazu aufsetzen«, meinte Arvan.

»Es braucht kein Kunstwerk zu werden«, beschwichtigte ihn Lirandil. »Folge einfach dem, was du fühlst. Zeichne, was du gesehen zu haben glaubst, und ziehe dich nicht selbst in Zweifel.«

»Aber...«, doch noch bevor Arvan seinen Einwand vorbringen konnte, berührte Lirandil mit den Fingerspitzen seine Stirn und murmelte abermals eine Formel.

Arvan spürte sein Herz auf einmal rasen. Warum wühlte ihn das alles so auf, mehr noch als jede der Gefahren, die er in letzter Zeit bestanden hatte?

Nicht denken. Handeln. Zeichnen! Arvan erschrak, als er erneut die Gedanken von Lirandil vernahm, so klar und deutlich, als hätte der Elb zu ihm gesprochen.

Und Arvan begann zu zeichnen. Mochten später alle über seine Ungeschicklichkeit im Umgang mit Bleistift und Papier lachen. Das taten sie sonst auch, und es war ihm in diesem Moment vollkommen gleich. Das Blei kratzte so hart über das Papier, dass sich die Linien noch in das Holz des Schreibbretts hineinritzten.

Lirandil beobachtete aufmerksam, was da entstand. Schließlich nickte der Fährtensucher, und sein Gesicht zeigte einen wissenden Ausdruck. »Jetzt bin ich mir sicher«, sagte er, und noch ehe Arvan die Zeichnung vollendet hatte, nahm der Elb sie an sich.

»Und worüber wisst Ihr jetzt Bescheid, werter Lirandil?«, fragte Arvan, den es ziemlich ärgerte, dass der Elb bisher nur immer vage Andeutungen gemacht hatte, es aber nicht für nötig befand, ihm irgendetwas zu erklären. »Was bedeutet dieses Zeichen, und wen habe ich gesehen?«

Lirandil zögerte mit der Antwort. Sein Blick wirkte seltsam entrückt. *Warum kann ich seine Gedanken jetzt nicht vernehmen? Ansonsten drängt er sie mir doch regelrecht auf!*, ging es Arvan durch den Sinn.

»Es ist das Zeichen des elbischen Schamanenordens«, sagte Lirandil schließlich. »Doch dieses hier weist ein paar Besonderheiten auf, die nur auf dem Amulett von Brass Elimbor zu finden sind.«

»Wie bitte?«, fragte Arvan. »Wer oder was soll das sein?«

»Brass Elimbor ist seit vielen Zeitaltern der Oberste Schamane des Ordens. Er hält die Verbindung zu den Seelen unserer verklärten Ahnen, die wir Eldran nennen.«

»Dann ist dieser Brass Elimbor der alte Mann, den ich sah?«

Lirandil lächelte mild. »Nun, Brass Elimbor ist ohne Zweifel auch nach unseren Maßstäben sehr alt. Er lebte schon zur Zeit des ersten Elbenkönigs Elbanador, und unsere Legenden berichten davon, wie er den Beistand unserer Ahnen beschwor, bevor die Elben an der Seite der Ersten Götter in die Schlacht am Berg Tablanor zogen, um den Verderber des Schicksals zu bezwingen – was leider nicht gelang, denn sonst wäre die Welt eine bessere. Wenn jemand alt ist, dann ist es Brass Elimbor.«

»Und wie kommt es, dass ich ihn sah?«

»Weil du dich erinnerst.«

»Ich bin ihm nie begegnet.«

»Ich weiß, du hast viele Fragen«, beschwichtigte Lirandil den Jungen, »und ich werde sie dir alle beantworten. Aber zunächst muss ich zu Grebu.«

»Ihr wart noch nicht bei ihm?«, wunderte sich Arvan. »Ich dachte, die Botschaft ...«

»Natürlich war ich längst bei ihm. Doch ich möchte ihm dies hier zeigen«, sagte Lirandil und hob Arvans Zeichnung hoch. »Und danach werde ich deine Fragen beantworten.«

Arvan wollte sich aufsetzen, obwohl es ihm Schmerzen bereitete, und er keuchte: »Lirandil ...!«

»Lass ihn gehen«, schritt Gomlo ein und drückte seinen Ziehsohn sanft in die Kissen zurück.

Arvan sah ihn überrascht an. *Er weiß mehr!*, wurde ihm bewusst.

Lirandil war schon beinahe zur Tür hinaus, als ihn Arvans Stimme erreichte. »Sagt mir wenigstens, wer das Kind war, das man diesem Brass übergab.«

Lirandil drehte sich um und richtete seinen ruhigen Blick auf Arvan. »Sein Name ist Elimbor – Brass ist nur ein Namenszusatz, den man erhält, wenn man in den Orden aufgenommen wird.«

Ihr weicht meiner Frage aus!, dachte Arvan mit so großer Intensität, wie er konnte.

Und tatsächlich schien Lirandil seine Gedankenbotschaft zu empfangen, denn er antwortete auf gleiche Weise: *Das Kind bist du, Arvan!*

»Er wird bald zurückkehren«, versprach Gomlo seinem Ziehsohn, denn er konnte sehen, wie aufgeregt Arvan auf einmal war. »Und deine Zeichnung ist nicht der einzige Grund, warum er sich noch einmal zum alten Grebu begibt.«

»Warum denn noch?«, fragte Arvan.

»Du bist ungeduldig, mein Sohn.«

»Natürlich bin ich das«, stieß Arvan hervor, fügte dann aber leiser hinzu: »Es ist alles so verwirrend.«

»Du solltest dich erst einmal ausruhen und erholen, Arvan.«

Arvan sah Gomlo an und registrierte, dass dieser seinem Blick nicht standhalten konnte. »Du weißt mehr, als du zugibst«, stellte Arvan fest. »Was hat Lirandil gesagt? Was ist das für eine Botschaft gewesen, die er überbrachte, und warum ist alles so wirr in meinem Kopf?«

»Lirandil hat eine Verschmelzung des Geistes herbeigeführt«, sagte Gomlo. »Nur so konnte deine Seele daran gehindert werden, deinen Körper zu verlassen und ins Jenseits zu entschwinden.«

»Du kannst wirklich froh sein, dass dich der Elb retten konnte«, sagte Brongelle.

»Was Lirandils Botschaft betrifft, so kenne ich ihren Inhalt«, erklärte ihr Mann. »Und sehr bald wird jeder davon erfahren, denn eine Große Versammlung des Stammes wird einberufen.«

»Es wird Krieg geben?«

»Er ist längst ausgebrochen, Arvan. Und wir Halblinge werden wohl unweigerlich hineingezogen. Es sei denn, ein Riesenkrokodil ließe sich durch die Magische Essenz des Baumsaftes gefügig machen und wäre so freundlich, uns zu einem fernen Kontinent zu bringen.« Gomlo wandte sich an Neldo, Zalea und Borro. »Geht jetzt. Ihr habt so lange und ausdauernd an seinem Lager gewacht und darauf geachtet, dass Arvans Seele nicht doch noch entschwindet – jetzt lasst ihn schlafen.«

»Nein«, widersprach Arvan, »ich will nicht schlafen. Ich habe so viel geschlafen, dass es für Wochen reicht. Meine Freunde sollen bleiben. Es gibt sicher viel zu erzählen.«

Gomlo wechselte einen Blick mit Brongelle, und als diese nickte, gab auch der Baum-Meister seine Zustimmung. »Aber nicht zu lange.«

Auf einmal entstand draußen Aufruhr. »Ich glaube, da wird der Baum-Meister verlangt«, sagte Brongelle zu ihrem Mann.

»Ja, das wird in nächster Zeit sicherlich öfter der Fall sein«, murmelte Gomlo mit düsterer Miene.

»Helft mir«, verlangte Arvan, nachdem seine Zieheltern das Zimmer verlassen hatten. Er versuchte, sich aufzusetzen, und verzog dabei das Gesicht zu einer schmerzverzerrten Grimasse. »Na los, worauf wartet ihr?«

Neldo und Zalea tauschten einen ratlosen Blick. Offenbar wollten sie nicht ausgerechnet im Haus des Baum-Meisters gegen dessen ausdrückliche Anweisung handeln.

Borro hatte in dieser Hinsicht weniger Skrupel. Er fasste kurz entschlossen zu, griff Arvan unter die Arme und half ihm hoch, bis dieser schließlich auf der Bettkante saß. Arvan wollte etwas sagen, bekam aber kaum Luft, und so öffnete er nur den Mund und keuchte. Offenbar hatte er immer noch Schmerzen.

»Ich ...«, begann er schließlich und fuhr erst nach einer längeren Pause fort, während der ihn die anderen mit einer Mischung aus Erwartung und Entsetzen ansahen: »... bin ... ja einiges gewohnt und ... kann eine Menge einstecken.« Wieder folgte eine Pause. »Aber diesmal ... ist es besonders schlimm ...«

»Wir fühlen mit dir, Arvan«, sagte Zalea.

»Das könnt ihr nicht«, behauptete Arvan. »Ihr wisst nicht, wie es ist, das Unglück förmlich anzuziehen und immer wieder nur mit knapper Not dem Tod zu entgehen. Ihr habt keine Ahnung, wie schwer es sein kann, einen Baum emporzuklettern, ohne abzustürzen, und wie viel Zeit und Mühe es mich kostet, die verschnörkelten Zeichen eurer Schrift zu erlernen. Und ihr wisst auch nicht, wie es ist, wenn man entweder nur Mitleid oder Spott erntet.«

»Niemand wird dich mehr verspotten«, sagte Borro im Brustton der Überzeugung. »Nicht nach dem, was sich beim Herdenbaum ereignet hat. Du hast gegen die Orks gekämpft wie kaum ein Bewohner der Wälder am Langen See zuvor – auch wenn es vielleicht den Regeln der eleganten Fechtkunst, wie sie Meister Asrado lehrt, nicht immer entsprochen hat. Und glaub mir, das wird sich herumsprechen!«

»Borro«, rief Zalea und verdrehte die Augen, und Neldo stieß den geschwätzigen Halbling mit dem Ellbogen an.

»Es kommt mir nicht auf irgendwelchen Ruhm an«, sagte Arvan. »Ich weiß, dass ich zu nichts Großem bestimmt bin. Eigentlich wäre ich schon damit zufrieden, wenn mir kein verirrter Armbrustbolzen und auch keine unglücklich nach oben gerichtete Klinge in der Faust eines Erschlagenen in den Körper fährt.« Er ließ ein lautes Seufzen hören. »Oder verlange ich damit von den Waldgöttern zu viel Barmherzigkeit?«

»Ich glaube, Gomlo hatte eben recht«, meinte Zalea. »Er braucht wirklich dringend Ruhe.«

»Nein«, widersprach Arvan heftig. Dann glitt sein Blick von Neldo zu Zalea und schließlich zu Borro. »Was hat Lirandil gesagt? Warum ist er hier, und was haben all diese düsteren Andeutungen zu bedeuten? Ihr könnt mir nicht erzählen, dass er die ganze Zeit über geschwiegen hat.«

»Lirandil hat nichts Genaues gesagt«, antwortete Zalea. »Nur dass es Orks aus dem Ost-Orkreich sind, die uns so zu schaffen machen, und das übrigens im Moment auf breiter Front.«

»Aus dem Ost-Orkreich?«, fragte Arvan erstaunt.

»Ja«, bestätigte Zalea. »Und aus Orkheim. Dass einige der Orks angespitzte Zähne hatten, ist auch mir aufgefallen, und Lirandil meinte, diese Sitte gäbe es nur in Orkheim. Wie er die Orks des Ost-Orkreichs von denen des Westens unterscheidet, ist mir allerdings ein Rätsel; für mich sehen die alle gleich aus.«

»Nun, mich wundert das überhaupt nicht«, meinte Borro. »Er ist ein Elb. Und dazu noch ein sehr weit gereister. Wahrscheinlich erkennt er an einem Ork sogar den Geruch der Schlammgrube, in der er sich bevorzugt gesuhlt hat. Äh ... ich meine, in der sich der Ork gesuhlt hat, natürlich.«

»Aber ist das Ost-Orkreich nicht unendlich weit entfernt?«, meinte Arvan. »Und Orkheim erst! Der alte Grebu hat mir Karten gezeigt, die er wohl noch aus seiner Zeit in Carabor hat.«

»Vorsicht! Verderblicher Einfluss«, feixte Borro. »Jetzt sieht man, was es dir gebracht hat, dass der Alte dich unterrichtet. Du kannst Schriftzeichen kalligrafieren wie ein Halbling und fängst dafür irgendwann an zu spinnen wie ein Baumteufel, der die falschen Beeren gefressen hat.«

Baumteufel waren vierarmige Affen, die normalerweise vollkommen friedlich waren, es sei denn, sie hatten ganz bestimmte Beeren zu sich genommen, die sie offenbar in Rausch versetzten und ziel- und sinnlos durch das Geäst toben und herumschreien ließen. Ob sie diese offensichtlich unverträglichen Beeren aus Versehen zu sich nahmen oder sich mit Vorsatz in diesen Zustand versetzten, darüber stritten die Halblinglehrer seit Generationen.

»Ach, sei still, Borro«, fuhr Zalea leicht gereizt dazwischen. »Du bist im Augenblick der Baumteufel, nicht Arvan!«

»Verstehst du keinen Spaß mehr, oder was ist los?«, maulte Borro und kratzte sich im roten Haarschopf, was bei ihm eine Geste der Verlegenheit war.

»Wie gesagt, diese Orks müssen einen unwahrscheinlich langen Weg hinter sich haben, wenn Lirandils Vermutung stimmt«, kam Arvan aufs Thema zurück.

»Er hat von einem Krieg gesprochen, der ganz Athranor erfassen wird und aus dem sich niemand heraushalten könne«, sagte Zalea. »Auf der Versammlung, die deswegen einberufen wird, sollen wir Näheres erfahren. Aber ich vermute, dass Gomlo bereits mehr darüber weiß.«

»Das Gefühl hatte ich auch.« Arvan rieb sich mit einer Hand übers Gesicht. »Mal eine ganz andere Frage: Weiß jemand von euch, ob Elben Gedanken lesen können?«

»Ja, können sie«, bestätigte Neldo, »und zwar wohl auf ähnliche Weise, wie du die Gedanken von Baumschafen und Ranken erfasst. Zumindest stelle ich mir das so vor. Es heißt, dass Elben, die sich nahestehen, die Gedanken des anderen empfangen können.«

»Aber ich bin kein Elb, und ich wüsste auch nicht, weshalb ich Lirandil besonders nahestehen sollte.«

»Mal abgesehen von der Kleinigkeit, dass er dir mit seiner Geistverschmelzung das Leben gerettet hat«, warf Borro ein und verteidigte sich auf Zaleas tadelnden Blick hin: »Wollte ich nur mal so bemerkt haben.«

»Lirandil hat deine Gedanken gelesen?«, fragte Zalea an Arvan gewandt und runzelte die Stirn.

»Ja, und ich habe seine wahrgenommen«, sagte Arvan.

»Das hängt sicher mit der Geistverschmelzung zusammen.«

»Nein, ich habe sie schon vorher vernommen, bereits auf dem Herdenbaum. Und da wusste ich nichts über ihn, abgesehen von den Geschichten, die man so über ihn erzählt und bei denen man sich nie so ganz sicher sein kann, was davon der Wahrheit entspricht und was nicht.« Arvan zuckte mit den Schultern. »Ich habe nicht erwartet, dass ihr eine Lösung für dieses Rätsel wisst. Aber mit irgendwem musste ich darüber sprechen, und derjenige, der mir all meine Fragen beantworten könnte, hat im Augenblick offenbar Wichtigeres zu tun.«

»Lirandil wird dir schon Antworten geben«, war Neldo überzeugt. »Wahrscheinlich gibt es im Augenblick tatsächlich einige sehr wichtige Dinge, um die er sich kümmern muss.«

»Ja, dass große Ereignisse vor der Tür stehen, pfeifen ja die Baumflöter durch den Wald«, meinte Borro.

Arvan starrte auf ein Astloch im Holzboden seines Zimmers. Das hatte er schon als kleines Kind gemacht, wenn er in seiner Kammer gesessen und seine Gedanken gesammelt hatte. Er versuchte sich an die Bilder zu erinnern, die er vor seinem inneren Auge gesehen hatte. Brass Elimbor, das Kind ...

Irgendwie hatte Arvan das Gefühl, dass diese Traumvisionen nicht einfach nur Nachwirkungen der Heilbehandlung waren, die Lirandil ihm hatte angedeihen lassen. Er versuchte sich das Gesicht von Brass Elimbor und die Form seines Amuletts erneut vorzustellen, was ihm auch gelang, und das mit einer Klarheit, wie es sonst nur bei eigenen Erlebnissen möglich war.

»Dieser alte Elb und das Kind«, murmelte er, »das fühlte sich an wie eine Erinnerung, aber ich weiß, dass das nicht sein kann.«

»Und wieso nicht?«, fragte Borro.

»Erstens bin ich nie im Elbenreich gewesen. Eine Bootsfahrt auf dem Langen See war bisher meine längste Reise. Ich kenne den Weg zwischen Wohnbaum und Herdenbaum, ansonsten bin ich bisher nur mit dem Finger auf den Landkarten des alten Grebu gereist.«

»Und zweitens?«, fragte Borro.

»Zweitens hat Lirandil gesagt, ich sei der Säugling, der Brass Elimbor übergeben wurde.« Als er die zweifelnden Blicke der drei jungen Halblinge sah, erklärte er: »Er hat es nicht laut gesagt, sondern mir meine entsprechende Frage mit einer Gedankenbotschaft beantwortet, die ich ganz deutlich vernommen habe. Dieses Kind aus meinem Traum soll ich gewesen sein. Aber wie kann dieser Traum meine Erinnerung sein? Ich meine, niemand erinnert sich so weit zurück.«

»Sag das nicht«, meinte Zalea. »Es gibt bestimmte Heiltränke, die sogar die Erinnerungen an die Zeit im Mutterleib wachrufen können.«

»Wer will sich denn daran erinnern?« Borro schüttelte den Kopf. »Dürfte recht langweilig und dunkel gewesen sein.«

»Du würdest dich an die Stimmen erinnern, die du gehört hast, oder an einen Zwilling, der dort mit dir zusammen war«, widersprach Zalea. »Es ist eine sehr alte Heilmethode gegen eine Krankheit, die in den Lehrbüchern der Heiler als die *Grundlose Furcht* bezeichnet wird.«

»Bei allen Waldgöttern! Und mit solchen Dingen willst du dich wirklich dein Leben lang befassen?«, entfuhr es Borro. Wieder einmal eilten seine Worte seinen Gedanken voraus. Borro legte sich unwillkürlich eine Hand vor den Mund, aber das Gesagte war schon heraus.

»Vielleicht könntest du deine Gedanken auch einfach mal für dich behalten, Borro«, schimpfte Zalea. »Gegen deinen unaufhaltsamen Wortfluss haben selbst wir Heiler kein Mittel. Am besten fragst du Lirandil bei Gelegenheit, ob es nicht eine Art elbischen Schweigezauber oder etwas in der Art gibt.«

Borro hob die Hände. »Ist ja gut, ich will nichts gesagt haben!«

»Hast du aber«, widersprach Zalea. »Das ist es ja!«

Neldo wandte sich an Arvan. »Sicherlich hat das, was du gesehen hast, mit Lirandils Heilbehandlung zu tun.«

»Was hat er denn genau getan?«, fragte Arvan. »War jemand von euch dabei?«

»Nein«, sagte Zalea. »Niemand durfte dabei sein. Aber ich denke, Neldo hat recht. Von den Menschenstämmen des

Dornlandes wird berichtet, dass sie durch innere Sammlung den Körper verlassen und sich selbst beobachten können. Etwas Ähnliches könnte es mit deiner Erinnerung auf sich haben.«

»Die Magie und Heilkunst der Elben ist ganz sicher um einiges fortgeschrittener als die der narbenbedeckten Barbaren des Dornlands«, meinte Borro.

»Es gibt Dinge, die sind einfach unbegreiflich«, sagte Zalea. »Freu dich lieber darüber, dass du noch lebst, Arvan. Nach allem, was dir in letzter Zeit zugestoßen ist, solltest du dafür den Waldgöttern danken.«

»Nein«, sagte Arvan sehr bestimmt. »Was ich gesehen habe, lässt mich einfach nicht los. Ich brauche Antworten. Meine Gedanken kreisen immer wieder um dieselbe Frage – eine Frage, die ich bisher vielleicht einfach nur verdrängt habe.« Er fühlte die Blicke der anderen auf sich gerichtet und sah auf. »Wer bin ich?«, sagte er. »Ein Menschling, so nennt ihr mich. Und angeblich wurde ich gefunden. Meine Erinnerungen setzen zu einer Zeit ein, als ich schon bei Gomlo und Brongelle gelebt habe. Aber was war davor?«

»Du bist erschöpft«, sagte Zalea. »Erschöpft und verwirrt. Es kann sein, dass sich in ein paar Tagen alles von ganz allein in deinem Geist geordnet hat.«

Neue Erkenntnisse

In den nächsten Tagen ging es Arvan zusehends besser. Die Wunde, an der wahrscheinlich jeder andere Bewohner von Gomlos Baum gestorben wäre, verheilte überraschend schnell. Zaleas Vater Orry kam regelmäßig vorbei, um sich die Verletzung anzusehen und den Heilungsverlauf zu beobachten. Bereits am dritten Tag nach Arvans Erwachen begann sich eine Narbe auf seinem Rücken zu bilden.

Lirandil war in dieser Zeit unterwegs. Offenbar hatte er noch anderes zu erledigen, als nur dem alten Grebu einen Besuch abzustatten. Eigentlich hatte Arvan gehofft, der Elb würde bald zurückkehren. Schließlich gab es so viele Fragen, die noch unbeantwortet waren. Auch wenn nicht alle diese Fragen Lirandil, die Elben und den alten Schamanen Brass Elimbor betrafen …

Sosehr sich Arvans Körper auch erholte, in seiner Seele nahm die Verwirrung immer mehr zu. Dazu trugen auch die wirren Träume bei, die ihn in den nächsten Tagen heimsuchten. Träume, die ihm wie Erinnerungen vorkamen, obwohl er wusste, dass das absurd war.

Einmal sah er den Säugling in den Händen von Brass Elimbor. Elbenrunen waren dem Kind auf die Stirn gezeichnet worden. Sie leuchteten auf magische Weise, und der uralte Elbenschamane sprach dazu Worte in der Sprache seines Volkes, magische Formeln, die Bestandteil irgendeines Rituals sein mussten. Flammen loderten, das flackernde Licht von

Fackeln erfüllte eine Halle, deren hohe Decke von unzähligen Säulen gestützt wurde, und auch die waren mit Zeichen und Gravuren bedeckt.

Da waren Bilder, von denen Arvan dachte, sie könnten jeden Augenblick zum Leben erwachen. Vor allem Gesichter waren auf den Säulen verewigt worden. Arvan hatte das Gefühl, alles zugleich von außen und auch aus einem ganz bestimmten Blickwinkel zu sehen, der ihm zunächst sehr eigenartig vorkam – bis er erkannte, dass es der des Säuglings sein musste.

Mein eigener Blick!, durchfuhr es ihn.

»Wir danken Euch, Brass Elimbor«, sagte eine tiefe, dunkle Männerstimme auf Relinga.

»Mögen sich die Götter des Unglücks von Eurem Sohn fernhalten, auch wenn er es jetzt sicherlich besser zu überstehen vermag, als es anderen aus Eurem Volk vergönnt ist«, entgegnete Brass Elimbor.

Und dann sah Arvan einen Mann und eine Frau. Der Mann hatte einen dunklen Bart – allerdings kein wild wucherndes Gestrüpp, wie es oft bei Harabans Söldnern zu sehen war, sondern einen gepflegten und so exakt geschnittenen Backen- und Kinnbart, dass sich Arvan an eine der Schnitzereien erinnert fühlte, die Neldo in der Werkstatt anfertigte, in der er ausgebildet wurde.

Der Mann trug ein dunkles Wams mit metallenen Knöpfen, und an einer Kette hing ihm ein goldenes Rad vor der Brust, dessen Durchmesser etwa daumenlang war. Arvan war sich sicher, auch dieses Rad schon irgendwo gesehen zu haben. Er versuchte sich zu erinnern, aber es wollte ihm einfach nicht einfallen. Es hatte fünf Speichen, die sich über den äußeren Rand hinweg fortsetzten.

Ich werde Grebu danach fragen. Er muss mir darauf eine Antwort geben, dachte er.

Die Frau hatte fein geschnittene Züge, meergrüne Augen und braunes Haar, das zu einer kunstvollen Frisur aufgesteckt war. Sie nahm das Kind aus den Händen des uralten Elben zurück und sagte: »Möge die Gesundheit meinen Sohn nie mehr verlassen.«

»Das wird sie nicht«, versprach Brass Elimbor. »Aber dem Tod wird er dennoch nicht entrinnen.«

»Ich weiß«, sagte sie. »Aber wir danken Euch trotzdem.«

»Erst in vielen Jahren werdet Ihr entscheiden können, ob Ihr mir danken oder mich verfluchen wollt«, entgegnete Brass Elimbor.

Es wurde noch mehr gesprochen, aber Arvan konnte es nicht mehr verstehen. Die Gesichter und die Säulen mit ihren Reliefs, das goldene Rad und das kleine Kind mit den magischen Zeichen auf der Stirn – all das verschwamm, wurde undeutlich und verblasste schließlich.

Dann war da nur noch Dunkelheit …

Arvan schlief wie ein Stein, um schließlich in aller Frühe ohne einen ersichtlichen Grund zu erwachen.

Er war schweißgebadet.

Von draußen waren die Laute des Waldes zu hören und die Baumflöter, die unablässig Nachrichten austauschten. In der Ferne erklang das Kreischen streitender Baumteufel und vermischte sich mit dem Konzert von Vogel- und Insektenstimmen. Dazu fuhr der Wind durch die Kronen der riesigen Bäume des Halblingwaldes und erzeugte ein beständiges, beruhigendes Rauschen.

Ein Rauschen, das Arvan unwillkürlich an etwas erinnerte.

Das Rauschen des Meeres!, wurde ihm plötzlich klar, obwohl er das Meer doch nie gesehen und demnach dessen Rauschen auch nie gehört hatte. *Haben mich die Erzählungen des alten*

Grebu über den Hafen von Carabor derart beeindruckt, oder ist auch das eine Erinnerung aus einer Zeit, an die ich mich nicht erinnern dürfte?

Arvan stand auf und verließ sein Zimmer.

Im Eingangsraum brannte überraschenderweise Licht. Eine Öllampe stand auf dem stabilen Holztisch. Ihr flackernder Schein warf tanzende Schatten auf das Gesicht von Baum-Meister Gomlo. Der bemerkte zuerst gar nicht, dass Arvan eingetreten war.

»Vater? Du schläfst nicht?«, fragte sein Ziehsohn.

Gomlo blickte auf. Sein Gesicht wirkte sorgenvoll. »Und du bist auch schon wach«, stellte er fest. »Eigentlich brauchst du den Schlaf, um …«

»Ich kann im Augenblick einfach keine Ruhe finden«, unterbrach ihn Arvan. *Und womöglich ist das die Gelegenheit, dir ein paar Fragen zu stellen, die ich vielleicht schon viel früher hätte stellen sollen,* dachte er. *Fragen, auf die ich die Antworten bisher vielleicht gar nicht hören wollte.*

Arvan setzte sich zu Gomlo an den Tisch.

»Deine Wunde …«

»… wird bald verheilt sein, Vater.«

»Es ist wirklich ein Wunder, wie du selbst die schlimmsten Verletzungen überstehst. Kein Halbling – und auch kein Mensch, den ich kenne – wäre dazu imstande.«

»Lirandil scheint neben seinen Talenten als Fährtensucher auch ein guter Heiler zu sein«, entgegnete Arvan ausweichend, während ihm gleichzeitig der Kopf schwirrte. Er fragte sich, wie er das Gespräch auf die Fragen lenken könnte, deren Antworten ihn so brennend interessierten. Fragen, die ihn geradezu bedrängten und an seiner Seele nagten. Seitdem Lirandil die sogenannte Geistverschmelzung durchgeführt hatte, war nichts mehr wie zuvor. Es war noch mehr mit ihm geschehen, als dass nur seine Seele daran gehindert worden war, den Körper für immer zu verlassen und ins Jenseits zu entschwinden. Sehr viel mehr …

Arvan spürte sehr deutlich, dass er sich für immer verändert hatte, auch wenn er noch keineswegs begriff, worin diese Veränderung bestand.

»Vater, erzähl mir mehr darüber, wo ich herkomme«, forderte er. »Wie gelangte ein Menschlingskind zu euch?«

»Das Wenige, was es darüber zu sagen gibt, haben Mutter und ich dir bereits mehr als einmal erzählt«, behauptete Gomlo.

»Ihr habt ein Menschenkind zu euch genommen, das im Wald gefunden wurde, und du und deine Frau habt es an Kindes statt aufgezogen«, fasste Arvan die Geschichte zusammen. »Aber vielleicht ist es an der Zeit, mir noch ein paar Einzelheiten zu verraten. Irgendetwas, was mir womöglich einen Anhaltspunkt geben könnte, wo meine wahren Wurzeln liegen.«

»Sieh dir den Katzenbaum an«, entgegnete Gomlo. »Er ist biegsam, weil er mit seinem Maul die Beute schnell genug ergreifen muss, ehe sie wieder aus seiner Reichweite entschwindet.«

»Vater, verzeih mir, wenn ich das so offen sage, aber ich möchte jetzt nichts über Katzenbäume hören, sondern über mich«, drängte Arvan. Er fürchtete, dass sein Vater ihn nur vom Thema abzulenken versuchte. Irgendwie hatte er immer schon gespürt, dass es da außer der sehr dünnen Geschichte, die man ihm zurechtgelegt hatte, noch etwas anderes gab. Etwas, das bisher unausgesprochen geblieben war. Gut möglich, dass Gomlo und Brongelle tatsächlich nicht alles über seine Herkunft wussten, aber irgendeine innere Stimme sagte ihm, dass sie zumindest mehr wussten, als sie ihm bisher offenbart hatten.

»Was willst du wissen?«, fragte Gomlo.

»Ich sah in meinen Träumen das Meer, einen Hafen und Schiffe. Und wenn ich beim alten Grebu bin, um das Schreiben zu üben, kommen mir die Gegenstände, die er aus Carabor mitgebracht hat, so vertraut vor. Das war immer schon so, aber erst jetzt ist es mir klar geworden. Die Bücher, die Grebu in seiner Baumwohnung aufbewahrt, das Rad, das an der Wand hängt und von dem mir Grebu sagte …« Arvan stockte.

»Sprich ruhig weiter«, forderte Gomlo.

Aber Arvan war plötzlich eine Erkenntnis gekommen. *Das hölzerne Rad an der Wand beim alten Grebu … Es hat die gleiche Form wie das goldene Rad, das der Mann aus meinem Traum, der vielleicht mein Vater war, vor der Brust trug. Das Steuerrad eines Schiffs! Bei allen Waldgöttern, warum bin ich nicht gleich darauf gekommen?*

»Spielt die Stadt Carabor bei meiner Herkunft irgendeine Rolle?«, fragte er schließlich nach einer quälend langen Pause des Schweigens. Ehe Gomlo darauf etwas sagen konnte, ergriff Arvan erneut das Wort. Seine Hände hatten sich dabei zu Fäusten geballt, so als wollte er verzweifelt irgendetwas festhalten – vielleicht die Bilder, die er im Kopf hatte und die so ungeheuer flüchtig waren. »Grebu war lange in Carabor. Ich werde ihn fragen.«

»Arvan, jetzt ist wohl der Zeitpunkt gekommen, dir alles zu offenbaren, was ich weiß«, hielt ihn sein Ziehvater auf. »Zumindest das Wenige, das mir bekannt ist. Was die Stadt Carabor betrifft, so ist es gut möglich, dass sie etwas mit deiner Herkunft zu tun hat, denn in das Tuch, in das du eingewickelt warst, war ein Zeichen eingestickt.«

»Lass mich raten – das Steuerrad eines Schiffs? Mit fünf Speichen und fünf Greifholmen, an denen man es halten kann?«

Gomlo nickte. »Ja, das ist wahr. Es ist das Zeichen des Hochadmirals von Carabor.«

»Also doch«, fühlte sich Arvan bestätigt. »Erzähl mir jetzt alles!«

»Wie gesagt, ich weiß nicht viel.«

»Dann wenigstens das Wenige, das du weißt.«

Gomlo atmete tief durch. »Dir ist ja bekannt, dass der alte Grebu lange Zeit in Carabor gelebt hat. Er war Schreiber im Handelshaus Aradis. Er lernte dort auch seine Frau kennen. Eine Halblingfrau namens Yoralle.«

»Ihr Grab liegt unweit von Grebus Baum«, wusste Arvan. »Zum Schutz ihres Sarges vor dem Gewürm der Erde hat er so viel Gift verwendet, dass sich auch die Pflanzen davon fernhalten.«

»Er hat Yoralle sehr geliebt.«

»Dann gibt es anscheinend in Carabor mehr Halblinge, als man im Stamm von Brado dem Flüchter wahrhaben will.«

»Jedenfalls genug, um dort eine Frau kennenzulernen und zum Weib zu nehmen. Carabor ist größer, als du dir vorstellen kannst, und die gesamte Einwohnerzahl der Stadt höher als die ganzer Länder.« Flüsternd und etwas verhalten fügte Gomlo hinzu: »Ich war einmal dort, aber darüber werde ich dir hier und heute ganz bestimmt nichts erzählen, und das braucht auch niemand zu wissen, denn es hat nichts mit dir und deiner Herkunft zu tun. Grebu und Yoralle lebten jedenfalls für lange Jahre glücklich in Carabor, auch wenn es mir schwerfällt zu glauben, dass man an einem solchen Ort als Halbling glücklich sein kann.«

Gomlo verzog angewidert das Gesicht. Offenbar hatte ihn sein einziger, geheimnisvoller Besuch der großen Hafenstadt in der Überzeugung bestärkt, dass es nirgends besser war als in den Wäldern am Langen See. Damit entsprach seine Einstellung wohl haargenau jener von Brado dem Flüchter – und vielleicht, so vermutete Arvan, beruhte sie ja auch auf ähnlichen Erfahrungen, wie man sie dem Stammvater zuschrieb.

»Eines Tages«, so fuhr Gomlo fort, »wurde Yoralle schwer krank. Sie bekam die Waldsucht, eine zumeist tödlich verlaufende Erkrankung des Gemüts, deren Ursache unbekannt ist. Die einzige Möglichkeit, sie zu lindern, ist es, in den Wald zurückzukehren, in dem die Ahnen gelebt haben, reichlich von der Magischen Essenz des Baumsaftes zu trinken und zerriebene Wurzeln aus jenen Erdhöhlen zu sich zu nehmen, die den Halblingen früher als Wohnungen gedient haben. So gab Grebu sein Amt im Handelshaus auf, wo er zum Vertrauten der Familie Aradis aufgestiegen war. Sein Sohn Dargu übernahm diesen Posten. Er war von Grebu über lange Jahre hinweg dazu angeleitet worden. Grebu selbst aber zog zurück in den Halblingwald, seiner Frau zuliebe.«

»Doch er wurde hier nicht wieder richtig heimisch«, stellte Arvan fest.

»Nein. In all den Jahren in der Menschenstadt hatte er sich verändert. Zudem begegneten die anderen Halblinge seiner kranken Frau mit Misstrauen und Scheu.«

»Warum?«

»Jeder Halbling hat insgeheim Angst davor, von dieser besonderen Gemütskrankheit heimgesucht zu werden.«

»Auch die, die die Wälder am Langen See nie verlassen haben?«

»Gerade die. Die Ursachen sind unbekannt, und unsere Heiler wissen kaum etwas darüber. Diese Krankheit tritt bei den Halblingen, deren Vorfahren die Heimat verließen, oft noch nach Generationen auf, hin und wieder aber auch bei denjenigen, die nie von hier fortgegangen sind. Genau genommen weiß man nichts über die Waldsucht. Man weiß nur, dass den Betroffenen nach und nach alles gleichgültig wird und sie an ihrer eigenen Traurigkeit sterben, denn irgendwann kann auch die Magische Baumessenz ihre Not nicht mehr lindern. Nur sehr selten gelingt eine Heilung.«

»Bei Yoralle offenbar nicht«, murmelte Arvan.

Gomlo nickte leicht.

Und was hat das alles mit mir zu tun?, ging es Arvan durch den Kopf. Aber er entschied sich, geduldig zu sein. Schließlich hatte er in diesen wenigen Augenblicken schon mehr erfahren als in all den Jahren zuvor.

»Eines Tages, als Yoralle längst gestorben war und Grebu sich in den wunderlichen Alten verwandelt hatte, der auf seinem eigenen Baum lebt, kehrte auch Grebus Sohn Dargu zurück in den Halblingwald. Er brachte einen Säugling mit und übergab ihn seinem Vater mit der Bitte, ihn in Obhut zu nehmen. Aber der alte Grebu fand, dass ein trauernder alter Halbling, der allein lebt, nicht der rechte Erzieher für ein Kind sein kann, gleichgültig ob Halbling oder Mensch. Und so kam er zu Brongelle und mir. Du musst nämlich wissen, dass Brongelle über einige Ecken mit Grebu verwandt ist. Vielleicht ist sie sogar die einzige Verwandte, die ihm geblieben ist.«

»Und dieser Säugling?«

»Das warst du. Dein Name war Arvan, das stand auf einem Amulett, das man um deinen Arm gebunden hatte.«

»Hatte Dargu mich geraubt, oder wie kam er dazu, einen Menschenjungen zu seinen Halblingverwandten zu bringen?«

»Die genauen Umstände sind mir nicht bekannt, Arvan. Grebu ist in diesen Dingen recht schweigsam, und sein Sohn Dargu blieb nicht lange hier im Halblingwald, sondern kehrte umgehend nach Carabor zurück, noch bevor der alte Grebu dich an uns weitergegeben hatte. Manche behaupteten später, er sei auf dem Rückweg von streunenden Orks erschlagen worden, aber das sind vielleicht auch nur Gerüchte. Niemand hat jemals wieder etwas von ihm gehört.«

»Und du hast Grebu nie gefragt, woher dieses Menschenkind gekommen ist? Woher *ich* gekommen bin?«

»Er sagte mir, es sei besser, ich wüsste es nicht«, antwortete sein Ziehvater. »Und wir waren so glücklich darüber, dass wir noch ein Kind hatten, obwohl Brongelles fruchtbare Jahre längst vorbei waren, sodass wir im Grunde gar nichts Näheres wissen wollten.«

»Dann werde ich Grebu fragen müssen.«

»Und Lirandil.«

»Wieso ihn?«, staunte Arvan.

»Er hat in deinen Geist geschaut, Arvan. Was du gesehen hast, müssen Erinnerungen sein, die bislang in den tiefsten Abgründen deines Vergessens verborgen waren, und es kann sein, dass er sogar noch mehr über dich weiß als Grebu.«

Arvan hätte sich am liebsten sofort auf die Suche nach Grebu oder Lirandil gemacht, ohne Rücksicht auf die Gefahren, die normalerweise des Nachts in den Wäldern am Langen See lauerten. Doch Gomlo konnte seinen Ziehsohn davon abhalten.

»Du musst Geduld haben«, mahnte er. »Und davon abgesehen, ist es wichtiger, dass deine Wunde zunächst gänzlich verheilt.«

»Welche Wunde?«, entgegnete Arvan. »Wenn du die Wunde in meinem Körper meinst, die spüre ich kaum noch. Aber wenn du von der Wunde sprichst, die in meine Seele gerissen wurde, dann weiß ich nicht, ob sie überhaupt je heilen wird.«

»Ich verstehe durchaus, dass es dich sehr aufwühlt, nicht zu wissen, wer du bist und woher du kommst.«

Arvan schluckte und nickte dann mit einem gedankenverlorenen Blick, der ins Nichts gerichtet war. Das Licht der Öllampe auf dem Tisch flackerte in diesem Augenblick besonders unruhig. Ein Windhauch blies durch das Geäst des Wohnbaums, und man hörte es rauschen. Vielleicht war das schon ein Vorbote der halbjährlich wiederkehrenden Nordoststürme, deren Heftigkeit und Zerstörungskraft jedoch nie vorauszusagen war. Fest stand nur, es würde Sturm geben. Einen sehr heftigen Sturm.

»Ich brauche frische Luft«, sagte Arvan. »Keine Sorge, ich werde nichts Unbedachtes tun.«

Gomlo sah seinen Menschensohn auf eine Weise an, die deutlich machte, dass er trotzdem das Schlimmste befürchtete. Arvan und nichts Unbedachtes tun, das schienen zwei Dinge zu sein, die nicht zusammenpassten.

Arvan öffnete die knarrende Tür und trat ins Freie.

Dabei blies der Wind so heftig herein, dass Gomlos Öllampe verloschen wäre, hätte der umsichtige Baum-Meister die Flamme nicht vorher mit seiner Hand geschützt.

Arvan ging ein paar Schritte in die Dunkelheit hinaus. Nirgends auf dem Wohnbaum brannte noch Licht. In der Ferne waren ein paar Schreie ausgelassener Baumteufel zu hören, die sich mit Vogelstimmen und dem Zirpen und Brummen von Insekten mischten. Der Platz auf der Hauptastgabel erschien ihm wie ein einziger riesengroßer Schatten, geformt wie eine gewaltige Hand.

Eigentlich hast du es doch immer gewusst, dachte er. *Du wusstest, der Tag würde kommen, an dem du diesen Baum verlässt, um herauszufinden, woher du kommst und wer du bist.*

Er hatte es nur lange Zeit nicht sehen wollen und es sich vielleicht auch einfach nicht zugetraut. Wenn jemand schon in seiner alltäglichen Umgebung nur als Trottel und Tollpatsch bekannt war, wie sollte es ihm dann erst andernorts ergehen? Aber jetzt konnte er die Augen nicht mehr vor dem Offensichtlichen verschließen.

Carabor ... Vielleicht wäre das ein Ziel für mich. Einmal mit eigenen Augen sehen, was mir ansonsten nur im Kopf umherschwirrt.

Ein Geräusch ließ ihn zusammenfahren. Es war der eigentlich sehr sanft klingende Ton einer Baumflöte.

In Zeiten wie diesen waren die Baumflöter so wichtig wie die Nachtwächter, die Gomlo im Geäst der umliegenden Bäume postiert hatte, damit sie einen Angriff rechtzeitig melden konnten. Daher war immer einer von ihnen in Bereitschaft und saß irgendwo im hohen Geäst.

Und dieser antwortete wohl auf ein Signal, das von weit her durch den Wald geklungen und von Arvan nicht weiter beachtet worden war.

Ich hätte die Bedeutung der verschiedenen Flötensignale besser lernen sollen, sagte er sich im Stillen. Aber ganz gleich, welche Nachrichten im Moment von Wohnbaum zu Wohnbaum und von Stamm zu Stamm weitergegeben wurden, gute Neuigkeiten waren es wohl nicht.

Die Versammlung

In den nächsten Tagen trafen Halblinge von allen Wohnbäumen des Stammes von Brado dem Flüchter ein, aber auch Angehörige der anderen Halbling-Stämme schickten nach und nach ihre Vertreter. Gomlo zweifelte daran, dass man auch mit Abgesandten aus der Dichtwaldmark rechnen konnte, da der Weg dorthin selbst für flinke Halblinge recht weit war, aber auf jeden Fall waren alle Neuigkeiten über die einfallenden Orkhorden über die Baumflöter auch dorthin weitergegeben worden.

Außerdem hatte er Yblo den Schnellen als Boten ausgeschickt. Der war unterwegs nach Gaa, um dem Statthalter des Waldkönigs zu berichten. Zwar waren so viele Söldner von den Orks erschlagen worden, dass der Statthalter eigentlich schon darauf hätte reagieren müssen, aber die Frage war, wie viel er überhaupt von den Ereignissen im Halblingwald und an der Grenze zu Rasal erfahren hatte.

Die Zahl der Haraban-Söldner, die den bisherigen Gemetzeln entkommen waren, war so klein, dass man nicht davon ausgehen konnte, dass einer von ihnen bereits zum Palast des Statthalters von Gaa gelangt war. Und wenn, so war zu bezweifeln, dass dieser auch einen Überblick über die Gesamtlage und das Ausmaß der diesjährigen Orküberfälle hatte, die weit über die gelegentlichen Raubzüge hinausgingen, unter denen die Bewohner der Wälder am Langen See sonst zu leiden hatten.

Möglicherweise werde ich gar nicht selbst bestimmen können, was ich als Nächstes tue, dachte Arvan. Gut möglich, dass der kommende Krieg über alles hinwegrollte und alles veränderte. *Zumindest in dieser Hinsicht bin ich durch meine Erziehung ein echter Halbling. Ich mag keine Veränderungen.*

Aber sie kündigten sich überall an.

Arvan hörte aufmerksam den fremden Bewohnern weit entfernter Wohnbäume zu. Auch sie berichteten von Zusammenstößen mit Orks, und hin und wieder war auch von Orkheimern mit angespitzten Zähnen die Rede.

Schließlich kehrte auch Lirandil zu Gomlos Baum zurück. Als beinahe noch größere Sensation wurde allerdings empfunden, dass ihn Grebu begleitete, denn der wunderliche Alte mied seit vielen, vielen Jahren die Gesellschaft der anderen Halblinge. Zu keinem der Feste auf Gomlos Baum war er erschienen, und in den Stammesversammlungen ließ er sich normalerweise niemals blicken, da er das Gerede dort nur als Zeitverschwendung ansah, wie er Arvan einmal gesagt hatte.

Die Versammlung wurde auf dem großen Platz der Hauptastgabel von Gomlos Baum einberufen. Der Platz war voll von Halblingen. Jeder Bewohner von Gomlos Baum wollte dabei sein und erfahren, was Lirandil zu berichten hatte. Und auch von den benachbarten Wohnbäumen waren keineswegs nur Baum-Meister oder Boten gekommen, auch ganz gewöhnliche Halblinge, die wissen wollten, was los war, und vor allem, was man dagegen unternehmen wollte.

Arvan stach aus der Menge natürlich schon aufgrund seiner Größe heraus. Er hätte am liebsten sofort mit Lirandil und Grebu über die Dinge geredet, die ihn – abgesehen von den Gefahren des heraufdämmernden Krieges – im Moment so sehr beschäftigten. Aber daran war nicht zu denken, denn die beiden wurden von den Halblingen regelrecht umlagert.

Jemand stieß Arvan in die Seite.

»Hey, da bist du ja«, sagte eine wohlbekannte Stimme.

Arvan wandte den Kopf und erblickte einen strubbeligen roten Haarschopf. »Borro!«

»Tut mir leid«, stieß der rothaarige Halbling hervor. »War das die Seite, an der du den Dolch des Söldners in den Leib bekommen hast?«

»Da ist nicht einmal mehr die Narbe zu erkennen«, beruhigte ihn Arvan.

»Sag mal, bist du uns aus dem Weg gegangen, oder warum hat man dich nirgends gesehen?«, fragte Borro.

»Ich habe etwas Zeit gebraucht, um nachzudenken.«

»Sag bloß, du warst wieder auf dem Herdenbaum. Würde dir ja ähnlich sehen.«

»Nein, das hätte Gomlo nicht erlaubt.«

»Verstehe.«

»Er hat andere Hirten eingeteilt.«

»Sei froh drum«, sagte Borro. »Es soll weiter im Süden eine richtige Schlacht zwischen den Haraban-Söldnern und den Orks gegeben haben. Hat einer erzählt, der von dort hergekommen ist. Und diesmal sollen auch viele Orks getötet worden sein. Scheint, als wären die Söldner besser vorbereitet gewesen.«

Es wurde still auf dem Platz.

Der Elb trat in die Mitte.

»Ich bin Lirandil, Fährtensucher in den Diensten des Elbenkönigs Péandir. Manche der Älteren mögen sich noch an meinen letzten Besuch erinnern, der aber nach den Maßstäben eures Volkes schon lange zurückliegt. Ich muss euch schlimme Kunde bringen. Lange habe ich das Unglück heraufdämmern sehen. Ich war in den Ländern der Orks und habe nach dunklen Geheimnissen geforscht, aus denen ein

Verhängnis nie gekannten Ausmaßes über ganz Athranor erwachsen kann. Ghool, der Verderber des Schicksals, ist erwacht. Und er strebt nach der absoluten Herrschaft.«

Lirandil verstummte. Der ruhige Blick seiner aufmerksamen Elbenaugen glitt über die Reihen der Halblinge. Er schien erstaunt, weil seine Worte nicht das Entsetzen ausgelöst hatten, das er wohl erwartet hatte. »Ich weiß, dass die Legende von Ghool und den Ersten Göttern in Vergessenheit zu geraten droht wie vieles aus der Alten Zeit von Athranor, wie wir die Epoche vor der Regentschaft des ersten Elbenkönigs Elbanador nennen«, fuhr er fort. »Aber man sollte die Vergangenheit gut kennen, wenn man den Gefahren der Gegenwart begegnen will. Anders als dieser unselige Ork, der vor ein paar Jahrhunderten mit seinen Getreuen zweimal ins Elbenreich eindrang. Moraxx war sein Name. Man nannte ihn den Fünfzahnigen, weil ihm fünf statt der üblichen vier Orkhauer aus dem Maul ragten. Der Fünfzahnige raubte zuerst die Halle der Eldran, unserer verklärten Totengeister, aus, wo wichtige magische Schriften der Elbenheit gelagert waren. Mithilfe dieser Schriften eignete er sich magisches Wissen an, das es ihm erlaubte, sich zum Herrscher aller drei Orkländer aufzuschwingen. Anschließend kehrte er zu einem zweiten, noch dreisteren Raubzug ins Elbenreich zurück, dessen Folgen wir alle noch spüren werden, Jahrhunderte später, was ihr als lange Zeit empfindet.«

Lirandil machte eine Pause, dann erhob er wieder das Wort: »Die Maladran sind die Vergessenen Schatten. Die Seelen der Toten, an die wir uns nicht erinnern wollen, weil sie große Schuld auf sich geladen haben oder dem Bösen verfallen sind. Auf einer Insel steht die Halle der Maladran, in der ein Zauber gewirkt wurde, um ihren Einfluss möglichst fernzuhalten. Und dort wurden auch jene Schriften aufbewahrt, die von einer dunklen, bösen Art der Magie handeln. Einer Form der Zauberei, deren Anwendung den Magiern und Schamanen der Elbenheit untersagt ist. Allerdings wollten unsere Vorfahren nicht, dass dieses dunkle Wissen vollkommen verloren geht, und sie glaubten, dass es in der Halle der Maladran gut und sicher aufbewahrt wäre. Das war ein verhängnisvoller Irrtum. Der zweite, noch dreistere Raubzug des Fünfzahnigen führte genau zu diesem Ort, wo er einiges von dem dunklen Wissen erbeutete.

Der tollkühne, abgrundtief böse und vollkommen skrupellose Ork, von dem ich euch erzähle, kehrte in seine Heimat zurück und hoffte, seine Herrschaft von den drei Orkländern aus mittels dieser dunklen Magie über andere Reiche Athranors ausdehnen zu können, was gründlich misslang. Seine Herrschaft nahm ein unrühmliches Ende, und selbst die Orks sprechen seinen Namen nicht mehr aus, weil sie glauben, dass dies Unglück bringt. Wo der fünfzahnige Moraxx geblieben ist, weiß niemand, aber es wird vermutet, dass er einem seiner magischen Experimente zum Opfer fiel, die er in den abgelegensten Regionen der Hornechsenwüste durchführte. Dorthin, wo die gewaltigen Lindwürmer wandern, nachdem sie an der Küste so viel Salzwasser in sich hineinschlürfen, wie sie nur können, um dann in die Gluthitze der Hornechsenwüste zu ziehen und dort ihre Eier zu legen. Ein Land, so karg und heiß, dass man meint, in ihm wäre nur Leben möglich, das von der Kraft dunkler Magie erfüllt ist.

Bei seinen magischen Experimenten rief der fünfzahnige Moraxx so manche dämonische Kreatur des Schreckens in unsere Welt. Einige dieser Geschöpfe der Finsternis durchstreifen bis heute die Orkländer, und deren hartgesottene und kampferprobte Bewohner müssen sich vor ihnen vorsehen. Moraxx brachte mit der dunklen Magie aber auch ein Wesen zurück in unsere Welt, das in jenseitige Sphären verbannt worden war, eine Kreatur, die sich zwar mit der Magie der Maladran rufen, aber nicht bändigen lässt. Ich spreche von Ghool, dem bereits erwähnten Verderber des Schicksals.

Einst kämpften die Ersten Götter zusammen mit den Elben unter König Elbanador gegen Ghool und seine Dämonenhorden am Berg Tablanor. Ghool konnte nie gänzlich besiegt werden, weder durch die Kraft der Ersten Götter noch durch die Magie meines Volkes, die damals noch sehr viel stärker war, als sie es heute ist. Aber für lange Zeitalter schien es, als wäre Ghool gebannt. Die Leichtfertigkeit eines machtgierigen Orks hat ihn zurückgerufen, und nun wächst in der Hornechsenwüste des Ost-Orkreichs etwas Böses heran, dessen Macht alles übertrifft, was sich die Geschöpfe unseres Zeitalters vorzustellen vermögen.

Ich hegte diesen Verdacht schon seit Langem, schon vor dreieinhalb Jahrhunderten, in den Tagen, als ich die Umtriebe des fünfzahnigen Moraxx zu durchkreuzen versuchte, der schließlich von seinem eigenen Gefolge entmachtet wurde. Immer wieder reiste ich in die Orkländer und folgte den vagen Hinweisen auf das Böse, das sich dort zu manifestieren begann.

Ich studierte alte Schriften, in denen über die Erscheinungsformen Ghools berichtet wurde, denn er weiß sich zu verbergen wie kein Zweiter. Ich ritt zum Berg Tablanor, um mir die Spuren jener uralten Schlacht anzusehen, in der Ghool zuletzt besiegt, aber nicht vernichtet wurde, denn auch das Land am Berg Tablanor ist immer noch von dem schweren Kampf gezeichnet. Mehrfach begab ich mich in die Hornechsenwüste des Ost-Orkreichs, um ihm nachzuspüren. Das Böse wächst mitunter so langsam, dass es kaum bemerkt wird, und weder im Elbenreich noch am Hofe des Königs von Beiderland oder gar im Admiralsrat von Carabor wollte man mir Glauben oder auch nur wirklich Gehör schenken.

Zuletzt war ich wieder in den Ländern der Orks, wo ich auf eine dunkle Festung stieß. Schwarz wie die Nacht hebt sie sich aus dem rotgelben Wüstensand empor und ragt höher zum Himmel als die Zinnen von Carabor, Aladar oder Asanilon.«

Lirandil machte eine Pause. Arvan dachte zunächst, dass sie nur dazu diente, die Bedeutung des Gesagten hervorzuheben. Aber bei einem Elben wie Lirandil konnte man nie sicher sein, ob ein solches Schweigen nicht vielmehr an dem besonderen Empfinden der Zeit lag, das diesen langlebigen Wesen nun einmal eigen war. Dass Lirandil lange unter Menschen, Halblingen und Orks gelebt hatte, war auf sein elbisches Zeitempfinden sicherlich ohne große Auswirkungen geblieben.

Schon vernahm man hier und da das eine oder andere Raunen, dann begannen die ersten Halblinge zu tuscheln. Man konnte davon ausgehen, dass Lirandil jedes Wort davon verstehen und selbst eine geflüsterte Unmutsäußerung heraushören konnte. Vielleicht ließ er deshalb seine Hörerschaft nicht länger warten, sondern ging zu Grebu. Der hatte sich am Rand der frei gebliebenen Fläche in der Mitte des Platzes auf einem mitgebrachten Sitzkissen niedergelassen.

Der Elb beugte sich etwas hinab. »Euch habe ich ja bereits gezeigt, was nun auch alle anderen zu sehen bekommen werden, werter Grebu.«

Es war auffällig, dass sich bis dahin niemand mit dem alten Halbling unterhalten oder ihn auch nur angesprochen hatte. Die anderen Halblinge, die in der Nähe auf dem Boden saßen, um den hinter ihnen Stehenden die Sicht auf Lirandil zu ermöglichen, hielten einen gewissen Abstand zu ihm, obwohl der Platz auf der Hauptastgabel knapp geworden war. Er war ihnen einfach nicht geheuer.

Aber so hatten sie ihn schon immer behandelt. Arvan hatte es nie anders erlebt, und er hatte immer den Eindruck, dass es Grebu mittlerweile vollkommen gleichgültig war, was irgendein anderes Geschöpf von ihm hielt, die Waldgötter eingeschlossen, über die Grebu manchmal während Arvans Unterrichtsstunden so lästerliche Bemerkungen fallen ließ, dass sein Schüler sich nicht einmal traute, seinen Zieheltern davon zu erzählen. Brongelle pflegte einen sehr tiefen Glauben an die Macht der Waldgötter und führte die damit verbundenen Gebete regelmäßig und voller Inbrunst durch. Sie hätte ihm vielleicht nicht mehr gestattet, sich von Grebu unterrichten zu lassen.

Grebu stand ohnehin im Verdacht, frevelhafte Ansichten zu vertreten, die ihm im verderbten Carabor eingeflüstert worden seien, sosehr man andererseits auch den Rat des wunderlichen Halblings suchte. Wäre Brongelle nicht über ein paar Ecken mit ihm verwandt gewesen und hätte er ihr in ihren späten Jahren nicht zu einem Kind verholfen, wäre sie vermutlich nie und nimmer bereit gewesen, überhaupt ein Wort mit ihm zu wechseln.

Gomlo war in dieser Hinsicht toleranter. Das hatte Arvan schon immer so empfunden, und den Grund dafür kannte er seit jener Nacht, als sein Ziehvater ihm offenbart hatte, selbst einmal die große Stadt besucht zu haben. Es schien, als hätte Gomlo dieses Geheimnis ansonsten mit kaum jemand anderem geteilt, vielleicht nicht mal mit Brongelle.

In diesem Moment holte Lirandil jenen Stein aus einer seiner Gürteltaschen, den Arvan bereits auf dem Herdenbaum kurz gesehen hatte, und hielt ihn zwischen Daumen und Zeigefinger in die Höhe. »Dies ist ein Stein von Ysaree, einer Insel, die zum Elbenreich gehört. Diese Steine haben besondere Eigenschaften. So kann man mit ihrer Hilfe Augenblicke festhalten und sie jemandem zeigen, der nicht dabei war. Und man kann sogar eine Botschaft darauf bannen, die sich auch jemandem offenbart, der der Magie unkundig ist, vorausgesetzt, er ist vertrauenswürdig und man hat ihn vorher als einen möglichen Empfänger bestimmt.«

Er wandte sich an Grebu. »Die Botschaft war an Euch gerichtet, für den Fall, dass ich sie Euch nicht persönlich überbringen könnte. Denn ich kenne Euch seit – nach den Maßstäben Eures Volkes – langer Zeit und war sicher, dass Ihr das Richtige zu tun gewusst hättet, werter Grebu.«

Die Wertschätzung, die Lirandil für den alten Grebu ausdrückte, wurde nicht allgemein geteilt. Jedenfalls quittierten die versammelten Halblinge diese Worte mit abwartendem Schweigen. Arvan hörte auch ein paar flüsternde Stimmen, die sich über die besondere Beziehung mokierten, die Lirandil offenbar zu dem Alten unterhielt. Aber sie verstummten rasch, vielleicht deshalb, weil sie annehmen mussten, dass Lirandil selbst ihr leises Wispern so klar zu verstehen vermochte, als würden sie ihre Kommentare laut rufen.

»Ein Jahr lang ging ich bei einem Elbenmagier von Ysaree in die Lehre, nur um die Magie dieser Steine einigermaßen zu erlernen«, sprach Lirandil weiter, »denn immer, wenn ich von den Dingen berichtete, die sich in den Ländern der Orks taten, stieß ich auf Unglauben. Mir wurde klar, dass ich die Gefahr, die uns allen droht, vielen nur begreiflich machen kann, indem ich *zeige*, was ich gesehen habe. Worte sind so flüchtig wie der flüsternde Wind, so heißt es in einem alten Sprichwort der Oger, die in der Flachen Mark von Bagorien beheimatet sind. Aber mithilfe eines Steins von Ysaree vermag ich zu *zeigen*, was sich in der tiefsten Tiefe der Hornechsenwüste tut.«

Lirandil murmelte einige magische Worte in der Sprache der Elben – und ein greller Strahl fuhr aus dem Stein und bildete über dem Platz eine Blase aus Licht, die die Halblinge im ersten Moment blendete.

Doch dann waren Bilder zu erkennen. Bilder, die zum Leben erwachten, als wäre man selbst bei den gezeigten Ereignissen dabei.

Arvan war vollkommen fasziniert und konnte nur fassungslos auf die Lichtblase starren. Wie großartig erschien ihm doch die Magie der Elben im Vergleich zu dem, was unter den Halblingen als Magie praktiziert wurde. Zu nichts auch nur annähernd Vergleichbarem waren die Bewohner der Wälder am Langen See fähig, da war sich Arvan sicher.

In der Lichtblase war zunächst die Ödnis der Hornechsenwüste zu sehen. Ein rotgelbes Land, das nur aus Sand und Gestein zu bestehen schien und in dem die Luft flimmerte, so heiß war es dort. Dann aber erblickten die Halblinge die schwarzen Mauern jener geheimen Feste, von der Lirandil gesprochen hatte. Hoch ragten sie empor. Ihre Ausmaße waren zunächst nicht einzuschätzen, da jeglicher Größenvergleich fehlte – oder eher zu fehlen *schien*. Denn um die Feste mit ihren gewaltigen Türmen und dunkel im Schein der Sonne schimmernden Kuppeldächern herum bewegte sich eine dunkle, sich ausbreitende Masse. Sie wirkte zunächst wie eine zähe Flüssigkeit, die an allen Seiten aus der Feste quoll. Erst auf den zweiten Blick erkannte Arvan, woraus diese Masse wirklich bestand.

Unzählige Krieger, wurde ihm klar.

»Orks«, entfuhr es ihm laut, doch niemand nahm es wahr, denn im selben Moment hatten viele, die sich auf dem Platz der Hauptastgabel befanden, die gleiche Erkenntnis. Ein Raunen ging durch die Reihen der Halblinge. Hier und dort wurden auch entsetzte Ausrufe laut.

»Einst gab es im Grenzgebiet zwischen Bagorien und Trollheim eine ähnliche Feste, von der aus Ghools Dämonenhorden zur Schlacht am Berg Tablanor zogen«, sagte Lirandil in eindringlichem Tonfall. »Heute nennt man sie Ghools Altfeste. Sie wurde, nachdem Ghool gebannt worden war, weitgehend zerstört, und die Ruinen werden seit vielen Zeitaltern gemieden. Die Menschen in Bagorien erzählen sich, dass dort der Geist des Bösen noch lebendig sei und es dort immer wieder seltsame Himmelserscheinungen gebe. Ich besuchte einst jene Stätte und kann nur berichten, dass sich jegliches Leben, gleichgültig ob pflanzlich oder tierisch, viele Meilen weit von Ghools Altfeste fernhält, offenbar vertrieben von der Aura des Übels.

Dies aber, was ich Abertausende von Meilen entfernt in der Wüste des Ost-Orkreichs entdeckte, muss Ghools Neufeste sein. Sie gleicht der einst zerstörten Stätte so vollkommen, dass man glauben könnte, die Beschreibungen in den alten Chroniken aus der Zeit von König Elbanador bezögen sich auf diese, erst vor kurzer Zeit entstandene Befestigungsanlage, die einen Palast des Bösen umschließt. Unzählige Orks hat sich Ghools immer mächtiger werdender Geist untertan gemacht, dazu kommen viele jener Monstren und Schattengeschöpfe, die der fünfzahnige Moraxx in seinem unsäglichen Leichtsinn beschwor und die seit Langem herren- und ziellos durch die Orkländer streifen, verachtet, gefürchtet und bekämpft und nun froh, sich einem Willen unterordnen zu können, der sie zu bändigen und in seinen Dienst zu stellen vermag.

Ghools Einfluss reicht bereits bis auf die Insel Orkheim, von der viele seiner Krieger stammen, wie man an den angespitzten Hauern erkennen konnte, die manchen meiner Verfolger aus den Mäulern traten. Noch sind das West-Orkreich und die Orkstadt weitgehend frei von Ghools Einfluss. Aber in Kürze wird der Verderber des Schicksals so stark sein, dass er jene

Dämonenhorden zu beschwören vermag, die ihm schon seit langer Zeit dienen.«

Die Bilder verblassten, doch dann waren Szenen einer gewaltigen Schlacht zu sehen. Riesige Katapulte wurden von Dutzenden Hornechsen gezogen. Hunderttausende von Orkkriegern schwenkten ihre Speere, Äxte, Schwerter und mit spitzen Obsidiansplittern besetzten Keulen und schleuderten mit bloßen Pranken einen Regen von halblingkopfgroßen Steinen auf den Feind.

»Dies ereignete sich unweit der östlichsten Biegung des Blutflusses«, erklärte Lirandil die Schlachtszenen. »Ich habe einige Zeit unter den Orks der Skorpionreiter-Stämme gelebt, die auf dem Rücken von Riesenskorpionen in den Gebieten zwischen dem Namenlosen Gebirge und den Aschedünen umherziehen, und wurde Zeuge einer Schlacht zwischen zwei Orkstämmen.«

Auf den erschreckend lebendigen Bildern in der Lichtblase war zu sehen, wie Orks mit ungeheurer Brutalität gegeneinander kämpften. Pranken und Arme wurden im Handgemenge abgetrennt, Schädel wurden gespalten, Köpfe rollten, und bei manchem geköpften Ork hatte man den Eindruck, dass er selbst mit den letzten Zuckungen seines Körpers noch zu kämpfen versuchte. Katapulte ließen gewaltige Gesteinsbrocken auf einen Riesenskorpion herabregnen und zertrümmerten die aus getrocknetem Dung bestehenden Orkhütten auf dessen Rücken. Die Beine des Riesenskorpions knickten unter den schweren Treffern ein.

Hornechsenreiter stürmten durch die Reihen der Verteidiger, ließen lange sensenartige Schwerter kreisen und schlangen Seile um die Beine des Riesenskorpions. Anschließend befestigten sie diese Seile an den Halteriemen der Hornechsen, sprangen von deren Rücken und trieben die Echsen mit

Schwertstichen davon. Die Seile spannten sich und rissen dem Riesenskorpion die Beine weg, sodass dieser schließlich hilflos am Boden lag.

Der Stachelschwanz ruderte herum, fuhr herab, spießte einen der Orks auf und riss ihn in die Höhe. Doch obwohl ihm der Stachel mitten durch den Körper ragte, konnte er noch zu einem Hieb mit seinem Sensenschwert ausholen und die Schwanzspitze abtrennen, dann fiel er zusammen mit ihr in die Tiefe. Blut spritzte in einer Fontäne aus dem durchtrennten Skorpionschwanz.

Bevor der bereits tote Ork am Boden aufschlug, senste das Schwert, das er weiterhin mit beiden Pranken umklammert hielt, noch durch den Körper eines Feindes, schnitt von der Schulter abwärts durch den Oberkörper.

Den ersten Angreifern war es unterdessen gelungen, auf den Rücken des Riesenskorpions zu klettern. Aus den Dunghütten fliehende Orkkinder, die ihnen in die Quere gekommen waren, hatten sie kurzerhand niedergemacht.

Damit verblassten die Bilder in der Lichtblase.

»Ist es wirklich wahr?«, rief eine Stimme aus der Menge der Halblinge. »Ihr habt unter Orks gelebt, werter Lirandil?«

Lirandil ließ den Stein von Ysaree in einer seiner Gürteltaschen verschwinden, dann drehte er sich in aller Ruhe zu dem Rufer um.

Arvan hatte dessen Stimme erkannt. Sie war der Schrecken aller Halblingkinder, denn sie gehörte Mansor dem Gestrengen. Mansor war älter, als irgendein Halbling zuvor je geworden war, was er selbst auf den ausgiebigen Genuss und die besondere Zubereitungsweise gewisser Wurzeln zurückführte. Er war Gomlos Vorgänger im Amt des Baum-Meisters, weshalb Gomlos Baum früher Mansors Baum genannt worden war. Er war auch eine Weile Baum-Meister des ganzen

Stammes von Brado dem Flüchter gewesen und hatte diesen in Zeiten großer Uneinigkeit mit seiner Strenge vor der Spaltung bewahrt. Später war die Mehrheit des Stammes seiner Strenge jedoch überdrüssig geworden, sodass man ihn nicht wiedergewählt hatte.

Im Gegensatz zu Grebu war Mansor allerdings niemals aus den Wäldern am Langen See herausgekommen, und seine Ansichten kamen gerade vielen jüngeren Halblingen wie Botschaften aus einer fernen vergangenen Zeit vor. Ihn störte der Krach der Kleinsten ebenso wie die seiner Meinung nach schlechten Manieren der etwas Älteren. Er verabscheute es, wenn Halblinge untereinander Relinga sprachen, und wenn jemand zu einem Verwandtschaftsbesuch in die Dichtwaldmark aufbrach, war das für ihn eine Reise in unsagbare Ferne, und er wünschte dem Reisenden mit bedrängender Eindringlichkeit, nicht der inneren Verderbnis anheimzufallen. Und falls der Betreffende keine Zeit oder Lust hatte, sich von Mansor die Geschichte von Brado dem Flüchter in ihrer ausführlichsten (und, wie manche vermuteten, stark persönlich gefärbten) Version bis zum Ende anzuhören, sah er darin nur ein weiteres Indiz für den Verfall der Halblingstraditionen und für die mangelnde Wertschätzung, die dem Erbe seines Volkes mittlerweile entgegengebracht wurde.

Mansor, der zuvor gesessen hatte, erhob sich. Sein Backenbart war weiß, sein Kopf vollkommen haarlos, und wegen seiner großen Ohren behaupteten die jugendlichen Halblinge im Scherz und auf Relinga untereinander, dass Mansor der Gestrenge *wie ein Elb* hören könne.

»Wie kann der Angehörige eines Volkes, das fast so edel wie das unsere ist, unter Orks leben?«, dröhnte Mansor, und schon der durchdringende Ton seiner Stimme vermittelte eine Ahnung davon, mit welcher Strenge und Kraft er einst den

Stamm von Brado dem Flüchter durch schwierige Zeiten angeführt hatte.

»Wie hätte ich anders so tief in die Länder der Orks gelangen können?«, fragte Lirandil zurück. »Und davon abgesehen, solltet Ihr von der unbändigen Neugier wissen, die mir angeboren ist.«

»Eine Neugier, die Euch vielleicht unter den verderblichen Einfluss ebenjener Mächte gebracht hat, vor denen Ihr zu warnen vorgebt«, rief Mansor. »Wie ist es sonst zu erklären, dass diese Orks Euch überhaupt unter ihresgleichen geduldet und Euer Hirn nicht zum Nachtmahl aufgeschlürft haben.«

»Redet keinen Unsinn«, mischte sich Grebu ein.

»Einer, der dem Einfluss der Fremde bereits erlegen ist, sollte sich heraushalten«, kanzelte Mansor den Zwischenrufer ab.

Eine Gasse bildete sich, und Mansor trat vor. Er ließ sich Zeit dabei und ging auf einen Stock gestützt.

Schließlich blieb er stehen, musterte Lirandil und sagte: »Es sind viele Halblinge gestorben, und Horden von Orks durchstreifen unsere Wälder. Ihr habt Unfrieden in dieses Land gebracht, und wer sagt uns, dass Ihr nicht einige der Eigenarten angenommen habt, die so charakteristisch für die Orks sind und für die wir sie hassen. Schließlich sind Elben und Orks weitläufige Verwandte, wie überliefert wird.«

»Alle Geschöpfe sind letztlich miteinander verwandt«, erwiderte Lirandil ruhig. »Und was die Bewohner des West-Orkreichs und die Skorpionreiter-Stämme betrifft, so verdanken wir es ihnen, dass sich Ghools Macht nicht schon sehr viel weiter ausdehnen konnte. Sie sind unsere natürlichen Verbündeten in dem Kampf, der uns allen bevorsteht. Sie lassen Ghools Schergen ebenso wenig freiwillig durch ihr Land ziehen, wie es die Reiter von Rasal tun. Aber aufhalten können sie Ghools Vasallen nicht. Ich habe den Unfrieden nicht gebracht, ich berichte nur von dem, was kommen wird und sich bereits auf den Weg gemacht hat.«

»Wir sollten Euch nicht zuhören und Euch erst recht nicht glauben«, rief Mansor. »Die Orks werden sich wieder zurückziehen, sobald der Waldkönig ein größeres Heer schickt und sie von seinen Kriegselefanten niedertrampeln lässt. Für uns ist es am besten, wenn wir uns möglichst verborgen halten und unsere Bäume nicht verlassen. So war es früher schon, und so wird es immer sein. Niemand hat mehr Überfälle der Orks erlebt als ich, und ich sage euch, das Unheil wird sich wieder zurückziehen, wenn wir uns still verhalten, anstatt uns ihm entgegenzustellen, so wie es jüngst geschehen ist. Das hat viele Halblingkrieger das Leben gekostet. Und das nur, um einem Elb von früher tadellosem, jetzt aber nicht mehr ganz so unbeflecktem Ruf das ohnehin schon überlange Leben zu retten.«

Er wandte sich Gomlo zu. »Einem Elb und einem Menschling, den Ihr in Eurem Haus aufgezogen habt und der Euch nur Unglück und Kummer brachte. Ihr habt damals dem Willen Eurer Frau nachgegeben, diese ungeschickte Menschlingmissgeburt aufzunehmen, und Ihr habt jetzt, so vermute ich, ihr erneut nachgegeben, als sie Euch beschwor, ihn vor den Orks zu retten, und deshalb die Krieger ausgeschickt!«

»Das ist nicht wahr«, widersprach Gomlo aufgebracht.

»Wie soll jemand unser Anführer sein, der so leicht zu beeinflussen ist?«

»Und was ist mit Euch? Ihr nutzt diese Stunde, in der wir ernste Entscheidungen treffen müssen, nur dazu, um Euren Nachfolger schlechtzumachen, weil Ihr es nicht verwinden könnt, dass dieser Baum nun Gomlos Baum heißt und nicht mehr Euren Namen trägt wie vor vielen, vielen Jahren«, rief Brongelle wütend.

Tumult entstand. Stimmengewirr erhob sich.

Lirandil setzte dem mit einem Ruf von enormer Stimmgewalt ein Ende. Arvan hatte bemerkt, dass der Elb zuvor etwas vor sich hin gemurmelt hatte, und so vermutete er, dass Lirandil seine Stimme magisch verstärkt und mit noch mehr Eindringlichkeit versehen hatte. »Es mag sein, dass sich die Orks früher von selbst zurückgezogen haben und Euer Volk sich einfach nur möglichst ruhig verhalten musste, um nicht bemerkt zu werden! Es mag auch sein, dass die Söldner des Waldkönigs Haraban die Eindringlinge bisher immer vertrieben haben. Aber diesmal werden sich Eure Hoffnungen nicht erfüllen. Selbst wenn sich die Diener Ghools noch einmal zurückziehen sollten, sie werden zweifellos wiederkehren. Und dann werden vielleicht nicht nur Orks im Auftrag des Schicksalsverderbers nach Norden ziehen, sondern auch seine Dämonenhorden und jene anderen Kreaturen, die er entweder selbst herbeigerufen oder aber unter seinen Willen gezwungen hat! Und sehr bald werden auch Menschen, Oger, Waldriesen, ja, und nicht zuletzt auch Halblinge von Ghools Macht in den Bann gezogen, und man wird sie in den Schlachtreihen dieser Armee des Bösen allesamt wiederfinden!«

»Vergaßt Ihr nicht das Volk der Elben in Eurer Aufzählung?«, fragte Mansor bissig.

»Jeder ist in Gefahr, der Kraft des Übels zu erliegen und von ihm beeinflusst zu werden«, antwortete Lirandil nach einer kurzen Pause. »Jeder, und da nehme ich auch die Elben nicht aus, obwohl sie vielleicht über mehr Mittel verfügen, um sich gegen den Einfluss Ghools zu schützen. Aber das ändert nichts daran, dass Ghool auch mein eigenes Volk ins Verderben reißen wird, wenn es nicht aus seiner Lethargie und Ignoranz erwacht und sich endlich besinnt, das Richtige zu tun.

Ich bin unterwegs, um Verbündete zu sammeln. Ich werde

jeden Königshof und jeden Heeresführer in ganz Athranor aufsuchen, um Bundesgenossen zu gewinnen, die bereit sind, sich Ghool entgegenzustellen. Denn wenn das nicht geschieht, solange noch Zeit dazu ist, wird es keine Macht mehr geben, die ihm Einhalt zu gebieten vermag.

Ghool wird immer stärker und stärker. Er saugt die Kräfte der Finsternis in sich auf. Sie fließen ihm zu und sammeln sich in ihm, so wie sich das Wasser der Flüsse im Meer sammelt. Und wenn diese Kräfte erst wie eine schwarze Flut über Athranor hinwegbranden, werden die Könige aller Völker und ihre Magier nicht mehr stark genug sein, ihnen etwas entgegenzusetzen. Sie werden einfach hinweggespült werden oder sich unterwerfen müssen, und für Athranor wird dann eine neue Zeit anbrechen, die man gewiss die *Dunkle Zeit* nennen wird.«

Niemand sagte noch etwas. Lirandils Worte waren so eindringlich gewesen, dass selbst Mansor zunächst nichts darauf zu erwidern wagte.

»Die Ritter aus Beiderland und die Krieger des Dalanorischen Reiches werden sich mit den Flotten von Carabor und des Siebenlandes sowie den Heeren des Waldkönigs vereinen müssen«, fuhr Lirandil fort. »Wir werden selbst die Zwerge aus ihrem im Meer versunkenen unterirdischen Reich rufen müssen und die alten Feinde meines Volkes, die Bewohner Trollheims, die sich einst stolz die Elbenfresser nannten. Nicht alle, die ich hier aufzähle, werden auf der Seite des Guten stehen, so fürchte ich. Wir können nur hoffen, dass die Magier von Thuvasien und die Dunkelalben von Albanoy nicht auf Seiten Ghools in das Geschehen eingreifen. Und sollte das Elbenreich nicht seine Magier und Schamanen schicken, um das Böse zu bekämpfen, sondern stattdessen in Untätigkeit verharren, wird der Verderber des Schicksals nicht zu besiegen sein. Jeder, der darüber die Nase rümpft, dass ich mit Orks zusammen auf Riesenskorpionen gesessen habe, möge sich vor Augen halten, dass die einzigen sicheren Verbündeten zurzeit die Orks des West-Orkreichs sind, denn sie lassen sich nicht so ohne Weiteres unter Ghools Herrschaft zwingen.«

Er wandte sich wieder Mansor zu und sprach ihn direkt an. »Sie riskieren ihr Leben, während Ihr, werter Mansor, nur Reden schwingt über eine angeblich gute alte Zeit, die so friedlich und angenehm, wie Ihr behauptet, nicht gewesen sein kann.« Er vollführte eine weit ausholende Handbewegung und sprach weiter: »Mag sein, dass es im Moment tatsächlich das Klügste ist, sich zu verbergen und dem Feind so selten wie möglich im offenen Kampf zu begegnen. Aber so wird es nicht bleiben. Und wer etwas dazu beitragen will, dass der Verderber des Schicksals sein Ziel nicht erreicht, der möge die Kunde weitertragen, die ich heute vorgebracht habe! Wer das, was ich euch allen mithilfe des Steins von Ysaree zeigte, nicht bloß für Illusion oder Elbenmagie hält, sondern mir vertraut und mir glaubt, der möge dafür sorgen, dass so viele wie möglich davon erfahren.

Denn Ghools größter Verbündeter ist zurzeit die Unwissenheit. Noch wissen viel zu wenige von den Plänen des Schicksalsverderbers, und so kann er seine Pläne in aller Ruhe weiter vorantreiben, so wie er das schon in den vergangenen Jahrhunderten nahezu unbehelligt getan hat. Die dunklen Mauern von Ghools Neufeste wurden nicht an einem Tag erbaut. Sie sind ebenso langsam gewachsen wie die Anzahl derer, die dem Schicksalsverderber folgen – sei es, dass er sie unter seinen Willen zwang oder dass sie sich ihm freiwillig anschlossen.«

Gomlo erhob sich und ergriff das Wort. »Es sollte klar sein, dass die Halblinge des Stammes von Brado dem Flüchter auf Eurer Seite stehen, Lirandil.«

»Daran hatte ich nie einen Zweifel«, erklärte Lirandil. »Nicht einmal bei Eurem Vorgänger im Amt des Baum-Meisters.«

»Allerdings sollte man bedenken, dass wir nur ein Volk von kleinen Leuten sind und unser Stamm noch nicht einmal den größten Teil davon ausmacht. So gern ich Euch unterstützen würde, so weiß ich jedoch nicht, mit welchen Mitteln wir Ghool begegnen könnten, solange sich nicht mächtigere Herrscher und Reiche Eurer Sache anschließen.«

Lirandil nickte. »Das ist mir nur allzu bewusst.«

»Ist es wahr, was man sagt?«, mischte sich Mansor wieder ein. »Verfolgen die Orkschergen des Schicksalsverderbers in erster Linie Euch, Lirandil?«

Lirandil nickte. »Der Vorstoß, den Ghools Schergen zurzeit unternehmen, hat im Wesentlichen zwei Ziele. Das eine ist es herauszufinden, wie groß der Widerstand ist, auf den man trifft. Und zum anderen – das will ich gar nicht leugnen – will man mich töten und den Stein mit der Kunde darüber, was sich in der Hornechsenwüste tut, vernichten. Denn so, wie Ghools größter Verbündeter noch die Unwissenheit über seine Pläne ist, so ist sein größter Feind ganz sicher das Wissen über seine neu erwachte Existenz und seine finsteren Absichten.

Ja, Ghools Diener werden mir ganz sicher weiterhin auf den Fersen bleiben. Nicht nur Orkhorden, sondern auch andere Wesen, die Ghool dienen und die mir sicher noch sehr viel ausdauernder als die Orks zu folgen imstande sind. Ich bin einigen der Dämonenwesen begegnet, die der Verderber des Schicksals beschworen hat. Wesen, die mit dem Wind durch die Lüfte schweben, sich wie ein übler Hauch irgendwo niederlassen und jedes Wesen mit schwachem Willen unter den Willen Ghools zu zwingen vermögen.

Ob ich mein Ziel, ein Bündnis zwischen den Herrschern und Völkern Athranors gegen diese Macht zu schmieden, erreichen werde, ist ungewiss. Aber genauso ungewiss war es, überhaupt bis hierher zu gelangen. Ich sprach auf Burg Eas an der Grenze zu den Orkländern mit dem Herzog von Rasal, und er teilt meine Ansichten. Allerdings macht er sein zukünftiges Handeln von den Entscheidungen derer abhängig, die noch weitaus mächtiger sind als er. Und das werden viele tun, sodass es darauf ankommen wird, wer unter diesen Mächtigen der Erste sein wird, der den nötigen Mut aufbringt, sich der Bedrohung entgegenzustellen.«

»Das ist gewiss nicht die Rolle, die Ihr dem Anführer des Stammes von Brado dem Flüchter zugedacht habt«, äußerte Mansor mit beißendem Spott.

Lirandil begegnete ruhig seinem Blick. »Nein, gewiss nicht. Denn zu den Mächtigen zählt ihr sicher nicht. Andererseits weiß ich, dass es nicht wenige Halblinge gibt, die am Hofe des Waldkönigs oder in Carabor und anderswo aufgrund ihres Geschicks zu einflussreichen Ämtern gelangt sind. Schreibt mir ihre Namen auf, richtet Briefbotschaften an sie, die ich ihnen überbringen kann, damit sie mich unterstützen. Das könnte eine wertvollere Hilfe sein, als ein paar hundert Orks zu erschlagen, die unter Ghools Befehl stehen.

Dass manchem von euch dies unangenehm ist, weil ihr glaubt, dass diejenigen, die den Halblingwald verließen, sich damit von euch und eurem Volk und seiner Lebensweise abgewandt haben, weiß ich sehr wohl. Und ich weiß auch, dass ihr euch derer schämt, die andernorts ihr Glück gemacht haben oder in ihr Unglück geraten sind, und dass die meisten unter euch dazu neigen, so zu tun, als existierten sie nicht. Also bitte ich euch, über euren Schatten zu springen und mir auch auf diese Weise zu helfen.

All denen jedoch, die von der Sorge umgetrieben werden, meine Anwesenheit unter euch könnte das Böse anlocken und ihr wärt in großer Gefahr, wenn ihr mich beherbergt, möchte ich sagen: Ich werde nicht lange bleiben. Spätestens übermorgen breche ich wieder auf und begebe mich auf meinen ungewissen Weg.«

Mit diesen Worten verließ Lirandil seinen Platz und ließ sich neben dem alten Grebu nieder. Arvan beschäftigten in diesem Moment vor allem all die Fragen, die er dem Elben noch zu stellen gedachte und auf die er unbedingt Antworten haben wollte. *Ich werde mich also beeilen müssen, will ich noch etwas über das erfahren, was der Fährtensucher in meinem Geist geweckt hat.*

Unter den Halblingen brach zunächst lauter Tumult aus. Nachdem Gomlo von Brongelle gestenreich dazu aufgefordert worden war, begab er sich schließlich in die Mitte des Platzes und versuchte, die Ordnung wiederherzustellen.

Seine Stimme hatte nicht die durchdringende Kraft, die Lirandils Worten inne gewesen war, aber ihm standen auch keinerlei magische Mittel zur Verfügung, um eine vergleichbare Wirkung zu erzielen. Doch seine in vielen Jahren gewachsene Autorität unter den Halblingen des Stammes von Brado dem Flüchter sorgte schließlich dafür, dass sich die Gemüter wieder beruhigten. Das Stimmengewirr verebbte.

Daraufhin aber entbrannte eine hitzige Diskussion darüber, welche Maßnahmen für die nächste Zeit getroffen werden sollten.

Gomlo teilte Boten ein. Nicht nur der Statthalter von Gaanien sollte benachrichtigt werden, sondern auch der Waldkönig. Zudem musste das Netz von Kundschaftern und Beobachtungsposten dichter geknüpft werden, sodass die Halblinge auf gefährdeten Wohnbäumen schneller benachrichtigt werden konnten, sollten sich Orkhorden nähern, und die Siedlungen auf den Bäumen mussten besser getarnt werden. »Früher schon hat es Zeiten der Gefahr gegeben«, sagte Gomlo ernst. »Auch, wenn ich lange nicht das Alter des geschätzten Mansor erreicht habe, kann ich mich noch gut an einige der Orküberfälle in meiner frühen Jugend erinnern. Man sagt, seit der Fahrt von Brado dem Flüchter habe es keine schlimmeren Tage mehr für unser Volk gegeben.«

»Das sagt man doch immer«, ergriff Mansor erneut das Wort und machte eine wegwerfende Geste. »Und immer ist es eine Lüge oder liegt nur darin begründet, dass sich derjenige, der das behauptet, einfach nicht weit genug zurückerinnern kann.«

Aber sein Einwand fand kein großes Echo, und seinen Zweck, die Fähigkeiten des gegenwärtigen Baum-Meisters infrage zu stellen, verfehlte er völlig.

Zudem war Gomlo nun in seinem Element. Ein flammender Redner wie Mansor, der in früheren Zeiten den Stamm allein durch die Macht des Wortes zu einer Einheit gezwungen hatte, war er nie gewesen. Aber ein guter Organisator. Und genau der wurde jetzt gebraucht.

»Ich möchte, dass die Wohnbäume so gut getarnt sind, dass die Orks durch den Wald ziehen, ohne zu bemerken, dass sie durch besiedeltes Gebiet marschieren«, verlangte er.

»Was ist mit den Baumschafen?«, rief Figo, der Baum-Meister von Figos Baum. Er hatte sich bei den letzten Wahlen zum Baum-Meister des Stammes immer wieder als Kandidat aufstellen lassen, aber gegen Gomlo stets den Kürzeren gezogen. Viele meinten, das liege an seiner unfreundlichen, groben Art. Er selbst nannte das »klare Worte sprechen«. Aber solche »klaren Worte« schienen nicht nach dem Geschmack der Mehrheit des Stammes zu sein. »Sollen wir sie vielleicht dem Hirndurst der Orks überlassen?«

»Wir werden die Herden nicht so bewachen können wie

sonst«, entgegnete Gomlo. »Und wir können einen Herdenbaum auch nicht verteidigen wie einen Wohnbaum. Der Sieg, den unsere Krieger kürzlich beim Kampf um einen der Herdenbäume errungen haben, sollte uns nicht darüber hinwegtäuschen, dass wir Halblinge keine geübten Krieger sind. Wir können nur aus dem Hinterhalt zuschlagen, aber dann müssen wir uns sofort wieder ins dichte Unterholz oder ins hohe Geäst der Bäume zurückziehen. Auf diese Weise können wir die Feinde zermürben. Für eine andere Taktik haben wir gar nicht die Waffen und vor allem nicht die Krieger. Die Arme eines Halblings sind nicht stark genug, dass wir uns den Orks in einer offenen Schlacht stellen oder einen Ort über längere Zeit verteidigen könnten. Wenn wir einen Wohnbaum nicht gut genug tarnen können und er dann bedroht ist, werden wir ihn aufgeben müssen.«

Was Gomlo in aller Ruhe vortrug, war nichts anderes als die inzwischen schon uralte Verteidigungsstrategie der Halbling-Stämme am Langen See, von den Angehörigen dieses Volkes in jener Zeit entwickelt, als man die alte Lebensweise in und auf dem Boden aufgegeben hatte, um im Geäst der Riesenbäume zu siedeln. Dort war es einfach leichter, sich vor den immer wieder einfallenden Feinden zu verbergen.

Mansor unternahm einen letzten Versuch, seinen Nachfolger im Amt des Baumhüters zu diskreditieren. »Es redet sich leicht, Herdenbäume aufzugeben, wenn der eigene Herdenbaum soeben siegreich verteidigt wurde, und das von nahezu der gesamten Halblingstreitmacht unseres Stammes«, rief er mit schneidender Stimme. Er sah Gomlo direkt an, als er weitersprach. »Es ist doch Euer Herdenbaum, um den jüngst so hart gekämpft wurde, richtig?«

»Es wurde kein Herdenbaum verteidigt, sondern in Not Geratenen geholfen«, widersprach Gomlo. »Und es wundert mich, dass jemand, der so alt und erfahren ist wie Ihr, werter Mansor, nicht erkennt, dass meine Vorschläge nur unserer althergebrachten Vorgehensweise folgen.«

»Nun, es war nicht meine Absicht, Euch anzuklagen, Gomlo«, log Mansor. »Jeder mag sich seine eigene Meinung über das Geschehene bilden.«

Aber das hatten die meisten Anwesenden offenbar längst. Jedenfalls gab es keinerlei kritische Nachfrage zu diesem Punkt, nur noch zu organisatorischen Dingen.

Am Schluss erhob sich noch einmal Lirandil der Fährtensucher. »Wenn ihr schon einen Boten zum Waldkönig schickt, dann solltet ihr ebenfalls einen Gesandten zum Herzog von Pandanor entsenden, denn ihn werden wir ebenfalls als Bundesgenossen brauchen. Meine eigenen Verpflichtungen halten mich leider davon ab, in nächster Zeit Richtung Norden zu ziehen.«

»Ist der Herzog von Pandanor nicht ein Vasall des Waldkönigs und müsste ihm ohnehin Heeresfolge leisten?«, fragte Mansor.

Lirandil nickte. »Formal gesehen unterstehen die Herzöge von Rasal und Pandanor dem Waldkönig und gehören damit zu Harabans Reich. Aber faktisch sind sie seit Langem unabhängig und lassen sich von niemandem mehr etwas sagen. Ihre Titel und ihr gesamter Besitz unterliegen der Erbfolge, sie bestimmen über alle Angelegenheiten ihrer Länder selbst, und die letzten Tributzahlungen entrichteten sie vor drei oder vier Generationen. Wie ich schon erwähnte, traf ich den Herzog von Rasal auf Burg Eas, und er versprach mir, ebenfalls einen Boten nach Pandanor zu entsenden. Wenn zudem auch aus dem Halblingwald die drängende Bitte an den Herzog herangetragen wird, sich einem Bündnis gegen das Übel anzuschließen, könnte dies den Stein ins Rollen bringen.«

»Gut, wenn Ihr meint, dies könnte Aussicht auf Erfolg haben, dann wollen wir Eurem Rat folgen«, sagte Gomlo.

»Derdo vom Stamm des Rasenden Trelbo war einige Jahre Kanzler des Herzogs von Pandanor«, ergriff Werry der Zauderer das Wort. »Vielleicht sollte man ihn mit der Aufgabe betrauen, denn gewiss finden seine Worte am dortigen Hof besonderes Gehör.«

»Befindet sich Derdo zufällig unter uns?«, rief Gomlo. Er selbst bezweifelte dies, denn es war höchst ungewöhnlich, dass ein Halbling, der in der Fremde gewesen war, von seinem Stamm als Abgesandter benannt wurde. Normalerweise konnten sich die Bewohner der Wälder am Langen See so jemanden nicht einmal als Sprecher für seinen Wohnbaum, geschweige denn als Baum-Meister vorstellen.

Grebu lächelte mild und nickte wissend. »Ich kenne Derdo, wenn auch nur flüchtig. Und auch, wenn viele den Namen dieser Stadt nicht gern hören und für ein anderes Wort für Sünde und Verderbtheit halten, so muss ich ihn an dieser Stelle doch nennen: In Carabor habe ich Derdo einst getroffen, als der Herzog von Pandanor dort als Gast des Hochadmirals weilte und Derdo als sein Kanzler alles aufzuschreiben hatte, was in den Verhandlungen vereinbart wurde.«

»Wie auch immer«, sagte Lirandil mit der ihm eigenen Ruhe. »Sag diesem Derdo, dass wir seine Hilfe benötigen und viel davon abhängen könnte.«

»Verlasst euch auf mich«, erwiderte Grebu.

»Das weiß ich wohl zu schätzen, werter Grebu«, sagte Lirandil. »Viele werden über ihren Schatten springen und Verbündete akzeptieren müssen, die sie bis dahin verachtet haben. Und viele werden noch froh und dankbar sein, wenn sie Hilfe von unerwarteter Seite erhalten, denn sie werden darauf angewiesen sein.«

Die Stunde der Wahrheit

Die Versammlung war beendet, und die Halblinge gingen auseinander. Da es schon spät war, blieben viele der Abgesandten über Nacht auf Gomlos Baum.

Arvan wollte sich zu Lirandil und Grebu begeben, um ihnen jene Fragen zu stellen, die ihm unter den Nägeln brannten. Doch beide waren von Halblingen umringt, die aufgeregt auf sie einredeten, und, verglichen mit den schicksalhaften Fragen, um die gestritten wurde, erschien Arvan sein eigenes Anliegen, mehr über seine Herkunft zu erfahren, nahezu unbedeutend.

Borro blieb an seiner Seite und redete unablässig auf ihn ein: »Lass es, Arvan. Im Moment haben weder Lirandil noch Grebu ein Ohr für dich.«

»Wenn es jetzt nicht geht, dann werde ich ihnen meine Fragen später stellen«, erklärte Arvan mit einem feierlichen Ernst, der ihm eigentlich nicht eigen war.

Er sah sich nach Zalea und Neldo um, doch obwohl er alle Halblinge deutlich überragte, konnte er sie nirgends entdecken. Es hätte ihn durchaus interessiert, was die beiden von all den Beschlüssen hielten, die auf dieser Versammlung gefasst worden waren. Allerdings gab es da noch etwas, was er gern mit ihnen besprochen hätte. Ein Gedanke, der ihm während der Versammlung gekommen war.

»Hast du schon mal darüber nachgedacht, wie schön es wäre, einmal etwas Sinnvolles zu tun?«, fragte er schließlich Borro.

»Keine Ahnung, was du meinst«, entgegnete der rothaarige Halbling. Er kratzte sich mit dem großen Zeh des linken Fußes eine Stelle knapp unterhalb des rechten Knies und stand dabei so sicher wie auf beiden Beinen.

»Du kannst es wahrscheinlich nicht verstehen.«

»Hältst du mich für blöd, nur weil ich rote Haare habe?«, fragte Borro beleidigt. »Wieso sollte ich was nicht verstehen?«

Arvan atmete tief durch. »Also gut: Ich denke darüber nach, den Halblingwald zu verlassen.«

»Verlassen? Weil du Angst vor den Orks hast?«, fragte Borro. »In unserem Wald ist es wahrscheinlich immer noch sicherer als an anderen Orten des Reiches.«

»Nein, darum geht es nicht. Ich habe vor, Lirandil zu begleiten, wenn er mich lässt. Er kann auf dem beschwerlichen Weg, der vor ihm liegt, bestimmt Unterstützung gebrauchen. Jemand, der so viele Orks erschlagen hat wie ich, kann ihm bestimmt von Nutzen sein.«

Etwas später, als bereits viele den Platz auf der Hauptastgabel von Gomlos Baum verlassen hatten und sich das Gedränge etwas gelichtet hatte, trafen Arvan und Borro doch noch auf Neldo und Zalea.

Es war Arvan, der die beiden entdeckte.

»Ein paar Vorteile hat es anscheinend doch, etwas länger zu sein als der Durchschnitt«, meinte Borro grinsend. »Ich hätte euch nämlich nicht gesehen. Aber unser Menschlingfreund Arvan sieht natürlich alles, von der erhöhten Position seines Kopfes aus.« Borro versetzte Arvan einen freundschaftlichen Stoß mit dem Ellbogen in die Seite. Den Ellbogen musste der rothaarige Halbling dabei allerdings ziemlich weit nach oben biegen. »Nimm's mir nicht krumm, Arvan. Ich denke, du weißt, wie es gemeint ist.«

»Allerdings«, gab Arvan zurück. »So wie ich dich kenne, meinst du jedes Wort genau so, wie du es gesagt hast.«
Sie lachten.
Aber es war kein befreites, fröhliches Lachen, wie es sonst unter ihnen üblich war. Zu finster waren die Aussichten für die Zukunft. Was Lirandil vorgetragen hatte, war wirklich beängstigend. Und es bedeutete vermutlich nicht weniger, als dass es große Umwälzungen geben würde. Selbst wenn es Lirandil gelang, tatsächlich ein Bündnis gegen Ghool und seine Horden der Finsternis zu schmieden, standen die Chancen, dass dieses Bündnis auch den Sieg davontrug, schlecht. Und falls dies dennoch gelang, so würde danach wohl auch im Halblingwald kaum noch etwas so sein wie vorher. Einen Vorgeschmack auf das, was noch kommen würde, hatten die Kämpfe am Herdenbaum bereits gegeben.

»Stell dir vor, unserem großen Orkschlächter reicht es nicht, ein heldenhafter Kämpfer zu sein. Nein, er will jetzt sogar das künftige Schicksal Athranors prägen«, spottete Borro und zwinkerte Arvan zu. »Oder habe ich dein Vorhaben jetzt nicht ganz treffend zusammengefasst?«

Doch Arvan kam gar nicht mehr dazu, ihm zu antworten, denn Zalea ergriff das Wort. »Unser Kontinent kann jeden gebrauchen, der sich um das Schicksal der Völker Gedanken macht«, meinte sie und sah Arvan freundlich an. »Nun erzähl schon, was du wirklich im Sinn hast, Arvan.«

»Genau das, was ich gesagt habe«, behauptete Borro, dem es nicht gefiel, dass Zalea ihre Aufmerksamkeit ausschließlich auf Arvan konzentrierte. »Er will sich Lirandil anschließen, weil unser elbischer Freund, der alle zwei, drei Generationen hier vorbeischaut und nach dem Rechten sieht, unbedingt auf seine Hilfe angewiesen ist.«

»Hilfe könnte Lirandil ganz gewiss brauchen«, meinte Zalea. »Nur frage ich mich, ob ausgerechnet Arvan der Richtige dafür ist, Kontakte zu anderen Ländern zu knüpfen und noch rechtzeitig ein Bündnis gegen das drohende Unheil zustande zu bringen.«

»Die Betonung dürfte dabei sicherlich auf ›rechtzeitig‹ liegen«, meinte Neldo. »Wenn man dem Fährtensucher glauben darf und wie er die Lage einschätzt, zieht tatsächlich ein gewaltiger Sturm über Athranor auf. Uns droht ein Kampf, wie es ihn wahrscheinlich seit Jahrtausenden nicht mehr gegeben hat.«

Zalea hatte den Blick noch immer nicht von Arvan gewandt. Sie studierte aufmerksam jede Regung in seinem Gesicht. Um ihre vollen Lippen spielte ein hintergründiges Lächeln, und in ihren Augen blitzte es. »Also, ich würde mich so einem Zug anschließen«, sagte sie. »Lirandil weiß, was er tut, und ich glaube, er hat jede Hilfe nötig.«

»Lirandil schmiedet doch schon jahrhundertelang an diesem Bündnis«, gab Borro zu bedenken. »Seit er die ersten Anzeichen der drohenden Gefahr entdeckt hat – und da waren unsere Großeltern vermutlich noch nicht geboren.«

»Und was willst du damit sagen, Borro?«, fragte Arvan stirnrunzelnd, dem es unter Zaleas Blick irgendwie unbehaglich wurde.

»Dass jeder, der mit Lirandil eine Reise unternimmt, alt und grau dabei wird. Der vertrödelt zwischendurch einfach mal ein Jahrhundert, weil er die Sitten irgendeines abgelegenen Stammes irgendwelcher sonderbarer Geschöpfe studieren und deren Sprache erlernen will, und während an dem Elben die Zeit anscheinend spurlos vorübergeht, brauchst du einen Krückstock, um ihm noch folgen zu können, und dein Gesicht ist von Runzeln zerfurcht. Das kriegt man dann auch mit der Magischen Essenz des Baumsaftes nicht mehr glatt.«

»Im Prinzip hast du recht«, gab Arvan zu. »Aber in diesem Fall liegst du falsch.«

»Und das sagt ausgerechnet ein Menschling, der noch kurzlebiger ist als wir Halblinge?«, wunderte sich Borro.

»Lirandil ist in Eile«, erklärte Arvan. »Er weiß, dass er schnell handeln muss, sonst ist es zu spät. Die Bedrohung ist bereits auf dem Weg, und wenn ich ihn richtig verstanden habe, wächst sie so schnell, dass dieses Bündnis *jetzt* entstehen muss, oder es hat keinen Sinn mehr.«

»Die Worte ›Elben‹ und ›Eile‹ passen nicht so recht zusammen«, meinte Neldo. »Aber ich glaube, du hast recht.«

»Vielleicht ist das der Anstoß, den wir brauchen«, sagte Zalea.

»Der Anstoß wozu?«, fragte Borro, wobei er aber ganz den Eindruck machte, als ahne er bereits, was sie meinte.

»Der Anstoß, der uns alle dazu bringen könnte, diesen Baum und diesen Wald und sogar dieses Land zu verlassen, um etwas mehr von der Welt zu sehen als Baumschafe, Halblingshäuser und Versammlungsplätze auf den Riesenbäumen.«

»Du würdest hier eine angesehene Heilerin werden«, entgegnete Borro. »Und ich könnte mir vorstellen, dass man gerade die hier in nächster Zeit dringend brauchen wird. Außerdem – wer sagt, dass es dir nicht am Ende so ergeht wie Brado dem Flüchter?«

»Ach, hör auf mit dieser alten Geschichte, die uns nur dazu bringen soll, noch nicht einmal Relinga zu sprechen, damit wir nicht mal in Gedanken diesen Wald verlassen.«

Neldo wandte sich an Arvan. »Hast du mir nicht erzählt, dein Traumziel sei eigentlich Carabor?«

»Ja«, bestätigte Arvan, »das stimmt.«

Und das traf in mehrfacher Hinsicht zu. Für einen Moment sah Arvan wieder die Zinnen von Carabor vor seinem inneren

Auge, den Hafen mit den unzähligen Schiffsmasten, die einen Wald ganz eigener Art bildeten, die Hafenmauer und dahinter das Meer, auf dem die Sonne glitzerte. Seitdem er mehr über seine Vergangenheit wusste, war Carabor mehr für ihn als nur der Name eines verbotenen Traums. Es war der Ort, an dem er vielleicht seine Wurzeln finden würde.

»Ich werde irgendwann nach Carabor reisen«, sagte Arvan. »Aber nicht jetzt gleich. Jetzt ist es erst einmal wichtig, Lirandil zu helfen und das Unheil abzuwenden, das uns allen droht.«

»Ich nehme an, dass Lirandil früher oder später auch nach Carabor gehen wird«, glaubte Neldo. »Schließlich dürfte diese mächtige Stadt ein starker Bundesgenosse sein.«

»Ja, aber wenn ich die Karten beim alten Grebu richtig in Erinnerung habe, würde er zurzeit seinen Orkverfolgern geradewegs in die Arme laufen, würde er versuchen, sich auf direktem Weg dorthin zu begeben.«

Borro machte eine wegwerfende Handbewegung. »Also ich werde diesen Wald ganz bestimmt nicht verlassen. Nicht wegen der Geschichte von Brado dem Flüchter oder weil mich das Gerede von Mansor dem Strengen irgendwie beeindruckt ...«

»Sondern weil du dir vor Angst in die Hosen machst«, meinte Neldo spöttisch.

»Ach – und ihr denkt, wenn ihr Abenteuer und Heldentaten an der Seite des berühmten Lirandil besteht, würde etwas von seinem Ruhm auf euch abstrahlen, richtig?«, gab Borro verärgert zurück. »Dabei ist überhaupt noch nicht entschieden, ob er euch überhaupt mitnehmen würde.«

»Borrovaldogar! Borrovaldogar!«, rief auf einmal jemand. »Da bist du ja! Bist du groß geworden! Und diese Sommersprossen in deinem runden Mondgesicht! Ich hatte immer gehofft, dieser Fluch der Familie würde dir erspart bleiben.« Eine Halblingfrau mit weißem Haar und sehr langen Spitzohren winkte Borro zu.

»Das ist meine Großtante mütterlicherseits«, flüsterte Borro sichtlich genervt. »Sie wohnt auf Wubus Baum und hat mich zuletzt vor zehn Jahren gesehen. Sie muss wohl wegen der Versammlung hier sein, denn obwohl Wubus Baum nur zwanzig Meilen entfernt ist, würde sie ihn nicht wegen eines einfachen Besuchs verlassen.«

»Ein Wunder, dass sie dich wiedererkannt hat«, meinte Arvan.

Borro seufzte. »So viele Halblinge mit Sommersprossen gibt's ja nun nicht.«

Arvan sah ihn amüsiert an. »Und – *Borrovaldogar* …?«

»Ist mein vollständiger Name. Ich verschweige ihn oft und wäre ihn gern los, aber ihr wisst ja, wie das Gesetz unseres Stammes lautet: Ein Name ist ein Name und darf nicht geändert werden, denn er ist der Wohnbaum der Seele, und den verlässt man nicht.« Borro atmete tief durch. Seine Großtante winkte ihm erneut, diesmal drängender. Sie erwartete offenbar, dass er zu ihr ging und nicht sie sich zu Borro – oder *Borrovaldogar* – bemühen musste. »Ihr entschuldigt mich jetzt sicher«, murmelte der. »Ich werde mir zu Hause vermutlich noch den ganzen Abend die Neuigkeiten von Wubus Baum anhören müssen – und unter *Neuigkeiten* versteht meine Großtante Ereignisse, die sich vor dreißig Jahren zugetragen haben und die sie immer wieder erzählt.«

»Du bist wirklich zu bedauern«, sagte Zalea wenig mitfühlend.

Sie sahen noch, wie Borro von seiner Großtante in die Arme geschlossen wurde, die Borros Mutter zum Verwechseln ähnlich sah, nur dass sie deutlich älter war.

»Was ich gerade gesagt habe ...«, ergriff Arvan wieder das Wort.

»Hast du hoffentlich ernst gemeint«, vollendete Zalea. »Lirandil wird doch sicherlich die Nacht im Haus des Baum-Meisters verbringen. Da ergibt sich für dich bestimmt eine Gelegenheit, ihn zu fragen, ob er uns mitnimmt.«

Arvan wandte sich an Neldo. »Bist du auch dabei? Schließlich wolltest du den Halblingwald auch eines Tages verlassen.«

Neldo zögerte mit der Antwort. Er blieb vorsichtig, ganz so, wie es seiner Art entsprach. Doch schließlich nickte er. »Ich denke schon«, sagte er.

»Klingt aber anders als: Ich bin fest entschlossen«, entgegnete Zalea.

»Das habe ich aber gemeint«, behauptete Neldo. »Ich bin fest entschlossen.«

Am Abend saßen Lirandil, Grebu und Gomlo im Haus des Baum-Meisters am Tisch und unterhielten sich. Arvan gesellte sich zu ihnen, nachdem Brongelle ihn mehrfach zur Vorratskammer geschickt hatte, um dieses oder jenes für die Gäste zu holen. Grebu nahm das Mahl, das Brongelle aus Kräuterbratlingen zubereitete, gern an. Lirandil hingegen erklärte, dass er bereits vor drei Tagen etwas gegessen hatte und keinen Hunger verspürte. »Elben benötigen nicht so häufig Nahrung, wie es bei den kurzlebigen Völkern der Fall ist«, sagte er höflich. »Und davon abgesehen, bin ich im Moment so sehr damit beschäftigt, mir einen Weg zu überlegen, wie sich Ghools Pläne durchkreuzen lassen, dass ich an Essen in jeder Form und Zubereitung gar nicht denken kann.«

»Und wenn ich Euch verspreche, jegliche Gewürze wegzulassen und nicht zu salzen, werter Lirandil?«, fragte Brongelle.

»Ich weiß ja, welch feine und darum auch empfindsame Sinne Ihr habt und unsere Speisen deswegen für Euch mitunter schwer genießbar sind.«

»Bemüht Euch nicht«, lehnte Lirandil erneut mit dankbarem Lächeln ab.

»Was ist Euer nächstes Ziel?«, fragte Gomlo.

Arvan hatte sich inzwischen mit an den Tisch gesetzt. Er war entschlossen, Lirandil nicht gehen zu lassen, ehe der ihm nicht sämtliche offene Fragen beantwortet hatte. Arvan wollte alles erfahren, was der Elb während der Geistverschmelzung über ihn erfahren hatte und was er ansonsten über die Herkunft des Menschenkindes unter den Halblingen wusste.

»Mein nächstes Ziel ist der Hof des Waldkönigs«, erwiderte Lirandil. »Früher gab es an der Küste des Langen Sees ein paar zuverlässige Fährleute, die mit ihren Booten eine sichere Überfahrt gewährleisten konnten.«

»Die gibt es immer noch«, versicherte Gomlo. »Allerdings sind es vermutlich die Kinder- und Kindeskinder jener Fährleute, die Ihr noch in Erinnerung habt, Lirandil. Aber ihre Boote sind nicht schlechter, und ihr Geschick im Umgang damit ist nicht weniger ausgeprägt.«

»Dann bitte ich Euch, mir ihre Namen zu sagen und mir den Weg zu ihren Anlegestellen zu beschreiben, bevor ich gehe.«

»Das werde ich gern tun«, sagte Gomlo. »Fahrt am besten mit Zobo dem Bedachtsamen. Er gehört zu unserem Stamm und kennt den Langen See wie kein Zweiter.«

»Der Hof des Waldkönigs liegt am nördlichen Seeufer«, gab Lirandil zu bedenken. »Zobo der Bedachtsame müsste den See fast in seiner gesamten Länge durchfahren.«

»Normalerweise fährt er nicht so weit«, gab Gomlo zu. »Aber ich weiß, dass er schon einmal bis zum Hof des Waldkönigs gelangt ist.« Dann beschrieb er Lirandil den Weg zur Anlegestelle, die anscheinend ziemlich verborgen lag. »Glaubt Ihr, Ihr könnt diese Stelle finden, werter Lirandil?«

Der Elb lächelte nachsichtig. »Vergesst nicht, dass ich Fährtensucher bin«, sagte er gelassen. »Ein Ort, den ich nicht zu finden vermag, hat vermutlich nie existiert. Also macht Euch keine Sorgen, dass ich mich verlaufen könnte.«

»Ganz wie Ihr meint, Lirandil.«

»Etwas anderes sollte Euch mehr Sorgen bereiten«, fuhr der Elb fort. Er griff in eine der Ledertaschen an seinem Gürtel und holte erneut den Stein von Ysaree hervor. Er legte ihn auf den Tisch, strich mit der Handfläche darüber und murmelte einige Worte in der Sprache der Elben.

Der Stein fing daraufhin an zu leuchten, und wie schon während der Versammlung bildete sich eine Blase aus Licht, doch die Formen darin waren nur vage zu erkennen.

Arvan starrte in das flimmernde Etwas, doch er sah nichts außer Schlieren aus Farbe und Licht.

Lirandil blickte Arvan an. »Sprich nicht unnötigerweise über das, was du jetzt sehen wirst, Arvan«, verlangte der Elb. »Du scheinst mir nicht von ängstlicher Natur zu sein, so wie ich dich bisher kennengelernt habe.«

»Nun, ich wirke vielleicht durch meine ungestüme Art manchmal etwas mutiger, als ich in Wahrheit bin«, befürchtete Arvan.

»Das, was es nun zu sehen gibt, habe ich Grebu bereits gezeigt. Aber auf der Versammlung wollte ich es nicht vorführen. Die Verzagtheit unter den Halblingen war schon groß genug, und ich war froh, dass sie nicht vor Schreck wie gelähmt waren, sondern stattdessen angefangen haben, über Maßnahmen nachzudenken, um Ghools Vormarsch Einhalt zu gebieten.«

»Was ist es, was Ihr nicht zeigen wolltet, weil es gar so

schrecklich ist, dass man deswegen erstarren müsste?«, wollte Gomlo wissen.

Lirandil sprach erneut ein paar Worte in der Elbensprache, und auf einmal waren wieder die Orkheere in der Lichtblase zu sehen. Dann aber erschien ein monströses Wesen, ein siebenarmiger Riese mit grauer Haut und zahnlosem Mund. Seine Beine wirkten wie Säulen. Der Großteil seines Körpers wurde von einer messingfarbenen Rüstung bedeckt. Das Schwert an seiner Seite war so lang wie die Boote der Halblinge am Langen See. Seine zweite Waffe war ein gewaltiger Morgenstern.

Er stand auf einem Kampfwagen, der von riesenhaften zweiköpfigen Hunden gezogen wurde, deren Augen glühten.

An verschiedenen Riemen hingen Dutzende von klirrenden Waffen, darunter zahllose Wurfringe und Schleuderdolche. Außerdem trug er dort eine Reihe von Taschen, deren Inhalt nicht zu bestimmen war.

»Das ist Zarton, ein dämonenhaftes Wesen, das Ghool zu seinem Heerführer gemacht hat«, erklärte Lirandil. »Und wer nun glaubt, dass es sich um eine ungeschlachte Bestie handelt, der irrt. Ghool hat die Seelen großer Heerführer beschworen und mit einem Zauber zu einer Einheit verschmolzen. Dieses Wesen ist ein strategisches Genie. Ich habe selbst gesehen, mit welchem Geschick es die Heere der Orks und der Dämonenkrieger zu führen weiß, wenn es in die Schlacht geht. Zarton wird uns ein schlimmer Feind sein, und wir sollten sein taktisches Geschick mehr fürchten als seine rohe Kraft oder die Äxte und Sensenschwerter seiner Orkbanden.«

Arvan starrte Zarton wie gebannt an, sah, wie dieser monströse Riese seinen gewaltigen Morgenstern durch die Luft schwang und sich der zahnlose Mund zu einem höhnischen Lachen verzog.

Die Bilder verblassten, die Lichtblase verschwand, und Lirandil steckte den Stein von Ysaree wieder ein.

»Ich kann Euch jedenfalls nur von Herzen viel Glück auf Eurer Reise wünschen«, sagte Gomlo. »Und ich hoffe, dass Ihr wenigstens einen Teil der Hilfe erhaltet, die Ihr Euch erhofft.«

»Ich habe in der für Eure Verhältnisse langen Zeit, in der ich nun schon durch die Länder der Kurzlebigen reise, viele Verbindungen geknüpft, von denen ich annehme, dass sie mir nun zum Vorteil gereichen«, sagte Lirandil. »Verbindungen zum Hof des Königs von Beiderland in Aladar, nach Ambalor und sogar zum Dalanorischen Reich, ja, selbst zum versunkenen Zwergenreich und nach Trollheim. Aber es wird vielfach nicht ganz einfach sein, diese Verbindungen in alter Herzlichkeit aufleben zu lassen, denn oft regieren in diesen Ländern nun entfernte Nachfahren jener Herrscher, die ich einst gut kannte. Doch ich will mein Bestes geben.«

»Euer Weg wird Euch sicherlich auch nach Carabor führen«, merkte Arvan an.

»Gewiss. Ohne die Flotte von Carabor wird es in dem Krieg, der heraufdämmert, für unsere Sache keinen Sieg geben. Denn nur diese Flotte ist in der Lage, eine Streitmacht von ausreichender Größe rechtzeitig dorthin zu bringen, wo sie benötigt wird, um sich Ghools Heeren entgegenzustellen.«

»Was Carabor angeht, habe ich noch einige Fragen an Euch, Lirandil, und ebenso an Euch, Grebu«, sagte Arvan. »Ich will jetzt alles über meine Herkunft wissen. Alles, was es dazu noch zu erfahren gibt und mir bisher verschwiegen wurde.« Sein Blick wanderte von Lirandil zu Grebu und wieder zurück zu dem Elben. »Jede Einzelheit, die Ihr durch die Geistverschmelzung erfahren habt, möchte ich von Euch hören. In mir ist derzeit ein Durcheinander aus Bildern, Stimmen und Dingen, die ich zur Hälfte erkannt habe und die mich zur anderen Hälfte nur verwirren.«

Lirandil nickte. »Ja, du hast recht, Arvan. Und hätten mich nicht dringende Aufgaben in Anspruch genommen, hätte ich dir längst alles gesagt, was ich weiß. Aber wie du mitbekommen hast, habe ich viel zu tun, und die Zeit drängt, sodass ich mich einer ganz unelbischen Hast befleißigen muss.«

»Wer sind oder waren meine Eltern?«, fragte Arvan. »Und weswegen haben sie mich in die Hände des Elben-Schamanen Brass Elimbor gegeben?« Arvan wandte sich an Grebu und fuhr ohne Unterbrechung fort: »Und weshalb hat Euer Sohn Dargu mich einst aus Carabor hierher in den Halblingwald gebracht?«

»Ich denke, die meisten dieser Fragen können hier und jetzt beantwortet werden, nicht wahr?«, ergriff Gomlo für seinen Ziehsohn Partei. »Lirandil, Grebu – der Junge hat es verdient, über seine Herkunft aufgeklärt zu werden.«

»Ich stehe ohnehin tief in seiner Schuld«, erklärte Lirandil mit sehr ernster Miene. »Er hat mir das Leben gerettet, als die Orks hinter mir her waren.«

»Nun dann«, sagte Arvan. »Wer fängt an?«

Es war Grebu, der als Erster zu sprechen begann. »Unwissenheit kann in manchen Situationen ein Schutz sein. Und genau aus diesem Grund habe ich dir gegenüber mein Schweigen so lange aufrechterhalten. Aber nun ist der Zeitpunkt gekommen, es zu brechen. Du fragst nach meinem Sohn Dargu? Ja, es ist wahr, er brachte dich einst aus Carabor hierher, in den Halblingwald. Er war in der großen Hafenstadt der Schreiber und Vertraute von Kemron Aradis, dem seinerzeit gewählten Hochadmiral im Admiralsrat von Carabor, der diese Stadt bekanntermaßen regiert.«

»War dieser Kemron Aradis ...« Arvan stockte. »... mein Vater?«

Grebu nickte »Ja. Er war dein Vater. Und deine Mutter war Kemrons Gemahlin Tel'a Aradis. Es war ihr Wille, dass mein Sohn Dargu dich hierherbringt, sollten die Umstände dies erfordern.«

Arvan runzelte die Stirn. Der schwarzbärtige Mann und die Frau tauchten wieder vor seinem inneren Auge auf. Kemron und Tel'a Aradis, zwei hochgestellte Persönlichkeiten aus Carabor. Das erklärte so manches. Aber noch längst nicht alles.

»Damals tobten schlimme Machtkämpfe unter den Admiralsfamilien in Carabor. Intrigen der schlimmsten Art wurden gesponnen, und manche schreckten nicht einmal vor Meuchelmord zurück. Terbon Sordis, der Herr eines anderen Handelshauses, das seit Langem mit dem der Aradis' rivalisierte, ließ deine Eltern umbringen und sich dann selbst zum Hochadmiral wählen, was ihm nur mittels übler Machenschaften gelang. Die Mitglieder des Hauses Aradis wurden verfolgt, und Dargu gelang es gerade noch, mit dir zu entkommen. Du bist wahrscheinlich der letzte Spross der Familie, der überlebt hat. Terbon Sordis erweckte den Eindruck, deine Eltern wären Hochverräter und hätten eine Übergabe der Stadt an die Truppen des Königs von Beiderland vorbereitet, was natürlich eine Lüge war.«

»Deshalb kam Dargu also mit mir hierher«, murmelte Arvan. Er versuchte, die Flut an Gedanken, die ihn auf einmal überschwemmte, irgendwie zu ordnen. Für einen kurzen Moment schloss er die Augen, dann wandte er sich an Lirandil. »Aber irgendwann war ich auch im Fernen Elbenreich«, stellte er fest. »Wieso wurde ich an diesen Brass Elimbor übergeben? Und was war das für ein Ritual, das er an mir durchführte?«

»Alles hängt miteinander zusammen«, sagte Lirandil. »Dein Vater handelte mit der Magischen Essenz des Baumsaftes, die nur die Halblinge zubereiten können. Niemandem ist es je gelungen, sie in gleicher Qualität herzustellen, nicht einmal den Elben.«

»Das lässt so manchen Halbling mit stolzgeschwellter Brust herumlaufen«, warf Gomlo ein.

Grebu ergriff wieder das Wort. »Kemron Aradis ließ seine Schiffe den Fjord nordwärts segeln und gelangte dann über den Fluss in den Langen See. Den Handel mit den Halblinge betrieb das Haus Aradis schon seit Generationen, und mit einem dieser Schiffe bin ich einst nach Carabor gereist. Die Geschichten, die die Seeleute über die große Stadt erzählten, waren einfach zu verlockend, sodass ich der Versuchung nicht widerstehen konnte.«

»Dein Vater belieferte wohl in erster Linie das Elbenreich mit diesem wertvollen Saft«, fuhr Lirandil fort. »Und er ließ sich in Gold und Silber bezahlen. In meiner Heimat dachte man eine Weile, mit dieser Essenz ließe sich die immer weiter fortschreitende Schwächung der Elbenmagie aufhalten. Unsere Magier experimentierten damit und brauchten daher große Mengen davon. Und da nur Kemran Aradis in der Lage war, genug davon zu beschaffen, konnte er einen ganz besonderen Preis fordern.«

»Einen Preis, der etwas mit mir zu tun hatte?«, fragte Arvan, und er sah wieder das uralte Gesicht von Brass Elimbor vor sich, hatte das Gefühl, dass dessen Augen, die schon so viele Zeitalter gesehen hatten, geradewegs auf ihn gerichtet waren. Arvan erschrak regelrecht. Die Erinnerung war dermaßen intensiv, dass er beinahe glaubte, der elbische Schamane stünde direkt vor ihm. Für einen Moment schloss Arvan die Augen. Er war sich nicht sicher, ob er diese Gedanken und Erinnerungen zulassen oder sie lieber unterdrücken sollte, denn aus irgendeinem Grund ängstigten sie ihn.

Sieh hin!, vernahm er eine Gedankenstimme in sich.

Als er die Augen wieder öffnete, sah er, wie Lirandil ihm zunickte. »Dein Vater forderte die Durchführung eines elbischen Heilrituals an seinem Sohn – an dir, Arvan. Du warst damals noch ein Säugling, und nur in diesem zarten Alter hat dieses Heilritual Wirkung. Es ist ein Zauber, der die Widerstandskraft des Betreffenden gegen Krankheiten und Gebrechen aller Art stärkt. Insbesondere erhöht er die Genesungskräfte nach Verletzungen und unterstützt die Wundheilung.«

»Das ist es also«, stieß Arvan hervor. »Darum bin ich nach all den schweren Stürzen nicht gestorben! Und darum überlebte ich auch die Dolchwunde, die für jeden anderen den sicheren Tod bedeutet hätte.«

»Der Zauber war mit einem gewissen Risiko behaftet«, erklärte Lirandil. »Er wird an Elbenkindern durchgeführt, aber nicht einmal Brass Elimbor dürfte geahnt haben, wie er sich bei einem menschlichen Säugling auswirkt.«

»Dennoch bestand dein Vater darauf, dass der Zauber an dir angewendet wurde«, sagte Grebu. »Zumindest hat es mir so mein Sohn Dargu berichtet, und der hat die Reise ins Ferne Elbenreich sogar mitgemacht.«

»Nun, offenbar hat mir dieser Zauber nicht geschadet«, meinte Arvan, und seine Miene entspannte sich ein wenig.

»Das hätte aber leicht geschehen können. Und um dich vor Nebenwirkungen zu schützen, flößte Brass Elimbor dir eine beträchtliche Menge der Magischen Essenz des Baumsaftes ein. Mehr als normalerweise jeder Halbling nehmen und vertragen würde. Ansonsten hättest du die Durchführung des Zaubers nicht überlebt.«

Weitere Erinnerungen erwachten in Arvan. Er hatte plötzlich das Gefühl, keine Luft mehr zu bekommen. Er hörte Stimmen. Es waren die vertrauten Stimmen seiner Eltern und die von Brass Elimbor. »*So tut doch etwas! Er wird ganz blau*«, rief jene Frau, von der Arvan nun wusste, dass sie Tel'a Aradis hieß und seine Mutter gewesen war.

War das der Teil der Erinnerung, der mir Angst machte?, ging es Arvan durch den Kopf. So musste es wohl sein.

»Arvan hat immer besonders gut auf die Magische Essenz angesprochen«, stellte Gomlo fest. »Wir wussten nie, woran das liegt, und haben es der Tatsache zugeschrieben, dass Arvan von menschlichem Blut ist.«

»Nein, es muss mit dem zusammenhängen, was während des Rituals geschah«, stellte Lirandil klar.

»Dein Vater hat dich niemals in Gefahr bringen wollen, Arvan«, versicherte Grebu. »Er wollte dir Gesundheit und ein längeres Leben ermöglichen und hat sich auf seinen zahlreichen Reisen ins Elbenreich anscheinend sehr eingehend über die dort angewandte Heilkunst informiert, die mit nichts zu vergleichen ist, was anderswo in dieser Hinsicht gepflegt wird.« Er richtete den Blick kurz auf Gomlo und fuhr fort: »Davon bin auch ich überzeugt, auch wenn ich mir mit dieser Aussage unter der Heilerschaft der Halblinge noch mehr Feinde mache, als ich ohnehin schon habe, und man vermutlich sagen wird, dass ich aufgrund der Einflüsse, denen ich während meiner Jahre in Carabor ausgesetzt war, bereits der Verderbnis anheimgefallen bin.«

»Nun, ein paar eigenartige Ansichten, die einen derartigen Rückschluss nahelegen, hast du ja durchaus«, merkte Brongelle an.

Grebu seufzte. »Verwandtschaft«, murmelte er. »Aber das ist wiederum ein ganz eigenes Thema, das ich an dieser Stelle ungern vertiefen würde.«

»Was wurde aus Dargu?«, fragte Arvan.

»Terbon Sordis wollte das gesamte Haus Aradis auslöschen«, erzählte Grebu. »Und zu einem Haus gehört in dem Sinne, wie die Caraboreaner dieses Wort verstehen, nicht nur die eigentliche Familie, sondern auch wichtige Angestellte, Schreiber, Vertraute, die Kapitäne, die für einen Handelsadmiral fahren, und so fort. In diesem Fall also all diejenigen, die in leitender Funktion für die Aradis tätig waren. Und zu denen gehörte auch Dargu. Ich verbreitete damals das Gerücht, er wolle nach Carabor zurückkehren, denn mir war bewusst, dass ihm die Schergen von Terbon Sordis sogar bis hierher folgen würden. Er ist auch nicht von streunenden Orks erschlagen worden, wie man hin und wieder zu hören bekommt. Dazu war er zu geschickt, er wäre ihnen nicht so einfach in die Arme gelaufen.« Grebu seufzte erneut. »Sein Ziel war Aladar, die Hauptstadt von Beiderland. Er hoffte, dort wieder eine Anstellung als Schreiber zu finden und sein Glück machen zu können. Allerdings habe ich seit vielen Jahren nichts mehr von ihm gehört, und so vermag ich nicht zu sagen, ob er sein Ziel jemals erreicht hat und ob sich seine Hoffnungen erfüllt haben.«

»Sind denn tatsächlich irgendwann Schergen von Terbon Sordis hier aufgetaucht?«, fragte Arvan.

»Mehr als einmal«, antwortete ihm Grebu. »Ich habe sie nach Kräften abgelenkt und verwirrt. In den ersten Jahren, nachdem du hierhergekommen bist, habe ich auf jedes Schiff der Caraboreaner geachtet, das am Ufer des Langen Sees vor Anker ging. Jeder Händler, der etwas von der Magischen Essenz einkaufte, war für mich verdächtig, ein Spion Terbon Sordis' zu sein, und sicherlich hatte ich damit häufig auch recht. Aber mit den Jahren fühlte sich Terbon Sordis wohl immer sicherer. Soweit ich weiß, herrscht er bis heute als Hochadmiral über Carabor.«

»Einen feinen Verbündeten wollt Ihr da gewinnen«, wandte sich Brongelle an Lirandil. »Sagtet Ihr nicht, dass Ihr auf die Flotte der Caraboreaner angewiesen wäret?«

»Das ist wahr«, bestätigte Lirandil.

»Terbon Sordis wird nicht der einzige Herrscher sein, an dessen Händen Blut klebt und dessen Hilfe unser elbischer Freund trotzdem nicht ausschlagen kann«, meinte Grebu. »Die Welt wird zwar von Edelleuten regiert, aber dass sie sich so nennen, heißt nicht, dass sie es dem Charakter nach auch sind.«

»Es ist spät geworden«, sagte Gomlo und richtete den Blick auf Arvan. »Ich denke, im Wesentlichen dürften die Fragen hinsichtlich deiner Herkunft, die dir so sehr am Herzen lagen, beantwortet sein.«

»Offenbar hat mich kein so schlechtes Schicksal getroffen«, fand Arvan. »Ich bin fast eine Art Magier mit meinen besonderen Kräften.« Er betastete die Stelle, an der er zuletzt verwundet worden war und die inzwischen wieder aussah wie zuvor.

»Magier?« Lirandil lächelte nachsichtig. »Nein, mein lieber Freund. Magie ist etwas ganz anderes. Glaub mir, selbst ich würde mich – gemessen an den Mitgliedern der elbischen Magiergilde – niemals als einen solchen bezeichnen. Und auch du solltest das nicht tun, nur weil Baumschafe und Ranken deinen Gedanken besser gehorchen als denen der anderen Bewohner dieses Waldes. Damit würdest du bestenfalls Heiterkeit erregen.«

»Na ja, ich meinte ja nur …«

»Du neigst dazu, dich zu überschätzen, Arvan«, mahnte der Elb, doch obwohl seine Worte streng klangen, blieb er dabei freundlich. »Und wenn diese besondere Heilkraft nicht in dir wäre, hätte dich deine Selbstüberschätzung längst das Leben gekostet. Das heißt jedoch nicht, dass dies nicht noch geschehen könnte.«

»Wann wollt Ihr aufbrechen, Lirandil?«, fragte Brongelle.

»Morgen früh.«

»Dann nehme ich an, dass Ihr noch etwas ruhen wollt«, sagte Gomlo. »Mir ist zwar bekannt, dass Elben nicht so viel Schlaf brauchen wie andere Wesen, aber bevor Ihr den Hof des Waldkönigs erreicht, werdet Ihr kaum wieder ein richtiges Bett finden.«

»Ein wenig geistige Versenkung wird mir reichen«, erklärte Lirandil. »Arvan, hast du noch eine Frage hinsichtlich deiner Herkunft?«

»Im Moment nicht«, antwortete der junge Mann. Aber da war noch diese andere Sache, die er ansprechen wollte, nämlich ob Lirandil ihn und seine Gefährten mit auf seine Reise nehmen wollte, damit sie ihm eine Hilfe auf seiner schwierigen Mission sein konnten.

Arvan begegnete Lirandils Blick und …

Die Antwort lautet Nein!

Der Gedanke war so klar, so eindeutig und niederschmetternd, als hätte ihm jemand gegen den Kopf geschlagen.

»Ich werde Euch zu Eurem Gästezimmer führen, werter Lirandil«, bot Brongelle an. »Ich habe alles für Euch hergerichtet. Früher war es das Zimmer meiner ältesten Tochter Gondvalda, aber die lebt seit ihrer Hochzeit auf dem Nachbarwohnbaum. Oh, wie lange ist das schon her? Es war gut zehn Jahre, bevor Arvan zu uns kam, dass sie dort einen Ehemann fand.« Sie seufzte. »So weit weg …«

Arvan hörte Brongelles Worte wie aus weiter Ferne. Er konnte auch nichts mehr sagen, denn ein dicker Kloß saß ihm in der Kehle, denn die Frage, die er Lirandil hatte stellen wollen, brauchte er nun nicht mehr auszusprechen.

Er fühlte beiläufig, wie ihm Gomlo die Hand auf die Schulter legte. Da hatte Lirandil allerdings zusammen mit Brongelle schon den Raum verlassen. »Es ist sicher nicht leicht zu verarbeiten, was du heute alles über dich erfahren hast, mein Sohn«, sagte sein Ziehvater. »Aber nach dem, was wir nun wissen, bist du mit robuster Gesundheit gesegnet und wirst wahrscheinlich länger leben, als es deinen menschlichen Artgenossen vergönnt ist. Darüber solltest du glücklich sein, wie ich finde.«

Die ganze Nacht über lag Arvan wach in seinem Bett und versuchte, Ordnung in das Chaos seiner Gedanken zu bringen, und noch bevor die ersten Sonnenstrahlen zwischen den Wipfeln der Riesenbäume hindurchschienen, hatte er sein Wams übergezogen, ein Bündel gepackt und sich *Beschützer* hinter den Gürtel gesteckt.

Noch einmal ließ er den Blick durchs Zimmer schweifen. *Ein letzter Blick,* dachte er. Aber irgendwann hatte der Zeitpunkt ja kommen müssen, da er Gomlos Wohnbaum verlassen musste.

Um niemanden im Haus auf sich aufmerksam zu machen oder gar Brongelle oder Gomlo in die Arme zu laufen, die – gerade, wenn sie Gäste im Haus hatten – dazu neigten, sehr früh aufzustehen, stieg er durch das offene Fenster hinaus.

Aufbruch

Als sich Lirandil auf den Weg machen wollte, waren Brongelle und Gomlo etwas beunruhigt, weil Arvan unauffindbar war. »Ich weiß nicht, wo er steckt«, sagte Gomlo. »Es ist sehr unhöflich von ihm, dass er sich nicht in aller Form von Euch verabschiedet, werter Lirandil.«

»Es könnte sein, dass er zu seinen Freunden gegangen ist, um mit ihnen zu reden«, meinte Brongelle. »Der gute Junge hat ja gestern Abend einiges erfahren, was ihn sicherlich ziemlich durcheinandergebracht hat.«

»Das denke ich auch«, stimmte Grebu zu, der in Gomlos Arbeitszimmer genächtigt und sich, obwohl er noch verschlafen und müde war, zusammen mit den anderen in aller Frühe vor die Tür von Gomlos Haus begeben hatte. »Ihr solltet wirklich nicht zu streng mit ihm sein.«

»Ich hoffe, dass Ihr Euch weiterhin seiner annehmt, Grebu«, sagte Lirandil.

»Das werde ich«, versprach der alte Grebu. »Seine Buchstaben sind immer noch ziemlich ungelenk, gemessen an dem, was man von einem Halblingschüler erwarten würde. Und so werde ich noch lange Gelegenheit haben, mich mit ihm zu unterhalten und ihm auch noch andere Dinge beizubringen als nur das Schreiben.«

»Zudem könnt Ihr ihm die verbliebenen Fragen zu seiner Herkunft besser beantworten als jeder andere«, fügte der Elb hinzu.

»Abgesehen natürlich von Euch, werter Lirandil. Denn Ihr habt in seinen Geist gesehen.«

Lirandil machte ein zweifelndes Gesicht. »So etwas wird von Nicht-Elben allgemein überschätzt.«

»Nun, darüber will ich mich nicht am Tag des Abschieds mit Euch streiten, werter Lirandil.«

»Es sind schlimme Dinge, die Ihr zu berichten hattet«, sagte nun Gomlo zu dem Elben. »Aber immerhin gibt es auch ein Gutes an der ganzen Sache. Denn nun werdet Ihr Euch wohl nicht mehr viele Jahre oder gar Generationen mit Eurem nächsten Besuch im Halblingwald Zeit lassen.«

Lirandil lächelte mild. »Ganz bestimmt nicht«, versprach der Fährtensucher. »Natürlich nur unter der Voraussetzung, dass mich die Häscher des Schicksalsverderbers nicht vorher erwischen.«

»Das will niemand von uns hoffen, Lirandil«, murmelte Brongelle, deren Blick an dem reisefertigen Elben vorbeiglitt.

Drei Gestalten waren hinter ihm aufgetaucht. Ein nicht zu übersehender großer, schlaksiger Menschling, bepackt mit einem kleinen Bündel und mit einem Schwert an der Seite, und zwei Halblinge, die neben ihrem menschlichen Begleiter wie dessen jüngere Geschwister wirkten.

»Arvan!«, rief Brongelle. »Wo warst du? Lirandil will sich verabschieden.«

Arvan trat weiter vor, während Neldo und Zalea, die ebenso reisefertig waren wie er, zurückblieben.

»Auch ich will mich verabschieden«, sagte er. »Ich meine, *wir* wollen das, denn Zalea und Neldo kommen mit mir.«

»Aber ... wohin denn?«, fragte Brongelle. »Was redest du da?«

Arvan wandte sich an Lirandil.

Frag nicht!

Auch diesen Gedanken empfing er sehr deutlich. Deutlicher als jedes gesprochene Wort, das seine Ohren erreicht hätte.

Aber diesmal war Arvan fest entschlossen, sich nicht abweisen zu lassen. Nicht durch einen bloßen Gedanken, nicht durch die vorgefasste Meinung eines uralten Elben, der zwar sehr weise sein mochte, aber vielleicht manchmal das Naheliegendste nicht bemerkte. Nicht einmal durch die eigene Mutlosigkeit gedachte sich Arvan von dem abbringen zu lassen, was er sich vorgenommen hatte.

»Ich frage nicht, werter Lirandil«, sagte er. »Ich fordere es! Ihr seid es mir schuldig, meine Gefährten und mich auf Eure Reise mitzunehmen. Auch wenn Ihr mich abweist, ich werde es nicht akzeptieren.«

Arvan ...!

Ein noch stärkerer Gedanke erreichte den jungen Mann – so stark, dass es schon beinahe schmerzte. *Eine geistige Kraftprobe mit einem Elben kann ich niemals bestehen*, dachte er. *Und das weiß er. Aber wenn all sein Gerede von hohen Idealen mehr ist als nur Elbengeschwätz, wird er nicht zu diesem Mittel greifen.*

»Ihr braucht Hilfe, werter Lirandil«, mischte sich nun Neldo ein. »Und wir sind bereit, Euch auf Eurer gefahrvollen Reise zur Seite zu stehen.«

Zalea nickte zu seinen Worten. »Wir werden Euch nicht enttäuschen und Euch ganz bestimmt nicht zur Last fallen«, versprach sie. »Ganz im Gegenteil. Halblinge können viele Dinge, die Elben sehr schwerfallen. Insbesondere alles, was schnell zu geschehen hat, da wir ...«

Eine Handbewegung Lirandils brachte sie zum Schweigen. »Euer Angebot ehrt mich«, sagte er. »Und ihr könnt stolz auf euren Mut sein. Aber ihr könnt mich dennoch nicht begleiten.«

»Ich habe bisher keinen Grund gehört, warum wir das nicht könnten«, entgegnete Arvan.

»Der Grund ist ganz einfach. Es wäre zu gefährlich. Je weiter meine Reise führt, je länger sie andauert, desto bedrohlicher wird sie sein. Ghool persönlich wird seine Pfeile auf mich abschießen. Sie werden in Gestalt von Dämonenwesen oder gewöhnlichen Meuchelmördern, als Orks oder geflügelte Ungeheuer meiner Spur folgen. Und mit jedem Tag, der vergeht, wird es gefahrvoller sein, sich in meiner Nähe aufzuhalten.«

»Das nehmen wir gern in Kauf«, sagte Arvan. »Schließlich wart Ihr es, der uns allen vor Augen geführt hat, welches Unheil uns droht und wie wichtig es ist, dagegen etwas zu unternehmen.«

»Du hast einige Orks erschlagen, Arvan«, sagte Lirandil, »und ich bin den Namenlosen Elbengöttern dankbar dafür, dass du mit ein paar Halblingen gerade im rechten Augenblick zur Stelle warst, als ich in höchste Not geriet ...«

»Die Orks hätten Euch abgeschlachtet wie ein Baumschaf«, unterbrach Arvan den Elben.

»Da hast du recht. Und doch hast du keinen Begriff davon, welche Gefahren dich erwarten, wenn du mir folgst.«

»Bleib hier, Arvan«, mischte sich Brongelle ein. »Lirandil weiß, was er tut. Er hat unter Orks und Ogern gelebt und hat Erfahrung genug, um die Risiken abschätzen zu können.«

»Umso weniger Sorgen brauchst du dir um mich zu machen, Mutter«, entgegnete Arvan. »Gewiss werden meine Freunde und ich von Lirandils Erfahrung profitieren.«

Brongelle war mit Arvans Plänen offenbar noch weniger einverstanden als Lirandil. Sie stemmte die Hände in die Hüften und wandte sich an Neldo und Zalea. »Und was ist mit euch? Habt ihr euren Eltern überhaupt gesagt, was ihr vorhabt?«

»Es ist unser fester Entschluss«, sagte Neldo.

»Sie werden uns nicht umstimmen können«, ergänzte Zalea.

»Zufällig weiß ich, dass deine Eltern gestern Abend noch zum Nachbarwohnbaum aufgebrochen sind, weil dort der Heiler erkrankt ist«, sagte Gomlo zu Zalea. »Sie können also nichts von deinem Vorhaben wissen.« Dann sah er Neldo an und fuhr fort: »Und es würde mich sehr wundern, wenn deine Familie damit einverstanden wäre. Wahrscheinlich weiß auch sie nichts von euren Plänen.«

»Aber wenn wir hierbleiben und das Herannahen des Unheils abwarten, sind wir ebenso in Gefahr«, sagte Neldo trotzig. »Nimmt Lirandil uns aber mit, wären wir ihm eine Hilfe und könnten etwas gegen die Bedrohung tun. Das ist besser, als einfach nur abzuwarten.«

Brongelle wandte sich zu ihrem Mann und forderte: »Gomlo, sag etwas! Wir können unseren Sohn nicht einfach ziehen lassen!« Sie sah den Elben an. »Und was ist mit Euch, Lirandil? Ihr werdet doch hoffentlich bei Eurer Haltung bleiben und diese nutzlose Hilfe ablehnen.«

Doch sowohl der Halbling als auch der Elb schwiegen zunächst.

»Wir können Arvan nicht ewig an uns ketten, Brongelle«, sagte Gomlo schließlich. »Eines Tages muss jeder seinen Weg beschreiten, und dass Arvan uns irgendwann verlassen würde, um seine Herkunft zu erkunden und seinen eigenen Platz im Leben zu finden, haben wir in dem Moment gewusst, als er in unser Haus kam.«

»Aber ...«

»Auch Brado der Flüchter musste erst eine weite Reise unternehmen, um zu erkennen, wo er hingehört, Brongelle«, ergriff nun auch der alte Grebu das Wort.

Gomlo nickte und wandte sich dem Elben zu. »Es ist Eure Entscheidung, Lirandil.«

Der richtete den Blick auf Arvan.

Einige Augenblicke sagte niemand ein Wort.

Dein Wille ist so stark wie die Kraft deiner Arme, erreichte Arvan erneut ein Gedanke des Fährtensuchers. *Du wirst beides brauchen.*

»Gut«, sagte Lirandil schließlich. »Dann folge mir.«

»Und meine Freunde ebenfalls.«

Lirandil unterzog sie einer kurzen, kühlen Musterung und nickte dann. »Meinetwegen.«

»Ich danke Euch, Lirandil.«

»Dank mir nicht, sondern tu, was ich dir auftrage. Die wichtigste Aufgabe wird vielleicht darin bestehen, gut zuzuhören, viel zu lernen und die Botschaft von dem drohenden Unheil weiterzutragen, falls ich dazu nicht mehr in der Lage sein sollte.«

Arvan verabschiedete sich von seinen Zieheltern. Brongelles Stimme war tränenerstickt, und es fiel ihr schwer zu sprechen. Aber sie hatte offenbar eingesehen, dass sie Arvan nicht davon abhalten konnte, seinen eigenen Weg zu gehen.

»Warte noch einen Moment, bevor ihr den Baum hinunterklettert, wobei du dir hoffentlich nicht gleich ein paar Knochen brichst«, brachte sie schließlich hervor. »Ich habe noch etwas für dich, ohne das du dich nicht auf den Weg machen solltest.«

Sie ging ins Haus und kam mit einer Lederscheide für *Beschützer* zurück, die sie in den letzten Tagen angefertigt haben musste, ohne dass Arvan etwas davon bemerkt hatte.

»Sie ist sehr schlicht gehalten, weil ich für die Verzierungen, die ich eigentlich geplant hatte, nicht genügend Zeit hatte. Ich konnte ja nicht ahnen, dass du sie schon so bald brauchen würdest.«

»Sie ist wunderschön«, sagte Arvan.

»Du kannst sie am Gürtel, aber auch auf dem Rücken tragen, was beim Klettern sicher besser ist. Es sind Schnallen und Schlaufen dafür angebracht. Sieh her, der Riemen lässt sich in der Weite verstellen.«

Arvan zog das Schwert hinter dem Gürtel hervor und steckte es in die Lederscheide. Sie passte wie angegossen. Er schnallte sich Scheide und Schwert auf den Rücken und nahm Brongelle in die Arme.

Gomlo gab ihm sein Langmesser, denn sein eigenes hatte Arvan während des Kampfes gegen die Orks verloren. »Nicht dass dir auf deiner Reise die leckeren Früchte in den Mund wachsen und du trotzdem hungern musst, weil sie zu hartschalig sind, mein Sohn«, sagte er und umarmte Arvan ebenfalls.

Schließlich machten sich Arvan und seine Gefährten an den Abstieg. Zalea und Neldo erreichten recht schnell den Waldboden und warteten dort auf Lirandil und Arvan.

»Ihr werdet euch auf mein Reisetempo einstellen müssen«, sagte Lirandil, nachdem der Elb schließlich wieder auf festem Boden stand. »Das mag manchmal langsamer und manchmal schneller sein, als Halblinge es gewohnt sind.«

»Es erwartet niemand von Euch, dass Ihr mit uns durch das Geäst der Riesenbäume schnellt«, entgegnete Zalea.

»Was ist eigentlich mit Borro?«, fragte Arvan.

»Der kommt nicht mit«, antwortete Zalea. »Wir haben ihn gefragt, aber er hat offenbar nicht den Mut dazu gefunden.«

»Das wundert mich nicht«, sagte Arvan betrübt. »Er hat mir öfter gesagt, dass er sich nicht vorstellen kann, den Wald jemals zu verlassen – es sei denn vielleicht für eine kleine Bootsfahrt auf dem Langen See.«

»Aber auch dann würde er vermutlich in Ufernähe bleiben«, sagte Zalea. »Ganz nach dem Vorbild unseres großen Ahnherrn Brado dem Flüchter.«

»Der ja immerhin einen ganzen Ozean überquert hat, bevor er diese Einstellung annahm«, erinnerte Lirandil.

»Ich hätte mich gern von Borro verabschiedet«, sagte Arvan. »Aber ich denke, jetzt sollten wir keine Zeit mehr verlieren.«

Sie setzten sich in Bewegung, und Lirandil führte sie an, denn obwohl er zuletzt vor vielen Jahren im Halblingwald gewesen war, kannte er sich bestens aus. Schließlich war er in der elbischen Kunst des Fährtensuchens bewandert wie kein Zweiter und so reiseerfahren wie wohl sonst niemand, weder Elb noch Mensch noch Halbling, und bei dieser Reise ging es nicht darum, nur den Weg zu einem benachbarten Herden- oder Wohnbaum zurückzulegen.

Eigentlich hatte sich Arvan vorgenommen, nicht zurückzublicken. Aber er tat es schließlich doch. Er sah hinauf in das dichte Blätterdach – dorthin, wo der Platz auf der Hauptastgabel sein musste. Von unten war er nicht zu sehen, und auch die Gebäude der Halblinge waren nicht auszumachen. Man hatte sie gekonnt getarnt, damit streunende Orks die Wohnbäume nicht mehr so leicht entdecken konnten.

Nur die Stimmen waren zu hören. Die Stimmen von Halblingen. Ein Baumflöter sandte seine Nachrichtenmelodie hinaus in den Wald, und sicherlich verkündete er nichts Gutes.

Immer wieder blieb Lirandil stehen und lauschte aufmerksam. »Achtet auf alles, was euch ungewöhnlich erscheint«, mahnte er. »Die Verfolger, die mir in Ghools Auftrag auf den Fersen sind, haben mannigfache Gestalt, und manche sind vielleicht nicht auf den ersten Blick als Feind zu erkennen, aber nicht weniger gefährlich als ein Ork mit angespitzten Hauern.«

»Könnt Ihr denn etwas Ungewöhnliches hören?«, fragte Arvan.

»Ich bin mir noch nicht sicher«, murmelte der Elb.

»Orks trampeln nicht weniger laut durch den Wald als die Kriegselefanten des Waldkönigs«, meinte Neldo.

»Ich sagte doch, ich spreche nicht von Orks.«

»Meint Ihr die Dämonenwesen, über die Ghool gebietet?«, fragte Arvan.

Lirandil gab darauf keine Antwort. Er hob leicht den Kopf, beinahe wie ein Tier, das Witterung aufzunehmen versucht.

»Kommt«, murmelte er dann.

Sie gingen weiter, wobei Lirandil große, schnelle Schritte machte. Neldo und Zalea hatten sich eben noch amüsierte Blicke zugeworfen, die sich wohl darauf bezogen, wie langsam der Elb ihrer Meinung nach war. Im hohen Geäst der Bäume wären sie als Halblinge schneller vorangekommen. Doch nun hatten die beiden Mühe, mit dem Elben Schritt zu halten. Arvan mit seinen langen Beinen war da naturgemäß besser dran.

»Neldo und ich könnten durch das Geäst etwas vorauseilen«, schlug Zalea vor.

Aber Lirandil schüttelte den Kopf. »Gewöhnt euch daran, euch auf dem Boden und ausschließlich auf euren Füßen fortzubewegen, so wie es für eure Vorfahren völlig selbstverständlich war. Wenn ihr mich wirklich begleiten wollt, werdet ihr Gebiete durchqueren müssen, in denen es keinen einzigen Baum gibt, an dem ihr hochklettern könntet.«

»Dann werden wir hoffentlich Pferde zur Verfügung haben. Oder Kriegselefanten«, meinte Arvan. »Ich könnte mir denken, dass die Könige, die Ihr besucht, uns auch das Reisen auf Schiffen ermöglichen, damit wir schneller von einem Ort zum anderen gelangen.«

Lirandil lächelte mild. »Diese Hoffnung hege ich in der Tat«, gab er zu. »Aber bis dahin liegt noch ein langer Weg vor uns. Zudem werde ich sicherlich nicht überall Unterstützung erhalten. Schon deswegen nicht, weil Ghool inzwischen über eine schier unglaubliche magische Macht verfügt, die immer noch weiter anwächst, und sein Einfluss womöglich schon in einige der Länder reicht, die zu unseren Zielen gehören. Auch könnten die dämonischen Wesen, die mich verfolgen, mit dem Wind oder den Wolken oder durch magische Tunnel reisen und erwarten uns womöglich schon in so manchem Königreich.«

»Das sind alles andere als rosige Aussichten«, fand Zalea. »Es klingt fast, als sei unsere Mission von vornherein zum Scheitern verurteilt.«

Lirandil bedachte sie mit einem ruhigen Blick seiner schräg stehenden Augen. »Es ist mir gleichgültig, wie die Erfolgsaussichten stehen. Ich tue das, was getan werden muss, und es entspricht nicht meiner Natur, in Angst zu erstarren, auch wenn der Gegner übermächtig ist. Ich will nichts an der Lage beschönigen. Es ist besser, den Dingen ins Auge zu blicken, anstatt sich mit wohlklingenden Lügen zu trösten.«

Der Dämon

Zwei Tage Fußmarsch waren es bis zur Anlegestelle von Zabo dem Bedachtsamen. In der Nacht lagerten sie auf der Hauptastgabel eines unbewohnten Riesenbaums. Das war sicherer, als am Boden den Sonnenaufgang abzuwarten.

Ganz in der Nähe befand sich ein Katzenbaum. Sein Stamm war von einem moosähnlichen Fell bedeckt, schwarz mit gelben Flecken. Es hieß, dass dieser Fellzeichnung magische Kräfte innewohnten und manche Geschöpfe, die zu lange darauf starrten, bewegungsunfähig wurden, sodass sich der Baum nur niederbeugen musste, um seine Beute mit den großen Fangästen zu packen und sie sich ins riesige Maul zu stopfen.

Zumeist stand so ein Katzenbaum aber völlig regungslos da. Die Dutzenden von gelblichen Augen in dem moosähnlichen Fell waren kaum zu erkennen, es sei denn, das Mondlicht spiegelte sich darin. Katzenbäume konnten in der Nacht so gut wie am Tag sehen. Manchmal knurrten sie vor sich hin oder stießen sehr tiefe Töne aus, mit denen sie sich über viele Meilen hinweg mit ihren Artgenossen verständigten.

Oft fuhren die Greifäste, an deren Ende sich prankenähnliche Verzweigungen befanden, blitzartig durch die Luft und schnappten nach Vögeln oder Baumteufeln und Springhörnchen, die leichtsinnig genug waren, ihnen zu nahe zu kommen.

Arvan und seine Gefährten saßen um ein kleines Feuer. Mithilfe von etwas Magie und dem Saft einer bestimmten Frucht, die es in den Wäldern am Langen See massenhaft gab, hinderte Lirandil das Feuer daran, den Baum zu erfassen.

Während sie dort saßen, gab der Katzenbaum keine Ruhe. Immer wieder schnellten seine Greifäste durch die Luft, und manchmal hatte Arvan den Eindruck, dass er es nur tat, um sich in Übung zu halten.

Solange der Katzenbaum in Bewegung war, hatten sie nichts zu befürchten. Erst das Gegenteil war ein Anzeichen für Gefahr – oder zumindest dafür, dass sich irgendeine Kreatur näherte, die der Katzenbaum als lohnende Beute einstufte.

»Es gibt wenige Wesen, deren Gehör ähnlich gut wie das der Elben ist«, sagte Lirandil. »Aber die Katzenbäume im Halblingwald gehören zweifellos dazu.«

»Während wir unterwegs waren, meintet Ihr, etwas gehört zu haben«, erinnerte sich Arvan. »Handelte es sich um einen Verfolger?«

»Vielleicht habe ich mich getäuscht«, sagte Lirandil. »In diesen Wäldern mischen sich so viele Geräusche, dass selbst ich sie nicht immer ganz voneinander zu trennen vermag.«

Zalea öffnete ein Bündel, das sie mit sich trug, um den Inhalt neu zu ordnen. Darin befanden sich die Utensilien eines Halblingheilers, etwa kleine Behälter mit verschiedenen Kräutern, winzige Holzgefäße, die mit Korken verschlossen waren und verschiedene Wirkstoffe enthielten, und ein Behälter aus sehr dickem Glas, kaum größer als ein Elbendaumen, der mit dem Zeichen der Magischen Essenz gekennzeichnet war.

»Ich hoffe, dass ich das hier nicht brauchen werde, aber bekanntermaßen ist ja einer unter uns, der ziemlich verletzungsanfällig ist«, sagte sie, wobei sie Arvan kurz ansah.

»Du hast dich von deinen Eltern nicht verabschiedet, oder?«, fragte Arvan.

»Ich habe ihnen einen Brief hinterlassen. *Ein Heiler muss dorthin gehen, wo er gebraucht wird!* Den Satz habe ich oft von ihnen zu hören bekommen, wenn sie fortmussten, um irgendwo jemanden zu behandeln.« Sie seufzte. »Ob ich sie in jenen Momenten vielleicht auch gebraucht hätte, war ihnen dann nicht so wichtig. Jetzt habe ich ihnen diesen Satz in einem Brief geschrieben.«

»Und du denkst, dass sie das verstehen werden?«

»Laut den Gesetzen der Halblinge bin ich volljährig. Ich kann tun, was ich will, also werden sie es akzeptieren müssen, auch wenn es ihnen vielleicht nicht gefällt.«

Während Zalea mit großer Sorgfalt die Heilerutensilien ordnete und so zusammenpackte, wie sie es gelernt hatte, sagte Lirandil: »Du bist keine ausgebildete Heilerin. Zumindest hast du deine Prüfung noch nicht bestanden. Also gilt dieser Satz, den du zitiert hast, für dich nicht.«

Zalea sah auf, sie begegnete Lirandils Blick und hielt ihm stand. »Weshalb habt *Ihr* eigentlich Eure Heimat verlassen, Lirandil?«, fragte sie. »Wie man so hört, ist Euer Volk genauso reisefreudig wie das unsere, nämlich gar nicht.«

»Das ist eine lange Geschichte«, wich Lirandil aus.

»Aber gewiss eine sehr interessante«, meinte Zalea.

»Die Magie des Elbenvolks ist von Zeitalter zu Zeitalter schwächer geworden, und dieser Prozess hält noch immer an. Es ist nicht abzusehen, wann und ob er überhaupt wenigstens zum Stillstand kommt, wobei niemand davon ausgeht, dass unsere Magie eines Tages wieder zunehmen könnte. Es mag Nicht-Elben unverständlich erscheinen, denn die Magie der Elben ist immer noch stärker als jene, die in anderen Teilen Athranors ausgeübt wird. Und deswegen setze ich auch darauf, dass uns die Künste unserer Magier und Schamanen im Kampf gegen Ghool zur Verfügung stehen. Mit dem Schwinden der Magie verlor unser Volk allerdings auch zunehmend das Interesse an allem, was sich außerhalb unseres Reiches ereignet. Das Elbengebirge bildet die Grenze nach Thuvasien und Albanoy, und was jenseits dieser Berge oder jenseits des Meeres geschieht, interessiert nur noch wenige von uns. Wir leben unvorstellbar lange, und offenbar ist den meisten von uns dadurch die Aussicht auf Veränderung ein Graus. Wer Jahrtausende erlebt hat, meint allzu oft, dass er alles gesehen hat und es sich nicht lohnt, eine Reise in ferne Länder zu unternehmen oder sich mit Wesen abzugeben, die so schnell dahinsterben, dass sie kaum aus den eigenen Fehlern lernen und einen akzeptablen Grad an Reife erlangen können.«

»Ein hartes Urteil, das Ihr da über alle anderen Völker sprecht, werter Lirandil«, meinte Zalea.

»Nein, ich gebe nur eine weit verbreitete Haltung unter meinesgleichen wieder. Es gibt Einzelne in unserem Volk, die versuchen, die Elbenheit aufzurütteln. Einzelne, die sich die Neugier trotz der Last der Jahrtausende bewahrt haben.«

»Und Ihr seid einer davon?«, fragte Zalea.

»Ja, und ich bin nicht allein. Und vielleicht könnte dieses Unheil, das uns alle bedroht, für die Elbenheit der Beginn einer neuen Zeit sein, da es uns zwingt, aus unserer Erstarrung und Selbstbezogenheit zu erwachen.«

Plötzlich ging ein Ruck durch Lirandil. Er hörte abrupt zu sprechen auf, obwohl es den Anschein hatte, als habe er noch etwas sagen wollen. Offenbar hatte er aus dem Zusammenklang der unterschiedlichsten Geräusche irgendetwas herausgehört, was ihn beunruhigte.

Arvan konzentrierte sich auf die Rankpflanzen in seiner Umgebung. Vielleicht hatten sie ebenfalls etwas gespürt, und womöglich brauchte er sie als Verbündete, wenn es zum Kampf kam.

Allerdings hatte er schon während des Weges festgestellt, dass ihm die Ranken in dieser Gegend nicht so gut gehorchten wie rund um Gomlos Baum und den Herdenbaum, wo er die meiste Zeit seines Lebens verbracht hatte. Ihm war auch schon früher aufgefallen, dass der Einfluss, den er auf Pflanzen hatte, schwächer wurde, wenn er sich von seiner unmittelbaren Heimat entfernte. Anscheinend mussten sich Ranken in fremden Gebieten erst an seine geistige Einflussnahme gewöhnen.

Es war wie mit den Baumschafen. Manchmal wurden fremde Tiere in eine Herde genommen, damit die Nachkommenschaft widerstandsfähiger wurde, und Arvan hatte die Erfahrung gemacht, dass diese Tiere ihm erst nach einer Weile so folgten, wie er das von den anderen gewohnt war.

Ich werde mich auf diese Kräfte wohl immer weniger verlassen können, je weiter ich mich von Gomlos Baum entferne.

Das war eigentlich etwas, womit er hätte rechnen müssen, und so hätte er nicht überrascht sein dürfen. Und doch war es ihm in dieser Deutlichkeit bisher nicht klar gewesen. Vor allem beunruhigte es ihn, dass sich dieses Phänomen bereits nach einer vergleichsweise kleinen Wegstrecke so deutlich zeigte. Eine Tagesreise zu Fuß über den Waldboden, was war das schon?

Ein Katzensprung, sagte man auf Relinga.

Neldo griff zu seinem Rapier, das er so wie seine Schleuder und ausreichend Munition und ein Langmesser am Gürtel trug. Zalea war ähnlich bewaffnet. Doch Lirandil bedeutete beiden mit einem Blick, sich nicht zu rühren und die Waffen zunächst stecken zu lassen.

Arvan ließ daher auch *Beschützer* in der Lederscheide neben sich liegen. Stattdessen lauschte er angestrengt. Aber das, was der Elb vielleicht bemerkt haben mochte, war für ihn nicht zu hören.

Dann fiel es ihm wie Schuppen von den Augen. Vielleicht kam es viel mehr auf das an, was man nicht hörte.

Der Katzenbaum bewegte sich nicht mehr. Er war vollkommen still geworden und hatte sogar die Färbung seines Fells verändert, sodass man entweder die Augen eines Elben haben musste oder viel Erfahrung brauchte, um in ihm mehr als einen gewöhnlichen Baum zu sehen. Das Fell, das ihn vollkommen bedeckte, war nicht mehr zu erkennen und wirkte schon aus einer Entfernung von mehr als ein paar Schritten wie die Borke eines der unzähligen kleineren Bäume oder der baumähnlichen Gewächse, die zwischen den mächtigen Stämmen ihrer riesenhaften Verwandten das Unterholz bildeten. Der Katzenbaum hoffte offenbar auf Beute.

Plötzlich schnellte ein Schatten durch die Luft.

Breite Schwingen waren als dunkle Umrisse zu sehen – so groß wie die Segel der Schiffe, die den Langen See befuhren.

Ein Schattenrabe, erkannte Arvan sofort.

Diese großen Vögel waren selten geworden, seit die Söldner des Waldkönigs sie jagten, weil sie ihren dunklen Riesenfedern magische Kräfte zumaßen. Sie hatten entfernte Ähnlichkeit mit anderen Rabenvögeln, und der große Schatten, den ihre Flügel warfen, verlieh ihnen den Namen.

Noch ehe irgendeiner der anderen sich rühren konnte, war Lirandil auf die Beine geschnellt. Sein Schwert wirbelte empor. Das geflügelte Monstrum stürzte sich mit seinen Klauen auf ihn und versuchte ihn zwischen seinen messerscharfen Schnabelkanten zu packen und zu zermalmen, doch der Elb wich blitzschnell aus. Gleichzeitig führte er einen Schwertstreich mit so unglaublicher Präzision, wie man sie nur von einem Elben erwarten konnte. Sein Schwert fuhr durch den Hals des Schattenraben, sodass die Adern aufgerissen wurden, die Klinge sich aber nicht in den Wirbeln festhakte. Blut spritzte, während das Tier einen gurgelnden Laut ausstieß. Lirandils Klinge fuhr erneut blitzschnell durch die Luft, diesmal vertikal wie ein Henkersbeil, und hieb dem zur Seite taumelnden Vogel den Kopf ab. Der rutschte über den nahen Rand der Hauptastgabel und fiel in die Tiefe.

Daraufhin erwachte der Katzenbaum aus seiner Erstarrung. Er beugte sich nieder und streckte die Greifäste aus, die den Vogelkopf gerade noch erreichten. Er bekam ihn zu fassen und ließ ihn mitsamt dem Schnabel in seinem gewaltigen Rachen verschwinden. Es knackte und zischte, und der scharfe Geruch der Verdauungssäfte des Katzenbaums verbreitete sich in der Umgebung auf fast schon unerträgliche Weise.

Aus dem Halsstumpf des zusammenbrechenden Vogels schoss zuerst Blut, das sich aber im nächsten Augenblick in eine dunkle, vollkommen schwarze gasförmige Substanz verwandelte. Wie Nebel schwebte sie über dem Kadaver des Schattenraben, und ein empörter, wütender Laut drang aus der dunklen Wolke. Arvan glaubte für einen Moment sogar, darin ein paar Augen auszumachen, die weiß leuchteten, aber Pupillen aus purer Finsternis hatten.

Neldo und Zalea waren längst auf den Beinen, und auch Arvan war aufgesprungen und hatte *Beschützer* aus der Scheide gerissen, obwohl er nicht glaubte, dass sein Schwert gegen diese Art von Gegner etwas auszurichten vermochte.

»Ein Dämon«, entfuhr es Neldo. »Er muss von dem Vogel Besitz ergriffen haben.«

Lirandil blieb bemerkenswert ruhig. Er murmelte eine Formel in der Sprache der Elben, dann schnellte er vor und stach mit dem Schwert nach dem formlosen, scheinbar aus reiner Finsternis bestehenden Dämon.

In dem Moment, als die Klinge in das rauchähnliche Etwas

stieß, blitzte es, und Lirandil schrie auf. Bläuliches Licht umflorte sowohl sein Schwert als auch ihn selbst.

Aber auch der Dämon stöhnte auf, so als empfinde er einen heftigen Schmerz. Der dunkle Rauch stieg schnell hinauf in das hohe Geäst des Baumes und schien sich dort zu verflüchtigen, jedenfalls war im nächsten Moment nichts mehr von ihm zu sehen.

Arvan ließ den Blick schweifen, aber es war nicht feststellbar, wohin das Wesen entschwunden war. Da sah er plötzlich eine armgroße Flugratte von einem der hohen Äste springen. Diese Tiere konnten nicht wirklich fliegen, aber zwischen ihren Gliedmaßen spannten sich ledrige Flughäute, die es ihnen erlaubten, sehr weite Sprünge zu machen. Normalerweise waren sie harmlos. Sie hatten scharfe Zähne und Krallen, aber sie jagten zumeist nur kleinere Tiere. Hin und wieder hatte Arvan erlebt, wie sie zu mehreren versucht hatten, ein Baumschaf zu reißen, aber für gewöhnlich wagten sie auch das nicht, wenn ein Hirte in der Nähe war. Ihre Furcht vor allen aufrecht gehenden Wesen war zu stark ausgeprägt.

Doch diese Flugratte schien keine Furcht zu kennen.

»Vorsicht!«, rief Arvan, der nach dem Tier schlagen wollte, während Lirandil herumschwang. Offenbar hatte er die Flugratte bereits bemerkt.

Doch bevor das Geschöpf sein Opfer überhaupt erreichen und seine Zähne und Klauen in den Körper des Elben hätte schlagen können, wurde es von einem Pfeil durchbohrt. Schreiend wurde die Flugratte aus ihrer Bahn geworfen, während bereits ein zweiter Pfeil dicht an Arvans Gesicht vorbeipfiff, der den Körper der Flugratte förmlich an den Stamm des Riesenbaums nagelte.

Feinste rußähnliche Teilchen quollen aus Nase, Mund, Augen und Ohren des Tieres und bildeten eine kleine Wolke, die sich innerhalb von Augenblicken verflüchtigte, wobei ein dröhnender Laut zu hören war.

Lirandil murmelte eine Formel und streckte dabei die Hand aus, so als wolle er einen für alle anderen unsichtbaren Gegner abwehren.

Arvan sah sich suchend um. Woher waren die Pfeile gekommen? Er konnte niemanden sehen, allerdings erkannte er sofort, wessen Pfeile es waren.

»Borro!«, rief er.

Borro hatte sich im Geäst eines benachbarten Baums so geschickt getarnt, dass er zunächst nicht zu sehen war. Erst als er sich bewegte, war er auszumachen.

»Ich bin gleich bei euch«, rief er und begann zu klettern.

Eine tiefe Furche hatte sich auf Lirandils sonst so glatter Stirn gebildet. In der einen Hand das Schwert, die andere ausgestreckt und mit der Innenfläche nach außen gerichtet, stand er da und ließ langsam den Blick durch das dichte Blätterwerk schweifen.

Offenbar ging er davon aus, dass der Dämon von einem weiteren Geschöpf Besitz ergriffen hatte, das dort irgendwo lauerte. Dann stob plötzlich ein winziger Vogel aus dem Geäst empor und jagte mit so heftigem Flügelschlag davon, als wäre eines der kleineren Katzentiere, die es in den Wäldern am Langen See gab, hinter ihm her.

Lirandil ballte die Linke zur Faust. »Er ist entkommen«, sagte er. »Der Dämon wird uns an seinen Meister verraten. Er wird Ghool zeigen, was er gesehen hat und was geschehen ist. Der Schicksalsverderber wird seine Erinnerungen in sich aufnehmen und einen weiteren bösen Geist schicken.«

»Was werden wir tun?«, fragte Arvan. »Sofort wieder aufbrechen?«

»Kopfloses Davonrennen bringt uns nichts. Wir müssen vor allem unsere Spuren beseitigen.«

»Wir sind Halblinge«, sagte Borro. Kaum hatte er sich an einer Ranke auf die Hauptastgabel geschwungen, mischte er sich auch schon in das Gespräch ein. Aber das verwunderte niemanden, so war Borro nun einmal. »Und als Halblinge sind wir es gewohnt, im Wald keine Spuren zu hinterlassen«, fuhr er fort, »sonst würden wir schnell zur Beute gieriger Fleischfresser werden.«

»Um solche Spuren geht es hier nicht«, widersprach Lirandil. »Ich meine magische Spuren. Aber dagegen lässt sich etwas tun.«

Zalea und Neldo wandten sich an Borro, der ebenso wie die anderen ein Rapier am Gürtel trug, sein Langmesser und ein kleines Bündel sowie eine Schleuder samt Munition, während er sich ein Ersatzschleuderband um die Stirn gebunden hatte, das seinen roten Haarschopf allerdings nur unzureichend bändigen konnte.

Das Bündel, das er auf dem Rücken trug, war deutlich dicker als bei den anderen beiden Halblingen und sogar größer als das, das Arvan mit sich trug. In der Hand hielt er einen Bogen, und den dazugehörenden Köcher mit Pfeilen hatte er zusätzlich auf den Rücken geschnallt. Der Bogen war eine Waffe, die im Gegensatz zu Schleudern und Blasrohren von den Halblingen eigentlich nur zur Jagd benutzt wurde. Und Borro war als guter Jagdschütze bekannt.

»Ein ausgezeichneter Schuss, das muss der Neid dir lassen«, sagte Neldo.

»Es war mit klar, dass keiner von euch darüber nachgedacht hat, wie ihr unterwegs an ein saftiges Stück Fleisch gelangen könnt«, entgegnete Borro. »Da habe ich mir gesagt, es wäre nicht schlecht, den Bogen mitzunehmen, wenn man sich auf eine so weite Reise begibt.« Er zuckte mit den Schultern und richtete den Blick auf die getötete Flugratte. »Und siehe da, ich habe ihn eher gebraucht, als ich angenommen habe.«

Er ging zu der Flugratte und zog die Pfeile heraus, um sie dann im Blätterwerk des Riesenbaums zu säubern, als wäre es das Selbstverständlichste von der Welt, dass er nun hier bei seinen Freunden war, und als wäre er von Anfang an dabei gewesen.

»Wolltest du nicht eigentlich auf Gomlos Baum bleiben?«, wollte Zalea wissen.

»Na ja ...«

»Das hast du zumindest gesagt, als wir dich gefragt haben, ob du mitkommen und dich Lirandil anschließen willst.«

»Das muss entweder sehr früh oder sehr spät gewesen sein, und ich war nicht richtig wach. Jedenfalls habe ich es mir anders überlegt«, antwortete Borro. »Wenn meine Freunde auf eine so gefährliche Reise gehen, kann ich sie unmöglich allein ziehen lassen, finde ich.«

»Schön, dass du dabei bist, Borro«, sagte Arvan.

Borro grinste, während er eine Pfeilspitze ganz nach Art der Halblingjäger mit einem großen Blatt vom Blut reinigte. Die Zahl der Halblingjäger war sehr klein, und sie bildeten über die Halblingstämme hinweg eine verschworene Gemeinschaft, deren Angehörige für ihre schrulligen Sitten und Gebräuche bekannt waren. Ganz ähnlich wie die Heiler mussten sie sich daher manchmal als Möchtegern-Elben beschimpfen lassen, denn der Bogen galt unter Halblingen als Waffe von Lirandils Volk. Davon abgesehen, sahen sich die meisten Halblinge zudem als Viehzüchter, Handwerker, Bauern und Gärtner. Schon die Fischer am Langen See galten als Sonderlinge, und was die Jagd betraf, so sah die Mehrheit der Halblinge darin ein Relikt aus alter Zeit, ein Überbleibsel aus einer unzivilisierten Epoche, in der die Halblinge ihre Beute mühevoll verfolgen mussten, anstatt planvoll etwas anzubauen oder Baumschafe zu züchten.

Borros Vater allerdings gehörte der Bruderschaft der Halblingjäger an, und so war auch Borro in der Kunst des Bogenschießens unterrichtet worden.

»Dein Schuss war wirklich außerordentlich gut«, lobte Lirandil.

»Und ich habe Euch damit sicher das Leben gerettet«, erwiderte Borro etwas vorschnell. »Diese Flugratten umklammern ihr Opfer von hinten, um ihm dann die Kehle zu zerfetzen. Ich nehme an, auch die beste Elbenmedizin hätte Euch dann nicht mehr helfen können.«

»Wie gesagt, ich bin dir sehr dankbar«, erklärte Lirandil, der zu ahnen schien, was nun folgte.

»Ihr werdet doch sicher nichts gegen meine Gesellschaft einzuwenden haben, werter Lirandil. Auch wenn ich mich erst so spät entschlossen habe, mich Euch anzuschließen.«

Alle Blicke richteten sich gespannt auf Lirandil.

»Eigentlich bin ich nicht geneigt, einen Zug reisender Halblinge anzuführen«, sagte der Elb, und es war ihm anzumerken, dass ihm der Gedanke daran, einen weiteren Begleiter zu haben, überhaupt nicht behagte.

»Aber wollt Ihr mir, Eurem Retter, dies wirklich verweigern, werter Lirandil?«, fragte Borro und vollführte dabei eine weit ausholende theatralische Geste.

»Du würdest einen guten Gaukler abgeben«, meinte Lirandil, ohne dabei amüsiert zu wirken.

»Ihr habt mich ungeschickten Tölpel mitgenommen, da werdet Ihr doch auf einen Meisterschützen wie Borro nicht verzichten«, mischte sich Arvan ein.

Lirandil überlegte kurz und traf dann eine Entscheidung. »Dann komm mit uns, Borro. Aber nur unter einer Bedingung.«

»Jede, werter Lirandil. Jede Bedingung, die Ihr stellt, werde ich erfüllen.«

»Während wir unterwegs sind, hältst du den Mund.«

Borro schluckte. »Das ist ...«

»... unmöglich?« Zalea lächelte.

»Jeder von uns wird noch auf die eine oder andere Weise scheinbar Unmögliches vollbringen müssen«, schloss Lirandil die Unterhaltung. Er wurde von plötzlicher Unruhe erfasst, griff an seinen Gürtel und holte aus einer der Taschen, die daran hingen, eine kleine Dose aus Perlmutt hervor, die er öffnete. Arvan erkannte, dass sie aus einem Muschelgehäuse bestand, wie sie zu Unzähligen an die Ufer des Langen Sees gespült wurden. Allerdings trug die Verarbeitung die sofort erkennbaren Merkmale elbischer Kunstfertigkeit. Eine goldene Elbenrune zierte den Deckel, und Arvan hatte noch nie eine so feine Arbeit zu Gesicht bekommen, selbst nicht von Halblinggoldschmieden.

In der Dose befand sich ein Pulver. Lirandil nahm eine Prise davon zwischen Daumen und Zeigefinger seiner rechten Hand und streute es aus. Die winzigen Pulverkörner der goldfarbenen Substanz fielen nicht zu Boden, sondern schwebten hinab wie Federn und leuchteten dabei auf. Sie teilten sich, schienen innerhalb von Augenblicken ihre Anzahl zu vervielfachen und stoben dann auf ein elbisches Zauberwort hin in alle Richtungen davon.

Arvan hatte das Gefühl, sich vor ihnen ducken oder ihnen ausweichen zu müssen. Doch das war unnötig. Die leuchtenden Teilchen glitten durch jedes Hindernis hindurch, so als wäre dort nichts, und Arvans Körper bildete da keine Ausnahme.

»Das wird es dem Dämon erschweren, unserer Spur zu folgen«, sagte Lirandil. »Aber wir müssen trotzdem damit rechnen, dass er sich wieder an unsere Fersen heftet. Entweder, nachdem er sich ausreichend erholt und seine Kräfte zurückgewonnen hat oder nachdem er zu seinem Herrn zurückgekehrt ist und vielleicht andere magische Kreaturen zu Hilfe geholt hat.«

Sie löschten das Feuer und brachen auf. Dass es noch dunkel war, störte Lirandil kaum. Er schien sich bei dem Mondlicht gut orientieren zu können, das durch die wenigen Lücken im Blätterdach der Riesenbäume sickerte. Als sie sich am Boden befanden, konnten sie wieder einige der Augen des Katzenbaums sehen.

Arvan und seine Gefährten achteten darauf, ihm nicht zu nahe zu kommen und dieses Geschöpf dadurch eventuell doch noch in Versuchung zu führen. Hinsichtlich der Beute waren Katzenbäume alles andere als wählerisch. Arvan hatte gehört, dass schon einmal ein Halbling mitsamt seines blank gezogenen Rapiers verschlungen und von den inneren, verborgenen Beißwerkzeugen des Katzenbaums zerkleinert worden war. Die Reste der Kleidung hatte der Katzenbaum dieser Erzählung nach wieder ausgespuckt, das Rapier jedoch nicht. Angeblich hatte er es gut vertragen, denn es war nicht bekannt, dass der Baum vor Ablauf seiner naturgegebenen Lebensspanne, die sich auf gut dreihundert Jahre belief, sein Ende gefunden hätte.

Kurz vor Sonnenaufgang legten sie noch einmal eine Rast ein.

Während sich bei den anderen Reisenden Schlafmangel und Erschöpfung bemerkbar machten, schien es Lirandil weniger um eine Erholungspause zu gehen, als vielmehr darum, ausgiebig in den Wald zu lauschen.

»Lasst uns wissen, ob Ihr etwas Interessantes hört, werter Lirandil«, sagte Borro.

»Ich werde dich wissen lassen, wann du das nächste Mal reden darfst«, entgegnete Lirandil. Er wirkte angespannt, und Borro war ziemlich eingeschüchtert und schaffte es tatsächlich für eine Weile, nichts zu sagen.

»Die Luft scheint rein«, meinte der Elb schließlich, aber seine Körperhaltung verriet Arvan, dass er sich keineswegs entspannt hatte. »Es ist kein Verfolger zu hören. Ich kann es kaum glauben«, wunderte sich der Elb.

»Anscheinend hattet Ihr mit Euren magischen Vorkehrungen Erfolg«, meinte Arvan.

»Wir müssen trotzdem wachsam bleiben«, mahnte der Elb. »Ghool hat Tausende von Orks in die Wälder am Langen See geschickt. Selbst wenn der Waldkönig Haraban seine gesamte Söldnerschaft hierher entsenden würde, könnte er sie kaum alle aufspüren, dazu ist das Gebiet viel zu groß und unwegsam.«

»Ihr meint, wir werden den Orks unterwegs noch begegnen?«, fragte Arvan.

»Damit müssen wir rechnen.«

»Da wir mit Arvan den größten Orkschlächter aller Zeiten in unseren Reihen haben, sollte uns das nicht weiter den Schlaf rauben«, meinte Borro in seiner großspurigen Art, wurde dann aber ernster. »Ehrlich gesagt, mir machen diese dämonischen Verfolger größere Sorgen.«

Sie ruhten sich ein wenig aus und setzten den Weg im Morgengrauen fort. Schließlich erreichten sie das Ufer des Langen Sees. Nebel hing über dem Wasser wie eine graue Wand. Man konnte kaum zwanzig Schritt weit sehen.

Lirandil führte sie am Ufer entlang. Dass Nebel über dem

Langen See wallte, war nicht ungewöhnlich. Bei den wenigen Gelegenheiten, die Arvan am See gewesen war, war das immer so gewesen. Normalerweise löste sich der Nebel im Laufe der Morgenstunden auf. Aber an diesem Tag war das offensichtlich anders. Selbst um die Mittagszeit hingen die grauen Schwaden noch über dem See. Außerdem herrschte vollkommene Windstille, und das Wasser war spiegelglatt. Eigenartige schrille Schreie waren aus der Tiefe des Nebelgraus zu hören.

Arvan und die Halblinge horchten auf, während Lirandil unbeirrt weiter dem Uferpfad folgte.

»Fischreiher«, kommentierte der einsilbig gewordene Borro die Schreie aus dem Nebel und fügte unsicher hinzu: »Ganz bestimmt.«

»Vielleicht auch Wassergeister«, meinte Neldo spöttisch. »Oder die verdammten Seelen der Fischer und Bootsfahrer, die im Laufe der Zeitalter schon in den Tiefen des Langen Sees ihr Leben verloren haben.«

»Ja, oder das Riesenkrokodil Ganto«, ergänzte Zalea, »das den Legenden zufolge noch irgendwo an einer verborgenen Uferstelle wohnt. Es verspeist vielleicht gerade ein paar Halblinge, um sich dafür zu rächen, dass Brado der Flüchter es sich einst mit der Magischen Essenz des Baumsaftes gefügig machte und zu einer unsinnigen weiten Reise zwang.«

»Ja, macht euch nur über mich lustig«, entgegnete Borro beleidigt. »In Wahrheit wollt ihr nur nicht zugeben, dass ihr euch genauso unwohl fühlt wie ich mich.«

Wieder drang ein Schrei aus dem dichten Nebel, und diesmal blieb sogar Lirandil stehen.

»Was hört Ihr mit Eurem feinen Gehör?«, fragte Borro.

»Fischreiher klingen anders«, war Arvan überzeugt. »Das kann sogar ich unterscheiden.«

»Die Elemente sind in Aufruhr«, sagte Lirandil. »Die Geister des Wassers, der Luft und der Erde spüren die Kräfte des Unheils, die Ghool schon seit Langem sammelt. Diese Kräfte sind so stark geworden, dass ihre Existenz von niemandem mehr geleugnet werden kann.«

»Und die Geister der Elemente oder wovon Ihr da sprecht, schreien so?«, fragte Borro skeptisch.

»Nein, das war eine trächtige Langseerobbe«, widersprach Lirandil, »um deretwegen braucht sich niemand von uns Sorgen zu machen.«

»Na, dann bin ich ja beruhigt«, meinte Borro.

»Eher schon deswegen.« Lirandil deutete auf eine Stelle am Boden, die weder Arvan noch den drei Halblingen in irgendeiner Weise auffällig erschien.

»Was soll dort sein?«, fragte Arvan.

»Siehst du nicht die Stiefelabdrücke im Moos?«

»Es waren bestimmt Söldner des Waldkönigs hier«, vermutete Borro.

»Nein«, sagte Lirandil, »dafür ist der Stiefel vorn zu breit. Solches Schuhwerk trägt jemand, der klauenartige Zehen hat. Außerdem zeigen die Abdrücke, dass derjenige, der sie hinterlassen hat, sehr breitbeinig gegangen ist. Es war kein Mensch, auch kein Elb oder Halbling.«

»Ein Waldriese vielleicht?«, fragte Arvan.

Lirandil schüttelte den Kopf, ging in die Hocke und berührte leicht mit der Hand die Stelle im Moos, wo er die Abdrücke entdeckt hatte. Er schloss die Augen, um sich ganz auf seinen Tastsinn zu konzentrieren. »Es könnte allenfalls ein Waldriesenkind gewesen sein, aber die tragen keine Stiefel«, sagte er. »Nein, es war ein Ork, der hier entlanggelaufen ist.« Er öffnete wieder die Augen und erhob sich, dann lauschte er angestrengt und ließ dabei den Blick suchend schweifen.

»Wollen wir hoffen, dass es nur ein Einzelgänger war«, flüsterte Zalea.

Lirandil nickte leicht. »Ja«, murmelte er, »das wollen wir hoffen …«

»Könnt Ihr auch sagen, wie lange es her ist, dass dieser Ork hier entlanggegangen ist?«, fragte Arvan.

»Zwei Tage«, antwortete Lirandil. »Vielleicht war es wirklich nur ein einzelner Kundschafter.«

Der Waldriese

Die meiste Zeit über gingen sie nun schweigend den Uferpfad entlang. Am frühen Nachmittag erreichten sie schließlich die Anlegestelle von Zobo dem Bedachtsamen.

Wer nicht wusste, wo sie sich befand, ging glatt an ihr vorbei, ohne auch nur zu bemerken, dass hier eine ganze Sippe aus dem Stamm von Brado dem Flüchter lebte.

Die Anlegestelle und die Wohnräume, Bootswerften und Werkstätten von Zobo und seiner Sippe befanden sich in der Wurzelhöhle eines knorrigen Riesenbaums auf der dem See zugewandten Seite. Dieser Baum war zwar nicht ganz so hoch wie manch anderer seiner Art, hatte dafür aber mindestens den dreifachen Durchmesser. Der Blitz war im Laufe der Zeit immer wieder eingeschlagen und hatte ihn mehrfach gespalten, wodurch er nicht so hoch gewachsen war. Dafür reichte sein Wurzelwerk weit in den See, dessen Wasserspiegel in den Zeitaltern immer wieder schwankte. Nun war er so angestiegen, dass der Baum etwa zur Hälfte im Wasser stand. Seine gewaltigen Wurzeln wirkten wie natürlich gewachsene Landungsstege oder Wellenbrecher.

Lirandil überkletterte die Wurzelstränge, die sich am Ufer aus der Erde erhoben, Arvan und die Halblinge folgten ihm.

»Seltsam, dass man von Zobo und seinen Leuten nichts hört«, meinte Arvan.

»Sie werden vorsichtig sein«, sagte Zalea leise. »Denkt an die Orkspur, die Lirandil entdeckt hat.«

Ein schmaler und kaum als solcher erkennbarer Pfad führte am Wasser entlang. Über ihn gelangten sie in die vom Land aus vollkommen verborgene Wurzelhöhle, die einer Grotte ähnelte. Licht fiel durch die dem See zugewandte Bootsausfahrt in das Innere. Außerdem gab es mehrere Lichtlöcher, die an ganz bestimmten Stellen in das Wurzelholz gebohrt worden waren. Die Boote waren fest vertäut. Aber schon auf den ersten Blick war zu erkennen, dass hier etwas nicht stimmte.

Denn ein toter Halbling trieb im Wasser, mit dem Gesicht nach unten. Eine Wunde klaffte an seinem Hinterkopf, wie sie von den Wurfäxten der Orks verursacht wurden und Arvan sie inzwischen mehrfach gesehen hatte.

Er zog *Beschützer* und umfasste den Griff der Waffe grimmig mit beiden Händen.

»Ich fürchte, wir kommen zu spät«, flüsterte Neldo.

In einem der Boote lag ein weiterer toter Halbling. Arvan erschrak. »Das ist Wybo«, entfuhr es ihm.

Wybo war einer der Söhne des bedachtsamen Zobo und ungefähr in Arvans Alter. Allerdings war es Jahre her, dass Arvan ihn zuletzt gesehen hatte. Das war gewesen, als Wybos Vater Gomlos Baum einen seiner seltenen Besuche abgestattet hatte, bei dem er seinen Sohn mitgenommen hatte. Wybo lag ausgestreckt und mit weit aufgerissenen starren Augen im Boot. Dort, wo die rechte Hand hätte sein sollen, war nur noch ein Stumpf.

Die Hand fand sich im hinteren Teil des Bootes und umklammerte noch immer den Griff des Langmessers, mit dem Wybo wohl verzweifelt versucht hatte, sich gegen den oder die Angreifer zu wehren. Vergeblich. Ein Wurfdolch steckte in seiner Brust.

Bilder stiegen in Arvan auf. Er dachte an eine Bootsfahrt, die er zusammen mit Gomlo auf Zobos Boot unternommen hatte. Da war Arvan noch ein kleiner Junge gewesen, und das Erlebnis gehörte zu seinen ersten Erinnerungen. Gomlo und Zobo hatten sich gestenreich unterhalten, und Arvan hatte kaum begriffen, worum es eigentlich gegangen war. Aber das Faltenmuster, das sich jedes Mal auf der Stirn von Zobo dem Bedachtsamen gebildet hatte, wenn dieser Gomlos Worten interessiert lauschte, war für den kleinen Jungen höchst interessant gewesen.

Arvan stieß die Tür auf, die in die eigentlichen Wohn- und Lagerräume der Baumhöhle führte.

»Warte!«, rief Lirandil.

Aber Arvan hatte die Schwelle schon überschritten. Im Flur war überall Blut. Eine abgeschlagene Orkpranke samt der mit Obsidiansplittern besetzten Keule, die sie umklammert hielt, lag auf dem Boden.

Arvan gelangte in einen Wohnraum. Der Geruch von Blut hing in der Luft, und der Raum war erfüllt vom Brummen der Fliegen. Die großen Baumfliegen wurden durch bestimmte Duftessenzen von Halblingbehausungen ferngehalten, damit sie sich nicht über die Vorräte hermachten, und so konnten sich ihre kleinen Verwandten jetzt umso mehr breitmachen. Überall waren sie. Denn überall befand sich Blut. Leichenteile lagen auf dem Boden verstreut. Vor allem Arme, Beine und Köpfe von Halblingen. Die dazugehörigen Torsi waren durch Axt- und Schwerthiebe so zerhackt worden, dass man sie nur noch durch die blutgetränkten Gürtel und Kleidungsstücke als solche erkennen konnte. Die Schädel waren durchweg gespalten und geöffnet worden. Die Orks hatten sie aufgeknackt wie die großen hartschaligen Nüsse des astlosen Baums und sich an der Hirnmasse gütlich getan.

Schon dass die Orks so etwas bei Baumschafen taten, hatte Arvan immer schockiert. Aber das war nichts gegen das Grauen, das sich hier seinen Augen offenbarte. Selbst gegenüber den Kindern hatten die mordenden Scheusale keine Gnade gekannt. Die Verteidiger waren hoffnungslos unterlegen gewesen.

Arvan fühlte sich einen Moment lang wie betäubt. Dass jemand seinen Namen rief, nahm er nur wie aus weiter Ferne wahr. Ein kratzendes, schabendes Geräusch ließ ihn jedoch erstarren. Dann drang etwas, das wie eine Mischung aus Saugen und Schmatzen klang, an sein Ohr.

Arvan setzte sich wieder in Bewegung und durchschritt den Raum. Die Tür zum Nachbarraum stand halb offen. Arvan stieß sie mit dem Fuß zur Seite.

»Arvan – Vorsicht!«, erklang hinter ihm Lirandils Stimme. Sie erschien ihm viel lauter und eindringlicher als sonst, und außerdem glaubte er, sie wie bei einem Echo zweimal mit geringer Verzögerung zu hören. Offenbar warnte ihn der Elb gleichzeitig mit einem sehr intensiven Gedanken.

Aber es war zu spät. Arvan hatte bereits den angrenzenden Raum betreten. Es handelte sich um einen Schlafraum, in dem sich ihm ein ähnlich grausames Bild wie im Wohnraum zeigte. Keine der Halblingleichen war noch wiederzuerkennen.

Am Boden kauerte ein Ork. Er war offensichtlich schwer verletzt. Blut rann aus unzähligen Wunden in seinem Körper. Das dunkle Rot vermischte sich mit dem Braun des getrockneten Schlamms, der den Ork von Kopf bis Fuß bedeckte. Blut und eine weißliche Masse troffen aber auch von seinen Hauern, und vor ihm lag ein abgetrennter und geöffneter Schädel, von dessen Hirn sich der Verletzte offenbar ernährt hatte.

Arvans Blick begegnete dem des Orks. Wut keimte in ihm auf. Sie wurde zu einer überwältigenden roten Welle, die ihn vollkommen erfasste und jeden Winkel seiner Seele überflutete. Er stieß einen Schrei aus, fasste *Beschützer* mit beiden Händen und ließ die Klinge auf den Ork niedersausen.

Dieser schleuderte im selben Moment einen Wurfdolch in Arvans Richtung, der in einem Futteral am Gelenk seiner mächtigen Pranke gesteckt hatte. Die Klinge klirrte gegen Arvans Schwert und wurde zur Seite hin abgelenkt. Zitternd blieb sie im Wurzelholz der Wand stecken.

Das sichelförmige Schwert, mit dem der Ork Arvans ersten Hieb noch mühsam parierte, wurde ihm mit dem nächsten Streich aus der Pranke geprellt.

Nicht, Arvan!

Der Gedanke, der ihn daran zu hindern versuchte, seiner Wut ungehemmt nachzugeben, war sehr stark, aber es war nicht sein eigener. Und er kam zu spät.

Die Klinge *Beschützers* trennte dem Ork, der es noch immer nicht geschafft hatte, auf die Beine zu gelangen, den Kopf ab, der über den Boden rollte, während ein weiterer Hieb tief in den schon nicht mehr lebenden Körper fuhr.

Immer wieder schlug Arvan zu.

»Hör auf!«, durchdrang ein strenger Befehl schließlich den roten Nebel des Hasses, der seine Gedanken vollkommen beherrschte.

Arvan rang nach Luft. Das Schwert in beiden Händen stand er da. Es war nicht das erste Mal, dass Orkblut von dieser Waffe troff, und doch war es diesmal etwas anderes.

Zwei Hände packten ihn an den Schultern. Arvan drehte sich um und sah in Lirandils Gesicht. Einen halben Kopf überragte ihn der hochgewachsene Elb, dessen Blick ihn zu durchbohren schien. Nie zuvor hatte jemand Arvan auf diese Weise angesehen. Er schluckte.

»Lass dich nie wieder von deiner Wut beherrschen«, mahnte Lirandil eindringlich. »Nie wieder.«

Arvan steckte ein Kloß im Hals. Er war unfähig, auch nur ein Wort hervorzubringen, während sein Herzschlag nur so raste.

»Hast du mich verstanden?«, fragte Lirandil nach einem Augenblick des Schweigens.

Arvan nickte leicht. Aber dieses Nicken kam einer Lüge gleich. Lirandil brauchte seine Gedanken nicht zu lesen, um das zu erkennen.

»Wenn du mir weiter folgen und mir wirklich helfen willst, dann lass nie wieder zu, dass deine finsteren Gefühle dermaßen die Oberhand über deine Seele erringen«, sagte der Elb.

»Aber ...« Mehr brachte Arvan nicht hervor.

»Wenn du das nicht kannst, endet unser gemeinsamer Weg hier und jetzt«, erklärte der Elb. »Die Entscheidung liegt bei dir.«

»Hatte dieser Ork denn nicht den Tod verdient?«, platzte es aus Arvan heraus. »Seht Euch doch an, was hier geschehen ist!«

»Und sieh du dir an, was *du* getan hast.«

»Aber seid Ihr denn blind? Die Orks haben hier gehaust wie wilde Tiere.«

»Gerade hast auch du dich verhalten wie ein wildes Tier, Arvan. Abgesehen davon hätten wir vielleicht noch etwas von dem Ork erfahren können.«

In diesem Augenblick erklang draußen ein Schrei. Er war so durchdringend und tief, dass Arvan sofort klar war, dass er weder von einem Menschen noch von einem Halbling oder einem Ork kommen konnte. Stampfende Schritte folgten.

»Bei allen Waldgöttern – was ist das?«, stieß Zalea hervor. Die anderen waren Arvan und Lirandil inzwischen gefolgt, und das Halblingmädchen war die Erste von ihnen, die angesichts des Grauens, das sich ihnen hier offenbarte, die Sprache wiederfand.

»Ein Waldriese«, sagte Lirandil, ohne dabei irgendeine Gefühlsregung zu zeigen.

»Das muss Tarruu sein«, vermutete Arvan atemlos.

»Wer ist Tarruu?«, fragte Borro.

»Der Waldriese, den Zobo als Hilfskraft beschäftigt, um schwere Lasten zu tragen und die Boote aus dem Wasser zu heben.«

»Hast du nicht mal erzählt, es sei Jahre her, dass du zuletzt hier warst?«, fragte Borro. »Da kann sich einiges geändert haben.«

»Nicht bei einem Waldriesen«, widersprach Arvan.

Waldriesen erfreuten sich überall in Athranor als Hilfskräfte großer Beliebtheit. Das lag nicht nur an den enormen Körperkräften dieser Geschöpfe, sie waren auch äußerst zuverlässig. Zumeist waren sie jemandem, der sie beschäftigte und gut entlohnte, über viele Jahre hinweg treu ergeben, und da sie deutlich älter als Menschen und Halblinge wurden, dienten sie oft genug sogar über mehrere Generationen hinweg derselben Familie.

»Ich sehe nach ihm«, entschied Arvan. Seine letzte Erinnerung an Tarruu war, wie dieser versucht hatte, ihn als kleinen Jungen zum Lachen zu bringen, wozu er sein zerfurchtes Riesengesicht zu Fratzen verzogen und mit den astähnlichen beweglichen Auswüchsen auf seinem Kopf das moosähnliche grünliche Haar zu lustigen Gebilden aufgetürmt hatte.

Arvan war schon halb zur Tür hinaus, als Lirandils Stimme ihn aufhielt. »Warte, Arvan! Da kommt noch jemand.«

»Wer?«

»Viele Tritte von Stiefeln …«

»Orks?«

»Vielleicht.«

Da gab es für Arvan kein Halten mehr. Er lief hinaus, und als er wieder in die Baumgrotte gelangte, vernahm er von draußen die lauten Schreie eines Riesen, der in höchster Not war.

Du kannst ihm nicht helfen!

Dieser Gedanke stand auf einmal so klar und deutlich in seinem Kopf, als wäre es sein eigener.

»Hätte ich so auch denken sollen, als die Orks Euch bedrängten, Lirandil?«, murmelte Arvan.

Er hörte Schritte in seinem Rücken. Offenbar folgten ihm die anderen. Er aber setzte zu einem Spurt an, rannte am Wasser entlang ins Freie und überstieg einige der landeinwärts wuchernden Wurzeln des Riesenbaums.

Dann sah er den Waldriesen vor sich. Für gewöhnlich waren sie zweimal so hoch wie ein ausgewachsener Elb oder Mensch, doch bei diesem Exemplar handelte es sich um einen besonders großen Vertreter seiner Art. Fast drei Mannslängen ragte er empor. Das moosartige Haar war wirr und zerzaust. Die astähnlichen Fortsätze, die ihm aus Stirn, Schläfen und Hinterkopf ragten, führten rudernde Bewegungen aus, so als würde ihm das helfen, sein Gleichgewicht zu halten. Gewaltige, schaufelartige Hände hielten einen Baumstamm, der andernorts vielleicht als dick durchgegangen wäre, hier in den Wäldern am Langen See aber eher zu den kleineren Gewächsen zählte.

Der Riese hatte mit dem Baumstamm zum Schlag ausgeholt, hielt aber inne, als er erkannte, dass er keinen Ork vor sich hatte.

»Ich bin es, Tarruu! Arvan, für den du vor vielen Jahren Grimassen geschnitten hast! Ich war noch sehr klein.«

Einen Moment lang schien Tarruu zu überlegen, mit wem er es zu tun hatte. Er zog die moosfarbenen Augenbrauen zusammen, dann kam ihm die Erkenntnis.

»Der Menschling!«, stieß er hervor, und er senkte den Baumstamm, stützte sich darauf und drehte sich halb in Richtung des dichten Waldes um, denn er erwartete offenbar, dass seine Verfolger jeden Moment aus dem Unterholz brachen.

Da erst sah Arvan die furchtbare Verletzung am Rücken des Riesen. Eine Wurfaxt der Orks steckte ihm zwischen den Schulterblättern, an einer Stelle, an die der Waldriese nicht herankam, sodass er die Waffe nicht herausziehen konnte.

»Weg!«, rief der Riese. »Verschwinde!« Das erste Wort sagte er auf Relinga, das zweite in der Halblingssprache, so als wollte er sichergehen, dass Arvan ihn auf jeden Fall verstand. Dann fuhr er in der Sprache der Halblinge fort: »Sie kommen her! Es sind viele! So viele Scheusale!«

Im Unterholz knackte und krachte es. Selbst für jemanden, der über kein feines Elbengehör verfügte, war das Herannahen der Orks deutlich zu vernehmen – ihre Stimmen, ihre stampfenden Schritte, das Brechen von Zweigen und Ästen, das Klirren ihrer Waffen ... Dann brachen die ersten aus dem Unterholz hervor.

Ein Schrei tönte aus einem Orkmaul mit angespitzten Zähnen. Ein Speer wurde geschleudert. Der Waldriese hob abwehrend den Baumstamm – doch noch im selben Moment peitschte eine Ranke aus dem hohen Geäst der Bäume herab, wickelte sich um den Speer und riss ihn aus seiner Bahn. Er wurde davongeschleudert, als die Ranke ihren Griff wieder löste.

Es geht also auch hier, dachte Arvan erleichtert.

Der erste Ork stürmte auf den Waldriesen zu, doch dieser fegte ihn mit dem Baumstamm zur Seite. Schreiend wirbelte das Scheusal durch die Luft und prallte so heftig gegen einen der Riesenbäume, dass sich ein spitzes Astende von hinten durch seinen Körper bohrte und vorn auf der Brust den Harnisch ein Stück anhob. Der gurgelnde Laut – der letzte, den der Ork ausstieß – verriet eher Erstaunen als Schmerz.

Ein Dutzend Orks stürmte auf den Riesen zu. Ein orkischer Wurfdolch pfiff durch die Luft und blieb in Tarruus Oberschenkel stecken, was ihn aufbrüllen ließ. Voller Wut schlug er mit dem Baumstamm um sich und tötete mehrere Orks.

Arvan wollte sich auf die Ranken konzentrieren, sie unter seinen Willen zwingen, doch obwohl es ihm kurz zuvor noch geglückt war, erwiesen sich diese Ranken als eigenwillig und so störrisch wie Baumschafe, die einfach nicht hören wollten.

Ein Ork stürmte an dem um sich schlagenden Waldriesen vorbei und stürzte mit einem gewaltigen, beidhändig geführten Schwert auf Arvan zu. Mit Mühe parierte dieser den ersten Schlag, stolperte jedoch mehrere Schritte nach hinten und konnte dann gerade noch den nächsten Hieb seines Gegners abwehren. Funken sprühten, als der Stahl des Orkschwerts gegen die Klinge von *Beschützer* prallte.

Der nächste Hieb des Orks war so heftig, dass Arvan seine Waffe nicht mehr halten konnte; sie wurde ihm aus der Hand geprellt. Arvan taumelte weiter zurück. Seine rechte Hand und sein ganzer Arm schmerzten noch von dem Schlag des Orks und waren wie betäubt. Mit der Linken tastete er nach seinem Langmesser, als die blitzende Klinge seines Gegners bereits mit einem von oben geführten Schlag auf ihn niedersauste.

Helft mir!

Der verzweifelte Gedankenbefehl an die Ranken kam viel zu spät und war auch zu schwach. Arvan ahnte es bereits in dem Augenblick, als der Gedanke in seinem Kopf entstand.

Eine Ranke langte zwar von einem der Hauptäste des Riesenbaums herab, peitschte auf den angreifenden Ork zu, verfehlte ihn jedoch um mindestens eine Mannslänge. Immerhin lenkte das den Ork für einen Moment ab, und Arvan konnte seinem Hieb ausweichen.

Er riss das Langmesser heraus, stolperte über eine Unebenheit und saß im nächsten Augenblick auf dem Hosenboden, während sein Gegner zum nächsten – diesmal wohl letzten – Schlag ausholte.

Da fuhr dem Ork ein Pfeil ins Auge, ließ ihn zwei Schritte zurücktaumeln. Arvans Gegner brüllte auf, mehr vor Wut als aus Schmerz. Mit der freien Hand ergriff er den Pfeil, um ihn sich aus dem Kopf zu ziehen, als sich ein zweiter durch seinen Hals bohrte. Der Ork fiel auf die Knie, während er mit seinem eigenen Blut gurgelte.

Arvan blickte zur Seite. »Borro!«, stieß er hervor.

Der rothaarige Halbling legte bereits den nächsten Pfeil ein. »Hoch mit dir!«, rief er.

Lirandil, Neldo und Zalea waren ebenfalls aus der Wurzelhöhle herausgetreten. Zwei heranstürmende Orks wurden von Herdenbaumkastanien und Schwarzen Steinen getroffen.

Tarruu wütete unterdessen wie ein Berserker unter den Orks. Ein halbes Dutzend hatte er bereits erschlagen, und die restlichen flohen schließlich zurück ins Unterholz. Der Waldriese brüllte ihnen dröhnende Verwünschungen in der Sprache seines Volkes hinterher. Am liebsten wäre er ihnen gefolgt, um keinen von ihnen entkommen zu lassen. Aber seine Verletzungen hinderten ihn daran.

Arvan war wieder auf den Beinen und hatte auch *Beschützer* wieder an sich genommen. Er wandte sich Borro zu und sagte: »Danke, das war Rettung im letzten Augenblick.«

Aus dem dichten Unterholz hörte man die bellenden Schreie der Orks, und Lirandil, der ihre Sprache verstand, sagte: »Sie rufen Verstärkung.«

Der Waldriese Tarruu bestätigte dies mit einem Nicken und sagte: »Schnell, ihr müsst fort von hier! Die Orks bringen jeden um, auf den sie treffen!«

»Wie viele sind es?«, fragte Neldo.

»Ich weiß es nicht«, gestand Tarruu, dann wollte er wissen: »Wie geht es Zobo dem Bedachtsamen und seiner Sippe?«

»Wir haben nur Tote vorgefunden«, antwortete Lirandil.

Das Gesicht des Waldriesen verfinsterte sich. Dann stieß er einen durchdringenden Schrei aus, in dem gleichermaßen Schmerz und Zorn mitschwangen. Seine Pranken krallten sich derart fest um den Baumstamm, dass das Holz knackte. »Ich habe es geahnt«, klagte er schmerzerfüllt. »Ich habe es nicht mehr geschafft, Zobo zu warnen. Die verfluchten Orks! Sie waren schon hier.«

»Du bist verletzt«, stellte Zalea fest.

»Nicht so schlimm«, meinte Tarruu. Mit verzerrtem Gesicht zog er sich den Wurfdolch aus dem Oberschenkel und schleuderte ihn wutentbrannt von sich. Blut durchtränkte den groben Stoff seiner Beinkleider, aus dem auch sein Wams gefertigt war. »Wenn mir jemand die Axt aus dem Rücken ziehen könnte, wäre ich sehr dankbar. Da komme ich nicht ran.«

»Selbstverständlich«, sagte Zalea.

»Nein, nicht du«, sagte Tarruu. »Kein schwaches Halblingmädchen ...«

»Aber ...«

»Du.« Tarruu deutete auf Arvan. »Menschlinge sind stärker – und ich will nicht länger leiden als unbedingt nötig.« Er setzte sich auf den Boden. »Na los!«, forderte er Arvan auf. »Oder willst du warten, bis die Orks ihre hässlichen Brüder zusammengerufen haben, die überall in den Wäldern herumstreunen?«

Arvan zögerte zunächst, den Stiel der orkischen Wurfaxt zu umfassen und sie aus dem Rücken des Waldriesen zu ziehen.

»Tu, worum er dich bittet«, sagte Lirandil, und im nächsten Augenblick erreichte Arvan ein Gedanke: *Hab keine Angst und zögere nicht, denn das verursacht mehr Schmerzen, als wenn du beherzt zufasst.*

Arvan steckte sein Schwert ein, umfasste den Stiel der Axt mit beiden Händen und stemmte den Fuß gegen den Rücken des Waldriesen. Dieser stöhnte kurz auf, dann hatte es Arvan geschafft! Er hielt eine blutige Wurfaxt der Orks in den Händen, mit doppelter Klinge aus einem dunkel glänzenden Metall. Arvan warf sie auf den Boden, als handele es sich um etwas ganz besonders Widerwärtiges.

Ächzend erhob sich der Waldriese. »Ich gehöre einer recht widerstandsfähigen Art an, also besteht kein Grund zur Sorge«, sagte er, doch das Dröhnen seiner Stimme konnte den Schmerz kaum unterdrücken, der in ihr mitschwang. »Und nun fort mit euch! Die Orks kennen keine Gnade! Ich habe sie einen Halblingwohnbaum ausräuchern sehen, dessen Bewohner sich nicht unauffällig genug verhalten haben. Und ein paar Meilen südlich von hier treiben ein paar Dutzend erschlagene Waldriesen in Ufernähe im Wasser, alles Freunde und Verwandte von mir. Sie waren als Holzträger für den Waldkönig tätig und haben frisch geschlagene Stämme zu einer der Anlegestellen gebracht, wo ein Segler sie über den Langen See ziehen sollte. Die Mannschaft des Seglers ist auf und davon, ich habe ihr Schiff noch am Horizont gesehen. Und all das wertvolle Edelholz für Harabans Palast treibt jetzt zusammen mit den Toten im See.« Tarruu schüttelte den Kopf, wobei sich die astartigen Fortsätze heftig bewegten, als wollten sie seiner Stimmung zusätzlich Ausdruck verleihen. »Diese Bestien töten jeden, der ihnen über den Weg läuft. Sie brauchen keinen Grund dazu außer der eigenen Mordlust.«

»Nein, sie sind Verführte«, widersprach Lirandil. »Sie folgen Ghool, weil sie unter seinen Einfluss geraten sind, und so verabscheuungswürdig ihr Treiben auch ist, so kann niemand von uns ausschließen, nicht selbst eines Tages zu einem Mordwerkzeug des Bösen zu werden.«

»Ich kann das sehr wohl von mir behaupten«, widersprach Arvan.

Ach, wirklich?, antwortete ihm Lirandil in Gedanken. *Und wer war dieses wilde Tier, das dort drinnen in der Wurzelhöhle seinem Zorn nachgab?*

Auf einmal schien Lirandil wieder angestrengt zu lauschen.

»Ihr seid ein Elb«, sagte Tarruu. »Dann hört Ihr wohl, dass die Orks sich sammeln und wieder auf dem Weg hierher sind.«

»So ist es«, bestätigte Lirandil.

»Ihr müsst ein Boot nehmen, um von hier zu entkommen«, riet der Waldriese. »Einen anderen Weg gibt es nicht mehr. Also auf zur Anlegestelle.«

Inzwischen hörte sogar Arvan die Orks im Wald herannahen.

Luftgeister

Arvan, Lirandil und die drei Halblinge kehrten in die Wurzelgrotte des Riesenbaums zurück. Tarruu musste dazu erst ins Wasser steigen, das ihm gerade mal bis zur Hüfte reichte, und gebückt zur Anlegestelle der Boote waten, da er über den Laufsteg nicht durch den Eingang der Wurzelhöhle gepasst hätte, auch auf allen vieren nicht.

Eines der größeren Boote war vor dem Überfall der Orks zum Auslaufen klargemacht worden. Es waren auch ein paar Kisten und Fässer an Bord. In den Fässern befand sich nach Art der Halblinge gebrautes Bier. Tarruu stellte sich neben das Boot und warf sie einfach über Bord, ebenso die Kisten, deren Inhalt schepperte. Vermutlich enthielten sie Gefäße aus Glas, die in den Halblingwerkstätten gefertigt wurden und sich am Hof des Waldkönigs großer Beliebtheit erfreuten. Durch die manchmal recht ausufernden Erzählungen des alten Grebu wusste Arvan, dass die Kunst der Halblingglasbläser selbst in Carabor über die Maßen gefragt war.

»Los!«, rief Tarruu. »Hinein mit euch!«

Auch die Leiche eines erschlagenen Halblingjungen befand sich auf dem Schiff. Mit einer seiner schaufelartigen Hände konnte Tarruu den leblosen Körper fassen und emporheben. Er sah kurz in das Gesicht des Toten und sagte: »Er war ein guter Junge. Es ist ein Jammer.« Dann ließ er den Leichnam ins Wasser gleiten.

Arvan hatte davon gehört, dass Waldriesen um ihre Toten

keinerlei Aufhebens machten. *Lass dem Wald, was dem Wald gehört*, so lautete ihr Grundsatz. Wie die Halblinge glaubten auch sie an die Waldgötter, allerdings war es unter dem kleinen Volk seit jeher Sitte, die Toten zu bestatten und sie nicht dem Gewürm des Bodens oder anderen Aasfressern zu überlassen.

Das Segel war um den Quermast gewickelt, der im Inneren des Transportbootes lag. Es schwankte, als Neldo und Zalea, dicht gefolgt von Borro und Arvan, an Bord gingen.

Bevor Lirandil es ihnen gleichtat, wandte er sich an Tarruu. »Du bist zu schwer für dieses Boot.«

»Macht Euch um mich keine Sorgen, Elb«, entgegnete Tarruu. »Steigt endlich ein.«

Der Lärm der Orks war mittlerweile selbst in der verhältnismäßig abgeschirmten Baumgrotte zu hören und wurde immer lauter.

Als auch Lirandil das Boot bestiegen hatte, löste der Waldriese die Vertäuung, legte sich das Tau über die Schulter und begann zu ziehen, während er durch das Wasser auf den Ausgang der Baumgrotte zuwatete.

Seine Bewegungen waren ausholend und kraftvoll, denn es war Eile geboten. Arvan wurde beinahe über Bord geworfen, als Tarruu einmal ruckartig am Seil riss, und konnte sich gerade noch halten.

Tarruu schleppte sie auf den See hinaus, geradewegs in den grauen Nebel hinein, der vielleicht die Rettung für sie war, denn wenn der Riese es schaffte, das Boot weit genug in die wabernden Schwaden zu ziehen, würden diese sie vor den Blicken der Orks verbergen und somit vor ihren Armbrustbolzen und Pfeilen schützen. Das Wasser war noch immer spiegelglatt, und es wehte nicht ein Lüftchen.

»Mindestens eine Meile weit kann ich euch vom Ufer fortziehen«, sagte Tarruu. »Erst danach wird der See zu tief für mich.« Er schritt rasch voran. Das Wasser reichte ihm inzwischen bis zur Brust.

Neldo deutete zum Ufer. »Orks!«, rief er und griff nach seiner Schleuder. »Überall am Ufer.«

Noch waren sie nicht tief genug in den Nebel eingetaucht, und so konnten sie nicht nur die Orks sehen, von denen sich inzwischen Hunderte am Ufer eingefunden hatten, sondern die Unholde auch sie.

Einer der Orks zielte mit einer Armbrust auf die Flüchtenden und schoss.

Der Bolzen traf Tarruu in den Kopf, und der Riese brach in den Fluten zusammen, wobei er das Tau losließ.

Borro schoss augenblicklich mit seinem Bogen zurück, und der Pfeil bohrte sich mit unglaublicher Treffsicherheit in die Kehle des Armbrustschützen, genau einen Fingerbreit über seinem Harnisch. Der Ork kippte röchelnd nach hinten und rutschte dann über die von Moos überwucherte Uferböschung in den See.

»Tarruu!«, rief Arvan.

Der Waldriese war ins Wasser gesunken und trieb reglos dahin. Der Bolzen steckte in seinem Kopf, und es bestand keinerlei Zweifel daran, dass er tot war. Um seinen Schädel herum färbte sich das Wasser rot vom Blut.

Einige der Orks stürmten einfach in den See und wateten voran, bis ihnen das Wasser bis zu den Schultern oder sogar bis zum Hals reichte. Andere Orks waren zur Anlegestelle gelaufen und hatten dort Boote klargemacht. Völlig überladen lagen sie sehr tief im Wasser, während die Orks ruderten und die Verfolgung von Arvan und seinen Gefährten aufnahmen.

Arvan steckte eines der Ruder, die im Boot gelegen hatten,

in die Dolden. Neldo nahm das zweite und tat es seinem Menschenfreund nach, während ihn ein weiterer Armbrustbolzen nur knapp verfehlte.

Lirandil schloss die Augen und wirkte konzentriert, während er irgendetwas in der Elbensprache murmelte. Zalea schoss mit ihrer Schleuder mehrere Baumkastanien auf die Verfolger ab.

Noch ehe Arvan und Neldo die Ruderblätter ins Wasser getaucht hatten, wurde das Boot plötzlich von einem Sog erfasst. Der Nebel geriet in Bewegung, und ein Heulen erklang, das sich anhörte wie das Klagen des Windes und der Ruf einer unbekannten, aber gewiss sehr großen Kreatur. Das Heulen wurde lauter, vermischte sich mit ähnlichen Lauten zu einem vielstimmigen Chor.

Das Boot beschleunigte, als würde es von Geisterhand gezogen, und pflügte durch das spiegelglatte Wasser. Kein Wind, keine Strömung oder sonst eine Kraft der Natur konnte dafür verantwortlich sein.

Innerhalb weniger Augenblicke waren sie vom grauen Nebel umhüllt. Die grimmigen Kriegsrufe der Orks, das Klatschen ihrer Ruder im Wasser, das Klirren ihrer Waffen – all das wurde immer leiser und schließlich vom geisterhaften Chor gänzlich übertönt.

»Was geschieht jetzt?«, rief Borro, dem die Furcht deutlich ins Gesicht geschrieben stand.

»Ich fürchte, der Einzige, der dir darauf eine Antwort geben könnte, hat deine Frage überhaupt nicht gehört.« Zalea meinte damit Lirandil, der mit geschlossenen Augen im Bug des Bootes saß und in der Sprache der Elben vor sich hin murmelte.

Vielleicht handelte es sich dabei um zaubermächtige Worte, überlegte Arvan. Hatte Lirandil diese unbekannten Mächte herbeigerufen, in deren Sog sie geraten waren? Dabei war er doch nach eigenen Angaben kein Elbenmagier. Ein drückendes, mulmiges Gefühl breitete sich, von Arvans Magen ausgehend, in seinem ganzen Körper aus, während das Boot noch mehr an Fahrt aufnahm und die Gischt an den Seiten aufspritzte.

Plötzlich erhob sich Lirandil, breitete die Arme aus und rief ein paar Worte. Arvan verstand sie zwar nicht, doch dem Klang nach entstammten auch sie der Sprache der Elben.

»Was tut Ihr da, Lirandil?«, rief er erschrocken.

Aber der Fährtensucher schien ihn nicht zu hören. Es war überaus erstaunlich, dass er bei der rasanten Fahrt über das Wasser und durch den dichten Nebel überhaupt das Gleichgewicht zu halten vermochte. Alle anderen saßen im Boot und hielten sich irgendwo fest. Die Haare klebten Borro und Zalea feucht am Kopf, denn sie saßen am Rand, und die Gischt spritzte ihnen immer wieder in die Gesichter.

Dann endlich wurde die Fahrt des Bootes langsamer, bis es nur noch leicht über das spiegelglatte Wasser trieb. Schließlich war gar nicht mehr genau zu bestimmen, ob es sich überhaupt noch bewegte. Der Nebel umgab sie von allen Seiten, die Sonne war in diesem grauen Einerlei nicht auszumachen.

Arvan sah die drei Halblinge an, aber keiner von ihnen wagte, die unheimliche Stille, die auf einmal herrschte, zu vertreiben, obwohl jedem Dutzende von Fragen auf der Zunge lagen.

»Das war die Kraft der Luftgeister«, erklärte Lirandil schließlich, ohne dass er angesprochen worden war. »In früherer Zeit waren die Windgeister den Elben sehr gewogen, und sie ließen sich von unserer Magie gern leiten. Doch das ist lange her, inzwischen haben wir nur noch selten Einfluss auf sie.«

»Und doch ist es Euch gelungen, die Luftgeister zu Hilfe zu rufen?«, fragte Arvan.

Lirandil sah ihn nicht an, sein Blick war in die Ferne gerichtet, die sich hinter der grauen Nebelwand verbarg. »Nein, ich habe niemanden gerufen«, bekannte er. »Auch ich beherrsche diese uralte Form der Magie nicht, und selbst ein guter Elbenmagier vermag es heute nicht mehr, den Zauber richtig anzuwenden.«

»Aber warum haben uns die Luftgeister dann geholfen?«, wollte Arvan wissen, der mit der Antwort des Elben keineswegs zufrieden war.

»Die Luftgeister sind aus eigenem Entschluss tätig geworden«, erklärte Lirandil. »Es ist mir gelungen, kurz mit ihnen in geistigen Kontakt zu treten, und ich bin mir ziemlich sicher, dass auch sie die Sorge um Ghools wachsende Macht umtreibt.«

»Sie wissen davon?«, fragte Zalea.

»Natürlich. Wie sollte ihnen das verborgen bleiben? Sie spüren die Kräfte, die Ghool zusammenzieht, um auch sie seinem üblen Willen zu unterwerfen.«

»Und wie kommen wir nun von hier wieder weg?«, fragte Borro. »Meiner Schätzung nach befinden wir uns irgendwo mitten auf dem Langen See, und bei dem dichten Nebel wüsste ich nicht einmal, in welche Richtung wir rudern müssten, mal davon abgesehen, dass wir wahrscheinlich eine Ewigkeit brauchen, um ans Ufer zu gelangen, solange wir die Segel nicht nutzen können.«

»Hat denn überhaupt jemand von uns Ahnung vom Segeln?«, fragte Zalea. »Also ich jedenfalls nicht.«

»Vom Navigieren mal ganz abgesehen«, mischte sich Neldo ein.

»Nun, ich habe in den letzten tausend Jahren schon so manche Seereise an den Küsten Athranors unternommen«, erklärte Lirandil. »Auch wenn das Wasser sicherlich nicht das bevorzugte Element eines Fährtensuchers ist, so verstehe ich doch genug davon. Allerdings hilft uns das wenig, solange es derart windstill ist.«

»Könntet Ihr die Luftgeister nicht dazu bewegen, uns irgendwie ans Ufer zu bringen?«, fragte Borro. »Ich meine, sie haben uns immerhin vor den Orks gerettet, wofür sie wohl ihre Gründe hatten, da könnten sie ihr Werk doch auch zu Ende bringen, finde ich.«

»Die Luftgeister sind überall«, sagte Lirandil. »Sie spüren alles, was vor sich geht. Jeden Zauber, jede Magie, jede Spur magischer oder geistiger Kraft nehmen sie wahr. Darum wissen sie auch um die Bedrohung durch Ghool – und wir können außerdem davon ausgehen, dass sie auch unsere Gedanken und Absichten erfassen.«

»Na, umso besser«, meinte Borro. »Vielleicht könntet Ihr das mit etwas Magie noch ein bisschen unterstützen, werter Lirandil. Denn wenn die Luftgeister auf unserer Seite stehen, liegt ihnen bestimmt auch unser Wohlergehen am ... äh, Herzen.« Er sah Zalea an. »Haben Luftgeister Herzen?«

»Das, was du da vorschlägst, habe ich bereits getan«, sagte Lirandil. »Die Formeln, die ich die ganze Zeit über sprach, dienten dieser Absicht. Aber man muss im Umgang mit Luftgeistern auch vorsichtig sein. Wenn man versucht, sie zu etwas zu zwingen, kann man damit leicht das Gegenteil von dem erreichen, was man eigentlich beabsichtigt. In der Alten Zeit – also in der Epoche, bevor Elbanador zum ersten Elbenkönig erhoben wurde – war die Magie der Elben noch so mächtig, dass ihnen die Luftgeister bedingungslos zu Diensten sein mussten. Darum sind sie Angehörigen meines Volkes gegenüber besonders misstrauisch.«

»Dann sollte vielleicht mal jemand aus einem anderen Volk mit ihnen in Verbindung treten«, meinte Borro.

Lirandil lächelte nachsichtig. »Die Luftgeister nehmen

Halblinge und Menschen in der Regel nicht für voll. Wesen, deren Lebensspanne so kurz ist, haben ihrer Meinung nach nur eine flüchtige und daher nicht wirkliche Existenz. Sie zählen für sie nicht zur Welt des wirklich Lebendigen und werden daher von ihnen normalerweise auch nicht beachtet.«

»Wenn diese Luftgeister wirklich auf der Seite des Guten stehen, warum haben sie dann nicht früher eingegriffen?«, murrte Arvan mit finsterer Miene. »Dann wäre Tarruu vielleicht noch am Leben.«

»Wie gesagt, kurzlebige Wesen haben für sie eine kaum wahrnehmbare Existenz, und zu denen zählen sie auch die Waldriesen, die kaum älter als zweihundert Jahre werden. Davon abgesehen, interessieren sich die Luftgeister ohnehin nicht besonders für das Schicksal Einzelner.«

»So sind auch wir ihnen im Grunde gleichgültig?«, schloss Arvan.

»Sie haben allenfalls ein gewisses Interesse an mir, und das auch nur, weil sie erkannt haben, dass Ghool mich genug fürchtet, um mich verfolgen zu lassen.«

»Und was tun wir jetzt?«, kam Borro zur Ausgangsfrage zurück.

»Wir werden gar nichts tun«, sagte Lirandil, und zwar in einem Tonfall, als wäre die Entscheidung längst gefällt und als gäbe es keine Alternative dazu.

Borro warf Arvan einen Blick zu, doch den beschäftigte der Tod des Waldriesen Tarruu noch immer so sehr, dass er seine Gefährten kaum beachtete. Neldo zuckte mit den Schultern, als Borro ihn ansah, und Zalea wich seinem Blick aus. Was sollte man auch gegen die Worte des so unglaublich gebildeten und weit gereisten Lirandil vorbringen? Mochte der auch nach den Maßstäben der Elben noch jung sein, so verfügte er doch über einen Schatz an Erfahrungen und Wissen, der den meisten anderen Geschöpfen schon aufgrund ihrer kürzeren Lebensspanne verwehrt blieb.

»Wir werden nichts tun und abwarten«, wiederholte Lirandil, der wohl spürte, welche Irritationen seine Worte nicht nur bei Borro ausgelöst hatten. »Die Luftgeister wollen uns prüfen. Sie werden unsere Gedanken lesen – das heißt, vorwiegend meine Gedanken, denn die euren werden ihnen nur als flüchtige Geistesblitze erscheinen, mit denen die Beschäftigung nicht lohnt.«

»Und was soll diese Prüfung ergeben?«, fragte Borro.

»Die Luftgeister wollen in Erfahrung bringen, ob ich ihren Interessen von Nutzen sein kann. Sie haben uns gerettet, weil sie bereits einmal zu dem Schluss gelangt sind, dass meine Mission auch in ihrem Sinn sein könnte.«

»Also besteht Hoffnung, dass sie uns noch einmal helfen?«, fragte Neldo hoffnungsvoll.

Lirandil zuckte mit den Schultern. »Zweifellos stehen die Luftgeister und wir in diesem Konflikt auf derselben Seite. Aber es könnte sein, dass die Mehrheit von ihnen zu dem Schluss gelangt, dass ein Bündnis aus überwiegend Kurzlebigen kaum einen Beitrag dazu leisten kann, Ghools Einfluss zurückzudrängen.«

Nach Lirandils Worten herrschte eine ganze Weile lang Schweigen. Arvan dachte immer wieder daran, welches Bild des Grauens sie in der Wurzelhöhle von Zobo dem Bedachtsamen vorgefunden hatten und auf welch schreckliche Weise der Waldriese Tarruu gestorben war. Der tiefe Grimm gegen die Orks, der ihn bereits in der Wurzelhöhle überkommen und wie blindwütig auf den zurückgelassenen verletzten Ork hatte einschlagen lassen, stieg wieder in ihm auf. Wie ein fernes Echo hallten dazu Lirandils Worte in seinem Kopf wider, sich nicht von seinen Gefühlen übermannen und leiten zu lassen.

Doch diese Ermahnungen konnten die Welle aus purem Hass, die seine Seele überflutete, nicht aufhalten.

Eine Bewegung im Nebel riss Arvan aus seinen finsteren Gedanken. In den wabernden Schwaden bildeten sich durchscheinende, schwerelos über dem Wasser schwebende Gestalten. Mehr als vage Umrisse waren von ihnen nicht zu erkennen. Sie waren lang gestreckt, wirkten, als trügen sie fließende Gewänder, und ihre Köpfe waren graue Ovale, die im Verhältnis zu ihren Körpern viel zu groß waren.

Augen leuchteten in dem dunklen Grau, das einzige Merkmal, das bei den unheimlichen Gestalten deutlich hervortrat, alles andere blieb verschwommen. Stimmen murmelten in einer unbekannten Sprache.

»Bei den Namenlosen Elbengöttern«, sagte Lirandil, »das müssen sie sein.«

»Wenn *Ihr* Euch schon nicht sicher seid ...«, murmelte Borro.

»Es ist unsagbar lange her, dass sich die Luftgeister zuletzt jemandem gezeigt haben«, entgegnete Lirandil. »Und sie tun es gewiss nicht ohne wichtigen Grund.«

»Und was könnte dieser Grund sein?«, fragte Arvan.

Lirandil kam nicht mehr dazu, Arvan eine Antwort zu geben, denn eine dieser schwebenden, durchscheinenden Gestalten streckte den Arm aus und richtete ihn auf den Elb. Ein Strahl aus grellweißem Licht schoss aus der vierfingrigen Hand hervor, traf Lirandil, erfasste seinen Körper und ließ den Leib des Fährtensuchers grell aufleuchten.

Das Boot schwankte, weshalb Arvan unwillkürlich beide Arme ausstreckte, um die Balance zu halten. Dabei kam er dem Wirkungsbereich der magischen Kraft offenbar zu nahe, denn ein Lichtbogen sprang auf ihn über, und Arvan wurde im hohen Bogen aus dem Boot geschleudert. Er landete im Wasser, strampelte mit den Beinen und ruderte verzweifelt mit den Armen. Er hatte das Schwimmen nie gelernt, denn diese Kunst war unter Halblingen kaum verbreitet. Sogar Brado der Flüchter, der doch immerhin den großen Ozean im Osten überquert hatte, war der Überlieferung nach des Schwimmens nicht mächtig gewesen.

Arvan trug *Beschützer* auf dem Rücken, und das Gewicht des Schwerts zog ihn zusätzlich in die Tiefe. Aber er wollte die Waffe um keinen Preis aufgeben. So versuchte er sich prustend über Wasser zu halten.

Zalea warf ihm das Ende des Taus zu, an dem der Waldriese das Boot gezogen hatte, bevor er getötet worden war. Arvan griff danach, bekam es zu fassen und zog sich daran auf das Boot zu.

In der Zwischenzeit hatte der grelle Lichtstrahl Lirandil wieder freigegeben. Der Elb war benommen und drohte über Bord zu kippen, aber Neldo hielt ihn fest. Kurz hatte er gezögert, denn er hatte ja gesehen, wie es Arvan ergangen war, doch dann griff er beherzt zu.

Lirandil rieb sich mit der flachen Hand übers Gesicht, so als müsste er sich von etwas befreien.

»Was ist mit Euch geschehen?«, fragte Neldo besorgt.

»Nichts, worüber man sich Sorgen machen müsste«, murmelte Lirandil, der offenbar noch immer verwirrt und geschwächt war. Er schloss die Augen und berührte seine Schläfen mit Daumen und Zeigefinger beider Hände. Als er die Augen wieder öffnete, leuchteten sie für einen Moment auf die gleiche Weise wie die der schwebenden Gestalten im Nebel.

»Sie werden uns helfen«, sagte Lirandil. »Zumindest habe ich ihre Gedankenbotschaft so verstanden.«

Inzwischen hatte Arvan das Boot erreicht. Zalea und Borro zogen ihn an Bord, was sich als schwierig erwies, weil das Boot dabei erheblich ins Schwanken geriet.

Als Arvan aus dem Wasser war, überprüfte er als Erstes, ob

von den Dingen, die er an seinem Gürtel trug, noch alles vorhanden war.

Lirandil begann inzwischen das Segel und den Quermast hochzuziehen. »Wir sollen mit dem Wind fahren«, erklärte er. »So lautete die Botschaft der Luftgeister.«

»Mit welchem Wind?«, fragte Neldo irritiert, der dem Elb zur Hand gehen wollte. Allerdings behinderte er Lirandil mehr, als dass er ihm eine Hilfe war, denn wie ein Segel aufzutakeln war, davon verstand er nichts.

»Der, der bald kommen wird«, erklärte Lirandil. »Und bis dahin sollten wir das Segel klar haben.«

Die schwebenden Gestalten verblassten nach und nach. Ihr unverständliches Murmeln verklang, und selbst der offenbar durch starke Magie erzeugte Nebel löste sich auf.

Die Sonne stand nun an einem wolkenlosen Himmel, und leichter Wind kam auf. Lirandil hatte inzwischen den Quermast mit dem Segel hochgetakelt, während ihm die anderen voller Bewunderung und Erstaunen zugesehen hatten, und er hielt das Ruder, während das Boot Fahrt aufnahm.

In den nächsten Stunden wirkte der Elb ziemlich in sich gekehrt. Gedankenverloren starrte er vor sich hin. Arvan schrieb das der Begegnung mit den Luftgeistern zu. Das, was sie mit Lirandil gemacht hatten, schien jener Geistverschmelzung sehr ähnlich zu sein, die der Fährtensucher mit ihm durchgeführt hatte.

Arvan fröstelte in seinen nassen Sachen, aber er hatte nichts zum Wechseln dabei, und außerdem fühlte er bereits, wie die Strahlen der Sonne seine Kleidung zu trocknen begannen. Er nahm den Riemen mit der Schwertscheide von den Schultern und zog das Wams aus, um es in der Sonne auszubreiten, damit es noch etwas schneller trocknete.

Einige Zeit später tauchte am Horizont das grüne Band der Küste auf. Der Wind trieb das Boot geradewegs darauf zu. Schließlich wurden Einzelheiten erkennbar, Riesenbäume und das Unterholz der Uferbewaldung. Ebenso wie bei Zobos Anlegestelle standen manche der Riesenbäume halb im Wasser, und ihre Wurzeln reichten zum Teil eine Viertelmeile als gut sichtbare Landzungen in den See.

»Die Küstenlandstriche am Langen See sehen offensichtlich alle gleich aus«, meinte Arvan. »Wer weiß, vielleicht sind wir sogar dorthin zurückgekehrt, von wo wir aufgebrochen sind.«

»Nein, ganz sicher nicht«, widersprach Lirandil. »Für den oberflächlichen Blick eines Menschen mag die Küste keine Unterschiede aufweisen, aber nicht für den meinen.«

»Nun, falls Ihr einzelne Bäume wiederzuerkennen vermögt, besteht natürlich Hoffnung für uns«, äußerte Borro mit leichtem Spott.

»Du bist ein Halbling, lebst im Wald, nennst einen Baum deine Heimat, den man nach Sitte eures Volkes möglichst niemals verlassen sollte – und du bist nicht in der Lage, einzelne Bäume wiederzuerkennen?« Lirandil tat verwundert. »Schande über dich, *Borrovaldogar*.«

»Woher kennt Ihr meinen wahren Namen?«

»Meinem Volk wird nachgesagt, sehr gute Ohren zu haben«, antwortete Lirandil. »Und was dieses Ufer betrifft, standen diese großen Bäume schon dort, bevor ich geboren wurde. Ich bin auf meinen Reisen bereits hier vorbeigekommen und habe mir ihre jeweiligen Besonderheiten gemerkt, sodass ich sie jetzt mit Leichtigkeit wiedererkenne.«

»Seit damals sind ja auch höchstens ein paar Jahrhunderte vergangen, und diese Bäume verändern sich ja bekanntermaßen nur sehr langsam«, ergänzte Zalea.

»Du hat es erfasst, Halblingmädchen«, sagte Lirandil. »Ich

bin beileibe kein Seefahrer und kann gewiss nicht nach der Sonne oder den Sternen navigieren, aber ich kann mich durchaus an bestimmten Landmarken orientieren.« Er wies mit ausgestrecktem Arm ans Ufer. »Dieser Platz dort eignet sich hervorragend für ein Lager. Von dort aus werden wir dann die Küste entlang weitersegeln bis zum Hafen am Hof des Waldkönigs.«

Der Wind stand ausgesprochen günstig, und Arvan fragte den elbischen Fährtensucher, inwieweit die Luftgeister ihn kontrollieren konnten.

»Nur bedingt«, erklärte der Elb. »Und bisweilen ist es auch umgekehrt, sodass die Winde die Luftgeister beeinflussen. Doch diesen Wind haben ganz gewiss sie uns geschickt, um uns zu helfen.«

»So wie auch der Nebel, in den wir geraten sind, keinesfalls natürlichen Ursprungs war«, schloss Arvan.

Doch was das anging, wollte sich Lirandil nicht festlegen. »Wer will da schon eine genaue Unterscheidung treffen? Manchmal erscheinen die Kräfte der Natur wie Magie, und die Magie zeigt sich mitunter als Naturgewalt.«

»Glaubt Ihr, dass ich meine magischen Fähigkeiten ausbauen kann?«, fragte Arvan sehr ernst.

Der Elb hob die Augenbrauen. »Du?« Sein Tonfall deutete an, dass er den Gedanken für völlig absurd hielt, und sein nachsichtiges Lächeln konnte diesen Eindruck kaum mildern.

»Ich weiß, dass mein Talent im Vergleich zu den Magiern der Elbenheit furchtbar unbedeutend ist, und außerdem …«

»Ich habe es dir schon einmal gesagt: Du bist kein Magier, auch wenn du ganz bestimmt über die eine oder andere Fähigkeit verfügst, die zumindest Halblinge in Staunen versetzen. Aber es ist etwas anderes, Baumschafe mittels Gedankenkraft zu hüten, als wirklich Magie anzuwenden.«

»Arvans magische Kräfte sind jedenfalls stärker als die stärkste Magie eines Halblings«, mischte sich Neldo ein.

»Ihr Halblinge versteht nichts von Magie«, entgegnete Lirandil.

»Aber die Magische Essenz des Baumsaftes ist bei Euren Schamanen sehr begehrt«, wandte Zalea ein, »und bisher ist es keinem von ihnen gelungen, sie in gleicher Qualität herzustellen.«

»Die Herstellung dieser Essenz ist Handwerk und keine Magie«, hielt Lirandil entgegen. »Und was dich betrifft, Arvan: Ich habe schon einmal versucht, dir zu verstehen zu geben, dass nichts Besonderes an dir ist. Die Geistverschmelzung führt hin und wieder zu unerwünschten Nebenwirkungen – Hirngespinsten, Wahnvorstellungen und dergleichen mehr. Und du neigst ohnehin zur Selbstüberschätzung. Du solltest meine Worte als Warnung auffassen.«

»Als Warnung?«, wiederholte Arvan tief getroffen und enttäuscht.

Lirandils Blick ruhte einen Moment lang auf ihm, bevor er weitersprach. »Es wird nicht jedes Mal ein Elb zur Stelle sein, um deine Seele festzuhalten, damit sie nicht ins Jenseits entschwindet. Dass du mich gerettet hast, als die Orks hinter mir her waren, war außerordentlich mutig. Aber manchmal kann Mut auch töricht sein.«

Arvan schluckte. »Ehrlich gesagt ...«

»... hast du darüber nicht weiter nachgedacht, nehme ich an«, fiel ihm der Elb ins Wort.

Arvan nickte. »So ist es«, gab er zu.

»Lass den Kopf nicht hängen. Es kann sein, dass aus dir trotz deiner Unvorsichtigkeit noch etwas Großes wird. Aber nicht, wenn du eines frühen Todes stirbst.«

Über den Langen See

Als sie das Ufer erreichten, dämmerte es bereits. Neldo sprang mit dem einen Ende des Taus in der Hand auf eine der Großwurzeln, die vom Baum her ins Wasser ragten. Sie bildete einen natürlichen Steg von fast fünf Halblingschritten Breite.

Später saßen sie am Feuer, dessen Wärme den letzten Rest Feuchtigkeit aus Arvans Kleidung vertrieb. Der Himmel war dunstig, es waren kaum Sterne zu sehen, und der Mond war nicht mehr als ein verwaschener Lichtfleck. Arvan lauschte den Geräuschen des Waldes, die ihn doch eigentlich von frühester Kindheit an so vertraut waren. Aber an diesem Abend kamen sie ihm fremdartig vor, und mit dieser Empfindung schien er nicht allein zu sein.

»Ich hoffe, Ihr haltet Eure Ohren offen, werter Lirandil«, sagte Neldo an den Elben gewandt, der eine Weile in geistiger Versenkung verbracht hatte. »Ich jedenfalls habe im Augenblick genug von den Orks.«

»Es sind keine in der Nähe«, versicherte Lirandil. »Ich vernehme keine Schritte, keine Stimmen oder andere Laute, die auf Orks schließen ließen.«

»Und für wie viele Meilen Entfernung gilt diese Aussage?«, wollte Borro wissen. »Für eine halbe oder gar für zwei? Diese Frage interessiert mich schon seit Längerem.«

Lirandil jedoch schien nicht gewillt, ihm über die Elbensinne genauere Angaben zu machen. Er schloss stattdessen die Augen und versank wieder in seine Gedanken.

»Ich frage mich, wo das alles noch enden wird«, murrte Borro.

»Du hättest ja nicht mitkommen müssen«, entgegnete Neldo. »Bereust du deine Entscheidung schon?«

Borro antwortete nicht sofort, sondern sah zu Zalea hinüber, deren Gesicht vom weichen Schein des Feuers umschmeichelt wurde. Sie sah nicht auf, sondern war damit beschäftigt, ihr Bündel neu zu schnüren und alles, was sie bei sich trug, zu ordnen, insbesondere ihre Heilerutensilien.

»Nein, ich bereue keineswegs, dass ich mich euch angeschlossen habe«, sagte Borro schließlich, »auch wenn es deswegen zu Hause sicherlich noch einigen Ärger geben wird.«

»Das bedeutet, du hast niemandem Bescheid gesagt und bist einfach gegangen?«, schloss Neldo.

»Das heißt, dass ich alt genug bin, meine eigenen Entscheidungen zu treffen«, erklärte Borro. »So wie jeder von uns.«

»Wir können nur hoffen, dass unsere Reise zum Hof des Waldkönigs nicht vergebens ist und Lirandil dort tatsächlich die Unterstützung findet, die wir brauchen«, sagte Arvan.

»So schrecklich es ist, was die Orks getan haben«, meinte Neldo, »aber all das wird Lirandil sicherlich helfen, wenn er vor den Waldkönig tritt.«

»Die Gräueltaten der Orks?«, fragte Arvan.

»Diese und ihre Anzahl«, präzisierte Neldo. »Wenn es nur ein paar Hundert wären, könnte der Waldkönig abwarten, dass sie wieder abziehen, so wie er es sonst immer getan hat. Schließlich hat es schon immer Orkeinfälle gegeben, aber die Scheusale sind nie geblieben, um das Land zu erobern.«

»Aber diesmal ist es anders«, sagte Arvan.

»Es müssen Tausende sein. Und sie sind wahrscheinlich nur die Vorhut einer gewaltigen Armee des Schreckens, wenn Lirandils Worte der Wahrheit entsprechen. Und daran kann es wohl kaum noch einen Zweifel geben. Der Waldkönig kann sich die Länder am Langen See nicht einfach so wegnehmen lassen oder es Tausenden von Orks auch nur zeitweilig gestatten, hier zu marodieren, denn damit würde er seine Autorität aufs Spiel setzen. Diesmal wird es auch nicht reichen, ein paar Schwadronen seiner Söldner auszusenden und sie mit ihren Kriegselefanten nach Süden marschieren zu lassen.«

»Unsere Heimat wird zu einem Schlachtfeld«, befürchtete Borro. »Und der Gedanke gefällt mir überhaupt nicht.«

Die Nacht war so dunkel, dass eine Weiterfahrt nicht möglich war. In den frühen Morgenstunden, als die ersten Sonnenstrahlen durch die Wipfel der Riesenbäume im Osten fielen und sich im Wasser des Langen Sees spiegelten, weckte Lirandil die anderen.

Arvan hatte geschlafen wie ein Stein, traumlos und tief. Er schreckte hoch, als Lirandil ihn an der Schulter rüttelte. Nachdem er begriffen hatte, wo er war, sammelte er seine Sachen zusammen und war innerhalb kürzester Zeit reisefertig. Es war kühl, und draußen über dem See wallten wieder Nebelschwaden und ballten sich zu grauweißen formlosen Gebilden.

Zalea, die damit beschäftigt war, sich die Haare zu binden, schien Arvans Gedanken zu erraten. »Manchmal«, sagte sie, »ist Nebel auch einfach nur Nebel, Arvan, keine übernatürliche Erscheinung.«

Sie hat recht, erreichte Arvan ein Gedanke von Lirandil, der sich bereits im Boot befand und das Segel hochzog.

»Sagt mal, wir werden doch wohl nicht ohne Frühstück aufbrechen?«, beschwerte sich Borro. »Lirandil, kennt Ihr nicht das Sprichwort: Ein Halbling, der nicht gefrühstückt hat, ist wie ein halber Mensch?«

»Du hast von dem ohnehin sehr reichhaltigen Proviant, den

du mit auf die Reise genommen hast, schon mehr als genug vertilgt«, hielt Lirandil ihm vor.

»Reichhaltiger Proviant?«, wunderte sich Borro. »Ein Elb kann davon vielleicht ein halbes Jahr lang leben, aber für mich ist das nur eine Zwischenmahlzeit, die ich auf mehrere Tage verteilen muss.«

»Ich werde das unerträglich laute Knurren deines Magens weiterhin mit Gleichmut ertragen«, versprach Lirandil, und damit war für den Elben die Diskussion beendet.

Borro aber gab nicht auf. »Ich könnte uns doch irgendetwas schießen. Erdhühner gibt es im Stamm von Brado dem Flüchter zwar grundsätzlich erst zum zweiten Frühstück, aber ...«

»Dein zweites Frühstück wird ebenso ausfallen müssen wie dein erstes«, schnitt ihm Zalea das Wort ab. »Wir können uns den Wanst vollschlagen, wenn wir die Aufgabe erfüllt haben, zu der wir aufgebrochen sind.«

»Das Knurren meines Magens wird die Orks anlocken«, wagte Borro einen letzten Einwand.

Neldo zuckte mit den Schultern. »Auch in den Legenden der Geschichtenerzähler gibt es hungrige Helden. Du hättest ihnen zuhören müssen, dann hättest du gewusst, worauf du dich einlässt.«

Ein leichter Wind blähte das Segel des Bootes und brachte sie beständig vorwärts. Lirandil segelte so weit auf den See hinaus, dass das Ufer gerade noch in Sichtweite blieb. Allerdings in *seiner* Sichtweite, die anderen konnten kaum mehr als einen grauen Schleier am Horizont ausmachen, der nur erahnen ließ, dass sich dort das Ufer befand. Falls doch einzelne Stoßtrupps der Orks bis hierher vorgedrungen waren, würden sie das Boot vom Ufer aus nicht erspähen können.

Sie segelten den ganzen Tag, bis es so dunkel war, dass sich selbst Lirandil nicht mehr orientieren konnte. Also kampierten sie wieder für ein paar Stunden am Ufer, bevor sie zur Weiterfahrt aufbrachen. Unterwegs sahen sie in der Ferne eine Flottille von großen Transportschiffen mit gewaltigen dreieckigen Segeln und Masten, die so hoch emporragten, dass man diese bereits eine ganze Weile lang am Horizont ausmachen konnte, bevor die eigentlichen Schiffe dort auftauchten. Es waren die Kriegsschiffe des Waldkönigs.

Sie glichen schwimmenden Städten, und für die Fahrt auf offenem Meer wären sie kaum tauglich gewesen. Aber hier, auf dem vergleichsweise ruhigen Gewässer des Langen Sees, ermöglichten sie dem Waldkönig, seine Söldner relativ schnell dorthin zu bringen, wo immer man sie gerade in Harabans Reich brauchte.

Das dröhnende Trompeten der Kriegselefanten war meilenweit zu hören. Auf bis zu fünf Decks übereinander waren sie untergebracht. Die Transportdecks wechselten mit Waffendecks ab, auf denen sich Springalds befanden. Diese Katapulte glichen riesigen Armbrüsten und verschossen Pfeile, die so lang wie ein Mann und so dick wie der Oberschenkel eines kräftigen Orks waren. Ihre Spitzen ragten aus den Schießscharten hervor und waren blutrot angemalt, um den Feind einzuschüchtern.

Die Riesenschiffe wurden begleitet von kleineren, einmastigen Einheiten, die großen Langbooten glichen und sehr viel wendiger waren.

»Vielleicht ist Euer Besuch beim Waldkönig gar nicht mehr erforderlich, werter Lirandil«, wagte Arvan zu hoffen. »Anscheinend hat er den Ernst der Lage bereits erkannt.«

»Leider bist du viel zu optimistisch, junger Freund«, meinte Lirandil.

»Wieso? Welchen anderen Grund könnte es geben, dass seine Truppen den Langen See überqueren?«

»Gewiss hat der Waldkönig längst erfasst, dass sein Reich bedroht wird«, sagte der Elb. »Aber diese Streitmacht, die er da schickt, wird nicht ausreichen, um Ghools Horden lange aufzuhalten. Vielleicht können diese Truppen den Großteil der Orks aus den Wäldern vertreiben, aber das ist auch alles. Dass er sich mit den anderen Königen zusammentun muss, wenn Athranor nicht im Chaos versinken soll, hat er mit Sicherheit noch nicht verstanden, obwohl ich schon seit mehreren Generationen auf ein solches Bündnis hinwirke.«

»Ich bin überzeugt, dass Ihr Eure Ernte bald einfahren könnt«, sagte Zalea.

Lirandil wirkte zerknirscht. »Ich muss befürchten, dass meine diplomatische Saat viel zu spät aufgeht. Das Problem sind die kurzen Lebensspannen der meisten Wesen. Man trifft eine Vereinbarung, hat einen Herrscher überzeugt, und sein Enkel ist dann doch wieder anderer Meinung.«

»Aber bei Haraban dürftet Ihr dieses Problem nicht haben«, meinte Arvan. »Er regiert schon fast anderthalb Jahrtausende und lässt sich als der ›Immerwährende Herrscher‹ titulieren.«

»Was darauf hoffen lässt, dass Ihr voraussichtlich noch eine Weile mit ihm verhandeln könnt«, ergänzte Borro.

Lirandils Gesicht verfinsterte sich. »Bei Haraban liegt das Problem tatsächlich anders«, murmelte er.

»Es heißt, es stimme gar nicht, dass ihm die Unsterblichkeit von den Waldgöttern geschenkt wurde«, wusste Neldo zu erzählen. »Er soll sein Leben mit dunkler Magie verlängert haben.«

»Wenn wir an seinen Hof gelangen, solltest du solche Ansichten für dich behalten«, mahnte Lirandil. »Sie können dich schneller unter das Beil des Henkers bringen als irgendein wirkliches Verbrechen.«

Mehrere Tage waren sie unterwegs, kampierten nur in den Stunden der absoluten Dunkelheit an Land und setzten bei Sonnenaufgang ihre Reise im sicheren Abstand zum Seeufer fort.

Immer wieder begegneten ihnen voll beladene Kriegsschiffe des Waldkönigs. Sein Banner wehte im Wind, und die Schriftzeichen darauf priesen die angebliche Unsterblichkeit des Immerwährenden Herrschers.

»Die Flotte des Waldkönigs scheint ganz beachtlich«, sagte Borro. »Falls Ihr Euch mit dem Admiralsrat in Carabor nicht einigen könnt, wäre es doch vielleicht möglich, dass diese Schiffe die Aufgabe übernehmen, die Ihr für die Caraboreaner vorgesehen habt, werter Lirandil.«

»Diese Schiffe sind nicht geeignet für den Wellengang und die Winde auf offener See«, erklärte Lirandil. »Davon abgesehen sind sie zu groß, um die Flussdurchfahrt zu passieren, die bei Gaa in den Langen Fjord führt.«

»Das ist schade«, meinte Borro.

»Diese Flotte, so imposant sie erscheint, ist nur für dieses ruhige Binnengewässer geeignet und könnte es noch nicht einmal verlassen.« Lirandil schüttelte den Kopf. »Nein, wir sind auf die Caraboreaner angewiesen. Aber darüber werde ich mir Gedanken machen, wenn dieses Problem ansteht.«

An einem der nächsten Abende gestattete Lirandil es Borro, auf die Jagd zu gehen. Die Umstände dazu waren günstig, denn der Himmel war weniger bewölkt als in den Nächten zuvor. Im Mondlicht gelang es Borro tatsächlich, eines der Erdhühner zu schießen, auf die er schon seit Tagen Appetit hatte. Über dem Feuer gebraten verbreitete das Erdhuhn bald einen würzigen Duft, der Lirandil jedoch nicht locken konnte. Der Elb nahm von dem Braten keinen Bissen und kaute stattdessen auf einer der Wurzeln herum, die er als Proviant mit sich führte.

In dieser Nacht gönnte sich auch Lirandil erstmalig ein paar Stunden Schlaf, während seine Begleiter nacheinander Wache hielten. Als Arvan an der Reihe war, wachte Lirandil plötzlich auf. Der Fährtensucher musste durch irgendetwas geweckt worden sein. Im nächsten Augenblick war er auf den Beinen und verschwand wortlos im Wald. Dabei bewegte er sich nahezu lautlos, während Borros Schnarchen an das Nagen von Baumsägern erinnerte.

Es dauerte eine Weile, bis Lirandil zurückkehrte. »Es waren Soldaten des Waldkönigs. Zwei Meilen vom Ufer entfernt führt eine befestigte Straße nach Süden«, berichtete er Arvan. »Als ich das letzte Mal in der Gegend war, hat es die noch nicht gegeben, daher war ich etwas irritiert.«

»Keine Orks?«, fragte Arvan.

Lirandil schüttelte den Kopf. »Zumindest nicht im Moment. Aber ich habe Spuren entdeckt. Vor wenigen Tagen ist eine kleinere Gruppe auch durch diese Wälder gestreift.«

»Warum nehmen wir nicht die Straße?«, fragte Arvan. »Würde uns das die Reise nicht erleichtern?«

»Ja, aber der Wald ist voller Kreaturen, und in die könnten die Dämonen fahren, die uns sicherlich wieder auf den Fersen sind, auch wenn ich sie fürs Erste verwirren konnte. Auf dem Wasser schützen uns die Luftgeister vor ihnen.«

»Ich vertraue auf Euer Wort, Lirandil.«

»Je nach Wind werden wir morgen oder übermorgen den Hafen am Hof des Waldkönigs erreichen. Aber dort befinden wir uns keineswegs in Sicherheit. Im Gegenteil: Wir müssen damit rechnen, dass das Böse dort bereits auf uns wartet. Darum kann ich euch nur den Rat geben, niemandem zu trauen. Nichts muss so sein, wie es scheint. Versucht die Gefahr zu erspüren, bevor sie euch begegnet. Und sie wird euch begegnen, davon könnt ihr ausgehen.«

Das einzige Ereignis, das Lirandil in den nächsten anderthalb Tagen zu beunruhigen schien, war das Auftauchen eines Schwarms von großen Krähen, der hoch oben über sie hinwegzog. Ihr durchdringendes Krächzen war noch eine ganze Weile lang zu hören.

»Totenvögel«, meinte Neldo.

»Und sie fliegen in die Richtung, in die wir unterwegs sind«, stellte Zalea fest.

»So etwas nennt man wohl ein böses Omen«, glaubte Borro.

»Oder drei abergläubische Halblinge«, warf Arvan ein.

»Neuerdings sprichst du über Halblinge, als würdest du nicht mehr dazugehören«, stellte Zalea fest.

»Habe ich denn je dazugehört?«, fragte Arvan nachdenklich und mehr an sich selbst gerichtet.

»Für mich schon«, erklärte Zalea mit sehr ernstem Gesicht.

Ein Moment des Schweigens folgte, in dem außer den Geräuschen des Windes, dem Schlagen des Segels und dem Plätschern des Wassers, das vom Rumpf des Bootes verdrängt wurde, nichts zu hören war.

»Ja, es ist wirklich eigenartig«, gab Arvan nach einer Weile zu. »Ich wollte immer dazugehören und so sein wie die anderen. Aber man hat mir immer gesagt, dass ich anders sei, obwohl ich das nicht so empfand. Jetzt, da ich mehr über meine Wurzeln erfahren habe und auch spüre, wie sehr ich mich von denjenigen unterscheide, unter denen ich aufgewachsen bin, sagt man mir auf einmal, ich würde dazugehören.« Er sah Zalea an. »Das ist schon leicht verwirrend für mich.«

»Letztlich entscheidet jeder selbst, wohin er gehört, Arvan.«

»Ich weiß nicht, ob ich dem zustimmen kann.«

»Vielleicht geht es dir wie Brado dem Flüchter, und du musst erst eine weite Reise hinter dich bringen, um zu erkennen, wo dein Platz wirklich ist.«

Doch Arvan schüttelte den Kopf. »Nein, ich glaube nicht, dass Brado der Flüchter mein Vorbild sein sollte.«

»Hast du ein besseres?«

»Nein, das nicht. Im Moment kenne ich nicht einmal mich selbst. Das Wenige, das ich über mich erfahren habe, hat mich mehr verwirrt als sonst irgendwas.«

»Das wird sich ändern«, mischte sich Lirandil ein. »Auch wenn bis dahin noch einiges Wasser den Elbenfluss hinabfließen wird, wie man bei uns zu sagen pflegt.«

Arvan begegnete Lirandils Blick. »Erzählt mir von Carabor, werter Lirandil. Erzählt mir alles, was Ihr über die Stadt wisst. Und erzählt mir außerdem alles, was Ihr über das Haus Aradis gehört habt.«

»Ich habe dir schon einiges darüber erzählt«, wich der Elb aus.

»Nicht genug.«

»Genug für den Moment, Arvan. Jetzt ist nicht der richtige Zeitpunkt dafür.«

»Aber ...«

»Du hast dich freiwillig auf diese Reise begeben, Arvan. Und damit hast du auch akzeptiert, dass du mir folgst und nicht umgekehrt. Wir werden auch nach Carabor gelangen, sobald wir im Norden unsere Aufgaben erledigt haben. Bis dahin wirst du auch bereit dafür sein, dich deiner Vergangenheit zu stellen.«

Arvan wusste, dass er Lirandil im Moment nicht dazu würde bewegen können, ihm Rede und Antwort zu stehen, obwohl es bestimmt noch vieles gab, was der Elb durch die Geistverschmelzung über ihn erfahren hatte. Dinge, die bisher unausgesprochen waren.

Am Hof des Waldkönigs

Als sie den Hafen erreichten, der zum Hof des Waldkönigs gehörte, kamen ihnen von dort mehrere der großen Transportschiffe entgegen, mit denen Haraban zurzeit seine Söldner zum Ostufer des Langen Sees schickte, um dort gegen die eindringenden Orks zu Felde zu ziehen.

Im Hafenbecken mussten die Schiffe gerudert werden. Die Rudermannschaften bestanden jedoch nicht aus Söldnern, sondern aus besonders geschulten Männern, die es gewohnt waren, auf die Signale eines Hornbläsers hin koordinierte Manöver zu fahren. So kamen zu der eigentlichen Besatzung, den Bedienungsmannschaften der Katapulte, den Söldnertruppen mit ihren Kriegselefanten noch bis zu zweihundert Ruderer hinzu.

Arvan und seine Gefährten mussten ihr Boot ebenfalls durch die Hafeneinfahrt rudern. Zudem mussten sie sich möglichst von den großen Kriegsschiffen fernhalten, um nicht in den Sog ihrer Bugwellen zu geraten. Arvan vermochte sich allerdings kaum auf das Rudern zu konzentrieren, und den Halblingen ging es ebenso. Zu eindrucksvoll war der Hof des Waldkönigs, den sie alle – bis auf Lirandil – nur aus sagenhaften Erzählungen kannten. Die imposanten Gebäude waren gewiss größer als viele Städte und vollkommen aus Holz errichtet.

Lirandil streckte den Arm aus und deutete auf den gewaltigen, in Blockbauweise aus den Stämmen von Riesenbäumen errichteten Turm. Selbst ein Wohn- oder Herdenbaum wirkte winzig im Vergleich zu diesem Bauwerk. Schon Meilen, bevor sie den Hafen erreicht hatten, war er zu sehen gewesen, denn er überragte die Riesenbäume der benachbarten Wälder um einiges.

»Der Turm hat die Grundform eines Sechsecks, eines Hexagons«, sagte Lirandil. »Einen zweiten Turm wie ihn gibt es in ganz Athranor nicht. Er ist zugleich eine eigene Festung.«

Bisher hatte sich Lirandil auch auf Nachfragen hin nicht zu diesem Turm geäußert, sondern die ganze Zeit über, da sie sich dem Hof des Waldkönigs genähert hatten, beharrlich geschwiegen. Arvan nahm an, dass der Elb angestrengt den Geräuschen und Stimmen gelauscht hatte, die von den Schiffen, dem Hafen und der den Waldkönigshof umgebenden Stadt über das Wasser an seine feinen Ohren gedrungen waren. Vielleicht hatte er gehofft, auf diese Weise schon frühzeitig Neuigkeiten zu erfahren, die im Hinblick auf ihre Mission wichtig waren.

Arvan spürte in solchen Momenten, dass es besser war, den Fährtensucher nicht anzusprechen. Manchmal musste man Geduld mit ihm haben, machte er sich klar. Auch wenn Lirandil unzählige Jahre unter Menschen und anderen kurzlebigen Völkern verbracht hatte, blieb er von seiner ganzen Art her doch ein Elb. Ein Geschöpf, von dem niemand wusste, wie alt es eigentlich werden konnte, und das daher einen vollkommen anderen Bezug zur Zeit hatte.

Irgendwann, so dachte Arvan nun schaudernd, während er den großen Turm betrachtete, *werden wir alle und selbst die Generationen währende Mission, auf der er sich befindet, für Lirandil nur noch eine flüchtige Erinnerung sein, ein winziger Moment in einem Meer von Eindrücken und Erlebnissen.*

Doch da erreichte ihn ein Gedanke des Fährtensuchers.

Keine Sorge, Arvan. Wenn wir nicht alle im Sturm der kommenden Ereignisse untergehen, wird die Erinnerung bewahrt bleiben.

»Wir werden uns voll und ganz auf unsere Aufgabe konzentrieren müssen«, erklärte Lirandil dann laut, »und alle anderen Gedanken solltet ihr zurückstellen. Und da ihr euch entschlossen habt, mich zu begleiten, ist das keine Bitte, sondern ein Befehl. Habt ihr das verstanden?«

Die Halblinge murmelten eine Zustimmung, irritiert darüber, dass Lirandil sie so unvermittelt auf diese Weise ansprach.

»Ihr werdet mich tatkräftig unterstützen müssen«, fuhr der Elb fort. »Auf welche Weise, wird sich noch zeigen.«

»Das ist selbstverständlich, werter Lirandil«, versicherte Arvan. »Deswegen sind wir ja mit Euch gekommen.«

»Gut.« Der Fährtensucher nickte. »Ich wollte das nur noch einmal klarstellen, und zwar bevor es unangenehm wird und wir auf scheinbar unüberwindliche Schwierigkeiten und Gefahren treffen.«

»Heißt das, Ihr habt inzwischen erkannt, dass wir auf dieser Mission von Nutzen für Euch sein können?«, fragte Borro.

Lirandil würdigte ihn keines Blickes, während er antwortete: »Es heißt, was ich gesagt habe. Und ich denke, meine Worte waren deutlich genug.«

Sie machten das Boot an einer der Anlegestellen fest. Lirandil verkaufte es gleich für ein paar Münzen an einen der Hafenbediensteten. Arvan war erstaunt, wie schnell sich die beiden handelseinig wurden.

»Er wird es für den doppelten Preis weiterverkaufen«, erklärte Lirandil, während sie den eigentlichen Hafenbereich verließen und an den unzähligen Ständen von Händlern und Marktschreiern vorbeidrängten. Die Rufe von Elefantentreibern gellten durch die Straßen und Gassen. Oft konnten ihre gewaltigen Lasttiere ihren Weg erst fortsetzen, wenn sie sich mit einem durchdringenden Trompeten Platz verschafft hatten. Eselskarren und Pferdewagen drängten sich ebenfalls vom Hafen zum Turm und wieder zurück, und einige Händler schoben ihre Handkarren vor sich her, während ihnen gezähmte Erdhühner, die wohl einem Händler entwischt waren, zwischen den Beinen herumliefen.

Auf einem großen Podest kämpfte ein Oger gegen einen Waldriesen. Der grünhäutige und sehr kräftige Oger, gegen den jeder Mensch, Elb oder sogar Ork schmächtig und schwächlich gewirkt hätte, sah gegen den Waldriesen wie ein Winzling aus. Dafür war er aber schneller und wendiger und wich den schaufelartigen Händen, die nach ihm griffen, immer wieder geschickt aus.

Es war ein Ringkampf. Beide hatten sie nur die Waffen zur Verfügung, die ihnen die Natur mitgegeben hatte – Kraft, Klugheit und Geschicklichkeit. Dass diese Gaben zwischen beiden Kontrahenten recht unterschiedlich verteilt waren, machte für die johlende Zuschauermenge offenbar den Reiz an diesem Kampf aus. Auch Arvan konnte sich von dem Anblick gar nicht lösen.

Der Waldriese machte einen stampfenden Ausfallschritt, versuchte zum wiederholten Mal, den Oger zu fassen, doch der wich aus, griff dann nach einem Finger des Gegners und nutzte die enorme Kraft seines Widersachers aus, um diesen zu Fall zu bringen. Krachend ging der Waldriese auf die Bretter. Einige der Zuschauer freuten sich, offenbar hatten sie ihren Wetteinsatz vervielfacht.

Arvan spürte eine Hand auf seiner Schulter. Es war Lirandil. Erst in diesem Moment wurde Arvan klar, dass der Kampf ihn so sehr gefesselt hatte, dass er stehen geblieben war.

»Der Ausgang dieser Kämpfe ist im Allgemeinen abgesprochen, Arvan«, sagte Lirandil.

»Abgesprochen? Aber ...«

»Die Welt ist voller Täuschung, Arvan. Lug und Trug machen einige Wenige reich und mächtig. Wenn du das so oft erlebt hättest wie ich, würdest auch du einen solchen Betrug sofort erkennen. Auch ohne Elbenaugen.«

Die um den Hof gelegene Stadt war von hohen Zäunen aus den harten Hölzern der Riesenbäume umgeben. Nun wusste Arvan, wo all die gewaltigen Baumstämme blieben, die von den Wäldern am Ostufer des Langen Sees zum Waldkönigshof gezogen wurden. Die einzelnen Stadtviertel waren ebenfalls von solchen Zäunen unterteilt, die sogar mit Wehrgängen versehen waren. Von den oberen Stockwerken des Turms aus musste die Stadt anmuten wie die Fächerkästen eines Heilers, der darin seine klein geriebenen Kräuterproben sortierte. Offenbar war die Stadt Viertel für Viertel gewachsen, jedes eine Festung für sich. Diese Bauweise machte es möglichen Eroberern sehr schwer, denn jedes angreifende Heer musste über sehr viele im Nahkampf geübte Fußsoldaten verfügen, die sich Gasse für Gasse, Tor für Tor und Wachtturm für Wachtturm vorkämpfen mussten.

Die größte Festungsanlage allerdings war der Palast selbst, der wie eine Stadt innerhalb der Stadt angelegt war und in dessen Mitte sich der Hexagonturm erhob.

Er bildete das Zentrum von Harabans Macht. Eher schlicht und doch unübersehbar war er als stilisiertes Zeichen in den Wappen der Söldnereinheiten und auf ihren Feldzeichen aufgestickt.

Arvan und die drei Halblinge folgten Lirandil bis zum imposanten Haupttor der Palastmauern. Es war aus einem einzigen gebogenen Stamm eines Riesenbaums geformt und zeigte zahlreiche Goldverzierungen, unter anderem stilisierte Relinga-Zeichen, Lobsprüche auf die Wohltaten von König Haraban. So viel Eitelkeit empfand Arvan als peinlich, und kein Baum-Meister der Halblinge hätte auch nur ansatzweise eine ähnliche Selbstverherrlichung betrieben.

Aber vielleicht, so überlegte Arvan, war es etwas anderes, ob man nur über die Belange einer Wohnbaumbevölkerung oder eines Stammes entschied oder ob man ein Reich von gewaltigen Ausmaßen und mit einigen sehr abgelegenen Provinzen zusammenhalten und regieren musste.

Die Wachen am Haupttor des Palastes waren Oger, angeworben in Bagorien. Dort lebten die freien Ogerstämme in den Weiten der flachen Mark, doch ihre Abkömmlinge verdingten sich überall in Athranor als Söldner und Leibwächter. Einst hatten die Oger von Athranor ein eigenes Reich besessen, das sich westlich des Berges Tablanor, der Wohnstatt der ersten Götter, erstreckt hatte. Doch dieses Reich war schon vor langer Zeit untergegangen. Nur das legendäre Grab des unbekannten Ogerkönigs war von ihm geblieben. Die Geschichten über die düsteren und blutrünstigen Zeremonien, die die Ogerstämme dort bis zu diesem Tag abzuhalten pflegten, waren selbst bis in den Halblingwald vorgedrungen, und Arvan hatte als kleiner Junge immer schaudernd gelauscht, wenn die älteren Halblinge davon erzählten. Allerdings hatte er sich des Eindrucks nicht erwehren können, dass sie diese Geschichten vielleicht auch etwas zu sehr ausschmückten. Letztlich, so hatte Arvan irgendwann erkannt, waren diese Erzählungen von grausigen Opferungen auf dem Thronstein eines namenlosen Königs wohl nur schaurige Märchen, die die gleiche Moral transportierten wie die Geschichte von Brado dem Flüchter, nämlich dass man sich am besten nicht allzu sehr vom eigenen Wohnbaum entfernen sollte, da der Rest

Athranors und der Rest der Welt ein Reich des Unheils und der Verderbnis war.

Lirandil trat an die Wachen heran und redete sie in ihrer eigenen Sprache an, was sie sehr zu überraschen schien. Ihre groben, kantigen Gesichter waren unter den mit einem Nasen- und Wangenschutz ausgestatteten Helm kaum zu sehen. Aber die großen, fast schwarzen Augen weiteten sich erfreut, als der Fährtensucher sie in ihrer eigenen Sprache anredete.

»Ich frage mich, ob es eine Sprache gibt, die unser werter Lirandil in den letzten tausend Jahren noch nicht gelernt hat«, raunte Borro seinen Gefährten zu.

»Viele dürften es nicht sein«, erwiderte Arvan ebenso leise.

»Ehrlich gesagt, es würde mich nicht einmal mehr wundern, würde er plötzlich das Zirpen von Grashüpfern nachahmen und sich auf die Weise mit ihnen verständigen«, flüsterte Borro.

»Ich hoffe, du bist dir im Klaren darüber, dass er dich hört«, mahnte ihn Zalea.

Lirandil zeigte den Wachen unterdessen ein Amulett, dazu sagte er einige Worte in der Ogersprache. Einer der Oger nahm das Amulett und ging fort. Arvan sah, wie er durch die Tür eines Nebengebäudes verschwand. Wenig später kam er im Eilschritt herausgelaufen und rannte zum Haupttor des Hexagonturms.

Lirandil schritt auf die Halblinge und Arvan zu. »Es wird nicht lange dauern, dann wird man uns einlassen.« Er blickte auf Arvans nackte Füße. »Ohne Schuhe den Thronsaal eines der mächtigsten Herrscher von Athranor zu betreten ist allerdings nicht gerade die feine Art.«

Arvan blickte an sich herab. Barfuß zu laufen war für ihn vollkommen selbstverständlich. Er hatte noch nie in seinem Leben Schuhe getragen. Das war unter Halblingen auch nicht üblich, denn sie brauchten ihre kräftigen Zehen fürs Klettern. Im Laufe der Zeit hatte sich außerdem eine starke Hornhaut gebildet, die seine Füße ziemlich unempfindlich machte.

Er konnte sich kaum vorstellen, so schwere Stiefel zu tragen, wie er sie bei den Harabansöldnern oder den Orks gesehen hatte. Das musste sein, als hätte man Gewichte an den Füßen hängen. Andererseits schienen die geschmeidigen, eng anliegenden und sehr leicht wirkenden Stiefel, in denen Lirandils Elbenfüße steckten, den nahezu lautlosen Gang des Fährtensuchers in keiner Weise zu beschweren. Dennoch …

»Ich bin …«

»… ein Halbling?«, fragte Lirandil nachsichtig lächelnd. »Bei Halblingen nimmt man es hin, dass sie barfuß laufen, schon deswegen, weil es für so enorm große Füße nur unansehnlich klobiges Schuhwerk gibt.«

»Nun erlaubt aber mal, werter Lirandil«, protestierte Borro.

»Immer im Vergleich zur Körpergröße betrachtet«, schränkte Lirandil ein, was Borros Empörung ein wenig milderte. »Doch wenn ein Mensch kein Schuhwerk träg, dann gilt das als ungebührlich.«

»Der alte Grebu hat mir niemals erzählt, dass er in Carabor Schuhe hätte tragen müssen«, entgegnete Arvan.

»Von Grebu hat das auch niemand erwartet.«

»Er war doch Schreiber eines vornehmen Handelshauses?«

»Aber er war eben ein Halbling.«

»Und das macht einen Unterschied?«

»Einen ganz erheblichen.«

»Ich glaube, was Lirandil sagen will«, mischte sich Borro wieder ein, »ist, dass man uns Halblinge in den Reichen der Menschen nicht für voll nimmt und es daher auch nicht so wichtig ist, ob wir Schuhe tragen oder nicht. Wahrscheinlich stehen Halblinge, die sich in ihren Städten verdingen und ihr

Glück zu machen versuchen, für die Menschen auf einer Stufe mit ihren Hunden und Pferden; denen ziehen sie ja auch keine Schuhe an, wie ich in den Straßen beobachten konnte. Sie und wir Halblinge sind nützlich, verdienen aber keinerlei Respekt.«

»Das ist sehr drastisch ausgedrückt«, stellte Lirandil klar, dem diese Diskussion offensichtlich nicht behagte.

Borro kratzte sich in seinem dichten roten Haarschopf. »Aber es trifft doch zu, oder?«

»Mag sein, dass es so ist, wie du sagst«, gestand Lirandil widerwillig ein. »Aber wie ich bereits anmerkte, solltest du hier, nahe der Residenz des Waldkönigs, deine Worte sorgfältig wählen. Elben sind nicht die einzigen Geschöpfe mit guten Ohren, und so manche unbedachte Rede hat schon den einen und anderen unters Henkersbeil gebracht. Haraban ist kein Freund offener Worte.«

»Verzeiht, das habe ich nicht bedacht«, gestand Borro.

Lirandil blickte auf Arvans Füße. »Schuhe bekommen wir jetzt ohnehin nicht auf die Schnelle für dich. Und außerdem ...«

»... bin ich in gewisser Weise ein Halbling«, erklärte Arvan. »Auch wenn mein plumper Körper der eines Menschen ist, wurde ich nun mal von Halblingen aufgezogen und habe wahrscheinlich mehr von ihrer Lebensart angenommen, als mir selbst bisher klar war.«

Im nächsten Moment kehrte der Oger mit dem Amulett zurück. Er kam allerdings nicht allein, sondern wurde von einem Dutzend Männern in der Livree der Harabansöldner eskortiert, die Hellebarden mit sich trugen. Angeführt wurden sie von einem geckenhaft wirkenden Edelmann in eng anliegenden Hosen und einem bronzefarbenen Zier-Harnisch. Außerdem trug er einen purpurfarbenen, goldbestickten Umhang und auf dem Kopf eine Lederkappe mit der Feder eines Waldfasans.

»Seid willkommen, edler Lirandil«, sagte er und verneigte sich übertrieben tief. »Verzeiht mir, dass man Euch so lange warten ließ, aber zwischen Euren Besuchen liegen oft so viele Jahre, dass man es den Wachen nicht vorwerfen kann, wenn sie Euch nicht gleich erkennen.«

Der Oger, dem Lirandil das Amulett gegeben hatte, knurrte etwas Zustimmendes und gab Lirandil das Amulett zurück. Er ließ noch ein paar Worte in der Ogersprache folgen, die Lirandil in der gleichen Zunge beantwortete. Vielleicht hatte sich der Oger bei dem Elben entschuldigt, aber da konnte Arvan nur rätseln.

»Folgt mir«, bat der Edelmann. »Der erhabene Immerwährende Herrscher erwartet Euch.«

»Das freut mich zu hören«, erwiderte Lirandil.

»Ich hoffe, dass Ihr frohe Kunde für ihn habt. Für Euch und Euer Gefolge werden Gästequartiere vorbereitet, und man wird alles für Euer Wohlbefinden tun.«

»Daran zweifle ich nicht, aber ... Verzeiht, wenn ich mich nicht zu erinnern vermag – wie war gleich Euer Name?«

»Ich bin Hauptmann Grelvos. Als Ihr das letzte Mal hier am Hof des Waldkönigs weiltet, hatte ich gerade meinen Dienst in der Garde der Palastwächter aufgenommen. Jetzt bin ich ihr Kommandant.«

»Dann habt Ihr schnell Karriere gemacht, Grelvos.«

»Zwanzig Jahre habe ich gebraucht, um mich hochzudienen«, sagte Grelvos. »Aber Ihr seid mir gut in Erinnerung geblieben. Ich stand an der Tür des Thronsaals, als Ihr vehement ein Bündnis aller Menschenreiche mit den verhassten Magiern aus Thuvasien, den Trollen und den Dunkelalben aus Albanoy gefordert habt, um einer finsteren Bedrohung zu begegnen, die sich irgendwo in einer fernen Ödnis erneut erheben würde.«

»Zwanzig Jahre sind für den wiedererwachten Schickalsverderber Ghool keine lange Zeit«, erklärte Lirandil. »Davon abgesehen wächst das Übel schon viel länger heran. Es wächst und wuchert, und je länger man es nicht mit der nötigen Entschlossenheit bekämpft, desto aussichtsloser wird es am Ende, dieser dunklen Macht überhaupt noch Einhalt zu gebieten.«

Grelvus war zu höflich, um Lirandil zu widersprechen. Aber Arvan bemerkte sehr wohl den skeptischen Gesichtsausdruck des Hauptmanns. Er schien die Worte des Fährtensuchers wohl für reichlich übertrieben zu halten. Wahrscheinlich hatte er in diesen zwanzig Jahren, in denen er in der Palastgarde aufgestiegen war, eine Familie gegründet, seine Kinder aufwachsen sehen und die wachsende Anzahl von Münzen in seinem Geldbeutel gezählt, die ihm der Waldkönig für seine Dienste zahlte und die ihm ein angenehmes Leben ermöglichten. Welchen Grund hatte er also, an irgendeine ferne Bedrohung zu denken, die auf sein Leben doch offenbar gar keinen Einfluss hatte?

»Nun, welche üblen Mächte uns auch immer bedrohen mögen«, entgegnete Grelvus schließlich, »der Hof des Waldkönigs ist einer der sichersten Orte in ganz Athranor.«

»Täuscht Euch nicht, werter Grelvus«, widersprach Lirandil. »Aber nicht Ihr seid es, den ich zu überzeugen habe, sondern den König.«

»Das dürfte Euch schon vor vielen Jahren gelungen sein, Lirandil.«

»So?«

»König Haraban hält große Stücke auf Euch und lobt in den höchsten Tönen Eure Weitsicht und Euren Scharfsinn.«

»Er gab mir bisher keinen Anlass, dies zu vermuten.«

»Mein Herrscher weiß, dass Freundlichkeit oft für Schwäche gehalten wird, und ist deswegen damit sehr sparsam.«

»Nun, diesen Eindruck hatte ich bei unserem letzten Zusammentreffen allerdings, werter Grelvus.«

Der Hauptmann bedachte Arvans nackte Füße nur mit einem kurzen Blick, er enthielt sich auch jedes Kommentars, allerdings war sein Stirnrunzeln nicht zu übersehen.

Die Wachen nahmen Lirandil und sein Gefolge in ihre Mitte und begleiteten sie zum Haupttor des Hexagonturms, das sie anstandslos passieren konnten. Man ließ ihnen sogar die Waffen, was einer besonderen Ehrerbietung gleichkam.

Anschließend folgten sie einem breiten, hohen Säulengang. Die Säulen waren aus Baumstämmen gefertigt und mit kunstvollen Schnitzereien versehen. Sieben bis zehn Männer wären nötig gewesen, um sie mit gestreckten Armen zu umfassen. Es waren junge Riesenbäume, aus denen die Säulen gemacht worden waren, erkannte Arvan.

Sie erreichten einen der Aufstiegsschächte, durch die hölzerne Kabinen mithilfe von Seilen und Flaschenzügen gezogen wurden.

»Wir wollen ja nicht, dass Ihr schon müde seid, wenn Ihr den Thronsaal des Königs erreicht«, sagte Grelvus lächelnd. »In den letzten beiden Jahrzehnten wurden die Winden und Räder in ihrer Beschaffenheit verbessert, sodass sie nicht mehr so furchtbar quietschen und ächzen und Eure empfindlichen Elbensinne daher geschont werden, Lirandil.«

»Das freut mich zu hören«, murmelte der Fährtensucher, der dieser Ankündigung jedoch nicht so recht zu trauen schien, denn der Ausdruck in seinem Gesicht kündete von Zweifel.

Dennoch betrat er mit den anderen die Holzkabine. Hauptmann Grelvus wandte sich zuvor noch an einen Diener, der einen Mechanismus mit allerlei Rädern und Hebeln zu bedienen hatte, durch den die Seilzüge mittels Gewichten in Gang gesetzt wurden. Er wechselte mit dem Diener ein paar Worte, die Arvan nicht verstand. Anschließend betrat der Hauptmann als Letzter die Kabine, die groß genug war, dass außer Lirandil, Arvan und den Halblingen sogar noch ein halbes Dutzend Wachsoldaten darin Platz fanden.

»Ich habe Geschichten gehört, dass sich der Waldkönig mitsamt seinem Kriegselefanten in Aufzügen bis ins höchste Stockwerk des Turms emporziehen lässt«, raunte Borro. »Aber ich konnte und wollte das nicht glauben.«

»Diese Geschichten sind auch übertrieben«, sagte Lirandil. »Allerdings habe ich selbst schon gesehen, wie Männer mitsamt ihren Pferden in die oberen Stockwerke des Hexagonturms gehievt wurden.«

»Es ist wie Magie«, murmelte Arvan über die Maßen erstaunt.

»Es ist nur die Ausnutzung bestimmter Naturgesetze«, widersprach Lirandil. »Aber ich gebe zu, dass man das leicht miteinander verwechseln kann.« Der Fährtensucher wandte sich an Hauptmann Grelvus. »Ich habe im Hafen einige Schiffe gesehen, die wie Galeeren aus Beiderland aussehen. Erprobt König Haraban neuerdings wendigere Schiffstypen, mit denen man auch in den Langen Fjord gelangen könnte?«

»Ihr seid ein aufmerksamer Beobachter«, sagte Grelvus. »Es liegen tatsächlich beiderländische Galeeren im Hafen. König Candric XIII. von Aladar weilt seit ein paar Wochen zu Verhandlungen am Hof unseres Herrschers.«

»Dann geht die Saat meiner diplomatischen Bemühungen nach all den Jahren doch noch auf«, murmelte Lirandil.

»Ganz im Vertrauen«, verriet ihm Hauptmann Grelvus, »bisweilen geht es ziemlich undiplomatisch unter den hohen Herrschaften zu.«

Die Audienz

Für Arvans Gefühl dauerte es recht lange, bis sie schließlich jenes Stockwerk des Turms erreichten, in dem sich König Harbans Audienzsaal befand. Aber Grelvus hatte nicht zu viel versprochen, denn von dem Mechanismus der Seilzüge war abgesehen von einem leisen ächzenden Geräusch tatsächlich nichts zu hören gewesen.

Arvan war überrascht, als sie in einen lichtdurchfluteten Raum geführt wurden. Durch hohe, mit bunten Gläsern verkleidete Fenster strahlte die Sonne. Arvan erkannte schon an der Art, wie die Scheiben eingesetzt waren, die Arbeit von Halblingglasbrennern. Die verwendeten nämlich eine Mischung genau jener Baumharze, aus denen auch die Magische Essenz gewonnen wurde, um die Fenster abzudichten. Auch von der Essenz des Baumsaftes ging so ein grünlicher Schimmer aus.

Durch die zumeist grünen und blauen Scheiben hatte man einen Blick über die gewaltige Stadt, die den Hof des Waldkönigs umgab und deren einzelne Viertel durch Mauern voneinander abgetrennt waren, und man sah den Hafen mit den Galeeren aus Beiderland. Arvan reckte sich und erblickte auch die Gehege für die Kriegselefanten im Westen der Stadt.

An ein großes Tor im Nordwesten schloss sich eine gepflasterte Straße an, die so breit war, dass auf ihr gewiss zehn Kriegselefanten nebeneinander hergehen konnten. Es handelte sich dabei um die »Straße der Krieger«, wie Arvan wusste, die größte befestigte Straße von ganz Athranor, geschaffen aus miteinander vernuteten Hölzern der Riesenbäume. Sie führte vom Hof des Waldkönigs über die Mittelfeste bis zum Valdanischen Hafen an der Bucht von Ambalor. Vor über tausend Jahren hatte Haraban sie errichten lassen, und viele, die sie sahen, konnten sich nur schwerlich vorstellen, dass dies ohne die Hilfe von Magie geschehen sein sollte.

Auf keiner Straße in ganz Athranor konnten Pferdegespanne schneller fahren, und einmal im Jahr fand darauf auch das berühmte Rennen der Kriegselefanten zu Ehren des Waldkönigs statt. Zudem bildete diese fünfhundert Meilen lange Straße die Grenze der Provinzen Altvaldanien und Mittelvaldanische Mark.

Wie eine gerade Linie zog sie sich bis zum Horizont, und die Pferdewagen, Eselskarren und Lastelefanten wirkten darauf wie schwer beladene Ameisen, während sie unablässig Waren zum Hof des Waldkönigs brachten oder diese zur Küste transportierten.

Arvan hatte schon viel über die Straße der Krieger gehört. Die Wirklichkeit aber übertraf seine kühnsten Vorstellungen.

Verliere dich nicht in diesem Blick, erreichte ihn auf einmal ein Gedanke, und erst da bemerkte Arvan, dass die anderen schon ein Stück weitergegangen waren, während er bei der gläsernen Fensterfront stehen geblieben war. Ein Wachmann wartete stumm auf ihn. Er beeilte sich, die anderen wieder einzuholen.

»Du kannst hier nicht herumträumen«, raunte ihm Zalea zu und benutzte dabei gegen ihre Gewohnheit die Sprache der Halblinge. Offenbar wollte sie nicht, dass Hauptmann Grelvus und die Wachen ihre Bemerkung mitbekamen.

Man führte sie zu einer hohen zweiflügeligen Tür. Ein halbes Dutzend Söldner war davor postiert, je zur Hälfte Oger und Menschen, und zudem ein hagerer Mann in der Livree der Dienerschaft. Der trug ein ärmelloses Wams und darunter ein grüngestreiftes Hemd, auf dessen Ärmel in Schulterhöhe der Schriftzug *Er dient Haraban, dem Immerwährenden Herrscher* aufgestickt war, und das in so filigran verschnörkelten Ligaturen, dass Arvan auch in diesem Fall die Kunstfertigkeit von Halblingen erkannte.

Worüber der Diener mit Hauptmann Grelvus sprach, konnte Arvan nicht verstehen, denn beide Männer flüsterten, doch sie richteten mehrmals den Blick auf seine Füße.

Schließlich trat der Diener auf Arvan zu und sagte. »Ich werde Euch Fußkleider holen lassen, die dem Anlass angemessen sind.«

»Damit werden wir keine Zeit vergeuden«, schritt Lirandil ein, der vermutlich die Unterhaltung der beiden Männer mitgehört hatte, so leise sie auch geführt worden war. »Euer König hat schon oft Halblinge als Kanzler beschäftigt, und neulich soll er sogar einen Halbling zu seinem obersten Feldherrn ernannt haben. Da wird ihn mein barfüßiges Gefolge nicht weiter stören, zumal sie alle peinlich genau darauf geachtet haben, auf den Straßen eurer Stadt nicht in den Unrat der Elefanten zu treten.«

Arvan war überaus erstaunt. Bisher hatte er noch nicht erlebt, dass sich Lirandil so ereifern konnte. Ungewöhnlich war vor allem, wie sehr der ansonsten so gelassene Fährtensucher zur Eile drängte.

»Verzeiht, werter Lirandil«, sagte Hauptmann Grelvus. »Dass Halblinge ihre Füße nicht bekleiden, daran hat sich selbst die Hofetikette gewöhnt ...«

»Na, seht Ihr.«

»Aber dieser junge Mann dort ist kein Halbling.«

»Er ist unter Halblingen aufgewachsen, die ihn an Sohnes

statt aufzogen«, erklärte Lirandil. »Hat der Sohn eines Halblings nicht das gleiche Recht auf Barfüßigkeit wie ein Halbling?«

»Nun ...« Hauptmann Grelvus tauschte einen unsicheren Blick mit dem Diener, der mit den Schultern zuckte.

»Na also«, sagte Lirandil, als wäre das Schulterzucken des Dieners eine Zustimmung seiner Worte. Offenbar wollte er keinen Augenblick länger warten.

Er schritt voran, und als ihm die Wachen den Weg versperren wollten, breitete er die Arme aus, hielt den Menschen und Ogern die Handflächen entgegen und murmelte eine Formel, woraufhin sie stehen blieben, als wären sie gegen eine unsichtbare Wand gelaufen.

Im nächsten Moment hatte Lirandil bereits die Tür erreicht und stieß sie auf, nicht nur einen Flügel, sondern beide zugleich. Die Kraft, die dafür vonnöten war, hätte man dem schlanken Fährtensucher gar nicht zugetraut.

Mit weit ausholenden Schritten trat er in den Thronsaal. Arvan und die Halblinge folgten ihm, und Hauptmann Grelvus und dem Diener blieb nichts anderes übrig, als es ihnen gleichzutun.

Der Thronsaal des Waldkönigs war ebenso lichtdurchflutet wie die Vorhalle, nur hatten die Gläser, mit denen die Fenster verkleidet waren, eine andere Farbe; sie waren allesamt in Gelb- und Brauntönen gehalten.

Von den Dachsteven hingen an nahezu unsichtbaren Fäden Steine, die das einfallende Sonnenlicht einfingen und mit größerer Leuchtkraft wieder abstrahlten. Sie funkelten prachtvoll, und Arvan fühlte sich an das in der Sonne glitzernde Meer erinnert, eines der Bilder, die seit der Geistverschmelzung mit Lirandil in seinem Kopf umhergeisterten.

Eine lange Festtafel stand in der Mitte des Thronsaals, und

alles war so arrangiert, dass das Licht der Fenster auf den aus Edelhölzern gefertigten Tisch fiel, ohne dabei diejenigen zu blenden, die daran Platz genommen hatten.

Auf dem erhöhten und mit zahlreichen Schnitzereien versehenen hölzernen Thron saß Haraban, Namensgeber und Immerwährender Herrscher eines Reiches immerwährender Wälder, wie er stets von seinem Kanzler auf Urkunden vermerken ließ, die er zumeist mit einem einfachen Federstrich unterzeichnete.

Auf den ersten Blick sah Haraban aus wie ein gewöhnlicher Mensch, und das war er gewiss zu Beginn seiner Herrschaft vor anderthalb Jahrtausenden auch gewesen. Aber Arvan fiel bei näherem Hinsehen auf, dass seine Haut der Rinde eines Baums glich. Sie war runzelig und zerfurcht und wirkte auf eine erschreckende Weise hölzern.

Das galt auch für die Hände, die aus den Ärmeln seines königlichen Purpurgewandes ragten. Sobald sie sich bewegten, glaubte man im ersten Moment, sie müssten zerbrechen und splittern wie Holz. Allerdings waren sie allem Anschein nach durchaus so beweglich wie die Finger eines normalen Menschen.

Arvan kannte die Geschichten, die im Halblingwald über Haraban kursierten. Dunkelste Magie hatte dem Waldkönig einige Eigenarten langlebiger Bäume verliehen. Laut offizieller Version hatte Haraban die Veränderungen seines Körpers allerdings einer besonderen Gnade der Waldgötter zu verdanken, die in ihm angeblich den rechtmäßigen Immerwährenden Herrscher sahen. Haraban ließ das Jahr um Jahr in einem großen Fest feiern, das im ganzen Reich begangen wurde. Selbst auf den Wohnbäumen der Halblinge konnte man sich dieser Anordnung nicht entziehen, denn Haraban hätte die Weigerung, dieses Fest gebührend zu begehen, als Zeichen der Untreue betrachtet. Andererseits war es den meisten Halblingen gleichgültig, welcher Vorwand ihnen zum Feiern gegeben wurde.

Der Waldkönig wandte leicht den Kopf. Sein moosartiges Haar quoll unter der Krone aus dunklem Metall hervor, dem manche magische Kräfte nachsagten. Sein Gesicht hatte eine kantige Form und erinnerte an die geschnitzten Bärte der Holzreliefs in den Säulenhallen. Im Lauf der Zeit schien sich der Bart des Waldkönigs verfestigt und in dieselbe holzähnliche Substanz verwandelt zu haben, aus der vermutlich sein gesamter Körper bestand.

Die Augen dieses Wesens, das mit einem Menschen kaum noch etwas gemein hatte, waren erfüllt von einem magisch leuchtenden satten Grün; nichts Weißes war noch darin, und nur, wenn man ganz genau hinsah, konnte man die Pupillen ausmachen. Ein goldverzierter Harnisch bedeckte seine Brust, und er trug Schwert und Zepter als Zeichen seiner immerwährenden Herrschaft.

»Lirandil«, entfuhr es Haraban mit dröhnender Stimme. »Ihr habt Euch Zutritt zu meinem Thronsaal verschafft, ohne darauf zu warten, dass man Euch ruft.«

»Für diese Feinheiten des Protokolls ist keine Zeit«, entgegnete Lirandil drängend.

Der vollkommen zahnlose Mund des Waldkönigs öffnete sich und verzog sich auf groteske Weise. Wahrscheinlich, so ging es Arvan bei diesem Anblick schaudernd durch den Kopf, war dies Harabans Art zu lächeln. »Dass ausgerechnet Ihr das sagt, werter Lirandil, wundert mich.«

»Es ist nur ein weiteres Zeichen für den Ernst der Lage«, erwiderte der Fährtensucher.

»Wie auch immer, Ihr und Euer Gefolge seid willkommen am Hof des Immerwährenden Herrschers. Euch soll es an nichts mangeln.« Harabans Blick senkte sich und richtete sich für einige Augenblicke auf Arvans Füße. »Es ist ja nicht das erste Mal, dass Ihr meinen Hof mit Gefolge aufsucht, das mir nicht ganz standesgemäß erscheint. Doch daran habe ich mich in all den Jahren, die wir uns schon kennen, gewöhnt.«

Lirandil legte Arvan die Hand auf die Schulter. »Ihr habt einen tapferen Recken vor Euch, der sich sein Schwert selbst erkämpfte und mich vor dem sicheren Tod bewahrte, als mir die Schergen Ghools auflauerten.«

Harabans Augen weiteten sich. Dort, wo gewiss früher Augenbrauen gewesen waren, hatte er nur noch ein paar borkenähnliche Wülste, die sich erstaunt hoben. »Wie ist dein Name, Barfüßiger?«

»Ich bin Arvan Aradis, Sohn des Baum-Meisters Gomlo von Gomlos Baum aus dem Stamm von Brado dem Flüchter«, erklärte der Angesprochene in feierlichem Tonfall und straffte stolz seine Schultern.

»Ein Mensch, der unter Halblingen aufwuchs«, sagte der Waldkönig, »den trifft man nicht alle Tage. Aber es macht verständlich, warum er barfuß herumläuft. Der Name Aradis kommt mir bekannt vor. Gab es da nicht einst ein caraboreanisches Handelshaus, dessen Schiffe auch meinen Hafen anliefen?«

Arvan kam nicht dazu, dem Immerwährenden Herrscher zu antworten, denn Lirandil ergriff wieder das Wort. Offenbar wollte er hier und jetzt nicht über ein untergegangenes Handelshaus aus Carabor reden.

Lirandil wandte sich stattdessen den anderen Anwesenden zu, die an der Tafel des Waldkönigs Platz genommen und mit ihm offenbar Verhandlungen geführt hatten. Darauf deutete zumindest der Umstand hin, dass sich keinerlei Speisen auf dem Tisch befanden, wohl aber eine Unmenge von Papieren.

Zudem war der Kanzler des Waldkönigs anwesend, ein Halbling, der sich so sehr an die Lebensweise bei Hofe angepasst hatte, dass er sogar Schuhe trug.

»Wie ich sehe, sind noch andere gekrönte Häupter anwesend«, stellte Lirandil fest und richtete den Blick auf einen jungen Mann am Tisch. »König Candric von Aladar, wenn ich mich nicht irre.«

»Ihr irrt Euch nicht, werter Lirandil«, sagte der junge Mann, auf dessen Brust ein goldenes Amulett prangte, in das die stilisierten Kuppeln von Aladar, der Hauptstadt des Beiderlandes, eingraviert waren.

»Ihr seht gut aus, König Candric«, sagte der Elb, »beinahe verjüngt.«

»Vermutlich verwechselt Ihr mich mit meinem Vater. Als Ihr das letzte Mal in Aladar zu Gast wart, war ich noch ein Junge.«

»So ist Euer werter Vater ...«

»... von den Göttern heimgeholt worden«, vollendete Candric den Satz des Elben. »Aber wie Ihr seht, zeigen Eure diplomatischen Bemühungen Erfolg. Ich habe Eure Schilderungen des Übels, das in der Hornechsenwüste des Ost-Orkreichs schon seit Generationen erwächst, seit damals nicht vergessen, und darum bin ich jetzt hier.«

»Ich wusste nicht, dass Euer Vater gestorben ist«, sagte Lirandil sichtlich betroffen. »Doch fiel mir auf, dass nicht von Candric XII., sondern von Candric XIII. die Rede war, als ich den Hauptmann der Palastgarde nach der Herkunft der Galeeren im Hafen fragte. Ich war bereits mit Candric I. gut befreundet, dem Sohn von König Hadran und Königin Taleena, aus deren beiden Reichen das Beiderland hervorging und zum mächtigsten Menschenreich von Athranor aufstieg. Sind tatsächlich schon vier Jahrhunderte seither vergangen?«

»Genau dreihundertachtundsechzig Jahre sind verstrichen

seit der Heirat von Hadran und Taleena, und wir feiern jedes Jahr die Gründung unseres Reiches.«

»Wie ist Euer Vater gestorben?«, fragte Lirandil.

Candrics Miene verfinsterte sich. »Eine Bande von Orks überfiel ihn, als er in der Provinz Transsydien unterwegs war, um die Trutzburg an der Schlangenbucht zu besuchen. Die Mörder entkamen über das nahe gelegene Grenzgebirge in die Reiche der Orks.« Candric ballte unwillkürlich die Hände zu Fäusten. »Ich hasse nichts so sehr wie diese verfluchte Orkbrut!«

»Es würde mich nicht wundern, wenn Ghool diese Mörder geschickt hätte«, vermutete Lirandil. »Ihr solltet nicht die Orks im Allgemeinen dafür verantwortlich machen.«

»Ach, nein? Ist es denn ein Zufall, dass ausgerechnet diese Scheusale anscheinend so anfällig für den Einfluss des Bösen sind?«, fragte eine andere Stimme, die unverkennbar die eines Zwerges war.

»Botschafter Rhelmi aus der großen Höhle unter Thomra-Dun«, sagte Lirandil. »Ich bin überrascht.«

»Überrascht?«, fragte Rhelmi und zog dabei seine buschigen Augenbrauen zusammen. Mit einer beiläufigen Bewegung strich er sich über den zu einem Dutzend Zöpfen geflochtenen rotstichigen Bart. »Ihr wart es doch, der einst meinen König überzeugte, dass sich unser Volk nach vielen Zeitaltern wieder für die Geschehnisse über der Erde interessieren und einen Botschafter nach Aladar entsenden sollte.«

»König Grabaldin hat gut daran getan, auf meinen Ratschlag zu hören«, meinte Lirandil. »Ich hatte nur nicht zu hoffen gewagt, dass er dies tatsächlich tun würde, und das auch noch gerade zur rechten Zeit, da das große Bündnis gegen den Schicksalsverderber geschmiedet werden muss.«

Einst war das Zwergenreich im Meer versunken, und dort,

wo es gewesen war, erhoben sich nur noch die ehemaligen Gipfel der Bergmassive Ulras-Dun, Thomra-Dun und Kergur-Dun aus dem Ozean, den man seitdem das Zwergische Meer nannte. Zu tief hatten die Zwerge gegraben, so sagte man. Ihre Gier nach den Schätzen der Erde war so groß gewesen, dass sie ihre Stollen ohne Rücksicht auf die Kräfte der Natur ausgedehnt und immer weitergetrieben hatten, bis ein Großteil davon eingestürzt war. Das Land hatte sich abgesenkt, und die Fluten des Meeres hatten das Land verschlungen. Viele Zeitalter lang hatten die Zwerge von Athranor nahezu ohne Verbindung zu den anderen Völkern des Kontinents in den ehemaligen Berggipfeln gelebt, die noch aus dem Wasser ragten, und in den weit verzweigten Stollen, die nun unter dem Meer verliefen, und es hatte mehrere Reisen von Lirandil bedurft, um König Grabaldin davon zu überzeugen, die Isolation aufzugeben. Reisen, die ihn mehrfach hinab in die Felsenschlünde von Kergur-Dun geführt hatten, um mit König Grabaldin zu verhandeln, der sich nicht vorzustellen vermochte, dass die Bedrohung, die Lirandil prophezeite, eines Tages auch sein scheinbar sicheres unterseeisches Höhlenreich treffen könnte.

Offenbar war auch in diesem Punkt Lirandils Plan zumindest zum Teil aufgegangen.

»König Candric machte mir das Angebot, ihn auf seiner Reise zum Waldkönigshof zu begleiten«, erklärte Rhelmi von Thomra-Dun mit skeptischer Miene. »Allerdings bin ich eher zurückhaltend in der Beurteilung der Frage, ob es tatsächlich zu dem Bündnis kommen wird, das angeblich so dringend notwendig ist.«

»An mir soll es nicht liegen«, behauptete König Candric von Aladar.

Ein weiterer Herrscher meldete sich zu Wort. Es handelte

sich um einen Menschen, um einen Mann in mittleren Jahren, den man an seinem Wappen, das auf dem Zierharnisch eingraviert war, als den König des relativ kleinen, zwischen Beiderland und Harabans Reich gelegenen Ambalor erkennen konnte. Das grau durchwirkte Haar fiel ihm bis auf die Schultern, sein Bart war dicht, die Augen grau und falkenhaft.

»Es geht bei unserem Disput darum, ob nicht ein Hochkönig ausgerufen werden muss, der den Kampf gegen Ghool anführt«, erklärte der Herrscher von Ambalor, »ein Hochkönig von Athranor, so wie man ihn in alter Zeit einst in der Stunde der Gefahr berief. Ihr wisst, dass wir schon vor vielen Jahren darüber gesprochen haben, Lirandil.«

»Ich erinnere mich gut, Nergon von Ambalor. Ihr wart für Euer damaliges Alter ein bereits mit ungewöhnlich großer Weitsicht gesegneter König.«

»Nun, diese Herren hier sehen ihre vorrangige Aufgabe offenbar darin, sich darum zu streiten, wer von ihnen Hochkönig der Menschenreiche von Athranor wird«, sagte Nergon von Ambalor, und Bedauern und Unverständnis schwangen in seiner Stimme mit. »Also ganz so, wie Ihr es vorausgesehen habt, Lirandil.«

»Beiderland ist das mächtigste Königreich Athranors«, erklärte Candric selbstbewusst. »Es erscheint nur angebracht, dass der König des mächtigsten Reiches die Führung im Kampf gegen die Brut des Bösen einnimmt.«

»In Wahrheit fürchtet Ihr Euch nur vor meiner Macht«, behauptete Haraban ärgerlich, und seine holzigen Hände ballten sich zu Fäusten. »Seid froh, dass Eure Ritter nie einen Angriff gegen mein Reich gewagt haben, sonst hätten meine Kriegselefanten sie in Grund und Boden gestampft.«

»Der letzte Hochkönig der Menschenreiche von Athranor war Tarmon von Nalonien, ein Ahne König Hadrans, von dem das Geschlecht der Könige von Aladar in männlicher Linie abstammt«, erinnerte Candric. »In völlig aussichtsloser Lage führte er die Menschen von Athranor während der Magierkriege zum Sieg, und so ist es nur natürlich, dass ich diesen Titel hier und jetzt für mich beanspruche.«

»Weder Euer noch mein Reich waren damals schon gegründet«, widersprach Haraban. »Ihr beruft Euch auf eine Vergangenheit, die heute keine Bedeutung mehr hat. Und davon abgesehen seid Ihr ein unerfahrener Jungspund, der sich erst einmal die Hörner abstoßen muss, damit er ein wenig überlegter handelt. Ganz gewiss aber sollte man das Schicksal der Menschen von Athranor in erfahrenere Hände legen.«

»In Eure vielleicht? Die Hände eines durch Magie verwandelten Monstrums, das mit einem richtigen Menschen weniger gemein hat als die Magierrasse von Thuvasien oder sogar ein Troll?«, giftete Candric erzürnt zurück. »Glaubt Ihr vielleicht, die Völker von Athranor lassen sich von jemandem wie Euch in den Kampf führen? Von einer Kreatur, der nach all den Jahrhunderten ihrer sogenannten immerwährenden Herrschaft kaum noch etwas Menschliches anhaftet?«

»Ich werde es gern erlauben, dass Ihr Euer eigenes Reich ins Verderben führt«, erwiderte Haraban, »aber keinesfalls werdet Ihr dies auch mit dem meinen tun. Seit Tagen blockiert Ihr eine Entscheidung, Candric!«

»Eine Entscheidung in Eurem Sinne, meint Ihr wohl?«

»Eine Entscheidung im Sinne der Reiche von Athranor!«

König Candric machte eine wegwerfende Handbewegung und lehnte sich zurück. »In Wahrheit drängt Ihr doch nur so sehr auf eine schnelle Entscheidung, weil Ihr genau wisst, dass ich Boten nach Dalanor geschickt habe, so wie Lirandil es meinem Vater einst aufgetragen hatte.«

Der Waldkönig stieß aus seinem halb geöffneten zahnlosen

Mund einen Laut hervor, der wie das Knarren eines berstenden Baumstamms klang, dann starrte er Candric XIII. mit seinen grünlich schimmernden Augen durchdringend an. »Ich habe wirklich keine Ahnung, was Ihr mit dieser Bemerkung sagen wollt, werter königlicher Bruder von gleichem Rang und gleichem Blut – wobei ich den Verstand der Höflichkeit halber lieber unverglichen lasse.«

»Ganz einfach, König des Waldes und der Beleidiger ...«

»Überspannt den Bogen nicht!«

»... Ihr fürchtet doch nur, dass der König von Dalanor eintrifft, bevor wir uns geeinigt haben, und ebenfalls Ansprüche stellt!«

»Das wäre lächerlich, Candric!«

»Das Dalonorische Reich ist Eurem ebenbürtig!«

»Unsinn!«

»Und den Herrscher von Bagorien lasst Ihr mit seinem Gefolge seit Wochen im Valdanischen Hafen schmoren, indem Ihr ihm die Weiterreise über die Straße der Krieger zu Eurem Hof verwehrt«, fügte Candric hinzu und erhob sich, wobei er den Blick auf Lirandil richtete. »Das ist es, was Haraban beabsichtigt – er will erst zum Hochkönig ausgerufen werden und die anderen vor vollendete Tatsachen stellen!«

»Ich habe nun eine genauere Vorstellung davon, mit welchen Fragen man sich an diesem Tisch beschäftigt hat«, sagte Lirandil mit beißendem Spott. »Die Rettung von Athranor vor der Rückkehr des Schicksalsverderbers war offensichtlich nicht das vorrangige Thema.«

Beiden widerstreitenden Herrschern lag eine Erwiderung auf der Zunge, wobei in Harabans Fall nicht sicher war, ob er überhaupt noch eine hatte. Doch bevor einer von ihnen etwas Weiteres vorbringen konnte, ergriff Rhelmi von Thomra-Dun noch einmal das Wort: »Ich sagte ja, die Idee von einem Hochkönig sollte man gleich vergessen.« Er verdrehte die Augen, dann sah er Lirandil an. »Versteht Ihr jetzt, warum mein König zögert, sich in dem anbahnenden Konflikt frühzeitig auf eine Seite zu stellen?«

»Das Reich der Zwerge riskiert einen zweiten Untergang, und diesmal den endgültigen«, warnte Lirandil. »Anders als den jüngeren Völkern sollte es der Zwergenheit noch bekannt sein, wie knapp die Ersten Götter und ihre Verbündeten den Sieg gegen den Schicksalsverderber erringen konnten, um seine grausame Herrschaft abzuwehren.«

»Aber was man nicht verhindern kann, wird man vielleicht begrüßen müssen«, hielt Rhelmi dem Fährtensucher entgegen.

Während der Streit unter den beiden Mächtigsten der drei Könige erneut aufflammte, richtete Arvan seine Aufmerksamkeit auf eine Gestalt am anderen Ende der Tafel. Sie war in eine schwere dunkle Kutte gehüllt, deren Kapuze sie sich tief ins Gesicht gezogen hatte. Nur ein wenig vom Kinn war zu sehen, und Arvan meinte Zeichen zu erkennen, die dort in die Haut gebrannt waren. Elbenrunen. Zumindest waren die Symbole den Elbenrunen, die er kannte, sehr ähnlich.

Zweifellos handelte es sich bei der Gestalt um einen weiteren Gast des Waldkönigs, der außerdem einen hohen diplomatischen Rang einnehmen musste, sonst hätte man ihm nicht gestattet, an der Zusammenkunft dreier Könige und eines Botschafters teilzunehmen.

Lirandil sprach die Gestalt im nächsten Moment an. »Sind auch die Dunkelalben von Albanoy der Meinung, dass man sich Ghool besser unterwerfen sollte, als sich ihm zu widersetzen?«

Er hatte Relinga gesprochen, erhielt aber keine Antwort. Also wiederholte er die Frage, diesmal in einer Sprache, die Arvan noch nie gehört hatte. Sie klang dem Elbischen ähnlich, unterschied sich aber durch eine Reihe von dunklen Kehllauten, die so untypisch für die Elbensprache waren, dass man sie sofort heraushören konnte.

Auf einmal schwiegen alle. Die Blicke der Anwesenden waren auf den finsteren Kapuzenträger gerichtet.

»Was fragt Ihr mich?«, erwiderte eine tiefe Stimme, die unter der Kapuze hervorklang, nun auf Relinga.

Der Kanzler des Waldkönigs, den vorzustellen sich niemand die Mühe gemacht hatte, ergriff das Wort. »Das ist Brogandas aus Batagia und Gesandter des Rates der Mächtigen von Khemrand, der, wie man weiß, das Reich der Dunkelalben von Albanoy regiert.«

»Ihr seid mir eine Antwort auf meine Frage schuldig, Brogandas aus Batagia«, beharrte Lirandil.

Der Dunkelalb streifte die Kapuze zurück, und ein vollkommen haarloser Schädel kam zum Vorschein, der mit dunklen Runen übersät war. Die Ohren waren so spitz wie die eines Elben und die Augen auf gleiche Art schräggestellt. Dass beide Völker eng miteinander verwandt waren, war nicht zu übersehen.

»Wir respektieren Macht und Stärke«, sagte Brogandas.

»Auch die Stärke Ghools?«, wollte Lirandil wissen.

Es folgte ein längerer Moment des Schweigens.

»Der Rat der Mächtigen von Khemrand hat sich dazu noch keine abschließende Meinung gebildet«, erklärte Brogandas dann ausweichend. »Meine Reise hierher aber soll zu dieser Meinungsbildung beitragen.«

Ein hartes Lächeln bildete sich daraufhin um Lirandils Mundwinkel. »Ah, ich verstehe. Vermutlich wird man sich in Albanoy erst dann auf eine Seite schlagen, wenn man erkannt zu haben glaubt, wer aus dem heraufdämmernden Krieg als Sieger hervorgehen wird.«

»Es hat wenig Sinn, sich auf die Seite des Verlierers zu stellen«, entgegnete Brogandas. »Und davon abgesehen gibt es, bevor man ein Bündnis mit dem werten Haraban beschließen sollte, noch ein paar kleinere Streitpunkte zu regeln, etwa dass der Herzog von Pandanor – immerhin ein Vasall des Immerwährenden Herrschers – im Verlauf der letzten Jahrzehnte immer wieder Krieg gegen Albanoy geführt und uns einen beträchtlichen Teil unseres Landes genommen hat.«

»… um die Menschen und Halblinge, die dort leben, aus der Knechtschaft der Dunkelalben zu befreien«, fiel Arvan unüberlegt ein, aber er konnte in diesem Moment einfach nicht an sich halten. Es war bekannt, dass die Dunkelalben die Angehörigen anderer Völker, die in ihrem Reich lebten, mithilfe ihrer düsteren Magie unterdrückten, und in Albanoy gab es seit jeher eine recht große Kolonie von Halblingen, an deren Schicksal auch ihre Verwandten am Langen See regen Anteil nahmen, indem man dort alle Neuigkeiten aufmerksam verfolgte, die von dort kamen. Der Herzog von Pandanor galt im Halblingwald als Held und der Eroberungskrieg, den er zeitweilig gegen die Dunkelalben geführt hatte, als der ruhmreiche Kampf eines Befreiers.

Brogandas unterzog Arvan einer scharfen Musterung. »Euer Begleiter sollte sich mäßigen und sich nur dann äußern, wenn er gefragt wird«, sagte der Dunkelalb mit nicht zu überhörender Herablassung. »Und davon abgesehen sollte er sich vielleicht entscheiden, ob er nun Schweinehirt, Halbling oder Schwertkämpfer sein will. Seine Erscheinung scheint mir von allem etwas zu haben.«

Nicht noch einmal, Arvan!, vernahm der Ziehsohn von Baum-Meister Gomlo einen mehr als eindringlichen Gedanken von Lirandil. Der Fährtensucher bedachte ihn nur mit einem kurzen Blick und wandte sich dann wieder Brogandas zu.

»Ein Diplomat ist er gewiss nicht. Aber das heißt nicht, dass es nicht der Wahrheit entspricht, was er sagt. Und vielleicht ist die Zeit der Diplomatie ohnehin vorbei und die Stunde der klaren Worte gekommen, werter Brogandas!« Lirandil machte eine Pause, während die Blicke aller auf ihn gerichtet waren. Arvan spürte, wie groß das Gewicht war, das die Anwesenden den Worten des Elben beimaßen – was jedoch noch lange nicht hieß, dass sie ihnen deshalb auch folgten.

»Gegen klare Worte hat niemand etwas einzuwenden«, lenkte Brogandas ein.

Lirandil nickte. »In der Zeit des letzten Hochkönigs waren die Menschen schwach«, fuhr er fort. »Aber die Schwäche hat dazu geführt, dass sie die Notwendigkeit einsahen, sich zu einigen. Das scheint mir heute nicht der Fall. Anstatt darüber zu streiten, wer als Hochkönig ausgerufen wird, sollten die hohen Herren lieber nach weiteren Bundesgenossen Ausschau halten – und diese nicht aus taktischen Gründen im Valdanischen Hafen warten lassen, wie es zurzeit offenbar dem König von Bagorien widerfährt!«

Haraban wollte darauf etwas einwenden, doch Lirandil hielt ihn mit erhobener Hand davon ab. »Davon abgesehen werden sich vermutlich weder Dunkelalben noch Zwerge und schon gar nicht die Orks des West-Orkreichs von einem Hochkönig der Menschen befehlen lassen. Von meinem eigenen Volk und seiner unseligen Gleichgültigkeit gegenüber allem, was westlich des Elbengebirges geschieht, will ich gar nicht erst reden …«

»Ihr sprecht von Orks als unseren Bundesgenossen?«, unterbrach König Candric den Elben. Seine Hand umfasste unwillkürlich den Griff seines Schwerts. »Mit den Scheusalen, die meinen Vater umbrachten, würde ich niemals Seite an Seite in die Schlacht ziehen.«

»Eure Vorgänger schlossen einst Frieden mit den Orks«, gab Lirandil zu bedenken. »Zudem stellen sich zurzeit allein die Orks des West-Orkreichs Ghools Horden entgegen. Ich habe lange mit dem Herzog von Rasal auf Burg Eas gesprochen, und er hat längst erkannt, dass die westlichen Orkstämme die einzigen seiner Verbündeten sind, die mehr als hohle Worte von sich geben. Sie vertun ihre Zeit auch nicht damit, sich gegenseitig bei der Wahl eines Hochkönigs zu überlisten«, fügte Lirandil noch hinzu und wandte sich dann an Arvan und die Halblinge. »Anscheinend war der mühsame Weg hierher vergebens. Am Blutfluss und in den Aschedünen wird womöglich schon gekämpft, und wahrscheinlich sind die ersten Stoßtrupps von Ghools Orks schon bis in die Dichtwaldmark vorgedrungen. Gehen wir.«

Zwei Schritte hatte Lirandil getan, als sich der Kanzler des Waldkönigs hastig erhob. »Wartet! Ich spreche gewiss für den Immerwährenden Herrscher, wenn ich mein Bedauern darüber zum Ausdruck bringe, dass Ihr vielleicht einen falschen Eindruck von unseren Bestrebungen bekommen habt. Natürlich wollen wir ein Bündnis gegen Ghool schmieden, so wie Ihr es gefordert habt. Ihr habt über so viele Jahre mehr Geduld als jeder andere bewiesen, werter Lirandil. Jetzt lasst uns bitte nicht im Stich!«

Lirandil drehte sich um. »Wie ist Euer Name, Kanzler des Immerwährenden Herrschers?«

»Ich bin Welbo aus dem Stamm von Brado dem Flüchter – auch wenn man am Langen See in einem Halbling, der Stiefel trägt, einen Abtrünnigen sehen mag.«

Lirandils Augen wurden schmal, als er Haraban musterte. »Spricht Welbo tatsächlich für Euch, Immerwährender Herrscher?«

Aus Harabans Mund kam zunächst nur ein knarzendes Ächzen, schließlich aber auch ein undeutliches »Ja«.

»Lasst uns darüber beraten, wie es weitergehen kann«, bat Welbo. »Denn weder die Kriegselefanten von Gaa noch der Herzog von Rasal oder gar die Orks des West-Orkreichs vermögen die Bedrohung wohl auf Dauer aufzuhalten.«

»Ihr habt einen guten Kanzler, mein König«, sagte Lirandil an Haraban gerichtet.

Die Schlacht am Orktor

Herzog Dalmon von Rasal ritt einem langen Zug schwer gerüsteter Reiter voran. Polierte Harnische glänzten im Sonnenlicht. Am Morgen war dieses Heer von Eas aufgebrochen, der rasalischen Trutzburg an der Grenze zu den Orkländern, und auf die schroffen Grenzgebirge zugeritten. Nun erreichte es das gewaltige Orktor, das normalerweise eine tiefe Furche im Gebirge verschloss, einen Pass, durch den man von der rasalischen Grasmark ins West-Orkreich gelangte. Der Sage nach hatte diesen Pass einer der groben Orkgötter mit einer riesigen Streitaxt in das Gebirgsmassiv geschlagen, um Streit zwischen den Hornechsenreiterstämmen und den zu Fuß marschierenden Orks zu schlichten. Erstere hatten sich benachteiligt gefühlt, weil es bis dahin unmöglich gewesen war, auf Hornechsen reitend einen Raubzug in die Menschenländer zu unternehmen, während die zu Fuß gehenden Orks im Klettern geübt waren und von jeher das Grenzgebirge leicht überwanden.

Doch das war eine Legende. Und über ihren Wahrheitsgehalt wusste man so wenig wie über die Erbauer des gewaltigen Tores, das die Gebirgsspalte normalerweise verschloss. Es war aus dem Holz riesiger Bäume errichtet, von deren Art selbst in den Wäldern am Langen See keine mehr zu finden waren, und ragte höher empor als selbst die höchsten Türme der Hafenstadt Asalea an der Bucht von Rasal, wo Herzog Dalmon inzwischen eine große Residenzburg bezogen hatte. Deren

Bau hatte noch sein Vater begonnen, und sie galt als eines der imposantesten von Menschen geschaffenen Bauwerke an der ganzen Ostküste von Athranor. Gegenüber dem gewaltigen Orktor kamen Dalmon die Tore seiner Hauptstadt und seiner Residenzburg allerdings winzig vor.

Dabei war er keineswegs das erste Mal hier. Von den Jahren seiner Regentschaft hatte er nur wenige in seiner prachtvollen Residenz in Asalea verbracht, meistens hatte er an der Südostgrenze seines Herzogtums gegen die Orks kämpfen müssen, die immer wieder in sein Reich eingefallen waren, und war zeitweilig sogar gezwungen gewesen, seinen Hofstaat nach Burg Eas zu verlegen, um der Grenze näher zu sein.

Mit großartiger Unterstützung von König Haraban, dessen Vasall Dalmon von Rasal formal gesehen noch immer war, konnte der Herzog nicht rechnen. Die Söldner des Waldkönigs hatten genug mit den Orks zu tun, die in die Wälder am Langen See und in die Provinz Gaanien eingedrungen waren. Dalmon empfand es als Schmach, dass er die Eindringlinge kaum daran hindern konnte, die Grasmark von Rasal zu durchqueren. Und die Eindringlinge in die Wälder zu verfolgen hatte wenig Sinn. Dafür war das Heer des Herzogs einfach nicht ausgerüstet. Mit ihren Lanzen, Langschwertern und Bögen waren die gepanzerten Reiter des Herzogs für einen Kampf in offener Feldschlacht ausgerüstet, nicht aber dafür, sich im dichten Unterholz der Wälder eines Hinterhalts zu erwehren.

»Seht nur! Es ist wahr, was uns gemeldet wurde«, entfuhr es dem Reiter, der sein Pferd neben dem des Herzogs anhielt. Es handelte sich um Nomsal, den Herrn von Burg Eas, Markgraf des Grenzlandes. Er hatte Dalmon in all den Jahren des Kampfes treu zur Seite gestanden, und manche sahen in ihm den engsten Vertrauten des Herzogs. Nomsal hatte das Visier seines Helms hochgeklappt. Er blinzelte in die Sonne und formte mit der Hand einen Schirm, um besser sehen zu können. »Das Tor steht offen, mein Herzog.«

»Ja«, murmelte dieser düster.

Er schlug seinem Pferd die Hacken in die Seiten, um es voranpreschen zu lassen. Nomsal folgte ihm und holte ihn wieder ein. Schon bald waren die beiden ihrem Gefolge um ein ganzes Stück voraus.

Erst als sie das Tor erreichten, zügelten sie die Pferde. Ein furchtbarer Geruch hing in der Luft, und die Weißen Geier des Orkgebirges kreisten über dem Tor und der Felsenschlucht dahinter. Überall lagen furchtbar zugerichtete Körper. Die Hände abgetrennter Arme krallten sich noch immer um die Griffe von Waffen, abgeschlagene Köpfe waren von den Aasfressern bis auf die bleichen Knochen abgenagt, und nur noch an den unverwechselbaren Hauern war zu erkennen, dass es sich um Orks gehandelt hatte.

Nur um Orks.

Dalmon von Rasal ritt über dieses grausige Schlachtfeld, das sich ihm darbot, und seine Reiterschar, die ihn inzwischen eingeholt hatte, folgte ihm. Schweigend passierten sie das Tor. Um es zu öffnen, waren sicherlich tausend Orks oder die Zugkraft von hundert Hornechsen nötig gewesen.

Orks hatten hier Orks erschlagen, und das zu Tausenden. Auf der ganzen Länge der Schlucht, die den Pass durch das Grenzgebirge bildete, lagen ihre grauenvoll zugerichteten Leichen, deren Verwesung bereits eingesetzt hatte.

»Das ist es, wovor Lirandil mich warnte, als er zur Burg Eas kam«, sagte Dalmon. »Es gibt niemanden mehr, der das Orktor bewacht. Die Anführer der westlichen Orkstämme haben anscheinend den Kampf gegen ihre Brüder verloren.«

»Kein Wunder, dass die Orks so zahlreich und mit so vielen

Hornechsen über die Grasmark herfielen und in die Wälder am Langen See eindringen konnten«, grummelte Markgraf Nomsal von Eas düster.

»Doch wenn Lirandil recht hat, war das nur die Vorhut.«

Nomsal nickte und gab zu bedenken: »Falls es König Harabans Söldnern gelingt, die Orks zurückzutreiben, werden uns die Rückkehrer in den Rücken fallen, mein Herzog.«

»Das ist mir wohl bewusst, Markgraf. Aber dies ist der einzige Ort, an dem eine kleine Schar wie die unsere den Feind überhaupt noch aufhalten könnte. Denn trotz des diplomatischen Geschicks von Lirandil dem Fährtensucher fürchte ich, dass der Elb die gedankliche Schwerfälligkeit derer unterschätzt, die er als Verbündete zu gewinnen hofft.«

»Wir wollen hoffen, dass Ihr Euch irrt, mein Herzog«, sagte Nomsal.

Sie erreichten den Ausgang der Schlucht. Eine karge Ebene lag hinter den schroffen Felsen des Grenzgebirges. Am Horizont war ein schwarzes Band zu sehen. Dort musste jene sagenumwobene, zum Großteil aus schwarzem Staub bestehende Wüste sein, die man als Aschedünen bezeichnete.

Dalmon verengte die Augen. »Sind das in der Ferne nicht wandernde Staubwolken?«

»Ein Herzogtum für ein Paar Elbenaugen«, meinte Nomsal von Eas und verzog das Gesicht. »Aber es *sind* Staubwolken, mein Herzog. Und sie wandern tatsächlich!«

Dalmon erbleichte. »Hornechsenreiter!«, stieß er schaudernd hervor. »Es müssen Tausende sein!«

Die gepanzerten Reiter von Rasal formierten sich am Ausgang der Schlucht, während sich eine Wand aus schwarzem Staub auf sie zubewegte. Schon bald hörte man die donnernden Schritte der Hornechsen. Diesen Laut kannte Dalmon seit frühester Jugend, denn schon damals war er Zeuge von

Orküberfällen geworden. »Hornechsen, kein Zweifel«, murmelte er. »Die Götter mögen uns beistehen ...«

Auf breiter Front stampften die Hornechsen heran. Ihre massigen Leiber schälten sich aus dem aufgewirbelten Staub hervor. Auf jedem der Tiere ritt mindestens ein Ork. Vielfach saßen jedoch zwei oder sogar drei Reiter auf dem Rücken einer Echse, und während einer die Hornechse lenkte, konnten die anderen Steine, Speere und Wurfäxte schleudern oder Armbrüste abschießen. Oft genug hatte Herzog Dalmon diese von getrocknetem Schlamm überzogenen Scheusale so kämpfen sehen. Man erzählte sich, dass sie sich im Dung der Echsen wälzten, damit sich ihr Geruch nicht mehr von deren Gestank unterschied. Angeblich erleichterte dies die Führung der dreihornigen Reittiere, gegen die jeder Kriegselefant aus Gaanien ein zutrauliches Haustier war.

Nomsal von Eas rief seine Befehle und korrigierte hier und dort etwas an der Phalanx der Panzerreiter. Die Lanzen wurden gesenkt, die Streitrösser standen in mehreren Reihen, nicht weniger gerüstet als ihre Reiter, sodass von den Tieren kaum mehr freilag als Augen, Hufe und Schweif. Die metallenen Kopfschienen hatten ellenlange Stacheln, sodass sie den Reittieren der Orks in gewisser Weise ähnlich sahen. Nirgends gab es Schlachtrösser wie auf den Weiden der Huflande, wie der nördliche Teil von Rasal genannt wurde. Aus der südlichen Grasmark hingegen hatten sich die rasalischen Pferdezüchter schon vor zwei Generationen mehr und mehr zurückgezogen, seit sich dort die Überfälle der Orks häuften. Dabei waren ihre Rösser sehr geschätzt gewesen, denn sie waren besonders gelehrig und unerschrocken in der Schlacht.

Ein Teil der gepanzerten Reiter war mit Armbrüsten in unterschiedlichen Ausführungen ausgestattet. Die Fernwaffen hingen gespannt und geladen an Haken ihrer Sättel. Manche waren sehr leicht und konnten sogar einhändig abgeschossen werden. Höhere Durchschlagskraft hatten die Metallbolzen der größeren Exemplare. Und die schwersten von ihnen konnte man mit einem halben Dutzend Bolzen gleichzeitig laden, die mit einem einzigen Schuss auf den Weg geschickt wurden.

Diese Schützenreiter sorgten normalerweise dafür, dass ein gegnerisches Heer schon aus der Entfernung stark dezimiert wurde. Da es eine Weile brauchte, bis die Armbrüste nachgeladen waren, mussten die Lanzenreiter in dieser Zeit die feindlichen Kämpfer abwehren und die verwundbaren Schützen verteidigen.

Bei groß angelegten Kriegszügen – und dieser zählte für die Verhältnisse des Herzogtums Rasal ohne Zweifel dazu – wurde die Reiterschar außerdem von leichter gepanzerten und berittenen Schwertkämpfern begleitet, die mit jeweils einer langen und einer kurzen Klinge auch für den Nahkampf Mann gegen Mann ausgerüstet waren. Ihre vorrangige Aufgabe war allerdings das schnelle Laden und Spannen der abgeschossenen Armbrüste in der Frühphase des Gefechts, wenn sich beide Seiten einander auf Schussweite genähert hatten. Die Spitzen der Armbrustbolzen waren überdies mit Gift versehen, das stark genug war, um auch einer Hornechse schwer zuzusetzen.

Die berittenen Orks stürmten heran. Die Pranken der gewaltigen Reitechsen donnerten über den von zahllosen Hornechsenherden platt getrampelten, steinharten Untergrund, und bald konnte man in den Staubwolken auch die grimmigen, fratzenhaften Gesichter der Orkscheusale ausmachen.

»Bei den Göttern!«, entfuhr es einem der jüngeren Schützen, und selbst ein hartgesottener Kämpfer wie Nomsal von Eas musste schlucken, als er die schier unüberschaubare Masse der herannahenden Orks sah.

»Bereit machen zum Schuss!«, rief er dennoch entschlossen

und darum bemüht, das donnernde Stampfen der Hornechsen zu übertönen. Er stieß sein Schwert in die Luft, um damit das Zeichen für die Schützen zu geben. Der richtige Zeitpunkt war wichtig, die Feinde mussten nahe genug heran sein, damit möglichst viele von ihnen und noch mehr ihrer ungestümen Reittiere niedergestreckt wurden, aber nicht so nahe, dass eine im Todeskampf strauchelnde und schon unter dem Einfluss des Pfeilgifts stehende Hornechse noch mit der rohen Gewalt ihres massigen Körpers in die Phalanx der Reiter von Rasal einbrach.

Herzog Dalmon blinzelte. Er öffnete noch einmal das Visier, das er bereits für den Kampf geschlossen hatte. Irgendetwas stimmte nicht.

»Das sind ja Weiber!«, rief er erstaunt. »Und Kinder!«

»Es wäre nicht das erste Mal, dass sich Orkweiber an einem Angriff beteiligen!«, rief Nomsal.

Die Orkweiber waren ohnehin für ein Menschenauge schwer von den Männern zu unterscheiden. Vor allem dann, wenn sie sich Helm und Harnisch angelegt hatten und nach Orksitte von oben bis unten mit Schlamm bedeckt waren.

Insofern zweifelte Dalmon einen Augenblick daran, ob er wirklich richtig gesehen hatte. Womöglich spielte ihm seine Fantasie einen Streich. Die Wüsten der Orkländer waren dafür bekannt, dass man dort seinen Sinnen bisweilen nicht trauen durfte. Jene, die es in die tieferen Regionen der Aschedünen verschlagen hatte, wollten dort flirrende Bilder von nicht vorhandenen Wasserflächen oder Traumstädten gesehen haben. So unter anderem Dalmons Vater, der einst einen Feldzug dorthin unternommen hatte, aber schließlich mehr oder minder unverrichteter Dinge, aber mit erheblich dezimierter Reiterschar zurückgekehrt war.

»Das ist kein Orkheer, sondern ein ganzer Stamm mit Sack und Pack, Kindern und Weibern!«, rief Dalmon jedoch schließlich. Ihm waren die Gepäckstücke aufgefallen, die auf die Rücken der Hornechsen geschnallt waren, und er sah auch hier und dort Säuglinge in den Armen ihrer Mütter. Die Orks waren barbarische Kreaturen, und im Kampf konnte selbst ein Orkkind ein äußerst gefährlicher Gegner sein. Aber noch nie hatte der Herzog erlebt oder auch nur davon gehört, dass sie ihre Säuglinge mit aufs Schlachtfeld brachten.

Ein durchdringender Laut übertönte auf einmal alles andere, selbst das Stampfen der Hornechsenpranken. Dalmon fühlte einen bohrenden Schmerz im Ohr und konnte den eigenen Schrei, den er ausstieß, nicht mehr hören.

Auch Nomsal von Eas war einen Moment vollkommen konsterniert und nicht in der Lage, das Zeichen zum Beschuss der vermeintlichen Angreifer zu geben, und als er Dalmon einen fragenden Blick zuwerfen wollte, sah er, dass dieser nach vorn preschte, den Orks geradewegs entgegen. Nomsal senkte daraufhin das Schwert, denn nun befand sich der Herzog in der Schusslinie. Hatte der Herzog den Verstand verloren? War er angesichts der Übermacht dem Wahnsinn verfallen?

Die Hornechsen wurden langsamer und kamen schließlich zum Stehen. Der durchdringende Ton verstummte. Herzog Dalmon hielt auf die Front der Hornechsenreiter zu. Fassungslos schauten seine Männer ihm nach. Dann zügelte Dalmon sein Pferd.

Ein Ork mit einem langen, sehr breiten gebogenen Schwert ritt auf seiner Hornechse auf ihn zu. Er stieß einen Schrei aus, woraufhin die Klinge des Schwerts zu vibrieren begann und erneut jenen unerträglich durchdringenden Ton erzeugte, der Dalmon und seinen Männern zuvor fast die Sinne geraubt hatte. Er verklang, nachdem der Ork den Griff des Schwerts nicht mehr mit beiden Pranken umfasste. Ein Chor aus grunzendem Raunen war zu hören.

Der Ork steckte das Schwert in das Futteral auf seinem Rücken und rutschte von seiner Hornechse. Sein gebrüllter Befehl ließ das Tier zurück zu den anderen laufen, während sich der Ork gemessenen Schrittes dem Herzog näherte. Dalmon stieg ebenfalls von seinem Reittier und ließ es einfach stehen. Zehn Schritte ging er auf den Ork zu und wartete dann auf ihn.

»Du musst Rhomroor sein, den man den Friedlichen Ork nennt oder auch den Ork mit dem Singenden Schwert.«

»So nannte man mich vor langer Zeit«, antwortete der Ork in einem beinahe perfekten Relinga.

»Lirandil hat mir von Euch erzählt, Rhomroor.«

»Und mir von Euch, Herzog Dalmon von Rasal. Euer Ross und Eure Rüstung tragen das Wappen, das Lirandil mir beschrieben hat. Euer Geschlecht hat es während der letzten Jahrhunderte offenbar etwas verändert.«

»Man erzählt, Ihr hättet eine Weile unter Menschen gelebt, Rhomroor.«

»Man erzählt vieles, Herzog.«

»Ihr seid einst Herr aller drei Orkländer gewesen, und Ihr sollt der Erste gewesen sein, der dieses Amt freiwillig aufgab.«

»Das ist der einzige Grund, weshalb ich noch lebe.« Rhomroor verzog sein hauerbewehrtes Maul, dass der Speichel heraustroff. »Keiner meiner Vorgänger starb eines natürlichen Todes, solange man sich erinnern kann.«

»Nennt man Euch deshalb den Friedlichen Ork?«

»Das ist nur die Übersetzung eines orkischen Schimpfworts.«

»Lirandil sagt, Ihr wärt schon dreihundertsiebzig Jahre alt.«

»Niemand weiß genau, wie alt ein Ork werden kann, aber ich hatte mir vorgenommen, es zu erforschen. Leider werde ich es wohl doch nicht erfahren, denn man hat mich aus der Einsamkeit der Aschedünen gerufen, um noch einmal mein

Volk anzuführen. Zumindest diejenigen, die nicht dem Einfluss des Bösen anheimgefallen sind.«

Dalmon musterte den Ork von oben bis unten. »Ich hatte nicht mehr zu hoffen gewagt, auf Euch zu treffen, nachdem ich all die erschlagenen Orks am Tor und in der Schlucht gesehen habe.«

»Das muss die Vorhut gewesen sein, die der Hauptstreitmacht den Weg bereiten sollte.« Rhomroor machte eine ausholende Bewegung mit seiner Pranke. »Ihr seht hier den Rest eines ganzen Stammes. Zarton, der siebenarmige Riese, der Ghool als Feldherr dient, rückt auf das Orktor zu. Er führt ein Heer an, wie ich bisher keines gesehen habe. Und Ihr gewiss auch nicht.«

»Lirandil warnte mich davor.«

»Dann hat er Euch sicherlich auch gesagt, dass das Orktor vielleicht die letzte Möglichkeit ist, dieses Heer aufzuhalten. Zumindest für eine Weile.«

»Was ist mit den Skorpionreiterstämmen?«, fragte Herzog Dalmon. »Lirandil sagte, einige von ihnen würden sich Ghools Horden am Blutfluss stellen.«

»Wer sich nicht unterworfen hat oder erschlagen wurde, ist in das Gebirge der Riesenpranke geflohen, nehme ich an«, antwortete Rhomroor. »Man hört nur Gerüchte. Die Orkstadt mit ihrem Hafen fiel Ghool in die Hände, und es heißt, dass man dort jetzt alle Schiffe, Flöße und was sonst noch auf dem Wasser zu schwimmen vermag, umrüstet.«

»Mit welcher Absicht?«

Rhomroor ließ ein Knurren hören, das an einen Wolf erinnerte. »Ich vermute, dass sie Carabor angreifen wollen. Hat Lirandil mit Euch nicht darüber gesprochen, welche überragende Bedeutung der Flotte der Caraboreaner in diesem Krieg seiner Meinung nach zukommen wird?«

In diesem Moment stieß einer der anderen Orks einen wilden Ruf aus. Für Herzog Dalmon klang es wie Kriegsgebrüll. Von der Orksprache kannte er nicht ein einziges Wort. Rhomroor drehte sich um. Der Ork, der gerufen hatte, hob seine mit Obsidiansplittern besetzte Keule und deutete zum Horizont, und da sah es auch Dalmon.

Etwas Dunkles schwebte über die Aschedünen auf sie zu. Es war der Schatten eines großen mehrköpfigen Vogels. Die Form erinnerte an einen gewaltigen Geier. Allerdings war der Vogel selbst nicht zu sehen, nur sein Schatten schwebte heran und kreiste dann mehrfach über ihnen – erst über den Orks, dann über den Reitern von Rasal.

Der Schatten dehnte sich aus und verdunkelte die bis dahin grell vom Himmel scheinende Sonne. Ein durchdringender Schrei ging von diesem Geschöpf aus. Ein Ruf, der in weiter Ferne jenseits des Horizonts durch einen Chor unheimlicher, dröhnender Stimmen beantwortet wurde. Ein Blitz fuhr hinter dem Horizont vom Boden auf und verzweigte sich dem Geäst eines Baumes aus Licht gleich in den Himmel.

Der Schattenvogel schrumpfte, die Finsternis, aus der er bestand, wurde dichter und undurchlässiger für das Sonnenlicht. Mit einem weiteren ohrenbetäubenden Schrei schwebte er zurück in Richtung Aschedünen.

Rhomroor fasste grimmig das Singende Schwert mit beiden Händen, stieß dabei einen Schrei aus, sodass die Waffe zu vibrieren begann und dem davonfliegenden Schattenvogel einen schneidenden Ton hinterherschickte.

Dann wandte sich der Ork wieder an Dalmon. »Der Schattenvogel ist Zartons Kundschafter. Wir sollten uns bereit machen für den Kampf!«

Dalmon ritt zurück zu seinen Männern. Rhomroor folgte ihm auf seiner Hornechse im Abstand von zwei Pferdelängen, während der Flüchtlingszug der Orks noch verharrte.

»Hört mir zu, Reiter von Rasal!«, rief Dalmon und deutete auf den Ork hinter sich. »Dies ist Rhomroor, der Ork mit dem Singenden Schwert, und er befiehlt diese Reste eines großen Stammes. Diese Orks werden an unserer Seite kämpfen, so wie Lirandil es mir zusicherte.«

»Mein Herzog, das könnt Ihr von mir nicht erwarten!«, rief Nomsal von Eas, der sich den Helm vom Kopf genommen hatte. Er strich sich das verschwitzte Haar zurück, sein Gesicht war hochrot vor Zorn. »Niemals werde ich mit diesen Scheusalen, die meinen Vater, meinen Großvater und meine Brüder ermordet haben, in einer Reihe kämpfen – niemals!«

Einige Augenblicke herrschte Schweigen, dann ritt Dalmon auf Markgraf Nomsal zu. »Ich sage Euch, heute wird noch so mancher Dinge tun, die er nie für möglich gehalten hätte, und sich selbst nicht wiedererkennen«, sagte er. »Und jetzt erweist mir die Treue, die Ihr mir als mein Gefolgsmann schuldet!«

Nomsals Gesicht verzog sich zu einer grimmigen Fratze. Seine Hand krampfte sich um den Schwertgriff.

Rhomroor stieß einen Knurrlaut aus, hob sein Singendes Schwert und fasste es mit beiden Händen. Der Ton, den die Waffe diesmal erzeugte, war weniger durchdringend als zuvor, aber immer noch sehr laut. Die Masse der Hornechsenreiter setzte sich daraufhin in Bewegung.

»Wir bilden eine gemeinsame Schlachtordnung!«, rief Dalmon. »Sonst haben wir keine Chance!«

Der Zug von Ghools Schergen schob sich über den Horizont. Aus der Ferne wirkte er wie eine zähe pechschwarze Flüssigkeit, die sich über die Aschedünen ergoss. Dann aber war zu erkennen, dass es sich um Abertausende von Orks handelte, manche zu Fuß, andere auf Hornechsen. Etwas später waren auch berittene Riesenskorpione auszumachen.

Begleitet wurden sie von den namenlosen Höllengeschöpfen, die Ghool herbeigerufen hatte. Es waren große echsenartige, vielbeinige Ungeheuer, auf denen Dämonenkrieger mit leuchtenden Augen saßen. Mit blitzenden Peitschen trieben sie die Ungeheuer an.

Von den Dämonenkriegern glich keiner dem anderen. Es befanden sich unter ihnen ebenso Kreaturen mit Vogelköpfen als auch echsenartige Wesen und solche, die halb Wolf, halb Mensch zu sein schienen. Riesenhafte Kriegswagen, auf denen sich unzählige Armbrustschützen und Schleuderer hinter Schutzschilden aus dunklem Metall verschanzten, wurden von Dutzenden von Hornechsen gezogen, manchmal auch von anderen, drachenähnlichen Wesen. Lirandil hatte sie Dalmon bereits mit dem Stein von Ysaree gezeigt, aber diese Bestien jetzt leibhaftig zu sehen war noch einmal etwas ganz anderes.

Und dann tauchte Zarton aus dem aufwallenden Staub der Aschedünen auf. Ghools Feldherr stand auf seinem von Riesenhunden gezogenen Wagen. Mit zwei seiner sieben gewaltigen Pranken hielt der Riese die Zügel der blutgierigen Bestien, in einer anderen schwang er den Morgenstern, dessen stachelbewehrte Kugel von kleineren Blitzen umflort war. Manchmal schleuderte ein grellweißer Blitz daraus hervor und verzweigte sich in den Himmel, wie es bereits aus der Entfernung zu sehen gewesen war.

So lenkt er sein Heer, erkannte Dalmon. Lirandil hatte ihm davon erzählt. Er gab Nomsal von Eas ein Zeichen. Dieser hatte sich angesichts des feindlichen Dämonenheeres offenbar damit abgefunden, an der Seite der verhassten Orks zu kämpfen.

Die Armbrustschützen schossen ihre Bolzen ab. Beinahe im selben Moment begannen auch die Schleuderer und Schützen auf Zartons Kriegswagen zu schießen. Rhomroors Singendes Schwert rief die Orks zum Kampf.

Innerhalb der ersten Augenblicke dieses Gefechts wurden bereits Schneisen des Todes in beide Heere geschlagen. Orks und Menschen lagen blutend am Boden, niedergestreckt von Speeren, Armbrustbolzen, Pfeilen oder geschleuderten Steinen. Schon die Orks hatten eine Körperkraft, die weit über die eines Menschen hinausging, und waren daher in der Lage, Speere, Wurfäxte oder Steine mit einer Wucht zu werfen, zu der Menschen ein Katapult gebraucht hätten. Aber die besten Schleuderer von Zartons Heer waren affenartige Krieger mit silberfarbenen Harnischen und blutroten Helmen. Ihre Arme reichten fast bis zum Boden und konnten eine ungeheure Wucht beim Werfen entfalten. Links und rechts von Herzog Dalmon schlugen angespitzte Steine mit solcher Gewalt in die Reihen der gepanzerten Reiter, dass diese aus den Sätteln gerissen wurden und in ihren Rüstungen starben.

Auch die Armbrustschützen des Herzogs hielten blutige Ernte, aber Ghools Schergen schreckte dies nicht. Der Kampfeswille seiner Orks war selbst für dieses Volk ungewöhnlich ausgeprägt. Eine dunkle Kraft schien sie zu erfüllen und voranzutreiben, selbst wenn sie bereits furchtbarste Verwundungen davongetragen hatten. Und die Dämonenkrieger waren sehr schwer zu töten. Einige von ihnen, die bereits niedergestreckt worden waren und in deren Leibern mehrere Armbrustbolzen steckten, erhoben sich wieder, um den Angriff fortzusetzen.

Die Kraft Ghools!, durchfuhr es Dalmon schaudernd. Lirandil hatte ihm davon berichtet, doch der Herzog hatte es nicht wirklich glauben können.

Dann trafen beide Heere aufeinander. Dalmons Pferd brach unter ihm weg. Ein Orkspeer hatte es von der Brust aus durchbohrt und war an den Weichen wieder ausgetreten. Als sich Dalmon aufraffte, war bereits einer der Wolfskrieger heran, um dem Herzog mit einem Hieb seiner Streitaxt Helm und Schädel zu spalten. Dalmon riss das Schwert hoch, fasste es mit beiden Händen und erwartete den Schlag seines Gegners.

Da war auf einmal Rhomroor herbei, und sein Singendes Schwert durchtrennte mit einem gewaltigen Hieb den Leib des Wolfsmenschen.

»Danke!«, keuchte Dalmon, doch der Ork konnte ihn vermutlich gar nicht hören, zu ohrenbetäubend war der Kampfeslärm. Rhomroor lief an seiner Hornechse vorbei, die wie Dalmons Pferd durch Feindbeschuss getötet worden war, und stürmte einem Wolfskrieger entgegen, wich dessen sensenartiger Klinge aus und trennte ihm mit einem aufwärts geführten Hieb des Singenden Schwertes den Arm ab. Ein zweiter und dritter Hieb zerstückelte den Wolfsmenschen förmlich.

Dann fasste Rhomroor sein Schwert erneut mit beiden Händen und stieß seinen Kampfruf aus, was die Klinge zum Vibrieren brachte. Offenbar sollte das den Orks, die auf seiner Seite kämpften, Mut machen, sie nach vorn treiben und ihnen neuen Kampfeswillen eingeben. Denn Ghools Heer hatte ihnen in den wenigen Minuten, die der Kampf erst andauerte, hohe Verluste zugefügt.

Im nächsten Moment prallte der massige Körper einer Hornechse gegen Rhomroor. Der Ork wurde in die Menge des anstürmenden Feindes geschleudert und von ihm verschluckt. Dalmon sah ihn nicht mehr, musste selbst einem Hornechsenreiter ausweichen, was ihm gerade noch gelang.

Ein Schlag mit einer Obsidiankeule traf ihn und ließ den Herzog benommen taumeln. Er sah noch, wie Nomsal von Eas in einiger Entfernung von einem Speer durchbohrt wurde, dann hielt ein weiterer Hornechsenreiter geradewegs auf Dalmon zu. Der Herzog konnte nicht mehr ausweichen. Das echsenartige Monstrum traf ihn mit gesenktem Kopf, eines der Hörner durchbohrte seine Rüstung und trat am Rücken wieder aus.

Zwei Orks saßen auf dem Tier. Einer trieb es mit Hieben einer Obsidiankeule an. Der vernarbte Rücken der Echse war blutüberströmt, denn die messerscharfen Obsidiansplitter rissen selbst in die geschuppte dicke Reptilienhaut schmerzhafte Wunden und ließen die Hornechse laut brüllend und blindwütig vorwärtsstürmen.

Der aufgespießte Herzog umklammerte noch das Schwert, während die Hornechse eine Gruppe Orkkinder des geflohenen Stammes niedertrampelte. Ihre helleren Schreie mischten sich in den Kampflärm. Eines der Orkkinder klammerte sich an den Halteriemen der Hornechse fest und kletterte an dem Reptilienleib hoch. Es wich der Streitaxt des zweiten Reiters aus und sprang ihm an die Kehle. Die Hauer eines Orkkindes waren kleiner als die eines ausgewachsenen Orks, dafür aber sehr spitz. Blut spritzte, der Reiter rutschte vom Rücken der Hornechse, blieb in einer Schlaufe der Halteriemen hängen und wurde hinter dem weiter vorstürmenden Tier hergezogen.

Der erste Reiter drehte sich um, und ehe das Orkkind ausweichen konnte, traf die mit Hornechsenblut besudelte Obsidiankeule seinen Kopf und zerschmetterte ihn. Der Körper des kleinen Orks wurde regelrecht hinweggefegt. Die Füße der nachfolgenden Hornechse zermalmten ihn.

Nirgends konnte der Widerstand noch aufrechterhalten werden. Schreie gellten, Panzerreiter lagen in ihren Rüstungen am Boden und wurden von den Hornechsen zertrampelt. Am Himmel sammelten sich schon die Weißen Geier des Grenzgebirges. Allerdings stoben sie wieder davon, als der dunkle Schattenvogel erneut heranflog, ausgesandt, um zu erkunden, wie die Lage jenseits des Orktores in der Grasmark von Rasal stand.

Jener Orkreiter, dessen Hornechse noch immer den aufgespießten Herzog vor sich hertrug, erreichte nun das offene Orktor. Dalmons Leib behinderte die Bestie beim Atmen, weshalb sie wütend schnaufte. Der Ork auf ihrem Rücken stieß einen grimmigen Schrei aus und reckte die Obsidiankeule zum Himmel. Vor ihm lag das offene Grasland von Rasal, das sich von den Wäldern in Harabans Reich bis zur Küste erstreckte und einen so weiten Blick erlaubte wie ansonsten nur auf offener See. Ein paar Burgen und befestigte Städte lagen noch auf dem Weg nach Norden. Nennenswerter Widerstand war von dort nicht zu erwarten.

Der Ork ließ seine Hornechse anhalten. Er versuchte, den aufgespießten Herzog mit der Obsidiankeule vom Horn seiner Echse zu streifen, schaffte es jedoch nicht. Obwohl er sich weit über den Nackenpanzerschild des Reittiers vorbeugte, kratzten die Spitzen der Obsidiansplitter nur über den Harnisch des Aufgespießten.

Der Ork stieß einen Fluch aus und glitt vom Rücken der Hornechse, die weiterhin wütend schnaufte. Er schlug ihr mit der Keule in die Weichen. »Sei still, du Vieh!«

Dann bemerkte er, dass der Aufgespießte noch lebte, auch wenn er nur noch schwach atmete. Blut quoll ihm aus dem Mund. Er hob den Blick.

In diesem Moment rumpelte der Kriegswagen des siebenarmigen Riesen Zarton durch das Orktor. Die gewaltigen Hunde, die ihn zogen, geiferten. Von ihren Mäulern troff Blut, und zwischen ihren Zähnen hingen rot durchtränkte Kleidungsreste. Der Wagen kam zum Stillstand.

Der Ork hatte unterdessen den Herzog vom Horn seiner Echse gezogen. Mit einem dumpfen Geräusch schlug er auf den Boden. Blut quoll überall hervor. Auch die Pranken des Orks waren damit besudelt. Er leckte sie ab und rief seinem Heerführer in der Orksprache zu: »Ein Bissen für deine Hunde, Herr!«

Der sterbende Herzog schaffte es noch, sich umzudrehen. Er wollte den Parierdolch an seiner Seite ziehen, aber seine Hände gehorchten ihm nicht mehr. Doch nun war das Wappen auf seiner Brust zu sehen, unter dem sich das Loch befand, welches das Echsenhorn in den Harnisch getrieben hatte.

Die Hunde wollten sich schon auf den Menschen stürzen, aber Zarton hielt sie mit einem zornigen Schrei zurück. Er ließ den Morgenstern durch die Luft fahren, Blitze zuckten aus der Kugel und trafen die Hunde, die sich daraufhin sofort auf den Boden legten wie zahme Haustiere.

Dann stieg der Siebenarmige von seinem Wagen. Er trat an den Herzog heran, kniete nieder und betrachtete ihn. »Du trägst das Wappen des Herzogs von Rasal«, sagte er und berührte mit einer seiner Pranken den Körper des Sterbenden. Kleine, bläulich schimmernde Blitze zuckten aus den Fingern des Riesen, knisterten über die Rüstung und ließen den Körper des Menschen zucken. »Ja, und du bist es wohl auch«, murmelte Zarton. Sein Mund verzog sich zu einem höhnischen Grinsen, als er dem Blick des Sterbenden begegnete. Zarton hatte mit seinen letzten Worten ins Relinga gewechselt, obgleich seine Aussprache so barbarisch und fremdartig war, dass ihn ein Rasalier nur mit Mühe verstehen konnte. »Du gehörst mir!«, flüsterte Zarton, und ein Laut drang aus seiner Kehle, der an ein Kichern erinnerte.

Dann stand er auf und wandte sich an den Ork.

»Du Narr!«, knurrte er.

»Ich dachte …«

»… dass meine Hunde hungrig sind?« Blitzschnell ließ Zarton den monströsen Morgenstern durch die Luft wirbeln, und ehe der Ork etwas unternehmen konnte, wickelte sich dessen Kette um seinen Hals. Blitze zuckten von Zartons Pranke ausgehend die Waffe entlang und griffen auf den Ork über, der nur noch zuckte.

Mit einem Ruck zog Zarton den hilflosen Ork zu sich heran. Er packte ihn, hob ihn hoch und sagte: »Du hast recht, meine Hunde *sind* hungrig!«

Damit warf er den Ork im hohen Bogen seinen riesenhaften Hunden vor die Mäuler, die ihn zerrissen.

Ein neuer Gefährte

Arvan und seine Gefährten wohnten am Hof des Waldkönigs in edel ausgestatteten Quartieren, und man ließ es ihnen an nichts mangeln. Von dem Fenster des Gemachs aus, das man Arvan zugewiesen hatte, hatte man einen schwindelerregenden Blick auf die umgebende Stadt. Jedem von ihnen stand ein Zimmer zur Verfügung, das mehr Wohnfläche aufwies als Gomlos Haus oder irgendeine andere Halblingsbehausung auf irgendeinem Wohnbaum.

Ein Diener stellte Arvan sogar ein Paar Schuhe hin. Er tat dies ohne irgendeinen Kommentar, aber es war Arvan durchaus klar, mit welcher Absicht dies geschah. Aus irgendeinem für ihn nicht nachvollziehbaren Grund war es hier anscheinend einfach unerwünscht, dass man barfuß ging. Und selbst der Halblingkanzler hatte sich diesem Druck offensichtlich mit der Zeit gebeugt. Das wiederum erregte Arvans Widerspruchsgeist umso mehr. Was war dagegen einzuwenden, auf den eigenen Fußsohlen zu laufen? Ging nicht jegliche Empfindung für den Boden verloren, über den man schritt oder auf dem man stand, wenn man zwischen sich und dem Untergrund dicke Ledersohlen oder gar Absätze hatte?

Andererseits hatte er während seiner Jugendjahre im Halblingwald nicht nur die Lebensweise der Halblinge verinnerlicht, sondern auch Höflichkeit gelernt. Und es war sicherlich ein Gebot der Höflichkeit, die angebotenen Schuhe zu tragen.

So zog Arvan sie schließlich wenigstens einmal an. Sie waren weich, bequem, und eigentlich war an ihnen nichts auszusetzen. Da sie aus einem besonders anschmiegsamen Leder gefertigt waren, drückten sie auch nicht, so wie er es von Schuhen oder Stiefeln immer gehört hatte. Arvan ging ein paar Schritte damit im Zimmer auf und ab. Das Geräusch, das dabei entstand, empfand er als fremdartig. Er war es gewohnt, dass seine Schritte so gut wie lautlos waren, wie es eben bei Halblingen der Fall war, wenn sie im Wald über den weichen, moosbewachsenen Boden gingen.

Die Tür wurde geöffnet, und Borro trat ohne anzuklopfen ein. Anklopfen war unter Halblingen auch nicht üblich. Wer nicht wollte, dass eine Tür durchschritten wurde, konnte sie verriegeln. Einige der Halblingswerkstätten der Dichtwaldmark stellten angeblich die besten Schlösser aller Art im ganzen Reich von König Haraban her.

Borro blickte stirnrunzelnd auf Arvans Schuhe, und diesem war es plötzlich irgendwie peinlich, so dazustehen.

»Aha!«, sagte Borro gedehnt und kam näher, wobei er den Blick nicht von Arvans Füßen löste. Dann schüttelte er den Kopf, als könnte er einfach nicht fassen, was er sah. »Ich dachte immer, du wärst wirklich ein Halbling geworden. Aber du scheinst dich sehr schnell an die Sitten deines eigenen Volkes anzupassen.«

»Athranor ist groß, und auf Grebus Karten ist der Halblingwald kaum mehr als ein Tintenklecks«, hielt Arvan dagegen.

»Aber Grebu hat trotz all der Jahre in der Fremde niemals Schuhe getragen.«

»Bist du sicher? Weißt du, was er in Carabor alles getrieben hat?«

Borro atmete tief durch. »Jedenfalls ist es sehr eigenartig, dich *so* zu sehen, Arvan.«

Arvan streifte die Schuhe wieder ab. »Zufrieden?«

Borro zeigte ein versöhnliches Lächeln. »Meinetwegen kannst du herumlaufen, wie du willst.«

Arvan deutete auf die Schuhe. »Die Dinger sind nicht so unangenehm, wie ich immer gedacht habe, aber mir ist es trotzdem lieber, wenn ich sie nicht an den Füßen habe. Ich bin anscheinend doch ein halber Halbling oder etwas in der Art.«

»Ich dachte, dass du vielleicht Lust hast, dir mit uns die Stadt anzusehen. Wir werden wohl noch eine Weile hier im Palast festsitzen, denn für mich sieht es nicht so aus, als könnte Lirandil mit seinem diplomatischen Geschick eine schnelle Lösung im Streit der Könige herbeiführen.«

»Weiß Lirandil, was ihr vorhabt?«

Borro stemmte die Hände in die Hüften. »Dass wir uns die Stadt ansehen wollen? Ist er vielleicht unser Aufpasser? Wir sind doch gerade der Bevormundung unserer Wohnbaumältesten entkommen, und nun sollen wir einen uralten Elb fragen, ob wir uns die Gaukler auf den Märkten ansehen dürfen?« Borro grinste. »Keine Sorge, natürlich hat unsere rechtschaffene Zalea Lirandil gefragt. Er hat nichts dagegen einzuwenden, meinte aber, wir sollten auf uns achtgeben. Und heute Abend will er uns alle in seinem Quartier sehen, wo wir uns besprechen werden.«

Lirandil weilte zur gleichen Zeit in seinem Quartier, das noch größer und großzügiger ausgestattet war als die Räumlichkeiten, die man Arvan und den Halblingen zugewiesen hatte. Das Bett war noch unangetastet, obwohl sie nun schon mehrere Tage am Hof des Waldkönigs weilten. Aber davon abgesehen, dass er ohnehin nicht so viel Schlaf benötigte, hätte Lirandil im Augenblick auch sicherlich Schwierigkeiten gehabt, die nötige Ruhe dafür zu finden. Auch wenn er äußerlich stets gefasst und beherrscht wirkte, so wühlte ihn die Tatsache doch sehr auf, wie zerstritten und uneinsichtig die Könige waren.

Während mehrerer Einzelaudienzen hatte er sowohl Haraban als auch Candric von Beiderland und Nergon von Ambalor deutlich zu machen versucht, wie ernst die Lage war. Aber selbst die Wiedergabe der mit dem Stein von Ysaree eingefangenen Augenblicke hatte bei ihnen nicht den nötigen Respekt oder gar Furcht vor der drohenden Gefahr erzeugen können, um endlich über ihren Schatten zu springen und die nötigen Schritte einzuleiten.

Nach Lirandils Meinung hätte man dem König von Bagorien und seinem Gefolge längst gestatten müssen, die Straße der Krieger zwischen dem Valdanischen Hafen und dem Hof des Waldkönigs zu benutzen. Denn diese Verbündeten mussten so schnell wie möglich in den Süden gelangen, wenn sie dort noch etwas gegen den Feind ausrichten sollten. Doch das war noch immer nicht geschehen. Und die Zwerge und Dunkelalben bestärkte die Uneinigkeit der Menschenreiche nur in ihrer abwartenden Haltung.

Lirandil schöpfte Kraft in geistiger Versenkung. Er saß aufrecht auf einem Stuhl und wirkte wie erstarrt. Schon seit Stunden verharrte er so und erwog die nächsten Schritte. Hatte es Sinn, sich noch länger an Harabans Hof diplomatisch zu bemühen, oder war es besser, einfach weiterzuziehen und sich um andere mögliche Bündnispartner zu kümmern? Es musste sich nun zeigen, ob das diplomatische Geflecht, das er über Generationen gewoben hatte, ein Netz war, das den Belastungen der kommenden Zeit widerstehen konnte.

Die Klage des Königs von Ambalor klang Lirandil immer wieder im Kopf, der ihn nach dem ersten Gespräch in Harabans Audienzsaal zur Seite genommen und gesagt hatte: »Was ist Euer Wort wert, Lirandil? Ihr habt mir vor langer Zeit gesagt, dass alles auf mich als Hochkönig hinauslaufen würde. Haraban und Candric sind beide so mächtig, dass die kleineren Reiche ihnen niemals folgen würden, denn dadurch würden sie sich ihnen faktisch untertan machen, und die Herrscher von Pandanor und Rasal sind nur Herzöge und damit formal gesehen Vasallen, wodurch sie eigentlich keinen Anspruch auf die Würde eines Hochkönigs haben.«

»Habt Geduld«, hatte der Elb Nergon von Ambalor geantwortet.

»Ihr habt mir gesagt, dass sich die beiden Großen auf mich einigen würden, schon allein, damit die Könige von Bagorien und Dalanor aus dem Spiel sind.«

»Wie ich schon sagte, Nergon, habt Geduld. Es wird so kommen, wie ich es versprach.«

»Ich hatte mir etwas mehr Unterstützung von Euch in dieser Sache erhofft, Lirandil.«

»Die werdet Ihr zu gegebener Zeit erhalten, Nergon«, hatte Lirandil erwidert, darum bemüht, sich seine Verärgerung nicht anmerken zu lassen.

Geräusche ließen ihn in diesem Moment aus seiner geistigen Versenkung aufschrecken. Es waren Schritte auf dem Flur, ein flacher Atem und ein Herzschlag, der so langsam war wie bei seinesgleichen.

Brogandas, erkannte Lirandil sofort.

Noch ehe sich der Dunkelalb an der Tür bemerkbar machen konnte, sagte der Fährtensucher laut: »Kommt herein. Ich habe Euch erwartet, Botschafter von Albanoy.«

Die Tür öffnete sich, Brogandas trat ein. Die Kapuze seiner Kutte hatte er tief ins Gesicht gezogen. Die Tür schwang hinter ihm von allein ins Schloss.

»Ich muss mit Euch sprechen, Lirandil«, kam Brogandas ohne Umschweife zur Sache.

»Auch wenn sich die Wege unserer Völker vor langer Zeit getrennt haben, so hoffe ich doch, dass wir im Kampf gegen Ghool auf die Hilfe der Dunkelalben von Albanoy zählen können«, sagte Lirandil.

»Wir respektieren die Stärke und verachten die Schwäche.«

»Wir brauchen Eure Magie, Brogandas.«

»Und das, obwohl Ihr Elben unsere Art der Magie doch immer verachtet habt? Oder ist der Gegner so stark, dass Ihr plötzlich hinsichtlich Eurer Verbündeten nicht mehr wählerisch seid?«

»Fragt Ihr nach der Haltung von König Péandir und seinem Thronrat oder nach meiner persönlichen?«, entgegnete Lirandil.

Ein knappes Lächeln spielte um die Lippen des Dunkelalbs. »Ich verstehe, es gibt da also einen Unterschied. Ist der so erheblich, dass sich Euer eigenes Volk womöglich gar nicht dem Kampf gegen Ghool anschließen wird?«

»Ich habe keinen Grund, Euch gegenüber irgendetwas zu verheimlichen, Brogandas. Es wird noch sehr schwer werden, König Péandir von der Notwendigkeit eines solchen Bündnisses zu überzeugen.« Lirandil machte eine Pause. Er erhob sich und spürte den auf ihm ruhenden Blick des Dunkelalbs. *Es besteht keine gedankliche Verbindung zwischen uns*, erkannte der Fährtensucher. *Und das, obwohl ich mich schon darum bemühte, als ich ihm zum ersten Mal begegnete, und ebenso gerade, als ich hörte, wie er sich meinem Zimmer näherte.* Die Erklärung war sehr einfach. Es fehlte die innere Nähe, die auch bei Elben nötig war, um Gedanken ohne den Umweg über die Sprache übermitteln zu können.

»Ich bin hier, um Euch um etwas zu bitten und Euch vor etwas anderem zu warnen«, sagte Brogandas.

»Wovor?«

»Zunächst möchte ich von Euch erfahren, was Eure nächsten Reiseziele sind?«

»Ich will Verbündete im Norden sammeln, in Thuvasien, Trollheim...«

»Ihr wollt nach Trollheim, dessen Bewohner sich einst als Elbenfresser rühmten?« Brogandas lächelte, doch dieses Lächeln wirkte so eisig und undurchschaubar, dass Lirandil unwillkürlich schauderte.

»Sowohl die Kriege zwischen Elben und Trollen als auch jene zwischen Elben und Dunkelalben waren schon Legende, als ich geboren wurde«, sagte Lirandil, »und seither hat sich das Elbenreich nur mit sich selbst beschäftigt. Das Interesse an anderen Völkern und Ländern ist auf ein Minimum geschrumpft, und das gilt sogar für ihre Feinde wie Trolle oder Dunkelalben. Daher will ich zuletzt auch in meine Heimat, an den Elbenfjord, um auf Péandirs Burg darum zu werben, dass auch die Elben sich unserem Bündnis anschließen oder zumindest einige ihrer Magier und Schamanen uns beistehen. Denn dieser Krieg wird mit Magie geführt und durch sie entschieden werden, davon bin ich überzeugt.«

»Diese Überzeugung teile ich«, stimmte ihm Brogandas zu. »Ich gebe Euch einen guten Rat: Zieht auf möglichst direktem Weg zu Péandirs Burg an den Elbenfjord.«

»Warum?«

»Es ist vielleicht sogar zu spät, um noch etwas auszurichten.«

»Ich verstehe nicht, wovon Ihr sprecht. Worum geht es hier?« Lirandil versuchte noch immer, etwas von den Gedanken und Empfindungen des Dunkelalbs zu erfassen. Selbst kleinste Regungen wären für ihn hilfreich gewesen. Der Fährtensucher achtete auf den Herzschlag seines Gegenübers, lauschte dem Rauschen seines Blutes und studierte genauestens jede noch so kleine Regung in seinem von dunklen Runen bedeckten Gesicht. Ein für einen Menschen oder für ein anderes Geschöpf kaum wahrnehmbares Flackern der Augen oder eine winzige Unruhe, all das konnte für Lirandil mit seinen feinen Elbensinnen sehr aufschlussreich sein.

Wenn der elbische Fährtensucher auf seltene Geschöpfe traf oder einzuschätzen versuchte, ob ein Raubtier kurz davor stand, die Muskeln zum tödlichen Sprung anzuspannen oder sich träge und satt hinzulegen, dann achtete er genau auf diese körperlichen Anzeichen, die er bei unzähligen Geschöpfen vollkommen sicher zuzuordnen und einzuschätzen vermochte. Auch bei Menschen, Ogern oder Halblingen hatte er damit keinerlei Probleme, was der häufige Umgang mit ihnen mit sich brachte.

Doch Brogandas hatte sich vollkommen unter Kontrolle, sodass Lirandil nicht das Geringste an ihm wahrzunehmen vermochte. Dabei unterschieden sich Dunkelalben körperlich kaum von den Elben, abgesehen von den in die Haut eingebrannten Runen.

»Zuerst meine Bitte«, sagte Brogandas. »Ich würde Euch gern ins Elbenreich und auf Eurer weiteren Reise begleiten.«

»Warum?«, fragte Lirandil überrascht.

»Sagen wir, ich bin an dem Fortgang Eurer Mission sehr interessiert, werter Lirandil. Ihr solltet meinem Wunsch entsprechen, denn je nachdem, was ich dem Rat der Mächtigen von Khemrand berichte, wird sich das Reich von Albanoy entscheiden, ob es in diesem Konflikt neutral bleiben oder sich auf eine der beiden Seiten stellen soll. Sollte Letzteres der Fall sein, so wird es zweifellos die Seite des Siegers sein.«

»Wie üblich.«

»So ist nun einmal unsere Art, werter Lirandil.«

»Und was ist mit Eurer Warnung? Sprecht Ihr die nur aus, wenn ich Eurer Bitte nachkomme?«

Das kalte Lächeln des Dunkelalbs wurde noch breiter, noch eisiger. Und für einen Moment glaubte Lirandil sogar eine leichte Beschleunigung des Blutflusses bei seinem Gegenüber wahrzunehmen.

»Die Erfüllung meiner Bitte liegt in Eurem eigenen Interesse, was Ihr erkennen werdet, wenn Ihr darüber nachdenkt. Und was die Warnung betrifft, so geht es um ein ganz bestimmtes Mitglied des elbischen Königshauses. Einen Prinzen, der einer Nebenlinie der Familie von König Elbanador angehört, des ersten Königs der Elben, und vor anderthalb Jahrtausenden ein Auge verlor, ein Verlust, gegen den auch die Heilkunst der Elben machtlos ist ...«

»Ihr sprecht von Prinz Sandrilas!«, entfuhr es Lirandil.

»Ihr scheint ihn zu kennen. Der beschleunigte Blutfluss in Euren Adern und der Schlag Eures Herzens verraten es mir.«

Es gefiel Lirandil überhaupt nicht, dass Brogandas auf dieselbe Weise die Zeichen seines Körpers las, wie er selbst dies normalerweise bei anderen Geschöpfen zu tun pflegte. Und dass sein Gegenüber offenbar zu einer weitaus stärkeren Selbstbeherrschung fähig war als er selbst, ärgerte Lirandil. Genau dies schien auch der Sinn von Brogandas' Bemerkung gewesen zu sein, wie er durch sein Lächeln ganz ungeniert und offen zeigte. *Er respektiert nur Stärke und Macht – und er will mir offenbar gerade beweisen, wer von uns beiden über mehr davon verfügt,* erkannte Lirandil.

»Natürlich kenne ich Prinz Sandrilas«, sagte Lirandil. »Gut sogar, denn obgleich er ungefähr tausend Jahre älter ist als ich, gelten wir doch gewissermaßen als Altersgenossen und derselben Generation angehörig.«

»Ich verstehe«, sagte Brogandas. »Angesichts der wenigen Kinder, die Elbenfrauen zur Welt bringen, verwundert das nicht.«

In diesem Punkt unterschieden sich die Dunkelalben von ihren Verwandten. Die Zahl ihrer Kinder war größer. Aber dafür hatte im Laufe der Zeitalter ihre Langlebigkeit gelitten, und soweit Lirandil es möglich gewesen war, dies während seiner ausgedehnten Reisen, die ihn auch mehrfach nach Albanoy geführt hatten, zu erforschen, wurde inzwischen kaum noch ein Dunkelalb älter als sechshundert Jahre, sodass ihre Lebenserwartung nicht mal die der Zwerge überstieg. Und viele Dunkelalben starben sogar noch früher, auch wenn man darüber in Albanoy nicht gern sprach. Ein möglicher Grund war die exzessive Anwendung dunkler Magie über viele Zeitalter hinweg.

»Wenn Ihr den Prinzen Sandrilas so gut kennt, dann wisst Ihr auch, dass er die Menschen über die Maßen hasst, weil einer von ihnen ihm einst sein Auge nahm.«

»Ja, das trifft zu«, sagte Lirandil. Prinz Sandrilas war ein diplomatisches Problem, das er noch zu lösen hatte. Der einäugige Elbenprinz war am Hof König Péandirs sehr einflussreich. Wie groß seine Ablehnung gegen das Menschenvolk war, hatte Lirandil wiederholt mitbekommen. Dass jener Mensch, der ihn so furchtbar verletzt hatte, schon fast seit anderthalb Jahrtausenden nicht mehr lebte und vermutlich selbst seine Gebeine schon zerfallen waren, beschwichtigte den Zorn des Einäugigen nicht, der genau wie seine Vorfahren den Titel eines Prinzen von Arathilien verliehen bekommen hatte, der ihn zu einem Mitglied des königlichen Thronrats machte.

»Ich habe gute Ohren, was von den Menschen oft unterschätzt wird«, fuhr Brogandas fort. »So höre ich Dinge, die eigentlich nicht für mich bestimmt sind. Das geht Euch sicher ähnlich, wenn Ihr unter Menschen seid, Lirandil.«

»Das lässt sich nicht vermeiden«, gab Lirandil zurück, der noch immer nicht ahnte, worauf der Dunkelalb eigentlich hinauswollte. *Anscheinend überlegt er selbst noch, wie viel er mir anvertrauen soll,* glaubte der Fährtensucher.

»Ich erfuhr auf diese Weise, dass schon vor längerer Zeit ein hochrangiger Botschafter in Harabans Diensten ins Elbenreich aufgebrochen ist, um dort für Beistand in dem bevorstehenden Krieg zu werben. Offenbar hat man Euch nicht ohne Einschränkungen zugetraut, dieses Problem noch zu lösen.«

»Den Anschein hat es«, musste Lirandil zugeben, den Harabans diplomatische Initiative überraschte. So viel Weitblick hatte er selbst dem Immerwährenden Herrscher nicht zugetraut.

»Ich habe ebenfalls zufällig erfahren, dass dieser Botschafter mit einer ganz anderen Absicht an den Elbenfjord reist. Er will Prinz Sandrilas die Wahrheit über den Verlust seines Auges mitteilen, um auf diese Weise zu verhindern, dass die Elben dem Bündnis beitreten.«

Lirandil hob die Augenbrauen. »Die Wahrheit über das Auge des Prinzen Sandrilas?«, fragte Lirandil.

»Ich dachte, Ihr hättet die Geschichte zumindest als Gerücht schon irgendwo aufgeschnappt, werter Lirandil. Um den dunklen Zauber zu wirken, der Harabans kurzes menschliches Leben derart verlängerte und ihn in das baumähnliche Wesen verwandelte, das er heute ist, brauchte er die Zauberkraft eines Elbenauges. Haraban schickte seinerzeit Krieger aus, die es ihm besorgen sollten. Und offenbar wurde Prinz Sandrilas von einem dieser Schergen überfallen.«

»Das ist eine Legende«, wagte Lirandil zu hoffen.

»Der Botschafter trägt einen Beweis dafür bei sich, dass die Geschichte stimmt.«

»Welchen Beweis?«

»Eine Abschrift jenes barbarischen Menschenzaubers und aller Zutaten, die dabei Verwendung finden. Es mag primitive

Menschenmagie sein, aber ich bin überzeugt davon, dass man auf Péandirs Burg feststellen kann, ob der Zauber tatsächlich diese Macht hätte, einen Menschen in ein Wesen wie Haraban zu verwandeln. Und wenn Sandrilas erfährt, dass sein verlorenes Auge Haraban dazu diente, sein Leben zu verlängern und seine Herrschaft bis heute andauern zu lassen, wird der einäugige Prinz nicht nur weiterhin seinen Einfluss gegen ein Bündnis mit den Menschen geltend machen, es wird vermutlich auch viele jener Herrscher umstimmen, die vielleicht erwägen, sich in die Front gegen Ghool einzureihen.«

»Wer ist dieser Botschafter?«, verlangte Lirandil zu wissen.

»Sein Name wurde niemals ausgesprochen. Aber Ihr werdet ihn gewiss kennenlernen, wenn Ihr zu König Péandirs Hof gelangt.«

Lirandil ballte die Hände zu Fäusten. »Es gibt offenbar Diener Ghools hier im Hexagonturm, und dieser Botschafter muss einer von ihnen sein. Er wäre nicht der Erste, der unter den Einfluss des Schicksalsverderbers geraten ist.«

»Mit Verlaub, ich halte eine andere Möglichkeit für wahrscheinlicher.«

Lirandil hob den Blick. »Und die wäre?«

»Es ist Haraban selbst, der Euch zuvorkommen und ein Bündnis mit den Elben verhindern will. Der dunkle Zauber seiner Verwandlung ist eins der bestgehüteten Geheimnisse des Reiches. Magisch abgeschirmt in den tiefsten Verliesen unter dem Hexagonturm lagerten die alten Schriften und Listen der Zutaten. Es ist kaum denkbar, dass dieses Geheimnis den Hof des Waldkönigs verlässt, ohne dass dieser es zumindest billigt. Wenn es also geschehen ist, dann deshalb, weil Haraban damit eine Absicht verfolgt.«

»Dieser Narr!«, murmelte Lirandil, als er die Wahrheit in Brogandas' Worten erkannte.

»Er fürchtet die Elben und ihre Magie«, stellte Brogandas fest. »Und es ist ihm wichtiger, in einem Bündnis gegen Ghool die führende Rolle einzunehmen, als die Elben für ebendieses Bündnis zu gewinnen.«

»Dann glaubt er allen Ernstes, er könnte ohne die Magie der Elben auf Dauer gegen Ghool bestehen?«, entfuhr es Lirandil ungewohnt heftig. Er hatte mit vielem gerechnet und es in seine langfristige Planung miteinbezogen. Anscheinend hatte er aber die Machtversessenheit und die Dummheit des Waldkönigs unterschätzt.

»Er scheint dieser Überzeugung zu sein«, meinte Brogandas. »Ihr versteht sicherlich, dass ich den Mächtigen von Khemrand nicht guten Gewissens empfehlen kann, einem Bündnis beizutreten, dessen Bundesgenossen sich untereinander dermaßen uneinig sind.«

»Ich gestehe ungern, dass ich tatsächlich Verständnis für Eure Haltung habe«, sagte Lirandil.

»Ihr solltet so schnell wie möglich aufbrechen. Vielleicht könnt Ihr das Schlimmste verhindern. Haraban auf seine Intrigen anzusprechen hat keinen Sinn. Er wird alles abstreiten und seinen Botschafter notfalls opfern, indem er ihn als einen von Ghools Dämonen besessenen Spion hinstellt.«

»In diesem Punkt gebe ich Euch recht«, stimmte Lirandil zu.

»Darf ich dann auf mein ursprüngliches Anliegen zurückkommen? Gestattet Ihr mir, Euch zu begleiten?«

Lirandil überlegte und traf eine für elbische Verhältnisse sehr schnelle Entscheidung. Der Nachteil, dass seine weitere Reise gewissermaßen unter der Beobachtung des Dunkelalbs von Albanoy verlief, stand dem Vorteil gegenüber, dieses mächtige Reich vielleicht in das Bündnis hineinzuholen.

»Wir brechen morgen auf«, kündigte Lirandil an.

Angriff aus heiterem Himmel

Arvan und die drei Halblinge hatten sich den ganzen Nachmittag über auf den Straßen und Plätzen der Stadt umgesehen. Sie hatten sich die Kämpfe der Oger und Waldriesen angesehen und ebenfalls die zahlreichen Gaukler, die wie die vielen Händler von weither kamen, um ihre Waren in der Stadt feilzubieten. Kolonnen von Söldnern marschierten zum Hafen, und immer wieder mussten Marktstände abgebaut oder die Vorstellungen von Gauklern unterbrochen werden, weil große Katapulte durch die Straßen zum Hafen gebracht wurden, um dort auf Schiffe verladen zu werden. Hochgerüstete Kriegselefanten kamen vom Westlichen Tor herein. Sie trugen Rüstungen aus dünnen, miteinander verdrahteten Metallplatten, und auf ihnen saßen Bogen- und Armbrustschützen. Auch die gewaltigen Tiere bewegten sich auf den Hafen zu.

Arvan fiel ein Schwarm dunkler Vögel auf, die sehr hoch über der Stadt kreisten, so als würden sie etwas suchen. Manchmal sanken sie tiefer, und Arvan erkannte, dass es sich um große Krähen handelte. Ihr Krächzen war so laut, dass es sogar durch den Lärm der Straße drang.

»Totenvögel«, stellte Neldo fest. »Die haben uns schon verfolgt, als wir noch auf dem Langen See im Boot saßen.«

»Mir fiel auf, dass Lirandil diese Vögel lange und sehr besorgt beobachtete«, erinnerte sich Arvan. »Möglicherweise haben Ghools Dämonen ihre Verfolgung noch nicht eingestellt, und auch wenn Lirandil sie mit seiner Elbenmagie zwischenzeitlich etwas verwirren konnte, sie beobachten uns durch die Augen dieser Vögel.«

»Das sind düstere Aussichten«, meinte Borro und biss in eine exotische Frucht, die er auf dem Markt erworben hatte. Sogleich verzog er das Gesicht. »Menschlingsfraß!«, spie er hervor, dann aber setzte er sogleich entschuldigend und an Arvan gerichtet hinzu: »Nichts für ungut, das geht nicht gegen dich.«

Arvan lächelte den Freund an. »Das will ich hoffen.«

Borro schielte immer wieder zu Zalea hinüber, aber je öfter er das tat, desto weniger schien sie von ihm Notiz zu nehmen. Das ging schon eine ganze Weile so. Arvan hatte dieses Spiel schon während ihrer Reise zum Hof des Waldkönigs bemerkt. *Es war keine so gute Idee von Borro, sich ihretwegen in dieses Abenteuer zu stürzen,* dachte er nicht zum ersten Mal.

In diesem Augenblick stürzte plötzlich eine der Krähen im Sturzflug herab – geradewegs auf einen der Kriegselefanten zu. Sie hatte die Flügel an den Körper gelegt, und so stieß sie wie ein Pfeil nach unten, um ihren Schnabel in den Hinterkopf des Elefanten zu rammen. Dabei jedoch löste sie sich auf, wurde zu einem gasförmigen schwarzen Etwas und hinterließ weder eine Wunde noch ein Loch in der Zierdecke, die den Nacken des Kriegselefanten bedeckte.

Im nächsten Moment brach der Elefant aus der Formation aus, die gerade auf dem Weg Richtung Hafen war. Er stieß dabei ein lautes Dröhnen aus, das sich deutlich von dem normalen Trompeten dieser Tiere unterschied. Seine Augen leuchteten dämonisch auf, als er sich in Bewegung setzte. Ein Händler konnte gerade noch zur Seite springen, bevor der Elefant seinen Stand niedertrampelte, wobei die gewaltigen Elefantenfüße die angebotene Töpferware zermalmten.

Erneut war ein durchdringender Ton zu hören, so laut und

tief, dass Arvan ein Drücken in der Magengegend verspürte. Schreie gellten. Zwei Waldriesen, die als Träger beschäftigt waren und unter jedem Arm zwei große Weinfässer getragen hatten, ließen diese fallen. Bevor der Elefant die Riesen zu Boden trampeln konnte, sprangen sie zur Seite, während die Weinfässer auseinanderplatzten. Der kostbare Traubensaft ergoss sich über die staubige Straße, rann über die Pflastersteine und versickerte in den Fugen dazwischen.

Der Elefant stürmte weiter, geradewegs auf Arvan und seine Halblingfreunde zu. Arvan war für einen Moment wie erstarrt. Er sah nur das dämonische Leuchten der Augen und spürte gleichzeitig, wie ihn eine unheimliche geistige Kraft lähmte.

Die auf dem Elefanten sitzenden Schützen waren völlig machtlos. Ebenso der Treiber, der erfolglos versuchte, das Reittier wieder unter seine Kontrolle zu bringen.

Die Halblinge wichen zur Seite, und Zalea riss Arvan im letzten Moment mit sich. Der Kriegselefant rammte seine Stoßzähne in ein hölzernes Podest, das den Vorführungen von Gauklern, Possenreißern und Musikanten diente und ungefähr anderthalb Mannslängen hoch war. Die Stoßzähne verfingen sich in den Zwischenräumen der Bretter und Balken. Das Tier brüllte wie von Sinnen, als es merkte, dass seine eigene Wildheit es zu einem hilflosen Gefangenen gemacht hatte.

Das schwarze Etwas, das zuvor in den Elefanten gefahren war, sprang förmlich aus dessen Kopf. Es war eine dunkle, wie Gas wirkende Substanz, die durch die Poren der Elefantenhaut drang. Es quoll durch die Zierdecke und die Metallplatten, die den Kopf des Reittiers schützten, und bildete für den Bruchteil eines Augenblicks den Schatten eines krähenartigen Vogels. Ein durchdringender Krächzlaut ließ für Arvan einen Moment lang alle anderen Wahrnehmungen verstummen. *Wahrhaftig, ein Dämon!*, durchfuhr es ihn.

Er griff nach *Beschützer*, riss die Waffe aus der Scheide auf seinem Rücken, ließ sie durch die Luft wirbeln und durch das schwarze vogelförmige Etwas schneiden, als sich dieses auf ihn stürzte.

Das Schwert glühte magisch auf, als es mit dem Dämon in Berührung kam. Ein wütendes, krähenartiges Krächzen ertönte, und der Schattenvogel teilte sich dort, wo Arvans Klinge ihn scheinbar gespalten hatte. Ein Teil seiner Substanz fuhr Arvan geradewegs in die Brust, der Rest drang ihm durch Augen, Nase, Mund und Ohren und war im nächsten Moment verschwunden.

Arvan stand schwankend da. Das Schwert in seiner Hand hörte auf zu glühen. Er stützte sich auf die Klinge, deren Spitze er zwischen zwei Pflastersteine in eine Fuge gerammt hatte.

In diesem Moment fuhr etwas aus der Klinge in das Pflaster, breitete sich wie ein dunkler Schatten in einem Umkreis von drei, vier Schritten darüber aus und ließ die Steine für einen Moment aussehen wie von einer Schicht Pech überzogen. Dann löste sich das Phänomen auf.

Die drei Halblinge waren ebenso konsterniert wie alle anderen Zeugen des Geschehens. Selbst den hartgesottenen Söldnern auf den Kriegselefanten standen die Münder weit offen. Der Elefantentreiber, der hinter dem Nacken des zuvor noch tobenden Tiers saß, versuchte es zu beruhigen. Der Elefant befand sich offenbar nicht mehr unter dämonischer Kontrolle, war aber ängstlich und verwirrt.

Zalea sprang auf Arvan zu, als dieser umzukippen drohte, während Borro und Neldo offenbar eine instinktive Scheu davor hatten, den Menschling zu berühren. Schließlich konnte niemand wissen, ob nicht doch noch etwas von der dunklen Kraft in ihm war und die nicht auf jeden übersprang, der dem Menschling zu nahe kam.

Das zierliche Halblingmädchen konnte den vergleichsweise großen und schweren Arvan nur mit Mühe stützen. »Wo bleibt ihr denn?«, rief sie ärgerlich. Da erst sprangen auch Neldo und Borro zu ihrem Gefährten, der auf die Knie sackte und nach Luft rang.

»Ist alles in Ordnung?«, fragte Zalea besorgt.

Arvan nickte nur. Ihm war schwindelig. Für Augenblicke schien sich alles vor seinen Augen zu drehen. Er wollte etwas sagen, bekam aber keinen Ton heraus.

Derweil kreiste der Krähenschwarm noch einmal über der Stadt, dann stiegen die Vögel so hoch auf, dass sie zu kleinen schwarzen Punkten verschmolzen und schließlich gar nicht mehr zu sehen waren.

»Davon werden wir Lirandil berichten müssen«, sagte Neldo.

»Jedenfalls sollten wir uns so schnell wie möglich davonmachen«, meinte Borro, der die Blicke vieler Passanten auf sie gerichtet sah.

Söldner eilten herbei, aber die kümmerten sich nicht um Arvan und seine Gefährten, sondern ausschließlich um den Kriegselefanten, dessen Stoßzähne zwischen den Balken des Podestes eingeklemmt waren.

Mit vereinten Kräften halfen die Halblinge Arvan auf.

»Es geht schon«, behauptete dieser.

»Ist noch etwas von diesem …« Zalea zögerte, den Satz zu beenden.

»… von dem Dämon in mir? Das ist es doch, was du meinst?«, sagte Arvan, der seine Sprache inzwischen wiedergefunden hatte.

»Und?«, fragte Borro.

Zunächst bekam er keine Antwort.

Sie gingen ein Stück weiter, drängelten sich durch den entstandenen Auflauf von Menschen und anderen Geschöpfen.

Während Neldo den Blick immer wieder besorgt nach oben richtete, dorthin, wo die Krähen im Himmel verschwunden waren, blieb Arvan wiederholt stehen und sah zu Boden. Mehrfach glaubte er, dort wieder jenes schattenhafte Etwas zu sehen, das über sein Schwert aus ihm herausgeglitten war. Den Grund dafür konnte er sich nicht erklären. Er wusste nur, dass es geschehen war.

Er zitterte und fror auf eine Weise wie nie zuvor in seinem Leben. Es war eine Kälte, die aus dem Innersten seiner Seele kam, und es war ihm klar, dass diese Empfindung mit dem schattenhaften Dämonenwesen zu tun haben musste.

Sie kehrten in den Hexagonturm zurück. Die Halblinge brachten Arvan in sein Quartier, wo wenig später auch Lirandil erschien, ohne dass er von irgendwem gerufen worden wäre. Vielleicht hatte er den erhöhten Herzschlag bei ihrer Rückkehr vernommen und war dadurch alarmiert.

Was ist geschehen? Entweder stand diese Frage so überdeutlich in Lirandils Gesicht, dass Arvan sich einbildete, sie zu vernehmen, oder der Elb hatte ihm erneut eine Gedankenbotschaft gesandt.

Arvan hatte sich auf das Bett gesetzt, und ehe er etwas sagen konnte, legten sich Lirandils Fingerspitzen auf seine Schläfen, wozu der Elb eine Formel murmelte und die Augen schloss.

Schließlich öffnete er sie wieder und nickte wissend. »Wir mussten ja damit rechnen, dass uns Ghools dämonische Verfolger früher oder später wieder aufspüren.«

Arvan konnte das Zittern kaum unterdrücken, als er murmelte: »Es war in mir.«

»Ich weiß«, sagte Lirandil. »Aber du brauchst nicht besorgt zu sein. Ich glaube nicht, dass dir der Dämon viel anhaben konnte.«

Lirandil berührte leicht die Klinge von *Beschützer*. Arvan hatte das Schwert neben sich auf das Bett gelegt. Winzige, kaum sichtbare Blitze aus Schwarzlicht zuckten aus dem Metall der Waffe und in die Fingerspitzen des Elben, nur für einen Moment, dann hatte sich der Rest der dunklen Kraft, die das Schwert offenbar aus Arvans Körper geleitet hatte, verflüchtigt.

»Ist noch etwas von diesem Wesen in meinem Schwert?«, fragte Arvan dennoch und sah die Klinge voller Abscheu an.

Lirandil schüttelte den Kopf. »Nein, jetzt nicht mehr. Es scheint, als hättest du großes Glück gehabt.«

»Hat der Dämon versucht, mich unter seinen Einfluss zu bringen?«

»Gut möglich. Aber vielleicht wollte er dich auch einfach nur töten, das weiß ich nicht genau.«

»Und wieso ist er nicht mehr in mir?«

»Vielleicht hat dich deine besondere Heilkraft vor ihm bewahrt.«

»Dann hilft der Zauber dieses Brass Elimbor auch gegen die Kraft von Dämonen?«

»Es scheint so. Aber ich verstehe nicht genug davon, um das wirklich beurteilen zu können, darum solltest du dich nicht darauf verlassen.«

Arvan lächelte matt. »Nein, bestimmt nicht.«

Lirandil wandte sich an die Halblinge. »Es wird für uns alle in Zukunft noch gefährlicher werden. Die Verfolger werden uns auf den Fersen bleiben. Anscheinend haben sie unsere Spur wieder aufgenommen, und sie werden versuchen, uns zu schaden und uns zu beeinflussen, wo immer wir ihnen begegnen.«

»Aber hat das Ganze nicht auch sein Gutes?«, fragte Borro.

Lirandil runzelte die Stirn. »Sein Gutes?«

»Nun, es zeigt, dass Ghool in Eurer Mission eine Gefahr für sich sieht und sich weiterhin vor Euch fürchtet. So vergebens Euch manche Eurer bisherigen Bemühungen auch erscheinen mögen, der Feind scheint dies anders einzuschätzen.«

Lirandil nickte. »Wie auch immer, wir werden morgen in aller Frühe aufbrechen. Das hat nichts mit diesem Dämon zu tun, sondern mit Neuigkeiten, die ich vor Kurzem erfahren habe.«

»Fein«, meinte Borro. »Wohin geht's?«

»Ins Elbenreich, meine Heimat«, sagte Lirandil. Er richtete den Blick auf Arvan und setzte hinzu: »Du warst ja schon einmal dort.« Der Blick seiner schräg stehenden Augen füllte sich mit Wärme. »Die Kälte in dir wird sich innerhalb der nächsten Stunden mildern und ganz verschwunden sein, sobald sich die letzten Reste der Dämonenkräfte in dir verflüchtigt haben.«

»Ihr könntet ihm einen elbischen Heiltrunk bereiten, werter Lirandil«, schlug Zalea vor, »oder mir verraten, welche Zutaten ich verwenden muss, um etwas zu brauen, was ihm hilft.«

Aber Lirandil schüttelte den Kopf. »Arvan braucht nur die Kraft seines eigenen Geistes – und jene Heilkraft, die ohnehin schon in ihm steckt. Beide sollten wir durch nichts in ihrer Entfaltung stören.«

Am Abend hatte Lirandil noch eine letzte Audienz bei König Haraban. Diesmal trafen sie sich unter vier Augen in einem abgeschiedenen fensterlosen Raum des Hexagonturms. Der weiche Schein von Öllampen erhellte den Raum. Lirandil spürte sofort, dass besondere Vorkehrungen getroffen worden waren, um den Einfluss jeglicher Magie auszuschließen.

Die Wände waren mit Reliefs geschmückt, die begnadete

Schnitzer in das Riesenbaumholz gearbeitet hatten. Eine Unzahl von Gesichtern war dort dargestellt, und sie alle zeigten das Antlitz Harabans. Er hatte sich offenbar immer wieder darstellen lassen, um auf diese Weise festzuhalten, wie er sich im Laufe der Jahrhunderte äußerlich verändert hatte. Gewisse Züge waren jedoch so charakteristisch, dass Lirandil ihn in all diesen Darstellungen sofort wiedererkannte.

»Darf ich den Grund Eurer bevorstehenden Abreise erfahren, Lirandil?«, fragte Haraban.

»Ihr wisst doch, wie sehr die Zeit drängt«, antwortete der Elb ausweichend.

»Angeblich wird Euch Brogandas aus Batagia begleiten.«

»Er bot sich an, und wir haben zumindest teilweise denselben Weg«, sagte Lirandil.

Haraban betrachtete den Elben für eine Weile mit durchdringendem Blick. An seinen hölzernen Zügen war nicht zu erkennen, ob er Lirandil diese Erklärungen tatsächlich abnahm. Lirandil hingegen verriet mit keiner Silbe, dass er durch Brogandas von dem Botschafter und dessen eigentlichem Auftrag wusste.

»Ihr solltet noch eins wissen, werter Lirandil«, ergriff der König schließlich wieder das Wort. »Boten haben mir Neuigkeiten aus Thuvasien gebracht. Und diese Neuigkeiten werden durch Meldungen bestätigt, die mich über Brieftauben von den Grenzen meines Reiches erreichten.«

»Und was sind das für Neuigkeiten?«

»Die Magier von Thuvasien stellen offenbar schon seit einiger Zeit ein gewaltiges Heer auf. Bisher haben sie sich wohl bemüht, dies geheim zu halten, aber inzwischen hat die Ansammlung von Kriegsgerät und Kämpfern Ausmaße erreicht, die das unmöglich machen.«

»Die Magier von Thuvasien ahnen seit Langem, dass ein

Krieg heraufdämmert«, entgegnete Lirandil. »Es überrascht mich nicht, dass sie sich darauf vorbereiten.«

»Es soll kein gewöhnliches Heer sein, das sie da aufstellen, Lirandil. Angeblich haben sie massenweise Krieger aus anderen Welten angeworben, die durch das Weltentor, das von ihnen bewacht wird, in die Ebene südlich von Cavesia gelangt sein sollen. Der ganze Nordwesten Thuvasiens gleicht angeblich einem einzigen Heerlager. Darunter befinden sich Krieger, bei deren bloßem Anblick einem das Blut in den Adern gefriert, und magische Belagerungsmaschinen, die uns Menschen völlig fremd sind.«

Haraban erhob sich von dem schlichten Stuhl aus dem Holz des Schwarzbaums, auf dem er gesessen hatte, und trat nahe an Lirandil heran. Als er fortfuhr, war seine Stimme kaum mehr als ein Wispern, so als fürchtete er, dass man selbst hier seine Worte belauschen könnte.

»Es sind wahre Höllenkrieger, die sich dort versammeln. Die Grausamsten der Grausamen aus all den Welten, zu denen die Magier von Thuvasien über ihr Weltentor Zugang haben.« Ein grollender Laut drang aus Harabans Kehle und wurde zu einem knarzenden Ächzen. »Mein erster Gedanke war, dass es vielleicht gerade einer solchen Armee bedarf, um sich Ghool entgegenzustellen.«

»Und Euer zweiter Gedanke?«, fragte Lirandil, der dem durchdringenden Blick seines Gegenübers ohne Mühe standhielt.

»Dass niemand von uns mit Sicherheit zu sagen vermag, auf welcher Seite dieses Heer in das Geschehen eingreifen wird. Oder wisst Ihr inzwischen mehr?«

»Nein. Auch mir gegenüber haben sich die Magier von Thuvasien nie festgelegt. Allerdings ist es auch schon eine geraume Weile her, dass ich ihr Land besuchte.«

»Dann solltet Ihr auf jeden Fall zuerst dorthin reisen, werter Lirandil. Euer diplomatisches Geschick scheint in Thuvasien derzeit am dringendsten gebraucht zu werden.«

Das hättet Ihr wohl gern, dachte Lirandil. *Ein geschickter Schachzug, um mich davon abzuhalten, den Elbenfjord noch zu erreichen, ehe dort alles verloren ist.*

Lirandil lächelte. »Ich danke Euch für die interessanten Neuigkeiten, Immerwährender Herrscher.«

Richtung Dornland

Bevor sie am Morgen aufbrachen, rief der elbische Fährtensucher Arvan und die drei Halblinge in sein Quartier. Sie alle hatten ihre wenigen Sachen gepackt und waren reisefertig. In der Palastküche hatte man sie mit Proviant versorgt.

Borro maulte über die Eile, in der das Frühstück hatte eingenommen werden müssen. »Das ernährt doch einen Halbling nicht einmal die Hälfte eines halben Tages«, bemühte er eine alte Redewendung, die unter Halblingen üblich war, wenn man ein dürftiges Frühstück beklagte.

Aber Lirandil brachte ihn mit einem tadelnden Blick zum Schweigen und sagte dann: »Hört mir zu. Da wir noch allein sind, möchte ich die Gelegenheit nutzen, euch auf ein paar Dinge hinzuweisen!« Er hatte den Gefährten bereits am Vorabend erklärt, dass wegen Harabans Botschafter am Elbenfjord mit diplomatischen Schwierigkeiten zu rechnen war. Auch dass Brogandas sie begleiten würde, war ihnen bereits bekannt. Aber es schien noch etwas zu geben, was Lirandil Arvan und den drei Halblingen unbedingt noch sagen wollte, bevor sie aufbrachen.

»Dass Brogandas uns begleitet, sollte niemanden von uns denken lassen, dass er wirklich auf unserer Seite steht«, erklärte der Fährtensucher. »Und die Dunkelalben von Albanoy respektieren nur Stärke und Macht, nicht das Argument der Vernunft, und es kümmert sie auch nicht, was im moralischen Sinne richtig und was falsch ist. Dass Brogandas sich anbietet, uns zu begleiten, dient einzig und allein einem Zweck: Er will wissen, was ich tue und wie die Verhandlungen stehen, die ich führe. Und vor allem will er wissen, was ich auf Péandirs Burg am Elbenfjord zu erreichen vermag, denn das ist entscheidend für das Kräfteverhältnis im kommenden Krieg.«

»Dann ist er eigentlich ein Spion«, entfuhr es Neldo empört.

»Nein, so würde ich das nicht ausdrücken«, widersprach Lirandil. »Wenn wir am Elbenfjord Erfolg haben und von König Péandir wenigstens ein wenig Unterstützung erhalten – oder zumindest die Aussicht besteht, dass wir sie in absehbarer Zeit bekommen –, wird Brogandas zu einem Verbündeten werden, der die Mächtigen von Albanoy bei ihrer Versammlung in der Säulenhalle von Khemrand davon überzeugen wird, ihre Magie gegen Ghool einzusetzen. Ich selbst würde dort nichts ausrichten, denn ein Elb gilt in Albanoy nicht viel. Sie neiden uns unsere Langlebigkeit, weil sie ihre eigene verspielt haben. Und sie verachten uns, weil wir den schönen Gedanken und die Kunst mehr schätzen als die pure Macht dunkler Magie oder kriegerische Siege. Doch Brogandas könnte unserer Sache sehr dienlich sein.«

»Aber das heißt doch auch, dass wir während der ganzen Reise stets darauf achten müssen, was wir sagen«, warf Zalea ein. Der Missmut war ihr deutlich anzusehen; die Aussicht, mit einem Dunkelalb zu reisen, schien ihr nicht zu behagen.

»Nein, das bedeutet es nicht«, widersprach Lirandil.

»Aber wie stellt Ihr Euch das vor, werter Lirandil?«, fragte Zalea. »Es wird immer ein Spion unter uns sein, und wir werden Euch nicht einmal mehr eine freimütige Frage stellen können.«

»Vergesst nicht, dass Brogandas über die gleichen Sinne wie ein Elb verfügt«, erwiderte Lirandil. »Er vermag aus dem

Schlag eures Herzens, aus dem Rauschen eures Blutes und aus kleinsten Veränderungen in euren Gesichtern zu erfassen, ob ihr ihm die Wahrheit sagt oder nicht. Selbst dann, wenn er eure Gedanken nicht zu erfassen vermag, was ich allerdings nicht ausschließen kann. Ihm steht außerdem eine sehr mächtige Magie zur Verfügung, die darauf ausgerichtet ist, andere zu beherrschen, zu manipulieren und dabei denken zu lassen, dass sie das, was sie tun, aus freiem Willen machen. Also könnt ihr ihm auch gleich offen begegnen. Er soll ruhig wissen, was unter uns gesprochen und gedacht wird. Auch ich habe nicht vor, ihm gegenüber etwas von meinen Absichten zu verbergen. Die sind unter den Mächtigen von Khemrand ohnehin seit Jahrhunderten bekannt. Die Frage, die man sich dort stellt, ist nur, ob sie von Erfolg gekrönt sein könnten oder nicht. Das ist das Einzige, was für die Herren von Albanoy zählt, sonst nichts.«

Zalea verschränkte die Arme vor der Brust. »Dann sage ich Euch jetzt frei heraus, dass es mir nicht gefällt, einen Dunkelalb in unserer Mitte zu haben«, erklärte sie. »Und ehrlich gesagt, mir gefällt es auch nicht, die Mächtigen von Khemrand als Verbündete gewinnen zu wollen.«

»Wie ich schon erwähnte, können wir da kaum wählerisch sein«, entgegnete Lirandil.

»Aber in Albanoy werden Halblinge und Menschen unterdrückt! Sie sind nicht mehr als Sklaven!«, hielt das Halblingmädchen dagegen. »Ihr freier Wille ist durch Magie gebrochen, sodass sie tun, was immer die Dunkelalben von ihnen verlangen.«

Lirandil hob die Augenbrauen. Er schien leicht erstaunt über Zaleas Gefühlsausbruch. So hatte er sie bisher noch nicht erlebt. Er musterte sie einen Augenblick lang, dann schweifte sein Blick zu den anderen. »Was du sagst, mag richtig sein,

Zalea. Aber du solltest immer daran denken, was Ghool mit den Bewohnern des Halblingwaldes und anderer von ihm eroberter Länder tut.«

»Trotzdem ist mir der Gedanke zuwider, an der Seite dieses ... Scheusals zu reisen«, beharrte Zalea.

»Du sprichst von Scheusalen und vergisst, dass Brogandas kein Ork ist«, mischte sich Borro ein.

Er selbst hielt seine Bemerkung wohl für geistreich. Zalea aber rümpfte die Nase.

»Ob sauber oder mit Hauern und in Schlamm gebadet – Scheusal bleibt Scheusal«, beharrte sie. »Die einen nutzen ihre dunkle Magie, die anderen eben ihre mit Obsidiansplittern gespickten Keulen. Aber ansonsten sehe ich keinen großen Unterschied.«

»Manchmal ist es erforderlich, seine Sichtweise zu ändern und alte Auffassungen über Bord zu werfen«, riet Lirandil. »Was geschieht, wenn man dazu nicht in der Lage ist, kann man an der Isolation der Elbenheit sehen.«

»In diesem Punkt werde ich meine Meinung kaum ändern«, sagte Zalea.

»Wir können ja erst mal abwarten, wie sich dieser tätowierte Schwarzmagier so gibt, meine ich«, meldete sich Borro erneut zu Wort.

Daraufhin bedachte ihn Zalea mit einem so düsteren Blick, dass Borro glatt einen Schritt zurücktrat.

Und was denkst du?, empfing Arvan einen Gedanken, während Lirandil ihn musterte.

Aber Arvan hatte dazu keine eindeutige Meinung. Er konnte es nicht erwarten, ins Elbenreich zu gelangen und Genaueres darüber zu erfahren, was zu Beginn seines Lebens dort mit ihm geschehen war. Jedenfalls war er in erster Linie neugierig auf das, was kommen würde. Dass auch ihm Brogandas nicht sonderlich sympathisch war, spielte für ihn eine eher untergeordnete Rolle.

»Ihr solltet bei Brogandas noch Folgendes bedenken«, wandte sich Lirandil ein letztes Mal an die Halblinge. »Der dämonische Angriff auf Arvan hat gezeigt, wie dicht uns die Verfolger auf der Spur sind. Hier an Harabans Hof und in der großen Stadt, die ihn umgibt, gibt es vielfältige magische Einflüsse, die Tempel, die heiligen Gebäude oder die Dinge, die Haraban in den tiefen Gewölben seines Palastes treibt. Zudem befürchtet Haraban stets, er könnte durch fremde Magie beeinflusst werden, weswegen er seinen Hof mit jedem ihm bekannten Schutzzauber abzuschirmen versuchte.«

»Meint Ihr, dieser Dämon, der mich angegriffen hat, wäre sonst stärker gewesen?«, fragte Arvan.

»Ganz gewiss«, bestätigte Lirandil. »Wie auch immer, Brogandas kennt sicherlich magische Praktiken, deren Anwendung mir als Elben verboten sind. Wenn er in unserer Nähe ist, bietet das einen zusätzlichen Schutz.«

»Na, großartig«, murmelte Zalea.

Etwa eine Stunde später brachen sie auf. Haraban hatte die Gruppe großzügigerweise mit Pferden ausgestattet und Lirandil sogar eine Begleiteskorte bis zur Grenze seines Reiches angeboten. Ersteres hatte Lirandil gern angenommen, auf Letzteres aber verzichtet. Er traute nämlich weder Haraban noch seinen Söldnern und sah in diesem Teil des Angebots, das der Waldkönig ihm unterbreitet hatte, nur einen weiteren Versuch, seine diplomatische Mission zu kontrollieren.

Für Arvan und die Halblinge war es das erste Mal, dass sie auf dem Rücken von Pferden saßen. Aber die Tiere, die Haraban ihnen hatte geben lassen, entstammten dem Stall seiner Garde und waren hervorragend ausgebildet. Sie reagierten so gut auf den kleinsten Druck der Schenkel, dass es kein Problem war, sie zu lenken.

Sie verließen die Stadt um den Hof des Waldkönigs nicht durch das große Westtor, das zur Straße der Krieger führte, sondern durchs Nordtor. Dort begann die sogenannte Zyranische Straße. Sie führte schnurgerade vom Hof des Waldkönigs aus nach Norden und durchschnitt ein ausgedehntes Waldgebiet und die karge Ebene des Dornlandes, bevor sie schließlich in der Grenzstadt Zyr endete.

»Zyr liegt bereits am Ufer des Elbenflusses«, erklärte Lirandil, als sie den Hof des Waldkönigs bereits ein ganzes Stück hinter sich gelassen hatten. »Von dort aus ist der Fluss auch befahrbar, und mit etwas Glück finden wir ein Flussschiff, das uns zumindest bis zur Grenze des Elbenreichs mitnimmt, vielleicht sogar bis zur Mündung am Elbenfjord.«

»Beginnt nördlich des Elbenflusses nicht das Reich der Magier von Thuvasien?«, fragte Arvan, der sich inzwischen schon so gut an sein Pferd gewöhnt hatte, dass er in der Lage war, sich beim Reiten zu unterhalten. »Zumindest glaube ich, es auf den Karten des alten Grebu gesehen zu haben.«

»Ja, das trifft zu«, bestätigte Lirandil. »Der Elbenfluss – wie er im Übrigen nur von Nicht-Elben genannt wird – bildet seit sehr langer Zeit die Südgrenze Thuvasiens, und die Magier haben auch nie einen Versuch unternommen, diese Grenze weiter nach Süden zu verschieben.«

»Was niemanden verwundert«, mischte sich Brogandas von Batagia ungefragt in das Gespräch ein. Ein dünnes Lächeln spielte um seine Lippen, und die tätowierten Zeichen, mit denen sein Gesicht bedeckt war, verzogen sich auf eine Weise, dass man für einen Moment glauben konnte, sie wären zu einer seltsamen Art von Eigenleben erwacht. »Ich gehe davon aus, dass keiner von euch – außer Lirandil natürlich –

die Kargheit des Dornlandes im Norden von Harabans Reich kennt. Niemand, der bei Verstand ist, würde dieses Land seinem Reich einverleiben wollen.«

»Nun, ich nehme an, dass die Magier von Thuvasien durchaus Mittel und Wege hätten, dieses Land zu verändern, falls das in ihrer Absicht läge«, meinte Lirandil.

»Vielleicht sollte man dieses Gebiet den Dunkelalben überlassen, damit die Halblinge und Menschen von Albanoy in Freiheit leben können«, schlug Zalea vor, die sich gar nicht erst die Mühe gab, ihre Abneigung gegen Brogandas zu verbergen.

Den Dunkelalb und Botschafter der Mächtigen von Khemrand schien das eher zu amüsieren. »Wir bewahren schwache Kreaturen wie Menschen und Halblinge vor dem Chaos, das durch ihre eigene Schwäche verursacht würde, überließe man sie sich selbst«, erwiderte er. »Der stärkere Geist lenkt den schwächeren. Das ist überall so, selbst dort, wo die Schwachen unter sich sind; auch dort gibt es keine Freiheit, sondern eine Ordnung, in der die Schwachen die noch Schwächeren beherrschen. Da aber in so einem Reich der Schwachen kein wirklich Starker das Heft des Handelns in der Hand hält, fällt es dennoch dem Chaos anheim, wie man an nahezu allen mir bekannten Reichen der Menschen eindrucksvoll vorgeführt bekommt.«

»Ich denke, dass wir in diesem Punkt sehr unterschiedliche Ansichten haben«, sagte Zalea mit vor Zorn blitzenden Augen.

Der Dunkelalb lächelte süffisant. »Mag sein.«

»Aber eins verspreche ich Euch, Brogandas von Batagia: Wenn ich merken sollte, dass Ihr mich in irgendeiner Form mit Eurer dunklen Magie zu beeinflussen versucht, werdet Ihr das bitter bereuen.«

Brogandas' Lächeln wurde noch breiter. »Was würdest du

denn dagegen unternehmen, Halblingmädchen? Mich im Schlaf mit deinem Rapier erstechen? Oder mich hinterrücks mit deiner Schleuder beschießen? Glaub mir, du wärst nicht die Erste, die so etwas versucht, aber die Erste, die es überlebte. Doch um jemanden wie dich zu lenken, braucht man keine schwarze Magie. Die Aussicht auf ein bisschen Abenteuer und die Möglichkeit, etwas vermeintlich Gutes zu tun, scheint völlig auszureichen, um dich dazu zu bringen, deine Freunde auf einem völlig ungewissen Weg zu begleiten.«

Zaleas Gesicht wurde dunkelrot. Brogandas' Worte hatten sie tief getroffen.

»Meine Begleiter haben Eure Verachtung nicht verdient, Brogandas«, schritt Lirandil ein. »Haltet Eure Zunge im Zaum, so wie ich das umgekehrt auch von ihnen fordere.«

»Wovor wollt Ihr sie denn noch alles beschützen, werter Lirandil?«, fragte Brogandas, und sein Lächeln glich auf einmal dem Zähneblecken eines Raubtiers. »Ich frage mich, wie jemand wie Ihr, jemand, dessen geistige Stärke ich eigentlich respektiere, offenbar doch so schwach sein kann, sich diese Begleitung aufzwingen zu lassen.«

»Das Thema ist beendet, Brogandas«, sagte Lirandil, und eine gewisse Schärfe lag in seiner Stimme, gerade so viel, dass sie seinen Worten Nachdruck verlieh.

Doch Brogandas blieb unbeeindruckt. »Steht Ihr in ihrer Schuld? Oder vielleicht nur in der Schuld von einem von ihnen?« Der Blick des Dunkelalbs wanderte von einem zum anderen, und schließlich drehte er sich im Sattel um, um Arvan anzusehen, der mit seinem Pferd etwas zurückgefallen war. Brogandas ließ sein Reittier ebenfalls langsamer gehen, bis er sich neben Arvan befand. »Du bist es, in dessen Schuld Lirandil steht, nicht wahr? Streite es nicht ab, das wäre sinnlos.«

Arvan war erschrocken darüber, dass der Dunkelalb offenbar auch die kleinsten Regungen seines Gegenübers wahrnehmen konnte, um daraus zielsichere Schlüsse zu ziehen. »Verrätst du mir, was du für den Elben getan hast, dass er so tief in deiner Schuld steht, Mensch?«

»Ich habe ihm das Leben gerettet und dabei jede Menge Orks erschlagen«, antwortete Arvan. Da es ohnehin keinen Sinn machte, dem Dunkelalb etwas verheimlichen zu wollen, war es wahrscheinlich das Beste, ihm mit offenem Visier zu begegnen.

»Alle Achtung«, sagte Brogandas. »Vielleicht habe ich dich unterschätzt, Mensch.«

»Mein Name ist Arvan. Und ich weiß jetzt, dass ich Euch vielleicht *über*schätzt habe – denn wie kann es in Wahrheit mit der Stärke von jemandem bestellt sein, der offenbar beständig den Drang verspürt, sie allen beweisen zu müssen.«

Das kühle Lächeln in Brogandas' Gesicht erstarb. »Du bist einfältig …« Er starrte Arvan aus dunklen Augen an, in denen es zu lodern schien.

Halt ihm stand!

Dieser Gedanke erfüllte Arvan plötzlich, und es war ihm in diesem Moment gleichgültig, ob es ein Gedanke Lirandils war oder sein eigener Wille. Er war fest entschlossen, nicht nachzugeben. Er fühlte Wut in sich aufkeimen. Eine Wut über die Selbstgefälligkeit, mit der dieses Wesen offenbar auf alle anderen Geschöpfe, die nicht von seiner Art waren, herabsah.

Lirandil hatte Arvan davor gewarnt, seiner Wut freien Lauf zu lassen, aber Arvan hatte das Gefühl, aus ihr Kraft zu schöpfen. Eine Kraft, die seinen gesamten Körper durchflutete, während ihm eine innere Stimme sagte, dass es nichts und niemanden gab, vor dem er in Angst erstarren durfte.

»Ich werde dich genau beobachten, Arvan«, versprach Brogandas. »Es wird interessant sein zu erfahren, wohin dich dein Weg führen wird.« Er bleckte die sehr gleichmäßigen Zähne, wobei die Zeichen in seinem Gesicht gezackte Linien bildeten, die Arvan unwillkürlich an die Obsidianspitzen der Orkkeulen erinnerten. »Unfassbares Missgeschick, großer Ruhm und schneller Tod – dies alles scheint bei dir nahe beieinanderzuliegen, aber mir ist noch nicht klar, welche dieser Eigenschaften nach deinem kurzen Leben als Inschrift auf deinem Gedenkstein stehen wird.«

Die Zyranische Straße führte schon bald durch den dichten Wald zwischen den Provinzen Altvaldanien und Dornland. Man nannte ihn auch den Quellwald, weil irgendwo in seinen geheimnisvollen Tiefen der Elbenfluss entsprang. Abgesehen von kleinen Dörfern und den Handelsposten entlang der Zyranischen Straße war es ein Gebiet, in dem kaum Menschen und so gut wie keine Halblinge lebten.

Arvan fiel auf, dass die Bäume hier längst nicht so groß waren, wie er es gewohnt war. Manche der Arten erkannte er wieder, andere waren ihm völlig fremd. Das Unterholz war sehr dicht. Ein Chor unbekannter Geschöpfe war zu hören, von denen die allermeisten diesen Wald wohl niemals verließen. Dem Schlag dunkler Schwingen folgten mitunter durchdringende Schreie. Arvan konnte sich vorstellen, dass in der Dunkelheit zwischen den Baumstämmen viele Räuber unterwegs waren und Jagd auf andere Waldbewohner machten. Das Blätterdach war sehr dicht und ließ kaum einen Sonnenstrahl hindurch.

Arvan spürte allerdings die Anwesenheit von Ranken und anderen Schlingpflanzen, und wenn Lirandil und seine Gruppe zwischenzeitlich eine Rast einlegten, versuchte Arvan die Ranken mit seinen Gedanken zu erreichen. Hin und wieder bewegten sie sich sogar, wenn er es wollte, das konnte er spüren. Aber sie hörten nicht so auf ihn, wie er das von den Pflanzen zu Hause, in der Umgebung von Gomlos Baum, gewohnt war.

Lirandil schien zu erraten, was ihn beschäftigte, und sprach ihn während einer Rast an. »Es ist eine Frage der Gewöhnung, Arvan, nichts weiter. Wenn du lange genug hier leben würdest, könntest du die Geschöpfe dieser Wälder genauso beeinflussen, wie du es mit den Baumschafen und Ranken in der Nähe von Gomlos Baum vermagst.«

»Das beruhigt mich zu hören«, behauptete Arvan. In Wahrheit war er jedoch voller Zweifel.

Hin und wieder übernachteten sie in einem der Gasthäuser entlang der Zyranischen Straße. Dort hatten sie ein Dach über dem Kopf und konnten eine warme Mahlzeit einnehmen. Doch oft genug waren die Räume überfüllt, und man musste sogar das Wasser für die Pferde teuer bezahlen. Wenn bereits Dutzende von Elefanten vor den Pferchen darauf warteten, mit Wasser versorgt zu werden, zogen Lirandil und seine Begleiter gleich weiter und suchten nach einer anderen Übernachtungsmöglichkeit.

Manchmal kampierten sie auch einfach an einer möglichst geschützten Stelle in der Nähe der Straße. Ein Lagerfeuer aber entzündeten sie nicht.

»Offene Feuer entlang der Straße sind verboten, solange sie durch das Waldgebiet führt«, erklärte Lirandil. »Dieses Gesetz wurde vor gut tausend Jahren eingeführt, als in diesem Wald ein großes Feuer ausbrach, das sogar auf den Hof des Waldkönigs übergriff und den Großteil der damaligen Gebäude verschlang. Der Hexagonturm konnte nur mithilfe von Magie vor den Flammen bewahrt werden.«

»Ich kann mir nicht vorstellen, dass dieses Gesetz eingehalten wird«, äußerte Borro.

»Du hast recht«, sagte Lirandil. »Es wird immer wieder gebrochen, und es gibt auch niemanden hier, der darauf achten würde, dass es befolgt wird.«

»Doch wir müssen trotzdem kalt essen?«, maulte Borro.

»Wir wollen nicht unnötig auf uns aufmerksam machen«, erklärte Lirandil.

Am Morgen überflogen einige Krähen jenen Teil der Straße, an dessen Rand sie rasteten, und der Elb blickte besorgt zum Himmel. Arvan, der den letzten Dämonenangriff noch lebhaft in Erinnerung hatte, schauderte unwillkürlich.

»Keine Sorge, das sind wirklich nur Krähen«, behauptete Brogandas. Der Dunkelalb trug seit Antritt der Reise ein schmales, recht kurzes Schwert und einen Parierdolch am Gürtel, der seine dunkle Kutte zusammenhielt.

Bevor sie weiterritten, ging er zu einem der Bäume am Waldrand und ritzte mit seinem Dolch, dessen Klinge aus einem pechschwarzen Metall bestand, Zeichen in die Rinde. Dazu sprach er eine Formel. Funken sprühten kurz aus der schwarzen Klinge und anschließend auch aus den eingeritzten Symbolen.

»Das wird eure Verfolger ablenken«, meinte er, als er zu den anderen zurückkehrte.

Die Zeichen ähnelten Elbenrunen. Arvan hatte den Eindruck, dass sie sich verformten und veränderten.

»Täusche ich mich, oder ist die Magie dieses Dunkelalbs der Zauberei sehr ähnlich, die Lirandil hin und wieder anwendet?«, raunte Borro ihm zu.

Dass sowohl Lirandil als auch Brogandas ihn daraufhin verärgert ansahen, war wohl ein sicherer Hinweis darauf, dass er nicht leise genug gesprochen hatte. Brogandas verzog das Gesicht, und die Runen darauf bewegten sich und bildeten neue Zeichen, die denen in der Baumrinde sehr ähnlich waren. *Ist das wirklich nur damit zu erklären, dass er das Gesicht verzieht?*, ging es Arvan durch den Kopf.

»Sieh an!« Brogandas lächelte auf einmal höhnisch, den Blick auf Borro gerichtet. »Ein rothaariger Halbling, der etwas von Magie versteht.«

Auf der breiten Straße kamen sie gut voran. Hin und wieder begegneten ihnen Verbände von Söldnern, die Haraban offenbar aus dem Norden abzog, um sie im Süden seines Reiches gegen Ghools Orkinvasion einzusetzen. Nur selten sah man Kriegselefanten in diesen Verbänden. Vielleicht befand sich der Großteil der Elefanten von Harabans Heer längst im Süden oder auf dem Weg dorthin. Bei den Truppen, die über die Zyranische Straße zogen, handelte es sich zumeist um Fußsoldaten und so gut wie ausschließlich um Menschen. Offenbar befanden sich auch die Oger, deren Kampfkraft größer war als die menschlicher Söldner und die deshalb vorwiegend Eliteeinheiten angehörten, bereits im Süden von Harabans Reich.

Wenn Lirandil und seine Gefährten abends in einem der Gasthäuser entlang der Straße einkehrten, redeten dort die Händler und andere Reisende bereits über das Unheil, das sich im Süden zusammenbraute. Gerüchte über verlorene Schlachten in Rasal hatten den Weg bis in den Norden des Reiches gefunden, und es war von marodierenden Orkbanden die Rede, die immer tiefer in das Land drangen. Angeblich hatten sie bereits Reisende auf der Straße zwischen Zyr und Utor überfallen. »Sie schlürfen das Hirn der Toten«, berichtete ein Händler voller Schaudern. »Und die Dornländische Straße zwischen Zyr und Utor war übersät mit gespaltenen Schädeln friedlicher Kaufleute.«

»Dieser Mann hat das nicht mit eigenen Augen gesehen«, erklärte Brogandas später. »Denn sonst wäre der Schrecken in seinen Augen größer gewesen. Zudem hat er bestimmt maßlos übertrieben.«

»Aber es könnte doch durchaus sein, dass einzelne Gruppen der Orks bereits so weit vorgedrungen sind«, hielt Arvan dagegen. Er hatte durch die Karten des alten Grebu zumindest eine ungefähre Vorstellung davon, wo die Dornländische Straße zwischen Zyr und Utor verlief. »Es sieht fast so aus, als wollten uns die Orks den Weg abschneiden und uns eine Falle stellen.«

»Du kannst die Absichten von Orks vorausahnen, Mensch?«, fragte Brogandas schneidend.

»Ich heiße Arvan. Das sagte ich Euch schon einmal.«

»Dass wir selbst am Elbenfluss noch auf Orks treffen könnten, damit war zu rechnen«, mischte sich Lirandil ein. »Harabans Söldner können nicht jeden Stoßtrupp abfangen.«

Daraufhin versickerte ihr Gespräch, und Arvan lauschte wieder den Unterhaltungen der Männer im Gasthaus. Das Relinga, das sie sprachen, unterschied sich etwas von dem, was im Süden gesprochen wurde, und so verstand Arvan nicht jedes Wort, aber doch genug, um zu begreifen, wie groß die Sorgen waren, die man sich selbst hier bereits machte.

»Wie sollen die Söldner des Immerwährenden Herrschers all diese Scheusale vertreiben?«, fragte einer der Männer. »Wenn es stimmt und tatsächlich so viele Orks in die Wälder eingedrungen sind, sind Harabans Söldner zahlenmäßig weit unterlegen!«

»Bevor einer von denen meinen Schädel knackt, betrinke ich mich lieber noch einmal«, kündigte der Treiber eines Lastelefanten an; stolz trug er das Amulett der Treibergilde auf der Brust. Er prostete den anderen zu und hob den Krug, um ihn anschließend unter dem Gejohle der anderen auf einen Zug zu leeren.

Zwei Tage später erreichten sie das Dornland. Der Wald endete abrupt, dahinter befand sich karges Flachland, dessen Vegetation sehr spärlich war. Dornengewächse, die dem Land ihren Namen gaben, schienen die einzigen Pflanzen zu sein, die in dieser Gegend gedeihen konnten. Der Legende nach hatte ein fehlgeschlagener Großzauber der Magier von Thuvasien einst dafür gesorgt, dass nahezu alles Leben aus diesem Gebiet geflohen war.

Aber das waren nur Legenden. Dass das Dornland keineswegs völlig unbewohnt war, bemerkte Arvan schon bald, als er am Horizont einige sich schattenhaft abzeichnende Gestalten ausmachte.

»Das müssen Angehörige der Dornlandstämme sein«, meinte Zalea, die sie ebenfalls bemerkte. »Ihre Magie sorgt angeblich dafür, dass sie ohne einen Tropfen Wasser leben können.«

»Das ist keine Magie, die sie benutzen«, widersprach Lirandil. »Nur das Wissen um verborgenes Wasser, verborgene Pflanzen und verborgene Tiere, die sich verzehren lassen.«

»So habt Ihr diese Stämme schon besucht?«, fragte Zalea erstaunt und voller Respekt.

»Sie leben sehr zurückgezogen und in einem Landstrich, der von allen anderen als Einöde betrachtet wird, und das hat ihnen bisher die Unabhängigkeit bewahrt.«

»Haraban treibt nicht einmal Steuern bei ihnen ein«, wusste Brogandas zu berichten. »Aber vermutlich gäbe es da auch nichts einzutreiben.«

»Jedenfalls geht von ihnen keine Gefahr aus«, war Lirandil überzeugt. »Sie beobachten uns nur.«

Vogelreiter

Die Zyranische Straße wurde zu einem staubigen trockenen Pfad, der von ungezählten Elefanten, Pferden, Eseln und Fußgängern platt getrampelt worden war. Er wurde von Wegmarken begrenzt und zog sich bis zum Horizont.

Arvan bemerkte einen Schwarm Krähen am Himmel. Es waren zuerst nur etwa ein Dutzend laut krächzende Vögel, die dort kreisten, doch nach und nach wurden es immer mehr. Sie näherten sich von fernen Felsmassiven, und das mit einer Geschwindigkeit, die völlig unnatürlich schien, oder sie hatten sich dermaßen hoch am Himmel befunden, dass man sie zumindest mit menschlichen Sinnen weder hatte hören noch sehen können.

Arvan bemerkte allerdings auch, dass einer der Vögel sich teilte, sodass aus einem Vogel zwei Raben wurden. Diese teilten sich abermals, und innerhalb weniger Augenblicke wuchs ihre Anzahl so stark, dass sie den Himmel verdunkelten.

Lirandil zügelte sein Pferd und wandte sich an Brogandas. »Ich dachte, Eure Magie hätte die Verfolger vertrieben.«

»Mir scheint, sie wurden dadurch erst so richtig angelockt«, äußerte Zalea, bevor Brogandas antworten konnte. »Oder will noch irgendjemand von euch behaupten, das dort wären ganz gewöhnliche Vögel.«

»Nein, das sind sie ganz sicher nicht«, murmelte Lirandil.

Arvan sah sich um. Sie waren vollkommen schutzlos. Nirgends gab es eine Möglichkeit, sich zu verbergen. Er spürte, wie nervös sein Pferd geworden war, und musste es beruhigen. Inzwischen hatte er schon einige Male festgestellt, dass es auf seine Gedanken ähnlich reagierte wie die Baumschafe, auch wenn es sich auf diese Weise keine Befehle erteilen ließ.

Er tätschelte dem Tier den Hals.

Ganz ruhig.

»Was haben die vor?«, fragte Borro, der mit seinem Pferd viel mehr Probleme hatte, denn es tänzelte nervös, bockte, schlenkerte den Kopf.

Niemand gab Borro eine Antwort. Die Krähen hatten sich ihnen inzwischen genähert, flattern nun direkt über ihnen und verdüsterten den Himmel. Sie flogen im Kreis, schienen dabei einen Trichter oder Strudel zu formen, und dieser Strudel stürzte plötzlich herab. Dann landeten sie eine nach der anderen und bildeten dabei einen Kreis mit einem Durchmesser von hundert Schritten um Arvan und seine Gefährten, die auf ihren Pferden verharrten.

Selbst der sonst stets gelassene Lirandil schien beunruhigt. Er zog sein Schwert. »Macht euch zum Kampf bereit!«, forderte er ungewohnt grimmig.

Er murmelte eine Formel, und Arvan bemerkte daraufhin für einen kurzen Moment einen Schimmer, der von Lirandils Schwert abstrahlte, dann aber wieder verblasste.

Die Vögel verwandelten sich auf einmal, ihre Gestalt veränderte sich, dehnte sich aus, wurde größer und größer. Innerhalb weniger Augenblicke waren Lirandil und seine Gruppe von Reitern umzingelt, deren Umhänge aus dunklen Federn bestanden. Ihre Körper wirkten menschlich, allerdings ruhten auf ihren Schultern gewaltige Krähenköpfe, die sich ruckartig bewegten. In den Augen leuchtete ein dämonisches rotes Glühen, ebenso wie in den Augen der vollkommen schwarzen, beinahe wie Schatten wirkenden Pferde.

Sowohl Pferd als auch Reiter waren gerüstet. Das Metall der Harnische und Beinschienen war so dunkel, dass es das wieder grell vom Himmel scheinende Sonnenlicht geradezu verschluckte.

Sie zogen ihre Waffen, ebenfalls aus schwarzem Metall bestehende Schwerter mit sehr langen Klingen. Die Söldner in Harabans Reich führten Schwerter dieser Größe allenfalls beidhändig. In den Händen der vogelköpfigen Krieger jedoch schienen sie kein Gewicht zu haben.

Die Vogelreiter hatten einen lückenlosen Kreis um Lirandil und seine Gruppe gebildet. Nun näherten sie sich langsam von allen Seiten. Das Atmen ihrer Pferde klang wie dumpfes Keuchen, und schwarzer Rauch quoll aus den Nüstern hervor.

»Was sollen wir jetzt tun?«, rief Borro.

»Kämpfen!«, knurrte Lirandil. »Was denn sonst?«

»Ich dachte, es gäbe vielleicht irgendeine Magie, die ...«, begann Borro, dann verstummte er und legte einen Pfeil in seinen Bogen.

Neldo und Zalea hatten ihre Schleudern bestückt, obwohl es ihnen aussichtslos erschien, diese Übermacht damit auf Distanz halten zu wollen.

»Das müssen Garandhoi sein«, vermutete Lirandil. »Diese Kreaturen kämpften schon in der Schlacht am Berg Tablanor auf Ghools Seite, und es ist ihm offenbar erneut gelungen, sie zu beschwören!«

»Der Elb, dem du folgst, scheint mir ratlos«, spöttelte Brogandas und sah Borro dabei an. »Sonst hätte er deine Frage nach einem Zauber beantwortet.«

»Wenn Ihr eine Magie gegen diese Kreaturen wisst, wäre dies der rechte Zeitpunkt, sie anzuwenden«, entgegnete Lirandil schroff und weitaus weniger gelassen, als man dies sonst von ihm gewohnt war.

Er weiß mehr über die Garandhoi, als er uns gegenüber zugeben will, erkannte Arvan. Er spürte, wie sich ihm der Geist seines Pferdes immer mehr unterwarf. Es suchte seinen Schutz und seine Entschlusskraft, und Arvan gelang es sogar, die Unruhe des Tiers weitestgehend zu unterdrücken, auch wenn es nicht ganz so einfach war wie bei einem Baumschaf.

Zalea, Neldo und Borro hatten viel größere Schwierigkeiten mit ihren Pferden und konnten sie nur mit Mühe ruhig halten. Schließlich war keiner von ihnen ein geübter Reiter, und dass sie bisher mit ihren Tieren so gut zurechtgekommen waren, lag daran, dass es sich um sehr gut ausgebildete Reitpferde aus den Beständen von Harabans Palastgarde handelte, von denen man behauptete, sie würden den Willen ihres Reiters von selbst erahnen.

Arvan zog *Beschützer*, als sich einer der Vogelreiter aus der Phalanx löste und auf Lirandils Gruppe zupreschte. Der Vogelköpfige stieß dabei einen Laut aus, der wie ein sehr tiefes Krächzen klang, wobei aus dem halb geöffneten Schnabel das gleiche schwarze Gas dampfte wie aus den Nüstern der Dämonenpferde. Die Augen des Garandhoi glühten, während er seine monströse dunkle Klinge über dem Kopf wirbelte.

Borro schoss einen Pfeil auf ihn ab und traf den Reiter in die Brust. Aber das schien ihm nichts auszumachen. Auch die Herdenbaumkastanien, die Zalea und Neldo im nächsten Moment auf ihn abschossen, konnten ihm nichts anhaben. Eines der Geschosse fuhr ihm in den Schnabel und zerplatzte dort, ein anderes traf den Vogelkopf genau zwischen die Augen, doch er ignorierte das freiwerdende ätzende Gas ebenso wie den zweiten Pfeil, der sich durch seinen Hals bohrte. Stattdessen strebte er entschlossen auf Lirandil zu.

Die schwarze Klinge sauste sensenartig durch die Luft. Lirandil hob sein eigenes Schwert. Der schwarze Stahl des Garandhoi traf auf den Elbenstahl. Funken sprühten, Blitze aus Schwarzlicht zuckten Lirandils Klinge entlang und erfassten den Elben, der aus dem Sattel geschleudert wurde, während sein Pferd zu Boden ging. Sein Wiehern glich einem Schrei. Kleine schwarze Blitze zuckten über seinen Körper. Das Pferd kam wieder auf die Beine und stob seitwärts.

Ein weiterer Pfeil von Borro durchbohrte den Waffenarm des Vogelkriegers, doch der kümmerte sich nicht darum.

Lirandil stöhnte auf, rief dann eine magische Formel, die ihn stärken sollte, und stand im nächsten Moment wieder, den Griff des Elbenschwerts mit beiden Händen umklammert. Aber er war eindeutig nicht im Vollbesitz seiner Kräfte. Schwankend stand er da und erwartete den nächsten Angriff seines Kontrahenten.

Die anderen Garandhoi verharrten indessen in der kreisförmigen Phalanx, mit der sie die Gruppe eingeschlossen hatten. Irgendetwas hielt sie davon ab, alle zugleich anzugreifen.

Vorwärts!

Arvan ließ sein Pferd nach vorn preschen und hielt direkt auf den Garandhoi zu, ehe dieser Lirandil erneut attackieren konnte. Der vogelköpfige Krieger drehte sich im Sattel herum. Mit diesem Angriff hatte er nicht gerechnet, und so konnte er Arvans ersten Hieb nur ganz knapp parieren. Funken sprühten, und die kleinen Schwarzlichtblitze aus der Klinge des Garandhoi schnellten aufgescheuchten Spinnen gleich über Arvans Schwert. Der spürte ein leichtes Kribbeln, das seinen gesamten Körper durchrieselte. Das Gefühl war beinahe schmerzhaft, beeinträchtigte ihn aber nicht weiter. Ungestüm und voller Wut riss er das Schwert zurück, und im nächsten Moment durchtrennte die Klinge den Hals des vogelköpfigen Kriegers.

Der Garandhoi stieß ein Krächzen aus, das von einem nassen Gurgeln ertränkt wurde, während sein Pferd schnaufte und dabei große Mengen des schwarzen Gases ausstieß. Der Vogelkrieger schwankte. Der Schwertarm mit der dunklen Klinge fiel nach unten, dann rutschte der Vogelköpfige aus dem Sattel und schlug dumpf auf dem Boden auf. Er bewegte sich noch, so als wollte er sich selbst sterbend noch auf einen Gegner stürzen. Seine Hand war mit dem Schwert auf eine eigenartige Weise verschmolzen, als wären sie zusammengewachsen oder nur ein Körperteil. Noch während der Dämon zuckte, zerfiel er zu Staub.

Unter den Garandhoi erhob sich ein Chor aus wütendem Gekrächze. Ein weiterer Vogelreiter löste sich aus der Phalanx, ließ sein Pferd vorpreschen und die schwarze Klinge über seinem Kopf wirbeln. Arvan duckte sich unter dem Schlag seines Gegners hinweg, dann trennte er dem Dämonenpferd des Vogelreiters mit einem Hieb den Kopf ab. Es schoss kein Blut aus dem Stumpf, nur schwarzes Gas zischte daraus hervor wie ein letzter dämonischer Atem dieses Geschöpfs.

Aber das Pferd zerfiel nicht. Es stand schwankend da, aber es stand. Arvans zweiter Hieb folgte so schnell und mit solcher Wucht, dass der Garandhoi nicht mehr parieren konnte.

Die Spitze *Beschützers* grub sich eine Handspanne tief in die Brust des Vogelreiters, und der dunkle Harnisch bot der Klinge so gut wie keinen Widerstand. Ein weiterer, abwärts geführter Hieb spaltete dem Garandhoi den Schädel. Eine Wolke aus schwarzem Dampf gaste daraus hervor. Arvan spürte es in seiner Nase. Es war wie der Hauch des Todes, und für einen Moment glaubte er, dass sich ihm der Magen umdrehen müsste. Aber seine Wut war stärker als alles andere, und so achtete er weder darauf noch auf Lirandils warnenden Ruf.

Ungestüm und ohne Rücksicht ließ er das Pferd voranpreschen, das kein einziges Mal scheute, so gut beherrschte Arvan inzwischen dessen Geist. Stattdessen stand dem Tier der Schaum vor dem Maul. Es ließ ein durchdringendes Wiehern hören. Aber das war kein ängstliches Wiehern, sondern klang eher wie ein Kampfschrei, so als würde es die Wut und den ungestümen Kampfeswillen seines Reiters teilen.

Mit vielem schienen die Garandhoi gerechnet zu haben, aber offenbar nicht damit, dass einer der Eingeschlossenen zum Angriff überging.

Einem Vogelkrieger trennte der junge Schwertkämpfer den Kopf ab, woraufhin der Gegner zu Staub zerfiel, und zwar vollständig, sein Leib ebenso wie seine Waffen und sogar sein dämonisches Pferd, alles.

Mehrere Garandhoi fielen auf diese Weise. Mit wilden Schwerthieben schlug Arvan eine Schneise in die Phalanx des Feindes, dann wurde er von mehreren dieser Kreaturen angegriffen. Die Klingen aus dunklem Metall trafen funkensprühend auf *Beschützer*. Blitze aus Schwarzlicht huschten Spinnentieren gleich über Arvans Klinge, so viel der dämonischen Kraft war durch die Berührungen mit den Garandhoi-Schwertern bereits auf Arvans Waffe übertragen worden. Schließlich ging ein höllischer Schmerz von *Beschützer* aus, und Arvan konnte das Schwert kaum noch halten. Offenbar hatte seine Unempfindlichkeit gegen diese dämonischen Kräfte ihre Grenzen.

Zurück, Arvan!

Lirandils Gedanke erreichte ihn kaum. Arvan wehrte die Hiebe der Garandhoi mit dem Schwert ab und ließ sein Pferd zurückweichen. Einem der Vogelkrieger hieb er den Schwertarm ab. Der Arm zuckte am Boden, während aus dem Stumpf schwarzes Gas dampfte. Der Vogelkrieger stieß eine Folge von Lauten aus, die sich wie Wörter einer Sprache anhörten. Wahrscheinlich handelte es sich um eine magische Formel, denn auf einmal hob sich der Arm mitsamt dem Schwert, dessen Griff noch von der Hand umklammert wurde, ruckartig empor und verband sich wieder mit dem Stumpf, wobei es laut zischte.

Arvan war unterdessen vor den Garandhoi ein ganzes Stück zurückgewichen, doch er hob *Beschützer,* um sie erneut zu attackieren.

»Arvan – Schluss damit!«, hörte er Lirandils energischen Ruf.

Arvan drehte sich im Sattel um und sah zu dem Fährtensucher hinüber, der wieder auf seinem Pferd saß. Arvan atmete tief durch und bemerkte die Blicke, mit denen nicht nur Lirandil, sondern auch seine Halblingfreunde ihn bedachten.

»Willst du dich umbringen, Arvan?«, rief Zalea.

»Ich will uns alle retten!«, erwiderte Arvan.

Brogandas kämpfte mit einem der Vogelkrieger, deckte den dämonischen Widersacher mit einer Folge blitzschneller Schwerthiebe ein. Auch die Klinge dieses Vogelreiters bestand aus dunklem Metall, und Schwarzlicht sprühte bei jedem Schlag daraus hervor.

Als sich die Schwerter zum dritten Mal berührten, stieß der Dunkelalb einen Schrei aus, wie Arvan ihn noch nie gehört hatte. Die schwarzen Lichtblitze zuckten zurück zu dem Vogelkrieger und vereinten sich zu einem zitternden Flor, der im nächsten Moment nicht mehr schwarz war, sondern plötzlich grell aufleuchtete. Der Garandhoi versuchte noch, sich wieder in eine Krähe zu verwandeln. Sein Pferd verschmolz dabei mit ihm und bildete für einen kurzen Moment den Brustkorb des Vogels, aus dem noch ein Pferdemaul herausragte. Die Arme und der Umhang des Reiters wurden zu Schwingen, und die gesamte Gestalt schrumpfte.

Doch noch ehe die Verwandlung abgeschlossen war und der

Garandhoi sich als Krähe in die Luft hätte erheben können, zerfiel er zu Staub, der kurz aufglühte wie die Asche eines erlöschenden Feuers.

Der nächste Angreifer war bereits auf Brogandas zugeprescht, doch nun zügelte er sein Pferd und zögerte.

Brogandas murmelte ein paar Worte in der Sprache der Dunkelalben, wobei er mindestens eine Oktave tiefer sprach, als es seiner Sprechstimme entsprochen hätte. Dann richtete er die Schwertspitze auf die Gegner vor sich, und ein dumpfes Grollen erklang.

Der Vogelreiter, der eben sein Pferd gezügelt hatte, griff Brogandas wieder an, doch als er mit dem Schwert nach dem Dunkelalb schlug, hieb seine Klinge gegen einen unsichtbaren Widerstand. Sein Pferd stieß ein wildes Fauchen aus, es dampfte schwarz aus seinen Nüstern hervor. Der Vogelreiter wich zurück.

Brogandas steckte sein Schwert ein und drehte sich im Sattel herum. »Es wird Zeit, dass wir etwas unternehmen, um unser Leben zu retten«, sagte er, und obwohl die Lage so ernst war, schwang noch immer ätzende Arroganz in seiner Stimme mit. Er wandte sich an Lirandil und setzte noch hinzu: »Falls Ihr Skrupel habt, könnt Ihr gern hierbleiben und Euch von den Garandhoi töten lassen!« Er grinste breit. »Wir haben Glück, sie können noch nicht lange in unserer Welt sein. Ghool ist es offenbar erst vor Kurzem gelungen, die Garandhoi zu beschwören, deswegen sind sie noch nicht im Vollbesitz ihrer Kräfte!«

Der Ring der Vogelreiter zog sich noch enger zusammen. Sie stimmten einen unheimlichen Singsang an, der in keiner Weise mehr an die Krächzlaute erinnerte, die sie bisher ausgestoßen hatten, sondern eher wie ein dumpfes, sehr tiefes Murmeln klang, wobei ihre Augen aufglühten.

Lirandil schien zu ahnen, was das zu bedeuten hatte. Er blickte nach oben, so als würde er erwarten, dass sich am Himmel etwas tat.

Wie aus dem Nichts verdunkelte sich plötzlich die Sonne. Der Schatten eines großen Vogels erschien. Er war zunächst so durchscheinend wie Rauch, sodass noch Sonnenlicht durch seine gewaltigen Schwingen drang. Aber der Schatten verdichtete sich mehr und mehr. Zugleich traf ein eisiger Hauch Lirandils Gruppe, der Arvan bis ins Mark frösteln ließ.

»Was ist das?«, rief er.

»Der Schattenvogel«, antwortete Lirandil, »Ghools Kundschafter und einer seiner machtvollsten Diener. Auf ihn haben die Vogelkrieger offenbar gewartet.«

»Folgt mir!«, rief Brogandas. »Folgt mir ohne Zögern, wenn ihr am Leben bleiben wollt!«

Er trieb sein Pferd vorwärts, geradewegs auf die Vogelreiter zu. Gleichzeitig riss er seinen Dolch aus der Gürtelscheide, schleuderte ihn mit einem Schrei in die Höhe. Die Klinge zog eine dunkle Linie hinter sich her, die wie ein Schnitt in der Wirklichkeit wirkte und aufklaffte. Brogandas verschwand darin.

»Hinterher!«, rief Lirandil. »Na los!«

Arvan zögerte noch. Neldo war der Erste, der seinem Pferd die Hacken in die Weichen drückte, wie er es inzwischen gelernt hatte, und es machte einen Satz hinein in den schwarzen Spalt. Zalea folgte, und Borro war der Nächste.

Arvan aber zögerte, denn er sah, wie Lirandil von einem Vogelreiter angegriffen wurde. Der Schutzzauber, den Brogandas zuvor gewirkte hatte, schien sich aufgelöst zu haben.

Mit zwei wuchtigen Schwerthieben, die der Fährtensucher mit Magie unterstützte, drängte er den Vogelreiter zur Seite, doch in diesem Moment senkte sich der gewaltige Vogelschatten herab, und es wurde innerhalb eines Augenblicks so dunkel wie in der Nacht und unwahrscheinlich kalt.

Gemeinsam preschten Arvan und Lirandil im letzten Moment, bevor die gewaltige Kreatur sie vollkommen mit ihrer tödlichen finsteren Kälte umgeben konnte, durch den schwarzen Schnitt in der Wirklichkeit.

Die Mark des Zwielichts

Arvan staunte nichts schlecht, als er sich umsah.

Zwei Sonnen standen als rot glühende Scheiben dicht über zwei sich gegenüberliegenden Horizonten. Die schroffen Berge in der Ferne machten zudem klar, dass dies nicht das Dornland von Harabans Reich sein konnte.

Ihn schauderte. Was war das nur für eine Magie gewesen, die Brogandas angewandt hatte?

Arvans Pferd galoppierte ein Stück voran, verlangsamte dann den Schritt und hielt schließlich an. In einiger Entfernung warteten Brogandas und die Halblinge.

Lirandil drehte sich im Sattel um, und als Arvan seinem Blick folgte, sah er gerade noch, wie sich der dunkle senkrechte Schnitt in der Welt schloss. Die Vogelreiter waren nirgends zu sehen, ebenso wenig der gewaltige Schattenvogel.

Arvan ließ den Blick schweifen. Die Halblinge waren offenbar genauso fassungslos wie er. Nur für Brogandas schien das alles nicht weiter der Rede wert. Er ritt ein Stück zurück, dorthin, wo sich gerade noch der dunkle Schnitt in der Wirklichkeit befunden hatte, und streckte die Hand aus. Etwas auf dem Boden bewegte sich. Es war sein Dolch, der sich erhob und in Brogandas' Hand schwebte.

»Verzeiht, dass ich magische Praktiken anwandte, die man unter den Elben sicherlich als frevlerisch ansieht«, sagte er zu Lirandil, und wieder schwang Hohn in seinen Worten mit. »Aber nur so konnte ich Euch und Eure Gefährten retten.«

»Meine Bestürzung hält sich in Grenzen«, entgegnete der Fährtensucher finster.

»Wie wäre es, wenn Ihr Euch einfach bedanken würdet, werter Lirandil?«, schlug Brogandas vor. »Und stellt Euch auch darauf ein, dass ich eines Tages eine Gegenleistung verlangen werde, die mir zweifellos zusteht.«

Arvan ging dazwischen. Das Geschwätz des Dunkelalbs ging ihm allmählich auf die Nerven. »Wo sind wir hier?«, wollte er wissen. »Und was ist genau geschehen?«

»Wir befinden uns in der Mark des Zwielichts«, antwortete ihm Lirandil. »Das ist eine Gegend im äußersten Osten von Thuvasien.« Er streckte den Arm aus. »Dort siehst du bereits das Grenzgebirge zum Elbenreich. Der Elbenfluss dürfte nicht weiter als eine Tagesreise entfernt sein.«

»Dann werden wir das Elbenreich schneller erreichen, als wir bisher dachten«, sagte Arvan.

»Ja, das schon«, bestätigte Lirandil.

»Eurem Anführer wäre es offenbar lieber gewesen, ihr wäret alle umgekommen«, mischte sich Brogandas wieder ein und verzog dabei spöttisch das Gesicht.

Lirandil würdigte ihn keines Blickes, als er zu Arvan und den Halblingen sagte: »Lasst uns keine Zeit verlieren. Wir sollten uns nicht länger als unbedingt nötig in der Mark des Zwielichts aufhalten.«

Dem Elben schien im Moment einfach nicht der Sinn danach zu stehen, irgendwelche Erklärungen abzugeben. Er ließ sein Pferd antraben, und den anderen blieb nichts anderes übrig, als ihm zu folgen.

Lirandil ritt ihnen voran. Brogandas folgte in großem Abstand, und dazwischen befanden sich Arvan und die drei Halblinge.

»Ich habe die Mark des Zwielichts auf einer der Karten gesehen, die der alte Grebu mir zeigte«, erklärte Arvan den Halblingen. »Ich würde sagen, Brogandas hat uns nicht nur vor diesem Schattenvogel und den Garandhoi gerettet, sondern uns auch einen erheblichen Teil der Reise entlang des Elbenflusses erspart.«

»Dann verstehe ich umso weniger Lirandils finstere Stimmung«, bekannte Neldo. »Er sollte sich doch eigentlich freuen, dass wir die Grenze zum Elbenreich nun schon viel früher überqueren.«

»Es geht wohl um die Art der Magie, die Brogandas angewendet hat«, glaubte Zalea. »Aber wenn Lirandil grundsätzliche Bedenken gegen die Anwendung von Dunkelalben-Zauber hat, dann begreife ich nicht, wieso er die Mächtigen von Khemrand als Verbündete im Kampf gegen Ghool gewinnen will.«

»Er wird schon wieder aufhören zu schmollen«, gab sich Borro zuversichtlich. »Und dann wird er uns verraten, was ihm die Stimmung verdorben hat.«

Arvan ließ seinen Blick schweifen. Die beiden roten Sonnen an den gegenüberliegenden Horizonten wirkten wie Spiegelbilder. Sie spendeten nur wenig Licht, sodass das Land in eine ewige Dämmerung getaucht war. Nirgends waren Pflanzen auszumachen, und sosehr sich Arvan auch bemühte, er konnte mit seinen besonderen Sinnen auch keine in der Nähe spüren.

Im Vergleich zur Mark des Zwielichts war das Dornland geradezu ein Hort des Lebens gewesen.

Schließlich erreichten sie einen breiten Fluss, an dem die Pferde trinken konnten.

»Dies ist der Elbenfluss«, sagte Lirandil. »Wir Elben nennen ihn Nur – ein altes, nicht mehr gebräuchliches Wort für Wasser.«

»Dann gelangen wir ins Elbenreich, wenn wir ihm folgen?«, fragte Arvan.

»So ist es.«

»Die Pferde sind völlig erschöpft«, sagte Neldo. »Wir sollten einen Platz zum Lagern suchen.«

Lirandil blickte sich um. Die beiden Sonnen waren schon zu gut zwei Dritteln hinter ihrem jeweiligen Horizont versunken, aber noch war kein Mond aufgegangen. Dennoch war es ungewöhnlich hell, denn am Himmel leuchteten nach und nach Myriaden von Sternen auf. Sie schienen viel zahlreicher und heller zu sein als im Halblingwald oder in den Gebieten, durch die Arvan und seine Gefährten bisher auf ihrer Reise gekommen waren.

Lirandil ließ sein Pferd trinken und ging suchend ein Stück am Ufer entlang. Den Blick hatte er die ganze Zeit über angestrengt zu Boden gerichtet.

»Wenn er sich so gibt, hat es selten etwas Gutes zu bedeuten«, murmelte Borro.

»Er wird das sehen, was mir auch schon aufgefallen ist«, sagte Brogandas laut, der Borro gehört und verstanden hatte, obwohl der Halbling nur sehr leise gesprochen hatte.

»Und das wäre?«, fragte Arvan.

»Spuren! Sie sind so offensichtlich, dass nur ein halbblindes Geschöpf wie du diese Frage stellen kann.«

»Was für Spuren?«, wollte Zalea wissen.

Brogandas hob die Schultern. »Ich bin kein Fährtensucher.«

Lirandil kehrte zu ihnen zurück. »Spuren von Orks«, erklärte er. »Überall! Sie waren sehr zahlreich.«

»Ich war mir nicht sicher, ob es wirklich Orks waren«, sagte Brogandas. »Aber Euer Ruf als Fährtensucher ist so legendär, dass ich Euer Urteil natürlich anerkenne.«

»Wir sollten hier nicht bleiben«, sagte Lirandil.

»Die Pferde können nicht mehr«, hielt Zalea dagegen.

»Sprichst du wirklich von den Pferden oder von dir selbst?«, wollte Brogandas wissen.

Lirandils Aufmerksamkeit hingegen schien durch irgendetwas abgelenkt zu sein. Er kniete nieder, berührte mit der Hand den Boden, so als würde er dort kleinste Unebenheiten ertasten.

Arvan konnte dort nichts erkennen, jedenfalls nichts, aus dem sich irgendwelche Rückschlüsse ziehen ließen.

»Hier ist kein guter Platz zum Lagern«, entschied Lirandil schließlich. »Wir ziehen weiter!«

Die Pferde waren tatsächlich sehr erschöpft, deshalb führten sie die Tiere an den Zügeln hinter sich her und folgten dem Flusslauf.

Stunden vergingen, und die Halblinge waren bald nicht weniger erschöpft als ihre Reittiere.

Arvan hingegen spürte kaum Ermüdung. Er fühlte sich noch immer hellwach und musste es sich gefallen lassen, dass Borro über ihn spottete. »Das ist die rohe Kraft eines Menschlings. Selbst im direkten Vergleich mit unseren Gäulen schneidest du gut ab, während wir schwachen Halblinge vor Erschöpfung fast umfallen.«

»Kein Grund zu übertreiben«, meinte Arvan.

»Du kannst ruhig zugeben, dass es dir gefällt, dass du außerhalb unseres Waldes nicht mehr der Trottel bist«, gab Borro ächzend zurück, während er energisch am Zügel seines erschöpften Pferdes zerrte, das zwischenzeitlich einfach stehen geblieben war.

»Arvan war nie ein Trottel«, widersprach Zalea heftig. »Weder früher noch jetzt.« Es schien ein Reflex bei ihr zu sein, dass sie Arvan stets verteidigte.

Borro gefiel das gar nicht. Er runzelte die Stirn. »Jemand, der nicht klettern kann und so ungeschickt ist, dass er sich mit einer Schleuder selbst treffen würde, ist ganz sicher ein Trottel«, behauptete er trotzig und verärgert und fand dann, als er fortfuhr, zu seinem beißenden Spott zurück. »Aber vielleicht hast du recht, Zalea. Früher schien Arvan nur ein Trottel zu sein, aber jetzt wissen wir: Er ist ein starker Trottel!« In gespielter Furcht hob er die Hand vors Gesicht, so als müsste er sich schützen. »Bitte erschlag mich nicht in deiner Berserkerwut, Arvan. Ich bin kein Ork oder Vogelreiter!«

»Trotzdem solltest du den Schnabel halten«, zischte Zalea.

»Lass ihn nur«, meinte Arvan leichthin. »Er meint es nicht so. Du kennst ihn ja.«

»Eben«, sagte Zalea und starrte Borro aus zornfunkelnden Augen an. »Wir kennen ihn und wissen, dass er jedes Wort genau so meint, wie er es gesagt hat!«

Der Einzige in der Gruppe, der sein Pferd nicht am Zügel führte, war Brogandas von Batagia. Er ritt weiterhin hoch zu Ross, und niemand wagte es, ihm zu raten oder gar ihn aufzufordern, abzusteigen und sein Pferd zu schonen. Arvan sah jedoch einmal, wie der Dunkelalb dem Tier etwas ins Ohr flüsterte. *Eine Stärkungsformel,* dachte Arvan, *ähnlich wie jene, die Lirandil anwendet.*

Vielleicht hatte Brogandas das Pferd aber auch nur mithilfe seiner Dunkelalben-Magie dazu gebracht, den anderen von selbst zu folgen. Bald saß er nämlich mit geschlossenen Augen auf dem Rücken des Pferdes und schien nicht mehr ansprechbar.

Schließlich rutschte er aus dem Sattel und schlug auf dem Boden auf, wo er reglos liegen blieb. Das Pferd schnaubte und wieherte und blieb bei seinem Herrn stehen.

»Lirandil! Wartet!«, rief Arvan dem Fährtensucher nach, der ihnen in einigem Abstand vorausging, den Blick zumeist auf den Boden gerichtet. Das Sternenlicht reichte offenbar für seine scharfen Elbenaugen vollkommen aus, um Spuren erkennen zu können.

»Ich kann mir nicht vorstellen, dass Lirandil das nicht *gehört* hat«, raunte Borro.

»Vielleicht wollte er es nicht hören«, glaubte Zalea.

Daraufhin warf ihr Lirandil einen finsteren Blick zu.

Arvan gab Neldo die Zügel seines Pferdes und überwand als Erster die Scheu, sich dem Dunkelalb zu nähern. Er kniete neben ihm nieder und beugte sich zu ihm herab.

Das Sternenlicht reichte aus, um die Veränderungen im Gesicht des Dunkelalbs zu erkennen. Die bis dahin tiefschwarzen Runen, die den Großteil der Haut bedeckten, hatten sich verändert, waren dünner geworden, wirkten wie ein feines Spinnennetz sich kreuzender grauer Linien und waren als Runen kaum noch zu erkennen. Arvan begriff in diesem Moment, dass es keineswegs Einbildung gewesen war, als er geglaubt hatte, die Zeichen auf der Haut des Dunkelalbs würden ihre Form auf magische Weise verändern und sich nicht nur durch die Gesichtsmuskulatur verzerren. Diesmal hatten sie nicht nur ihre Form, sondern auch ihre klare Schwarzfärbung verloren und waren nur noch leichengrau.

Das Gesicht selbst wirkte eingefallen und um Jahrzehnte gealtert, sofern man menschliche Maßstäbe anlegen wollte. Die Knochen traten deutlich hervor und ließen Brogandas' Kopf wie einen Totenschädel erscheinen.

Arvan fasste ihn bei den Schultern. »Brogandas! Was ist mit Euch?«

Er erhielt keine Antwort. Allerdings zuckte er schon im nächsten Moment zurück, denn ein paar hellblaue Blitze zuckten aus dem Körper des Dunkelalbs und fuhren in Arvans Hände. Eine kurze Welle des Schmerzes durchlief ihn.

»Sein Herz schlägt noch, also besteht kein Anlass zur Sorge«, sagte Lirandil, der als Letzter bei dem am Boden Liegenden ankam.

»Was machen wir jetzt?«, fragte Borro.

»Brogandas mag ja unsympathisch sein, aber wir können unseren Retter schlecht hier liegen lassen«, meinte Neldo.

»Er ist vollkommen kalt!«, stellte Arvan schaudernd fest. »Und diese Blitze …« Er besah sich seine Hand, doch darauf waren keine Verbrennungen oder sonstige Anzeichen einer Verletzung zurückgeblieben. Die Blitze, die aus dem Körper des Dunkelalbs knisterten, waren inzwischen auch so winzig und schwach, dass sie eher den Funken eines Feuersteins glichen.

»Brogandas hat einen sehr mächtigen, aber auch sehr kräftezehrenden Zauber gewirkt, um uns vor den Vogelreitern zu retten«, sagte Lirandil. »Einen Zauber, wie ihn kein Elb anwenden würde und den von meinesgleichen auch heutzutage niemand mehr beherrschen dürfte, einmal abgesehen von Brass Elimbor.«

»Er sieht aus wie ein alter Mann«, stellte Arvan fest und meinte damit den Dunkelalb.

»Und ich hatte mich schon gewundert, wieso uns der tätowierte Hexer nicht schon viel früher gerettet hat«, murmelte Borros.

»Anscheinend hat Brogandas sein Leben für uns riskiert«, stellte Zalea fest.

»Ihr solltet es mit eurem Mitgefühl nicht übertreiben«, mahnte Lirandil, der ungewohnt reserviert und kühl wirkte. »Ein Dunkelalb tut nichts, was ihm selbst nicht zum Vorteil gereicht. Sie handeln einzig und allein aus Eigennutz.«

»Mit anderen Worten, dass er uns geholfen hat, heißt nicht, dass er auf unserer Seite steht«, präzisierte es Borro, »so wie der Umstand, dass Ihr Euch durch seine dunkle Magie habt retten lassen, werter Lirandil, nicht bedeutet, dass Ihr selbst diese Magie in Zukunft anwenden oder gutheißen werdet. Oder habe ich da was falsch verstanden?«

Lirandil antwortete dem rothaarigen Halbling nur, indem er ihn ansah, aber dieser Blick reichte, damit sich Borro wünschte, am besten gleich im Boden zu versinken.

Lirandil kniete sich ebenfalls neben den Dunkelalb und berührte mit Daumen und Zeigefinger der rechten Hand die Schläfe des reglos Daliegenden. Blitze, so fein wie Spinnweben, zuckten hervor, und Lirandil murmelte eine Formel.

Brogandas öffnete wieder die Augen, nachdem ein Ruck durch seinen Körper gefahren war. »Ah!«, stöhnte der Dunkelalb. »Offenbar habe ich unterschätzt, welche Kraft einem der Zauber des Zwielichts abverlangt.«

»Wir müssen weiter!«, sagte Lirandil mit ungewohnter Hast.

»Was genau ist der Zauber des Zwielichts?«, wollte Neldo jedoch wissen. »Und wieso wird er als dunkle Magie angesehen? Was ist das hier überhaupt für ein merkwürdiges Land?«

»Darüber können wir uns später unterhalten«, sagte Lirandil entschieden.

»Aber wenn dieser Zauber schon auf den, der ihn angewendet hat, so gravierende Nebenwirkungen hat, möchte ich schon wissen, was er vielleicht mit uns angestellt hat«, beharrte Neldo. »Schließlich sind wir alle durch diese … Öffnung gegangen.«

Ihm war auf die Schnelle kein passenderes Wort eingefallen. Aber genau so war es auch Arvan vorgekommen, als sie plötzlich in die sogenannte Mark des Zwielichts versetzt worden waren. Als hätten sie eine Öffnung zwischen den Welten durchschritten. Arvan erinnerte sich daran, Grebu einmal nach diesem Landstrich gefragt zu haben, als er dessen Karten betrachtet hatte, aber viel hatte ihm auch der weltgewandte und alte Halblingschreiber nicht sagen können. Es sei ein verwunschenes Land, in dem am Tag zwei Sonnen und in der Nacht fremde Sterne am Himmel standen, aber niemals ein Mond. Ein Land, das man meiden sollte.

»Ihr solltet Euren Gefährten die Wahrheit verraten«, sagte Brogandas in diesem Moment zu Lirandil.

»An Euch können sie doch erkennen, was für eine Magie das war, der Ihr Euch bedientet«, entgegnete der elbische Fährtensucher. »Sie kann demjenigen, der sie anwendet, so viel Kraft stehlen, dass er stirbt. Außerdem verändert sie nach und nach Körper und Geist des Betreffenden.«

»Wir Dunkelalben haben gelernt, mit diesen Kräften umzugehen«, behauptete Brogandas, der sich etwas zu erholen schien.

»Wollt Ihr ein Heilkraut, das Euch kräftigt?«, fragte Lirandil.

»Ihr wisst, dass ich so etwas immer bei mir habe.« Er richtete den Blick kurz auf Zalea und fügte hinzu: »Oder ist Euch die einfache Heilkunst von Halblingen lieber, deren Dienste Ihr in Albanoy ja auch in Anspruch nehmt, wie ich hörte.«

Brogandas richtete sich mühsam auf. »Ich brauche Eure Hilfe nicht, Elb«, behauptete er. »Die Nachwirkungen des Zwielichtzaubers waren stark, aber sie werden von selbst nachlassen, wenn ich etwas zur Ruhe komme. Allerdings will ich Eure Reise nicht unnötig aufhalten.«

»Ein Dunkelalb, der sich in Rücksichtnahme übt«, sagte Lirandil. »Ihr seid zweifellos eine seltene Erscheinung, werter Brogandas. Oder Ihr verfolgt ein Ziel, das Ihr bislang vor mir verborgen haltet.«

»Eure Sinne sind so gut wie meine. Was sollte Euch denn da entgehen, Fährtensucher?« Brogandas wandte sich an Arvan und die Halblinge. »Für euch besteht kein Grund, sich zu fürchten. Wir werden uns nicht lange in diesem Land aufhalten, sodass sich die Folgen für euch in Grenzen halten.«

»Wie kommt es, dass hier zwei Sonnen am Himmel stehen?«, gab sich Neldo noch immer nicht zufrieden. »Und erzähl mir, wie wir hierhergekommen sind.«

Brogandas nickte. »Gut, ich werde dir antworten, aber verzeih, wenn meine Ausführungen nicht allzu ausführlich sind, denn Lirandil hat es eilig, und ich fürchte zudem, dass du die Einzelheiten nicht verstehen wirst. Also, es gibt viele Welten im Polyversum, und manchmal überlappen sie sich. Daher kann man mithilfe der Magie Wege beschreiten, die in der einen Welt wie eine Abkürzung erscheinen, aber in Wirklichkeit durch eine andere Welt führen. Und genau das hat mein Zauber bewirkt. Die Mark des Zwielichts befindet sich zugleich auf dem Kontinent Athranor und auf einer der vielen anderen Erden, die in den Weiten des Polyversums existieren. Erden, die keinen Mond, aber zwei Sonnen haben und sich auch sonst von der unseren unterscheiden.«

Im sehr hellen Sternenlicht dieses Landes war zu sehen, dass die Zeichen auf Brogandas' Gesicht wieder stärker hervortraten. Sie veränderten sich dabei, langsam zwar, aber unübersehbar, so als suchten sie ihre ursprüngliche Form.

Er wandte sich an Lirandil. »Soll ich Euren unwissenden Gefährten auch verraten, wie die Mark des Zwielichts in Wahrheit entstanden ist? Ich meine die wahre Geschichte, nicht die Legenden, die die Elben darüber in die Welt gesetzt haben.«

»Es besteht kein Anlass, darüber jetzt zu sprechen«, entgegnete Lirandil abweisend.

Brogandas zeigte ein spöttisches Lächeln, dann nickte er. Er ging zu seinem Pferd und stützte sich auf dessen Rücken, während er den Kopf wandte, um Arvan und die Halblinge anzusehen. »Ich bin mir sicher, dass ein Elb, der so weit herumgekommen ist wie Lirandil, die Wahrheit erfahren hat. Dennoch spricht er nicht gern darüber.«

»Was ist denn die Wahrheit?«, verlangte Neldo zu wissen.

»Die Elben behaupten, dass es die gewissenlosen Magier von Thuvasien waren, die mit ihren Experimenten die Mark des Zwielichts schufen, so wie sie auch für die Entstehung des Dornlands verantwortlich sind«, erzählte Brogandas. »Aber in Wirklichkeit war es ein Elb, der dies tat. Ein Elb, dessen Name seitdem nicht mehr ausgesprochen werden darf. Seit jenem Tag verdammen die Elben eine bestimmte Art der Magie und würden die Mark des Zwielichts am liebsten ebenso vergessen wie den Rest von Athranor.«

»Das ist nicht wahr!«, widersprach Lirandil heftig. »Niemand ist älter und wissender als unser Oberster Schamane Brass Elimbor, und ich habe ihn nach der Legende gefragt, die Ihr als Wahrheit bezeichnet, Brogandas. Wenn jemand weiß, wie es wirklich war, dann ganz gewiss er.«

»Dann will er die Wahrheit nicht wissen, Lirandil«, sagte der Dunkelalb amüsiert. »Eine Haltung, die Ihr selbst doch bisweilen an Eurem eigenen Volk beklagt.«

Auf einmal griff Lirandil nach seinem Schwert und riss es hervor.

»Lirandil«, rief Arvan. »Seid Ihr verrückt?«

»Ihr wollt mit mir kämpfen?«, fragte Brogandas erstaunt und zog ebenfalls seine Klinge.

Der Elb aber wandte sich nicht gegen den Dunkelalb.

»Wir sind nicht allein!«, stellte er mit leiser Stimme fest.

Im nächsten Moment sprangen Dutzende von Orks hinter den nächsten Anhöhen und Felsvorsprüngen hervor. Einer von ihnen stieß einen lauten Schrei aus – für die Orks das Zeichen zum Angriff.

Arvan zog *Beschützer* aus der Scheide auf seinem Rücken, Neldo und Zalea holten die letzten Herdenbaumkastanien hervor, die sich noch bei sich hatten, und Borro griff zum Köcher, um einen Pfeil einzulegen – doch er kam nicht dazu, ihn abzuschießen, denn die Schlinge eines Wurfseils legte sich um seine Brust und riss ihn zu Boden.

Ähnlich erging es Neldo. Lirandil, um den sich ebenfalls eine Schlinge legte, versuchte sich verzweifelt zu befreien, da wurde er von einem weiteren Wurfseil eingefangen.

Von allen Seiten stürmten die Orks heran. Arvan wich einem Wurfseil aus und ließ die Klinge seines Schwerts durch die Luft pfeifen.

Da aber traf ihn etwas Hartes am Kopf. Alles drehte sich auf einmal vor seinen Augen. Er spürte noch, wie Seilschlingen seinen Leib umfingen und er zu Boden gerissen wurde.

Dann war es dunkel.

Sehr dunkel.

Whuon der Schwertkämpfer

Als Arvan erwachte, fühlte er einen hämmernden Schmerz in seinem Schädel. Er schmeckte Blut in seinem Mund und begriff erst nach einigen Augenblicken, dass er gefesselt war. Man hatte ihn in einen Kokon aus dicken Seilen eingeschnürt.

»Arvan«, flüsterte Zalea. »Bist du wieder zu dir gekommen?« Sie lag rechts von ihm und war ebenso verschnürt wie er. Ihnen allen war es so ergangen. Wie abgelegte Bündel lagen sie dicht nebeneinander.

»Immerhin sind alle am Leben«, murmelte Borro.

»Aber Arvan hätte es fast erwischt«, flüsterte Zalea.

»Wie üblich.«

»Was ist passiert?«, wollte Arvan wissen, dem ein Teil seiner Erinnerung fehlte.

»Eines dieser Orkscheusale hat einen Stein geworfen, und der hat dich am Kopf getroffen«, berichtete Zalea. »Tut es noch weh?«

»Es wird schon besser«, behauptete Arvan.

»Hätte der Stein *mich* getroffen, hätte ich mich davon wahrscheinlich nicht mehr erholt«, meinte Borro. »Es war ein sehr großer, schwerer Stein.«

»Erstaunlich widerstandsfähig für einen Menschen«, sagte Brogandas anerkennend, dessen magisches Wissen ihn nicht davor bewahrt hatte, ebenso als verschnürtes Bündel abgelegt zu werden wie all die anderen. Allerdings hatten ihn die

Orks auch in einem Moment großer Schwäche erwischt. »Dir scheint eine besondere Heilkraft innezuwohnen.«

Schweig darüber!, erreichte Arvan ein sehr energischer Gedanke. Er kam von Lirandil, der gefesselt neben Borro lag.

»Offenbar wollten uns die Orks nur gefangen nehmen«, stellte dieser fest. »Ich meine, wenn sie uns töten wollen, hätten sie das längst getan ...« Ängstlich sah er Lirandil an. »... oder?«

»Sie handeln gemäß ihres Auftrags«, meinte Lirandil. »Oder sie haben noch etwas mit uns vor, bevor sie uns umbringen.«

Was Lirandil damit meinte, wollten weder Arvan noch Borro in diesem Moment wirklich wissen.

Einige Schritte von den Gefesselten entfernt befand sich das provisorische Lager der Orks. Die Scheusale hatten angespitzte Zähne, wie es auf der Insel Orkheim der Tradition entsprach. Sie kampierten dicht am Ufer des Flusses, und es schien sich bei ihnen um einen Fußtrupp zu handeln, denn nirgends war eine Hornechse zu sehen. Die wären auch bei einem Stoßtrupp, der so weit ins feindliche Gebiet vorgedrungen war, zu auffällig gewesen.

Mit Entsetzen stellte Arvan fest, dass die Orks offenbar sämtliche Pferde getötet hatten. Ein Feuer hatten sie nicht entzündet, wohl schon deswegen nicht, weil es kein Brennholz gab. Sie schlugen ihre krallenbewehrten Klauen in die rohen Kadaver, um sich blutige Stücke herauszureißen. Manchmal beugten sie sich auch über die toten Tiere und versenkten ihre Mäuler in die glitschigen Gedärme, um schmatzend und schlürfend zu fressen.

Zwei Orks schienen unterschiedlicher Auffassung darüber zu sein, wem der letzte noch nicht leer geschlürfte Pferdeschädel zustand. Sie knurrten und bellten sich gegenseitig an, und man brauchte die Orksprache nicht zu beherrschen, um zu begreifen, wie es zwischen ihnen stand.

Der größere der beiden schlug dem kleinen den Pferdeschädel aus der Hand, den dieser gerade mit seinen Hauern aufgeknackt hatte. Der Schädel fiel zu Boden, und das für diese Scheusale so köstliche Hirn spritzte heraus. Im nächsten Moment fielen die beiden übereinander her.

»Die haben sich schon lange nicht mehr in einer Schlammgrube suhlen können«, stellte Lirandil fest. »Das macht Orks bisweilen etwas unleidlich, wie ich auf meinen Reisen in die Orkländer immer wieder feststellen musste.«

Der Größere bekam den Kleineren zu packen, hob ihn hoch, lief die paar Schritte zum Flussufer und warf ihn ins Wasser.

»Im Wasser verliert er den letzten Rest Schlamm, der ihm noch aus der Heimat anhaftet«, erklärte Lirandil. »Das wird schlimm enden.«

Der kleinere der beiden Orks tauchte aus dem Wasser auf, sah an sich herab, wobei er entsetzt aufschrie, und griff dann zu einem Wurfdolch, den er am Gürtel trug. Mit furchtbarer Wucht und tödlicher Präzision schleuderte er ihn, und im nächsten Moment steckte die Klinge in der Kehle des großen Orks, der röchelnd zu Boden sank.

Der kleinere Ork näherte sich dem am Boden Liegenden, hob einen Felsbrocken hoch, den er mit beiden Armen heben musste, und ließ ihn auf den Kopf des Besiegten fallen. Mit einem schmatzenden Knacken zerbrach der Schädel des Orks. Der Sieger trommelte sich mit den Pranken auf dem Harnisch herum, räumte anschließend den Felsbrocken zur Seite und griff in das Innere des aufgesprungenen Orkschädels, um sich das noch warme Gehirn ins Maul zu schaufeln.

Einige der anderen Orks riefen etwas.

»Sie sind wohl mehrheitlich der Meinung, dass es gerecht zugegangen ist«, lieferte Lirandil eine zusammenfassende Übersetzung.

»Ich hoffe nicht, dass diese Scheusale es für gerecht halten, mit uns das Gleiche anzustellen«, flüsterte Zalea schaudernd.

»Auf jeden Fall scheint mir Eure diplomatische Mission fürs Erste gescheitert, werter Lirandil«, meinte Brogandas. »Oder habt Ihr irgendeine Idee, was wir jetzt tun könnten?«

Die Orks beruhigten sich schließlich wieder, nachdem sich die meisten den Bauch mit Pferdefleisch vollgeschlagen hatten. Sie mussten ziemlich ausgehungert gewesen sein, denn sie vertilgten die Tiere wirklich restlos. Noch der letzte Tropfen Blut wurde vom Boden aufgeleckt, selbst die Knochen fraßen sie, indem sie sie mit ihren großen Zähnen zermalmten. Offenbar befand sich diese Horde schon länger in diesem leblosen Land und hatte seit Tagen nichts mehr zu essen gehabt.

Manchmal blickte der eine oder andere von ihnen zu den Gefangenen hinüber, und Gier glitzerte in seinen Augen.

»Für mein Gefühl sehen die immer noch verdammt hungrig aus«, meinte Borro und schluckte schwer.

»Wie ich schon sagte«, antwortete Lirandil, »sie haben mit uns etwas anderes vor.«

»Sind wir vielleicht eine Art lebender Proviant, so wie bei den Waldspinnen?«, fragte Borro. »Auch kein erfreulicher Gedanke.«

»Ich glaube, dass sie hier auf uns gewartet haben. Oder eher nur auf mich«, erklärte Lirandil. »Dass ich – oder vielleicht auch jemand anderes – herkommen würde, um zum Hof des Elbenkönigs zu reisen, konnte sich Ghool sicherlich denken. Selbst wenn Haraban ein Bündnis mit den Elben zu verhindern sucht, würde früher oder später die Situation eintreten, dass man sie um Hilfe bitten muss. Um das vorauszusagen, braucht man keine seherischen Gaben, nur einen wachen Blick auf die sich abzeichnenden Kräfteverhältnisse.«

»Und das sollen diese Orks verhindern?«, vergewisserte sich Arvan stirnrunzelnd.

»Der Landweg ins Elbenreich führt nun einmal durch dieses Gebiet.«

»Aber im Halblingwald haben Ghools Schergen doch eindeutig versucht, Euch zu töten, Lirandil.«

»Vielleicht werden diese Orks das ja noch. Aber es wäre auch denkbar, dass Ghool sich zwischenzeitlich anders entschieden hat.«

»Anders?«, fragte Arvan.

»Es könnte für ihn vorteilhafter sein, uns magisch zu versklaven, anstatt uns zu töten.«

»Ihr meint, dass er uns sogar zum Hof des Elbenkönigs weiterreisen lässt, damit wir die Lage in seinem Sinn beeinflussen?«

»Ich würde so handeln, wenn ich die Macht dazu hätte und an Ghools Stelle wäre«, gab Brogandas freimütig zu.

»Und wie wäre es, wenn Ihr Eure Macht dazu einsetzen würdet, uns zu befreien?«, fragte Borro. »Oder ist davon nicht mehr genug übrig?«

»Hier in der Mark des Zwielichts wirkt Magie nicht wie gewohnt«, rechtfertigte sich der Dunkelalb. »Manchmal ist sie stärker, manchmal schwächer. Sie wird unkalkulierbar.«

Er will nur nicht zugeben, wie geschwächt er ist, war Arvan überzeugt. Für einen Dunkelalb war Schwäche mehr als nur ein mehr oder minder vorübergehender Mangel an Handlungsmöglichkeiten. Schwäche war für Brogandas etwas Unverzeihliches, und darum hatte er sie auch erst eingestanden, nachdem er vom Pferd gefallen und sein Zustand nicht mehr zu leugnen gewesen war.

Arvan schlief zwischenzeitlich ein, dann weckte ihn ein lauter Schrei. Einer der Orks hielt den abgenagten Schenkelknochen eines Pferdes in der Pranke und blutete aus dem Maul. Einer der Hauer fehlte. Offenbar war er herausgebrochen, weil der Ork zu gierig gewesen oder sich der Knochen verkantet hatte. Kreischend warf er den Knochen zu Boden.

Im selben Moment erhob sich im Orklager ein Geschrei, wie Arvan es noch nie gehört hatte, nicht einmal während der Kämpfe mit den Orks. Sie jammerten und schrien aus Leibeskräften, so als müsste nicht einer von ihnen den Schmerz erleiden, den ein herausgebrochener Hauer verursachte, sondern alle.

Es dauerte eine Weile, bis das Geschrei wieder verebbte. Der um seinen Hauer gebrachte Ork trampelte mit den Stiefeln auf dem Knochen herum, bis dieser zerbrach.

Immer dann, wenn das Geschrei schon fast verstummt war, aber einer unter den Orks noch einmal etwas lauter wurde, begannen auch die anderen wieder zu kreischen, und dann konnte man erneut für Augenblicke sein eigenes Wort nicht mehr verstehen. Endlich, nach mehreren Wellen dieses Geschreis, wurde es im Orklager wieder ruhiger.

»Was hatte das denn zu bedeuten?«, wollte Arvan von Lirandil wissen.

»Es gibt einen Grundsatz unter den Orks«, erklärte Lirandil, der mit seinem feinen Elbengehör besonders unter dem Lärm gelitten hatte. »Und dieser Grundsatz lautet: Niemand schreit für sich allein. Ich kann euch sagen, dieser Lärm ist noch gar nichts gegenüber dem, was man in einer vollbesetzten Orkhöhle erleben kann, wenn einer ihrer Säuglinge zu schreien anfängt, weil er Hunger hat.«

»Ich wusste nicht, das Orks so *sensibel* sein können«, sagte Borro spöttisch.

»Ihr habt wirklich außergewöhnliche Orte und Völker auf Euren Reisen besucht, Fährtensucher«, sagte Brogandas, dem es offenbar zusehends besser ging.

Das galt auch für Arvan. Der Schmerz in seinem Kopf hatte deutlich nachgelassen. Zalea, die man neben ihm abgelegt hatte, blickte immer wieder zu ihm hinüber. »Selbst eine angehende Heilerin wie ich ist es nicht gewohnt, einer Wunde dabei zusehen zu können, wie sie heilt«, sagte sie.

Wirkliche Ruhe kehrte im Orklager erst ein, als die beiden Sonnen ihre ersten Strahlen über die Horizonte im Osten und Westen sandten. Zumindest nahm Arvan an, dass es Osten und Westen waren, aber sicher konnte man da in diesem eigenartigen Landstrich wohl nicht sein. War eine dieser Sonnen diejenige, die er kannte, und gehörte die andere zu jener fremden Erde, die sich hier auf gleichermaßen wundersame wie erschreckende Weise manifestierte?

Während Arvan über diese Dinge grübelte, tauchte hinter einer Anhöhe eine Gestalt auf, um dann lautlos ins Lager der Orks zu huschen. Dunkles Haar lugte unter einer Lederkappe hervor. Ein breiter Lederriemen umgürtete ein schlichtes Wams. Ein Kurzschwert, Dolche und Wurfringe waren am Gürtel befestigt. Beidhändig führte er eine lange, monströse Klinge, gegen die Arvans *Beschützer* wie ein zierliches Halblingrapier wirkte.

Der Krieger wirkte aufgrund seiner außerordentlich breiten Schultern gedrungen, war aber gewiss um einiges größer, als es im ersten Moment den Anschein hatte. Der Tritt seiner kniehohen Fellstiefel verursachte kaum einen Laut.

Einer der satt dahindösenden Orks bemerkte ihn, sprang auf, rülpste laut und schleuderte dabei ein Wurfbeil in Richtung des Kriegers. Ein scheinbar mühelos leichter Schwenk mit dem gewaltigen Schwert parierte den Angriff. Es klirrte, als der Stahl mit dem Eisen des Wurfbeils zusammentraf und die Waffe ablenkte.

Der Ork brüllte auf, doch noch ehe er zu seiner mit Obsidianspitzen gespickten Keule greifen konnte, hatte der Krieger einen seiner Wurfringe vom Gürtel gelöst und schleuderte ihn. Während des Flugs klappten kleine Messer und Widerhaken aus dem Eisenring. Der Alarmschrei des Orks erstarb in einem gurgelnden Laut, als ihm die Kehle zerfetzt wurde.

Die anderen Orks waren daraufhin mehr oder minder hellwach. Sie sprangen auf, griffen zu den Waffen. Die Klinge des fremden Kriegers senste jedoch schon durch ihre Körper. Nach wenigen Streichen lagen die ersten Arme und Köpfe auf der blutigen Erde.

Blitzschnell pfiff die Klinge durch die Luft, und innerhalb kürzester Zeit war bereits ein gutes Dutzend Orks zerhackt und erschlagen zu Boden gesunken und ein weiteres Dutzend nur noch eingeschränkt kampffähig.

Einen nach dem anderen streckte der unbekannte Krieger nieder, während das Zwielicht der beiden aufgehenden Sonnen ein immer deutlicheres Bild des Grauens offenbarte.

Der Ork, dem der Zahn herausgebrochen war, war anscheinend ein besonders guter Kämpfer. Es gelang ihm sogar, den Krieger zurückzudrängen und ihm zweimal die Schwertspitze in die Brust zu stoßen. Das metallische Geräusch, das dabei entstand, ließ den Ork jedoch stutzen, während dem Krieger die Stiche nichts auszumachen schienen. Er nutzte die Verwirrung seines Gegners gnadenlos aus. Noch ehe der Ork sichs versah, fehlte ihm nicht nur ein Zahn, sondern der ganze Kopf.

Mit einem Schrei stürmte der Schwertkämpfer wieder vor und schwang sein Schwert. Köpfe rollten über den Boden oder wurden gespalten wie Kürbisse auf dem alljährlichen Wohnbaumfest der Halblinge. Das Blut spritzte nur so von der Klinge des Fremden. Arvan sah in dessen Augen blanke Wut leuchten. Eine Wut, die ihm auf besondere Weise vertraut schien und dennoch schaudern ließ, denn er ahnte, woher das Entsetzen rührte, das Lirandil und die anderen ihm gegenüber in manchen Situationen empfunden hatten.

Die letzten übrig gebliebenen Orks liefen schließlich in heilloser Flucht davon. Zwei von ihnen erwischte der Krieger noch mit seinen Wurfringen, einem weiteren schleuderte er einen Dolch hinterher, aber selbst die außerordentlich kräftigen Arme dieses Mannes waren nicht stark genug, dass der Wurf den Ork noch erreichte.

Der Krieger kehrte zum Lager der Orks zurück. Den Gefesselten warf er zunächst nur einen kurzen Blick zu. Er blieb dort stehen, wo die Orks einige jener Gegenstände aufgehäuft hatten, die sie für weniger wert gehalten hatten als einen frischen Pferdeschädel oder die Waffen der Gefährten, die sie gleich untereinander verteilt hatten.

Der Krieger nahm Lirandils Lederbeutel, öffnete ihn und holte den Stein von Ysaree hervor. Er betrachtete ihn eingehend, hielt ihn in den Schein der beiden aufgehenden Sonnen und murmelte etwas in einer Sprache, die keiner der Gefangenen je gehört hatte. Als dann aus dem Stein eine Lichtblase hervorschoss, in der Kolonnen von kämpfenden Orks und der Kampfwagen des siebenarmigen Zarton zu sehen waren, stieß er einen Schrei aus und warf den Stein von sich, der im Wasser des nahen Elbenflusses landete.

Lirandil verzog das Gesicht.

Der Krieger wandte sich den Gefangenen zu und fragte: »Wer seid ihr?« Er sprach Relinga, allerdings mit einem sehr barbarischen Akzent.

»Reisende«, behauptete Lirandil, was nicht die Unwahrheit war. »Reisende, die das Pech hatten, diesen Orks in die Hände zu fallen.«

Der Krieger deutete mit der Schwertspitze auf Lirandil. »Magier?«

»Ich bin kein Magier, obgleich ich einiges von Magie verstehe.«

»Elb?«

»Das ist nicht zu übersehen.«

Der Krieger trat an ihn heran und strich das Haar zur Seite, sodass eins der spitzen Ohren noch mehr zum Vorschein kam. »Elb.« Er nickte. »Bist du auf dem Weg nach Hause ins Ferne Elbenreich?«

»So nennen nur die anderen Völker Athranors dieses Reich«, erwiderte Lirandil ausweichend.

»Bring mich dorthin, Elb.«

»Was willst du dort?«

Der Krieger antwortete nicht. Stattdessen steckte er sein Schwert in das Futteral auf seinem Rücken und zog einen letzten Wurfdolch, den er noch im Stiefel stecken hatte, ließ die Klingen ausfahren und durchschnitt Lirandils Fesseln. Nacheinander befreite er auch die anderen von ihren Stricken.

»Ihr seid ein unwahrscheinlich guter Schwertkämpfer«, stellte Arvan bewundernd fest, während er seinen Kopf betastete und dabei bemerkte, dass die Wunde schon recht gut verheilt war. »Ich wünsche, ich könnte nur halb so gut mit der Klinge umgehen wie Ihr.«

Die Antwort des Kriegers bestand nur aus einem Stirnrunzeln. Nachdem er alle von ihren Fesseln befreit hatte, wandte er sich an Lirandil. »Du wartest hier!«

Der Tonfall, in dem er das sagte, war so bestimmend und eindringlich, dass er selbst auf den erfahrenen Fährtensucher Eindruck machte.

Der Krieger suchte seine Wurfringe und Wurfdolche zusammen, wischte sie jeweils am Fellsaum seiner Stiefel ab und steckte sie anschließend ein.

»Dieser Mann ist ein wandelndes Waffenarsenal«, murmelte Borro.

Der Krieger kehrte zu ihnen zurück. Sein Waffengurt war wieder voll bestückt. Die beiden Sonnen der Zwielichtmark waren inzwischen weiter emporgestiegen, und in ihrem Licht blitzte etwas am Wams des Kriegers, genau dort, wo die Schwertspitze des Orks mit dem herausgebrochenen Zahn es zweimal durchdrungen hatte. Arvan starrte unverwandt dorthin, konnte aber nicht genau erkennen, was unter dem Wams war.

»Ein Ork hat Euch zweimal das Schwert in den Leib gestoßen«, sagte er schließlich. »Doch Ihr seid nicht verletzt. Wie ist das möglich?«

Der Krieger sah ihn mürrisch an und grummelte: »Du fragst zu viel.«

»So bin ich nun mal.«

Der Krieger trat auf ihn zu. Die anderen waren wie erstarrt, selbst Brogandas, wobei der Dunkelalb wohl auch noch längst nicht wieder im Vollbesitz seiner Kräfte war. »Du scheinst keine Furcht zu kennen«, sagte der Krieger zu Arvan. »Im Gegensatz zu deinen Begleitern, die vor mir zittern, obwohl ich sie gerettet habe.«

»Vielleicht lasse ich mir meine Angst einfach nicht anmerken«, erwiderte Arvan.

Der Krieger lachte. »Nicht nur mutig, sondern auch witzig. Das ist eine Kombination, die ich selten erlebt habe. Du sollst deine Frage beantwortet bekommen.« Er öffnete sein Wams so weit, dass ein Teil des Oberkörpers zu sehen war. In seiner Brust war eine Platte aus einem bronzefarbenen Metall eingelassen. Sie war mit dem Körper des Kriegers vollkommen verwachsen. »Darum konnte mich der Orknarr nicht durch einen Stich ins Herz töten. Doch an den Kratzern siehst du, dass er nicht der Erste war, der es versuchte.«

»Aber …«

»In einer Schlacht bekam ich drei Speere in die Brust. Doch der Kriegsherr, dem ich damals diente, meinte, nicht auf meine Dienste verzichten zu können. Er kannte manch finstere Magie, über die andere nicht einmal zu sprechen wagen, und so überlebte ich.«

»Ich nehme an, Ihr habt ihm zum Dank noch lange treu gedient«, vermutete Arvan.

»Ich habe ihn erschlagen, denn er rettete mich nur, um aus mir einen willfährigen Sklaven zu machen. Aber seitdem interessiert mich die Magie. Ich suche nach den mächtigsten Kräften, nach dem, was alles, was besteht, zusammenhalten oder zerstören kann. Und wie ich hörte, weiß man im Reich der Elben über solche Dinge bestens Bescheid.«

»Welcher Narr setzt nur solche Gerüchte in die Welt?«, murmelte Brogandas.

»Wie ist Euer Name?«, fragte Arvan.

»Man nennt mich Whuon aus Thyr.«

»Dieses Thyr muss ein sehr kleiner Ort sein«, mischte sich Lirandil ein. »Denn so weit ich auch in den letzten tausend Jahren gereist bin, ich habe den Namen noch nie gehört.«

»Thyr ist die Stadt, in der man mich zum Söldner ausbildete«, erklärte Whuon, »und sie liegt auf einer anderen Erde, die sich in mancherlei Hinsicht von dieser unterscheidet. Ihr könnt diesen Ort also gar nicht kennen.«

»Ein Söldner?«, wiederholte Lirandil misstrauisch. »In wessen Diensten standet Ihr zuletzt?«

»In der Ebene von Cavesia in einem Land, das den Namen Thuvasien trägt, sammelt sich eine große Armee, die offenbar in einem zukünftigen Krieg kämpfen soll.«

Lirandil wurde auf einmal sehr hellhörig. »Wir haben von dieser Armee gehört.«

»Die besten Kämpfer aus Dutzenden von Welten versammeln sich dort«, sagte Whuon aus Thyr. »Sie wurden durch ein Weltentor geholt, das von Magiern bewacht wird.«
»Auch davon haben wir gehört.«
»Dann kannst du mir vielleicht auch sagen, worum es in diesem Krieg gehen wird, Elb?«, fragte Whuon herausfordernd. »Oder auf welcher Seite ich gekämpft hätte, wäre ich dort geblieben?«
Lirandil machte ein unbestimmtes Gesicht. »Das werdet Ihr erfahren, sobald Ihr mir noch eine Frage beantwortet habt: Weshalb habt Ihr das Heer der Magier von Thuvasien verlassen?«
Whuon aus Thyr grinste breit. »Weil nicht eingehalten wurde, was man mir versprach. Die Werber dieser Magier haben mir zugesichert, dass es in jeder Stadt, die wir erobern, Bibliotheken gäbe. Bibliotheken mit Schriften, die Antworten auf meine Fragen enthielten. Bibliotheken, die ich plündern könnte, wobei ich nicht einmal gegen meine Kameraden um die Beute würfeln müsste. Denn wer von all den groben Narren, die man mit mir zusammen anwarb, hätte schon Interesse an Büchern und Schriften über Magie gehabt?«
»Sieh an, ein Barbar auf der Suche nach Erkenntnis, der zudem noch zu lesen vermag«, äußerte Brogandas amüsiert. »Ich dachte immer, ich hätte schon alle Absurditäten gesehen und erlebt, aber der Einfallsreichtum der Götter, was die Erschaffung irrsinniger Geschöpfe betrifft, scheint keine Grenzen zu kennen.«
Der Blick, mit dem Whuon den Dunkelalb bedachte, war so finster, dass sogar Brogandas verstummte, statt weitere spöttische Bemerkungen zu äußern, von denen ihm bestimmt noch einige auf der Zunge lagen.
»Ein paar Verfemte aus deiner Heimat sind von den Ma-

giern Thuvasiens ebenfalls angeworben worden«, sagte Whuon. »Darum kenne ich deine Art.«

»Ach, ja?«

»Ihr respektiert Stärke.«

»Das trifft zu.«

Whuon deutete mit einer ausholenden Bewegung auf die vielen, weit verstreut liegenden toten Orks. »Eure Augen sollen doch angeblich besonders gut sein. Dann verstehe ich nicht, wie dir entgehen konnte, wie diese Scheusale gestorben sind.«

»Wollt Ihr mir drohen?«, fragte Brogandas dünnlippig.

Whuon verzog das Gesicht. »Ich würde niemals einem Dunkelalb drohen«, sagte er spöttisch. »Ich würde ihn einfach töten.«

Lirandil lenkte das Gespräch zum eigentlichen Thema zurück, ehe Brogandas die Situation noch verschärfte. »Ihr habt mir meine Frage erst zur Hälfte beantwortet, Whuon aus Thyr.«

»Wenn du das sagst …«

»Wenn man Euch Bibliotheken mit magischen Büchern als Beute versprochen hat, dann klingt das für mich, als wäre ein Feldzug gegen das Elbenreich geplant.«

»Darüber habe ich nicht weiter nachgedacht«, behauptete Whuon. »Ehrlich, ich weiß nichts über die Ziele, denen diese Armee dienen soll. Tatsache ist nur, dass die Versprechungen nicht eingehalten wurden. Es gab bis heute keinen Feldzug und keine Beute. Man hat uns immer wieder vertröstet, und vielen von uns wurde der eigene Wille vorübergehend mit Magie betäubt. Davon bin ich jedenfalls überzeugt, denn ich habe mit solchen Dingen gewisse Erfahrungen, wie ich ja schon angedeutet habe. Und so bin ich zusammen mit einem Gefährten desertiert, der die Hinhalterei ebenfalls satthatte. Der

Weg zum Elbenreich führt durch dieses öde Land, will man nicht übers Meer fahren oder hohe Gebirgszüge überwinden.«

»Das trifft zu«, bestätigte Lirandil.

»Diese Orkbande hat uns überfallen, als wir am Fluss ein paar Fische und Krebse fangen wollten. Etwas anderes Essbares gibt es in dieser Ödnis ja nicht. Meinen Gefährten haben sie erschlagen. Ich konnte ihm leider nicht helfen und musste froh sein, selbst davonzukommen.«

»Und jetzt habt Ihr Euch an ihnen gerächt«, stellte Arvan fest.

»Was euer Glück ist, wie mir scheint«, sagte Whuon aus Thyr.

»Durchaus«, bestätigte der elbische Fährtensucher.

»So nimmst du mich auf deiner Reise mit, Elb?«

»Mein Name ist Lirandil. Und ich nehme Euch unter der Bedingung mit, dass Ihr tut, was ich Euch sage, und mir alles verratet, was Ihr über das Heer der Magier von Thuvasien wisst. Jede Kleinigkeit, von der Anzahl der Krieger bis zu den Geschöpfen, die man angeheuert hat. Und natürlich alles über ihre Bewaffnung.«

»Das ist gerecht – Wissen gegen Wissen.«

»Erwartet nicht zu viel, Whuon aus Thyr«, mahnte Lirandil. Der Söldner runzelte die Stirn.

»Ich kann Euch nicht versprechen, dass man Euch irgendetwas von dem magischen Wissen der Elben zuteilwerden lässt. Zudem müsstet Ihr unsere Schrift und Sprache erlernen.«

»Ich habe schon viele Schriften und Sprachen erlernt.«

»Sieh an, er entpuppt sich immer mehr als Euer Zwilling, werter Lirandil«, stichelte Brogandas. »Hättet Ihr das von diesem groben Krieger gedacht?« Als Whuons Blick ihn traf, hob er beschwichtigend die Hände und sagte: »Keine Sorge, ich respektiere die Schärfe Eures Schwertes und die Stärke Eurer Muskeln, und wenn Ihr noch mehr über Euch berichtet, werde ich vermutlich sogar in Ehrfurcht über Eure Gelehrsamkeit erstarren. Darum verspreche ich, nur verhohlen über Eure naive Vorstellung von den Kräften der Magie zu spotten.«

Whuon antwortete ihm nicht, sondern richtete den Blick wieder auf Lirandil. »Warum belastest du dich mit solchen Reisegefährten, Elb?«

Lirandil seufzte. »Tja, warum nur. Große Ziele erzwingen manchmal Kompromisse im Kleinen.«

Whuon hob die Schultern. »Wir sollten jedenfalls nicht länger hier verweilen. Auf dem Weg, den mein erschlagener Gefährte und ich gegangen sind, mussten wir immer wieder Orkbanden ausweichen, die sich in der Nähe des Flusses aufhielten. Es gibt also noch mehr von diesen Scheusalen hier in der Gegend.«

Im Reich der Elben

Sie setzten ihren Weg fort und folgten dem Elbenfluss, den die Elben »Nur« nannten. Arvan und die Halblinge gingen voran, während Brogandas, der noch immer nicht im Vollbesitz seiner Kräfte war, die Nachhut bildete. Mitunter blieb er fast hundert Schritt weit hinter den anderen zurück. Hilfe durch die Heilerkünste von Lirandil oder Zalea lehnte er jedoch brüsk ab.

Allerdings hatten die dunklen Zeichen, mit denen sein Gesicht bedeckt war, mittlerweile fast wieder die alten Formen angenommen, und Brogandas wirkte auch wieder jünger und kräftiger. Sein Gesicht wirkte längst nicht mehr so eingefallen, allerdings blieb er immer wieder zwischendurch stehen und murmelte dann ein paar magische Worte, um sich auf diese Weise zusätzlich zu kräftigen.

Lirandil unterhielt sich unterdessen mit Whuon und fragte ihn nach allen Einzelheiten über das Heer aus, das von den thuvasischen Magiern aufgestellt worden war. Der Elb hoffte, daraus wertvolle Rückschlüsse hinsichtlich der Absichten der Magier ziehen zu können.

Den ganzen Tag über gingen sie am Fluss entlang. Vorräte hatten sie keine mehr. Die Orks hatten sie vollständig ausgeplündert, und was die Scheusale nicht gefressen hatten, hatten sie in den Fluss geworfen. Vor allem den Halblingen knurrte der Magen.

»Haltet durch, bis wir die Grenze des Elbenreichs erreichen«, sagte Lirandil zu ihnen. »Dort lässt sich sicherlich etwas Essbares auftreiben.«

»Ich könnte versuchen, mit Pfeil und Bogen einen Fisch zu erlegen«, meinte Borro. »Zu Hause im Halblingwald habe ich oft an Bachufern gesessen und auf diese Weise für ein Abendbrot gesorgt.«

»Nein«, entschied Lirandil, »dazu ist jetzt keine Zeit. Wir dürfen uns nicht mit so etwas aufhalten.«

»Ein harter Mann, der euch da anführt«, meinte Whuon. »Ich hoffe nur, die Sache, für die ihr euch einsetzt, ist es wert.«

»Was ist denn mit Euch?«, fragte Borro. »Hat die Magie, die Eure Brust in Stahl verwandelt hat, auch Euren Hunger auf Dauer betäubt, oder habt Ihr noch einen Magen, der sich bisweilen bemerkbar macht?«

»Du redest, als wäre das Zentrum deiner Gedanken dein Magen und nicht dein Hirn, kleiner Bogenschütze«, spottete Whuon amüsiert. »Bei mir ist das nicht der Fall. Und zudem bin ich Entbehrungen gewohnt.«

Nach diesen Worten wandte sich Whuon wieder an den Elben, doch diesmal, um seinerseits Lirandil einige Fragen über den heraufdämmernden Krieg und das sich abzeichnende Bündnis zu stellen. Den Namen Ghool hatte er zwar schon gehört, aber er wusste nicht, gegen wen und für wen man ihn in die Schlacht geschickt hätte, wäre er bei dem Söldnerheer der Magier geblieben, und bei Lirandil verfestigte sich der Eindruck, dass sich die Magier von Thuvasien in dieser Hinsicht auch noch gar nicht festgelegt hatten. Offenbar war mit ihnen nicht so bald als Verbündete zu rechnen. Im schlimmsten Fall stellten sie sich auf die Seite Ghools.

»Es ist bedauerlich, dass Ihr den Stein von Ysaree ins Wasser geworfen habt«, sagte Lirandil zu Whuon. »Die Strömung des Nur ist sehr stark, und deshalb war es aussichtslos, nach ihm suchen zu wollen.«

»Ist deine Elbenmagie so schwach?«, wunderte sich Whuon. »Ich habe gehört, dass die Elben in den letzten Zeitaltern erheblich an Zauberkraft verloren haben. Andererseits bezweifle ich, dass diejenigen, die dies behaupten, darüber ein Urteil fällen können.«

»Mag sein, doch die Gerüchte, die Ihr gehört habt, treffen zu«, gestand Lirandil. »Wie auch immer, ich habe die Bilder des Steins gesehen, und sie zeigten all jene Schrecken, die Ghool für ganz Athranor bereithält. Jetzt werde ich auf mein Geschick als Redner angewiesen sein, um weitere Bundesgenossen gegen das Böse zu gewinnen.«

»Es war nicht meine Absicht, etwas Wertvolles zu vernichten«, versicherte Whuon. »Aber als plötzlich dieses Licht erschien, habe ich geglaubt, dass es vielleicht eine magische Falle ist.«

»Wie auch immer. Diese Bilder hätten Euch verdeutlichen können, welche Gefahr dem ganzen Kontinent droht.«

Noch zwei Tage dauerte es, bis sie die ersten Ausläufer des Elbengebirges erreichten. Borro schoss unterwegs doch ein paar Fische, die sie dann auf einem Stein brieten, den Lirandil mit seiner Magie erhitzte.

Entlang des Elbenflusses führte ein schmaler, in den Fels gehauener Weg über die natürliche Grenze jenes Reiches, in dem König Péandir regierte. Arvan fiel die teilweise sehr unregelmäßige Form des Gebirges auf, als wären gewaltige Gesteinsbrocken hier und dort aus den Massiven herausgebrochen worden.

Aber er konnte Lirandil nicht danach fragen, denn der war immer noch in eine Art Dauergespräch mit Whuon vertieft, um dem Söldner auch noch die letzten Geheimnisse des thuvasischen Heeres zu entlocken.

Brogandas schlich nicht mehr hinter ihnen her, sondern befand sich in der Gruppe. Er erkannte, was Arvan beschäftigte, denn er las es offenbar aus vielen unterschiedlichen körperlichen Zeichen heraus, und sage: »Die Elben kannten früher einen Zauber, mit dessen Hilfe sie große Brocken aus dem Elbengebirge herausbrechen und durch die Luft schweben lassen konnten, um dann damit angreifende Feinde zu erschlagen. Vor allem in den Kriegen gegen die Trolle ist dieser Zauber häufig eingesetzt worden. Deswegen gibt es hier im Elbengebirge all die Lücken und schroffen Täler und Spalten.«

»Das wäre doch auch eine ideale Methode, um Ghool zu bekämpfen«, meinte Arvan.

»Das wäre es«, stimmte Brogandas zu. »Aber erstens bin ich mir nicht sicher, ob die Elben überhaupt noch dazu in der Lage sind, diesen Zauber zu wirken, und zweitens würde es bedeuten, dass ein noch größerer Teil des Elbengebirges abgetragen wird.«

»So waren diese Felsen früher höher?«

»Aber gewiss doch. Höher und viel schwerer zu überwinden. Man sagt sogar, dass der Elbenfluss früher unter dem Gebirge verlief. Aber das ist schon viele Äonen her.«

Als sie sich später durch eine besonders schmale Schlucht bewegten, glaubte Arvan erst, sich zu täuschen, aber auch die drei Halblinge stutzten, weil sie offenbar dasselbe sahen. Ein durchscheinendes Tor spannte sich über die Schlucht und verschloss sie.

»Das muss ein Trugbild sein«, stieß Borro hervor.

»Nein, ein Zauber«, war Neldo überzeugt.

»Einst war es für die Magie von uns Elben ein Leichtes, solche Tore aus purer Magie zu erschaffen«, erklärte Lirandil. »Aber um ein Bauwerk, das aus reiner Magie besteht, zu erhalten, müsste man den Zauber in mehr oder minder regelmäßigen Abständen erneuern.«

»Und das ist nicht geschehen?«, wunderte sich Arvan.

Lirandil schüttelte den Kopf. »Nein, und so ist nur ein erbarmungswürdiger Schimmer der einstigen Herrlichkeit dieses Tors geblieben. Unser Volk lebt weit zerstreut, und die meisten von uns verlassen niemals ihre Burgen und Städte oder ihre einsam gelegenen Landsitze. Was jenseits des Elbengebirges im Rest von Athranor geschieht, interessiert die große Mehrheit von uns kaum. Die Vorstellungen über die Welt haben meine Brüder und Schwestern aus den alten Schriften oder aus Erinnerungen an eine ferne Vergangenheit. Nicht wenige aus meinem Volk halten selbst die Existenz von Menschen für eine Legende, da ihr Wissen noch aus einer Zeit stammt, als es dein Volk, Arvan, noch nicht in Athranor gab.«

»Dann hast du dir einiges vorgenommen, wenn du unter deinesgleichen Verbündete suchst«, meinte Whuon. »Für mich klingt das eher aussichtslos.«

»Ich arbeite daran seit langer Zeit«, erklärte Lirandil.

Sie hatten bereits die östliche Seite des Elbengebirges erreicht, als sie auf einen Grenzposten stießen. Er bestand aus einem Gebäude, das in den Fels hineingehauen war, und dies auf eine Weise, dass weder Arvan noch die Halblinge auf den ersten Blick ein Gebäude darin erkannten. Whuon hingegen fiel es sofort auf, woraufhin sich Brogandas eine spöttische Bemerkung nicht verkneifen konnte. »Habt Ihr etwa Elbenaugen?«

»Man sieht mit dem Verstand, Dunkelalb«, erwiderte Whuon, »nicht mit den Augen.«

Bei dem Gebäude befanden sich einige Elbenkrieger. Mehrere Barken hatten am Ufer festgemacht, außerdem lag ein schwer beladenes Flussschiff vor Anker, dessen Ladung gerade von Elbenkriegern begutachtet wurde. Das Schiff hatte vor allem Töpferwaren und andere Gebrauchsgegenstände an Bord, deren Herstellung vielen Elben selbst mit magischer Unterstützung inzwischen zu mühsam war. Unter der Ladung befanden sich aber auch Dutzende von verpuppten Riesenraupen. Sie hatten eine Länge von anderthalb Schritten und lebten in allen Waldgebieten zwischen Bagorien und Pandanor. Ihr Kokon lieferte einen wichtigen Ausgangsstoff zur Herstellung von Elbenseide und war daher eine beliebte Handelsware.

»Das ist ein Schiff aus Zyr«, stellte Lirandil fest. »Ich kenne die Familie des Händlers seit Generationen. Er ist einer der wenigen, die mit dem Elbenreich Handel treiben, und wird uns ganz gewiss bis zu Péandirs Burg mitnehmen.«

Der Fährtensucher ging der Gruppe voran und sprach mit den wachhabenden Kriegern in der Elbensprache.

»Sie scheinen ihn zu kennen«, sagte Arvan.

»Natürlich«, entgegnete Borro. »Es gibt nicht so viele Elben, die ihr Reich verlassen, als dass sich die Wächter die Namen dieser wenigen nicht merken könnten.«

Schließlich setzte Lirandil zusammen mit einem der Wachen zum Schiff über, wo die Kontrolle noch im Gang war.

»Gründlich wie ein Elbenwächter! Jetzt weiß ich, woher diese Redensart kommt«, kommentierte Borro. »Ich fürchte, schnell verderbliche Ware ins Elbenreich zu liefern ist kein einträgliches Geschäft. Und dieser Raupenhändler darf sich wohl auch nicht darüber wundern, wenn er darüber graue Haare bekommt.«

Was an Bord geredet wurde, war für Arvan und die Halblinge nicht verstehen, aber dann schritt einer der an Land gebliebenen Wächter auf die Gruppe zu. »Folgt mir«, sagte er. »Ihr sollt an Bord kommen.«

Mit einer Barke gelangten sie zum Flussschiff, das den in das Holz gebrannten Zeichen nach den Namen »Seidenspinnerin« trug.

»Danke, dass Ihr für uns bürgt, werter Lirandil«, hörte Arvan den Kapitän sagen. »Wer weiß, wie lange man uns sonst noch hier festgehalten hätte.«

Eine halbe Stunde später wurden die Anker gelichtet, und die »Seidenspinnerin« setzte ihre Fahrt flussabwärts fort. Die Segel waren eingerollt und wurden erst für den Rückweg gebraucht. Der Wind blies nämlich stets flussaufwärts, was einem alten Zauber zugeschrieben wurde und den Elbenfluss zwischen dem Grenzgebirge und dem Elbenfjord zu einem idealen Verkehrsweg machte.

Rhelmi, der Botschafter des Zwergenkönigs, weilte noch immer am Hof des Waldkönigs. Endlose Beratungen lagen an diesem Tag hinter ihm. Sie waren ohne Ergebnis geblieben. Dreimal hatte Candric XIII., in dessen Gefolge Rhelmi zum Hexagonturm gereist war, damit gedroht, die Verhandlungen abzubrechen.

Beunruhigende Nachrichten waren unterdessen aus Rasal eingetroffen. Ghools Horden hatten Burg Eas erobert und belagerten die Küstenstadt Telontea. Ein Teil seiner grauenvollen Streitmacht war in Richtung der an der Grenze des Halblingwalds gelegenen Feste Ax unterwegs, während der andere die Stadt Sia verwüstet hatte. Diese lag in der Nähe der Grenze zur Provinz Transsydien, die zu Beiderland gehörte. Bei Sia, so hatten Kundschafter Harabans Hof gemeldet, sammelte sich die Hauptstreitmacht, doch es schien, als wollte man erst warten, bis diese groß genug war, ehe man weiterzog. In welche Richtung war nicht ganz klar, was Candric von Beiderland sehr beunruhigte, denn er sah die Grenzen seines Reiches in Gefahr.

Aufgrund von Candrics Drängen durfte der König von Bagorien endlich mit seinem Heer die Straße der Krieger passieren. Das war gut für die militärische Stärke, die Diplomatie verkomplizierte es.

Rhelmi dachte über all diese Dinge nach und blickte dabei gedankenverloren ins prasselnde Kaminfeuer. *Ich hasse vergebliche Reisen,* dachte er. Jahre hatte er als Botschafter in Aladar am Hof des Königs von Beiderland verbracht, und er sehnte sich längst nach den Höhlen des versunkenen Zwergenreichs zurück, auch wenn ihn der Anblick eines freien, womöglich sogar wolkenlosen Himmels längst nicht mehr so sehr schreckte wie zu Beginn seiner diplomatischen Tätigkeit.

Rhelmi holte ein Amulett aus magischem Zwergengold unter seinem Wams hervor. Es war so groß wie seine Handfläche, und sein Glanz war nicht mit dem minderwertigen Metall zu vergleichen, das die Menschen als Gold bezeichneten. Er strich mit seinem dicken Zeigefinger die eingravierten Hauptlinien jener Zauberzeichen nach, die in das Amulett eingraviert waren, und murmelte dazu eine Formel.

Das Zeichen begann zu glühen. Dann wuchs aus dem Amulett die durchscheinende Gestalt eines Zwergs, der eine Krone trug.

»Ich habe lange auf eine Nachricht von dir gewartet, Rhelmi.«

»Verzeiht, erhabener König Grabaldin. Aber hier am Hof des Waldkönigs wirkt allerlei Magie, und es besteht ständig die Gefahr, belauscht zu werden. Haraban ist noch listenreicher und verschlagener, als ich bisher geglaubt habe.«

»Was kannst du mir Neues berichten, Rhelmi?«, fragte König Grabaldin.

»Es ist noch völlig ungewiss, ob ein Bündnis zwischen den wichtigsten Menschenreichen überhaupt zustande kommt«, erklärte der stämmige Zwergenbotschafter.

»Dann wird Ghool nicht aufzuhalten sein.«

»Ich weiß, mein König. Lirandil ist auf dem Weg an den Elbenfjord. Doch ich fürchte, auch dort wird er scheitern. Ich kann Euch bislang nur empfehlen abzuwarten. Wenn sich keine nennenswerte Gegenkraft zum Schicksalsverderber formiert, sollten wir uns auf keinen Fall gegen ihn stellen, denn das würde unser eigenes Ende bedeuten.«

Der Zwergenkönig nickte finster. »Ich weiß, Rhelmi.«

»Sobald ich Neues erfahre, werde ich es Euch wissen lassen, mein König«, versprach der Botschafter.

Das durchscheinende Trugbild des Zwergenkönigs verblasste, und das Leuchten der Zeichen auf dem Amulett erlosch.

Rhelmi strich sich über den langen Bart. Seine Stirn zeigte tiefe Sorgenfalten.

Péandirs Burg war ein Bauwerk von erhabener Schönheit. Arvan stand zusammen mit Zalea und Neldo am Bug der »Seidenspinnerin« und staunte angesichts der verwinkelten und teilweise scheinbar allen Naturgesetzen widersprechenden Architektur. Mehr als ein Dutzend Türme ragte hinter den hohen Mauern empor. Die Burg lag direkt am Elbenfjord, dessen azurblaues Wasser in der Sonne glitzerte.

Jenseits der Burg erhoben sich felsige Gebirge, aus deren Gestein man gewaltige Reliefs und riesenhafte Standbilder geformt hatte. Bei manchen hatte man den Eindruck, dass sie im nächsten Moment zum Leben erwachen würden.

»Das sind nur die kleineren«, hörte Arvan Lirandil sagen,

der sich gerade mit dem ebenfalls tief beeindruckten Whuon unterhielt. »Ein Stück weiter den Elbenfjord entlang liegt die Bildmark. Dort sind die wahren Kunstwerke der Elbenheit zu bestaunen.«

»Und dies hier?«, fragte Whuon stirnrunzelnd.

»Das sind nur die Werke untalentierter Nachahmer, deren Magie schon längst nicht mehr die Kraft ihrer Vorgänger innewohnte«, antwortete Lirandil.

Die »Seidenspinnerin« legte im Hafen vor der Burg an. Arvan kam nicht dazu, die Schönheit der schlanken Elbenschiffe mit ihren kunstvollen Aufbauten zu bewundern, denn Lirandil drängte sie dazu, sich sofort zur Burg aufzumachen. Währenddessen sammelten sich am Hafen bereits zahlreiche Elben.

»Das Eintreffen eines Schiffes scheint hier so was wie ein Jahrhundertereignis zu sein«, sagte Borro. »Oder kommt das vielleicht noch seltener vor?«

Die Wächter am Burgtor erkannten Lirandil sofort. Ein Hornsignal meldete seine Ankunft. Arvan bemerkte, dass man ihn erneut irritiert anstarrte. Er glaubte auch, dass die Elben über ihn redeten, aber da sie ihre eigene Sprache benutzten, war er sich nicht sicher. Andere tauschten nur Blicke und vielleicht auch Gedanken. Zuerst glaubte Arvan, dass es wieder daran lag, dass er barfuß ging. Aber da irrte er, wie sich wenig später herausstellte, als ihm Lirandil einen Gedanken sandte. *Sie fragen sich, welche Magie einen Halbling so sehr hat wachsen lassen. Beachte sie nicht!*

Großes Aufsehen erregte natürlich auch Brogandas. Dass sich Dunkelalben in das Zentrum des Elbenreichs verirrten, war seit Elbengedenken nicht mehr vorgekommen. Seit man keinen Krieg mehr gegeneinander führte, ignorierte man sich gegenseitig.

Whuon hingegen wurde weniger beachtet. Da hin und wieder menschliche Händler Péandirs Burg erreichten, wunderte man sich im Gegensatz zu anderen Landesteilen zumindest nicht über die Existenz von Menschen.

Bewaffnete Wachen geleiteten die Gruppe durch ein Säulenportal zu dem prachtvollen Palas. Auch diese Säulen waren mit Reliefs versehen, denen offenbar eine ganz besondere Magie innewohnte, denn die dort dargestellten Helden aus der elbischen Geschichte schienen einem Vorbeigehenden mit ihren Blicken zu folgen.

»Da kann man sich ja richtig unbehaglich fühlen«, raunte Borro Arvan zu. »So, wie die einen anglotzen.«

»Sei still«, schalt ihn Zalea. »Hier sind überall Elben, und wahrscheinlich bekommen sogar noch die Wachen am Burgtor jedes Wort mit, das du von dir gibst.«

»Ich bezweifle nicht, dass sie all unsere Worte hören, aber die meisten von ihnen werden sie wohl kaum verstehen«, glaubte Borro.

»Manche von ihnen erfassen vielleicht sogar eure Gedanken«, mischte sich Brogandas ein. »Ich würde sie nicht unterschätzen.«

Schließlich erreichten sie den Audienzsaal des Königs. Arvan hatte schon festgestellt, dass Lirandil überall auf der Burg bekannt war. Anscheinend war seine Stellung am Hof bedeutend genug, um zusammen mit seinen Begleitern umgehend beim König vorgelassen zu werden.

Andererseits hielt sich die Anzahl der Besucher wohl generell in Grenzen, sodass das Auftauchen einer Reisegruppe ein besonderes Ereignis war. Ein Ereignis, das zumindest die Elben von Péandirs Burg für kurze Zeit aus dem Einerlei ihrer sich schier zahllos aneinanderreihenden Jahre herausriss.

König Péandir saß auf einem mit zahlreichen Verzierungen versehenen Thron aus dunklem Holz. Er hatte einen ruhigen Blick und ein alterloses, ebenmäßiges Elbengesicht. Das Haar war beinahe weiß, und er trug eine Krone, die mit Elbenrunen verziert war. Am Knauf seines Schwertes glitzerte ein Rubin.

Ihm zur Rechten saß seine Gemahlin. Sie trug ein Gewand aus fließender Elbenseide. Zur Linken hatte ein Elb Platz genommen, dessen Züge denen des Königs sehr ähnlich waren, sodass für Arvan sofort klar war, dass es sich um dessen Sohn handelte.

Alle anderen Anwesenden standen. Darunter ein Elb, dessen Blick Arvan buchstäblich den Atem verschlug. Der Elb trug die Kutte des elbischen Schamanenordens. Er schien unglaublich alt zu sein. Ein Netz winziger Fältchen zeichnete ein Muster in die Haut seines Gesichts, das Arvan für einen Moment an die Bilder erinnerte, die Lirandil durch seine Geistverschmelzung in ihm wachgerufen hatte.

Brass Elimbor, durchfuhr ihn die Erkenntnis. Es war das uralte Gesicht aus seinen Gedankenbildern.

Für eine Weile, die Arvan wie eine Ewigkeit erschien, ruhte der Blick des Schamanen auf ihm. *Auch er hat mich erkannt,* war sich Arvan in diesem Moment sicher. Ein Mensch oder ein Halbling wäre kaum in der Lage gewesen, in einem jungen Mann jenen Säugling wiederzuerkennen, den er vor vielen Jahren einmal im Arm gehalten hatte. Aber ein elbisches Auge erkannte charakteristische Feinheiten wieder, die von den Blicken anderer Geschöpfe gar nicht bemerkt wurden.

Lirandil sprach in elbischer Sprache zu seinem König, mit der Königin und dem Kronprinzen. Von dem, was gesagt wurde, verstand allenfalls Brogandas aufgrund der Ähnlichkeit der Dunkelalbensprache mit dem Elbischen etwas.

Der König erhob sich schließlich und deutete empört auf Brogandas. Man brauchte seine Worte nicht zu verstehen, um zu erfassen, dass ihm die Anwesenheit eines Dunkelalben im Audienzsaal nicht gefiel.

Lirandil blieb ruhig und antwortete seinem Herrscher in gemäßigtem Tonfall.

Arvan bemerkte unter den Anwesenden im Thronsaal einen Elben, dem offenbar ein Auge fehlte, denn er trug eine dunkle Lederklappe. Der Blick des verbliebenen Auges war finster. Er sah Whuon und Arvan an, als hätte er Orks vor sich. Das musste Prinz Sandrilas sein, dessen Auge Haraban ein langes Leben ermöglicht hatte.

In seiner Nähe befand sich ein Mann, den Arvan zunächst wegen seines blassen Teints für einen Elben hielt. Er trug eine Kappe, die die Ohren bedeckte, sodass diese nicht zu sehen waren. Dann bemerkte Arvan das Amulett auf der Brust des Mannes. Es zeigte das Zeichen des Immerwährenden Herrschers Haraban. Es handelte sich also um den Botschafter, den der Waldkönig ausgeschickt hatte.

Wahrscheinlich hat er längst am Hof Stimmung gegen Lirandil gemacht, dachte Arvan. Das waren keine guten Vorzeichen.

Aber einig, wie mit Lirandil und seinen Begleitern zu verfahren sei, schien man sich nicht einmal innerhalb der Königsfamilie zu sein.

Schließlich erhob sich der junge Prinz. »Ich möchte unsere Gäste im Namen meines Vaters König Péandir und meiner Mutter Königin Israwén begrüßen«, sagte er in fließendem Relinga, das allerdings mit altertümlichen Worten durchsetzt war, so als hätte er es vor Jahrhunderten gelernt und sich seitdem nur selten mit Menschen unterhalten. »Ich bin Prinz Eandorn, und es soll Lirandils Begleitern an nichts mangeln.«

König Péandir äußerte daraufhin ein paar Worte auf Elbisch und nahm wieder auf seinem Thron Platz.

»Mein Vater sagt, dass viele wichtige Fragen in aller Ausführlichkeit zu besprechen sind. So werdet Ihr als unsere Gäste wohl länger auf der Burg am Elbenfjord verweilen. Gemächer werden für Euch hergerichtet, damit die nächsten Monate angenehm für Euch werden. Ich selbst bin gespannt auf die Neuigkeiten, die jeder von Euch zu berichten hat.«

»Monate?«, entfuhr es Arvan, woraufhin sich alle Blicke auf ihn richteten. Er schluckte. Aber dann sagte er sich, dass er die Aufmerksamkeit, die ihm in diesem Moment zuteilwurde, auch ausnutzen konnte. »Das ist unmöglich! Ghools Horden werden bis dahin halb Athranor erobert haben. Wie könnt ihr so lange eine Entscheidung herauszögern, die doch unumgänglich ist? Die Bewohner Athranors brauchen die Hilfe der Elbenheit, sonst wird es keine Macht geben, die sich auf Dauer dem Schicksalsverderber entgegenzustellen vermag.«

Eisiges Schweigen schlug Arvan entgegen. Lediglich Prinz Eandorn schien die Äußerung dieses barfüßigen Menschlings zu begrüßen.

Er trat auf ihn zu. Seine schlanke Gestalt überragte Arvan noch um einen halben Kopf. »Wer bist du?«, fragte Eandorn.

»Ich bin Arvan Aradis, Sohn von Kemron Aradis. Einst gab man mich in die Hand Eures Schamanen Brass Elimbor, der an mir ein magisches Ritual durchführte, das mich zwar nicht unverwundbar machte, mich aber schnell heilen lässt, wenn ich mich verletze. Darum gelang es mir, viele von Ghools Orkschergen zu erschlagen und Lirandil dem Fährtensucher auf seiner Flucht das Leben zu retten.«

Eandorn sprach ein paar Worte auf Elbisch mit Brass Elimbor. »Es scheint wahr zu sein, was du sprichst«, sagte der Elbenprinz dann zu Arvan. »Brass Elimbor erinnert sich an dich.«

»So wie ich mich an ihn erinnere, obwohl ich damals noch ein Säugling war. Aber Lirandil hat an mir eine Geistverschmelzung vorgenommen, als meine Selbstheilungskräfte nicht ausreichten, um mir das Leben zu erhalten.«

Schweig jetzt!, erreichte Arvan ein unmissverständlicher Gedanke des Fährtensuchers. *Nicht alles, was ich fern von hier tue, entspricht den Gesetzen und den Sitten der Elbenheit, und ich habe angesichts der bedrohlichen Lage wenig Lust, mich dafür rechtfertigen zu müssen.*

Eandorn runzelte die Stirn. Er blickte von Arvan zu Lirandil und wieder zurück. »Es scheint eine besondere Verbindung zwischen euch zu bestehen«, stellte er fest. »Wie auch immer, du scheinst Mut zu haben, Arvan Aradis. Und ich würde mich später gern mit dir unterhalten.«

König Péandir ergriff wieder das Wort. Wieder sprach er Elbisch und zu seinem Sohn. Eandorn verneigte sich daraufhin leicht und ging zurück an seinen Platz, ohne die Worte seines Vaters für die Gäste zu übersetzen. Das übernahm Lirandil.

»König Péandir meint, dass gewisse Dinge nur unter Elben besprochen werden sollten.«

»Dann sagt ihm bitte, dass es noch andere Geschöpfe als Elben in Athranor gib«, wagte Arvan aufzubegehren.

»Das ist dem König durchaus bewusst«, entgegnete Lirandil. »Allerdings bezweifelt er, dass diese anderen Geschöpfe für die Elbenheit eine größere Bedeutung haben als für dich vielleicht eine Eintagsfliege, die dich umschwirrt.«

»Aber …«

»Im Übrigen solltest du bedenken, dass er jedes Wort, das du sprichst, zu verstehen vermag. Er beherrscht Relinga nämlich durchaus, auch wenn sich diese Sprache seit der Zeit, da er sie erlernte, stark verändert hat.«

Die Quartiere, die man Lirandils Begleitern zuwies, waren im Vergleich zu den Räumlichkeiten am Hof des Waldkönigs recht bescheiden. Aber dies entsprach anscheinend dem elbischen Stil, wie Arvan glaubte.

Für Lirandil war auf Péandirs Burg ein Raum reserviert, den er offenbar als seine eigentliche Wohnstatt ansah, obwohl er sich dort genau genommen kaum aufhielt. Die meiste Zeit befand sich der rastlose Fährtensucher auf irgendeiner Reise, um dann bei der Rückkehr von seinen Erlebnissen zu berichten und Neuigkeiten zu überbringen, die unter Umständen schon ein halbes Jahrhundert nicht mehr aktuell waren, wenn der Fährtensucher sie schließlich bis ins Herz des Elbenreichs gebracht hatte.

Während Lirandil in offenbar endlos ausufernden Beratungen mit dem König und seinem Kronrat seine Argumente vortrug und vor der Gefahr durch den Schicksalsverderber Ghool warnte, blieben die anderen mehr oder weniger sich selbst überlassen.

Hin und wieder wurde Brogandas allerdings zu den Beratungen hinzugezogen, da man offenbar trotz der alten Feindschaft daran interessiert war, welche Meinung man in Albanoy zu den Entwicklungen im Süden hatte.

Arvan und die Halblinge mussten zusehen, wie sie sich die Zeit vertrieben. Manchmal gingen sie zum Hafen, aber sie stellten rasch fest, dass dort auch nur selten etwas geschah. Oder sie besahen sich von einem der zahlreichen Türme aus die gewaltigen Steinbildnisse.

Whuon wurde gestattet, unter Aufsicht in der Burgbibliothek zu stöbern. Seine Informationen über die Lage in Thuvasien wurden offenbar als wertvoll genug erachtet, um ihm diesen Wunsch zu erfüllen. Aber vielleicht war die Erlaubnis auch nur deshalb erteilt worden, damit Lirandil sein Wort gegenüber Whuon halten konnte.

Whuon nutzte der Zugang zur Burgbibliothek wenig, wie

sich schnell herausstellte, denn er beherrschte weder Schrift noch Sprache der Elben. Er begann zwar zu lernen und versuchte außerdem, sich die Form der Elbenrunen einzuprägen, aber er hätte erstens einen Lehrer benötigt und zweitens viel Zeit gebraucht. Von den Elben, die er ansprach, war niemand bereit, ihm zu helfen. Welchen Sinn hatte es auch, ein so kurzlebiges Wesen in Wissen einzuweihen, zu dessen Erwerb man viele Jahre brauchte. »Du wirst eher tot als weise sein«, erklärte einer der Bibliotheksaufseher. »Die Mühe lohnt nicht.«

Davon abgesehen musste Whuon außerdem feststellen, dass gerade viele Schriften über Magie gar nicht auf Péandirs Burg aufbewahrt wurden.

Die Elben ließen ihn gewähren, weil keiner von ihnen glaubte, dass ein Barbar wie Whuon tatsächlich in der Lage sein könnte, die Elbenschriften auch nur ansatzweise zu erlernen.

Arvan, der es angesichts der drohenden Gefahr geradezu unerträglich fand, dass sie so lange am Hof des Elbenkönigs bleiben mussten, fasste sich schließlich ein Herz und tat etwas, worüber er schon den ganzen Weg von der Mark des Zwielichts bis zu Péandirs Burg über nachgedacht hatte.

»Ich habe gesehen, wie Ihr gegen die Orks gekämpft habt, Whuon, und ich muss Euch sagen, so wie Euch habe ich noch nie jemanden mit Waffen umgehen sehen«, begann er, als er den Söldner im Burghof bei seinen allmorgendlichen Schwertübungen antraf. »Könntet Ihr mir nicht etwas davon beibringen?«

Whuon musterte Arvan von oben bis unten. »Warum eigentlich nicht?«, meinte er. »Du warst ja auch mutig genug, im Thronsaal des Elbenkönigs das Wort zu ergreifen. So jemand gefällt mir. Also werde ich dir diesen Gefallen tun.«

»Ich danke Euch.«

»Danke mir erst, wenn dir mein Wissen vielleicht das Leben gerettet hat.«

»Meinetwegen«, sagte Arvan verlegen.
»Und noch etwas.«
»Was?«
»Du könntest auch etwas für mich tun. Überzeuge Lirandil davon, mir Elbisch beizubringen. Kein anderer Elb wäre jemals bereit dazu. Sie sehen in uns nur kurzlebige Tiere, die nicht lange genug existieren, um einen vollwertigen Verstand zu entwickeln.«
»Vielleicht wäre er bereit dazu, wenn Ihr mit ihm reitet, ihn begleitet und beschützt, so wie Ihr wahrscheinlich schon viele andere Herren geschützt habt. Er könnte jemanden gebrauchen, der auf ihn achtet, denn Ghool weiß, wie gefährlich ihm der Fährtensucher werden könnte.«
»Mein Arm und mein Schwert gehören ihm, wenn er mich unterrichtet und ich eines Tages hierher zurückkehren kann, um in der Weisheit zu stöbern, die in diesen Büchern schlummert.« Er fasste den Schwertgriff mit beiden Händen und senkte die Klinge. »Und nun zieh deine Waffe, Arvan, damit wir mit den Übungen beginnen können.«

Elbendiplomatie

Lirandil befand sich zum wiederholten Mal im Audienzsaal des Elbenkönigs. Der Thronrat tagte. Außer dem König selbst und seiner Gemahlin gehörten diesem auch Kronprinz Eandorn und der einäugige Prinz Sandrilas von Arathilien an. Außerdem zählten zu diesem erlauchten Kreis, der den König in seinen Entscheidungen beriet, auch der Oberste Schamane Brass Elimbor und Galdawil, der Vorsitzende der elbischen Magiergilde. Es gab noch weitere Mitglieder des Rates, die derzeit nicht anwesend waren, ohne deren Stimme eine Entscheidung aber Péandirs Meinung nach nicht getroffen werden sollte.

»Ich habe Boten zu Fürst Bolandor ausgesandt, ohne dessen Ratschlag ich keinesfalls in den Krieg ziehen werde«, erklärte Péandir. Der Fürst hatte seinen Sitz im Thronrat durch seine Verdienste im Kampf gegen die Trolle erlangt und galt seitdem in strategischen Fragen als guter Berater. »Und auch auf den Rat von Herzog Palandras aus dem Hause Torandiris will ich nicht verzichten.« Der Herzog entstammte einem Geschlecht, das sich selbst auf Torandiris zurückführte, einen legendären Helden der Elbenheit, und das reichte, um dem Herzog einen enormen Einfluss zu verleihen.

Ein Vorwand, um die Entscheidung abermals zu verschieben, dachte Lirandil.

»Ich hoffe, auch er wird durch einen Boten verständigt«, sagte er laut und äußerlich gefasst.

»Das werde ich beizeiten sicherlich veranlassen«, erwiderte Péandir. »Wie ich aber hörte, hat sich der Herzog von Belreana für einige Jahre in geistige Versenkung begeben und sich dafür auf seine Burg bei Elbheim zurückgezogen. Es hat also keine Eile, Palandras einen Boten zu schicken, da er ihn derzeit vermutlich gar nicht empfangen wird.«

Oft hatte Lirandil die Hast der Sterblichen verflucht. Nun aber wünschte er sich etwas mehr davon für sein eigenes Volk.

»Ihr müsst die Entscheidung jetzt treffen, mein König«, sagte der Fährtensucher eindringlich. »Nur die Magie der Elben kann die Übermacht Ghools noch aufhalten.«

»Ich würde niemals Seite an Seite mit Menschen kämpfen«, sagte Prinz Sandrilas. »Gleichgültig gegen wen.«

»Sandrilas, Ihr müsst Euren Zorn vergessen!«, mahnte Lirandil.

»Ein Mensch nahm mir das Auge! Wie kann man so etwas vergessen?« Die Stimme des Einäugigen bebte. »Es ist so, als wäre es gestern geschehen, und ich erlebe diesen Tag immer wieder in unerträglichen Träumen, die sich oft genug nicht einmal durch den Extrakt der Sinnlosen lindern lassen. Ein Trupp dieser Menschlinge überfiel mich am Strand der Burgenküste von Arathilien, dort, wo seit undenklichen Zeiten meine Familie zu Hause ist und sich sicher fühlen sollte! Sie waren wohl über das Gebirge gekommen, und als einer von ihnen im Kampf einen Schwerthieb gegen mich führte, schrie er etwas, was nur die barbarische Formel einer barbarischen Magie gewesen sein kann. Kein Mensch wäre ohne die Unterstützung von dunkler Zauberei zu einem Schlag von derartiger Präzision in der Lage gewesen, der mir das Auge aus dem Schädel riss. Schon für einen Elben wäre das ein nur schwer auszuführendes Kunststück. Ich war wie von Sinnen vor Schmerz – und es war nicht nur der Schmerz der Wunde, der in mir brannte und den ich durch die Kräfte meines Geistes sicher hätte beherrschen können. Es war die fremde Art der Magie, die mit der Berührung durch die Schwertspitze auf mich übertragen wurde und in mir ein Fieber ausbrechen ließ, das mich beinahe umgebracht hätte und mich für Jahre schwächte.«

Sandrilas ballte die eine Hand zur Faust, während die andere den Griff seines Schwertes umfasste. »Ich sehe noch immer die Reste des zerschlagenen Auges auf dem Boden liegen. Die Selbstheilungskräfte, die unserem Volk eigen sind, ließen es sich wieder zusammenfügen und seine ursprüngliche Form annehmen. Dort lag es, als hätte es mir ein Ork mit einem scharfen Dolch aus dem Kopf geschnitten, um es als Delikatesse zu verschlingen. Der Menschling, der das getan hatte, lachte und steckte sich das blutige Auge in einen Lederbeutel. Und jetzt erfahre ich, dass dieser Menschling ein gedungener Attentäter war. Ein Augendieb, der nur über das Gebirge gekommen war, um dem erstbesten Elben ein Auge zu rauben, weil Haraban es als magische Ingredienz brauchte, um sein Leben zu verlängern. Scheusale sind sie, die Menschen! Größere Scheusale als die Orks und verschlagener und skrupelloser als unsere missratenen Vettern, die Dunkelalben! Jeder Troll ist im Vergleich zu ihnen ein zutrauliches Haustier! Und hier wird jetzt ernsthaft die Frage diskutiert, sich mit diesen Bestien zu verbünden? Nein, das kann nicht sein! Nicht mit den Menschen! Und schon gar nicht mit Haraban!«

Eine Weile lang, nachdem Sandrilas gesprochen hatte, herrschte Schweigen.

Mit dieser Ausführlichkeit hatte Sandrilas den Verlust seines Auges noch nie geschildert, zumindest nicht in Lirandils Anwesenheit. Er hatte darüber stets geschwiegen, und Lirandil hatte vermutet, dass Sandrilas dieses furchtbare Erlebnis im

Grunde als Schmach empfand, die er sich selbst anrechnete, weil er sich nicht gegen die Augenräuber hatte wehren können, die ihn benommen und halb wahnsinnig vor magischem Schmerzbrand am Strand der arathilischen Burgenküste seinem Schicksal überlassen hatten.

Dass er sein anderthalbtausendjähriges Schweigen brach, machte offensichtlich großen Eindruck auf den Thronrat. Zumindest auf König Péandir und seine Gemahlin Israwén, die für elbische Verhältnisse vollkommen fassungslos wirkte.

Selbst Prinz Eandorn schwieg. Von ihm hatte sich Lirandil eigentlich Unterstützung erhofft. Er war nämlich weit weniger konservativ als sein Vater und durchaus der Meinung, dass sich die Elben für die Dinge interessieren sollten, die jenseits der Grenzen ihres Reiches geschahen.

Am wenigsten hatte Sandrilas' Erzählung wohl Brass Elimbor beeindruckt. Der Oberste Schamane der Elbenheit hatte in seinem überlangen Leben schon so vieles gehört und auch selbst erlebt, dass ihn die Schilderung von Sandrilas' ausgeschlagenem Auge und der Niedertracht der Menschen nicht mehr sonderlich zu erschüttern vermochte. »Ich bin der Einzige hier im Raum, der damals bei der Schlacht am Berg Tablanor dabei war, als Ghool zum ersten Mal besiegt und zumindest für eine gewisse Zeit gebannt wurde. Ich habe seine Dämonengarde gesehen, und selbst nach den inzwischen vergangenen Äonen schaudere ich noch immer allein bei der Erinnerung daran ...«

»Was wollt Ihr damit sagen, ehrenwerter Brass Elimbor?«, rief Sandrilas, der einfach nicht an sich halten konnte und sogar die Respektlosigkeit beging, den Obersten Schamanen der Elbenheit zu unterbrechen. Er wandte sich an Péandir. »Beim Andenken an König Elbanador, von dem wir beide abstammen – versichert mir hier und jetzt, dass Ihr Euch einem Bündnis mit Haraban in jedem Fall verweigert!«

»König Elbanador trat damals der Gefahr entgegen«, sagte Brass Elimbor, ehe der jetzige Träger der Königswürde zu antworten vermochte. »Um sein Andenken zu ehren, müsste König Péandir das Gegenteil von dem tun, was Ihr fordert, werter Sandrilas. Ihr wisst, dass ich in besonderer Verbindung zu den Eldran stehe.«

»Und was sagen die Geister unserer verklärten Ahnen?«, fragte Péandir.

»Sie teilen Lirandils Sorgen schon seit Längerem. Ganz besonders diejenigen, die damals in der Schlacht am Berg Tablanor auf Seiten der Ersten Götter kämpften; ihnen ist der Schrecken in ihre Seelen gebrannt, den Ghool damals verbreitete.« Brass Elimbor wandte sich an Sandrilas. »Es gibt Momente, in denen muss man Dinge tun, von denen man niemals dachte, sie tun zu können, was in Eurem Fall bedeutet, die alte Feindschaft zu vergessen. Euer Auge hat Euch nicht einmal die Heilkunst der Elbenheit zurückgeben können. Aber Euer Hass lässt Euch völlig erblinden, Sandrilas!«

»Ihr wisst nicht, was Ihr sagt, Brass Elimbor!«

»Sandrilas, habt Ihr Euch noch nicht gefragt, weshalb ausgerechnet der Botschafter, den Haraban entsandte, Euch über die Hintergründe des Augenraubs in Kenntnis setzte?«, fragte Lirandil.

»Graf Ezon genießt mein Vertrauen«, sagte Sandrilas. »Und er hat Beweise vorgelegt.«

»Ich bezweifle nicht die Wahrheit seiner Behauptungen«, erwiderte Lirandil. »Aber die Absicht ist interessant. Und sie ist eindeutig. Haraban will das Elbenreich aus dem Bündnis gegen Ghool heraushalten, weil er diesen Krieg dazu nutzen will, seine eigene Macht zu stärken!«

»Dann ist Haraban ein Narr, der die Machtverhältnisse völlig verkennt«, sagte Brass Elimbor.

Königin Israwén sah ihn an. »Was ist denn Euer Vorschlag, ehrenwerter Brass Elimbor? Ihr habt schließlich die Eldran befragt, und wir Elben waren immer gut beraten, auf die verklärten Seelen unserer Vorfahren zu hören.«

»Niemand erwartet, dass wir ein großes Heer aufstellen und gegen Ghools Horden stellen«, sagte Brass Elimbor. »Dazu sind wir auch gar nicht zahlreich genug. Aber wir könnten auf ähnliche Weise gegen Ghool kämpfen, wie wir es in den Trollkriegen taten.«

»Durch Reboldirs Zauber!«, meldete sich erstmals Galdawil, der Vorsteher der Magiergilde, zu Wort. »Mit Reboldirs Zauber wurden die Steine des Elbengebirges über ungezählte Meilen hinweg dem Feind entgegengeschleudert, um sie über ihm niederregnen zu lassen.«

»Ist das Elbengebirge nicht schon niedrig genug?«, warf Sandrilas ein. »Bald werden dort kaum noch Felsen aufragen. Wollt Ihr etwa, dass in Zukunft Trolle, Menschen und Orks einfach so in unser Reich einfallen können, ohne zumindest zuvor ein paar schroffe Höhen überwinden zu müssen? Das ist Verrat an der Elbenheit – und ganz besonders an jenen Elben, die verstreut in Arathilien und Olsien leben und für die das Grenzgebirge der einzige Schutz vor diesen Barbaren ist!«

Sandrilas verzog das Gesicht und fuhr fort: »Oder wäre es Euch, werter Lirandil, etwa recht, wenn anstatt des Gesteins des Elbengebirges die Gebirgszüge hier am Elbenfjord für den Krieg herhielten? Gebirge, die größtenteils von unseren Ahnen in Kunstwerke verwandelt wurden, deren Erhabenheit eigentlich noch unsere Nachfahren erfreuen sollte? Offenbar sind die langen Aufenthalte unter den Barbarengeschöpfen von Athranor nicht spurlos an Euch vorbeigegangen.«

»Sandrilas, Ihr wisst, dass Eure Anschuldigungen grundlos

sind«, verteidigte sich Lirandil. Aber er ahnte, dass er in diesem Saal auf verlorenem Posten stand.

»Viele Dinge gilt es abzuwägen«, sagte Péandir schließlich. »Ich schlage vor, die weitere Entwicklung abzuwarten.«

Prinz Eandorn wandte sich an seinen Vater. »In meiner Jugendzeit geriet ich in die Hände von Trollen. Das ist gerade mal dreieinhalb Jahrhunderte her, und Ihr wart ohne zu zögern bereit, Reboldirs Zauber anzuwenden, um mich zu retten. Warum nicht jetzt?«

»Ich habe damals nur gedroht«, erinnerte Péandir. »Das genügte. Jeder einzelne Stein schwebte zurück an seinen Ort. Wenn wir aber gegen Ghool Krieg führen, wird es nicht bei einer Drohung bleiben. Und die Folgen, die das für die Elbenheit haben könnte, vermag niemand vorherzusehen.«

»Die Folgen, die das Nichtstun und Abwarten haben könnte, ebenso«, entgegnete Eandorn.

»Das sagst du, mein Sohn. Aber ich bin der König.«

Jeden Tag übte Arvan mit Whuon den Schwertkampf. In immer rascherer Folge droschen sie mit ihren Klingen aufeinander ein, sodass vorbeigehende Elben manchmal stehen blieben, weil sie glaubten, Zeuge einer tatsächlichen Auseinandersetzung unter Barbaren zu sein.

»Du wirst jeden Tag besser und schneller, Arvan«, sagte Whuon, nachdem er ihm wohl zum hundertsten Mal *Beschützer* aus der Hand geschlagen hatte.

Arvan nahm die Waffe wieder vom Boden auf. »Euren Grad an Perfektion werde ich nie erreichen.«

Unter denen, die stehen geblieben waren, um ihnen zuzuschauen, war auch eine Elbin in einem langen, fließenden und vollkommen weißen Gewand aus Elbenseide. Das Haar fiel ihr bis weit über die Schultern. Arvan sah zu ihr hinüber. Ihr

Blick war schwer zu deuten. Auf Arvan wirkte er einfach nur rätselhaft. Sie wandte sich um und ging weiter.

»Wir sind für diese Elben nichts anderes als Kuriositäten, die man sich ansieht wie seltene Vögel mit bunten Federn«, sagte Whuon. »Ich will nicht den Schwarzseher spielen, aber ich glaube, dein Freund Lirandil sucht hier vergebens nach Hilfe.«

Arvan allerdings hörte Whuons Worte nur wie aus weiter Ferne. Er sah noch immer der Elbin nach. Zu sehr hatte das schier unglaubliche Ebenmaß ihrer Schönheit seine Aufmerksamkeit in Beschlag genommen, als dass er in der Lage gewesen wäre, sich auch noch auf Whuons Worte zu konzentrieren.

Er fühlte schließlich die Hand des Söldners auf seiner Schulter. »He, was ist? Träumst du?«

Ein paar Tage später blickte Arvan durch eines der offenen Fenster im Palas hinunter auf den Burghof. Zalea hatte sich zu ihm gesellt. Im Burghof wandelte die junge Elbin, die Arvan und Whuon bei ihren Schwertübungen zugesehen hatte. Sie hielt ein kleines Buch in der Hand, in das sie immer wieder hineinsah, um anschließend etwas vor sich hin zu murmeln.

Vielleicht lernte sie magische Formeln, oder sie erfreute sich an der Schönheit der Elbenpoesie, von der man sagte, sie käme erst wirklich zur Geltung, wenn sie gesprochen wurde.

»Du starrst jetzt schon ziemlich lange dorthin«, stellte Zalea fest. »Ich hoffe nur, dir fallen nicht die Augen aus dem Kopf.«

»Hast du schon mal eine solche Schönheit gesehen?«, fragte Arvan völlig ergriffen.

»Arvan! Das ist eine Elbin!«

»Ja, und?«

»Sollte sie ernsthaft in Erwägung ziehen, irgendwann vielleicht einmal einen barfüßigen Menschling zu erhören, wird sie für ihre Entscheidung wahrscheinlich so lange brauchen, dass du bis dahin schon in deinem Grab zu Staub zerfallen bist.« Zalea seufzte. »Ich glaube, Whuon hatte mit seiner Bemerkung recht.«

»Welcher Bemerkung?«

»Dass Sehen etwas mit dem Verstand und nicht mit den Augen zu tun hat. Und darum siehst du leider in die falsche Richtung und hältst eine entrückte Elbin für den Inbegriff von Schönheit, anstatt das Naheliegende zu bemerken.«

Aber Arvan schien ihre Worte gar nicht zu hören, geschweige denn ihren Sinn zu begreifen. »Ich habe mich erkundigt. Ihr Name ist Zoéwén, und sie ist eine Heilerin.«

»Heilung scheinst du auf jeden Fall zu brauchen«, meinte Zalea spitz. »Fragt sich nur, ob du dir die richtige Heilerin dafür ausgesucht hast – oder vielleicht eine, die dein Leiden noch verschlimmert!«

Zalea wandte sich zum Gehen, da stand plötzlich Neldo vor ihr. Sie hatte ihn gar nicht kommen hören.

»Ich wollte niemanden erschrecken, und ich bin auch kein Elb oder Dunkelalb, der fremde Gespräche belauscht«, sagte er schnell, weil ihm ihre Reaktion nicht entgangen war.

»Na, da bin ich ja froh«, meinte Zalea.

»Lirandil schickt mich. Ich soll euch alle zusammenrufen.«

»Heißt das, er konnte den Elbenkönig überzeugen?«, fragte Zalea.

»Es heißt auf jeden Fall, dass wir diesen Ort bald verlassen werden«, antwortete Neldo.

Zalea stieß Arvan an. »Komm, Neldo hat auch dich gemeint, auch wenn du im Moment etwas schwerhörig bist und es vielleicht nicht mitbekommen hast.«

An Bord der »Tharnawn«

Lirandil empfing sie alle in seinen privaten Gemächern. Zu Arvans Überraschung war auch Prinz Eandorn anwesend. Whuon begutachtete gerade eine vom Rost angefressene Speerspitze. Sie lag auf einem steinernen Podest, so als wäre sie etwas Besonderes und nicht nur eine grobe Schmiedearbeit, die der Kunst der Metallverarbeitung, wie sie bei den Elben gepflegt wurde, völlig unwürdig war.

»Das sieht mir aber nicht nach dem berühmten Elbenstahl aus«, stellte der Söldner fest. »Ich habe in Thuvasien einige Krieger gesehen, die mit Waffen aus diesem Stahl ausgerüstet waren. Dies hier aber ist ... Abfall.«

»Bisweilen sammle ich alte Dinge«, sagte Lirandil.

»Aber ... eine rostzerfressene Speerspitze?« Whuon zuckte mit den Schultern. »Kein Wunder, dass du selbst unter deinesgleichen als Sonderling giltst, Lirandil.«

Whuon wollte die Lanzenspitze in die Hand nehmen, um sie sich genauer anzusehen, aber Lirandil schien das nicht zu gefallen. »Rührt dieses Artefakt nicht an«, riet er dem Söldner eindringlich. »Ich brauche es noch, und Ihr habt grobe Hände und einen zu festen Griff. Wer weiß, ob Euch dieses von der Zeit gezeichnete Eisen nicht unter den Fingern zerbröselt.«

Whuon hob beschwichtigend die Hände. »Ich bin dein Gast – und wenn du mich tatsächlich Elbisch lehrst, auch dein Schwert! Also tue ich, was du sagst.«

»Warum habt Ihr uns zusammengerufen?«, fragte Arvan voller Ungeduld.

»Wir werden von hier aufbrechen«, erklärte Lirandil. »Hier kann ich derzeit nichts ausrichten.«

»Heißt das, es wird kein Bündnis mit den Elben geben?«, fragte Arvan.

»Niemand sollte die Hoffnung aufgeben, dass mein Vater und die Mitglieder des Thronrates doch noch zu einer anderen Überzeugung gelangen«, ergriff Prinz Eandorn das Wort. »Ich denke in vielem anders als mein Vater. Und deshalb bin ich entschlossen, euch zu helfen.«

»Prinz Eandorn wird uns mit seinem Schiff nach Carabor bringen«, sagte Lirandil. »Und dort werden wir dann hoffentlich den Admiralsrat davon überzeugen können, uns die caraboreanische Flotte zur Verfügung zu stellen.«

»Carabor …«, murmelte Arvan. Nachdem dieser Name gefallen war, hörte er kaum noch zu, was sonst noch gesprochen wurde. So lange war diese Stadt nur ein Trugbild in seinem Kopf gewesen. Eine Erinnerung, die er eigentlich nicht haben durfte, denn er war damals noch viel zu jung gewesen. Und jetzt sollte endlich geschehen, was er sich so sehnlichst gewünscht hatte: Sie würden im Hafen von Carabor anlegen!

»Auch Brass Elimbor will euch helfen«, erklärte Eandorn. »Ich habe mit ihm gesprochen. Er wird versuchen, den Thronrat davon zu überzeugen, dass wir unsere Magie einsetzen müssen, um Ghool aufzuhalten, mag unsere Zauberkunst auch noch so schwach geworden sein. Allerdings darf ich euch nicht viel Hoffnung machen. Es kann gut sein, dass ihr im Kampf gegen den Schicksalsverderber nicht auf die Elben zählen könnt.«

»Das sind keine guten Nachrichten«, stellte Borro fest.

»Brass Elimbor wird die Eldran bitten, ihm als Boten zu dienen, damit man am Elbenfjord in Zukunft schneller über die Bedrohungslage Bescheid weiß.«

»Das Problem scheint mir nicht mangelndes Wissen zu sein, sondern mangelnde Entschlusskraft«, meinte Whuon. Dann aber zuckte er mit den Schultern. »Es ist ja nicht mein Land, das hier zugrunde geht.«

»Ich nehme nicht an, dass die Magier von Thuvasien Euch ihr Weltentor noch einmal passieren lassen«, widersprach ihm Lirandil. »Es könnte also durchaus sein, dass Athranor der Ort ist, an dem Ihr den Rest Eurer Lebensspanne verbringen werdet.«

»Wir werden sehen«, antwortete Whuon.

Die Reisevorbereitungen wurden schnell getroffen. Prinz Eandorns Schiff war zwar wie alle Elbenschiffe von großer Eleganz, aber Arvan schien es, als wären die Aufbauten weniger verspielt und als wäre das ganze Schiff mehr nach Gesichtspunkten der Zweckmäßigkeit gebaut worden, als dies bei den anderen Schiffen der Elben der Fall war.

»Ich habe dieses Schiff selbst entworfen«, sagte Eandorn stolz.

»So interessiert Ihr Euch für die Seefahrt?«, fragte Arvan.

»Sehr sogar. Doch wie die Magie ist auch diese Fertigkeit im Verlauf der Zeitalter immer mehr verkümmert und heute auf einem beklagenswert niedrigen Niveau.«

»Und die Besatzung?«, wunderte sich Arvan. »Das scheinen mir andere Elben zu sein als jene, die sich auf ihre Schlösser zurückziehen, ihre Provinz niemals verlassen und Menschen für eine Legende halten.«

Eandorn lächelte. »Ja, das ist wahr. Es gibt eine wachsende Minderheit in unserem Volk, die ahnt, dass nicht alles auf ewig so bleiben kann, wie es ist, wenn wir überleben wollen.«

»Ich nehme an, es wird noch Jahrhunderte dauern, bis sich diese Einstellung durchsetzt«, befürchtete Arvan.

»Länger«, erwiderte Eandorn. »Jahrtausende. Aber manchmal kommen die Dinge auch anders, als man glaubt. Denn die Zeit ist wie ein Fluss, doch durch einen Erdrutsch kann so ein Fluss gestaut werden. Die Zeit scheint dann stillzustehen, nichts scheint voranzugehen. Das Wasser erreicht niemals die Mündung, so denkt man. Doch dann bahnt es sich plötzlich seinen Weg und rollt als große Flut daher. Es könnte sein, dass uns solch ein Moment bald bevorsteht.«

»Dann wollen wir hoffen, dass Ghool in dieser Flut ersäuft«, meinte Arvan.

»Weißt du, Menschling, wovon ich träume?«

»Wie könnte ich die Träume eines Elben erahnen?«

Eandorn deutete hinaus auf das bläulich schimmernde Wasser des Elbenfjords. »Irgendwo jenseits der Meere gibt es Bathranor. So nennen wir die Gestade der Erfüllten Hoffnung. Unsere Vorfahren haben es im Geist besucht, aber sie waren nie wirklich dort. Ich hoffe, dass die Elbenheit eines Tages die Kraft findet, aufzubrechen und in Bathranor ein neues Reich zu gründen – denn unser jetziges Reich ist dem Untergang geweiht. Das Wiedererstarken Ghools ist nur ein Faktor, der diesen Untergang beschleunigt, aber nicht die Ursache.« Eandorn legte die Hand auf die Reling. »Dieser Traum erfüllt mich mehr als alles andere, Arvan. Ein Traum, von dem ich weiß, dass mein Vater ihn nicht teilt und der sich vielleicht erst in sehr ferner Zukunft erfüllen wird. Ein Traum, der kaum mehr als eine vage Hoffnung ist.«

»Nun, als kurzlebiger Mensch verfolge ich notgedrungen etwas naheliegendere Ziele«, sagte Arvan.

»Aber du hast den Mut, der mir fehlt«, meinte Eandorn. Er tätschelte noch einmal die Reling und fuhr dann fort: »Ich habe dieses Schiff ›Tharnawn‹ genannt. Das ist unser Wort für Hoffnung. Ein Name, der mich daran gemahnen soll, dass ich eines Tages mit Schiffen wie diesem zu den Gestaden der Erfüllten Hoffnung reisen werde.«

Bevor die »Tharnawn« ablegte, bemühte sich Brass Elimbor zum Hafen. Sein Erscheinen sorgte unter den Elben für großes Aufsehen, und später erfuhr Arvan, dass sich der uralte Schamane nur noch selten in der Öffentlichkeit zeigte.

Brass Elimbor war nicht nur gekommen, um der »Tharnawn« seinen Segenszauber mitzugeben, sondern auch, um Arvan noch einmal zu sehen.

Er stand Arvan gegenüber, sah ihn eine ganze Weile lang an und schwieg zunächst. »Ich erinnere mich gut an dich, Arvan«, begann er schließlich. »Es ist auch noch nicht lange her, als deine Eltern dich in meine Hände gaben.« Sein Relinga klang in Arvans Ohren eigenartig. Vielleicht hatten die ersten Menschen, die angeblich aus den geheimnisvollen Ländern der Meeresherrscher von Relian gekommen waren und diese Sprache mitgebracht hatten, so gesprochen. Arvan musste sich Mühe geben, Brass Elimbor zu verstehen.

»Ich habe seitdem viele Verletzungen überstanden, an denen andere meiner Art gestorben wären«, sagte Arvan.

Brass Elimbor nickte wissend. »Dein Leben wird nur wenige Augenblicke andauern und vorbei sein, ehe man einen vernünftigen Gedanken zu Ende bringen könnte. Und wenn der Zauber, den ich an dir gewirkt habe, dazu führt, dass es zwei oder drei Augenblicke länger währt, dann mag das für deinesgleichen eine lange Zeit sein, für uns aber ist es nur ein Moment. Es ist nicht leicht, ein so flüchtiges Leben zu beobachten. In deinem Fall würde es mich aber freuen, eines Tages von dir zu hören.«

»Ich hoffe, das wird dann nur Gutes sein«, meinte Arvan.

»Aber die Wahrscheinlichkeit, dass irgendeine Nachricht über mich bis ins Elbenreich dringt, ist äußerst gering. Schließlich bin ich kein großer König, und dass ich viele Orks erschlagen habe, macht mich auch noch nicht zu einem großen Helden. Um ehrlich zu sein, komme ich mir immer noch eher wie ein grober Tollpatsch vor.«

»Es liegt ganz allein an dir selbst, wer du bist und wer du sein willst, Arvan«, entgegnete Brass Elimbor. Seine Finger berührten Arvans Stirn. »Hier erschaffen wir das, was wir sind. Nur hier. Alles andere kommt danach.«

Ein eigenartiger magischer Schauer durchlief Arvan, als der Schamane ihn mit den Fingerkuppen an der Stirn berührte. Einen Augenblick lang fühlte er sich benommen. Er wollte noch etwas sagen, doch er war nicht mehr in der Lage, auch nur einen einzigen Ton hervorzubringen.

Die »Tharnawn« legte ab und segelte den Elbenfjord entlang. Elegant glitt das Schiff, das trotz seiner Größe extrem wendig war, über das Wasser. Die Segel blähten sich, und Arvan dachte daran, wie schwerfällig und plump dagegen die Kriegsschiffe gewesen waren, die mit den Truppen des Waldkönigs den Langen See überquert hatten.

»Es wird eine lange Reise bis Carabor«, sagte Lirandil zu ihm. »Allerdings ist der Seeweg sehr viel schneller, als es der Landweg wäre«, fügte er hinzu. »Und das gilt natürlich besonders, wenn man mit einem Elbenschiff segelt.«

»Es wird niemandem an Bord an etwas mangeln«, versprach Eandorn, der sich zu ihnen gesellt hatte.

»An den faden Geschmack elbischer Speisen haben wir uns schon gewöhnt«, meinte Borro. »Und wenn es zwischendurch einen ruhigen Platz zum Schlafen gibt und der Seegang nicht allzu heftig wird, bin ich zufrieden.«

Immer weiter fuhr die »Tharnawn« den Elbenfjord entlang. Aus der Ferne waren vom Schiff aus die gewaltigen Reliefs und Standbilder der Bildmark zu sehen und später die Säulen von Alt-Elbanor, eine der ältesten und erhabensten Städte der Elbenheit, deren Bauwerke zum großen Teil noch aus der Zeit vor der Regentschaft des ersten Elbenkönigs stammten.

Manche dieser Säulenhallen war verfallen. Bei anderen war zu erkennen, dass sie früher noch höher und großartiger gewesen waren, aber inzwischen schienen ganze Teile von ihnen zu fehlen.

»Es ist bedauerlich«, erklärte Lirandil dazu. »Es ist nicht nur so, dass wir heute vermutlich gar nicht mehr imstande wären, ähnliche Bauwerke zu erschaffen. Nein, unsere Magie reicht in manchen Fällen sogar nicht einmal mehr aus, sie zu erhalten und vor dem natürlichen Verfall zu bewahren.«

Sie segelten zum Ausgang des Elbenfjords, segelten dann in südwestliche Richtung und hielten sich in Küstennähe der zum Elbenreich gehörenden Herzogtümer von Belreana und Arantea, um schließlich aufs offene Meer zu gelangen und ihren Weg in südliche Richtung fortzusetzen. Kurz tauchte in der Ferne die Küste der mitten im Elbischen Meer gelegenen Insel Matanea auf. »Ein Volk von Seefahrern lebt dort«, berichtete Lirandil. »Ich habe einen furchtbaren Sommer dort verbracht. Es gibt nur wenige Orte, die so stürmisch und mit einem so unangenehmen Klima gestraft sind wie dieses Eiland dort.«

In den Nächten schliefen sie in den Kabinen, die ihnen zur Verfügung gestellt worden waren. Sie waren angenehmer und großzügiger als die Zimmer so manches Gasthauses. Arvan wurde schnell klar, dass Eandorn die »Tharnawn« offenbar von Anfang an für weite Seereisen geplant hatte.

Whuon übte an Deck täglich die Feinheiten des Schwertkampfes mit Arvan. Das Gefühl, ein ungeschickter Tollpatsch zu sein, wurde bei diesem dadurch allerdings nicht gemindert, eher war das Gegenteil der Fall. Schließlich zeigte Whuon ihm jedes Mal aufs Neue, wie überlegen seine Art zu kämpfen der von Arvan war und wie viel er noch zu lernen hatte.

Whuon wiederum ließ sich von Lirandil die Grundlagen der elbischen Schrift und Sprache beibringen. Der Fährtensucher hatte geglaubt, sein Schüler würde schnell aufgeben. Aber es stellte sich heraus, dass der Barbar viel talentierter war, als es Lirandil je für möglich gehalten hätte.

Manches von diesen Lektionen schnappte Arvan auf. Und einmal hörte er, wie Lirandil zu seinem Schüler sagte: »Eure Wissbegier ist groß, aber Ihr braucht Euch nicht so sehr mit dem Erwerb Eurer Kenntnisse zu beeilen.«

»Ich möchte so schnell wie möglich in den Schriften der Elben lesen können«, wandte Whuon ein.

»Ich empfehle Euch, mindestens ein Jahrzehnt zu warten, ehe Ihr wieder im Palast am Elbenfjord vorstellig werdet, Whuon.«

»Ein Jahrzehnt?«

»Besser wären zwei oder drei. Man könnte Euch sonst für ungeduldig und aufdringlich halten und Euch trotz meiner Fürsprache abweisen. Aber Ihr müsst meinen Empfehlungen natürlich nicht folgen, werter Whuon.«

Brogandas wirkte sehr in sich gekehrt und zurückgezogen, seit sie sich an Bord der »Tharnawn« befanden. Schon Brass Elimbor hatte ihn bei seinem Besuch an Bord, bevor das Schiff ausgelaufen war, mehr oder minder ignoriert, und ähnlich behandelten ihn auch die Mitglieder der elbischen Besatzung. Selbst dem vergleichsweise weltoffenen Prinzen Eandorn gefiel es offensichtlich nicht, einen Dunkelalben an Bord zu haben.

Er sprach ihn niemals direkt an. Wenn er ein Anliegen hatte, das auch Brogandas betraf, richtete er seine Worte an Lirandil oder einen der anderen aus der Gruppe. Das lag an der alten Feindschaft zwischen den Herren von Albanoy und den Elben, obwohl Prinz Eandorn viel zu jung war, um diese Zeiten noch erlebt zu haben.

Die »Tharnawn« umrundete schließlich in einem großen Bogen die Orkländer, die auf der großen Halbinsel des Kontinents Athranor lagen. Zumeist hielt das Schiff einen Kurs, der weit von den Küsten entfernt verlief, allein schon, um nicht für unnötiges Aufsehen zu sorgen. Nur einmal kamen sie dem Land etwas näher.

Arvan und die Halblinge staunten über gewaltige, walgroße wurmähnliche Wesen, die sich über das karge Land bis zum Wasser schoben und sich von den Wellen umspülen ließen.

»Das sind Lindwürmer«, erklärte ihnen Lirandil. »Sie füllen an der Lindwurmküste ihre Körper mit Salzwasser, und dieser Wasservorrat reicht ihnen für ihre Wanderungen bis in das glutheiße, trockene Innere der Hornechsenwüste. Für die Orks sind die Lindwürmer eine Art natürliches Verkehrsmittel ins Wüsteninnere.«

»Sagt bloß, Ihr habt auch schon auf so einem Ungetüm gesessen?«, fragte Borro.

Lirandil ging darauf nicht ein. »Vielleicht wird eines Tages jemand von uns diesen Weg nehmen müssen, um in das Zentrum der Wüste jenseits des Namenlosen Gebirges zu gelangen. Denn genau dort ist der Ursprung von Ghools Macht zu finden.«

Arvan sah plötzlich etwas über den Wellen schimmern. Er hatte es schon einmal bemerkt, aber es für eine Täuschung gehalten, für Sonnenlicht, das sich auf dem Wasser spiegelte.

Nun aber erkannte er, dass es etwas anderes war. Eine

durchscheinende Gestalt, die im ersten Moment nur aus Licht zu bestehen schien, schwebte geisterhaft über den Wellen des Caraboreanischen Meeres. Erst auf den zweiten Blick erkannte Arvan darin einen Elbenkrieger.

»Das ist ein Eldran«, sagte Lirandil. »Er folgt uns schon seit einer ganzen Weile. Offenbar hat ihn Brass Elimbor geschickt, sodass wir davon ausgehen können, dass zumindest er über den Fortgang unserer Mission informiert sein wird.«

Die Gestalt schwebte noch eine Weile hinter dem Schiff her, verblasste dann und war nicht mehr zu sehen.

Als Arvan den Fährtensucher darauf ansprach, lächelte dieser nachsichtig. »Dass du ihn nicht mehr siehst, heißt nicht, dass er nicht mehr da ist. Es sagt nur etwas über das Vermögen deiner Augen aus.«

Tagelang hatte sich Brogandas kaum blicken lassen. Doch als sich die »Tharnawn« Carabor so weit genähert hatte, dass man sie von den Zinnen und Türmen dieser riesigen Stadt am Horizont auftauchen sehen konnte, fand er sich an Deck ein. Arvan vermutete, dass er mit seinen feinen Ohren die Gespräche der elbischen Besatzung belauscht hatte.

Arvan selbst befand sich mit seinen drei Halblingfreunden am Bug des Schiffes, und sie besahen sich die Stadt. Whuon hingegen nutzte die Zeit, um in einem kleinen elbischen Buch zu lesen, das Lirandil ihm für seine Leseübungen gegeben hatte. Die Erwartungen des Söldners hinsichtlich Carabor schienen begrenzt zu sein. Arvan hatte ihm von der größten Stadt mit dem gewaltigsten Hafen erzählt. Er hatte ihm gesagt, dass innerhalb der mächtigen, schier unüberwindlichen Mauern mehr Menschen lebten als in ganzen Königreichen. Doch Whuon hatte gelächelt und gesagt: »Ein Hafen also – wie Dutzende, in denen ich schon war. Ich wette, du bist noch nie dort gewesen. Sonst würdest du anders über Carabor reden.«

»Ich war dort – auch wenn es lange her ist«, hatte Arvan erwidert, doch seither hatte der Söldner den Blick nicht mehr von den Seiten des Elbenbuches genommen.

»Ich hoffe nur, dass Lirandil nicht so unvorsichtig war, ihm etwa magische Formeln zur Lektüre zu geben«, flüsterte Zalea besorgt.

»Soweit ich es mitbekommen habe, handelt es sich um elbische Kinderreime«, entgegnete Arvan. Er zuckte mit den Schultern. »Lirandil meint wohl, Whuon sollte mit etwas Leichtem anfangen. Allerdings gehe ich jede Wette ein, dass elbische Kinderreime länger sind als so manche epische Dichtung von Halblingen oder Menschen.«

Brogandas gesellte sich zu ihnen und blickte in die Ferne. Die Kapuze seines Gewands hatte er zurückgeschlagen, sodass die Zeichen auf seiner Haut deutlich zu sehen waren. Hier und dort veränderten sie sich und bildeten dornenähnliche Muster. Arvan fragte sich, was das wohl zu bedeuten hatte. Der Dunkelalb schnüffelte wie ein wildes Tier, das eine Beute wittert.

»Was beunruhigt Euch, Brogandas?«, fragte Arvan.

»Wir werden in Carabor eine andere Lage vorfinden, als wir erwartet haben«, erwiderte der Dunkelalb.

»Wie kommt Ihr zu dieser Einschätzung?«

Er schnüffelte noch einmal, schloss dabei die Augen und sog die Luft auf eine geräuschvolle, äußerst unangenehm klingende Weise ein. »Es riecht verbrannt«, stellte er fest. »Ich rieche Feuer.«

Brennende Schiffe

Es dauerte nicht lange, und sie sahen die ersten Rauchfahnen am Horizont, die schwarz zum Himmel aufstiegen. Die Elben waren längst darauf aufmerksam geworden. Lirandil und Eandorn hatten sich besorgt vom Heck zum Bug der »Tharnawn« begeben. Stirnrunzelnd und mit angestrengt blickenden Augen standen sie da und sahen in die Ferne.

»Brennende Schiffe! Und zwar Hunderte!«, sagte Lirandil. Er schüttelte fassungslos den Kopf. »Das kann nicht wahr sein …«

»Was bedeutet das?«, fragte Arvan.

»Das ist die Flotte von Carabor!« Der Fährtensucher schluckte. Der Schrecken stand ihm ins Gesicht geschrieben.

Die »Tharnawn« musste ihren Kurs korrigieren, um nicht den Weg brennender Schiffe zu kreuzen. Wie schwimmende Fackeln trieben sie mit dem Wind dahin, Richtung Süden, der Kochenden See entgegen, wo heiße giftige Gase aus dem Meer brodelten. Sie verschlangen jedes Schiff und ließen die Besatzungen ersticken. Das war der eigentliche Grund dafür, dass seit vielen Zeitaltern keine Verbindung mehr zu den Ländern der Meeresherrscher von Relian bestand.

»Könnte es sein, dass diese Schiffe bereits im Hafen in Brand gerieten und man sie forttreiben ließ, damit das Feuer nicht auf die Stadt übergreift?«, fragte sich Arvan laut.

»Aber wer sollte die Flotte angezündet haben?«, sagte Whuon. »Orks?«

»Das hieße ja, dass sie schon in der Stadt sind.«
»So ist es«, murmelte Lirandil finster.

Der Rauch verdunkelte den Himmel, und in der Ferne tauchten die Türme von Carabor auf. Die Hafeneinfahrt stand offen. Einige brennende, herrenlos dahintreibende Schiffe blieben an den weit ins Meer hineinragenden Hafenmauern hängen und verbrannten dort.

Das Elbenschiff erreichte den Hafen. Die Elbenkrieger an Bord, die Prinz Eandorn auf dieser Fahrt begleiteten, nahmen ihre Bogen und legten Pfeile ein. Schließlich war nicht klar, welche Situation man in der Stadt vorfinden würde. Aber an den Kaimauern waren nur bewaffnete Caraboreaner zu sehen. Unter ihren Harnischen trugen sie die blaue Livree der Stadtwachen. Einige von ihnen warfen erschlagene Orks ins Wasser.

»Scheint, als kämen wir zu spät, um noch am Kampf um Carabor teilzunehmen«, sagte Whuon bedauernd.

»Hier hat es keinen Kampf um die Stadt gegeben«, behauptete Lirandil, der mit seinem feinen Gehör die Gespräche der Stadtwachen aus der Ferne vernahm. »Es war der Anschlag einer kleinen Gruppe, der es gelungen ist, in den Hafen zu gelangen und die Flotte in Brand zu setzen.«

»Dann hoffe ich, dass keiner von ihnen entkommen konnte«, meinte Whuon und beobachtete, wie die Stadtwachen weitere Orkleichen ins Wasser warfen.

Arvan wandte sich an Brogandas. »Werdet Ihr uns jetzt verlassen, Brogandas?«

»Warum sollte ich?«

»Wenn die Flotte der Caraboreaner vernichtet ist, bedeutet das doch eine Veränderung im Verhältnis der Kräfte, und womöglich erscheint Euch unser Kampf jetzt vollkommen aussichtslos.«

Ein kaltes Lächeln spielte um Brogandas' Lippen, und der Blick, mit dem er Arvan bedachte, ließ diesen schaudern. »Ich warte noch ab«, sagte er.

Lirandil war der Erste, der von Bord ging. Die Ankunft eines Elbenschiffs hatte natürlich sofort überall Aufmerksamkeit erregt. Es kam nicht oft vor, dass ein Schiff der Unsterblichen den Weg in den Hafen einer Menschenstadt fand, und das galt selbst für den Hafen von Carabor, dem größten von ganz Athranor.

»Was ist hier geschehen?«, verlangte Lirandil von den Stadtwachen zu wissen.

»Seid Ihr etwa der legendäre Lirandil?«, fragte einer von ihnen, statt eine Antwort zu geben.

»Ich habe keine Zeit, mich lange aufzuhalten, also berichtet mir«, forderte Lirandil, und daraufhin erfuhren sie, dass es tatsächlich einen Angriff von Orks auf den Hafen gegeben hatte. »Mit Flößen sind sie in der Nacht über die Schlangenbucht gekommen und haben sich im Ufergras der Sümpfe verborgen. In die Stadt konnten sie nicht, aber der Hafen ist unser schwacher Punkt, und so haben sie die Schiffe dort angezündet.«

»Befindet sich die Ratshalle noch an derselben Stelle?«, fragte Lirandil, schroff das Thema wechselnd.

Der Wächter sah ihn verständnislos an. »Der Admiralsrat tagt schon immer in der Halle des Großhauses.«

»Also nicht mehr im Ratshaus«, sagte Lirandil.

»Das ist doch schon vor langer, langer Zeit abgebrannt, da war ich noch ein Kind«, sagte der Wächter. »Der Rat ist gerade zusammengetreten, um darüber zu entscheiden, was man gegen die Orks unternehmen wird.«

»Dann kommen wir ja genau im richtigen Moment«, kommentierte Brogandas, der der Unterhaltung aufmerksam zugehört hatte.

Carabor war auch zur See hin von riesigen, zehn Schritte breiten Mauern umgeben. Arvan und die Halblinge folgten Lirandil. Der Elb ging mit weiten, selbstbewussten Schritten durch das Hafentor. Die Wachen, die dort postiert waren, ließen ihn anstandslos passieren. Arvan und seinen drei Freunden folgten Whuon und Brogandas und schließlich auch Prinz Eandorn zusammen mit ein paar Elbenkriegern aus der Besatzung seines Schiffes. Eandorn blieb jedoch immer wieder stehen und sah sich um, sodass der Abstand zu den anderen zunächst immer größer wurde. Der Elbenprinz machte auf Arvan einen ziemlich neugierigen Eindruck. Überall gab es Dinge zu entdecken, die der Sohn von König Péandir noch nie gesehen hatte. Die Bettler vor dem Tor gehörten ebenso dazu wie die lärmenden Gaukler und Spielleute oder die Händler mit ihren Bauchläden, die allerlei Tand anboten. Die Straßen von Carabor waren voll von ihnen, und es schien nicht eine Gasse in der Stadt zu geben, die nicht in irgendeiner Weise auch als Marktplatz genutzt wurde.

Dass Carabor soeben einen hinterhältigen Angriff hatte hinnehmen müssen, der den Großteil der im Hafen liegenden Flotte vernichtet hatte und leicht auch Teile der Stadt selbst hätte zerstören können, schien der Geschäftigkeit der Caraboreaner keinen Abbruch zu tun.

Lirandil und sein Gefolge erregten überall Aufsehen. Es bildeten sich Gruppen von Menschen, die vor allem die Elben und den Dunkelalb bestaunten. Hier und dort bemerkte Arvan auch einen Halbling unter den Zuschauern.

»Das sind also die der Sünde Anheimgefallenen, vor denen man uns immer gewarnt hat«, sagte Neldo leise zu Arvan. »Hast du gesehen, manche von ihnen tragen sogar Schuhe!«

»Halblinge, die Schuhe tragen, und ein Mensch wie du, der keine trägt«, sagte Borro. »Sollte nicht ein jeder zumindest darüber selbst entscheiden dürfen, was er an den Füßen trägt, ohne dass man in ihm gleich einen Verräter am eigenen Volk sieht?«

Arvan lachte. »Ich bin in diesem Punkt vollkommen deiner Meinung, *Borrovaldogar*.«

»Untersteh dich, mich noch einmal so zu nennen, barfüßiger Menschling!«, erregte sich Borro, aber seine Empörung war natürlich nur gespielt.

Sie erreichten ein Gebäude, bei dem es sich um das Großhaus handeln musste. Wie eine Inschrift über dem Portal verriet, war es eines der ältesten Häuser der Stadt und stammte noch aus einer Zeit, als Carabor eine Kolonie der Meeresherrscher von Relian gewesen war und die Kochende See noch nicht die Verbindung dorthin hatte abreißen lassen. Seitdem waren viele Gebäude errichtet worden, die viel größer waren, aber seinen Namen hatte dieses Haus seit jenen frühen Zeiten behalten.

Es war aus hellem Stein errichtet und hatte eine einfache quaderförmige Form mit einem spitzen Dach. Am Portal traten Lirandil und seinem Gefolge Wachen entgegen.

»Der Admiralsrat tagt! Ihr habt keinen Zutritt!«, sagte einer der Männer barsch.

»So richtet dem Rat aus, dass Lirandil der Fährtensucher hier ist und den Thronfolger des Elbenreichs in seiner Begleitung hat. Manch eines der Mitglieder des Admiralsrats wird mich noch persönlich kennen. Richtet ihnen aus, dass der Angriff, den diese Stadt heute erlitten hat, nur das Vorspiel des großen Krieges gewesen sein dürfte, vor dem ich schon eure Großväter gewarnt habe.«

Die Wachen waren nach diesen Worten unschlüssig, wie sie

mit den Besuchern verfahren sollten. Sie riefen nach ihrem Hauptmann, der sich Lirandils Anliegen anhörte und dann im Haus verschwand. Es dauerte eine Weile, bis er zurückkehrte.

»Ihr seid es gewiss sonst nicht gewohnt, dass man Euch warten lässt, mein Prinz«, wandte sich Whuon an Eandorn und benutzte dabei seine frisch erworbenen Kenntnisse der Elbensprache.

»Warten?«, fragte der Thronfolger des Fernen Elbenreichs, und im nächsten Moment wurde deutlich, dass sein Unverständnis nichts mit Whuons noch unzureichendem elbischen Wortschatz zu tun hatte, sondern mit dem unterschiedlichen Empfinden der Zeit, denn er fügte hinzu: »Wann haben wir denn bislang warten müssen?«

Der Hauptmann kehrte zurück. »Folgt mir bitte. Der Rat empfängt Euch.«

Rache folgt auf dem Fuß

Sie folgten dem Hauptmann durch eine Säulenhalle in eine größere Halle, in deren Mitte sich eine runde Tafel befand – die Tafel des Admiralsrats. Das Steuerrad eines Schiffes bildete das Zentrum der Tafel, an der die fast fünfzig Admirale der einzelnen Handelshäuser ihre Plätze eingenommen hatten. Allerdings saß keiner von ihnen, denn nach der Tradition Carabors hatte nur der eine Stimme im Admiralsrat, der auf eigenen Füßen stand. Abgesehen davon wurde auf diese Weise verhindert, dass Tagungen des höchsten Regierungsgremiums allzu sehr ausuferten.

Jeder der Stimmberechtigten trug eine Admiralskette mit einem Amulett, auf dem sein Namen eingraviert war und das bei Abstimmungen in die Mitte der Tafel geworfen wurde. Der Hochadmiral trug ein ganz besonderes Amulett, denn es hatte die Form eines Schiffssteuers mit fünf Speichen und Greifholmen und bestand aus Gold. Es glich dem Steuerrad, das das Zentrum der Tafel bildete, und dieses Zeichen zierte auch sein Amtsgewand, das aus einem bestickten Überwurf bestand.

Als Arvan es sah, dachte er sofort: *Das gleiche Zeichen, das einst mein Vater trug!*

Alle Gesichter waren den Ankömmlingen zugewandt, und der Hochadmiral erhob seine Stimme: »Ich heiße Euch im Namen des Admiralsrates von Carabor willkommen.« Er verließ seinen Platz an der Tafel und trat den Ankömmlingen entgegen, und obwohl er den Elben das erste Mal in seinem Leben sah, sagte er: »Es ist schön, Euch wieder in unserer Stadt begrüßen zu dürfen, Lirandil.«

Terbon Sordis, durchfuhr es Arvan. *Der Name des Mörders meiner Eltern!*

Er starrte den Hochadmiral an, sodass dieser die Stirn runzelte, dann glitt Terbon Sordis' Blick tiefer, er sah auf Arvans Füße – und erbleichte.

Werde deiner Gefühle Herr, oder verlasse augenblicklich den Raum, erreichte Arvan ein Gedanke von Lirandil. Aber Arvan fühlte bereits, wie die Wut ihn überkam. Eine Wut, die ähnlich überwältigend war wie jene, die ihn erfasst hatte, als er auf den verletzten Ork in der Baumhöhle am Langen See eingeschlagen hatte.

Der starre Blick, den Terbon Sordis auf Arvans Füße gerichtet hatte, machte auch die anderen Admirale aufmerksam. Terbon wich einen Schritt zurück und fragte: »Wer bist du?«

Gerade noch hatte Arvan geglaubt, seine Wut doch noch bezwingen zu können, aber Terbon Sordis' Frage machte seine Selbstbeherrschung zunichte. »Ich bin Arvan Aradis, der Sohn von Hochadmiral Kemron Aradis und seiner Gemahlin Tela'a«, sagte er laut. »Auch wenn Ihr alles versucht habt, das Haus Aradis auszurotten, es ist Euch nicht gelungen, denn ich habe überlebt!«

»Seine Füße!«, murmelte einer der Admirale.

»Sie tragen das Zeichen«, stellte ein anderer fest.

»Das Zeichen der Aradis!«

»Er könnte es wirklich sein.«

Arvan blickte an sich herab, sah auf seine bloßen Füße, konnte aber nichts Ungewöhnliches daran feststellen. Es waren einfach seine Füße, an den Sohlen stark verhornt, da er immer barfuß gelaufen war, und dunkel vom Staub der Straße. Im Wald, wo der Boden zumeist von Moos bedeckt war, war es leichter, seine Füße sauber zu halten, als in einer Stadt wie Carabor. Das war Arvan schon aufgefallen, als sie die Stadt um den Hof des Waldkönigs betreten hatten.

Wovon sprechen die?, ging es ihm durch den Kopf. Nicht einmal Lirandil schien in diesem Punkt mehr zu wissen als er selbst. Zumindest machte auch er ein leicht irritiertes Gesicht, wobei sich Arvan selten wirklich sicher war, ob er die Züge des Elben richtig zu deuten vermochte.

Ein weißhaariger, offensichtlich schon ziemlich alter Mann trat vor. Auch er trug die Insignien eines caraboreanischen Handelsadmirals. Er sah sich Arvans Füße an. »Wahrhaftig, er ist es«, stellte er fest. »Der große Zeh und der daneben sind ein Stück zusammengewachsen. Dieses Zeichen trugen alle Männer der Familie Aradis – ein Zeichen des Glücks und der Gunst der Götter!«

»Ich bin unter Halblingen aufgewachsen«, sagte Arvan. »Ich muss gestehen, dass ich die Füße anderer Menschen noch nie zu Gesicht bekommen habe.«

Immerhin trugen die Söldner des Waldkönigs Stiefel. Darum hatte Arvan immer gedacht, dass sich seine Füße nicht von denen anderer Menschen unterschieden. Viel wichtiger war für ihn gewesen, dass diese Füße offenbar ein Grund dafür waren, dass er nicht so gut klettern konnte wie ein Halbling.

Der alte Mann musterte Arvan, der sich sichtlich unbehaglich fühlte. »Ich bin Dolgan Jharad und aufgrund meines Alters von nunmehr vierundneunzig Jahren der Ältermann des Admiralsrats. Und solange es mir die Götter vergönnen, an der Tafel des Admiralsrates zu stehen, werde ich diesen Posten auch behalten, der mich zum Stellvertreter des Hochadmirals macht.«

»Ihr müsst meinen Vater gekannt haben«, sagte Arvan.

»Gewiss habe ich das. Und ehrlich gesagt, fiel es mir damals schon schwer zu glauben, deine Eltern wären Verräter gewesen, die eine Übernahme der Stadt durch den König von Beiderland vorbereitet hätten.«

»Sie wurden ermordet!«

»Arvan!«, griff Lirandil laut ein und fügte dann in Gedanken hinzu: *Willst du unsere letzte Hoffnung aufs Spiel setzen, du Narr?*

Arvan aber achtete nicht auf die Mahnung des Elben. Vor ihm stand der Mörder seiner Familie, dem auch er beinahe zum Opfer gefallen wäre, hätte ihn nicht ein Halblingschreiber gerettet und in die Wälder am Langen See gebracht. Und er sollte diesen Mann nicht zur Rechenschaft ziehen können?

Die Wut drohte ihn erneut zu übermannen. Am liebsten hätte er *Beschützer* hervorgerissen und damit auf Terbon Sordis eingeschlagen, ohne Rücksicht darauf, was das für Lirandils schon so lange gesponnenes diplomatisches Netz bedeutet hätte.

»Wachen!«, rief Terbon Sordis in diesem Moment, und seine Stimme überschlug sich dabei. »Verhaftet diesen barfüßigen Barbaren – sofort!«

Die Wachen gehorchten dem Hochadmiral aufs Wort und richteten ihre Waffen gegen Arvan und seine Gefährten, Hellebarden, Speere und Schwertspitzen. Weitere Wachen eilten herbei und umzingelten sie.

Whuon riss sein Schwert hervor, denn er war keinesfalls gewillt, sich widerstandslos festnehmen zu lassen, und auch die Soldaten von Prinz Eandorn griffen zu ihren Waffen.

Doch dann verzog Terbon Sordis sein Gesicht zu einer Grimasse. Seine Augen traten hervor, sein Mund verzog sich. Er griff an den Gürtel, der das Übergewand mit dem aufgestickten Steuerrad zusammenhielt, und riss auf eigenartig ungelenke Weise den Zierdolch hervor, den er dort trug – eine Klinge von ungefähr einer Elle Länge.

Einen Augenblick nur glaubte Arvan, dass sich der Hochadmiral damit auf ihn stürzen wollte, um doch noch zu vollenden, was ihm vor Jahren nicht gelungen war, nämlich den Letzten aus dem Haus Aradis zu töten.

Doch stattdessen rammte sich der Hochadmiral die Klinge selbst in die Brust, stieß sie sich tief in den Körper und starb mit einem bis zur Unkenntlichkeit verzerrten Gesicht, das nur noch einer irren Fratze glich. Schwer schlug sein lebloser Leib auf dem Boden auf.

Einen Moment lang rührte sich niemand. Arvan war starr vor Schrecken, und Neldo, Borro und Zalea ging es nicht anders. Selbst Lirandil wirkte fassungslos.

»Halt!«, rief Dolgan Jharad. »Niemand erhebt in diesem Saal die Waffe!«

Er trat zu dem regungslos am Boden liegenden Terbon Sordis, kniete langsam nieder und drehte den Toten herum, sodass er auf dem Rücken zu liegen kam. »Der Hochadmiral ist tot. Er hat sich selbst das Leben genommen, aus Gründen, über die wir alle nur rätseln können. Vielleicht hat ihn eine alte Schuld übermannt. Jedenfalls werde ich, Kraft meiner Würde als Ältermann des Admiralsrates von Carabor, das Amt des Hochadmirals ausführen, bis sich der Rat auf einen Nachfolger geeinigt hat.« Er nahm dem Toten die Amtskette des Hochadmirals ab und hängte sie sich selbst um den Hals. »So war es, seit das erste Schiff aus Elian an dieser Küste anlandete und diese Stadt gegründet wurde, und so wird es immer sein.«

»So war es immer, und so wird es immer sein«, murmelten die Mitglieder des Admiralsrates die rituelle Erwiderung auf die Machtübernahme des Ältermannes, gegen die auch niemand etwas einzuwenden hatte oder zumindest keinen Einwand wagte.

Ein wenig mühsam kämpfte sich der Ältermann auf, aber niemand kam auf den Gedanken, ihm dabei zu helfen, denn damit hätte man infrage gestellt, ob er auf eigenen Füßen sicher genug stand, um sich sein Stimmrecht und seine Ältermannwürde zu verdienen. »Der verstorbene Hochadmiral wird ein Begräbnis mit allen Ehren erhalten, aber auch in der durch die Umstände gebotenen Kürze«, erklärte er. »Wir werden die Tatsache, dass er sich selbst entleibt hat, nicht verschweigen können. Wer sich selbst tötet, tut dies immer aus einer verborgenen Schuld heraus, so sagen es die Götter, und so steht es in den Schriften. Aber welche Schuld Terbon Sordis auch letztlich auf sich geladen haben mag, sie wird nicht die Ehre des Admiralsrates und Hochadmirals beflecken.«

Arvan bemerkte ein sehr zufriedenes Lächeln auf dem Gesicht des Dunkelalben Brogandas. Und mit einem Mal wurde ihm klar, was wirklich geschehen war.

Hast du nicht genau das gewollt?, vernahm er eine Stimme in seinem Kopf, und ihn schauderte.

Der tote Hochadmiral wurde von Wachen hinausgetragen.

Lirandil ergriff daraufhin wieder das Wort und sprach mit dröhnender Stimme: »Der Admiralsrat möge seine Tagung nicht unterbrechen, auch wenn vielen der Anwesenden vielleicht schon die Beine wehtun. Aber die Lage ist ernst, denn Ghools Horden, vor denen ich schon seit so langer Zeit warne, schicken sich gerade an, einen großen Teil Athranors zu erobern, und dies mag ihnen durchaus gelingen, wenn sich ihnen niemand entgegenstellt. Auch die Orks, die Eure Flotte in Brand steckten, gehörten zu Ghool und ihr Treiben zu seinem Plan, davon bin ich überzeugt.«

Geraune und Stimmengewirr erhob sich unter den versammelten Admiralen der Handelshäuser, aber der Ältermann brachte sie mit erhobener Hand zum Schweigen.

»Unsere Stadt ist bereits in diesen Krieg verwickelt, wie wir schmerzlich erfahren mussten«, sagte Dolgan Jharad. »Schon mein Vater erzählte davon, dass Ihr den Rat vor der aufkommenden Gefahr warntet, Lirandil. Leider ist die Bedrohung durch Ghool über die Menschenalter hinweg nicht so ernst genommen worden, wie es vielleicht notwendig gewesen wäre.«

»Über Zeit, die vergeudet wurde, lohnt sich nicht zu reden«, erwiderte Lirandil. »Das Jetzt und die Zukunft sind wichtig.«

Dolgan Jharad richtete den Blick auf Prinz Eandorn und seine Getreuen, dann auf Brogandas und Whuon, der sein Schwert inzwischen gesenkt hatte, und schließlich sah er die Halblinge an. »Anscheinend habt Ihr anderswo bereits Verbündete für Eure Sache gefunden, Lirandil.«

Der Elb widersprach nicht, obwohl diese Annahme des Ältermanns nur teilweise zutraf, sondern sagte stattdessen: »Ich nehme an, dass sich der größte Teil der caraboreanischen Flotte auf See befindet und dadurch der Zerstörung entging.«

»Das trifft zu«, bestätigte Dolgan Jharad.

»Dann haltet alle Schiffe, die in nächster Zeit zurückkehren, hier und stellt sie unter das Kommando des Admiralsrats. Wir werden sie brauchen, den nur mit ihrer Hilfe können wir schnell genug Truppen transportieren.«

»Das hatten wir ohnehin bereits beschlossen«, erklärte Dolgan Jharad. »Doch scheint Ihr mir nicht auf dem neuesten Stand zu sein, werter Lirandil.«

»Inwiefern?«, fragte der Fährtensucher. Vielleicht hatten sie doch zu viel Zeit im Elbenreich vergeudet bei dem vergeblichen Versuch, dort Hilfe zu mobilisieren.

»Seit vielen Wochen sammelt sich bei Sia ein gewaltiges

Heer aus Orks und Dämonenkriegern. Gewaltige Kreaturen ziehen Kampfmaschinen, wie sie die Welt noch nicht gesehen hat.«

»Und es gibt niemanden, der sich darum kümmert?«, fragte der Elb fassungslos. »Was ist mit dem Herzog von Rasal?«

»Man hat nichts mehr von ihm gehört. Sein Sohn hat das Kommando über die letzten versprengten Reste seiner Truppen übernommen. Burg Eas ist eine Ruine, Telontea wird belagert.«

»Und was ist mit den Stämmen des West-Orkreichs? Sie sind auf unserer Seite.«

»Orks? Auf unserer Seite?«, höhnte eines der Ratsmitglieder. »Das ist schwer zu glauben. Es waren Orks, die unsere Schiffe in Brand steckten.«

Doch der Ältermann wusste zu berichten: »Es gab tatsächlich Gerüchte über Orks, die gegen Orks kämpfen. Aber wenn die der Wahrheit entsprechen, hat das die Flut der Angreifer nicht aufhalten können. Ein langer, schier unerschöpflicher Heerzug drängt unseren Kundschaftern zufolge immer noch aus dem Orktor und zieht in Richtung der Ruinen von Sia. Nicht weit entfernt, am Rand der Waldgebiete, sammeln sich aber die Heere der Könige von Athranor, und auch Carabor hat eine Abteilung von Söldnern dorthin geschickt.«

»Die Könige von Athranor?«, wunderte sich Lirandil. »Von welchen Königreichen?«

»Beiderland, Harabans Reich, Ambalor und Bagorien haben ihre Truppen versammelt. Zumindest jene Teile, die sie schnell genug in Marsch setzen konnten«, berichtete Dolgan Jharad. »Vielleicht befinden sich auch die letzten Reiter von Rasal unter ihnen. Es heißt aber, dass sich die Herrscher untereinander bisher nicht darauf einigen konnten, wer von ihnen als Hochkönig die Truppen anführen soll.«

»Wie ich die hohen Herren kenne, werden sie darüber noch lange streiten«, mischte sich Brogandas ein. »Bis die Übermacht des Feindes derart angewachsen ist, dass es keine Rolle mehr spielt, wer sie in den sicheren Untergang führt.«

Dolgan Jharad wandte sich Arvan zu. Der Blick des Ältermanns glitt tiefer. »Eure Füße haben Euch offenbart, Arvan Aradis, denn sie tragen das Zeichen, mit dem alle Angehörigen dieses Hauses geboren wurden. Ein Zeichen, das immer ein Glückszeichen war.«

»Aber sollte er gekommen sein, um das Vermögen seines Hauses zurückzuverlangen, dann muss er wissen, dass es durch einen rechtmäßigen Prozess konfisziert wurde, der nicht mehr revidiert werden kann«, meldete sich ein anderer Admiral zu Wort.

»Ich bin nicht wegen irgendeines Vermögens hier, denn ich habe alles, was ich brauche«, erwiderte Arvan. »Alles, was ich möchte, ist, die Flut des Übels aufzuhalten, die der Schicksalsverderber Ghool über uns alle ergießen will. Und dazu brauchen wir auch die Hilfe des Admiralsrats.«

Ein Admiral in mittlerem Alter und mit ziemlich lichtem Haar grinste. »Er hat gesprochen wie ein Anführer. Anscheinend hat er nicht nur die Füße seines Vaters geerbt.«

»Ja«, murmelte daraufhin der Ältermann und rümpfte die Nase. »Es ist auf jeden Fall unter seiner Würde, ohne Schuhe zu laufen.«

Über Leichen

Lirandil drängte darauf, Carabor schnell zu verlassen. Die Stelle, an der sich die Heere der Könige von Athranor sammelten und zu der auch Carabor ein Kontingent Söldner geschickt hatte, ließ er sich genauer beschreiben.

Es handelte sich um eine Anhöhe an den Grenzen der drei Länder Gaanien, Transsydien und Rasal. Außerdem lag dieser Ort in unmittelbarer Nähe der Wälder, in die man sich notfalls zurückziehen konnte und wo dann vielleicht Halblingkrieger die nachdrängenden Angreifer in ihrem Vormarsch aufzuhalten vermochten, wenn auch nur für kurze Zeit.

»Dort müssen wir so schnell wie möglich hin«, sagte Lirandil. »Denn es wird höchste Zeit, dass ein Hochkönig ausgerufen wird. Geschieht dies nicht, wird niemand an das Bündnis glauben.«

Sie begaben sich erneut an Bord der »Tharnawn«, doch als das Elbenschiff zum Auslaufen fertig war, bemerkte Arvan für einen kurzen Moment wieder die schimmernde Gestalt auf dem Wasser, bei der es sich offenbar um einen Eldran-Kundschafter handelte.

Auch Neldo bemerkte sie. »Immerhin, sie beobachten uns noch«, meinte er. »Besser wäre es, wenn sie uns wirklich helfen würden.«

»Mit Prinz Eandorns Schiff kann Lirandil vielleicht noch rechtzeitig die Anhöhe der drei Länder erreichen, um endlich die Streitereien um das Amt des Hochkönigs zu beenden.«

»Es könnte sein, dass das gar keine Rolle mehr spielt«, befürchtete Neldo.

»Seit wann bist du so pessimistisch?«

Neldo zuckte mit den Schultern. »Das ist kein Pessimismus, sondern einfach eine realistische Betrachtungsweise.«

Die »Tharnawn« erreichte die Schlangenbucht, an deren westlichem Ufer die beiderländische Provinz Transsydien lag, während das östliche Ufer zu den Ländern der Orks gehörte. Hin und wieder bemerkten Lirandil, Eandorn und die anderen Elben einige Orks an der felsigen Küste. Für Arvan war dort nichts zu sehen, allenfalls vielleicht ein dunkler Punkt, den man für einen Schatten halten konnte.

Lange Zeit war Arvan dem Dunkelalb Brogandas aus dem Weg gegangen, was an Bord eines so großen Schiffs wie der »Tharnawn« keine allzu große Schwierigkeit war.

Doch dann tauchte er unvermutet am Heck des Schiffes hinter Arvan auf, als dieser sich ansah, wie der elbische Steuermann seinen Kurs bestimmte.

»Ich hoffe, ich habe dich nicht erschreckt«, sagte Brogandas, der sehr wohl bemerkt hatte, wie Arvan zusammengezuckt war, nachdem er sich umgedreht hatte. Brogandas' Lächeln war so kalt, dass es Arvan fröstelte.

»Hätte ich Grund dazu?«

»Du hast einen starken Willen, der sich nicht so leicht brechen lässt.«

»Ihr meint, so wie Ihr es bei Terbon Sordis getan habt.«

»Sag jetzt nicht, dass du Mitleid mit ihm gehabt hättest.«

»Nein, das nicht«, gab Arvan zu.

»Ich habe nur deinen Wunsch erfüllt.«

»Dass Ihr etwas tut, nur um jemandem einen Wunsch zu erfüllen, glaube ich Euch nicht, werter Brogandas.«

»Ach, nein?« Das Lächeln des Dunkelalbs wurde breiter. »Ich gebe zu, dass ich es auch deswegen tat, weil die Situation sonst völlig aus dem Ruder gelaufen wäre, und dies wiederum vor allem wegen deiner Unbeherrschtheit.«

Er hat recht, dachte Arvan. *Er hat recht, und ich kann nur hoffen, dass er meine Gedanken nicht wahrnimmt und auch noch diesen Triumph für sich verbuchen kann!*

Brogandas' Miene gab keinerlei Auskunft darüber, inwiefern dies der Fall war. Allerdings waren die Zeichen in seinem Gesicht etwas unruhig. An vielen Stellen fransten kleine schwarze Spitzen aus den Runen aus. Womöglich deutete das auf große Anspannung hin.

»Ich habe übrigens gehört, dass du ganz ähnliche Dinge tust, wie ich sie mit dem geistig wenig widerstandsfähigen Hochadmiral getan habe«, erklärte Brogandas unvermittelt.

»Ich?«, wunderte sich Arvan.

»Allerdings nur mit Baumschafen, die du offenbar früher gehütet hast, wie ich aus deinen Gesprächen mit den Halblingen mitbekam.« Brogandas lachte leise, ein hässliches Kichern. »Bei Terbon Sordis war es nicht schwieriger, als es dir bei einem dieser einfältigen Geschöpfe gefallen wäre.«

»Es ist unhöflich, die Gespräche anderer zu belauschen«, sagte Arvan empört.

»Und es ist dumm, ein Angebot abzulehnen, bevor man es sich angehört an«, hielt Brogandas dagegen.

Arvan runzelte die Stirn. »Was denn für ein Angebot?«

»Du bist talentiert. Ich könnte dir zeigen, wie du geistig stärkere Wesen beeinflussen kannst als mehr oder minder schmackhaftes Getier.« Sein Lächeln war so breit geworden, dass die Zähne blitzten. Die kleinen Spitzen an den Runen in seinem Gesicht vergrößerten sich und traten deutlicher hervor.

In Wahrheit will Brogandas nur Einfluss auf dich gewinnen, warnte Arvan eine Gedankenstimme, und er bemerkte Lirandil, der fast dreißig Schritte entfernt an der Reling stand. Aber der Blick des Elben war direkt auf Arvan gerichtet, und sehr wahrscheinlich hatte er jedes Wort mit angehört.

Hier belauscht ein jeder jeden, wurde es Arvan klar. *Man muss aufpassen, was man sagt.*

»Ich werde es mir überlegen«, versprach er dem Dunkelalb.

Brogandas warf einen kurzen Blick in Lirandils Richtung, dessen Anwesenheit er wohl gespürt hatte. »Ich verstehe.« Noch immer lächelte er. »Ich verstehe dich sehr gut, Arvan.«

Das Elbenschiff legte schließlich im Hafen der beiderländischen Trutzburg an, die einst errichtet worden war, um die Überfälle der Orks abzuwehren. Arvan fiel sofort auf, dass keine weiteren Schiffe im Hafen lagen, und offenbar befanden sich hinter den Zinnen der Burg nur wenige Soldaten.

Der Kommandant der Trutzburg empfing sie sofort und betrachtete Lirandil als Freund der Familie. Sein Name war Thomro, und er hatte früher die Palastwache des Königs von Beiderland in der Hauptstadt Aladar befehligt, wo er Lirandil wiederholt begegnet war. Jahre später hatte man Thomro den Titel eines Grafen verliehen, und er war zum Kommandanten der Trutzburg ernannt worden.

»Beinahe sämtliche Truppen wurden von hier abgezogen«, berichtete er. »Aber die Mauern der Trutzburg sind stark, und notfalls können wir uns auch ohne eine große Anzahl von Kämpfern über längere Zeit halten.«

»Ich habe auch keine Schiffe im Hafen gesehen«, stellte Lirandil fest.

»Sie sind unterwegs, um weitere Truppen in diesen Teil des Landes zu holen. Aber wir haben einfach zu wenig Schiffe. Das ist so, als wollte man einen Ozean löffelweise leeren.«

»Wir brauchen Pferde, um zur Anhöhe der drei Länder zu gelangen. Können wir wenigstens die erwerben?«

»Das könnt Ihr. Allerdings kann ich Euch keine Begleiteskorte mitgeben, da ich sonst nicht einmal mehr die Mindeststärke an Männern hier in der Trutzburg hätte.«

»Das ist nicht schlimm«, meinte Lirandil. »Prinz Eandor und einige seiner Elbenkrieger begleiten uns. Und wir wissen uns zu wehren.«

»Das werdet Ihr auch müssen, denn auf Orkstoßtrupps stößt man inzwischen auch in dieser Gegend.« Der Kommandant der Trutzburg wandte sich an Prinz Eandorn. »Was Euer Schiff betrifft, so lasst genug Krieger zur Verteidigung zurück. Wir werden nicht in der Lage sein, es zu schützen, falls einige der Scheusale vom Ostufer der Schlangenbucht mit ihren Flößen herkommen und einen Überfall wagen.«

Am nächsten Morgen verließen Arvan und seine Gefährten die Trutzburg. Arvan stellte fest, dass das Pferd, auf dem er saß, sich sehr leicht lenken ließ. Anfangs erwies sich sein Geist als etwas störrisch, aber schon bald gehorchte es seinem Willen.

Lirandil ritt voran, denn er kannte den Weg. Den drei Halblingen merkte man an, dass sie sich noch immer nicht an das Reiten gewöhnt hatten, während Whuon im Umgang mit Pferden geübt zu sein schien.

»Gibt es in der Welt, aus der Ihr stammt, auch Pferde«, fragte ihn Arvan während des Ritts, »oder habt Ihr erst gelernt, mit diesen Tieren umzugehen, nachdem Ihr das Weltentor passiert hattet?«

»Es gibt viele Welten im Polyversum«, antwortete Whuon. »Manche unterscheiden sich sehr stark voneinander, andere nicht. Und in manchen gibt es sehr ähnliche Geschöpfe. Pferde sind mir so vertraut wie das Führen eines Schwerts.« Er lachte. »Aber das sind keineswegs die einzigen Reittiere, auf deren Rücken ich schon gesessen habe, mal mit mehr, mal mit etwas weniger Erfolg.«

Lirandil fand schon am zweiten Tag ihres Ritts nach Norden Spuren von Orks. In den Nächten machten sie deshalb kein Feuer, und es wurden Wachen eingeteilt. Einmal erwachte Arvan mitten in der Nacht und stellte fest, dass auch Neldo nicht mehr schlief. Er lag noch am Boden, die Decke über sich gebreitet, hatte aber den Oberkörper emporgestemmt und starrte in eine bestimmte Richtung.

Arvan folgte dem Blick des Freundes und sah ebenfalls die schimmernde Gestalt. Sie erhob sich in einiger Entfernung aus dem Nebel, der über der Ebene lag, und wenig später kam eine zweite hinzu.

»Eldran«, murmelte Arvan.

»Sie folgen uns wieder«, stellte Neldo fest.

»Dann kann zumindest später im Elbenreich niemand sagen, er hätte von nichts gewusst, wenn Ghools Horden dort Péandirs Burg angreifen oder die Kunstwerke der Bildmark und die Säulenhallen von Alt-Elbanor dem Erdboden gleichmachen.«

Gegen Mittag des folgenden Tages sahen sie am Himmel Aasvögel kreisen, und schließlich erstreckte sich vor ihnen ein Schlachtfeld. Tausende von Männern lagen dort, die Gesichter bereits von den Aasfressern zerhackt.

»Beiderländische Ritter und Söldner aus Carabor«, stellte Lirandil anhand der Wappen und Livrées fest. »Das muss ein Teil der Truppen sein, von denen Graf Thomro gesprochen hat. Sie haben nicht einmal den Ort der eigentlichen Schlacht erreicht.«

Unter den Erschlagenen gab es auch Orks sowie Kreaturen, wie sie Arvan nie zuvor gesehen hatte: Krieger mit Wolfsköpfen und riesenhafte Hunde, größer als ein Pferd, die man in Rüstungen gesteckt hatte, deren Kopfschienen mit langen Spornen versehen waren.

Whuon war von seinem Pferd gestiegen und schritt über das Schlachtfeld. Bei einer der Leichen blieb er stehen und verscheuchte mit Stiefeltritten ein paar Aasvögel, dann bückte er sich und zog dem Toten die Stiefel aus. Er ging zu den anderen zurück und warf sie Arvan vor die Füße. »Hier, die dürften dir passen.«

»Aber …«

»Bist du ein Mensch oder ein Halbling?«

»Ich bin einfach nur Arvan, ebenso Sohn eines Menschen wie eines Halblings.«

»Zieh sie trotzdem an. Die Verwachsungen deiner Zehen werden nicht von jedermann als Glückszeichen angesehen, und man sollte auch nicht über die blutgetränkte Erde eines Schlachtfeldes gehen, wenn man kein Schuhwerk trägt. Zudem liegen hier jede Menge Waffen herum, an denen man sich verletzen kann. Glaub mir, Junge, ich habe schon genug Männer an kleinen Schnittwunden, die sich entzündet haben, verrecken sehen.«

»Das … wird mir nicht passieren.«

»Wegen deiner außergewöhnlichen Heilkraft?« Whuon lachte. »Verlass dich nicht darauf. Verlass dich am besten *niemals* auf irgendetwas. Davon abgesehen sind dies hier gute Stiefel, sogar von ausgezeichneter Qualität, und wenn sie mir passen würden, würde ich sie nehmen.«

Arvan zögerte. Er spürte, dass Zalea, Borro und Neldo ihn aufmerksam beobachteten, aber er traute sich nicht, ihre Blicke zu erwidern. *Wer willst du sein?*, dachte er. *Ein Mensch, der barfuß läuft, oder ein Halbling in Stiefeln?* Aber vielleicht, so sagte er sich, tat er am besten daran, die Sache einfach von der praktischen Seite zu betrachten. In diesem Fall hatte Whuon tatsächlich recht. Auf einem Schlachtfeld lag immer alles Mögliche herum, woran man sich verletzen konnte, und durch das Blut oder über die Leiber von Toten mit bloßen Füßen zu schreiten war auch etwas anderes, als wenn man weichen, moosbedeckten Waldboden unter den Sohlen hatte.

So zog er zuerst den linken und anschließend den rechten Stiefel an. Sie hatten hohe Schäfte, die ihm bis zu den Knien reichten. Überraschenderweise drückten sie nicht. Das Leder war weich und schmiegte sich sogar sehr angenehm an seine Füße.

»Ich dachte immer, du wärst einer von uns«, sagte Zalea enttäuscht.

»Im Herzen bin ich das auch«, antwortete Arvan. »Nur nicht mit den Füßen.« Er lächelte verhalten. »Das habt ihr mir ja jedes Mal gezeigt, wenn ihr mir davongeklettert seid.«

Er wollte zurück zu seinem Pferd gehen, machte zwei Schritte und hakte mit der Stiefelspitze irgendwo fest, woraufhin er der Länge nach hinfiel.

Ächzend richtete er sich auf, nachdem er seinen Fuß aus der Schlaufe eines Riemens befreit hatte, der zum Wehrgehänge eines der Toten gehörte.

»Ich glaube, mit dem, was du gerade über deine Füße gesagt hast, hast du recht«, meinte Zalea schmunzelnd.

Arvan seufzte. »Offenbar muss man erst lernen, wie man in diesen Stiefeln läuft.«

Sie setzten ihren Weg fort. Einmal mussten sie einem Stoßtrupp von Orks ausweichen und verbargen sich in der Nähe einer Baumgruppe, bis die Scheusale vorübergezogen waren.

Es waren Orks mit angespitzten Zähnen, wie Lirandil trotz der relativ großen Entfernung feststellte. Das legte nahe, dass sie von der Insel Orkheim stammten.

Arvan und seine Gefährten warteten geduldig ab, bis der Stoßtrupp hinter der nächsten Hügelkette verschwunden war, dann zogen sie weiter. Die Unbekümmertheit, mit der sich die Orks in dieser Gegend bewegten, war für sie alles andere als ein gutes Zeichen.

In der Nacht waren sie noch vorsichtiger. Lirandil gab den Pferden Kräuter, die sie beruhigen und verhindern sollten, dass sie wieherten. Er sprach auch eine entsprechende Formel, und tatsächlich hörte man von den Tieren in der Nacht nicht einmal ein Schnauben.

Einmal glaubte Prinz Eandorn, in einiger Entfernung die Schritte von Orks zu hören, und Lirandil bestätigte dies. Angespannt wartete die Gruppe ab, bis sich die Orks so weit entfernt hatten, dass sie fürs Erste keine Gefahr mehr darstellten.

Der Kampf gegen Zarton

Einen halben Tag später erreichten sie die Anhöhe der drei Länder, wo sich das Heerlager derer befand, die Athranor gegen Ghool verteidigen wollten. Das Trompeten der Kriegselefanten dröhnte, und abseits der Zelte übten gepanzerte Reiter aus Beiderland den Kampf in der Formation. Auch führte das versammelte Heer einige Katapulte mit sich.

Von der Anhöhe konnte man das umliegende Land sehr gut überblicken. Jeder Feind war auf große Entfernung zu sehen. Und im Rücken hatte man die Wälder als Rückzugsgebiet.

»Ich sehe die Fahnen und Wappen von Harabans Reich, Beiderland, Bagorien und Ambalor«, stellte Lirandil stirnrunzelnd fest. »Aber wenn es bei dieser Streitmacht bleibt, dann ist sie viel zu klein.« Er ritt voran, und die anderen folgten ihm.

»Manchmal denke ich, dass alles sinnlos war, was wir bisher unternommen haben«, raunte Neldo Arvan zu. »Vielleicht wäre es doch besser gewesen, in den Wäldern zu bleiben, den eigenen Wohnbaum zu verteidigen und sich ansonsten ruhig zu verhalten, bis die feindlichen Horden weitergezogen sind.«

Arvan gefielen diese Worte ganz und gar nicht. »Wie kannst du so etwas sagen, Neldo?«

»Das wäre doch auch nicht aussichtsloser als das, was sich hier zusammenbraut«, hielt der Halbling dagegen. »Lirandil hat keinen weiteren Verbündeten für unsere Seite gewinnen können, die Flotte von Carabor wurde vernichtet, und die wenigen Söldner, die man von dort schickte, gerieten in einen Hinterhalt und wurden erschlagen.«

»Es wird schon alles gut werden«, sagte Arvan, obwohl ihn Neldos Worte tief betroffen machten und seinen Glauben an das Gelingen ihrer Mission schwer erschüttert hatten.

Reiter kamen ihnen entgegen. Es waren Ritter aus Beiderland, die sie bis ins Zeltlager begleiteten.

Die Könige hatten sich am höchsten Punkt der Anhöhe versammelt. König Harabans holzige Gestalt trug eine prachtvolle, messingfarbene Rüstung. König Candric von Beiderland stand in seiner Nähe und wechselte ein paar Worte mit Nergon von Ambalor. Rhelmi, der Botschafter des Zwergenreichs, hielt sich ebenso im Hintergrund wie ein schwarzbärtiger Mann, um den herum drei Leibwächter standen und der seinem Gebaren nach ebenfalls ein Herrscher war.

Lirandil stieg ab, und Arvan und die anderen folgten seinem Beispiel.

»Welche Freude, Euch zu sehen, werter Lirandil!«, rief Haraban. »Und Ihr habt sogar Verbündete aus dem Elbenreich mitgebracht!« Der Spott in seinen Worten war nicht zu überhören.

»Das ist Prinz Eandorn, der Sohn des Elbenkönigs«, stellte Lirandil den Elben an seiner Seite vor. »Nachdem ein gewisser Graf Ezon, den Ihr als Botschafter an den Elbenfjord geschickt hattet, nach Kräften versuchte, meine diplomatischen Bemühungen zum Scheitern zu bringen, muss ich wohl froh sein, dort überhaupt noch Gehör gefunden zu haben.«

»Ich wusste nicht, dass sich offenbar selbst unter meinen Gesandten Verräter und Saboteure befinden«, erwiderte Haraban empört, und seine Worte endeten in einem tiefen, gurgelnden Ton.

Lirandil wandte sich an den Schwarzbärtigen. »Es freut

mich, dass auch Ihr Euch unserer Sache angeschlossen habt, König von Bagorien.«

»Leider ist erst ein Teil meiner Truppen über den Langen See verschifft worden. Wir erwarten täglich Nachschub, sodass wir noch zahlreicher werden«, erklärte der Herrscher, den Lirandil offensichtlich kannte. Das Gesicht des Schwarzbärtigen verzog sich. »Ihr wart schon an unserem Hof, als ich noch ein kleiner Kronprinz war, und schon damals habt Ihr von dieser drohenden Gefahr gesprochen. Ich frage mich wirklich, warum man die Zeit nicht genutzt hat, um dem Schicksalsverderber nun mit größerer Macht entgegentreten zu können.«

»Wir wollen nicht klagen«, sagte König Candric. »Auch von meinen Truppen konnte nur ein Teil schnell genug hierher verlegt werden. Alles, was ich aufbieten und was von den Schiffen meiner Flotte über den Langen Fjord gesetzt werden konnte. Und in Eldalien wartet ein Teil meines Heers auf Schiffe, die ihn zum Hafen der Trutzburg in Transsydien bringen sollen.«

»Eldalien ist weit«, sagte Lirandil düster. »Ich fürchte, Eure Truppen werden uns nicht mehr rechtzeitig erreichen.«

Wie sich herausstellte, wussten die Könige noch nichts von der Vernichtung der caraboreanischen Flotte und dass das Söldnerheer und die beiderländischen Truppen, die von der Trutzburg aus aufgebrochen waren, in einen Hinterhalt geraten waren.

Ein Kundschafter preschte heran, dem Wappen nach ein Beiderländer. Er zügelte sein Pferd vor den versammelten Herrschern und glitt aus dem Sattel, um vor ihnen niederzuknien. Er hatte kaum genug Atem, um zu sprechen.

»Sie kommen!« Er deutete in Richtung Osten. »Der siebenarmige Riese mit seinem von Hunden gezogenen Kriegswagen ... Er zieht ihnen voraus! Das ganze Heer der Bestien ...« Er rang nach Luft, seine Augen waren weit aufgerissen.

König Candric trat auf ihn zu, ergriff ihn bei den Schultern und zog ihn hoch. »Fasst Euch und redet!«, forderte er.

»Sie greifen an! Ein Heerzug, wie ich ihn noch nie gesehen habe, drängt in unsere Richtung. Orks, Dämonen, Höllenkreaturen, Reiter mit Vogelköpfen, Katapulte, wie Ihr sie Euch nicht vorstellen könnt!« Er schien nicht mehr in der Lage, noch zusammenhängende Sätze zu bilden.

Arvan sah, wie Whuon die Hand um den Schwertknauf legte, bevor er sich an Brogandas wandte. »Nun wirst du dich entscheiden müssen, ob du die Hunde, die diesen siebenarmigen Riesen ziehen, begrüßen oder schlachten willst. Oder gedenkst du, dich nun davonzumachen und die Entwicklung in sicherer Entfernung abzuwarten?«

»Es besteht für mich kein Grund, mich davonzumachen, Whuon«, entgegnete Brogandas. »Ich werde diesen Tag auf jeden Fall weit leichter überleben, als es Euch gelingen mag.«

»Wenn du das sagst, Brogandas.«

»Ziehen wir ihnen entgegen!«, rief Nergon von Ambalor und zog sein Schwert.

»Nein«, widersprach Lirandil. »Nicht, bevor ein Hochkönig ausgerufen wurde, der uns anführt!«

Haraban verzog das holzige Gesicht und richtete den Blick auf Prinz Eandorn. »Wie ich sehe, habt Ihr für dieses Amt einen Kandidaten mitgebracht, von dem Ihr sicherlich denkt, dass er geeignet sei«, sagte der Immerwährende Herrscher und gab sich keinerlei Mühe zu verbergen, wie sehr ihm die Anwesenheit Eandorns missfiel. »Ein König muss es nicht sein; ein Prinz der Elben reicht gerade aus, uns Narren zu führen – so denkt Ihr anscheinend. Aber ich werde mich niemals elbischer Führung unterwerfen. Mit einer Handvoll Kriegern tauchen sie hier auf und glauben schon, dass man sich ihnen beugen müsste.«

»Davon kann keine Rede sein«, widersprach Prinz Eandorn. »Und ich beanspruche auch keinerlei Führungsposition.«

Lirandil griff an seinen Gürtel. Aus einer der Ledertaschen, die er dort trug, holte er eine Speerspitze hervor. Arvan erkannte sie auf den ersten Blick. Es war jene, die Lirandil in seinen Privatgemächern auf Péandirs Burg aufbewahrt hatte und die unübersehbare Spuren ihres hohen Alters trug.

Lirandil hob die Spitze empor. »Dies ist die Spitze der Lanze von Tarman von Nalonien, dem letzten Hochkönig, der die Heere von Athranor in den Magierkriegen anführte. Vor seinem Tod gab er sie Helgorn, der damals König von Ambalor war, für dessen treue Dienste.«

»Diese Lanze soll es tatsächlich gegeben gaben«, entfuhr es Nergon, dem derzeitigen ambalorischen König. »Allerdings gilt sie seit Generationen als verschollen.«

»Nur die Spitze ist davon geblieben, und die gab mir einst einer Eurer Vorfahren zur Aufbewahrung, werter Nergon«, erklärte Lirandil. »Er wusste, dass ich sie über die Zeiten hinweg sicherer bewahren konnte als irgendjemand anderer.«

»Man sagt, die Lanze hatte magische Kräfte«, sagte Candric von Beiderland. »Und sie gehört mir, denn ich bin ein Nachfahre von Hochkönig Tarman.«

»Nein«, widersprach Lirandil. »Tarman hat sie Helgorn von Ambalor gegeben, und dessen Nachfahre gab sie mir, damit ich sie für die Stunde der Not bewahre und sie demjenigen geben kann, der ausersehen ist, Hochkönig zu sein.«

Lirandil ging auf Nergon zu. »Nehmt Euer Erbe an, Nergon, König von Ambalor und Hochkönig von Athranor«, sagte er und reichte ihm die Lanzenspitze.

Nergon zögerte.

Dann ergriff er sie.

»Bringt einen Schaft!«, rief er, woraufhin einer seiner Krieger eine Lanze herbeibrachte. Die Spitze wurde entfernt und jene, die schon Tarman von Nalonien Glück gebracht hatte, aufgesetzt. Ein Hammer wurde geholt und Nägel gesetzt.

Dann hielt Nergon die magische Lanze empor und rief: »Folgt dem Hochkönig von Athranor!«

Jubel brandete auf. Dennoch hörte Arvan, wie Brogandas Whuon zuzischelte: »Es würde mich nicht wundern, wenn es sich nur um ein ganz gewöhnliches verrostetes Stück Eisen handelt.«

»Sag bloß, dass ausgerechnet du die Magie dieser Lanze nicht spürst«, spottete der Söldner.

»Nicht im Mindesten.«

Whuon zuckte mit den Schultern. »Hauptsache, sie sticht.«

Nergon von Ambalor ritt mit der magischen Lanze in der Hand durch das Heerlager. Herolde verkündeten überall die Neuigkeit, dass er zum Hochkönig von Athranor ausgerufen worden war.

Derweil formierten sich am östlichen Horizont Ghools Horden. Sie rückten noch nicht weiter vor, sondern bildeten einen schwarzen, sich immer weiter ausdehnenden Gürtel, der sich bald bis zum südlichen Horizont erstreckte. Offenbar wollten sie ihren Feind in einer Zangenbewegung umfassen. Und die dazu nötige Übermacht hatten sie zweifellos.

Das Gebrüll der Orks mischte sich mit den Schreien von Kreaturen, deren Anblick allein selbst hartgesottenen Söldnern das Blut in den Adern gefrieren ließ. Hornechsen trampelten unruhig umher und ließen den Boden erzittern. Wolfskrieger heulten durchdringend, und Katapulte wurden von Affenkreaturen mit Steinen bestückt.

Die Truppen aus Bagorien, in denen viele Oger dienten, antworteten, indem sie mit ihren Waffen auf ihre Schilde schlugen, doch diese trotzige Erwiderung offenbarte die eigene Schwäche erst so richtig.

Der Schatten eines großen Vogels schob sich über den Horizont, bedeckte einen immer größeren Teil des Himmels und flog in einer bogenförmigen Bahn einmal über das Heer des Hochkönigs. Anschließend zog er sich wieder zurück, so als wäre er nur geschickt worden, um den Feind auszukundschaften.

Hochkönig Nergon kehrte zum höchsten Punkt der Anhöhe zurück. Die Blicke von Tausenden waren auf ihn gerichtet.

Unterdessen machte die Nachricht die Runde, dass auch in den Wäldern, die dem Heer eigentlich als Rückzugsort dienen sollten, Orks gesehen worden waren.

»Sie befinden sich am Waldrand, und das bedeutet, sie werden auch die Straßen nach Gaa und zum Ufer des Langen Sees besetzt halten«, stieß der König von Bagorien hervor.

»Beruhigt Euch, König Orfon«, dröhnte Haraban.

»Beruhigen? Der größte Teil meiner Truppen wird nicht bis hierher durchkommen, ganz gleich, wie oft Eure Transportschiffe auch über den See pendeln mögen. Und abgesehen davon sind wir eingeschlossen.«

In diesem Moment näherte sich ein einzelner Reiter dem Heerlager. Er ritt ein gewöhnliches Pferd, und seiner Kleidung und Rüstung nach handelte es sich um einen Reiter von Rasal.

»Das ist der Herzog!«, entfuhr es Lirandil. »Herzog Dalmon von Rasal!«

Die Reihen der Krieger öffneten sich für den Reiter. Ein Raunen erklang. Der Reiter ließ sein Pferd die Anhöhe hinaufgaloppieren, bis er die Könige und ihr Gefolge erreichte.

»Herzog Dalmon!«, rief Lirandil. »Was hat man Euch angetan?«

Das Gesicht des Herzogs war bleich, der Blick seiner Augen gebrochen. Er schien den Elben zunächst nicht wiederzuerkennen. Doch dann verzog sich das Gesicht des Reiters zu einem eisigen Lächeln.

Auch die Augen des Pferdes wirkten wie leblose Glasmurmeln, und die Wunden am Leib beider ließen es unmöglich erscheinen, dass sie noch lebten.

»Zarton, der Feldheer Ghools, hat mich getötet«, sagte Herzog Dalmon mit merkwürdig tonloser Stimme. »Doch Ghools Macht gab mir neues Leben.«

»Ein Untoter!«, rief Haraban schaudernd.

»Er schickte mich mit einer Botschaft zu Euch.«

»Und was ist das für eine Botschaft?«, fragte Hochkönig Nergon.

»Unterwerft Euch Ghool. Werdet seine Diener und erringt damit größere Macht, als es Euch aus eigener Kraft je möglich wäre.«

»Kehrt zu Eurem neuen Herrn zurück und sagt ihm, dass sich ein Hochkönig von Athranor nicht dem Herrn der Bestien unterwirft!«, antwortete Nergon mit lauter, klarer Stimme.

»Dies ist Euer Todesurteil«, sagte der Untote, der einst Herzog Dalmon gewesen war. Sein Gesicht verzog sich zu einer Grimasse, und die Augen begannen auf dämonische Weise zu leuchten.

Auf einmal riss er sein Schwert hervor, und sein untotes Pferd machte einen Satz auf den Hochkönig zu. Ein dröhnender Schrei drang aus dem Mund des Untoten, während er seine Klinge schwang.

Aber Arvan griff ein. In dem Moment, als der untote Herzog sein Pferd vorpreschen ließ, gab auch er seinem Tier durch einen beherzten Gedanken den Befehl dazu. Zugleich riss er *Beschützer* aus der Scheide, und beide Klingen trafen sich, ehe der Untote bis zum Hochkönig vorzudringen vermochte. Zwei-, dreimal schlugen die Schwerter gegeneinander, dass die Funken sprühten, dann hieb Arvan seinem Gegner den Kopf ab.

Der Untote saß noch im Sattel, sein Schwertarm hob sich noch einmal zu einem blinden Hieb. Zwei weitere Schläge trennten der grauenvollen Gestalt die Arme ab, dann rutschte sie vom Rücken des unheimlichen Pferdes, das daraufhin davonstob, dorthin zurück, woher es gekommen war. Keiner der Soldaten unternahm auch nur den Versuch, es aufzuhalten.

Der Körper des Untoten bewegte sich noch immer. Whuon trat hinzu und ließ sein Schwert mehrfach durch das tote, aber immer noch von einer unheimlichen Kraft beseelte Fleisch fahren, bis der Körper vollkommen zerstückelt war und sich nicht mehr rührte.

Nergon wandte sich Arvan zu und sagte ergriffen: »Du hast mein Leben gerettet.«

Arvan ergriff sogleich die Möglichkeit, die sich ihm bot, und sagte: »Ich habe mehr Orks erschlagen als manch anderer, also lasst mich an Eurer Seite reiten, um Euch zu schützen, mein Hochkönig.«

Arvan!, erreichte ihn ein entsetzter Gedanke von Lirandil, aber Arvan ignorierte ihn.

»Du hast mir Glück gebracht«, sagte Nergon. »Also bleib an meiner Seite. Aber bedenke, dass ein Hochkönig dem Heer voranreitet, wenn du an meiner Seite sein willst.«

»Genau das will dieser Narr doch«, knurrte Whuon und schüttelte den Kopf.

»Bist du wahnsinnig?«, schrie Zalea, und der Schrecken stand ihr ins Gesicht geschrieben.

»Er ist lebensmüde, Zalea«, lautete Borros Kommentar.

»Haltet ihr euch schön hinten«, riet ihnen Arvan. »Für schwache Halblinge ist eine offene Schlacht nichts. Und macht euch keine unnötigen Sorgen um mich, denn wahrscheinlich sind wir am Abend ohnehin alle tot.«

»Oder Schlimmeres«, meinte Neldo und deutete dabei auf die blutigen Überreste des Herzogs.

In diesem Augenblick begannen Ghools Horden ihren Angriff. Blitze zuckten am Horizont empor in den Himmel, und wenig später bildete sich unter den Orks und Wolfskriegern eine Gasse für einen von riesenhaften Hunden gezogenen Kriegswagen.

Ein Hagel aus Steinen, Pfeilen und Armbrustbolzen ging auf das Heer des Hochkönigs nieder. Die ersten Soldaten sanken sterbend zu Boden.

»Vorwärts!«, rief der Hochkönig. »Im Namen von Tarman von Nalonien!«

Nergon hob die magische Lanze und ließ sein Pferd den Hang hinunterpreschen. Arvan folgte ihm, *Beschützer* mit leichter Hand nur mit der Rechten führend. Er hatte von Whuon viel gelernt und wusste nun, wie man die Wirkung seiner Körperkräfte leicht vervielfachen konnte, wenn man sie nur richtig einsetzte.

Er holte auf, folgte dem Hochkönig dichtauf. Hinter ihnen schloss sich die Gasse der Krieger wieder. Ein weiterer Hagel von Geschossen senkte sich herab, doch die Schreie der Sterbenden gingen im Kampfgeheul unter, mit dem sich die Männer angesichts der sicheren Niederlage Mut zu machen suchten. Hinzu kam das Trompeten der Kriegselefanten, deren Furcht nicht geringer war als die der Krieger.

Arvan und Hochkönig Nergon hatten inzwischen die Ebene erreicht. Kein Pfeil, kein Speer, kein Stein und kein Bolzen einer Armbrust hatten sie getroffen. Nergon zügelte sein

Pferd. Ein eigenartiger Glanz stand in seinen Augen. Eine Mischung aus Mut, geboren aus der Verzweiflung, Wahn und unterdrückter Furcht.

Arvan wiederum hatte nicht bemerkt, dass Whuon ihm gefolgt war. Der Söldner zügelte ebenfalls sein Pferd. »Ich dachte, Ihr habt eine Abmachung mit Lirandil, auf ihn aufzupassen?«, wunderte sich Arvan.

»Es gibt noch größere Narren, die viel dringender jemanden brauchen, der auf sie achtet«, erwiderte Whuon und hob sein Schwert. »Jetzt werden wir sehen, ob du ein guter Schüler warst, du halber Halbling!«

In einiger Entfernung glaubte Arvan für einen Moment einen schimmernden Eldran auszumachen, mitten auf der Ebene, auf der sich die beiden feindlichen Heere begegnen würden. Arvan stutzte. *Meine Fantasie muss mir einen Streich spielen,* dachte er.

»Alles in Ordnung mit dir?«, fragte Whuon.

»Was sollte nicht in Ordnung sein?«, entgegnete Arvan.

Ghools Horden näherten sich von allen Seiten dem Heer der Könige. Die Hornechsenreiter brandeten heran, gefolgt von zu Fuß laufenden Orks und Wolfskriegern. Aber für einen bildete sich eine Gasse, sodass er sie alle überholen konnte.

Zarton!, durchfuhr es Arvan schaudernd.

Der siebenarmige Riese schwang einen Morgenstern, aus dessen mit Stacheln bewehrter Eisenkugel immer wieder Blitze zum Himmel fuhren. Offensichtlich lenkte er auf diese Weise sein Heer.

Die gewaltigen Hunde zogen seinen Kriegswagen. Die Räder pflügten durch den weichen Boden und wirbelten Fontänen aus Gras und Dreck auf. Wenn ihm einer seiner eigenen Krieger nicht schnell genug auswich, wurde er einfach überfahren, oder einer der Hunde schnappte ihn mit seinen Zähnen, um ihn als willkommene Stärkung vor dem Kampf noch schnell hinunterzuschlingen.

»Ihr Götter!«, flüsterte Nergon.

»Was ist?«, rief Whuon. »Hoch mit der Lanze! Gebt das Zeichen! Einen Rückzug gibt es heute nicht!«

Nergon schluckte. Er hob die Magische Lanze.

Und für einen Moment schien die rostige Spitze im strahlenden Glanz zu blinken.

Vielleicht, dachte Arvan, *irrt sich Brogandas, und es ist doch Magie in dem alten Stück Metall.*

»Für Athranor!«, rief Nergon und ließ sein Pferd voranstürmen, der Flut der Feinde entgegen. Fanfaren ertönten. Die Kriegselefanten setzten sich in Bewegung und ebenso die gepanzerten Reiter und auch die Fußsoldaten aus Bagorien, von denen etwa die Hälfte Menschen und die andere Hälfte Oger-Söldner waren.

Arvan folgte dem Hochkönig. Die beiden feindlichen Streitmächte prallten mit brutaler, mörderischer Wucht und an mehreren Stellen zugleich aufeinander. Nur wenige Augenblicke später spürte Arvan, wie ihn der Geist seines Pferdes verließ, noch ehe es unter ihm zusammenbrach, weil einer der gerüsteten Kampfhunde ihm seinen langen Kopfsporn in den Leib gerammt hatte.

Arvan konnte sich mit einem Sprung aus dem Sattel retten und so verhindern, unter seinem toten Pferd eingequetscht zu werden. Noch ehe es dem schulterhohen und gerüsteten Hund gelang, seinen Sporn wieder aus dem Körper des Pferdes zu ziehen, hatte Arvan ihn in der Körpermitte zerteilt, genau dort, wo zwei der Rüstungsplatten aneinanderstießen.

Ein Wolfskrieger griff Arvan an. Arvan trennte ihm mit einem waagerecht geführten Hieb den Kopf ab und musste dann im letzten Moment einer Hornechse ausweichen, deren Orkreiter mit einem langen Schwert mit sensenartiger Klinge den Tod austeilte, bis ihm einer von Whuons Wurfringen die Kehle zerfetzte und er von seinem Reittier herunterrutschte.

Schon der erste Zusammenprall der Heere machte deutlich, welche Seite die stärkere war. Denn schon nach kurzer Zeit mussten die Krieger des Hochkönigs überall nach hinten weichen. Die wütenden Trompetenstöße der Kriegselefanten verwandelten sich in Schmerzens- und Angstschreie geschundener Kreaturen, die ebenso wie ihre Reiter und Treiber bald in ihrem eigenen Blut lagen.

Ghools Horden ergossen sich über das Heer der Könige. Reihenweise sanken die Kämpfer zu Boden, zerfleischt, zerhackt und oft genug nicht mehr wiederzuerkennen.

Arvan merkte, dass er fast nur noch von Feinden umgeben war. Nur flüchtig sah er noch den Hochkönig, der es irgendwie geschafft hatte, im Sattel seines Streitrosses zu bleiben. Gerade stieß er die Magische Lanze einem Ork in den Leib.

Arvan fühlte nichts mehr. Nicht einmal jene Wut, die ihn bei vorherigen Anlässen so heftig ergriffen hatte. Wie von selbst wirbelte sein Schwert und trennte Köpfe und Waffenarme von den Körpern der Feinde.

Mehrere Wolfskrieger und Orks fielen unter seinen wilden Hieben. Seit Whuon ihn unterrichtet hatte, wusste er die Klinge mit so grausamer Präzision zu führen, dass es selten vorkam, dass er einen zweiten Streich brauchte, um seinen Gegner zu töten.

Whuon war in seiner Nähe. Einer der Wurfringe des Söldners tötete einen Ork, der gerade seine Armbrust auf Arvan angelegt hatte. »Du warst fürwahr ein guter Schüler«, rief Whuon in einem der wenigen Augenblicke, in denen er durchatmen konnte.

Ein tiefes Knurren ließ sie beide herumwirbeln. Der Kriegswagen Zartons rollte auf sie zu. Blitze zuckten aus dem Morgenstern. Mit zwei seiner Riesenhände hielt Zarton die Geschirre seiner Hunde, mit den anderen schwang er den Morgenstern und schleuderte Speere, die kraft seiner Magie zu ihm zurückkehrten, sobald sie den Gegner mit einer Treffgenauigkeit durchbohrt hatten, die jeden schaudern ließ, der es mit ansah.

Einer der Blitze, die der siebenarmige Riese schleuderte, traf das Pferd des Hochkönigs. Wiehernd und zitternd bäumte sich das Tier auf und warf König Nergon aus dem Sattel, wobei dieser die Magische Lanze weiterhin umklammerte. Um keinen Preis wollte er sie loslassen.

Das Pferd brach zuckend zusammen. Einer der Hunde schlug seine gewaltigen Zähne in seinen Leib, aber der zweite Zughund wollte ebenfalls einen Bissen abhaben.

Hilflos und zitternd lag König Nergon auf dem Rücken, offenbar unfähig, sich zu bewegen. Ein harter Ruck am Geschirr sollte die Hunde zur Räson bringen, damit sie ihren Streit um das Pferd beendeten. Gleichzeitig schleuderte Zarton mit einem seiner anderen Arme einen Speer. Er traf Hochkönig Nergon genau in dem Moment in die Brust, als Arvan ihm zu Hilfe eilen wollte.

Eine Rüstung bot gegen einen Speer, der mit so gewaltiger Kraft geschleudert wurde, keinen Schutz. Er durchdrang den Harnisch, als wäre er nichts als ein Wams aus Wolle. Der Schrei des Hochkönigs erstickte in einem Gurgeln, dann brach der Blick seiner Augen, und im Tode lockerte sich sein Griff um die Magische Lanze.

Arvan konnte einen weiteren Speerwurf des Riesen gerade noch mit dem Schwert ablenken. Dann griff er nach der Magischen Lanze des Hochkönigs, während jener der Hunde, der im Streit um das Pferd den Kürzeren gezogen hatte, nach ihm schnappte.

Ein Wurfring von Whuon fuhr dem Ungetüm geradewegs in eins der empfindlichen Nasenlöcher. Blut spritzte, das Monstrum jaulte auf, wandte den Kopf zur Seite, und Arvan nutzte den Moment und schleuderte mit aller Kraft, die er aufbieten konnte, die Lanze, die einst Tarmon von Nalonien in den Magierkriegen geführt hatte.

Sie traf Zarton genau ins linke Auge.

Der Riese brüllte auf. Die Kugel des Morgensterns schwang bei der instinktiv zurückweichenden Bewegung, die er dabei ausführte, etwas empor und kam dem Speer nahe genug, dass ihr ein greller Blitz entwich, der in den Schaft der Lanze fuhr und sich in Zartons Auge fraß.

Die Hunde gingen durch, der Riese ließ die Geschirre los und kippte mit einem Schrei von seinem Kampfwagen.

Hunderte von Orks und Wolfskriegern standen da, die tierhaften Mäuler vor Schreck aufgerissen und vollkommen bestürzt, als sie sahen, dass Zarton reglos am Boden lag.

Die davonjagenden Hunde bahnten sich einen blutigen Weg, bis sie sich in einen Kriegselefanten verbissen und gleich einige hundert Armbrustbolzen, Pfeile und Sperre sie spickten und ihrem Leben ein Ende setzten.

Arvan fasste *Beschützer* fester. Whuon und er waren nur noch von Orks sowie einigen wenigen Wolfskriegern umgeben. Aber keiner von ihnen wagte sich näher an denjenigen heran, der Ghools doch eigentlich unbesiegbaren Feldherrn bezwungen hatte.

»Wenn einer von denen angreift, werden es alle tun, und dann sind wir erledigt«, sagte Arvan.

»Kann sein«, sagte Whuon. »Aber ich glaube, es ist im Moment niemand da, der es ihnen befehlen wird.«

»Und ich glaube, dass Ghools Macht bis hierher reicht«, fürchtete Arvan.

Der Kreis um sie herum wurde enger. Die Orks hoben ihre Waffen.

»Deine geliebten Rankpflanzen, von denen du mir erzählt hast, dass sie auf dich hören, sind hier nicht zu finden«, knurrte Whuon grimmig.

»Nein. Aber vielleicht gibt es hier andere Wesen mit schwachem Willen!«

Eine Hornechse ging plötzlich und ohne einen erkennbaren Grund durch. Die Orks auf ihrem Rücken konnten sich nicht halten, wurden heruntergeschleudert, und die Echse stampfte einige Orks nieder, die gerade noch ihre Waffen gegen Whuon und Arvan gerichtet hatten. Schreiend stoben die Scheusale auseinander.

Die Hornechse tobte blindwütig umher. Einen der Wolfskrieger spießte sie mit ihren Hörnern auf.

Am Himmel tauchten dunkle Schatten auf, schwebten aus Nordosten heran. Einer nach dem anderen erschienen sie am Horizont, und auch Ghools Horden wurden auf sie aufmerksam. Die tief stehende Abendsonne strahlte sie an, und da war deutlich zu sehen, worum es sich handelte.

»Fliegende Felsen!«, stieß Arvan hervor. »Das sind die Elben! Ihre Magier haben diese Steine geschickt!«

»Ich hätte nicht geglaubt, dass sich diese vergeistigten Bleichlinge noch zu einer Entscheidung durchringen würden«, wunderte sich Whuon.

Die Felsen schwebten heran und verdunkelten den Himmel. Brocken so groß wie kleine Berge waren darunter. Und so allmählich schien auch Ghools Kriegern zu dämmern, was das zu bedeuten hatte. Die schulterhohen Kampfhunde waren die Ersten, die davonstoben. Ohne Rücksicht auf nachfolgende Krieger rissen sie eine Schneise in die eigenen Reihen.

Als dann die ersten Gesteinsbrocken vom Himmel fielen, begriff auch der letzte Ork, was los war. Eine wilde, panische Fluchtbewegung in alle Richtungen setzte gleichzeitig ein. Die Kampfordnung löste sich völlig auf. Felsbrocken fielen auf die großen Katapulte herab und zermalmten sie unter sich. Auch die riesenhaften Dämonenkreaturen, die sie zogen, wurden von den Steinen erschlagen. Überall gerieten die Hornechsen in Panik und rannten orientierungslos durcheinander. Schwadronen von Vogelreitern verwandelten sich und stoben als Krähenschwarm davon, um dem Steinschlag zu entgehen.

Arvan machte einen Schritt nach vorn, während dicht neben ihm ein Brocken von der Größe eines Menschenkopfs in die Erde schlug. Whuon fasste ihn an der Schulter. »Das ist die falsche Richtung, Arvan!«

»Einen Augenblick!« Arvan löste sich aus seinem Griff und stürmte vorwärts, stieg über die Leichen von Menschen, Orks und Wolfskriegern und umrundete den Kadaver einer Hornechse. Dann hatte er den Kopf des siebenarmigen Riesen erreicht.

Ein kleinerer Felsbrocken vom Durchmesser eines Wagenrads war ihm in den im Tode aufgerissenen Mund gefahren und ragte halb heraus. Arvan zog die Magische Lanze von Tarman von Nalonien aus dem linken Auge des Riesen.

Blitze zuckten den Schaft entlang, griffen auf ihn über. Offenbar hatte sich die Waffe durch die Kräfte des Riesen magisch aufgeladen. Arvan umklammerte die Waffe mit beiden Händen. Benommen durch die Blitze stand er schwankend da, während rechts und links von ihm Gesteinsbrocken herabhagelten.

Da spürte er einen Schlag auf den Hinterkopf.

Etwas Hartes hatte ihn getroffen. Alles drehte sich vor seinen Augen, und dann wurde es dunkel um ihn herum.

Sehr, sehr dunkel.

»Wach auf!«, sagte jemand barsch. »So schlimm kann es nicht sein, ich hab nur leicht zugeschlagen!«

Arvan erkannte die Stimme wieder. »Whuon«, murmelte er und öffnete die Augen.

»Ich hatte keine Wahl, du Narr warst drauf und dran, in den Steinhagel hineinzulaufen!«

»Ich ...« Arvan sah sich um. Die Nacht war hereingebrochen. Vom Himmel leuchtete der Vollmond wie das Auge einer übermächtigen Gottheit. Lagerfeuer prasselten und verbreiteten einen flackernden Schein.

Arvan sah in Dutzende von Gesichtern – Lirandil, Zalea, Neldo, Borro ... Ein Stück abseits sah er auch Brogandas, König Candric XIII. von Beiderland und den Waldkönig Haraban, sowie Rhelmi von Thomra-Dun, den Botschafter der Zwerge, und König Orfon von Bagorien, dessen Gewand vollkommen blutbesudelt war. Prinz Eandorn und seine Handvoll Elbenkrieger befanden sich ebenfalls in der Nähe.

Neben ihnen drängten sich weitere Krieger. Und Arvan hörte ihr Geraune.

»Er hat mit der Magischen Lanze den Siebenarmigen getötet.«

»Man sollte ihn zum Hochkönig ausrufen.«

»Jawohl, er soll die Lanze tragen und voranreiten.«

»Er hat uns Glück gebracht.«

»Die Götter wollen es.«

Arvan schluckte. *Was reden die da nur?*, ging es ihm durch den Kopf. »Wo ist die Lanze?«, fragte er.

»Da steht sie doch«, sagte Whuon. »Ich habe mir gedacht, dass du sie nicht zurücklassen wolltest, also nahm ich sie mit.«

Erst da bemerkte Arvan die Lanze. Sie steckte zwei Schritte von ihm entfernt im Boden. »Und all die Orks und anderen Scheusale?«

»Sind fort«, ergriff Lirandil das Wort. »Sie haben sich zurückgezogen. Allerdings ist dieser Sieg nur eine Verschnaufpause, fürchte ich. Zarton ist tot, aber Ghool wird einen neuen Feldherrn bestimmen, und seine Horden werden sich wieder sammeln und ordnen.«

Arvan erhob sich. Der Kopf brummte ihm, aber es ließ bereits nach. Und ob der Grund für das leichte Schwindelgefühl, das ihn noch plagte, wirklich Whuons Schlag war, bezweifelte er.

»Vielleicht ist es wirklich der Wille der Götter, dass dieser junge Mann der neue Hochkönig von Athranor wird«, meinte Orfon von Bagorien.

»Das sagt Ihr doch nur, weil Ihr zurzeit die wenigsten Truppen hier vor Ort habt und Euch deswegen keine Hoffnungen macht, selbst das Heer führen zu können«, dröhnte Harabans knarrende Stimme finster. Und auch Candric war deutlich anzusehen, wie wenig er von dieser Idee hielt.

Unter den Kriegern schien es jedoch viele zu geben, die Orfons Meinung teilten. Ein zustimmendes Raunen erhob sich, das in lauten Rufen mündete. »Macht ihn zum Hochkönig!«

Ich rate dir, nicht größenwahnsinnig zu werden, vernahm Arvan einen sehr nachdrücklichen Gedanken von Lirandil. Sein Blick war so streng und eindringlich, wie Arvan ihn bis dahin noch nicht gesehen hatte.

Arvan ging zu der Magischen Lanze, zog sie mit einem Ruck aus dem Boden.

Er hob sie hoch. Jubel brandete auf.

»Hört mich an!«, rief er, und es wurde still. So still, dass man nur noch das Krächzen der Aasvögel hörte, die über das bis zum Horizont reichende Schlachtfeld kreisten, bis Arvan wieder die Stimme erhob. »Ich habe Zarton, den Feldherrn des Schicksalsverderbers Ghool, getötet und bin damit zweifellos der größte Held von Athranor!«

Du Narr! Der Hochmut kommt vor dem Fall!, erreichte ihn Lirandils Gedankenstimme, ehe er fortfuhr: »Aber wer große Taten vollbringt, ist deswegen noch lange nicht zum Anführer geboren, und ich glaube nicht, dass ich der Richtige dafür wäre, die Magische Lanze zu führen! Das soll jemand tun, den die Götter dazu ausersehen haben – und ich bin das nicht!«

Damit stieß er die Lanze wieder in den Boden und wandte sich an die Könige. »Das ist meine Entscheidung. Jeder sollte wagen, was ihm möglich ist, aber auch erkennen, was er nicht vollbringen kann! Also möge man einen anderen erwählen!«

»Den Waldgöttern sei Dank«, seufzte Borro, der neben Neldo und Zalea stand. »Ich hatte schon befürchtet, der Größenwahn hätte ihn jetzt völlig gepackt. Seit er Stiefel trägt, kann man bei ihm ja für nichts mehr garantieren.«

Arvan Aradis kehrt zurück in dem Roman:
DER ERBE DER HALBLINGE